Gao Xingjian

Das Buch eines einsamen Menschen

Roman

Aus dem Chinesischen von
Natascha Vittinghoff

S. Fischer

Die chinesische Originalausgabe erschien 1999
unter dem Titel ›Yige ren de shengjing‹
im Verlag Lianjing, Taipei, Taiwan

Satz: H & G Herstellung, Hamburg
Druck und Bindung: GGP Media, Pößneck
Printed in Germany
ISBN 3-10-024504-0

1

Es war nicht so, dass er sein anderes Leben vergessen hatte. Doch seine Erinnerungen daran glichen den vergilbten Fotos von zu Hause, jenen, die er noch nicht verbrannt hatte. Die Gedanken an seine Vergangenheit stimmten ihn etwas traurig – gleichzeitig gehörten sie einer anderen Welt an, einer Welt, die er schon weit hinter sich gelassen hatte. In seiner Wohnung in Peking, die inzwischen von der Polizei versiegelt worden war, befand sich ein Familienfoto seines verstorbenen Vaters. Die Familie war noch fast vollständig versammelt gewesen. Selbst sein Großvater war noch dabei, lag mit weißem Haar im Schaukelstuhl und konnte wegen eines Schlaganfalles nicht mehr sprechen. Er war der älteste Sohn und älteste Enkel in dieser Familie und auf dem Foto das einzige Kind. Er saß zwischen seinen Großeltern und trug diese geschlitzten Kinderhosen, so dass sein kleines Vögelchen herauslugte, und auf dem Kopf trug er eine amerikanische Kapitänsmütze. Der achtjährige Widerstandskrieg gegen Japan war gerade gewonnen, und der Krieg im eigenen Lande hatte noch nicht begonnen. Das Foto war vor dem Rundtor im Garten aufgenommen, der mit goldgelben Chrysanthemen und purpurrotem Hahnenkamm übersät war, und die Sommersonne strahlte am Himmel. So hatte er den Garten in Erinnerung behalten, auch wenn das Foto schon durch Wasserspuren völlig vergilbt war. Im Hintergrund hinter dem Rundtor erkannte man zwei Häuser im englischen Landhausstil, unten ein Wandelgang, oben eine Balustrade. Dort hatte seine Großfamilie gewohnt. Er wusste, dass dreizehn Personen auf diesem Foto gewesen waren, eine Unglückszahl: sein Vater und seine Mutter, seine Onkel und Tanten und auch die Schwägerinnen. Inzwischen hatten sich außer ihm und seiner Großtante in Amerika allesamt und sogar das Gebäude hinter dem Rundtor aus der Welt entfernt.

Zu der Zeit, als er noch in China war, war er in diese Stadt zurückgekehrt, um noch einmal den Garten aufzusuchen. Er hatte ursprünglich hinter der Bank gelegen, in der sein Vater gearbeitet hatte. Inzwischen waren dort einige Gebäude gebaut worden, ein paar durch die Jahre staubgrau verblasste Wohnsiedlungshäuser standen an jener Stelle. Als er die Leute, die rein und raus gingen, fragte, ob hier nicht einmal ein Garten gewesen sei, zuckten sie alle mit den Schultern. Er erinnerte sich, dass unten an der Steintreppe, am Hinterausgang des Hauses, ein kleiner Teich gelegen hatte. Zum Drachenbootfest drängelte sich sein Vater mit den Kollegen von der Bank auf dieser Treppe, um das Rennen der Drachenboote zu sehen. Mit schmetternden Gongs und Paukenschlägen fuhren die bunt geschmückten Drachenboote an den Hinterausgängen der Häuser vorbei, um sich die roten Päckchen zu schnappen, die an Bambusstangen aufgehängt waren. Natürlich befand sich in diesen roten Päckchen die Siegerprämie. Einmal hatten ihn seine beiden Onkel und eine jüngere Tante mit auf den See genommen, um vom Boot aus frische Wasserkastanien zu sammeln. Nur am anderen Ufer des Sees war er nie gewesen. Selbst wenn er sich noch einmal an diesen See verirren und sich überall umsehen sollte, würde er heute wahrscheinlich keine Spuren mehr entdecken, die Erinnerungen hervorrufen würden. Das alles kam ihm längst wie ein Traum vor.

Mit dieser Familie war es bergab gegangen, sie war zu zart, zu fragil, passte nicht in diese Zeit, dieser Linie schien es vorherbestimmt zu sein, auszusterben. Nachdem sein Großvater gestorben war, und sein Vater kurz darauf die Chance verpasst hatte, Leiter der Bank zu werden, war die Familie schon bald ruiniert. Es gab nur noch seinen Onkel, der so gut Pekingopern singen konnte. Der hatte sich auf die Zusammenarbeit der Demokraten mit dem neuen Regime verlassen, war dann aber schon nach ein paar Jahren als Rechtsabweichler gebrandmarkt worden. Seitdem war er schweigsam, sobald er sich irgendwo hinsetzte, döste er ein, und am Ende war ein fahriger, verschrumpelter alter Mann aus ihm geworden, der irgendwann lautlos und leise starb. In dieser Familie starb man nicht an Krankheiten, sondern man ertrank, beging Selbstmord oder wurde verrückt. Oder man folgte dem Ehepartner ins Umerziehungslager. So waren allmählich die Räucherstäbchen vor dem Ahnenaltar verglimmt und er allein war als letzter Spross der Familie übrig geblieben. Außer ihm gab es nur mehr seine Tante, die damals unbemerkt im Schatten der ganzen Familie stand. Erst kürzlich hatte er gehört, dass es ihr gesundheitlich nicht gut ginge, doch seit der Fotoaufnahme hatte er sie nicht wieder gesehen. Der Mann seiner Tante hatte zu jener Zeit Militärdienst bei der Luftwaffe der Guomindang geleistet und sich dabei als eifriger Soldat erwiesen, der großzügig Bomben abwarf. Wenige Jahre nach seiner Flucht nach Taiwan starb er an irgendeiner Krankheit. Er hatte keine Ahnung, wie seine Tante nach Amerika gekommen war, hatte sich aber auch nie danach erkundigt.

Es war sein zehnter Geburtstag gewesen – nach der alten Kalenderzählung war er eigentlich erst neun geworden – und damals waren sie noch eine große Familie und feierten ein fröhliches Fest zusammen. Morgens war er aus dem Bett gestiegen und hatte neue Kleider und neue Lederschuhe angezogen – schon allein die Kinderschuhe aus Leder waren damals ein Luxus. Er bekam aber noch viel mehr Geschenke, einen Drachen, ein Halmaspiel, ein Tangram, aus dem Ausland importierte Buntstifte, ein Luftgewehr mit Gummigeschossen und eine zweibändige Gesamtausgabe von Grimms Märchen mit Kupferstichillustrationen; das rote Päckchen mit ein paar Silbermünzen war von der Großmutter – Silberdollars aus der letzten Kaiserdynastie und neue Silberdollars mit dem Glatzkopf von Yuan Shikai oder mit Jiang Kaishek in Militäruniform. Klang und Glanz der Münzen waren ganz verschieden, die mit Jiang glitzerte hell, ganz anders als die schwere dicke Münze mit

Yuan, dem Rabauken. Sie steckten alle zusammen in einem feinen Münzalbum aus Leder. Später ging die ganze Familie in ein Restaurant, man aß Teigtäschchen gefüllt mit Krabbeneiern. Sie hatten den größten Tisch im Restaurant bestellt, das mit künstlichen Felsen, Blumenbeeten und sogar einem Goldfischteich dekoriert war, und fanden zusammen trotzdem kaum Platz. Zum ersten Mal war er der Mittelpunkt der Familie und durfte neben der Großmutter sitzen, auf dem eigentlichen Platz seines Großvaters, der bald darauf sterben würde – als hätte man damals schon geahnt, dass bald er der Ernährer der Familie werden sollte. Schon beim ersten Biss in das Teigtäschchen spritzte er sich das neue Hemd voll Öl, aber niemand schimpfte mit ihm. Alle lachten, und er wurde ganz verlegen. Das lag wohl daran, dass er sich wie ein Erwachsener fühlte, der seine Kindheit schon weit hinter sich gelassen hatte. Nur deshalb war er verlegen geworden, und deshalb war ihm dies in Erinnerung geblieben.

Auch den Tod des Großvaters erinnerte er noch gut. In der Totenhalle waren Trauerbänder mit Beileidssprüchen aufgehängt worden. Es sah aus wie in den Kulissen einer Theaterbühne und war tausendmal interessanter als sein eigener Kindergeburtstag. Eine Gruppe von Mönchen schlug Trommeln, einer las die Sutren. Er spielte mit den Spruchbändern, bewegte sie hin und her und hatte viel Spaß damit. Seine Mutter wollte, dass er zum Zeichen der Trauer weiße Leinenschuhe trug, und widerwillig ließ er es geschehen. Nur sich diesen weißen Stoff um den Kopf zu knoten war ihm doch zu viel, dagegen wehrte er sich mit Händen und Füßen. Es lag allein am Durchsetzungsvermögen seiner Großmutter, dass sich sein Vater gegen diesen Stoffflecken auf dem Kopf nicht wehren konnte. Dafür trug der aber einen westlichen Anzug aus weißem Leinen. Auch die meisten Kondolenzbesucher trugen westliche Anzüge und Krawatten, die Damen kamen in traditionellen Qibaos und hochhackigen Schuhen. Eine der Damen konnte Klavier spielen und sang mit hoher Sopranstimme und starkem Vibrato – wie ein Schaf, das mäht, so fand er. Dies hatte freilich nicht in der Trauerhalle stattgefunden, sondern während der Abendfeier zu Hause, und da er zum ersten Mal einen solchen Gesang hörte, musste er unwillkürlich loslachen. Seine Mutter flüsterte ihm streng ins Ohr, aber er konnte sich einfach nicht beherrschen.

In seiner Erinnerung war die Beerdigungsfeier seines Großvaters ein schönes Erlebnis gewesen, das nicht die leiseste Spur von Trauer besaß. Seiner Meinung nach hätte der alte Herr auch schon früher sterben können, sein Schlaganfall lag so lange zurück und hatte ihn seitdem an den Schaukelstuhl gefesselt. Dass man früher oder später gehen musste, war doch eine ganz natürliche Sache. Für ihn hatte der Tod damals überhaupt nichts Furchtbares. Nur der Tod seiner Mutter war ein Schock für ihn gewesen. Sie war im Fluss gleich bei der Staatsfarm ertrunken und wurde am nächsten Morgen von einem Arbeiter, der die Enten fütterte, entdeckt: Ein bleicher Leichnam, der auf dem Fluss trieb. Seine Mutter war dem Ruf der Partei gefolgt und in die Staatsfarm gegangen, um ihr Denken zu korrigieren. Als sie starb, war sie in den besten Jahren, gerade mal achtunddreißig. In seinem Herzen war sie daher immer als junge schöne Frau in Erinnerung geblieben.

Zum Geburtstag bekam er auch einen goldenen Parker geschenkt, von irgendeinem Arbeitskollegen seines Vaters. Dass er diesen Füllfederhalter von dem »Onkel« gar nicht mehr aus der Hand geben wollte, interpretierten die Erwachsenen damals als Vorzeichen dafür, dass er sicher mal ein Schriftsteller werden würde. Es war nun wirklich sehr großzügig von diesem Onkel gewesen, ihm solch einen Füllfederhalter zu schenken. Aber das war nicht an jenem Geburtstag gewesen, sondern ein paar Jahre vorher, als er etwa acht war. Er hatte den Füllfederhalter auch deswegen bekommen, weil er ein Tagebuch zu schreiben begonnen hatte. Er ging damals nicht zur Schule, weil er eine schwache und kränkliche Konstitution hatte. Seine Mutter brachte ihm Lesen und Schreiben bei und lehrte ihn auch, mit einem Pinsel Kalligraphien in die roten Kästchen der Übungshefte zu malen. Mühelos pinselte er die Zeichen, manchmal an einem Tag ein ganzes Heft voll. Seine Mutter schlug deshalb vor, er solle auch sein Tagebuch mit dem Pinsel schreiben, damit würde er ein bisschen Papier sparen. Sie kaufte ihm ein Schreibheft für Erwachsene, mit ganz kleinen Kästchen. So brauchte er eine ganze Weile nur für eine Seite, und das waren dann seine Hausaufgaben. In sein erstes Tagebuch schrieb er in etwa: »Weiß und rein lag der Schnee auf dem Boden, die Fußspuren der Menschen machten ihn schmutzig.« Seine Mutter war so stolz darauf, dass sie es überall verbreitete und alle Verwandten und Bekannten davon wissen ließ. So hatte es unwiderruflich begonnen, dass er all seine schönsten Träume und eitlen Gedanken schriftlich niederlegen und bekennen musste, und damit war die Saat für all die späteren Katastrophen gelegt.

Sein Vater billigte keineswegs, dass er tagein tagaus im Zimmer saß und las und schrieb. Er fand, junge Männer sollten draufgängerisch sein, sollten viel erleben, viele Leute kennen lernen, sich durchs Leben schlagen. Von einem Leben als Schriftsteller hielt er gar nichts. Sein Vater war dagegen stolz darauf, dass er Unmengen trinken konnte, aber das war eher Angeberei als eine wirkliche gesundheitliche Gefahr. Sie nannten das »Geselligkeit«: Jeder am Tisch musste mit jedem anstoßen und dabei jedes Mal sein Glas leeren, egal ob drei oder fünf am Tisch saßen. Daran wurde gemessen, wer von ihnen ein rechter Kerl war. Eines Tages wurde er volltrunken nach Hause gebracht, weil er am Tisch eingeschlafen und nicht mehr aufgewacht war. Zu Hause hing er im Liegestuhl des verstorbenen Großvaters. Gerade in dieser Nacht war kein einziger Mann im Hause und die Großmutter, Mutter und die Hausangestellten schafften es einfach nicht, ihn nach oben ins Bett zu bringen. Er erinnerte sich, dass sie schließlich ein Seil aus dem Fenster im zweiten Stock herabgelassen, irgendwie den Liegestuhl mitsamt dem Vater festgezurrt und das Paket ganz langsam nach oben gezogen hatten. Sein Vater hatte dabei laut geschnarcht und selig vor sich hin gelächelt, während er hin und her geschaukelt wurde. Dies war eine seiner prägenden Erinnerungen an seinen Vater. Nur war er sich heute nicht mehr sicher, ob er sich das nicht doch nur ausgedacht hatte, denn Kinder trennen doch kaum zwischen Erinnerungen und Fantasie.

All die Jahre vor seinem zehnten Geburtstag waren für ihn wie ein Traum gewesen, seine ganze Kindheit erschien ihm wie ein Traumgebilde. Selbst auf der Flucht, als der Lastwagen über die schlammige Bergstraße holperte, und er im Regen unter der Plastikplane saß, hatte er seiner Erinnerung nach jeden Tag einen vollen Korb Mandarinen im Arm. Als er seine Mutter später fragte, ob das denn überhaupt wahrscheinlich war, antwortete sie, dass damals Mandarinen noch billiger als Reis gewesen seien und dass die Dorfleute für ein bisschen Geld Mengen an Mandarinen auf den Laster warfen. Als staatlicher Bankangestellter waren sein Vater und die Familie zusammen mit dem Bankpersonal ins Hinterland geflohen, und dieser Zug wurde von Wachen eskortiert, da er Banknoten transportierte.

Wenn er heute an das Haus seiner Familie zurückdachte, fiel ihm nicht das Gebäude seines Großvaters mit dem Rundtor und dem Blumengarten ein, sondern das alte Haus und der Hof der Familie seiner Großmutter. Diese kleine, ebenfalls längst verstorbene alte Dame hatte immerzu in einem großen alten Koffer gewühlt. Er hatte immer dasselbe Bild vor Augen: Von oben herab blickte er durch die Decke in ein Zimmer mit Holzboden und Holzwänden, in welchem die alte Dame ganz allein unablässig und eifrig in einem Koffer herumkramte. Er hatte noch in Erinnerung, dass zu Hause ein altmodischer, bunt lackierter Lederkoffer stand, in welchem seine Großmutter die Haus- und Landbesitzurkunden versteckt hatte. Diese Immobilien waren längst schon verpfändet oder verkauft, als das neue Regime sie sich holen wollte. Doch als seine Mutter und Großmutter die Päckchen mit vergilbtem Papier verbrannten, waren sie sehr nervös. Dass er sie damals nicht verriet, lag nur daran, dass niemand danach gefragt hatte. Wäre er wirklich deswegen verhört worden, hätte er die beiden sicherlich verraten, da er damals annahm, die beiden steckten unter einer Decke und würden belastendes Beweismaterial vernichten. Und das, obwohl sie ihn beide von ganzem Herzen lieb hatten.

Er träumte erst Jahrzehnte später davon, als er schon lange im Westen war und in einem kleinen Hotel in Frankreich, in Tours, lag. Der Lack blätterte von den alten Rollläden herunter, das Fenster war halb verdeckt von halb durchsichtiger Gaze, durch die rauschenden Blätter der hohen Platanen schimmerte trübe der Himmel. Der Schleier des Traumes hing ihm noch nach, als er erwachte; gerade war er noch auf dem baufälligen Dachboden dieses alten Hauses gestanden, hatte sich auf ein wackeliges Geländer gestützt und hinabgesehen. Vor dem Haus, wo das Feld mit Moschuskürbissen lag, hatte er eben noch im Schutthaufen unter den Kürbisranken Grillen gefangen. Er erinnerte sich ganz genau an die vielen Zimmer im Traum, die einfach durch Holzwände abgetrennt waren. All ihre Bewohner waren verschwunden, so wie seine Großmutter, und so wie sein früheres Leben. Erinnerungen und Traumgebilde seines Lebens vermischten sich bei ihm ständig. Nur was ihm wirklich Eindruck gemacht hatte, hatte über Raum und Zeit hinweg Bestand.

Alle in der Familie setzten große Hoffnungen in ihn, weil er der einzige Sohn und Enkel der Familie war, selbst seine Großmutter. Dass er von Kindheit an oft krank war, bereitete ihnen Sorge, und oftmals ließ man daher sein Schicksal voraussagen. Das erste Mal war das seiner Erinnerung nach in einem Tempel auf dem Lushan-Berg, wo sie die Sommerferien verbrachten. Neben einer Einsiedlerhöhle, die als Sehenswürdigkeit galt, war ein großer Tempel mit Teehaus und Herberge für Touristen errichtet worden. Im Tempel war es kühl und erfrischend, nur wenig Menschen waren unterwegs. Damals wurden sie in einer Sänfte den Berg hinaufgetragen, er lag an der Brust seiner Mutter und hielt den Haltegriff vorn fest umklammert, und doch musste er immer wieder hinab in die Tiefe schauen. Später, als er noch in China war, hatte er diesen Ort wieder besuchen wollen und war dann natürlich mit dem Bus hingefahren. Doch fand er den Tempel nicht wieder, er war so vollkommen zerstört, dass nicht einmal eine Ruine davon stehen geblieben war. Er hatte aber klar in Erinnerung behalten, dass in der Tempelhalle ein Rollbild mit dem pockennarbigen Zhu Yuanzhang hing, der die Ming-Dynastie begründet haben soll. Dieser Kaiser war vor seiner Inthronisation tatsächlich in dieses Kloster geflohen, und solche konkreten historischen Zusammenhänge konnten nicht der Fantasie eines kleinen Kindes entsprungen sein. Das Porträt des pockennarbigen Zhu Yuanzhang hatte er vor einigen Jahren zufällig im Palastmuseum in Taibei wiedergesehen. Also musste dieser Tempel tatsächlich existiert haben, und seine Erinnerung trog ihn nicht. So musste es wohl auch den Mönch gegeben haben, der ihm die Zukunft vorausgesagt hatte. Der Mönch war damals lauthals in Klagegeschrei ausgebrochen und hatte gerufen: »Dieser kleine Kerl wird großes Übel bringen, mit ihm wird man es nicht leicht haben!« Daraufhin hatte der Mönch ihn fest gegen die Stirn geschlagen, so dass er erschrak, aber nicht weinte. Das war ihm im Gedächtnis geblieben, weil er immer so stolz darauf gewesen war, noch nie geschlagen worden zu sein.

Als er viele Jahre später wieder Interesse am Zen-Buddhismus entwickelte und daher verschiedene Koan las, wurde ihm plötzlich bewusst, dass ihm dieser Mönch womöglich seine erste Lektion über das Leben erteilt hatte.

Es war nicht so, dass er kein anderes Leben gehabt hatte, doch erstaunlicherweise erinnerte er sich nicht mehr daran.

2

Die Vorhänge waren zur Hälfte zugezogen. Im Schatten der Berge ragten die hell erleuchteten Wolkenkratzer empor, über ihnen lag grau der Himmel, unterhalb des Fensterbrettes glitzerten die Stadtlichter der Nacht. Im Gebäude gegenüber, einem postmodernen Konstrukt aus Glas, sah man den Aufzug langsam durch das Innere hochsteigen. Als er in etwa die Höhe deines Blickes erreichte, konnte man sogar die Leute im Aufzug klar erkennen. Mit einem Teleobjektiv hätte man sicher leicht ein Bild von dir in diesem Zimmer aufnehmen können, ein Bild davon, wie du mit ihr geschlafen hast.

Aber du musstest dich nicht verstecken, brauchtest dich um nichts zu kümmern. Schließlich warst du kein Fernsehstar, kein prominenter Politiker oder Hongkong-Millionär, der sich vor Presseskandalen fürchten musste. Du hattest einen französischen Reisepass, den Status eines politischen Flüchtlings, warst auf eine Einladung hin hierher gekommen und wurdest auf Kosten der Gastgeber in diesem Hotel untergebracht. Nachdem du dich an der Rezeption ausgewiesen hattest, zogst du in dieses große Hotel, das von der chinesischen Regierung aufgekauft worden war, ein und warst im Computer der Hotelrezeption registriert. Der Portier und die Rezeptionsdame hatten einige Schwierigkeiten mit deinem Pekinger Dialekt, doch da Hongkong in wenigen Monaten an das Mutterland China zurückgegeben werden würde, würden sie wahrscheinlich sowieso bald alle in der offiziellen Hochsprache sprechen oder Nachhilfe in der korrekten Aussprache nehmen müssen. Ihre Aufgabe bestand darin, die Unternehmungen der Hotelgäste zu beobachten – und da der Hotelchef inzwischen ein staatlicher Unternehmer geworden war, war es gar nicht so unwahrscheinlich, dass er die Szene von eben, als du sie splitternackt liebtest, hatte filmen lassen. Oder anders gesagt, waren einem großen Hotel wie diesem für die Sicherheit seiner Gäste ein paar Videokameras sicher nicht zu teuer. Du saßest auf der Bettkante, deine Schweißperlen waren getrocknet. Du frorst ein wenig und wolltest die surrende Klimaanlage abschalten.

»Was denkst du?«, fragte sie.

»Nichts.«

»Wohin schaust du denn?«

»Auf das Gebäude gegenüber. Der Aufzug fährt auf und ab, man kann die Leute darin sehen. Gerade küssen sich zwei.«

»Ich kann nichts erkennen.« Sie hob den Kopf hoch.

Du meintest, wenn man ein Objektiv benutzen würde.

»Dann zieh die Vorhänge zu.«

Sie lag auf dem Rücken und war völlig nackt. Das Einzige, was sich von ihrem weißen Körper abhob, war ihr brauner buschiger Flaum.

»Auf einem Videofilm lässt sich jedes einzelne Haar festhalten«, sagtest du lächelnd.

»Von wem sprichst du? Hier in diesem Zimmer? Wer sollte ein Video machen?«

Du sagtest, eine Maschine, eine vollautomatische Kamera.

»Bestimmt nicht, wir sind doch nicht in China!«

Du sagtest, dieses Hotel sei vom chinesischen Staat aufgekauft worden.

Sie seufzte leise, richtete sich auf und sagte: »Du bist krank.« Sie streckte ihre Hand aus und fuhr dir durchs Haar. »Mach die Nachttischlampe an, ich lösche das Deckenlicht.«

»Lieber nicht. In der Eile gerade konnte ich dich gar nicht richtig betrachten.«

Zärtlichkeit überkam dich und du beugtest dich über sie, um ihren Unterleib zu küssen, der im hellen Licht glänzte. »Findest du es nicht ein wenig kalt?«

»Vielleicht ein bisschen«, lachte sie, »willst du noch einen Cognac?«

Du sagtest, du wolltest einen Kaffee. Sie stieg aus dem Bett, schaltete die Klimaanlage aus, setzte Wasser im Kocher auf und schüttete Pulverkaffee in den Becher, ihre vollen Brüste wippten mit jeder Bewegung.

»Findest du nicht, dass ich zu dick bin?«, lachte sie. »Chinesische Frauen haben viel bessere Figuren.«

Du sagtest, das sei nicht unbedingt der Fall, und dass dir ihre Brüste am besten gefielen, weil sie dir so echt, so fleischlich erschienen.

»Ist das neu für dich?«

Sie setzte sich dir gegenüber in den runden Sessel am Fenster, lehnte sich zurück und gab dir offen den Blick auf sich frei. Der leuchtende Aufzug im Gebäude hinter ihr wurde durch ihren Körper verdeckt, die Berge im Hintergrund schienen noch dunkler. Was für eine wundersame Nacht. Du sagtest, das helle Weiß ihres nackten Körpers erschiene dir ganz unwirklich, als sei sie eine Sinnestäuschung.

»Wolltest du deswegen einen Kaffee? Um aufzuwachen?« Ein leiser Spott lag in ihren Augen.

»Um diesen Augenblick noch genauer einfangen zu können.«

Du sagtest, das Leben sei manchmal ein Wunder. Du hattest Glück, dass du noch am Leben warst, alles war reiner Zufall, und doch war alles ganz wirklich und kein Traum.

»Ich hatte immer gehofft, nur im Traum leben zu können. Doch da dies nicht möglich ist, mache ich mir lieber keine großen Gedanken mehr über das Leben.«

Sie trank einen Schluck und schloss die Augen. Sie hatte so lange Augenwimpern, dieses unverkennbar deutsche kleine Mädchen. Du fordertest sie auf, ihre Beine zu spreizen, damit du sie noch klarer sehen könntest, sich die Erinnerung an sie noch deutlicher einprägen würde. Sie sagte, sie wolle sich nicht erinnern, sie wolle nur diesen Augenblick genießen. Du fragtest, ob sie deinen Blick spüren würde. Sie sagte, sie würde spüren, wie dein Blick über ihren Körper wanderte. Von wo nach wo? Sie sagte, von den Zehenspitzen zur Taille, ah, wieder überkam sie eine Welle des Begehrens und sie sagte, sie wolle dich. Du sagtest, du willst sie auch. Dass du sehen wolltest, wie sich ihr lebendiger Körper unter dir drehte und wand.

»Um es zu filmen?«, fragte sie mit geschlossenen Augen.

»Ja.« Dein Blick ruhte auf ihr, tastete ihren Körper von oben bis unten ab.

»Kriegst du alles ins Bild?«

»Nichts entgeht mir.«

»Hast du keine Angst?«

»Angst wovor?«

Du sagtest, dass du dich heute um nichts mehr sorgen würdest. Sie sagte, ihr sei erst recht alles egal. Du sagtest, das hier sei schließlich Hongkong, und China liege schon weit hinter dir. Du standest auf und umfasstest sie erneut, sie bat dich, das Licht zu löschen, und du drangst endlich ein in ihr warmes feuchtes Fleisch.

»Habe ich dich betört?«, fragte sie und atmete leise.

»Ja. Begraben«, er sagte, er würde sich in ihrem Körper vergraben.

»Nur Fleisch?«

»Ja. Keine Erinnerung, es gibt nur diesen Augenblick.«

Genau das würde sie auch brauchen, sagte sie, aufzugehen im Dunkel, im Taumel des Augenblickes.

»Einfach nur die Wärme in einem weiblichen Körper zu spüren ...«

»Heiß können Männer auch sein. Wie lange das her ist ...«

»Wie lange das her ist, seit du mit einem Mann ...?«

»Seit ich das letzte Mal so erregt war, ich zittere am ganzen Leibe ...«

»Warum?«

»Ich weiß nicht, ich weiß nicht warum.«

»Sag es!«

»Ich kann es nicht sagen ...«

»Kam es ganz plötzlich und unvorbereitet?«

»Frag nicht.«

Aber du wolltest, dass sie redete! Sie sagte Nein. Du ließest nicht nach, fragtest immer weiter, wolltest immer tiefer in sie eindringen. Vielleicht, weil ihr euch zufällig getroffen hattet? Weil ihr euch so wenig kanntet? Weil es aufregender war mit einem Fremden? Oder suchte sie nur diese Erregung? Sie schüttelte nur den Kopf und sagte Nein. Sie sagte, sie kenne dich schon lange, auch wenn sie dich vor vielen, vielen Jahren nur zwei Mal getroffen hätte. Aber ihre Erinnerung daran sei noch frisch und werde immer klarer. Sie sagte noch, sie habe fast einen Schock bekommen, als sie dich vor wenigen Stunden wiedergetroffen hatte. Sie sagte, sie würde auch nicht mit jedem

Mann ins Bett gehen. In ihrem Leben habe es zwar nicht an Männern gemangelt, doch sei sie auch kein billiges Flittchen und du solltest sie nicht verletzen. Du warst gerührt, hattest das Bedürfnis, ihr näher zu kommen, nicht nur, weil du erregt warst. Hier in Hongkong wart ihr beide gleichermaßen fremd, euch verband allein eine Erinnerung an ein Ereignis vor mehr als zehn Jahren auf der anderen Seite des Wassers, als du noch in China warst.

»Es war eine Winternacht, bei dir zu Hause ...«

»Das Haus ist schon längst durchsucht und versiegelt.«

»Bei dir war es ganz besonders warm, eine sehr warme Atmosphäre ...«

»Die Wärme kam über das Heizkraftwerk. Die Rohre waren immer so heiß, dass man selbst im kalten Winter mit einem Hemd herumlaufen konnte. Ihr kamt damals in wattierten Mänteln mit hochgeschlagenem Kragen zu mir.«

»Wir hatten Angst, gesehen zu werden. Das hätte dir Schwierigkeiten machen können.«

»Stimmt. Vor dem Haus stand immer ein Zivilpolizist, bis abends um zehn. Dann hielten auch sie die beißende Kälte nicht länger aus und diesen schneidenden Wind im Pekinger Winter.«

»Es war Peter, der damals plötzlich auf die Idee kam, dich zu besuchen. Er hatte auch nicht vorher angerufen. Er sagte, er wolle mich mitnehmen zu dir, einem alten Freund, und dass es besser sei, spät hinzugehen, um nicht von der Polizei ausgefragt zu werden.«

»Ich hatte damals gar kein Telefon zu Hause, denn ich fürchtete, dass meine Freunde sich am Telefon verplappern könnten. Außerdem konnte ich den Kontakt zu Ausländern umgehen. Peter war eine Ausnahme. Er war nach China gekommen, um Chinesisch zu studieren. Er war damals begeistert von Maos Kulturrevolution und wir hatten viele kontroverse Diskussionen. Er gehört wirklich zu meinen ganz alten Freunden. Wie geht es ihm jetzt?«

»Wir haben uns schon lange aus den Augen verloren. Er wurde Vertreter in einer deutschen Firma mit einer Niederlassung in China, hat eine chinesische Frau geheiratet und sie mit nach Deutschland genommen. Ich habe gehört, dass er jetzt eine kleine Firma hat, die er selbst leitet. Ich war damals gerade nach China gekommen und sprach noch nicht gut Chinesisch. Es war schwer, chinesische Freunde zu finden.«

»Natürlich, ich erinnere mich. Ihr zogt die schweren Mäntel aus und legtet die Schals ab – was für ein hübsches ausländisches Mädchen!«

»Und welche Brüste, was?«

»Natürlich, und deine Brustwarzen schimmerten rot durch die weiße Bluse, und rot waren auch deine Lippen, obwohl du keinen Lippenstift aufgetragen hattest. Das war wahnsinnig anziehend.«

»Damals hattest du doch noch keine Ahnung von allem!«

»Und ob! Dieses Rot war einfach überhaupt nicht zu übersehen!«

»Das lag an der Wärme in deinem Zimmer. Und wir waren über eine Stunde Fahrrad gefahren.«

»An jenem Abend saßest du still und schweigsam mir gegenüber, hast kein Wort gesprochen.«

»Ich hörte nur zu und versuchte nach Kräften, dem Gespräch zwischen Peter und dir zu folgen. Ich weiß nicht mehr, wovon ihr gesprochen habt, was daran lag, dass ich noch kaum Chinesisch verstand. Ich erinnere mich nur, dass ich diese Nacht sehr außergewöhnlich gefunden hatte.«

Du erinnertest dich freilich auch an diese Winternacht. Du hattest Kerzen angezündet, damit man von unten nicht im Fenster erkennen konnte, ob jemand zu Hause war. Dadurch war es noch wärmer im Zimmer geworden. Du hattest dir endlich dieses kleine Zimmer erkämpft, einen kleinen Unterschlupf, ein kleines Zuhause, das dich vor den draußen tobenden politischen Stürmen schützte. Sie saß auf dem Teppich an das Bücherregal gelehnt, auf einem für den Export bestimmten Schurwollteppich. Obwohl er im Inland als zweite Wahl billiger verkauft worden war, hatte er dich immer noch das Honorar eines ganzen Romans gekostet. Dieser Roman, in dem du kein Wort über Politik verloren hattest, hatte dir eine Menge Schwierigkeiten eingebracht. Ihre Bluse war oben aufgeknöpft, und ihr Brustansatz so weiß. Ihre langen Beine steckten in schwarzen Seidenstrümpfen und erschienen dir besonders verführerisch.

»Vergiss nicht, im Zimmer befand sich noch eine andere junge Frau, die auch sehr wenig anhatte. Wenn ich mich richtig erinnere, war sie barfuß.«

»Meist war sie sogar nackt, und das war sie auch, bevor ihr vor der Tür standet.«

»Genau, wir hatten schon eine ganze Weile gesprochen und getrunken, bevor sie ganz leise ins Zimmer geschlichen kam.«

»Da klar war, dass ihr eine Weile bleiben würdet, habe ich sie herübergeholt, dann erst hat sie sich ein Kleid übergezogen.«

»Sie hat uns nur die Hand gegeben, den ganzen Abend über sprach sie kein Wort.«

»So wie du.«

»Diese Nacht war wirklich außergewöhnlich. Nie wieder habe ich eine solche Atmosphäre in einem chinesischen Haus erlebt ...«

»Außergewöhnlich war vor allem dieses kleine deutsche Mädchen mit den hellroten Lippen, das mich überraschend besuchte ...«

»Und das barfüßige Mädchen aus Peking, mit seiner zierlichen Figur ...«

»Das flackernde Kerzenlicht ...«

»Wie wir da saßen, in deinem warmen, gemütlichen Zimmer, Wein tranken, und draußen brauste der eiskalte Wind ...«

»So unwirklich wie jetzt dieser Augenblick, wer weiß, vielleicht steht ja wieder einer draußen und hält Wache ...«

Unwillkürlich musstest du wieder daran denken, dass vielleicht alles hier im Zimmer gefilmt wurde.

»Immer noch unwirklich?«

Sie schmiegte sich an dich und du schlossest die Augen, um sie besser zu spüren, noch näher an ihrem Körper zu sein. »Geh nicht bevor es hell wird ...«, murmeltest du.

»Natürlich nicht ... Damals wollte ich auch nicht gehen, wir hatten noch über eine Stunde mit dem Fahrrad vor uns. Peter wollte unbedingt gehen, und du hast uns nicht davon abgehalten.«

»Ja, stimmt.«

Du sagtest, dir sei es genauso gegangen. Aber du habest sie ja auch noch mit dem Fahrrad zu den Kasernen zurückbringen müssen.

»Was für Kasernen?«

Du sagtest, sie sei eine Krankenschwester bei der Armee gewesen, weshalb sie nicht außerhalb übernachten durfte.

Sie machte sich los und fragte: »Von wem sprichst du?«

Du sprachst vom Krankenhaus bei den Kasernen in einem Vorort von Peking. Sie kam jeden Sonntagmittag zu dir, nachts gegen drei musstest du dann los und über zwei Stunden mit dem Fahrrad fahren, damit sie vor dem Morgengrauen am Montag zurück war.

»Sprichst du von dieser jungen chinesischen Frau?« Sie stieß dich zur Seite und setzte sich auf.

Du öffnetest die Augen und sahst, wie sie dich anstarrte. Mit schlechtem Gewissen versuchtest du, dich zu verteidigen, schließlich war sie es, die nach deiner damaligen kleinen Geliebten gefragt hatte.

»Vermisst du sie sehr?«

Du überlegtest eine Weile und antwortetest: »Das ist alles schon sehr sehr lange her, wir haben schon lange keine Verbindung mehr.«

»Und du hast nichts mehr von ihr gehört?« Sie setzte sich auf ihre Beine.

»Nein.« Auch du erhobst dich und setztest dich auf die Bettkante.

»Willst du gar nicht nach ihr suchen?«

Du sagtest, China sei für dich schon so weit weg. Sie sagte, sie würde verstehen. Du sagtest, du habest kein Vaterland. Sie sagte, obwohl ihr Vater Deutscher sei, habe auch sie kein Vaterland, denn ihre Mutter sei Jüdin. Doch die Erinnerung werde sie nicht los. Warum nicht, fragte er. Sie sagte, sie sei anders als du, sie sei eine Frau. »Aha«, war alles, was du dazu sagen konntest, und dann spracht ihr nicht mehr miteinander.

3 Er brauchte einen Unterschlupf, wo er sich verstecken konnte, vor den anderen fliehen, ein Zuhause, wo er für sich war und nicht überwacht wurde. Er brauchte einen schallgeschützten Raum, in dem er bei geschlossener Tür mit lauter Stimme sprechen konnte, wo er von niemandem gehört wurde und sagen konnte, was ihm gerade einfiel, eine Welt, in der er seinen eigenen Gedanken eine Stimme geben konnte. Er konnte sich nicht länger wie eine stumme Raupe in einem Kokon einspinnen, er wollte leben, spüren, wieder richtig mit einer Frau schlafen, aufstöhnen oder auch schreien. Er musste mit all seinen Kräften um einen Lebensraum kämpfen, er konnte dem Druck, der in den vielen Jahren auf ihm gelastet hatte, nicht mehr standhalten, und auch die Hoffnung, die wieder in ihm erwacht war, brauchte einen Raum, um nicht wieder im Nichts zu verschwinden.

In sein damaliges kleines Zimmer passten gerade ein Bett, ein kleiner Schreibtisch und ein Bücherregal. Nachdem er im Winter einen Kohleofen mitsamt den Rohren gegen die Kälte installiert hatte, konnte man sich kaum mehr in dem Raum bewegen. Hinter der dünnen Trennwand lebte ein Arbeiterpaar und er konnte immer genau mitverfolgen, wenn sie sich nachts liebten oder ihre Kinder pinkelten. Gegenüber wohnten noch zwei Familien, und alle teilten sich eine Wasserpumpe und einen Abfluss im Hof. Wenn ihn dieses Mädchen in dem kleinen Zimmer besuchen kam, entging das nie den Augen seiner Nachbarn, so dass er immer die Tür offen lassen musste, wenn sie sich unterhielten oder miteinander Tee tranken. Seine Frau, mit der er zehn Jahre verheiratet war, aber nie zusammengelebt hatte, hatte sich über das Parteikomitee des Schriftstellerverbandes mit dem Nachbarschaftskomitee in Verbindung gesetzt, um seine Verhältnisse überprüfen zu lassen. Die Partei kümmerte sich um alles, seine Gedanken, seine Werke, sein Privatleben.

Als ihn das Mädchen zum ersten Mal aufsuchte, trug sie einen viel zu großen gefütterten Armeemantel und eine rote Armbinde. Leicht errötend erklärte sie, dass seine Romane sie sehr bewegt hätten. Er nahm sich in Acht vor dem Mädchen in Uniform. Ihr Gesicht aber kam ihm so kindlich vor, dass er sie nach ihrem Alter fragte. Das Mädchen sagte, sie habe die Schwesternausbildung im Militärkrankenhaus noch nicht abgeschlossen und sei noch im Praktikumsjahr. Sie sei siebzehn, sagte sie. Genau das Alter, in dem sich Mädchen schnell verlieben, dachte er.

Als er die Tür schloss, um das Mädchen zu küssen, hatte er die Scheidungsurkunde vom Gerichtshof noch nicht in der Hand. Während er mit angehaltenem Atem das Mädchen umarmte, hörte er wie immer die Schritte der Nachbarn im Hof, wie sie Wasser holten, Kleider wuschen, Gemüse putzten und Spülwasser in den Abguss schütteten.

Ihm wurde immer klarer, dass er ein eigenes Zimmer nicht nur deshalb brauchte, um mit einer Frau zusammen sein zu können, sondern weil er ein Dach brauchte, das ihn gegen Wind und Regen schützte, und vier Wände, in die er sich einschließen könnte und die vor allem den Lärm von draußen abhalten würden. Er hatte überhaupt kein Verlangen noch einmal zu heiraten: Zehn Jahre Ehe, die nur auf dem Papier bestanden hatte, waren genug. Er musste vor allem einmal entspannen. Er misstraute den Frauen, besonders jenen jungen hübschen Mädchen, die vielleicht noch eine große Zukunft vor sich hatten und in die er sich so leicht verliebte. Er war schon oft verraten und angezeigt worden. Noch während seiner Studienzeit hatte er sich einmal in eine Kommilitonin verliebt. Sie war hübsch und hatte eine sanfte, leise Stimme. Doch dieses liebenswerte Mädchen hatte andere Ambitionen und lieferte dem Sekretär des Parteikomitees einen Bericht über ihre Gesinnung ab, in welchem sie nicht vergaß zu berichten, welchen satirischen Kommentar er zu der damaligen vom Jugendverband vorgeschriebenen Pflichtlektüre, dem revolutionären Roman »Ode der Jugend«, abgegeben hatte. Dieses Mädchen wollte ihm natürlich nicht absichtlich schaden, zudem hegte sie ganz ähnliche Gefühle ihm gegenüber wie er. Doch je mehr Gefühle diese Mädchen in sich trugen, umso stärker fühlten sie sich gedrängt, dieselben der Partei zu offenbaren, ganz wie ein Katholik das ständige Bedürfnis hat, seine innersten Geheimnisse einem Priester zu beichten. Die Lokalzelle des Jugendverbandes befand damals, er habe eine finstere Gesinnung. Das war nicht sehr schwerwiegend, er konnte zwar nicht mehr in den Verband eintreten, aber dennoch seinen Universitätsabschluss machen. Eine ernsthafte Gefahr für ihn war seine Frau gewesen, denn wenn sie irgendeinen Beweis gegen ihn gefunden hätte, selbst eine kleine Notiz, die er irgendwo gedankenlos niedergeschrieben hatte, hätte das damals ausreichen können, ihn als Konterrevolutionär zu brandmarken. Ah, in diesen revolutionären Zeiten waren manche Mädchen so wahnsinnig revolutionär, dass einem vor lauter Revolution ganz angst und bange wurde.

Einem solchen Mädchen in Armeeuniform konnte er nicht vertrauen. Als sie kam und ihn um Nachhilfe in Literatur bat, wies er sie ab und sagte, er sei kein Lehrer, sie solle die Abendkurse der Universität besuchen. Damals gab es jede Menge Literaturkurse, in die man sich für wenig Geld einschreiben konnte und für die man sogar nach zwei Jahren ein Diplom erhielt. Das Mädchen fragte ihn, welche Literatur er ihr empfehlen würde. Er riet ihr, besser nicht die Kurslektüre zu lesen, sondern in die Bibliotheken zu gehen, die jetzt wieder offen seien. Dort gebe es inzwischen wieder die Bücher, die früher verboten gewesen seien. Das Mädchen sagte, sie wolle auch lernen zu schreiben. Davon riet er ihr ab, das würde ihrer Zukunft nur Schaden bringen, was er selbst nur zu oft erlebt habe. Ein reines, unschuldiges Mädchen wie sie, das Uniform trage und auf die Schwesternschule gehe, hatte eine sichere Zukunft vor sich. Doch das Mädchen erwiderte, sie sei gar nicht so unschuldig wie er glaube, er sehe sie ganz falsch, und sie wolle einfach mehr wissen, mehr vom Leben verstehen. Das sei doch nicht unvereinbar mit ihrer Uniform und dem Besuch einer Schwesternschule.

Er war nicht uninteressiert an dem Mädchen. Aber er hatte keine Lust, sie zu unterrichten. Er verbrachte seine Nächte lieber mit anderen, wilden Mädchen, die sich im Schlamm der Niederungen der Gesellschaft gesuhlt hatten. Was sollte er ihr über das Leben beibringen? Und was war überhaupt schon das Leben? Das wussten die Götter!

Er konnte diesem Mädchen, das ihn um Rat gefragt hatte, einfach nicht erklären, was das Leben war, geschweige denn, was Literatur überhaupt heißen sollte. Genauso wenig wie er dem Parteisekretär im Schriftstellerverband erklären konnte, was er unter Literatur verstand. Er verspürte weder das Bedürfnis nach Anleitung noch nach Wertschätzung seiner Werke und geriet damit immer wieder in große Schwierigkeiten.

Er hatte keinerlei Regungen, als er diesem frischen, liebenswerten Mädchen in Uniform gegenüberstand, und machte sich auch keinerlei Hoffnungen. Er dachte gar nicht daran, sie zu berühren oder gar mit ihr ins Bett zu gehen. Als sie kam, um die Bücher zurückzugeben, die er ihr aus seiner Sammlung geliehen hatte, und sagte, sie habe sie alle gelesen, errötete sie und keuchte ein wenig. Wie immer goss er ihr eine Tasse Tee ein und wies ihr den Stuhl hinten im Zimmer am Schreibtisch vor dem Bücherregal zu, als würde er einen Verlagslektor empfangen. Er selbst saß in dem Lehnstuhl neben dem Schreibtisch. Es gab in diesem Zimmer zwar auch ein Sofa, aber nachdem er im Winter diesen Kohleofen installiert hatte, musste er das Sofa an das Kopfende seines Bettes zwängen. Hätte er das Mädchen auf das Sofa gebeten, wäre ihr Gesicht hinter dem Ofenrohr verschwunden, was der Unterhaltung doch abträglich gewesen wäre. Deswegen saßen sie beide vor dem Schreibtisch. Das Mädchen blätterte noch immer in den Büchern herum, die sie zurückgebracht hatte, Romane, die wegen ihrer reaktionären oder erotischen Inhalte verboten gewesen waren. Ihre Unruhe rührte also daher, dass sie verbotene Früchte schon gekostet hatte oder anders gesagt, nun also wusste, was eine verbotene Frucht überhaupt war.

Ihm fiel die Zartheit ihrer Hände auf, die zum Greifen nah vor ihm lagen und noch immer unaufhörlich in den Büchern blätterten. Das Mädchen bemerkte, dass er ihre Hände beobachtete und versteckte sie rasch unter dem Tisch. Dabei errötete sie noch mehr. Er begann zu fragen, was das Mädchen über die Protagonisten im Roman dachte, vor allem die weibliche Hauptfigur und ihr Verhalten, das doch überhaupt nicht der heutigen Moral und den Weisungen der Partei entspräche. Er fuhr fort, dass das wohl das so genannte Leben sein müsse, denn für das Leben gebe es keine festen Maßstäbe. Und dass eines Tages auch sie, das hübsche Mädchen, ihn vielleicht anzeigen würde, oder dass die Parteiorganisation der Einheit, in der sie diente, sie zwingen würde, ihr Verhältnis zu ihm offen zu legen. Was er da sagte, sei gar nicht so unwahrscheinlich, er habe schon viele Erfahrungen in dieser Hinsicht in seinem Leben gemacht. Ah, auch das nannte man Leben!

Sie zu küssen hatte er erst gewagt, nachdem das Mädchen gesagt hatte, dass auch der Vorsitzende Mao viele Frauen gehabt habe. Sie schloss die Augen und ließ zu, dass seine Finger in dem dicken Wintermantel über ihren empfindsamen Körper strichen, der wie elektrisiert zusammenzuckte. Sie fragte ihn, ob sie noch mehr von diesen Büchern von ihm ausleihen dürfe? Sie sagte, sie wolle alles wissen, nichts könne sie schrecken. Er sagte, eine Gesellschaft, die Bücher zu verbotenen Früchten erkläre, sei mehr als erschreckend. Gerade erst sei das Ende der so genannten Kulturrevolution verkündet worden, wie viele Menschen hätten doch ihr Leben dafür geben müssen. Das Mädchen sagte, sie wisse das und es sei nicht so, dass sie nicht auch gesehen hätte, wie jemand zu Tode geprügelt worden sei. Um das schwarze Blut in den Nasenlöchern hätten sich die Fliegen gesammelt, und man habe damals gesagt, Konterrevolutionäre würden nicht begraben werden. Sie sei damals noch ein Kind gewesen, aber er solle sie heute nicht mehr für ein Kind halten, sie sei jetzt erwachsen.

Er fragte, was es bedeutet, erwachsen zu sein? Er solle nicht vergessen, dass sie Medizin studiere, antwortete sie mit einem Lächeln auf den Lippen. Dann streichelte er ihre Hand und küsste ihre Lippen, die allmählich nachgaben. Später kam sie immer wieder zu ihm, lieh sich neue Bücher oder brachte alte zurück, immer sonntags. Sie blieb immer länger, manchmal den ganzen Nachmittag, bis es dunkel wurde. Sie musste den letzten Bus um acht erwischen, um noch rechtzeitig zu den Kasernen zu kommen. Erst wenn es dunkel wurde, und die Geräusche der Nachbarn langsam verstummt waren, wenn sie nicht mehr Wasser holten oder Gemüse wuschen und ihre Türen geschlossen hatten, verriegelte auch er seine Tür und sie kamen sich ein bisschen näher. Sie zog nie die Uniform aus. Wenn der Blick auf die Uhr zeigte, dass der Bus bald gehen würde, knöpfte sie hastig ihre Militärjacke wieder zu.

Ihm wurde immer klarer, dass er ein Zimmer brauchte, in das er sich in Ruhe zurückziehen konnte. Nachdem der Gerichtshof endlich seine Scheidung bewilligt hatte, beantragte er im Einklang mit den offiziellen Bestimmungen, wieder heiraten zu dürfen, und brachte dabei die Heiratsbedingung seiner zukünftigen Frau vor, die nämlich darin bestünde, dass er zuerst eine vernünftige Wohnung haben müsse. Er hatte, wenn man die Jahre der Umerziehung auf dem Land während der Kulturrevolution mitrechnete, zwanzig Jahre gearbeitet und hätte so nach den offiziellen Bestimmungen über die Wohnungsverteilung schon lange eine Wohnung zugeteilt bekommen haben müssen.

Dennoch musste er zwei Jahre warten und sich Hunderte Male mit den Kadern des Wohnungsamtes streiten. Doch kurz bevor die Parteispitze über dem Schriftstellerverband eine Kritikkampagne gegen ihn lanciert hatte, hatte er gerade noch seine kleine Wohnung ergattert. Er verbrauchte seine ganzen Ersparnisse und das halbe Autorenhonorar für einen Roman, der vielleicht nie publiziert werden würde, um sich seinen kleinen sicheren Unterschlupf einzurichten.

Als sie ihn das erste Mal in der neuen Wohnung besuchte, konnte gerade noch das Sicherheitsschloss in der Tür einschnappen, bevor sie sich aufeinander stürzten. Die Wände waren noch nicht fertig gestrichen, der Boden war voller Kalkfarbe und es gab kein Bett. Auf einer kalkfleckigen Plastikplane entblößte er ihren jungen, feingliedrigen Körper, der in dieser viel zu großen Uniform gesteckt hatte. Das Mädchen bat ihn dennoch inständig, nicht in sie einzudringen. Nach den Bestimmungen des Militärkrankenhauses müssten alle unverheirateten Schwestern jährlich zur ärztlichen Untersuchung, bei der kontrolliert werde, ob das Jungfernhäutchen noch unbeschädigt sei. Vor ihrer Einstellung hätten sich alle einer politischen Überprüfung und einer ärztlichen Kontrolle unterziehen müssen. Zudem gehörte es, neben ihren alltäglichen Aufgaben, zu ihren Pflichten, die Führungskader auf ihren Reisen zu begleiten und sich um deren Gesundheit zu kümmern. Erst mit sechsundzwanzig werde sie die Erlaubnis zur Heirat erhalten, wobei ihr Lebenspartner von der militärischen Einheit genehmigt werden musste. Vorher dürfe sie die Truppen nicht verlassen, angeblich, weil sie es mit Staatsgeheimnissen zu tun habe.

Er tat alles mit ihr, außer in sie einzudringen. Besser gesagt, er hielt sich an sein Versprechen, nicht in sie einzudringen, aber tat sonst alles, was er mit ihr tun konnte. Nicht lange danach erhielt das Mädchen den Auftrag, einen Leitungskader auf eine Inspektionsreise an die vietnamesische Grenze zu begleiten, und sie sahen sich nicht mehr.

Knapp ein Jahr später, im Winter, tauchte das Mädchen wieder bei ihm auf. Er war gerade um Mitternacht von einer Einladung bei einem Freund zurückgekehrt, als er ein leises Klopfen an der Tür hörte. Sie war völlig verheult und sagte, sie habe sechs Stunden auf ihn gewartet. Sie habe nicht gewagt, im Hausflur zu stehen, da sie Angst hatte, man könne sie finden und fragen, wen sie suche. Sie war völlig durchgefroren, da sie sich auf einer Baustelle versteckt und so lange gewartet hatte, bis endlich das Licht in seiner Wohnung angegangen war. Er schloss schnell die Türe und zog die Vorhänge vor, und noch bevor das Mädchen, deren Körper noch immer in dem viel zu großen Militärmantel steckte, noch einmal Luft holen konnte, sagte sie: »Nimm mich!«

Er nahm sie auf dem Boden, sie wälzten sich hin und her, nein, sie brachen wie Wellen übereinander, glitten wie zwei Fische umeinander, sie kämpften und bissen sich wie zwei wilde Tiere. Sie schluchzte und weinte und er sagte, weine ruhig, hier kann uns niemand hören. Sie heulte immer lauter und schließlich schrie sie. Er sagte, er sei ein Wolf. Sie sagte, er sei ihr Freund. Er wolle gern ein Wolf werden, sagte er, eine Bestie, die nach Blut gierte. Sie sagte, sie würde ihn, ihren Freund, gut verstehen und dass er einfach ihr Freund sei, dass sie vor nichts Angst habe und ab heute nur ihm, ihrem Freund, gehören würde, dass sie nichts bereute, und wenn, nur das, dass sie nicht früher mit ihm ... sag nichts mehr, sagte er ...

Später sagte sie, sie würde ihre Eltern bitten, irgendeinen Weg zu finden, die Armee verlassen zu können. Er hatte gerade eine Einladung aus dem Ausland angenommen. Sie sagte, sie würde auf ihn warten können, sie sei doch jetzt seine kleine Frau. Als er dann endlich seinen Pass und das Visum hatte, war sie es, die ihn drängte, schnell abzureisen, bevor man es sich anders überlegte. Er konnte nicht ahnen, dass er sie nie wieder sehen würde, vielleicht wollte er einfach nicht darüber nachdenken, um sein Innerstes vor diesem Schmerz zu schützen.

Er wollte nicht, dass sie ihn zum Flugplatz begleitete, und sie sagte, sie würde sowieso nicht frei bekommen. Selbst wenn sie den frühsten Bus zum Flugplatz nähme, müsste sie zwei Mal umsteigen und würde es wahrscheinlich nicht rechtzeitig zu seinem Abflug schaffen.

Er hatte nie zuvor wirklich daran gedacht, dass er dieses Land verlassen würde. Erst als die Maschine mit einem tiefen Brummen von der Landebahn des Pekinger Flughafens abhob und er das Vibrieren der Maschine unter sich spürte, wurde ihm schlagartig bewusst, dass es nun soweit war. Plötzlich war ihm bewusst, dass er vielleicht…, vielleicht nie wieder dieses Land, das unter ihm lag, betreten würde, dieses Stück gelbe Erde, auf dem er geboren war, groß wurde, ausgebildet, zum Mann wurde, wo er so viel Leid erfahren hatte und das er nie gedacht hatte zu verlassen, dieses Land, das man Vaterland nannte. Hatte er ein Vaterland? War diese graugelbe Erde mit ihren eingefrorenen Flüssen, die unterhalb der Flügel der Maschine vor seinen Augen wackelte, etwa sein Vaterland? Die Antworten auf diese Fragen, die er sich erst viel später stellte, bildeten sich nur ganz allmählich in ihm.

Damals dachte er nur daran, sich einfach von allem loszumachen, sich aus dem Mantel dieser dunklen Schatten, die ihn umhüllt hatten, zu befreien, ins Ausland zu gehen und einmal durchzuatmen. Auf seinen Pass hatte er fast ein Jahr warten und ein Amt nach dem anderen aufsuchen müssen. Es gab keinen Grund, ihm die Ausreise zu verwehren, denn er war ein Bürger dieses Landes und kein Verbrecher. Aber das war natürlich Interpretationssache, und wenn man einen Grund finden wollte, fand man ihn auch.

Beim Zoll wurde er gefragt, was er in seinem Koffer habe. Er sagte, nichts Unerlaubtes, nur Kleider und Dinge für den alltäglichen Bedarf. Sie ließen ihn den Koffer öffnen. Er machte die Schlösser auf.

»Was ist hier drin?«

»Ein Tuschstein, um Tusche zu verreiben. Ein neuer Tuschstein.« Er wollte damit zu verstehen geben, dass es sich nicht um Antiquitäten handele und daher unproblematisch sei. Aber wenn sie ihn dabehalten wollten, ließe sich jeder Vorwand dafür hernehmen. Er wurde ein wenig nervös und ein Gedanke flackerte in ihm auf: Das hier war nicht sein Vaterland.

Gleichzeitig meinte er, jemanden im Hintergrund rufen zu hören. Er hielt den Atem an und versuchte sich zusammenzunehmen.

Endlich ließen sie ihn gehen. Er packte seine Sachen wieder in den Koffer und setzte ihn auf das Förderband, zog den Reißverschluss seines Handgepäcks zu und steuerte auf den Abflugsbereich zu. Wieder hörte er eine Stimme, diesmal schien sie seinen Namen zu rufen. Er tat, als hörte er nicht, und ging weiter. Nur einmal blickte er sich kurz um, und sah ein paar Ausländer, die von jenem Zollbeamten, der gerade seine Koffer durchsucht hatte, durchgewinkt wurden.

Da hörte er wieder einen langen Schrei, eine weibliche Stimme rief seinen Namen, der Laut kam von weit her und schwebte über dem Stimmengewirr der großen Flughalle zu ihm herüber. Er ließ seinen Blick über die Zollabsperrung gleiten und suchte, wo der Ruf hergekommen sein könnte. Da entdeckte er die Figur in den viel zu großen Militärkleidern, die an der Marmorbalustrade im Obergeschoss lehnte. Sie trug eine Militärmütze, er konnte ihr Gesicht nicht erkennen.

Als sie in ihrer letzten Nacht Abschied voneinander genommen hatten, hatte sie sich auf ihn geworfen und ununterbrochen wiederholt: »Liebster, komm nicht zurück, komm nicht wieder zurück …« Hatte sie eine Vorahnung gehabt? Oder hatte sie dabei nur an ihn gedacht? Wusste sie mehr als er? Oder hatte sie seine Gedanken erraten? Er hatte nicht geantwortet, hatte nicht den Mut gehabt, ihren Vorschlag von sich zu weisen. Sie hatte damit einen Gedanken in ihm geweckt und eine Idee ins Leben gerufen, der er noch nicht ins Auge sehen konnte. Er konnte sich einfach nicht von ihrer Liebe und Leidenschaft trennen. Er konnte sie nicht aufgeben.

Er hoffte, dass die Figur in Militäruniform nicht sie war, wandte sich um und ging weiter auf die Absperrung zu. Das rote Licht der Abfluganzeige blinkte schon. Noch einmal hörte er einen schrillen, verzweifelten Schrei hinter sich. Das war sie. Er ging durch die Absperrung, ohne sich noch einmal umzudrehen.

4

Das feuchte, warme Fleisch, das sich um dich wand und schlängelte, war nicht sie, nicht ihr feiner zierlicher Körper, mit dem du hattest anstellen können, was du wolltest, und der dir jetzt wieder in Erinnerung kam. Hier musstest du all deine Kräfte aufbringen, um dem Druck dieser festen Hüften, dieser Gier und Lust zu begegnen. »Sprich weiter! Wie war es mit diesem chinesischen Mädchen, warum hast du die Sache beendet?« Du sagtest, sie sei eine richtige Frau. Dieses Mädchen hatte erst eine Frau werden wollen. Sie war nicht so wild und freizügig wie sie. »Das magst du doch, oder?«, fragte sie. Natürlich, sagtest du, genau davon hattest du immer geträumt, von dieser absoluten Freiheit und Lust. »Hattest du sie, dieses kleine Mädchen, auch dahin bringen wollen?« »Ja!« »Eine heißsprudelnde Quelle?« »Was ich wollte, ist das hier!«, hast du gekeucht und dich weggedreht. »Sind alle Frauen gleich für dich?« »Nein.« »Was unterscheidet sie?« »Bei ihr empfand ich etwas anderes.« »Was war anders?« »Ich empfand eine Art Mitleid.« »Du hast doch deinen Spaß mit ihr gehabt?« »Ja schon. Aber es war anders.« »Und jetzt verspürst du nur reine Lust?« »Genau.« »Und wer saugt dich gerade aus?« »Ein deutsches Mädchen.« »Ein Mädchen für eine Nacht?« »Nein«, du sagst ihren Namen, laut: Margarete! Sie lachte, nahm deinen Kopf in ihre Hände und küsste dich. Ihre Beine schlangen sich fest um deine Hüften, mit einer Kopfbewegung warf sie eine Haarsträhne aus dem Gesicht.

»Sicher?« Ihre Stimme klang leicht verändert.

»Du bist doch Margarete?«, fragtest du mit einem leisen Zweifel in der Stimme.

»Das habe ich dir gesagt.«

»Aber als du mich gerade gefragt hast, ob ich mich erinnern würde, habe ich deinen Namen sofort gewusst.«

»Wie auch immer, ich hatte dir den Namen zuerst genannt.«

»Du wolltest mich raten lassen! Du hättest ja auch eine Sekunde warten können.«

»Ich war ein klein bisschen nervös, dass du dich vielleicht doch nicht an meinen Namen erinnern würdest«, gab sie zu. »Die Vorstellung war gerade zu Ende gewesen und eine Menge Leute standen herum, die noch mit dir sprechen wollten. Das wäre mir doch sehr peinlich gewesen.«

»Das wäre nicht schlimm gewesen, das waren alles gute Freunde.«

»Warum sprachen sie alle nur kurz mit dir und verabschiedeten sich dann? Warum seid ihr nicht noch etwas trinken gegangen?«

»Vielleicht wollten sie uns nicht stören, als sie sahen, dass ich ein kleines fremdes Mädchen bei mir hatte.«

»Hast du schon damals daran gedacht, mit mir zu schlafen?«

»Nein. Aber ich bemerkte deine Aufregung.«

»Mit meinen vielen Jahren Chinaerfahrung habe ich dein Stück natürlich verstanden. Aber meinst du, das Publikum in Hongkong hat es auch verstanden?«

»Ich weiß nicht.«

»Alles hat seinen Preis.« Sie wirkte plötzlich sehr nachdenklich.

»Ein tiefsinniges deutsches Mädchen«, sagtest du lachend, um die Stimmung wieder zu heben.

»Ich hab dir doch schon gesagt, dass ich keine Deutsche bin.«

»Verstanden, du bist Jüdin.«

»Vor allem bin ich eine Frau.« Sie klang müde.

»Das klingt besser«, bemerktest du.

»Warum ist das besser?« Wieder war ihre Stimme völlig verändert.

Du fügtest an, dass du noch nie eine Jüdin gehabt hättest.

»Wie viele Frauen hast du denn gehabt?« Ihre Augen blitzten im Dunkel auf.

»Nachdem ich China verlassen habe, waren es eine ganze Menge«, gabst du zu. Ihr musstest du nichts verheimlichen.

»Hast du immer eine Frau dabei, wenn du im Hotel wohnst?«, bohrte sie weiter.

»So gut geht es mir nun auch wieder nicht. Übrigens ist es dein Theater, das mir so ein teures Hotel bezahlt hat«, antwortetest du lachend.

Ihr Blick wurde weicher. Sie legte sich neben dich und sagte, sie schätze deine Aufrichtigkeit. Doch das sei nicht alles von dir. Du sagtest, du würdest sie mögen, nicht nur ihren Körper.

»Das ist gut.«

Sie sagte das so unbeschwert. Ihr Körper schmiegte sich an deinen und du konntest spüren, wie sie sich sanft entspannte. Du sagtest, du hättest freilich an sie gedacht, an diese Nacht im Winter. Damals war sie noch einmal vorbeigekommen. Sie sagte, sie habe zufällig dein Haus gesehen, als sie mit dem Fahrrad über die neue Brücke an der Ringstraße gefahren sei, und da sei sie vorbeigekommen, ohne besonderen Grund. Vielleicht hatte sie deine Bilder sehen wollen, in deinem Zimmer. Dunkel wie eine Traumlandschaft, sehr außergewöhnlich waren sie. Draußen heulte der Wind, ganz anders als in Deutschland. In Deutschland war alles so still, dass man Depressionen kriegen konnte. Am ersten Abend hatten die Kerzen die ganze Wohnung in ein unheimliches Licht getaucht. Du hattest sie einmal bei Tageslicht sehen wollen.

»Waren das alles deine Bilder?«, fragte sie.

Du sagtest, du hättest nie fremde Bilder bei dir aufgehängt.

»Warum nicht?«

»Kein Platz.«

»Du malst auch?«, fragte sie weiter.

»Ich durfte nicht,« sagtest du, »so war das damals.«

»Das verstehe ich nicht.«

Du sagtest, natürlich könne sie das nicht verstehen, das war

China. Eine deutsche Kunststiftung hatte dir ein Kunststipendium im Ausland angeboten, aber die Regierung hatte es abgelehnt.

»Warum?«

Du sagtest, du habest es nicht herausbekommen. Du habest dich überall umgehört und auch Freunde gebeten, in den entsprechenden Institutionen nachzufragen, um den Grund zu erfahren. Deren Antwort war, dass du Schriftsteller seist und kein Maler.

»Und das war der Grund? Warum kann denn ein Schriftsteller nicht auch malen?«

Du sagtest, das könne sie freilich nicht verstehen. Sie würde zwar Chinesisch können, aber das reichte eben nicht, um die Verhältnisse in China zu verstehen.

»Dann reden wir nicht mehr darüber«, sagte sie.

Sie erinnere sich an jenen Nachmittag, sagte sie. Die Sonne hatte ins Zimmer geschienen. Sie war auf dem Sofa gesessen und hatte seine Bilder betrachtet. Sie hätte sehr gerne eines gekauft, aber als Studentin hätte sie das Geld nicht gehabt. Du hattest ihr eines schenken wollen, aber sie hatte das abgelehnt. Schießlich sei das dein Werk gewesen. Du hattest erwidert, dass du oft Bilder an Freunde verschenken würdest. In China würde man Bilder nicht verkaufen, nicht unter Freunden. Daraufhin hatte sie gesagt, dass ihr euch gerade erst kennen gelernt hättet, das könne man nicht Freunde nennen. Es sei ihr peinlich, ein Bild geschenkt zu bekommen. Aber wenn du einen Katalog deiner Bilder hättest, könnte sie ja den kaufen. Du erklärtest, dass man solche Bilder in China nicht in einem Katalog publizieren könne. Warum er ihr denn keines schenken dürfe, wenn sie ihr doch so gut gefielen? Sie sagte, jenes Bild würde noch immer in ihrer Frankfurter Wohnung hängen und würde ganz besondere Erinnerungen in ihr wachrufen. Es sei wie ein Traumbild, in dem man sich verlieren könne, ein Zauber.

»Warum wolltest du es mir damals unbedingt schenken? Erinnerst du dich noch an das Bild?«, fragte sie.

An das Bild könntest du dich nicht mehr erinnern, gabst du zurück, aber du weißt noch, dass du sie hattest malen wollen. Du wolltest sie als Modell, weil du bisher nur chinesische Frauen gemalt hattest.

»Das war nicht ganz ungefährlich«, sagte sie.

»Warum?«, fragtest du.

»Nicht für mich, sondern für dich. Du hattest eine Weile geschwiegen, als es plötzlich an der Tür klopfte. Ein Elektriker wollte den Strom abnehmen. Du gabst ihm einen Stuhl und er stieg darauf, um den Zähler hinter der Tür abzulesen und die Zahlen zu notieren. Dann ging er wieder. Meinst du, das war tatsächlich ein Stromabnehmer?«

Du antwortetest nicht, denn daran erinnertest du dich nicht mehr. Erinnerungen an dein Leben in China würden zwar immer wieder in deinen Albträumen zurückkehren, sagtest du, aber du seist nach Kräften bemüht, sie zu verdrängen. Nur manchmal kämen sie aus deinem Unterbewusstsein zurück an die Oberfläche.

»War es normal, dass sie einfach so ohne Voranmeldung vorbeikamen?«

Du sagtest, in China sei alles möglich gewesen.

»Danach habe ich dich nicht mehr besucht. Um dir Schwierigkeiten zu ersparen«, erklärte sie sanft.

»Wer hätte gedacht …«, begannst du.

Du hattest plötzlich Lust, sie zu wärmen und bedecktest ihre großen Brüste mit deinen Händen. Sie streichelte deine Handrücken, und sagte: »Du bist sehr sanft.«

»Du auch, meine sanfte Margarete«, lachte er. »Fährst du morgen wieder?«

»Lass mich nachdenken … ich könnte auch noch bleiben, ich müsste nur mein Ticket nach Frankfurt umbuchen. Wann fährst du nach Paris zurück?«

»Nächsten Dienstag. Mein Ticket lässt sich nur im Notfall ändern, und das kostet extra.«

»Nein, ich muss spätestens am Wochenende wieder zurückfahren«, erwiderte sie. »Nächste Woche kommt eine chinesische Delegation nach Deutschland, für die ich übersetzen muss. Ich bin nicht so frei wie du, ich habe einen Chef über mir.«

»Dann haben wir noch vier Tage«, rechnete er.

»Morgen ... Nein, wir haben schon eine Nacht verbracht, wir haben nur noch drei Tage«, sagte sie. »Warte, ich rufe erst einmal meinen Chef an und bitte ihn um Urlaub. Dann ändere ich mein Flugticket und dann holen wir die Koffer aus meinem Hotel.«

»Was sagt dein Chef dazu?«

»Er kommt schon zurecht. Ich habe meinen Teil hier schon erledigt.«

Es war sehr hell draußen. Wolkenschleier hingen über dem gleißenden zylinderförmigen Gebäude gegenüber. Die Bergketten verschwanden im Nebeldunst. Das wuchernde Grün am Berghang hatte einen dunkleren Stich bekommen. Es sah nach Regen aus.

5

Er wusste nicht, wie er darauf gekommen war, nach Peking zurückzukommen. Er fand den Schlüssel nicht in der Hosentasche und konnte die Tür nicht öffnen. Er hatte Angst, jemand könnte entdecken, dass er zurückgekommen war. Als er von oben Schritte hörte, wandte er sich sofort um und tat, als wolle er nach unten gehen. Der Mann von oben holte ihn auf dem nächsten Treppenabsatz ein, blickte ihn kurz an. Als er ihn vorbeilassen wollte, fragte er: »Warum bist du zurückgekommen?« Es war der alte Liu, sein ehemaliger Chef aus der Zeit, als er vor vielen Jahren als Redakteur gearbeitet hatte. Mit seinem schlecht rasierten Bart sah er noch genauso aus wie damals, als sie ihn während der Kulturrevolution zum Verhör abgeholt hatten. Damals hatte er den alten Kader einmal in Schutz genommen, und es kam ihm vor, als sei von dieser alten Freundschaft noch etwas zurückgeblieben. Daher erzählte er, dass er seinen Schlüssel nicht finden könne. Der alte Liu schwieg eine Weile und meinte dann: »Dein Zimmer ist schon weiter vergeben worden.« Da erst erinnerte er sich, dass seine Wohnung durchsucht und versiegelt worden war. »Weißt du einen Ort für mich, wo ich eine Weile unterschlüpfen kann?«, fragte er. Der alte Liu verzog das Gesicht und dachte angestrengt nach: »Das muss über das Wohnungsamt laufen, das ist keine einfache Sache. Wie kannst du nur so mir nichts dir nichts zurückkommen?« Er antwortete, er habe sich einen Hin- und Rückflug besorgt und nicht daran gedacht ... aber er hätte doch daran denken müssen, wie konnte er nur so unbekümmert sein. War er etwa schon zu lange im Ausland gewesen, dass er sich nicht mehr erinnerte, dass in China alles nicht so einfach war? Wieder kam jemand von oben die Treppe herunter. Der alte Liu tat, als kenne er ihn nicht, rannte schnell weiter nach unten und verließ umgehend das Haus. Er lief hinterher, da ihn niemand erkennen sollte, und trat ebenfalls nach draußen. Von Liu war keine Spur mehr zu sehen. Die Luft hing voller Staub. Im Frühling zu Neujahr bliesen die Sandstürme durch Peking. Er überlegte, ob gerade Frühling war oder Herbst ... er war zu dünn angezogen und fröstelte. Schlagartig wurde ihm wieder bewusst, dass der alte Liu aus dem Fenster oben im Redaktionsgebäude geworfen worden und wie er zu Tode gekommen war. Er musste fliehen, schnell. Er wollte ein Taxi zum Flughafen nehmen, doch da fiel ihm ein, dass ihn sein Sonderdokument an der Passkontrolle sofort als »Staatsfeind« ausweisen würde. Er war heute ein »Staatsfeind«, doch wie er dazu gekommen war, war ihm schleierhaft. Noch schleierhafter schien ihm allerdings die Tatsache, dass er in Peking, der Stadt, in der er die Hälfte seines Lebens verbracht hatte, nicht wusste, wo er hingehen sollte. Schließlich landete er in einem Vorort von Peking und wollte dort ein Zimmer anmieten. Ein Bauer mit Schaufel in der Hand führte ihn in einen Schuppen, der mit einer Plastikplane abgedeckt war. Mit der Schaufel zeigte er auf eine Reihe von zementierten Löchern, in denen man im Winter den Kohl aufbewahrte. Dass die

Löcher inzwischen mit Zement ausgegossen wurden, war als Fortschritt zu sehen, dachte er. Es war nicht so, dass er noch nie auf dem Boden geschlafen hätte. Bei der Umerziehung auf der Staatsfarm hatten sie alle zusammen auf dem Boden geschlafen. Einer neben dem anderen lagen sie auf Stroh, jedem standen vierzig Zentimeter zu. Dagegen waren diese Löcher richtig groß, und jeder hatte sein eigenes. Und im Vergleich zu den kleinen zementierten Fächern, in welchen er die Urnen seiner Eltern auf dem Friedhof beigesetzt hatte, konnte er sich wirklich nicht beklagen. Weiter hinten entdeckte er, dass unterhalb einer Treppe eine weitere Reihe von Zementlöchern waren. Für den Fall, dass er eines der Löcher mieten dürfe, würde er eines der unteren bevorzugen, sagte er, dort sei es ruhiger. Und seine Frau würde gerne singen, und weiß der Himmel, wie er zu dieser Frau gekommen war... er wachte auf, ein Albtraum.

Schon lange hatte er keine solchen Albträume mehr gehabt. Wenn er heute träumte, hatten seine Träume mit China nichts zu tun. Er hatte einige Chinesen hier im Ausland getroffen, die ihm alle rieten, wieder einmal zurückzufahren, Peking habe sich so verändert, er würde es nicht wieder erkennen. Da gebe es mehr Fünf-Sterne-Hotels als in Paris! Daran hatte er keinen Zweifel. Wenn man ihm sagte, in China könne man jetzt reich werden, bekam er Lust zu fragen, und, bist du reich geworden? Wenn sie ihn weiter fragten, ob er denn gar kein Heimweh nach China verspüre, antwortete er, seine Eltern seien beide schon verstorben. Ob er sich denn nicht nach seiner Heimat sehne? Auch dieses Gefühl habe er zu Grabe getragen. Vor über zehn Jahren hatte er dieses Land verlassen und nicht die Absicht, alte Erinnerungen wieder aufleben zu lassen. Damit, so fand er, hatte er schon lange gebrochen.

Frei wie ein Vogel war er heute. Seine innere Freiheit, nichts was ihn band oder hinderte, machte ihn frei wie die Wolken und frei wie der Wind. Kein Gott hatte ihm diese Freiheit gewährt, vielmehr hatte sie ihren Preis gehabt, den er bezahlt hatte, und nur er selbst wusste, wie teuer sie gewesen war. Er wollte sich auch an keine Frau mehr binden, Familie und Kinder waren eine zu schwere Belastung für ihn.

Er schloss die Augen und ließ seine Gedanken umherschweifen. Erst mit geschlossenen Augen fühlte er sich nicht mehr beobachtet und kontrolliert. Mit geschlossenen Augen kam ein Gefühl der Freiheit auf, und er konnte seine Gedanken in die Tiefen einer weiblichen Grotte schweifen lassen, diesen wundersamen Ort. Er hatte einmal eine Tropfsteinhöhle in Mittelfrankreich besucht, die noch vollständig erhalten war. Die Besucher gelangten mithilfe einer Seilbahn in das Innere. An die Eisengeländer gelehnt betrachteten sie den großen Höhlenraum, der von allen Seiten mit orangegelben Lampen ausgeleuchtet war. Schicht um Schicht der kantigen Höhlenwände war übersät mit Tropfsteinen, an denen entlang das Wasser auf den Boden plätscherte. Dieses Naturwunderwerk erschien ihm wie ein riesiger Uterus, tief und unergründlich. Er fühlte sich in dieser dunklen Grotte winzig klein wie ein Sperma, ein steriles Sperma, das einfach nur herumstreifen wollte. Diese Sorglosigkeit konnte man nur erfahren, wenn man jegliche Hoffnung hinter sich gelassen hatte.

Als Kind, noch bevor er irgendwelche sexuellen Neigungen entwickelt hatte, war er auf dem Rücken einer Wildgans geflogen, wie im Märchenbuch, das ihm seine Mutter gekauft hatte. Und wie das Waisenkind in einem Märchen von Hans Christian Andersen hatte auch er ein Kupferschwein umschlungen und war des Nachts auf seinem Rücken zum Palast in Florenz geritten. Seine erste Erfahrung dieser Wärme, die Frauen in ihm erzeugen konnten, machte er nicht mit seiner Mutter, sondern mit der Haushilfe, Mama Li, daran erinnerte er sich genau. Sie badete ihn immer, und wenn er splitternackt geplanscht hatte, hob sie ihn aus dem Wasser und trug ihn zwischen ihren warmen Brüsten in sein Bett. Dann kraulte sie ihm den Rücken, damit er besser einschlafen konnte. Das junge Bauernmädchen badete und kämmte sich ohne Scheu vor ihm, dem kleinen Jungen, er erinnerte sich an ihre großen weißen Brüste, die wie ein

Paar Pfirsiche herabhingen, und an ihr tiefschwarzes, glänzendes Haar, das ihr bis zur Hüfte reichte. Sie kämmte es mit einem Kamm aus Knochen, band es im Nacken zusammen und bedeckte es mit einem Haarnetz. Seine Mutter ließ sich schon damals beim Friseur immer eine Dauerwelle machen und musste sich daher nicht so umständlich frisieren. Die grausamste Szene, die er in seiner Kindheit erlebt hatte, war, als Mama Li geschlagen wurde. Ihr Mann war gekommen, sie abzuholen, doch weigerte sie sich, mit ihm zu gehen, und hielt sich mit all ihrer Kraft am Tischbein fest. Der Kerl packte sie an den Haaren und schlug ihren Kopf auf den Boden. Blut rann ihr von der Stirn und tropfte auf den Boden. Auch seine Mutter konnte ihn nicht abhalten. Erst da erfuhr er, dass Mama Li zu ihnen gekommen war, weil sie vor den Misshandlungen ihres Mannes aus ihrem Dorf geflohen war. Sie hatte diesem Mann einige Silbermünzen und ein Silberarmband, eingepackt in einen blau gefärbten Stoffbeutel, gegeben, ihren Arbeitslohn mehrerer Jahre, und konnte sich doch nicht freikaufen.

Freiheit ist kein Menschenrecht, das vom Himmel kommt, und die Freiheit, träumen zu können, ist nicht angeboren. Es ist eine Fähigkeit, die man bewahren muss, eine Art Bewusstsein, das immer wieder von Albträumen gestört wird.

»Ich erinnere euch daran, Genossen, dass sie den Kapitalismus wieder einführen wollen. Ich spreche von allen, den Schlangengeistern und Rinderdämonen ganz unten und ganz oben, auf der Lokalebene und in der Parteizentrale. Wir müssen sie ohne jedes Mitgefühl ausmerzen, wir müssen die Reinheit der Partei schützen, wir dürfen nicht zulassen, dass die Ehre der Partei beschmutzt wird! Sind gar welche unter euch hier unten? Ich wage nicht, das Gegenteil zu behaupten! Ha, sollte es wohl unter den tausend Leuten dieser Versammlung nur lupenreine Personen geben? Keine Konspirateure, die im trüben Wasser fischen? Ich mahne euch Genossen zu erhöhter Wachsamkeit, haltet die Augen offen, sie wollen unsere Klassenfront aufmischen: Alle, die gegen den Vorsitzenden Mao sind, alle, die gegen die Partei sind, alle, die gegen den Sozialismus sind, müssen wir ausmerzen!«

Als der Vorsitzende in grasgrüner Uniform seine Rede auf dem Podium beendet hatte, begann das Publikum mit lauter Stimme Parolen zu rufen:

»Weg mit den Schlangengeistern und Rinderdämonen!«

»Wir schwören, den Vorsitzenden Mao mit unserem Leben zu verteidigen!«

»Wir schwören, die Parteizentrale mit unserem Leben zu verteidigen!«

»Wenn der Feind nicht kapituliert, soll er zugrunde gehen!«

Da alle um ihn herum ihre Hälse reckten und laut schrien, musste er mitrufen. Es reichte nicht, seine Faust zu heben und damit seinen guten Willen zu demonstrieren. Er musste von seinen Nachbarn auch gehört werden. Er wusste, dass auf dieser Versammlung jede einzelne, von der Masse abweichende Bewegung genau beobachtet wurde. Er spürte, wie sich die beobachtenden Blicke in seinen Rücken bohrten, und begann zu schwitzen. Zum ersten Mal dachte er daran, dass er sehr wahrscheinlich ein Staatsfeind war und so möglicherweise zugrunde gerichtet würde.

Er gehörte wohl einfach zu jener Klasse, die zugrunde gerichtet werden sollte. Aber was war mit seinen Eltern, die schon zugrunde gegangen waren, welcher Klasse gehörten sie an? Sein Urgroßvater wollte Beamter werden. Doch obwohl er eine ganze Straße samt Häusern gestiftet hatte, konnte er sich damit keine Mandarinkappe erkaufen. Da wurde er verrückt und steckte das Haus in Brand, das er für seine eigene Familie behalten hatte. Das war noch während des Qing-Kaiserreiches, noch vor der Geburt seines Großvaters geschehen. Seine Großmutter hatte das Haus, das sie von ihrem Großvater geerbt hatte, verpfändet, und es ging ihnen verloren, noch bevor seine Mutter zur Welt kam. Niemand aus beiden Familien seiner Eltern hatte irgendetwas mit Politik zu tun gehabt. Nur ein jüngerer Onkel hatte für das neue Regime Geld in der Bank beschlagnahmt, das nach Taiwan verschoben werden sollte, und dafür einen Orden als »Vorkämpfer für die Demokratie« erworben. Das war sieben oder acht Jahre bevor er zum Rechtsabweichler abgestempelt worden war. Sie alle lebten von dem, was sie verdienten. Sie hatte immer genug zu essen und anzuziehen, aber fürchteten die Arbeitslosigkeit. Sie alle begrüßten ein Neues China, sie alle meinten, dieser neue Staat sei allemal besser als der alte.

Erst nach der Befreiung wurde die »Räuberarmee« in »kommunistische Armee« und schließlich »Befreiungsarmee« umgetauft, und als die Truppen, die offiziell »Volksbefreiungsarmee« hießen, in die Stadt einzogen, fühlten sich seine Eltern wirklich befreit. Der ständige Kampf, die ständige Bombardierung, das ständige Fliehen und immer die Angst, erschossen zu werden, schienen endlich für immer ein Ende gefunden zu haben.

Sein Vater, der die alte Regierung nicht mochte, war Chef einer Filiale der staatlichen Bank gewesen. Aber da er, wie sich sein Vater auszudrücken pflegte, die Regeln der Vetternwirtschaft nicht richtig verstanden hatte, verlor er seinen Job und wurde Journalist bei einer kleinen Zeitung. Als auch die Zeitung irgendwann einging, musste die Familie allmählich ihren Besitz verkaufen, um zu überleben. Er erinnerte sich, dass die Silbermünzen in der Schuhschachtel unter der Kommode immer weniger wurden und auch das Silberarmband seiner Mutter eines Tages verschwunden war. In eben jener Schuhschachtel befand sich zudem eine Schrift von Mao *Über die neue Demokratie*, die ein mysteriöser Freund seines Vaters, Onkel Hu, heimlich mitgebracht hatte. Diese auf grobem Papier gedruckte Schrift war seine erste Begegnung mit den Werken von Mao Zedong, und sie lag direkt neben den Silbermünzen.

Dieser Onkel Hu war Mittelschullehrer. Sobald er kam, mussten die Kinder verschwinden. Trotzdem konnte er manchmal ein paar Worte über ihre Hoffnungen, die sie in die »Befreiung« setzten, aufschnappen, wenn er extra häufig ins Wohnzimmer hinein- und hinauslief. Was ihnen der dicke Postmeister, ihr Vermieter, über die kommunistischen Banditen erzählt hatte, dass sie nicht nur die Güter, sondern auch die Frauen teilten, dass sie in großen Speisehallen aßen und die sechs Familienbande missachteten und dass sie Menschen wie Fliegen töteten, alldem hatten seine Eltern keinen Glauben geschenkt. Damals hatte sein Vater lachend zu seiner Mutter gesagt: »Dein lieber Cousin«, – eigentlich war es der Cousin seines Vaters – »der mit den Pockennarben im ganzen Gesicht, der ist auch ein kommunistischer Bandit, wenn der noch lebt ...«

Dieser Cousin seines Vaters hatte in Shanghai studiert und sich bald der kommunistischen Partei im Untergrund angeschlossen, war nach Jiangxi gegangen, um sich ganz der revolutionären Sache zu widmen, und zwanzig Jahre später offenbar immer noch am Leben. Endlich konnte er ihn auch einmal treffen, diesen Cousin seines Vaters. Trotz der vielen Pockennarben im Gesicht machte er ihm keine Angst. Wenn er getrunken hatte und sich seine Wangen rot färbten, wurde er sogar richtig leutselig. Wenn er lachte, tönte seine Stimme hell durch den Raum, aber er war oft heiser. Es hieß, dieses Leiden habe er sich während des Partisanenkampfes zugezogen, als sie in der Sonne getrocknetes Gras rauchten, weil sie keinen Tabak hatten. Der Cousin war mit der Armee in die Stadt eingezogen und hatte eine Suchanzeige nach seinen Familienangehörigen aufgegeben. Über Verwandte in seinem Heimatdorf erfuhr er dann vom Verbleib meines Vaters. Ihr erstes Treffen entbehrte nicht einer gewissen Dramatik. Aus Angst, die Familie werde ihn nicht wiedererkennen, hatte der Cousin in einem Brief angekündigt, er werde auf dem Bahnsteig ein weißes Handtuch schwenken, das er an einem Bambusstab befestigen werde. So stand auf dem Bahnhof sein Dienstjunge, ein kleiner Dummkopf vom Lande mit Grindspuren am ganzen Kopf, der aller Hitze zum Trotz seine Dienstmütze auf dem Kopf trug und den langen Bambusstab über den Köpfen der brodelnden, dicht gedrängten Menge hinweg schwenkte, dass ihm der Schweiß nur so heruntertropfte.

Beide tranken sie gerne, sein Vater und dessen Cousin. Bei jedem Besuch wurde eine Flasche Gaoliang-Schnaps aufgemacht und einige in Lotosblätter verpackte Kleinigkeiten wurden aufgetischt: Hähnchenflügel, Gänseleber oder Entenmagen, Entenfüße und Schweinezungen. Wenn er den Dienstjungen weggeschickt hatte, sprach er bis tief in die Nacht mit meinem Vater, bis der Dienstjunge ihn wieder abholte und zu seiner Wohnung im Militärbezirk zurückbegleitete. Manchmal fielen ihm vor Müdigkeit die Augen zu, wenn der Cousin seine Geschichten von seinen Erfahrungen im Partisanenkrieg erzählte, oder von den alten Zeiten, als der Abstieg der Familie begonnen hatte. Doch wollte er unbedingt weiter zuhören und nicht schlafen gehen, auch wenn ihn die Mutter schon einige Male gerufen hatte.

Die Geschichten spielten in einer völlig anderen Welt als die Märchen, die er aus seinen Büchern kannte. So wandte er sich ab von diesen Märchen und begann, sich für die Revolutionsmythen zu interessieren. Der Cousin wollte ihn auch in der Schriftstellerei unterrichten und nahm ihn daher einige Monate zu sich nach Hause. In seinem Haus gab es kein einziges Kinderbuch, aber es gab »Die gesammelten Werke von Lu Xun«. Der Unterricht des Cousins bestand allein darin, ihn jeden Tag ein Stück aus dem Werk Lu Xuns lesen zu lassen. Wenn der Cousin von seinen Tagesaufgaben zurückgekehrt war, musste er ihm den Inhalt des Stückes, das er gelesen hatte, nacherzählen. Er hatte keine Ahnung, was ihm diese altertümlichen Romane sagen sollten, und sein größtes Interesse in jener Zeit bestand darin, die Grillen zwischen den Gräsern in den Ziegelhaufen am Fuße der Mauer zu fangen. Als sein Cousin ihn zu seinen Eltern zurückbrachte, gestand er selbst lachend ein, dass dieser Bildungsversuch wohl gescheitert sei.

Seine Mutter war damals wirklich noch jung gewesen, nicht einmal dreißig Jahre alt. Sie hatte kein Interesse daran, noch mehr Kinder zu bekommen und den Haushalt zu führen, sondern wollte mit Leib und Seele am neuen Leben teilhaben. Sie fing wieder zu arbeiten an und hatte keine Zeit mehr, nach ihm zu sehen. In der Schule hatte er keine Probleme, wurde schnell Klassenbester und durfte das rote Pionierhalstuch tragen. Wenn die anderen Jungen unanständige Dinge über die Mädchen sagten oder ihnen üble Streiche spielten, beteiligte er sich nicht daran. Einmal durfte er am Kindertag am 1. Juni als Vertreter seiner Schule an den offiziellen Feierlichkeiten der Stadt teilnehmen und dort dem Bestarbeiter der Stadt einen Strauß Blumen überreichen. Auch seine Eltern erhielten beide Preise dafür, dass sie mit ihrer Arbeit den Fortschritt ihrer Einheiten vorantrieben, einmal eine emaillierte Teedose, ein andermal ein Notizbuch, auf denen die Namen des jeweiligen Preisträgers geschrieben oder aufgedruckt waren. Für ihn waren das glückliche Jahre. Im Kinderpalast gab es häufig Theater- und Musikvorstellungen und sein innigster Wunsch war es, eines Tages selbst einmal auf der Bühne zu stehen.

Einmal war er auf einer Versammlung zum Geschichtenerzählen gewesen, auf der eine Lehrerin einen Roman des russischen Autors Korolenko vorlas. Die Geschichte spielte in einer kalten Winternacht. Der Ich-Erzähler war im Schneesturm mit seinem Jeep auf einer Bergstraße liegen geblieben. Oben auf dem Berg sah er noch Licht brennen und tastete sich durch das Dunkel an das Haus heran. Dort lebte einsam eine alte Frau. Es war Mitternacht, der Wind heulte so laut, dass der Ich-Erzähler nicht schlafen konnte. Als er genau in den Wind horchte, meinte er, ein Seufzen gehört zu haben. Also sprang er aus dem Bett. Die alte Frau saß allein neben einer Lampe, die Tür ihr gegenüber schlug heftig im Wind. Der Ich-Erzähler fragte, warum sie noch nicht schlafen ginge? Ob sie auf jemanden warte? Sie antwortete, sie warte auf ihren Sohn. Erst als der Ich-Erzähler ihr anbot, dieses Mal für sie die Nachtwache zu übernehmen, erzählte sie ihm, dass ihr Sohn schon gestorben sei und außerdem, dass sie selbst ihn von einer Klippe gestoßen habe. Als der Ich-Erzähler weiter nachbohrte, um zu erfahren, wie es dazu gekommen sei, seufzte die alte Frau auf und berichtete, dass ihr Sohn sich im Krieg davongemacht und als Deserteur nach

Hause geschlichen sei. Und sie habe keinen Deserteur über die Schwelle ihres Hauses treten lassen können. Diese Geschichte hatte ihn aus irgendeinem Grunde sehr tief beeindruckt und sehr deutlich fühlen lassen, dass man die Welt der Erwachsenen nicht begreifen konnte. Heute war er nicht nur ein Deserteur. Dass ihn seit seiner Kindheit einige Gedanken umhertrieben, hatte sogar dazu geführt, dass er zum Staatsfeind erklärt worden war und nie wieder in den schützenden Armen einer Heimat Zuflucht suchen konnte.

Er erinnerte sich, dass er etwa acht war, als er das erste Mal anfing, nachzudenken und den Dingen auf den Grund zu gehen. Irgendwann kurz nachdem er begonnen hatte, Tagebuch zu schreiben, war er einmal auf sein Fensterbrett geklettert und hatte dabei den Lederball aus seiner Hand verloren. Der plumpste ins Gras und rollte unter einen Oleanderbusch. Er bat seinen jüngeren Onkel, der im Garten ein Buch las, ihm den Ball zurückzugeben. Der Onkel antwortete nur, er sei ein kleines Faultier, und wenn er den Ball selbst hinuntergeworfen habe, müsse er ihn schon selbst wieder holen. Seine Mutter werde ihm aber nicht erlauben, nach draußen zu gehen, bevor er nicht seinen Eintrag im Tagebuch fertig geschrieben habe, erwiderte er. Der Onkel fragte, ob er ihn wieder hinunterwerfen würde, wenn er ihn zurückkriegen würde. Das war keine Absicht, sagte er, der Ball sei hinuntergefallen. Ziemlich unwillig stand der Onkel auf und warf ihm den Ball durch das kleine Fenster zurück. Er war noch immer auf dem Fensterbrett und fragte seinen Onkel:

»Warum springt der Ball eigentlich nicht genauso hoch zurück, wie er nach unten fällt? Wenn er genauso weit zurückspringen würde, hättest du ihn mir nicht extra hochwerfen müssen.«

»So etwas kannst auch nur du sagen! Das ist eine Frage der Physik.«

»Was heisst das, eine ›Frage der Physik‹?«, fragte er zurück.

»Das hat mit ganz fundamentalen Prinzipien zu tun, die du sowieso nicht verstehen würdest.«

Sein Onkel besuchte damals die Mittelschule und wurde sehr von ihm bewundert, besonders, wenn er von Dingen wie Physik und fundamentalen Prinzipien sprach. Diese beiden Worte würde er nie vergessen, und er fand, dass plötzlich alles, was er für alltäglich auf der Welt gehalten hatte, doch auch mysteriös und unbegreiflich war.

Später kaufte ihm seine Mutter eine Kindersachbuch-Reihe, die »Hunderttausend Fragezeichen« hieß. Er las jeden Band davon, ohne dass einer irgendeinen Eindruck bei ihm hinterlassen hätte. Nur diese eigenen ersten Fragen an die Welt, die behielt er für immer in seinem Herzen.

Weit weg lagen die Kinderjahre, wie in Rauch und Nebel gehüllt. Nur ab und zu blitzten ein paar Erinnerungen auf, machten sich bemerkbar und sorgten dafür, dass die von der Zeit überdeckten Erinnerungen wieder ans Licht traten, wie ein Netz, das aus dem Wasser gezogen wurde. Knoten ohne Ende. Je mehr man herauszog, umso mehr hatte man zu bewältigen. Manches blieb verborgen, manches wurde sichtbar. Hatte man einmal ein Ende herausgezogen, verstrickte man sich immer weiter. Unterschiedliche Dinge aus verschiedenen Zeiten vermischten sich und du wusstest nicht, welchen Faden du aufgreifen solltest, wie man all das ordnen konnte, du wusstest nicht, wie man sich über irgendetwas Klarheit verschaffen konnte. Das Leben war ein Netz und je weiter du es auslegen wolltest, umso mehr brachtest du es durcheinander. Das Leben hatte eine so unklare Buchführung, dass dir jede Revision unmöglich erschien.

6

Mittags wurdest du von einem unbekannten Herrn zum Essen eingeladen. Die Sekretärin hatte am Telefon gesagt: »Unser Direktor Zhou wird Sie persönlich im Foyer abholen.«

Als du in die Lobby tratest, kam dir sofort ein gut gekleideter, etwas fettleibiger, aber kräftiger Mann breit lächelnd entgegen und überreichte dir mit beiden Händen seine Visitenkarte.

»Wie lange habe ich diesen Augenblick ersehnt!« Er sagte, er habe ein Stück von dir gesehen und daher gewagt, deine Zeit in Anspruch zu nehmen und dich zu einem einfachen Essen einzuladen.

Du nahmst in seinem dicken Mercedes Platz, dem Symbol von Reichtum schlechthin. Der Direktor fuhr den Wagen selbst und fragte dich, wo du speisen wolltest.

»Wo auch immer«, hast du geantwortet, »Hongkong ist ein Paradies, was gutes Essen betrifft.«

»Aber nicht zu vergleichen mit Paris! Da gibt es auch noch scharenweise hübsche Frauen«, entgegnete Herr Zhou lachend, während er fuhr.

»Aber nicht nur. In der U-Bahn trifft sich auch so manches Gesindel«, sagtest du und warst langsam überzeugt, dass es sich wirklich um einen Geschäftsmann handelte.

Das Auto folgte der Küste und bog dann in den langen Unterwassertunnel, der nach Kowloon auf das Festland führte.

Herr Zhou sagte: »Fahren wir zur Pferderennbahn, da ist um die Mittagszeit nicht viel los und man kann sich gut unterhalten. Normalerweise gehen da nur ein paar Jockeys zum Essen hin.«

Offenbar gab es in Hongkong sogar einige alte Geldsäcke, die sich für deine Stücke interessierten. Du fingst an, die Sache gar nicht uninteressant zu finden.

Nachdem ihr Platz genommen hattet, bestellte Herr Zhou ein paar leichte Vorspeisen. Plötzlich sprach er nicht mehr von schönen Frauen, sondern wurde ganz schweigsam. In der großen Restauranthalle waren nur wenige Tische mit Gästen besetzt, und die Bedienungen standen dezent wartend hinten am Eingang. Die Lokalität unterschied sich stark von den belebten Hongkonger Restaurants, in denen sich die Gäste drängten und der Lärm tobte.

»Sie müssen wissen, dass ich vom Festland geflohen bin, ich bin herübergeschwommen. Ich hatte in einer Staatsfarm gearbeitet, ich kam vom Gymnasium und hatte schon ein bisschen was im Kopf. Ich konnte mich doch dort nicht einfach begraben lassen.«

»Aber eine solche Flucht ist ganz schön gefährlich.«

»Natürlich. Meine Eltern waren damals beide verhaftet, unser Haus war durchsucht worden, und ich zählte zu dem Hundepack der ›Fünf schwarzen Klassen‹.«

»Wenn Sie auf einen Hai gestoßen wären …«

»Davor hatte ich gar nicht solche Angst. Mit einem Hai kann man kämpfen und sehen, wie es für einen ausgeht. Angst machten mir die Menschen. Patrouillenboote fuhren durch das Wasser und leuchteten die Oberfläche mit ihren Lampen ab. Wenn sie jemand auf der Flucht nach Hongkong entdeckten, wurde sofort geschossen.«

»Wie haben Sie es dann herüber geschafft?«

»Ich hatte zwei Basketbälle dabei. Damals waren Basketbälle aus Gummi und aufblasbar, mit langen Ventilen.«

»Ich weiß, Kinder benutzten sie oft als Schwimmhilfen. Damals gab es noch nicht viele Plastiksachen«, sagtest du nickend.

»Wenn ein Boot kam, ließ ich die Luft raus und tauchte unter. Mit einem kleinen Schnorchel. Ich hatte das einen Sommer lang geübt.« Herr Zhou zeigte ein Lächeln, doch wirkte sein Lachen eher trostlos. Er sah überhaupt nicht mehr wie ein reicher Geldsack aus.

»Hongkong ist ein guter Ort, weil sich einfach jeder dort tummeln kann. Ich bin ein Neureicher. Kein Mensch kennt meine Vergangenheit, ich habe schon lange meinen Namen geändert, alle kennen mich nur als diesen Zhou, den Direktor.« Aus seinen Augen und Mundwinkeln blitzte wieder die alte Selbstzufriedenheit. Hier war er wieder, der reiche Geschäftsmann.

Dir war klar, dass es nichts mit dir zu tun hatte, dass er sich so plötzlich völlig offenbart hatte. Er kannte dich ja überhaupt nicht. Es hatte mit seiner Position zu tun, die ihm über die Jahre dieses Selbstvertrauen verschafft hatte.

»Ich habe Ihr Theaterstück genossen. Aber das normale Hongkonger Publikum hat es nicht unbedingt verstanden«, sagte er.

»Wenn man darauf wartet, dass es verstanden wird, ist es schon zu spät.« Du überlegtest eine Weile und sagtest dann: »Dazu braucht man eine gewisse Erfahrung.«

»Genau das«, stimmte er zu.

»Gehen Sie gern ins Theater?«, hast du gefragt.

»Normalerweise gehe ich nicht ins Theater«, sagte er, »sondern nur ins Ballett oder in Konzerte. Wenn berühmte Sänger aus dem Westen kommen und Opern oder Symphonien gespielt werden, habe ich immer Karten. Heute nehme ich von allen schönen Künsten etwas mit, aber so etwas wie Ihr Theater, mein Herr, habe ich noch nie gesehen.«

»Ich verstehe«, sagtest du lachend und fragtest nach: »Wie sind Sie darauf gekommen, sich das Stück anzusehen?«

»Ein Freund hat mich angerufen und mir davon erzählt«, antwortete er.

»Das beweist, dass es doch jemand verstanden hat.«

»Der kam auch vom Festland.«

Du sagtest, du hättest das Stück noch auf dem Festland geschrieben, aber es könne nur außerhalb von China aufgeführt werden. Die Sachen, die du jetzt schreiben würdest, hätten mit dem Festland überhaupt nichts mehr zu tun.

Er meinte, ihm gehe es genauso. Seine Frau und seine Kinder seien hier geboren und absolute Hongkonger. Er sei schon dreißig Jahre hier und eigentlich auch schon ein Hongkonger. Mit dem Festland habe er nur noch manchmal geschäftlich zu tun, aber die Geschäfte würden auch immer schwieriger, und so habe er schon einen großen Teil seiner Investitionen wieder herausgezogen.

»Wo wollen Sie denn investieren?«, fragtest du unwillkürlich.

»Australien«, antwortete er. »Und nachdem ich Ihr Stück gesehen habe, bin ich von dieser Idee noch fester überzeugt.«

Du sagtest, dieses Stück habe doch gar keinen konkreten

Hintergrund und nichts mit China zu tun, es gehe doch nur um normale menschliche Beziehungen.

Er sagte, er habe das verstanden. Aber er brauche einen Rückzugsort.

»Aber in Australien werden Chinesen doch auch diskriminiert? Und wenn alle aus Hongkong nach Australien gehen würden?«

»Gerade darüber wollte ich mit Ihnen sprechen.«

»Ich kenne mich mit Australien nicht aus, ich wohne in Paris«, hast du geantwortet.

»Und wie ist es in Frankreich?« Er blickte dir fest in die Augen.

»Rassismus gibt es überall«, sagtest du, »davon ist auch Frankreich nicht verschont.«

»Chinesen haben es im Ausland nicht leicht ...« Er trank einen Schluck aus dem halb leeren Becher Orangensaft und stellte ihn wieder hin.

Du warst etwas gerührt und meintest, man könne sich schließlich immer ein Türchen offen halten, auch wenn seine Familie mit diesem Stück Erde verbunden sei und die Geschäfte in Hongkong auch nicht ganz schlecht liefen. Er sagte, er fühle sich sehr geehrt, dass du dieses einfache Mahl mit ihm zu teilen bereit gewesen und so offen und vertraulich zu ihm gewesen seist.

Du erwidertest, dass er derjenige sei, der aufrichtig gewesen war. Chinesen lebten hinter einer Maske, und es sei schwer für sie, diese Maske abzulegen.

»Zwischen uns gibt es keine finanziellen Interessen, deswegen können wir Freundschaft schließen.«

Er sagte das so überzeugend. Sicherlich hatte er schon eine Menge erlebt in diesem Leben.

Um drei warst du zu einem Interview in einem Café in Wanzhai verabredet. Er wollte dich hinbringen. Du meintest, er solle keine Umstände machen, er habe sicher auch viel zu tun. Er sagte, du solltest ihn unbedingt besuchen, wenn du wieder nach Hongkong kämst. Du bedanktest dich für seine Freundlichkeit und sagtest, dass dies wohl dein letztes Stück in Hongkong gewesen sein werde. Aber dass ihr euch sicher noch einmal treffen würdet, nur hoffentlich nicht in Australien. Nein, nein, wehrte er schnell ab. Aber wenn er nach Paris käme, werde er dich sicher besuchen. Du gabst ihm deine Adresse und Telefonnummer, und er schrieb sofort seine Handynummer auf die Visitenkarte. Wenn er irgendwann irgendwie helfen könne, solltest du ihn einfach anrufen. Und er hoffe sehr, dass ihr euch irgendwann wieder sehen würdet.

Zum Interview kam eine Journalistin mit Brille. Als du ins Café tratst, erhob sie sich von ihrem Platz an einem großen Fenster mit Blick auf das Meer und winkte dir zu. Sie nahm ihre Brille ab und sagte: »Normalerweise trage ich keine Brille. Ich hatte nur Angst, Sie nicht zu erkennen, da ich nur Ihr Bild aus der Zeitung kenne.«

Sie steckte die Brille in ihre Handtasche und holte ein kleines Aufnahmegerät heraus. »Darf ich aufnehmen?«, fragte sie.

Du sagtest, du hättest überhaupt nichts dagegen.

»Ich lege Wert darauf, dass die Worte eines Interviews genau wiedergegeben werden. Viele Journalisten in Hongkong machen sich einfach nur ein paar Notizen, was dann bei den Schriftstellern vom Festland oft Ärger hervorruft. Das geht manchmal so weit, dass sie sogar Gegendarstellungen fordern. Natürlich verstehe ich ihren Standpunkt. Bei Ihnen ist das anders, auch wenn Sie ursprünglich vom Festland kommen, ich weiß.«

»Ich habe niemanden über mir«, sagtest du lachend.

Sie sagte, ihr Chefredakteur sei aber in Ordnung, er greife selten in ihre Texte ein und sie könne schreiben, was sie wolle. Einschränkungen könne sie ganz schlecht ertragen. Wenn sie nach 1997, das Ganze fand noch 1997 statt, nicht mehr so weiter machen könnte, werde sie Hongkong verlassen.

»Darf ich Sie fragen, wohin Sie dann gehen würden?«

Sie sagte, sie habe zwar als Hongkongerin einen britischen Pass, habe damit aber keine Aufenthaltserlaubnis dort. Außerdem würde sie England nicht mögen, sie würde an Amerika denken, wirklich gern würde sie eigentlich nach Spanien gehen.

»Warum Spanien und nicht Amerika?«

Sie biss sich auf die Lippen und grinste. Sie habe einmal einen spanischen Freund gehabt, den sie auf einer Reise in Spanien kennen gelernt habe, aber sie seien schon wieder auseinander. Ihr jetziger Freund war aus Hongkong, ein Architekt, der nicht daran dachte, wegzugehen.

»Woanders ist es nicht leicht, einen Job zu finden«, sagte sie, »natürlich mag ich Hongkong am allerliebsten.« Sie erzählte, dass sie schon viele Länder bereist habe und ihr das Reisen auch sehr viel Spaß mache. Aber im Ausland zu leben sei schwierig. In Hongkong sei das nicht der Fall, beide Eltern waren in Hongkong geboren, sie sei durch und durch Hongkongerin. Sie hatte sogar Hongkongs Geschichte, seine Kultur, seine Menschen und den Wandel seiner Sitten und Gebräuche erforscht und wollte ein Buch darüber schreiben.

»Was wollen Sie dann in Amerika tun?«, fragtest du.

»Weiter studieren. Ich habe schon mit einer Universität Kontakt aufgenommen.«

»Wollen Sie promovieren?«

»Ich will ein Teilzeit-Studium machen und mal sehen, welchen Job ich finden kann.«

»Und was macht Ihr Freund?«

»Ich könnte ihn vorher heiraten ... vielleicht. Eigentlich weiß ich auch nicht, was ich tun soll.« Sie wirkte nicht gerade kurzsichtig, aber der Blick ihrer Augen wirkte etwas verloren. »Mache ich eigentlich ein Interview mit Ihnen oder Sie eines mit mir?«

Sie fing sich wieder und drückte auf den Rekorder: »Gut, jetzt erzählen Sie mir bitte, was Sie über die Kulturpolitik in Hongkong nach der Übergabe an China denken. Wird sich das nicht auf das Theater in Hongkong auswirken? Das sind

Fragen, mit denen sich die Hongkonger Kulturkreise beschäftigen. Was denken Sie dazu, als ein Mann vom Festland?«

Nach dem Interview fuhrst du mit der Fähre zurück nach Kowloon, um dort mit den Schauspielern im Theater des Kulturzentrums zu diskutieren. Nach dem Beginn der Vorstellung konntest du endlich in ein Restaurant gehen und einen ruhigen Abend mit Margarete verbringen.

Sonnenstrahlen brachen durch die Wolken und tanzten auf der Meeresoberfläche, über die dunkelblaue Wellen rollten. Der kühle Wind war sehr viel angenehmer als die Klimaanlage im Zimmer. Auf der anderen Uferseite in Hongkong Island türmten sich die Wolkenkratzer in den grünen Hügeln. Der Lärm der Stadt verschwand langsam in der Ferne. Nur die Schläge eines Presslufthammers waren immer deutlicher über dem Meer zu vernehmen. Die Arbeiten für das riesige Gebäude, in dem die Feierlichkeiten zur Übergabe von Hongkong 1997 stattfinden sollten, waren in vollem Gange. Jeder Schlag erinnerte dich daran, dass Hongkong in diesem Augenblick mit jeder Sekunde, jeder Minute unaufhaltsam dabei war, chinesisch zu werden. Die Lichterspiele auf dem Wasser machten dich blinzeln. Du wurdest müde. Noch immer schien dich also dieses China zu belästigen, von dem du schon so lange Abschied genommen hattest. Du musstest dich völlig frei davon machen und bekamst Lust, diesen Abend mit Margarete in Lan Kwai Fong zu verbringen, in jener völlig europäisierten kleinen Gasse in einen Jazzclub zu gehen und dich richtig zu betrinken.

7

Pong, pong krachte der Pressluftzylinder langsam und gleichmäßig in die Erde, alle drei, vier Sekunden erfolgte ein Schlag. Die großartige, ruhmreiche, unfehlbare Partei! Unfehlbarer als Gott, ruhmreicher, großartiger! Unfehlbar in alle Ewigkeit! Ruhmreich in alle Ewigkeit! Großartig in alle Ewigkeit!

»Genossen, ich empfange euch in Vertretung des Vorsitzenden und des Zentralkomitees!«

Der Führungskader war von mittlerer Statur, hatte ein breites Gesicht mit geröteten Wangen, sprach Sichuaner Dialekt, und wirkte sehr energisch. Ganz offensichtlich hatte er schon einige Truppen in die Schlacht geführt. Die Kulturrevolution hatte gerade begonnen, und alle leitenden Kader, die einen Platz auf dem Podium ergattern konnten, von Maos Frau Jiang Qing bis hin zum Premierminister Zhou Enlai, trugen nun Uniformen nach dem Vorbild von Mao Zedong, der das schon immer getan hatte. Der Führungskader wurde vom Parteisekretär der Organisation flankiert und saß aufrecht auf dem Podium, das mit rotem Tuch ausgehängt war. Er achtete darauf, dass die Seitenausgänge und das Eingangsportal im hinteren Teil der Aula von den Soldaten und politischen Kadern gut bewacht wurden.

Etwa gegen Mitternacht versammelte sich die gesamte Belegschaft in Gruppen im Saal, nicht einer der über tausend Angestellten aus diesem großen Gebäude fehlte, selbst in den Korridoren vor der Aula drängten sich die Leute und hatten sich entlang der Wände auf den Boden gehockt. Ein Politkader in alter Uniform, der früher in der Armee gedient hatte, dirigierte die Massen, die das Lied »Auf hoher See vertrauen wir dem Steuermann!« anstimmten, ein Lied, das die Soldaten jeden Tag sangen. Die Tonlage war so hoch, dass die Intellektuellen und Kader der Organisation Schwierigkeiten hatten, das Lied zu Ende zu bringen. Das Lied »Der Osten ist rot, die Sonne geht auf, China hat einen Mao Zedong hervorgebracht« basierte dagegen auf einem alten Volkslied, das alle kannten. Trotzdem war auch dieses Lied nach den ersten Klängen kaum wiederzuerkennen.

»Genossen, wenn ihr das Feuer eröffnet gegen die Parteigegner, gegen die Feinde des Sozialismus und gegen die Gegner von Mao Zedong, habt ihr meine volle Unterstützung!«

Sofort brausten die Parolen im Saal auf. Es kam völlig unvorbereitet, und er wusste auch nicht woher. Ganz unwillkürlich erhob auch er die Hand. Auch die Parolen waren nicht aufeinander abgestimmt. Der Führungskader musste die Lautsprecher aufdrehen, damit seine Stimme den Lärm des Stimmengewirrs übertönte.

»Wenn ihr das Feuer gegen die Schlangengeister und Rinderdämonen eröffnet, habt ihr meine volle Unterstützung! Bitte hört genau hin, ich sage *alle* Schlangengeister und Rinderdämonen, ich meine das ganze reaktionäre Pack, das sich in irgendwelchen dunklen Ecken zu verstecken versucht. Wenn sie ihre Zeit gekommen sehen, preschen sie wild und gierig hervor! Der Vorsitzende Mao hat zu Recht gesagt, dass die reaktionären Subjekte nicht fallen, wenn man sie nicht schlägt!«

Vor ihm und um ihn herum erhoben sich Leute, reckten die Fäuste nach oben und riefen:

»Nieder mit den Schlangengeistern und Rinderdämonen!«

»Lang lebe Mao Zedong!«

»Er lebe lang!«

»Er lebe lang lang!«

Allmählich erschallten im Einklang die Parolen aus allen Seiten des Saales, wurden die einzelnen Stimmen immer eindringlicher. Nach einigen Ansätzen war der gesamte Saal von diesem Rufen erfüllt, wie eine unaufhaltsame Welle brach der Lärm über seinem Kopf zusammen, er bekam eine Gänsehaut. Er wagte nicht, nach rechts oder links zu blicken. Zum ersten Mal wurde ihm die furchtbare Einschüchterungswirkung dieser Parolen bewusst. Dieser Mao Zedong war kein fernes Bild am Horizont, er war nicht nur einfach eine Ikone, die man auf die Seite stellen konnte, seine Macht war unermesslich groß. Er musste unbedingt und unverzüglich mitschreien, und er musste laut und deutlich schreien, er durfte sich auf keinen Fall irgendeinen Zweifel anmerken lassen.

»Nur kann ich einfach nicht glauben, dass alle hier unten wirklich so revolutionär sind! An einem solchen Ort, mit einem solchen Haufen von Intellektuellen! Ich sage damit nicht, dass Intellektuelle schlecht sind. Das habe ich wirklich nie gesagt.

Ich spreche hier von diesen doppelzüngigen Konterrevolutionären, die den Pinsel schwingen und unsere Parolen nachäffen, die die rote Fahne schwingen, um die rote Fahne zu bekämpfen, die das eine sagen und das andere denken! Tretet doch offen hervor, ihr Konterrevolutionäre! Aber ich schätze, selbst dafür fehlt ihnen der Mut. Gibt es keine hier? Gibt es hier jemand, der es wagt, offen zu sagen, dass er gegen die kommunistische Partei ist, dass er gegen die Mao-Zedong-Ideen ist, dass er gegen den Sozialismus ist, na, wer traut sich, das zu sagen? Ich bitte denjenigen hier auf die Bühne herauf!«

Im Saal war kein Laut zu vernehmen, selbst der Atem wurde angehalten. Es lag eine Spannung in der Luft, dass man eine Nadel auf den Boden hätte fallen hören können.

»Die Diktatur des Proletariats beherrscht die Welt! Diese Leute müssen sich verstellen und verkleiden und benutzen unsere Parolen nur. Ich spreche von jenen, die im trüben Wasser fischen, die unsere proletarische Kulturrevolution nur benutzen, um Verwirrung zu stiften und Unruhe zu verbreiten, die immer dabei sind, konspirative Kontakte zu knüpfen, die die Organisationsebenen unserer Partei zerstören und uns als schwarze Bande abstempeln! Sie sind sehr listig, Genossen, ihr müsst eure Augen unbedingt offen halten! Schaut euch genau um, überall um euch herum, und merzt sie aus, die Feinde, die sich unter uns mischen, diese Ehrgeizlinge, diese Würmer, egal ob sie in der Partei sind oder nicht, merzt sie vollständig aus!«

Nachdem der Leitungskader gegangen war, verließen alle ganz still den Saal. Niemand wagte, den anderen anzusehen, aus Angst, sein Blick könne etwas von seiner Furcht verraten. Als dann alle in ihre Büros zurückgekehrt waren und sich unter dem hellen Lampenschein gegenübersaßen, kam ihre Bewährungsprobe. Man schrieb Selbstkritiken, bereute, bat um Einzelgespräche, schrieb Geständnisse an die Partei, weinte und jammerte. Menschen sind so belanglos. Knetbar wie ein Klumpen Teig und so schlecht, dass sie andere verraten, um sich selbst rein zu waschen. Um diese Zeit mitten in der Nacht, wenn man eigentlich im Bett liegen sollte, um im Schlaf ein wenig Trost zu finden, um diese Zeit waren die Menschen am zerbrechlichsten. Das war der richtige Zeitpunkt, sie zum Verhör zu holen und ihnen Geständnisse abzuverlangen.

Vor wenigen Stunden noch hatten sie alle im Büro zusammengesessen, jeder hatte für den politischen Unterricht nach der Arbeit die Werke von Mao vor sich auf dem Tisch liegen, ein bisschen darin rumgeblättert, ein bisschen Zeitung gelesen, und man hatte sich dann nach zwei Stunden unter Gelächter und Geschwätz voneinander verabschiedet. Die Revolution hatte bisher vor allem in den oberen Reihen des Zentralkomitees der Partei stattgefunden und die Massen noch nicht richtig erreicht. Es war schon acht Uhr, als ein Funktionär der politischen Abteilung mitteilte, dass man bleiben müsse, da eine Generalversammlung für alle Angestellten abgehalten würde. Nach zwei Stunden hatte die Veranstaltung noch immer nicht begonnen. Der Abteilungsleiter Liu sog an seiner Pfeife, die er wieder und wieder mit Tabak füllte. Als ihn jemand fragte, wie viele Pfeifen er denn noch rauchen wolle, lachte er ohne zu antworten, man sah ihm an, dass er beunruhigt war. Der alte Liu war nie jemand gewesen, der sich groß als Kader aufspielte. Nachdem auch er ein paar Wandzeitungen zum Schutz des bestehenden Parteikomitees aufgehängt hatte, waren die Leute noch freundlicher zu ihm. Einmal hatte jemand gesagt, dass man keinen Fehler machen könne, wenn man sich nur an den alten Liu halte. Daraufhin hatte er sofort seine Pfeife in die Luft gehalten und erwidert: »Wir müssen dem Vorsitzenden Mao folgen!« Alle hatten gelacht und es schien, als wolle niemand zu diesem Zeitpunkt, dass der Klassenkampf unter Kollegen im gleichen Büro ausbrach. Der alte Liu war außerdem schon zurzeit des antijapanischen Widerstandskrieges Parteimitglied geworden. Er hatte als Einziger in der ganzen Mannschaft einen Bürostuhl mit Armlehnen, der nun wirklich nicht jedermann zustand. Überall im Zimmer hing der Geruch von Pfeifentabak, und auch dies schuf eine entspannte Atmosphäre.

In jener Nacht kamen sowohl die Politkader als auch die unerschütterlichen und undurchsichtigen Parteizellenkader einzeln in die Büros und nahmen sich einen nach dem anderen vor, hörten sich Selbstkritiken an, Geständnisse, warteten, bis die Leute sich ausgeheult hatten und begannen, sich gegenseitig zu verraten. Vor seinen Augen erklärte die alte Frau Huang, die für den Dokumentenverkehr zuständig war, dass ihr Mann, der früher bei der Guomindang angestellt gewesen sei, sie verlassen habe und mit einer kleinen Nebenfrau nach Taiwan abgehauen sei. Sie erklärte, dass die Partei ihr ein neues Leben gegeben habe. Sie war so gerührt, dass sie sich mit einem Taschentuch die Nase putzen und die Augen wischen musste, bis sie schließlich schrecklich laut losheulte. Er heulte nicht. Ihm lief der kalte Schweiß über den Rücken, aber das bemerkte freilich außer ihm niemand.

In seinem ersten Jahr an der Universität, als er gerade siebzehn geworden und eigentlich noch ein Kind war, hatte er einmal eine Kampfsitzung gegen die rechten Elemente in den höheren Klassen miterlebt. Die Erstsemester saßen in der Aula am Fuße der Treppe auf dem Boden und erlebten sozusagen ihre politische Taufe an der Universität. Sobald ein Name aufgerufen wurde, stellte sich einer der rechten Studenten unten an die Treppe vor die Menge, beugte den Oberkörper nach vorne und neigte den Kopf nach unten. Von Stirn und Nase rannen die Schweißperlen und vermischten sich mit Tränen und Rotz. All dies tropfte vor ihnen auf den Boden, und sie sahen jämmerlicher aus als ein Hund, der ins Wasser gefallen war. Es waren ihre Klassenkameraden, die auf das Podium kletterten, ihre Aussagen gegen sie machten und mit großem Enthusiasmus ihre reaktionären Verhaltensweisen aufzählten. Später waren sie verschwunden, diese rechten Studenten, die in den Esssälen kein Wort mehr sprachen, sich immer leere Tische gesucht hatten und nach dem Essen sofort wieder gegangen waren. Keiner sprach mehr von ihnen, und es war, als hätte es sie nie gegeben.

Das Wort »Umerziehungslager« hatte er bis zu seinem Abschluss an der Universität noch nie gehört, fast als wäre es ein Tabuwort gewesen, das man nicht in den Mund nehmen durfte. Er wusste nicht, warum sein Vater damals zum Verhör gerufen und dann zur Umerziehung durch Arbeit aufs Land geschickt worden war, und von seiner Mutter erhielt er auch nur undeutliche Andeutungen als Auskunft. Er war damals schon von zu Hause ausgezogen und studierte an einer Pekinger Universtität. Seine Mutter hatte es ihm in einem Brief geschrieben und als »Arbeitstraining« bezeichnet. Als er ein Jahr später in den Sommerferien nach Hause gefahren war, war sein Vater schon vom Land zurückgekehrt, hatte seine alte Arbeit wieder aufgenommen und war vom Makel des Rechtsabweichlers reingewaschen. Erst als er seinen Vater während der Kulturrevolution ausfragte, erfuhr er, dass der revolutionäre Cousin sich für den Vater eingesetzt hatte. Die Arbeitseinheit hatte die Quote für Rechtsabweichler weit überschritten gehabt, daher konnte sein Vater die Mütze der Rechtsabweichler ablegen, sie behielten nur seinen Lohn ein und machten einen Eintrag in seine Personalakte. Das Vergehen seines Vaters hatte darin bestanden, ein paar hundert Zeichen auf eine Tafel geschrieben zu haben – nachdem die Partei dazu aufgerufen hatte, frei heraus zu sprechen und seine Meinungen zu äußern –, um damit den Arbeitsstil der Partei zu optimieren. Das war der Anfang der »Hundert-Blumen-Bewegung« gewesen – und wer wusste damals schon, dass alles nur ein Trick war, um »die Schlangen aus den Höhlen zu locken«.

Wie sein Vater neun Jahre zuvor, war auch er in diese Falle getappt. Eigentlich hatte er nur seinen Namen unter eine Wandzeitung gesetzt. »Ihr müsst euch um die Belange des Staates sorgen!« war eine Parole von Mao Zedong gewesen, welche die Titelseite der Volkszeitung geziert hatte. Jemand hatte auf dem Weg zur Arbeit eine Wandzeitung im Treppenaufgang plakatiert und die Leute aufgefordert, auch ihren Namen darunter zu setzen. Er nahm irgendeinen Pinsel und malte seinen Namen darauf. Er wusste nicht, was hinter dieser reaktionären

Wandzeitung steckte, und er wusste auch nicht, welcher politische Ehrgeiz diesen jungen Mann getrieben hatte. Er konnte niemanden entlarven, aber er musste zugeben, dass die Speerspitze dieser Wandzeitung gegen das Parteikomitee gerichtet war und böse Absichten dahinter stecken mussten. Dass er unterschrieben hatte, war also ein Zeichen dafür, dass er die Orientierung und den korrekten Klassenstandpunkt verloren hatte. In der Tat war ihm überhaupt nicht klar, welcher Klasse er eigentlich angehörte, jedenfalls nicht dem Proletariat, und daher hatte er auch wirklich keinen klaren Standpunkt. Hätte er nicht auf dieser Zeitung unterschrieben, hätte er seinen Namen wahrscheinlich auf eine andere ähnliche Zeitung gesetzt. Er hatte unabsichtlich einen politischen Fehler begangen, und wurde daher verhört. Dies kam in seine Personalakte und seitdem war sein persönliches Leben nicht mehr unzweifelhaft.

Davor hatte er wirklich noch nie daran gedacht, gegen die Partei zu opponieren. Er brauchte keine Gegner und war zufrieden, solange niemand seine Träume störte. Doch in jener Nacht schreckte er auf und ihm wurde bewusst, in welch schlimme Lage er sich gebracht hatte. In diesem politischen Unwetter, das überall tobte und niemanden verschonte, konnte er sich nur noch schützen, wenn er sich unter die Menge mischte, wenn er das sagte, was alle sagten, sich genauso verhielt wie alle, im völligen Einklang mit der Masse marschierte, sich in dieser unermesslich großen Masse verlor, sagte, was die Partei zu sagen vorschrieb, wenn er jeden leisen Zweifel ausmerzte und sich vollständig an die Parolen hielt. Er musste zusammen mit anderen weitere Wandzeitungen unterschreiben, musste zum Ausdruck bringen, dass er die Direktiven des Zentralkomitees unterstützte, musste die andere Wandzeitung widerlegen, seinen Fehler bekennen und alles tun, um zu verhindern, dass er als Parteifeind abgestempelt würde.

Wer mit dem Fluss trieb, überlebte, wer gegen den Strom schwamm, ging unter. Am nächsten Morgen hingen neue Wandzeitungen im Treppenaufgang. Wer gestern Unrecht hatte, war heute wieder im Recht, jede Veränderung im politischen Klima brachte eine Wende, die Menschen wechselten die Farben wie ein Chamäleon. Doch die Wandzeitung, die ein politischer Funktionär aufgehängt hatte, ließ ihn vor Schreck erstarren:

»Rebell Liu! Ich nenne dich einen Rebellen, weil du die Organisationsprinzipien der Partei hintergehst! Rebell Liu! Ich nenne dich einen Rebellen, weil du Geheimnisse der Partei preisgibst! Ich nenne dich einen Rebellen, weil du ein gemeiner Opportunist bist, der versucht hat, seinen Klassenhintergrund als Großgrundbesitzer zu verschleiern, und der sich ins revolutionäre Lager eingeschlichen hat! Ich nenne dich einen Rebellen, weil du bis heute deinen reaktionären Alten zu schützen versuchst, ihn in deinem Haus versteckst und der Diktatur des Proletariats Widerstand leistest! Rebell Liu, wie es dem Wesen deiner Klasse entspricht, benutzt du die Bewegung unserer Partei, um schwarz und weiß zu vermischen, um die Massen zu täuschen. Jetzt bist du hervorgekrochen, hast die Speerspitze gegen das Zentralkomitee der Partei gerichtet, du böses und hinterlistiges Element!«

Alle revolutionären Plakate waren so Furcht erregend. Sobald sein Chef, der alte Liu, zum klassenfeindlichen Element erklärt worden war, war er isoliert. Liu trat aus der Menge, die sich vor der Zeitung versammelt hatte, heraus, kehrte in das Bürogebäude zurück und versperrte seine Zimmertür. Als er herauskam, hatte er keine Pfeife mehr im Mund, und niemand wagte mehr, seinen ehemaligen Abteilungsleiter zu grüßen.

Nach einer langen Kampfnacht wurde es draußen wieder hell. Er ging in den Waschraum, um sich das Gesicht zu waschen und sich durch das kalte Wasser wieder etwas Klarheit im Kopf zu verschaffen. Er blickte aus dem Fenster über die schwarzgrauen Ziegeldächer in die Ferne. Die meisten Menschen waren wahrscheinlich noch nicht aus ihren Träumen erwacht. Nur um die Spitze der weißen Pagode im Tempel kringelte sich das Sonnenlicht und ließ sie hell erstrahlen. Zum ersten Mal wurde ihm bewusst, dass er wohl wirklich zu den Feinden gehörte, die sich im Dunkel verbargen. Er musste eine Maske tragen, wenn er weiter überleben wollte.

»Achtung, Türen schließen. Der nächste Halt ist Prince Edward Station«, sprach eine Stimme im Kantoner Dialekt. Danach wiederholte sie die Ansage in Englisch. Du schrecktest hoch und hattest deine Station verpasst. Die U-Bahn in Hongkong war sauberer als die in Paris. Die Fahrgäste in Hongkong benahmen sich besser als die auf dem Festland. An der nächsten Station musstest du wieder zurückfahren, du würdest ins Hotel gehen und dich ein wenig ausruhen. Du wusstest nicht mehr, wo du heute mit einem Kater aufgewacht warst, es war jedenfalls in einem Bett gewesen, in dem neben dir ein kleines ausländisches Mädchen gelegen hatte. Keine Medizin konnte dir noch helfen. Du warst heute natürlich kein Feind mehr, aber du warst auf dem Weg in die Hölle gewesen. Seine Erinnerungen waren für ihn die Hölle.

8

»Erzähl mir was von diesem chinesischen Mädchen. Was macht sie jetzt?« Margarete setzte ihr Weinglas ab, hob ihre schwarzdunklen, sorgfältig geschminkten Augenwimpern und blickte dich gegenüber am Tisch in dem kleinen Restaurant an.

»Weiß ich auch nicht, ich nehme aber an, dass sie noch in China ist«, sagtest du etwas gedehnt und versuchtest, das Thema zu umgehen.

»Warum holst du sie nicht raus? Hast du keine Sehnsucht nach ihr?«, sagte sie mit festem Blick.

»Das ist doch alles über zehn Jahre her, warum sollen wir darüber reden. Wenn du es nicht erwähnt hättest, hätte ich gar nicht mehr daran gedacht.« Du bemühtest dich um einen gelassenen Tonfall. Viel lieber wolltest du jetzt mit ihr flirten.

»Und wieso erinnerst du dich dann noch an mich? An diese Nacht, als wir uns zum ersten Mal gesehen haben?«

»Schwer zu sagen, manchmal erinnert man sich an kleinste Details sehr deutlich, und manchmal hat man selbst die Namen von engen Freunden vergessen, kann sich nicht erinnern, wie man ganze Jahre verbracht hat …«

»Hast du ihren Namen auch vergessen?«

»Margarete!« Du nahmst ihre Hände in deine. »Erinnerungen machen so schwermütig. Lass uns über etwas anderes reden.«

»Das ist nicht immer der Fall. Es gibt auch schöne Erinnerungen, vor allem wenn man an Menschen denkt, die man geliebt hat.«

»Ja sicher, aber was vorbei ist, sollte man vergessen.« Für einen Augenblick konntest du den Namen dieses Mädchens wirklich nicht mehr nennen, das Einzige, was in dir zum Vorschein kam, war dieser Schmerz. Nicht einmal ihre Stimme oder ihr Aussehen waren dir noch deutlich im Gedächtnis.

»Wirst du mich auch vergessen?«

»Diese Lebendigkeit, diese Bewegungen – wie könnte ich das vergessen?« Du schautest ihr in die Augen, die im Schatten der Augenwimpern lagen, um ein neues Thema zu finden.

»Und sie, dieses Mädchen war wohl nicht so?« Sie wich deinem Blick nicht aus, sondern sah dich direkt an: »Sie war so jung, hübsch und charmant. Und so anziehend. Sie saß mir gegenüber und hatte den Rock über die Knie gezogen. Aber ich konnte sehen, dass sie unter dem Rock nichts anhatte. Und das in China – zu der Zeit. Das hat einen starken Eindruck bei mir hinterlassen.«

»Das kann schon sein. Vielleicht hatten wir ja gerade miteinander geschlafen, als ihr an die Tür geklopft habt.« Du verzogst den Mund zu einem Grinsen und versuchtest einfach, nicht mehr so ernst zu sein.

»Du wirst mich genauso vergessen, in noch kürzerer Zeit!« Sie zog ihre Hand zurück.

»Aber das ist doch etwas ganz anderes!« Du musstest dich verteidigen, aber fandst keine Worte und drücktest dich daher so unklug aus.

»Euch Männern ist es doch egal, wem der Körper einer Frau gehört, es geht euch doch nur um den Körper.«

»Das stimmt nicht.«

Was wolltest du noch sagen? Jede Frau wollte einen Beweis dafür, dass sie anders war als die anderen. Ihr verzweifelter Kampf im Bett, ihre Suche nach Liebe in der Begierde war immer erfüllt von der Hoffnung, dass etwas bleiben würde nach der fleischlichen Lust.

Du saßest ihr sehr nah gegenüber in dieser In-Kneipe »1997« in der Lan Kwai Fong-Gasse und versuchtest, ihren Blick einzufangen. Die Musik war sehr laut, sie spielten englischsprachige Rockmusik. Unter den blauen Neonlampen erschienen alle weißen Hemden gleißend hell. Der Barmixer, der mit Krawatte hinter der Theke stand, und das Mädchen an der Tür, das den Gästen die Plätze anwies, waren hoch gewachsene Ausländer. Sie war ganz in Schwarz gekleidet und in der Dunkelheit kaum auszumachen. Ihr sorgfältig gezogener roter Lippenstift glitzerte, schien in dem Licht fast violett und wirkte ganz unwirklich, was dich faszinierte.

»Ist es, weil ich eine Ausländerin bin?« Wieder sah sie dir fest in die Augen und zog dabei leicht die Augenbrauen hoch. Ihre Stimme klang sehr weit entfernt.

»Das ist es nicht allein. Wie soll ich es sagen? Du bist eine richtige Frau, und sie, was soll ich sagen, sie war nur ein Mädchen.« Das klang etwas frivol und du versuchtest ein Lachen.

»Was war noch anders?« Sie wollte der Sache offenbar auf den Grund gehen.

Du erkanntest eine gewisse Hinterlist in ihrem Blick, der unverwandt auf dich gerichtet war, und sagtest: »Sie konnte einen Mann nicht aussaugen. Sie konnte sich nur hingeben, aber sie wusste nicht, was Lust war...«

»Das kann jede Frau von selbst irgendwann, früher oder später ...« Sie nahm ihren Blick zurück und schlug ihre dunklen Augenwimpern nieder.

Du dachtest daran, wie sich ihr Körper mal fest und mal geschmeidig in deinen versenkte, sich wand, du dachtest an ihre Feuchtigkeit, ihren Duft, ihren Atem und all das erregte dich und du sagtest heftig, dass du sie wieder haben wolltest.

»Nein!«, entgegnete sie energisch. »Du willst nicht mich, mein Körper ist für dich doch nur eine Ersatzbefriedigung!«

»Was redest du da? Du bist eine sehr schöne Frau! Wirklich!«

»Ich glaube dir kein Wort.« Sie senkte den Kopf. Auch wie sie das Weinglas zwischen den Fingern drehte, fandst du sehr verführerisch. Plötzlich schaute sie wieder auf und lachte, und gab den Blick auf ihren Busen frei, der zuvor durch den Schatten ihres Kopfes im Dunkel gelegen hatte.

»Ich bin zu dick«, sagte sie.

Du wolltest ihr gerade widersprechen, als sie dich schon unterbrach: »Ich weiß es selbst.«

»Was weißt du?«

»Ich hasse meinen Körper.« Plötzlich wirkte sie wieder kühl, nahm einen Schluck aus dem Glas und sagte: »Es reicht. Du verstehst mich überhaupt nicht. Du weißt nichts von meiner Vergangenheit, von meinem Leben.«

»Dann erzähl mir davon!«, sagtest du frotzelnd, »Ich will dich doch verstehen, will alles von deinem Leben wissen, und von dir.«

»Nein, du willst doch nur mit mir schlafen, sonst nichts.«

Also gut, nun musstest du dich wehren. »Und was ist falsch daran? Man muss doch leben. Man muss vor allem hier und jetzt in diesem Augenblick leben! Die Vergangenheit soll bleiben, wo sie ist, man muss alle Bindungen zerreißen!«

»Aber du kannst nicht alle Bindungen zerstören, du kannst es nicht!«, antwortete sie starrköpfig.

»Und wenn ich es schon getan habe?« Du verzogst dein Gesicht zu einer Grimasse. Ein ernsthaftes Mädchen, hatte das Gymnasium besucht und war bestimmt gut in Mathematik gewesen.

»Nein, du kannst deine Erinnerungen nicht abtrennen, sie bleiben immer in deinem Unterbewusstsein. Irgendwann kommen sie wieder hoch. Das ist natürlich schmerzhaft, aber es kann einem auch Kraft geben.«

Du sagtest, ihr würden ihre Erinnerungen vielleicht Kraft geben, für dich seien sie ein Albtraum.

»Träume sind nicht wahr. Aber Erinnerungen beruhen auf Ereignissen, die stattgefunden haben. Die man niemals auslöschen kann.«

Sie gab kein bisschen nach.

»Klar, und man weiß zudem nie, ob sie auch wirklich vorbei sind.« Du seufztest auf und ließest sie reden.

»Sie können immer wieder kommen, wenn man nicht aufpasst. Wenn man über Faschismus nicht redet, ihn nicht aufdeckt, wenn man ihn nicht verfolgt, kommt er immer wieder zum Leben!« Sie sprach immer engagierter, als würde das Leid jedes einzelnen Juden auf ihr lasten.

»Hast du das Bedürfnis zu leiden?«, fragtest du sie.

»Das ist keine Frage von Bedürfnis. Das Leid ist da und wirklich.«

»Willst du denn das Leid der gesamten Menschheit auf deinen Schultern tragen? Oder zumindest das Leid des gesamten jüdischen Volkes?«

»Nein, dieses Volk existiert schon lange nicht mehr. Sie sind in alle Welt verstreut, und ich bin nur eine einzelne Jüdin.«

»Das ist doch noch besser? Du bist einfach ein Mensch!«

Sie wollte ihre Identität bestätigt wissen, aber was solltest du dazu sagen? Du, der du gerade deine chinesische Identität, auf die du immer zurückgeworfen wurdest, loswerden wolltest? Du spieltest nicht den Heiland, der das Kreuz für sein Volk auf sich nahm. Dass du nicht erdrückt worden bist, war dein Glück gewesen. Sie war zu unerfahren, um über Politik zu reden, aber gleichzeitig – für eine Frau – zu intelligent. Aber das hast du ihr natürlich nicht gesagt.

Ein paar coole junge Hongkonger Typen mit Pferdeschwanz kamen in die Bar, und die hoch gewachsene blonde Bedienung führte sie zu einem Tisch neben euch. Einer der Jungen sagte etwas zur Bedienung. Weil die Musik so laut war, beugte sie sich zu ihm hinunter und lachte dann. Ihre weißen Zähne blitzten im Licht der Neonlampen. Sie zog einen weiteren kleinen runden Tisch heran, offenbar warteten sie noch auf andere Gäste. Zwei der jungen Männer, die sehr sanft und zurückhaltend wirkten, hielten Händchen und bestellten etwas zu trinken.

»Werden sich die Schwulen nach 1997 wohl auch noch so öffentlich treffen dürfen?«, fragte sie dicht an dein Ohr gedrängt.

»In China ginge es gar nicht darum, ob sie sich in der Öffentlichkeit treffen dürften oder nicht. Wenn überhaupt einer entdeckt wurde, verhaftete man ihn wegen ›Rowdytums‹ und steckte ihn ins Umerziehungslager, manchmal wurden sie sogar erschossen.« Von solchen Fällen aus der Zeit der Kulturrevolution hattest du in inzwischen veröffentlichten Akten der Öffentlichen Sicherheit gelesen.

Sie ließ sich zurück in ihren Stuhl fallen und sagte nichts mehr. Die Musik war noch immer sehr laut.

»Sollen wir ein bisschen rausgehen?«, schlugst du vor.

Sie leerte den Rest in ihrem Glas, erhob sich, und ihr tratet hinaus. Die kleine Gasse war von Neonlichtern erhellt, und die Menschen drängten sich aneinander vorbei. Eine Bar reihte sich an die andere, dazwischen lagen feine Konditoreien oder kleine Restaurants.

»Meinst du, die Bar wird es noch geben?«

Sie meinte offensichtlich nach 1997.

»Wer weiß? Hier geht alles nur um Geld, Hauptsache man kann verdienen. So ist unsere Mentalität, uns fehlt dieses typisch deutsche Schuldgefühl«, sagtest du.

»Du meinst also, die Deutschen wären besonders anfällig für Schuldgefühle? Nach dem Tiananmenzwischenfall von 1989 haben sie doch genauso weiter mit den Chinesen Geschäfte gemacht.«

»Können wir nicht aufhören, über Politik zu reden?«, fragtest du.

»Von der Politik kommt man nie los«, erwiderte sie.

»Vielleicht nur ein einziges Mal?« Du versuchtest ein angestrengtes Lächeln und bemühtest dich sehr, höflich zu bleiben.

Sie sah dich an und lachte: »Gut, gehen wir essen, ich bin hungrig.«

»Chinesisch oder europäisch?«

»Natürlich chinesisch. Ich liebe Hongkong, überall ist etwas los, man kann sehr gut und auch noch billig essen.«

Du führtest sie in ein kleines, hell erleuchtetes, lebhaftes und brechend volles Restaurant. Sie sprach Chinesisch mit dem dicken Wirt. Du bestelltest ein paar kleine lokale Spezialitäten und eine Flasche Shaoxing Wein. Der Wirt brachte einen sehr guten Shaoxing Wein und stellte ihn auf den Tisch in einen Topf, der mit heißem Wasser gefüllt war. Nachdem er die Weinbecher platziert und eine Pflaumenblüte hineingelegt hatte, sagte er lachend zu ihr: »Ihr Chinesisch, mein Fräulein, ist wirklich« – und dann hob er seinen Daumen in die Luft – »außergewöhnlich gut, ganz außergewöhnlich gut.«

Sie freute sich und sagte zu dir: »In Deutschland fühle ich mich zu einsam. Irgendwie finde ich China in jeder Hinsicht besser. Im Winter liegt so viel Schnee auf der Straße, dass man kaum Leute auf dem Heimweg trifft. Alle schließen sich zu Hause ein. Natürlich sind die Wohnungen größer als in China. Und wir haben nicht die Probleme, von denen du gerade sprachst. In Frankfurt wohne ich zwar in einer Mietwohnung, aber ich habe ein ganzes Stockwerk für mich allein. Wenn du vorbeikommst, kannst du bei mir wohnen, in einem eigenen Zimmer.«

»Darf ich nicht in deinem Zimmer wohnen?«, fragtest du vorsichtig.

»Wir sind doch nur Freunde«, sagte sie.

Zurück auf der Straße lag eine große Wasserlache vor dem Restaurant. Ihr gingt rechts und links an ihr vorbei und hieltet ein wenig Abstand, als ihr wieder zusammentraft. Deine Beziehungen zu Frauen waren immer problematisch. Du wusstest nie, wann du auf Grund liefst, und wo der Grund für deine Enttäuschungen lag. Du warst wahrscheinlich ein hoffnungsloser Fall. Du gingst leicht mit ihnen ins Bett, aber es fiel dir schwer, sie zu verstehen. Du liefst ihnen einfach in die Arme, und es vertrieb deine Einsamkeit.

»Ich will nicht ins Hotel zurück, lass uns noch ein bisschen durch die Straßen laufen«, sagte sie.

Auf eurer Straßenseite befand sich eine kleine Bar. Du konntest durch die hohen Fenster ins Dunkel hineinsehen, Männer und Frauen saßen sich an kleinen Tischen gegenüber, die nur mit Kerzen beleuchtet waren.

»Sollen wir hineingehen? Oder gehen wir ans Meer, das ist noch romantischer.«

»Ich bin in Venedig geboren und am Wasser aufgewachsen«, erwiderte sie stichelnd.

»Dann bist du ja eigentlich Italienerin! Eine wundervolle Stadt, in der immer die Sonne scheint!«

Um etwas bessere Stimmung aufkommen zu lassen, erzähltest du vom Markusplatz. Um Mitternacht waren alle Restaurants und Bars am Platz voller Gäste und am Hafen spielte ein kleines Orchester unter freiem Himmel. Du erinnertest dich, dass sie Ravels Bolero spielten und die Töne durch den dunklen Nachthimmel schwebten. Die Mädchen auf den Straßen trugen fluoreszierende Bänder an den Händen, am Hals oder in den Haaren, die sie von den Straßenhändlern gekauft hatten, und überall leuchteten und bewegten sich grüne Lichter. In den Gondolieren, die unter den Steinbrücken ins Meer hinausglitten, lagen oder saßen Liebespaare. Die Gondolieri tauchten sachte die Ruder ins Wasser. Manche Boote hatten vorne kleine Lichter angezündet und glitten über das stille schwarze Meer. All das hatte Hongkong nicht zu bieten. Es war nur ein Paradies zum Essen, Trinken und Einkaufen.

»Das andere ist auch nur für Touristen«, sagte sie. »Warst du als Tourist da?«

»Damals konnte ich mir Reisen noch nicht leisten. Ich war

von einer italienischen Künstlerorganisation eingeladen worden. Aber ich habe davon geträumt, in Venedig bleiben zu können und mir ein italienisches Mädchen zu suchen.«

»Es ist eine tote Stadt ohne jegliche Lebenskraft, sie lebt allein von den Touristen und hat überhaupt kein eigenes Leben«, unterbrach sie ihn.

»Wie auch immer, die Leute, die dort leben, wirken doch sehr lebenslustig.«

Du erzähltest, dass es schon tiefe Nacht gewesen war, als du zum Hotel zurückgingst, und kaum ein Mensch mehr auf der Straße. Vor dem Hotel aber hatten zwei italienische Mädchen einen Kassettenrekorder in der Handtasche aufgestellt und tanzten auf der Straße. Du hattest ihnen eine ganze Weile zugesehen. Sie waren sehr fröhlich, lachten und machten Witze mit dir. Sie sprachen Italienisch, und obwohl du nichts verstanden hast, glaubtest du doch erkannt zu haben, dass es keine Touristen gewesen waren.

»Zum Glück hast du nichts verstanden«, erwiderte sie kalt, »wahrscheinlich waren es zwei Flittchen auf der Suche nach einem Freier.«

»Nicht unbedingt!« Du überlegtest eine Weile und sagtest dann: »Trotzdem waren sie sehr freundlich und liebenswert!«

»Die Italiener sind wirklich sehr freundlich, ob sie liebenswert sind, ist schwer zu sagen.«

»Bist du jetzt nicht vielleicht ein bisschen zu streng?«, fragtest du.

»Bist du nicht mit ihnen mitgegangen?«, fragte sie zurück.

»Das hätte ich mir nicht leisten können.«

»Ich bin auch kein billiges Flittchen.«

Du sagtest, sie habe doch von den Italienern angefangen.

»Ich bin nie wieder dort gewesen.«

»Dann sprechen wir doch lieber einfach nicht mehr von Italien.«

Du sahst zu ihr hinüber und deine Stimmung war völlig verdorben.

Zurück im Hotel seid ihr gleich ins Zimmer gegangen.

»Lass uns nicht miteinander schlafen, ja?«, sagte sie.

»In Ordnung, aber das Bett können wir nicht auseinander nehmen.«

Du warst ratlos.

»Wir können jeder auf einer Seite schlafen, wir können uns auch im Sessel unterhalten.«

»Die ganze Nacht bis morgen früh?«

»Hast du noch nie mit einer Frau in einem Bett geschlafen, ohne sie zu berühren?«

»Doch natürlich, mit meiner Frau.«

»Das zählt nicht. Du hast sie ja nicht mehr geliebt.«

»Ich hab sie nicht nur nicht geliebt, ich hatte auch immer Angst, sie würde verraten, dass ...«

»Deine Beziehungen mit anderen Frauen?«

»Damals konnte man unmöglich andere Beziehungen haben. Ich hatte Angst, sie würde verraten, dass mein Denken reaktionär war.«

»Weil sie dich nicht mehr liebte.«

»Auch aus Furcht – weil sie Angst hatte, ich könnte eine Katastrophe verursachen.«

»Was für eine Katastrophe?«

»Das lässt sich nicht in wenigen Worten erklären.«

»Dann reden wir nicht mehr darüber. Hast du niemals mit einer Frau, die du liebtest oder gerne mochtest, in einem Bett gelegen, ohne mit ihr zu schlafen?«

Du dachtest eine Weile nach und sagtest: »Doch.«

»Na, dann ist ja gut.«

»Wieso ist das gut?«

»Du musstest sie respektieren, du musstest ihre Gefühle respektieren.«

»Nicht unbedingt. Mit einem Mädchen, das man mag, in einem Bett zu liegen, ohne miteinander zu schlafen, ist nicht so einfach«, sagtest du, das war es jedenfalls nicht für dich.

»Immerhin bist du sehr ehrlich«, sagte sie.

Du hast dich bei ihr bedankt.

»Du brauchst dich nicht zu bedanken. Erst muss ja noch bewiesen werden, ob es auch wirklich geht.«

»Es ist eine Tatsache, es ist so gewesen. Aber hinterher habe ich es sehr bereut, dass nichts passiert ist. Ich habe sie dann nie wieder getroffen.«

»Das bedeutet doch, dass du sie respektiert hast.«

»Nein, eher gefürchtet«, erwidertest du.

»Wieso gefürchtet? Dass sie dich anzeigt?«

Du sagtest, dass du nicht von deiner früheren Frau sprechen würdest, sondern von einem anderen Mädchen, das dich nie verraten hätte. Und sie habe die Initiative ergriffen, nicht du. Du habest schon Lust gehabt, aber du habest dich nicht getraut.

»Warum denn nicht?«

»Ich hatte Angst, die Nachbarn würden etwas merken. Das war eine schreckliche Zeit in China. Ich will die alten Dinge nicht wieder hervorkehren.«

»Rede doch darüber. Wenn du darüber sprichst, wird es leichter.«

Sie wirkte wieder sehr verständig.

»Lass uns lieber nicht über Frauen reden.« Du hattest das Gefühl, sie wolle sich jetzt als Nonne aufspielen.

»Wir reden doch wohl nicht nur über Frauen? Männer oder Frauen sind doch zunächst einmal Menschen, es gibt doch nicht nur Sex zwischen ihnen. Zwischen uns sollte das auch so sein.«

Du wusstest nicht, worüber du mit ihr reden solltest. Auf keinen Fall konntet ihr jetzt gleich ins Bett gehen. Du betrachtetest eine bunte Druckgraphik in einem Goldrahmen an der Wand.

Sie löste die Haarspange und lockerte ihre Haare. Während sie sich auszog, erzählte sie, dass ihr Vater nach Deutschland zurückgegangen war, weil Italien damals recht arm war und man in Deutschland besser verdiente.

Du fragtest nicht nach ihrer Mutter, du bliebst still und bemühtest dich, sie nicht anzusehen. Du bemerktest, dass dir immer wieder die gestrige Nacht in den Sinn kam, die ihr so wunderbar wie im Traum zusammen verbracht hattet.

Sie nahm ihr Nachthemd und ging ins Bad. Sie sprach weiter, während sie das Wasser einließ: »Erst als meine Mutter gestorben ist, bin ich nach Deutschland gegangen, um Chinesisch zu lernen. Die deutsche Sinologie ist ziemlich gut.«

»Warum hast du angefangen, Chinesisch zu lernen?«, fragtest du.

Sie sagte, sie wollte weit weit weg von Deutschland. Wenn die Neo-Faschisten erst mal wieder Aufwind bekämen, würden sie sie verraten. Sie meine damit ihre Nachbarn, die Leute in ihrer Straße. Die höflichen Herren und feinen Damen, die ihr, auch wenn sie sich selten sähen, immer nett zunickten und ein paar Worte mit ihr wechselten. Wenn sie am Wochenende ihre Autos putzten, bis sie heller glänzten als ihre Lederschuhe, musste sie stehen bleiben und ein paar Takte mit ihnen reden. Aber wenn das Klima sich irgendwann verändern würde, könnte das Gleiche passieren wie unlängst in Serbien: Es wären dieselben, die die Juden verraten, verfolgen, vergewaltigen und sogar ermorden würden, oder es wären ihre Kinder.

»Faschismus gibt es nicht nur in Deutschland. Du hast nicht wirklich in China gelebt. Der Terror in der Kulturrevolution war sicher nicht weniger schrecklich«, sagtest du kalt.

»Aber das war etwas anderes. Der Faschismus wollte ein ganzes Volk ausrotten, einfach weil es jüdisches Blut im Körper hatte. Das hatte nichts mit Ideologien zu tun, verschiedenen politischen Meinungen. Sie brauchten keine Theorien«, setzte sie ihm mit erhobener Stimme auseinander.

»Zum Teufel mit allen Theorien! Du hast keine Ahnung von China. Diesen roten Terror hast du nicht miterlebt. Diese ansteckende Krankheit hat die Menschen in den Wahnsinn getrieben!«, brach es plötzlich aus dir hervor.

Sie sagte nichts. Sie kam im weiten Nachthemd, den Büstenhalter in der Hand aus dem Badezimmer und setzte sich mit gesenktem Kopf dicht neben dich auf das Bett. Sie sah etwas blass aus, ohne Schminke an Lippen und Augen, was sie noch weiblicher und zarter machte.

»Ich bitte um Verzeihung, aber mir ist jede Lust vergangen«, erklärtest du mit einem bitteren Lachen. »Geh schlafen.«

Du zündetest dir eine Zigarette an. Sie stand auf und stellte sich vor dich. Sie schlang ihre Arme um dich und drückte dich an ihre weichen Brüste. Sie strich über deinen Kopf und sagte leise: »Du kannst neben mir liegen. Aber ich habe keine Lust. Ich will nur mit dir reden.«

Sie brauchte die Erinnerung und suchte sie in der Geschichte. Er brauchte das Vergessen.

Sie musste das Leid der Juden und die Schande des deutschen Volkes auf ihrem Rücken tragen. Er brauchte das Gefühl, auf ihrem Körper spüren zu können, dass er jetzt und hier noch am Leben war.

Sie sagte, dass sie diesmal überhaupt nichts empfunden habe.

9 Es war mitten in der Nacht, als er von der Kampfsitzung in sein Zimmer zurückkehrte. Seinen Mitbewohner, den alten Tan, hatten die Rotgardisten für ein Einzelverhör zurückbehalten und im Konferenzsaal des Bürogebäudes eingesperrt. Er verriegelte die Tür, hob den Vorhang und lugte durch das Fenster. Alle Nachbarn hatten schon das Licht gelöscht. Er ließ den Vorhang fallen. Erst nachdem er sich vergewissert hatte, dass nirgends mehr ein Lichtstrahl durchschimmern konnte, öffnete er die Kaminluke. Er zündete ein Stück Holz an und verbrannte seine Manuskripte, eines nach dem anderen, seine Tagebücher und Notizen, den ganzen Haufen an Papier, der sich seit seiner Universitätszeit angesammelt hatte. Weil das Kaminfeuer sehr klein war, musste er Seite um Seite abreißen und ins Feuer legen. Das Papier wurde schwarz und verbrannte zu weißer Asche. Die sammelte er mit einer Schaufel und schüttete sie in den Mülleimer, wo sie sich mit dem Müll zu einer

Schlammmasse verband. Nicht das kleinste verkohlte Papier durfte noch zu sehen sein.

Aus seinem Tagebuch fiel ein altes Photo, auf dem er zusammen mit seinen Eltern zu sehen war. Sein Vater trug einen westlichen Anzug mit Krawatte, seine Mutter einen traditionellen Qibao. Er hatte dieses Kleid schon einmal gesehen, als seine Mutter noch zu ihren Lebzeiten die Kleiderkisten auslüftete, es hatte orangene Blumen auf dunkelblauer Seide. Aber die Farben auf dem Photo waren schon verblasst. Vater und Mutter standen lachend aneinandergeschmiegt, zwischen ihnen stand ein schmaler und blassgesichtiger Junge, der die Augen zusammenkniff, es schien, als warte er auf den Vogel, der gleich aus dem Apparat springen würde. Ohne das geringste Zögern warf er das Photo in den Kamin, und das Bild ging mit einem Zischen in den Flammen auf. Erst als sich das Photo krümmte, dachte er daran, es wieder herauszuholen, aber da war es schon zu spät. Das Bild seiner Eltern rollte sich ein, und er sah zu, wie es langsam zu weißer Asche verbrannte und der kleine blasse Junge vergilbte und schließlich verkohlte ...

Allein die Kleider seiner Eltern reichten aus, um sie als Kapitalisten oder Kompradoren einer ausländischen Firma zu brandmarken. Er verbrannte alles, was er verbrennen konnte. Er wollte mit seiner Vergangenheit brechen, er wollte seine Erinnerungen auslöschen, denn allein schon die Erinnerung an jene Zeit war eine schwere Belastung.

Noch bevor er seine Manuskripte und Tagebücher verbrannt hatte, war er Augenzeuge geworden, wie Rotgardisten eine alte Frau am helllichten Tage mitten auf der belebten Xidan-Straße gleich neben dem Stadium zu Tode prügelten. Es war um die Mittagszeit und überall waren Leute zum Essen unterwegs, als er mit dem Fahrrad an der Stelle vorbeikam. Um die zehn Jungen und ein paar Mädchen in alten Militäruniformen mit roten Armbinden, alle so um die fünfzehn oder sechzehn Jahre alt, schlugen mit ihren Militärkoppeln auf die alte Dame ein, die sich am Boden wand. Um ihren Hals hing ein Holzschild an dünnen Eisendrähten, auf dem »altes reaktionäres Großgrundbesitzerweib« geschrieben stand. Sie konnte schon nicht mehr kriechen und schrie nur noch auf. Die Passanten standen in gewissem Abstand um sie herum und sahen zu. Keiner wagte, das Geschehen zu verhindern. Ein Volkspolizist mit breiter Schirmmütze und weißen Handschuhen kam vorbei und tat, als sähe er nichts. Plötzlich nahm auch ein Mädchen mit zwei kurzen Zöpfen, wie sie Frauen in der Armee trugen, und einem blassen Brillengestell, das ihre zarten Augen betonte, ihren Gürtel heraus und schlug mit der metallenen Gürtelschnalle auf das zerzauste weiße Haar der alten Frau ein. Die Frau versuchte ihren Kopf mit beiden Händen vor den klirrenden Schlägen zu schützen. Das Blut trat zwischen ihren Händen hervor, sie wälzte sich auf dem Boden hin und her, und dann hörte sie auf zu schreien.

»Lang lebe der rote Terror!«, rief eine Bande Rotgardisten lauthals auf ihren funkelnagelneuen Fahrrädern der Marke »Beständigkeit« durch die Straßen. Sie kamen von der Changan-Straße und waren auf Patrouillengang.

Auch er war einmal von ihnen überprüft worden, nachts gegen etwa zehn Uhr. Er hatte gerade den Eingang des Diaoyutai Hotels passiert, ein Quartier für Staatsgäste, das von militärischen Einheiten bewacht wurde. Im hellen Schein der Gaslaternen sah er zwei Motorräder mit Beiwagen stehen, daneben einige Jugendliche. Ihre roten Armbinden trugen die schwarze Aufschrift »Vereintes Aktionskomitee der Rotgardisten der Hauptstadt«. Sie versperrten ihm den Weg.

»Absteigen!«

Er bremste so heftig, dass er fast vom Fahrrad gefallen wäre.

»Beruf?«

»Angestellter.«

»Welche Einheit?«

Er nannte den Namen seiner Arbeitsstelle.

»Arbeitsausweis dabei?«

Glücklicherweise hatte er den Ausweis dabei und zeigte ihn vor.

Neben ihm wurde ein weiterer Radfahrer angehalten, ein junger Mann mit einem rasierten Kopf. Damit brachte man damals zum Ausdruck, dass man sich selbst zum »Hundebastard« degradiert hatte.

»Warum bist du nachts nicht zu Hause wie anständige Leute?«

Sie ließen ihn gehen. Er war gerade aufs Fahrrad gestiegen, als er hörte, wie der Jugendliche mit dem rasierten Kopf noch einige Worte stammelte, bis die Schläge auf ihn einprasselten und er losschrie. Er wagte nicht, sich umzusehen, und fuhr weiter.

Die nächsten Tage verbrachte er von Mitternacht bis in den Morgen vor dem Ofen, bis ihm die Augen vor Hitze rot wurden. Tagsüber brauchte er einen starken und wachen Geist, um gegen alle Gefahren, die auftauchen konnten, gewappnet zu sein. Als er die letzten Seiten seines noch übrig gebliebenen Notizbuches verbrannt, die Asche versorgt und auch die letzten Spuren beseitigt hatte, setzte er sich ein bisschen Gemüse und eine kleine Schüssel Nudeln auf. Er war völlig erschöpft und konnte die Augen nicht mehr offen halten. Doch als er schließlich noch in seinen Kleidern ins Bett gefallen war, konnte er nicht schlafen. Ihm fiel ein, dass es zu Hause noch ein Photo gab, das ihn vielleicht belasten könnte. Das Bild war eine Gruppenaufnahme der Theatertruppe, in der seine Mutter in ihrer Jugend mitgespielt hatte, eine Gruppe des CVJM, die für den anti-japanischen Widerstandskrieg agitierte. Alle trugen Militäruniformen, wahrscheinlich weil die Schauspieler ihre Vorstellungen vor den Soldaten im anti-japanischen Krieg gaben. Auf den Mützen der Uniformen prangte das Emblem der Guomindang. Wenn sie dieses Photo finden würden, würde er sicher Schwierigkeiten bekommen, auch wenn seine Mutter längst gestorben war. Er wusste nicht, ob sein Vater dieses Photo schon entsorgt hatte und konnte ihm auch schlecht einen Brief schreiben, um ihn daran zu erinnern.

Unter dem Haufen, den er verbrannt hatte, befand sich auch

ein Roman, den er einmal einem berühmten Schriftsteller zum Lesen gegeben hatte. Er hatte auf dessen Weiterempfehlung gehofft oder zumindest eine Würdigung oder Kritik des Romans erwartet. Er hatte nie damit gerechnet, dass dieser Schriftsteller auch nur im Geringsten andeuten würde, was er davon hielt, geschweige denn, dass er irgendwelche aufmunternden Worte von ihm hören würde. Er blickte nur düster drein und verwarnte ihn in energischem Ton: »Wenn man etwas schreibt, muss man gut darüber nachgedacht haben. Manuskripte reicht man nicht einfach so ein! Du hast noch keine Ahnung davon, wie gefährlich Literatur sein kann.«

Er hatte nicht sofort begriffen, wovon der Mann gesprochen hatte. Noch im gleichen Sommer, im Juni zu Anfang der Kulturrevolution, besuchte er den alten Mann nochmals, um etwas über die laufenden Kampagnen zu erfahren. Er war gegen Abend bei ihm zur Tür hereingetreten, als der alte Mann sofort die Tür schloss, ihn fest anblickte und mit unterdrückter Stimme fragte: »Hat irgendjemand gesehen, dass du hierher gekommen bist?«

»Im Hof war niemand«, antwortete er.

Der alte Mann hatte sich nie wie die anderen Kader benommen, wenn die jungen Leute ihn um Rat gefragt hatten und hatte nie in diesen Floskeln von »unserer Partei ...« oder »unserem Land ...« gesprochen. Er war dennoch ein bekannter Mann mit revolutionärer Vergangenheit. Wenn er sprach, traf er den Punkt, war ausgewogen, und niemals war sein Reden zäh. Doch diesmal blieben ihm die Worte im Hals stecken, und seine Stimme klang heiser: »Ich bin jetzt ebenfalls ein Mitglied der schwarzen Bande. Komm nicht wieder hierher. Bring dich nicht in Schwierigkeiten, du hast keine Erfahrung in Parteikämpfen ...«

Der alte Mann ließ ihn nicht einmal seine Begrüßung zu Ende aussprechen, hatte schon in höchster Aufregung die Tür einen Spalt geöffnet, nach draußen gelugt und schnell gesagt: »Später mehr, wenn der Sturm vorüber ist, reden wir weiter. Weißt du, was die Yananer Ausrichtungsbewegung war?«

»Was war mit der Yananer Ausrichtungsbewegung?«, hatte er noch dümmlich gefragt.

»Ich erkläre es dir später. Jetzt geh, schnell!«

Das Ganze hatte keine Minute gedauert. Noch vor einer Minute hatte er geglaubt, die inneren Parteikämpfe fänden irgendwo hinter dem Horizont statt. Jetzt waren sie direkt vor seinen Füßen angekommen.

Zehn Jahre später erfuhr er, dass der alte Mann aus dem Kuhstall freigelassen worden war. Auch er hatte endlich vom Land nach Peking zurückkehren können und besuchte den alten Mann. Bis auf Haut und Knochen abgemagert saß der Alte im Lehnstuhl, da man ihm die Beine gebrochen hatte. Er hatte eine große schwarze Katze auf dem Schoß, am Stuhl lehnte ein Krückstock.

»Katzen haben doch ein besseres Leben als die Menschen.«

Der alte Mann verzog den Mund zu einem angestrengten Lächeln und zeigte dabei seine wenigen verbliebenen Zähne. Er streichelte die Katze und dabei nahmen seine Augen, die tief in den Augenhöhlen lagen, den gleichen merkwürdigen Blick an wie die runden Pupillen der Katze. Der Alte sprach mit keinem Wort davon, wie es ihm im Gefängnis ergangen war. Erst als er ihn kurz vor dessen Tod im Krankenhaus besuchte, sagte er ihm die Wahrheit. Der alte Mann sagte, was er in seinem ganzen Leben am meisten bereute, war, jemals in die Partei eingetreten zu sein.

Als er damals aus dessen Haus getreten war, dachte er sofort daran, dass seine Manuskripte zu einer Katastrophe führen könnten, selbst wenn sie mit der Partei überhaupt nichts zu tun hätten. Doch hatte er damals noch nicht daran gedacht, sie zu verbrennen. Er hatte alles zu einem großen Paket zusammengeschnürt und wollte dies bei seinem Freund, dem großen Lu, verstecken, den er bei einem Krankenhausaufenthalt kennen gelernt hatte, als er wegen Ruhr behandelt wurde. Großer Lu wurde er wegen seiner Körpergröße genannt. Er war aus Peking und Mittelschullehrer für Geographie. Lu war damals hinter einem süßen kleinen Mädchen her, und bat ihn, die Liebesbriefe für ihn aufzusetzen. Als die frisch gebackene Ehefrau gleich nach der Vermählung herausfand, dass er all die Briefe geschrieben hatte, ließ sich leider auch nichts mehr ändern, und seitdem war er mit diesem Ehepaar befreundet. Der große Lu wohnte mit seinen Eltern zusammen in einem traditionellen Hofhaus. Dort ließ sich leicht etwas verstecken.

Im August, zur heißesten Zeit, bekamen die Rotgardisten Aufschwung. Plötzlich rief ihn Lus Frau in seinem Büro an und verabredete sich mit ihm in einem Café, wo man Milch und europäischen Kuchen servierte. Er nahm an, die beiden hätten wieder irgendwelchen Ehekrach und radelte schnell zu dem Café. Dort war das alte Ladenschild durch ein neues ersetzt worden, das nun die Aufschrift trug: »Im Dienste der Arbeiter, Bauern und Soldaten.« Im Café stand oberhalb der Sitzplätze in krakeliger Schrift an die Wand gepinselt: »Die stinkenden Bastarde der Kapitalistenklasse sollen sich verpissen!«

Als die Rotgardisten der Mittelschule die Parole »Zerschlagt die alten Denkweisen, Kulturen, Sitten und Gewohnheiten« erfanden, hielt man das anfangs noch für einen Kinderstreich. Doch als der großartige Führer einen öffentlichen Brief an sie richtete, in dem er ihren Kampfruf »Rebellion ist gerechtfertigt!« öffentlich legitimierte, wurde das revolutionäre Feuer der Jugendlichen erst richtig angefacht. Da er selbst noch kein »stinkender Hundebastard« war, ging er hinein, und wie früher wurde Milch serviert. Noch bevor er einen Sitzplatz gefunden hatte, kam auch die Frau des großen Lu herein, nahm ihn am Arm und tat, als sei sie seine Freundin: »Ich habe gar keinen Hunger. Lass uns lieber ein bisschen bummeln gehen, ich möchte ein paar Sachen einkaufen.«

Sie traten aus dem Café und erst auf der Straße erzählte sie ihm leise, dass die Rotgardisten an der Schule dem großen Lu solche Angst eingeflößt hätten, dass er sich selbst eine Glatze rasiert habe. Seine Familie besitze doch das Haus. Damit seien sie zwar keine Kapitalisten, aber Kleingrundbesitzer. Die Rotgardisten könnten jederzeit kommen und das Haus durchsuchen. Sie bat ihn, so schnell wie möglich das Paket abzuholen, das er in der Aschentonne im Hof versteckt hatte.

Lin war es, die ihn gerettet hatte. Er saß morgens in seinem Büro, Lin ging im Flur auf und ab. Sein Schreibtisch stand direkt vor der Flurtür, so dass er Lin sehen konnte, und sie gab ihm ein Zeichen. Er ging hinaus und folgte ihr an das Ende des Ganges zum Treppenabsatz. Als niemand mehr vorbeikam, blieben die beiden stehen. Lin berichtete ihm hastig, dass er schnell nach Hause fahren müsse. Die Rotgardisten der Abteilung seien im Begriff, zu einer Hausdurchsuchung bei seinem Mitbewohner, dem alten Tan, aufzubrechen. Er lief die Treppe hinunter, stürzte sich aufs Fahrrad und raste so schnell zurück, dass ihm der Schweiß den Rücken herablief. Er packte alle seine Sachen auf sein Bett und auf den Boden daneben. Dann durchsuchte er eilig die Schubladen von Tans Schreibtisch. Er fand ein altes Photo aus Tans Studentenzeit vor der Befreiung. Tan trug die damalige Studentenuniform und alle Studenten auf dem Bild trugen Guomindang Mützen mit der zwölfzackigen weißen Sonne vorn an der Krempe. Er zerknüllte das Photo zu einem kleinen Papierball und ging damit hinaus zur öffentlichen Toilette an der Straße, wo er es in den Abtritt warf. Gerade als er zurückkam, hielt auch der Wagen der Abteilung vor der Tür.

Vier junge Rotgardisten aus seiner Abteilung traten in sein Zimmer, Lin war eine von ihnen. Lin wusste, dass er Sachen schrieb. Gelesen hatte sie keines seiner Manuskripte – sie liebte ihn, was er schrieb, kümmerte sie nicht. Es war klar, dass sie nicht wegen seiner Manuskripte gekommen war. Dennoch ließ ihn der Gedanke nicht los, dass er einige Photos von ihr gemacht hatte. Es waren natürlich keine Aktphotos, aber doch waren sie so intim – er hatte sie aufgenommen, als sie sich im Wald bei Badaling westlich von Peking heimlich zum Stelldichein getroffen hatten –, dass man auf den ersten Blick sehen konnte, dass diese Personen weit mehr waren als einfache Kollegen oder gar revolutionäre Genossen. Lin war die Tochter eines Vizeministers, sie war verheiratet mit einem Mann aus dem Militär. Sie kam aus einer alten revolutionären Familie und arbeitete in einem Forschungsinstitut der Armee, in dem nur Raketen und irgendwelche anderen Waffen entwickelt wurden. Aber an solchen Staatsgeheimnissen hatte er überhaupt kein Interesse. Er liebte dieses schöne Mädchen, und Lin liebte ihn noch mehr, war noch viel aktiver und leidenschaftlicher als er.

Lin war absichtlich bemüht, entspannt zu wirken, und rief mit lauter Stimme: »Dein Zimmer ist aber ganz schön klein! Man kann sich ja nirgends hinsetzen.«

Natürlich war sie schon bei ihm gewesen, immer wenn der alte Tan ausgegangen war. Dann hatte sie ein Kleid mit tiefem Ausschnitt getragen, und er hatte ihren Reißverschluss im Rücken geöffnet, so dass er ihre Brüste liebkosen konnte. Diesmal war es natürlich anders, sie trug eine enge Militäruniform und hatte ihre beiden langen lose geflochtenen Zöpfe abgeschnitten. Ihre beiden kleinen Zöpfe waren mit einem Gummiband zusammengehalten, so wie es den Frauen in der Armee vorgeschrieben war.

»Mach uns einen Tee, ich verdurste!«

Lin hielt absichtlich die Tür offen, lehnte im Türrahmen und fächerte sich mit einem Taschentuch Luft zu. Offensichtlich wollte sie die Nachbarn, die hinter ihren Fenstern verstohlen herüberblickten, wissen lassen, dass sie nicht gekommen waren, um seine Sachen zu durchsuchen. So tat sie freundlich, als seien sie diesmal nur zufällig bei ihm vorbeigekommen.

Schnell goss er allen eine Tasse Tee ein, einige lehnten dankend ab, er solle sich keine Umstände machen. Nichts von der ernsten und strengen Atmosphäre, die sonst bei Hausdurchsuchungen herrschte, war zu spüren. Außerdem kannten sie sich ja alle. Bevor sie ihre roten Binden angezogen hatten, hätte niemand den Familienhintergrund des anderen nennen können, und alle hatten sich gleichberechtigt behandelt. Der Chef der

Gruppe, Danian, war ein kräftiger junger Mann, mit dem er früher in den Mittagspausen Tischtennis gespielt hatte und den er ganz gut kannte. Danians Vater war leitender politischer Kommissar bei der Armee. Danian trug dessen alte Militärmütze, die vom häufigen Waschen schon ganz verfärbt und ausgebleicht war. Zudem trug er einen Armeegürtel, wie ihn die Soldaten damals schon lange nicht mehr trugen, und zeigte damit noch deutlicher, dass er das Erbe einer revolutionären Familie mit langer Tradition weitertrug.

Ganz zu Anfang der Roten-Garden-Bewegung hatte er sich mit ein paar anderen Jugendlichen, die auch zu den »Fünf Roten Klassen« gehörten, zusammengetan und zu einer Rekrutierungsversammlung für die Roten Garden geladen. Danian hatte sofort die Führung übernommen und auf einer Tischkante hockend zu denen, die nicht die Qualifikation für den Eintritt in den Rotgardistenverband besaßen, gesagt: »Alle die heute gekommen sind, um sich in die Reihen der Roten Garden einzureihen, müssen wir als Weggefährten auf dem revolutionären Weg betrachten!« Dann hatte er noch auf ihn gezeigt, seinen Namen genannt und gesagt: »Du gehörst natürlich auch dazu!« Doch er hatte den bolschewistischen Lehrgang *Eine kurze Geschichte der KPdSU* gelesen und wusste, was das Wort »Weggefährte« bedeuten konnte. Hätte Lin ihn nicht vor diesem plötzlichen Überfall gewarnt, hätten diese jungen Leute seine Manuskripte gefunden und versucht, ihn zu vernichten.

Danian war die Nähe zu ihm immer noch unangenehm und sagte nur: »Wir sind gekommen, die Beweise für Tan Xinrens reaktionäres Verhalten zu konfiszieren, mit dir hat das nichts zu tun. Welche sind deine Sachen? Nimm sie weg.«

Er lachte ein bisschen und sagte: »Ich habe die Sachen schon sortiert, kann ich sonst noch helfen?«

Gleichzeitig antworteten sie: »Das geht dich nichts an, kümmer dich nicht drum, welcher ist sein Schreibtisch?«

»Dieser da, die Schubladen sind alle offen.«

Er wies auf den Tisch und blieb neben ihnen stehen. Das war

das Einzige, was er sagen konnte, um seinen Mitbewohner, den alten Tan in Schutz zu nehmen. Gleichzeitig hatte er nun eine klare Trennlinie zwischen ihm und sich gezogen. Erst danach, als er sich wieder auf sein Rad gestürzt hatte, um in sein Büro zurückzueilen, wusste er, was mit Tan los war. In der Vorhalle seines Bürogebäudes hatten die Rotgardisten die Order ausgehängt: »Nieder mit dem Konterrevolutionär Tan Xinren!« Der alte Tan wurde im Gebäude in Isolierhaft gehalten und konnte sich seitdem nicht mehr frei bewegen.

Sie durchwühlten Tans Notizbücher, seine Übersetzungen, Briefe, Photos und die englischen Bücher. In seiner Freizeit übersetzte Tan Romane aus dem Englischen, aber nur revolutionäre Werke aus Afrika und Asien. Dazwischen lag jedoch auch ein englisches Buch, auf dessen Umschlag eine halb nackte Frau zu sehen war. Unter einer alten Zeitung in einer Schublade fanden sie zudem einen weißen Umschlag. Als sie ihn öffneten, fielen einige Kondome heraus.

»Damit beschäftigt sich der alte Kerl also auch noch!«

Danian zog ein Kondom heraus, zeigte es herum und alle lachten.

Es ließ sich so leicht und unbeschwert lachen, wenn man nicht betroffen war. Alle bemühten sich, unschuldig zu wirken, er und Lin lachten auch mit, aber sie vermieden es, sich dabei anzusehen.

Später wurde Tan auf einer Massenkampfsitzung verhört, mit welcher Frau er diesen »abnormalen sexuellen Kontakt« gehabt habe. Die Frau wurde verdächtigt, Teil eines Spionagenetzes zu sein, und Tan wurde gezwungen, ihren Namen preiszugeben. Sofort wurden die Rotgardisten ihrer Einheit informiert, und ihr Haus wurde ebenfalls durchsucht. In Tans Schublade befanden sich auch einige Liebesgedichte, die er in klassischem Stil verfasst hatte. Wahrscheinlich hatte er sie für diese Frau geschrieben. Nun dienten sie als Beweis dafür, dass er »einem verlorenen Paradies nachtrauere und gegen die Partei und den Sozialismus opponiere«.

Als die Rotgardisten entdeckten, dass sich zwei Kacheln gelöst hatten, versuchten sie, diese aus dem Boden zu brechen.

»Soll ich bei den Nachbarn nach einem Spaten fragen?«

Er machte Danian dieses Angebot, mit der Absicht, ihm deutlich zu machen, dass er die Hausdurchsuchung in keinster Weise behindern wolle. Gleichzeitig wollte er sie aber auch auf den Arm nehmen. Sollten sie doch wie Archäologen drei Fuß tief in die Erde graben. Die Angst kam erst hinterher. Er ging zu seinem Nachbarn, einem Arbeiter in Rente, und lieh sich eine eiserne Hacke. Sie fingen tatsächlich an zu graben, bis der ganze Boden mit Lehm und Kachelscherben bedeckt war. Dann warfen sie die Hacke weg und keiner rührte mehr einen Finger.

Später erfuhr er, dass dem Sicherheitsdienst seiner Abteilung vom Nachbarschaftskomitee berichtet worden war, dass man Funkmeldungen aus diesem Zimmer gehört habe. Wahrscheinlich hatte das seine Nachbarin, auch eine Arbeiterin im Ruhestand, gemeldet. Als er und Tan zur Arbeit gegangen waren, hatte die alte Frau Huang wahrscheinlich Stimmen von oben gehört, die aus dem Radio kamen, das sie auszumachen vergessen hatten, und dies natürlich sofort für geheime Funksprüche gehalten. Wer immer auch einen Feind ergreifen konnte, bewies damit seine Treue zum großen Führer und zur Partei. Wenn er später nach der Durchsuchung die Alte im Hof traf, breitete sich wie immer ein Lächeln über ihr runzliges Gesicht. Diesmal hatte er die Katastrophe gerade noch abwenden können.

Als die Rotgardisten gegangen waren, blickte er auf den Haufen Scherben und Lehm in seinem Zimmer und dachte, dass man nicht einfach warten durfte, bis die Katastrophe hereinbrach. Da beschloss er, seine Manuskripte und Tagebücher dem Feuer zu übergeben und damit endgültig seine Poesie, seine Kindheitserinnerungen, die Illusionen und Selbstverliebtheiten seiner Jugend und seinen Traum, Schriftsteller zu werden, für immer zu begraben.

10 Das Licht war gelöscht. Du lagst in der Dunkelheit dicht geschmiegt an den nackten Körper einer Frau, und erzähltest von der Kulturrevolution. Es gab nichts Langweiligeres, fandst du, aber das jüdische Mädchen neben dir, das einen deutschen Kopf hatte und zudem Chinesisch studierte, war genau daran interessiert.

»Soll ich noch weiter erzählen?«, fragtest du.

»Ich höre«, sagte sie.

Du erzähltest von einer Lektorin mittleren Alters, die bei dir im Büro arbeitete. Ein Politkommissar hatte sie gerufen und gesagt, die Sicherheitsabteilung wolle sie am Telefon sprechen. Einige Minuten später kehrte sie ins Büro zurück, packte wortlos ihre Sachen auf dem Schreibtisch zusammen, sah die Kollegen im Zimmer ausdruckslos an und sagte, ihr Mann habe sich zu Hause vergast. Sie müsse sich darum kümmern. Da der Personalchef der Abteilung schon in Isolationshaft genommen und Abteilungsleiter Liu zum klassenfremden Element, das sich in die Partei eingeschlichen habe, erklärt worden war, musste sie ihre Kollegen um Urlaub bitten. Schon am nächsten Morgen in der Frühe hatte sie eine Wandzeitung fertig gestellt, auf der sie eine klare Linie zwischen sich und ihrem Mann zog, der sich »vom Volk und von der Partei losgesagt hatte«.

»Sprich nicht weiter. Das ist so traurig anzuhören«, flüsterte sie in dein Ohr.

Du sagtest, du hättest auch überhaupt keine Lust dazu.

»Aber wie konnte es nur dazu kommen?«, fragte sie doch weiter.

»Man musste einen Feind finden. Ohne Feinde kann ein diktatorisches Regime nicht existieren.«

»Das ist wie bei den Nazis!«, rief sie wütend, »du musst das alles aufschreiben!«

Du sagtest, du seist kein Historiker, dass die Geschichte dich nicht verschlungen habe, sei schon Glück genug gewesen. Du müsstest dein Leben nun wirklich nicht auch noch der Geschichte widmen.

»Dann schreibe von dem, was du persönlich erlebt hast, deinen eigenen Erfahrungen. Du solltest das alles aufschreiben, es wäre wirklich von großem Wert!«

»Von Wert als historischem Dokument? Eines Tages werden die hunderttausend Tonnen von Material aus den Aktenarchiven veröffentlicht werden, und dann sind meine Aufzeichnungen nicht mehr wert als Altpapier.«

»Aber Solschenizyn ...«

Du unterbrachst sie und sagtest, du seist kein Kämpfer, du würdest keine Fahnen schwenken.

»Aber es wird sich doch auch dort irgendwann ändern, oder, glaubst du nicht?« Sie brauchte den Glauben daran.

Du antwortetest, du seist weder ein Prophet noch würdest du in Illusionen leben. Du würdest für niemand mehr zur Begrüßung Spalier stehen. Und niemals in diesem Leben würdest du nach China zurückkehren. Du würdest das bisschen Leben, das dir noch blieb, nicht verschwenden wollen.

Sie entschuldigte sich sanft dafür, diese Erinnerungen geweckt zu haben. Aber nur wenn sie deinen Schmerz verstünde, würde sie doch auch dich verstehen. Ob du das nicht begreifen würdest?

Du sagtest, du seist der Hölle entkommen und habest nicht vor, in die Hölle zurückzukehren.

»Aber du musst darüber sprechen. Das wird dich erleichtern.« Ihre Stimme wurde sehr weich, sie wollte ihn trösten.

Du fragtest sie, ob sie als Kind mit Spatzen gespielt habe oder ob sie schon einmal Kinder beobachtet habe, wenn sie mit Spatzen spielten? Sie banden ihnen die Füße zusammen und behielten ein Fadenende in der Hand. Die Spatzen schlugen mit den Flügeln, konnten aber nicht fliegen. Sie zappelten verzweifelt in der Luft herum, bis sie schließlich vor Erschöpfung die Augen schlossen. Du erzähltest, du hättest früher kleine Gottesanbeterinnen gesammelt. Du fandest sie faszinierend mit ihren grün schimmernden schlanken Körpern und den zwei Beißzangen, die wie kleine Messer nach vorne ragten.

Doch wenn sie in die Hände der anderen Kinder gerieten, banden die einen feinen Faden um sie und zerrten so lange in alle Richtungen daran, bis das Tier völlig zerstückelt war. Ob sie auch solche Erfahrungen gemacht habe?

»Aber Menschen sind keine Spatzen!«, protestierte sie.

»Klar. Auch keine Gottesanbeterinnen«, sagtest du. »Und keine Helden. Gegen Macht und Gewalt sind sie hilflos. Wenn du dich retten willst, bleibt dir nur die Flucht.«

Es war stockfinster im Zimmer. Du meintest fast, du könnest die Dichte der Dunkelheit durch den Raum gleiten spüren.

»Halt mich fest.« Ihre Stimme klang fest und weich. Sie zerrte an dir und spendete Trost.

Du strichst über ihr Nachthemd, das ihren festen Körper umschlang, aber es berührte dich nicht. Sie streichelte dich und ließ ihre zarten Hände über deinen Körper wandern, mit der Hingabe, die Frauen zu Eigen ist. Du sagtest, du fühlest dich angespannt und ein bisschen nervös. Die Augen schließen und entspannen, nur ihre Zärtlichkeit genießen, dachtest du.

»Na dann erzähl mir doch was von den Frauen«, flüsterte sie dir wie eine liebevolle Geliebte zärtlich ins Ohr, »erzähl mir von ihr.«

»Wen meinst du?«

»Diese Frau ... hieß sie nicht Lin?«

Du sagtest, Lin habe dir nie gehört, sie war die Frau eines anderen.

»Jedenfalls war sie deine Geliebte. Hast du viele Frauen gehabt?«

»Das war in China damals unmöglich, musst du wissen.«

Du sagtest außerdem, sie sei deine erste Frau gewesen. Und sie habe es nicht geglaubt, als du es ihr gesagt hast.

»Hast du sie geliebt?«, fragte sie.

Du sagtest, sie habe damit angefangen. Du habest dich nicht von selbst auf so eine hoffnungslose Liebe eingelassen.

»Vermisst du sie?«, fragte sie.

»Margarete, warum fragst du so etwas?«

»Ich will wissen, was Frauen dir bedeuten.«

Natürlich sei sie ein reizendes Mädchen gewesen, sagtest du. Sie habe gerade die Universität beendet, sie sei sehr schön gewesen, ja sogar begehrenswert. Nur wenige Frauen waren damals so gekleidet wie sie. Ihre eng anliegenden Kleider und hochhackigen Schuhe sorgten für einiges Aufsehen. Weil sie aus einer hohen Kaderfamilie stammte und sich damit in einer privilegierten Lage befand, war sie stolz und eigensinnig, und manchmal auch ein bisschen sehr romantisch. Du lebtest damals nur in deinen Büchern und Gedanken. Deine Arbeit interessierte dich überhaupt nicht. Dazu kamen noch Gruppensitzungen zum gemeinsamen Studium der Werke Maos, die Übereifrige, die in die Partei eintreten wollten, nach der Arbeit organisierten. Man konnte eine Einladung dazu nicht ablehnen, ohne sofort einer falschen politischen Einstellung verdächtigt zu werden. Abends kamst du daher erst gegen neun oder zehn Uhr nach Hause. Dann machtest du die Lampe an, versankst in deine Gedanken und schriebst deine eigenen Sachen an deinem eigenen Schreibtisch und warst endlich du selbst. Tagsüber lebtest du in einer anderen Welt. Und weil du fast immer übernächtigt warst, hielten dich die Leute für gedankenverloren, bei den Sitzungen schliefst du regelmäßig ein, und so bekamst du den Spitznamen »Träumer« – Schlafmütze wäre auch eine gute Bezeichung für dich gewesen.

»Träumer ist ein schöner Name«, lachte sie auf und ihre volle Stimme vibrierte in ihrer Brust. Du sagtest, das sei dein bester Schutz gewesen, sonst hätten sie dich schon viel früher gepackt.

»Hat sie dich auch so genannt? Hat sie sich deswegen in dich verliebt?«, fragte sie.

»Kann sein.«

Du sagtest, du habest natürlich auch einiges für sie empfunden, und es sei keine rein körperliche Anziehung gewesen. Die Mädchen in der Universität schienen dir damals gefährlich. Alle strebten sie nur nach Ruhm und Ehre und waren überaus bemüht, ihre Unschuld und Reinheit unter Beweis zu stellen. Du wusstest genau, dass deine Gedanken nicht strahlend und rein waren. Die wenigen Affären an der Universität hatten dich einiges gelehrt. Wollte eines der Mädchen in die Partei oder irgendeine andere Organisation eintreten, musste es einen Bericht über ihr Denken abliefern, und es war klar, dass, wenn in der Beichte der Mädchen herauskommen würde, dass du nur irgendetwas Ungewöhnliches getan hättest, man dich ohne Umschweife auf dem Altar opfern würde.

»Aber sie waren doch auch noch Frauen?«

»Man kann das nicht verstehen, wenn man diese Zeit nicht erlebt hat.«

Du fragtest sie, ob sie sich vorstellen könnte, mit einem Nazi zu schlafen, der später möglicherweise ihre jüdische Abstammung verraten würde.

»Sprich nicht von den Nazis!«

»Verzeihung. Es war nur ein Vergleich, der psychologische Mechanismus ist derselbe«, erklärtest du. »Lin war natürlich nicht so. Gerade weil sie die Privilegien ihrer Familie genoss, musste sie erst gar nicht in die Partei eintreten. Ihre Großeltern, ihre Familie, das war die Partei, sie musste sich nicht groß darstellen oder Parteisekretären irgendwelche Berichte über ihr Denken abliefern.«

Als sie dich das erste Mal zum Essen einlud, erzähltest du, seid ihr in ein sehr vornehmes Kaderkasino gegangen, das für die Öffentlichkeit nicht zugänglich war. Man hatte nur mit einem Ausweis Zugang. Natürlich hat sie dich eingeladen, denn ohne die spezielle Karte konnte man auch nicht bezahlen, und das war dir sehr unangenehm gewesen.

»Verstehe«, sagte sie leise.

Lin wollte, dass du dich mit dem Ausweis ihres Ehemannes als ihr Mann ausgibst, damit ihr in ein Hotel im Sommerpalast gehen konntet, das nur für hohe Kader und deren Familien reserviert war. Und wenn sie dich überprüfen würden?, hattest du gefragt. Das würden sie nicht tun, hatte sie geantwortet, aber vielleicht wäre es doch besser, du würdest eine Uniform ihres Mannes tragen.

»Sie war aber wirklich ganz schön mutig!«, murmelte sie.

Du seist nicht so mutig gewesen, sagtest du. Du fühltest dich überhaupt nicht wohl bei dieser heimlichen und riskanten Affäre. Aber du hast doch mit ihr geschlafen. Zum ersten Mal bei ihr zu Hause. Sie wohnte in einem sehr großen, traditionellen Hofhaus mit eigenem Eingang. Nur ihre Eltern lebten dort, und eine alte Frau, die eigens dafür eingestellt war, das Tor zu bewachen, den Hof zu kehren und den Ofen zu beheizen. Abends gingen alle sehr früh schlafen und absolute Stille lag über dem Garten. Sie hat dich zum Mann werden lassen, wie auch immer, und dafür warst du ihr dankbar.

»Dann hast du sie also doch geliebt?«, sie setzte sich auf und fixierte dich in der Dunkelheit.

»Sie hat mir etwas beigebracht.«

Du riefst die Szene in Erinnerung. Wahrscheinlich war es vor allem ihr schöner Körper, den du geliebt hast.

»Was hat sie dir beigebracht?«

Ihr Haar fiel in dein Gesicht. Du sahst ihre Augen funkeln, zwei große Augen, die dich anblickten.

»Sie war die aktive. Sie war frisch verheiratet«, sagtest du. »Ich war damals immerhin schon zwanzig, aber hatte noch nie eine Frau gehabt, ist das nicht lächerlich?«

»Sag das nicht. Damals mussten sich in China doch alle als unschuldige Puritaner geben, das verstehe ich schon ...«

Ihre Finger machten kleine Spielchen auf deinem Körper. Du sagtest, du seist bestimmt kein Puritaner gewesen und habest es ja auch gewollt.

»Suchtest du vielleicht nach Entspannung von all dem Druck, den du aushalten musstest?«

»Ich suchte die Entspannung, die man durch den Körper einer Frau findet!«, sagtest du.

»Aber du wolltest doch auch, dass sie sich entspannte, oder?« Sie war jetzt dicht neben deinem Ohr und flüsterte »Mach es mir, mach es mir jetzt, wie du es damals in China mit der Frau gemacht hast.«

»Mit wem?«

»Lin, oder wie das Mädchen hieß. Das Mädchen, deren Vornamen du vergessen hast.«

Du wandtest dich zu ihr und umarmtest sie, hobst ihr Nachthemd hoch und drangst in ihren Körper ein ... »Wenn du kommen willst, tu's.« »Auf wessen Körper soll ich kommen?« »Auf dem Körper der Frau, die du haben willst ...« »Einer wollüstigen Frau?« »Ist es nicht das, was du willst?« »Einer Hure?« »Genau.« »Hast du dich jemals verkauft?« »Ja, nicht nur einmal ...« »Wo?« »In Italien ...« »An wen?« »An jeden, der es wollte –« »So billig bist du zu haben!« »Nein, du kannst mich nicht bezahlen, ich will deinen Schmerz ...« »Das alles ist Vergangenheit.« »Nein, es ist in dir ...« »Ganz unten in der Tiefe?« »Genau.« »Tief musste ich hinein, so weit wie möglich, bis ans Ende ... aber vielleicht schaffe ich es nicht ...« »Muss ich dich dazu erst auspressen, aussaugen?« »Jetzt bin ich gekommen!« »Egal!« »Hast du keine Angst?« »Angst wovor?« »Dass du schwanger wirst?« »Dann treibe ich es wieder ab.« »Bist du verrückt?« »Angst hast du, nicht ich. Du willst es und traust dich doch nicht. Mach dir keine Sorgen, ich habe etwas eingenommen.« »Wann?« »Im Bad.« »Bevor du ins Bett gekommen bist?« »Ja. Ich wusste, dass du mich nehmen wolltest.« »Warum hast du mich dann so lange gequält?« »Frag nicht. Nimm mich, wenn du es brauchst ... diesen nackten Körper ...« »Den Körper einer Hure?« »Ich bin keine Hure.« »Das verstehe ich nicht.« »Was verstehst du nicht?« »Du hast es doch gerade gesagt.« »Was habe ich gesagt?« »Du hast gesagt, dass du dich verkauft hast.« »Das kannst du nicht verstehen, das begreifst du nicht, davon hast du keine Ahnung« »Aber ich will alles wissen, was in dir ist!« »Nimm mich, wenn du es brauchst, aber verletze mich nicht!« »Du bist keine Hure mehr?« »Nein, nur noch eine Frau, ich bin viel zu früh eine Frau geworden.« »Wann?« »Mit dreizehn ...« »Unsinn. Jetzt erzählst du doch Geschichten?«

Sie schüttelte den Kopf. Du wolltest, dass sie redete! Sie murmelte vor sich hin, dass sie überhaupt nichts mehr davon wisse, dass sie es auch nicht wissen wolle … dass sie den Schmerz brauche, dass sie erst im Schmerz Lust erfahren würde. Du brauchtest eine Frau, eine Frau, auf deren Körper du Befriedigung finden konntest, für deine Lust und deine Einsamkeit. Sie sagte, sie sei auch einsam. Dass sie verstehen wolle und bereit sei, dafür zu zahlen. Für Liebe und Leidenschaft? Ja. Das würde sie wollen, das würde sie auch geben, und sie würde dafür bezahlen. Würde sie das auch verkaufen? Ja. Ihre Zügellosigkeit auch? Ja, und billig! Sie wälzte sich auf deinem Körper. Bevor du die Augen schließen konntest, sahst du ihre Augen im Dunkeln aufblitzen. Dann erst öffnetest du deinen Mund und schriest …

11

Er lag im Bett, das Lin kurz nach ihrer Hochzeit gekauft hatte, öffnete die Augen und war sich nicht sicher, ob es ein Traum gewesen war oder nicht. Splitternackt und schön lag Lin neben ihm und betrachtete ihn, den sie gerade zum Mann gemacht hatte. Es war Lin gewesen, die ihn vom Wohnzimmer ans Ende des Ganges in ihr Schlafzimmer gezogen hatte. Die schweren Samtgardinen waren zugezogen und hingen bis zum Boden. Nur eine hohe Tischlampe brannte, eine Vase, deren Schirm mit gelben Chrysanthemen verziert war. Lin bot ihm den Stuhl am Schreibtisch an und zog dann ein Photoalbum mit Goldrand aus der Schublade. Die Photos hatte ihr Mann auf der Hochzeitsreise im Badeort Beidaihe von ihr gemacht. Ihre ärmellosen, ausgeschnittenen Kleider entblößten ihre Schultern, Arme und Beine. Auf anderen Bildern klebte die nasse Badekleidung an ihrem Körper. Lin hatte sich tief über ihn gebeugt. Als eine Haarsträhne von ihr in seine Stirn fiel, drehte er sich plötzlich um, umfasste ihre geschmeidige Hüfte, drückte sein Gesicht an ihre Brust, atmete den zarten Geruch ihres Körpers ein, beeilte sich, den Reißverschluss ihres Kleides aufzuziehen, legte sie auf das Federbett, küsste sie wild auf den Mund, das Gesicht, den Hals und dann ihre Brustwarzen, nachdem er ihren BH geöffnet hatte. Das war es, wovon er immer geträumt hatte. Er war so aufgeregt, dass er ihre Unterwäsche zerriss, die so aufreizend war und die man auf dem freien Markt überhaupt nicht hätte kaufen können, und doch bekam er keine Erektion und konnte nicht in sie eindringen. Wieder war es Lin, die ihm sagte, er brauche nicht so angespannt zu sein. Um diese Zeit würden ihre Eltern längst schlafen und sicher nicht mehr in ihr Zimmer kommen, das Waffen-Forschungsinstitut, in dem ihr Mann arbeitete, sei weit ab im Außenbezirk von Peking gelegen. Die Disziplinarvorschriften der Armee gestatteten nur Wochenendurlaube. Als er plötzlich das Bedürfnis hatte zu pinkeln, zog sich Lin einen Rock an, ging barfuß nach draußen und kam gleich wieder mit einer Waschschüssel zurück. Er ging nach draußen, verriegelte die Pforte und pinkelte in die Emailschüssel. Es plätscherte so laut, dass er sich wie ein ertappter Einbrecher fühlte. Dann löschten sie das Licht und Lin half ihm seine Schuhe und Kleider auszuziehen, legte ihn nackt auf das Bett und deckte ihn zu. Sie erinnerte ihn an das große Mädchen, das immer wieder in den Träumen seiner Kindheit aufgetaucht war. Eine Lazarettschwester, die mit zielsicheren und sanften Händen das Blut seiner Wunden abwusch. Plötzlich hatte er eine Erektion und presste sich fest auf diesen lebendigen, beweglichen Körper und vollbrachte diese in seinem Leben bisher bedeutungsvollste Tat.

Bevor es hell wurde, verließ er ihr Zimmer. Im Garten war es noch stockfinster, über einem alten Feigenbaum lag der Himmel schwarzblau. Lin schob vorsichtig den Riegel beiseite und das schwere Tor öffnete sich unter einem leisen Krächzen. Er zwängte sich durch den Spalt und blickte zurück, wie sich das mit alten Beschlägen verzierte Tor langsam schloss, nahm sein Fahrrad und schob es durch die Gassen. Er hatte es nicht eilig, auf das Fahrrad zu steigen. Lieber lauschte er seinen Schritten in der Nacht, die ihn vorbei an einem Hofhaus nach dem anderen durch die Gassen führten. Er wollte nicht nach Hause. Sollte ihm sein Zimmergenosse Tan irgendwelche Fragen stellen, müsste er sich eine Geschichte zusammenreimen. Langsam wurden seine Schritte von den Geräuschen der allmählich erwachenden Stadt übertönt. Bauern trieben Gemüsekarren zum Markt, die Hufe der Esel klapperten über den Asphalt, Blasebälge quietschten in den kleinen Läden, die frittiertes Gebäck und Sojabohnenmilch verkauften, noch vollkommen leere Trolleybusse ratterten an ihm vorbei, langsam füllten sich die Straßen mit Fahrrädern und Passanten. Er atmete tief durch und sog seine Lungen voll mit Luft. Die Frische machte ihn glücklich und erfüllte ihn mit einer ruhigen Selbstsicherheit.

Mittags traf er Lin in der Mensa wieder. Sie trug ein langärmeliges Kleid mit hoch geschlossenem Kragen und hatte ein kleines Seidentuch um den Hals geschlungen. Gleich nachdem sich ihre Kollegen vom Tisch erhoben hatten, zwinkerte sie ihm zu und flüsterte: »Ich habe einen roten Fleck am Hals, der ist von dir.« Dann senkte sie lächelnd den Kopf, sie hatte sich nicht beschweren wollen.

Er konnte schwer sagen, ob er Lin liebte. Aber er war verrückt nach ihrem wunderschönen Körper. Sie verabredeten sich immer wieder, doch er konnte sie auch nicht allzu häufig zu Hause besuchen. Waren die Eltern zu Hause, musste er sich höflich ihre Reden über große Staatsangelegenheiten anhören und ihre Belehrungen über sich ergehen lassen. Er musste dem alten Paar zeigen, dass er ein guter Mensch war, tun, als sei er der Sprössling einer revolutionären Familie, und Dinge sagen, die er nicht sagen wollte. Wenn beide dann gähnten und das Zimmer verließen, begann Lin irgendwelche banalen Geschichten aus ihrer Organisation zu erzählen, bis kein Laut mehr aus dem Zimmer der Eltern zu hören war. Daraufhin erhob er sich und verabschiedete sich mit lauter Stimme. Lin und er verließen das Wohnzimmer und gingen dann in den Garten, wo die Lichter schon gelöscht worden waren. Er huschte unter die Veranda und versteckte sich hinter einem Pfosten, bis Lin auch in den anderen Räumen das Licht gelöscht hatte. Dann schlüpfte er in ihr Zimmer und sie verbrachten eine Liebesnacht miteinander.

Doch lieber traf er Lin an anderen Orten, im Park oder an der Stadtmauer, inmitten duftender Fliederbüsche oder Jasminblüten. Mal breiteten sie ihre Jacken auf dem Boden aus, mal machten sie es einfach schnell an einen dicken Baumstamm gelehnt. Wenn Lins Mann dienstlich zu irgendwelchen Militärbasen unterwegs war, fuhren sie sonntags ganz in der Frühe in die Berge nach Badaling, verbrachten dort den ganzen Tag, bis die Sonne im Westen unterging, der Abendwind losbrauste und sie sich im Halbdunkel den Berg hinabtasten mussten, um den letzten Bus in die Stadt zu erwischen. Manchmal fuhren sie auch mit dem Zug in die Westberge, nach Mentougou, wo man den Pekingmenschen entdeckt hatte, oder stiegen einfach bei irgendeinem kurzen Halt des Zuges aus. Mit einem Picknick im Rucksack kletterten sie über einen Bergrücken, von wo aus man die Straße nicht mehr sehen konnte. Und dann liebten sie sich hemmungslos unter der Sonne und im Rauschen des Bergwindes. Unter sich das wilde Gras, über sich die Wolken, die gemächlich am Himmel vorbeizogen, konnten sie sich ruhig und gefahrlos einander hingeben, und erst da fühlte er sich wirklich frei.

Lin war zwei Jahre älter als er und extrem leidenschaftlich. Sie liebte ihn mit einem solchen Feuer, dass sie manchmal geradezu das Bewusstsein verlor. Er musste sich immer zusammennehmen. Lin spielte gern mit dem Feuer. Er dagegen musste immer wieder an die Konsequenzen denken. Lin hatte nicht im Geringsten die Absicht, ihren Mann zu verlassen. Und selbst wenn sie ihn gebeten hätte, sie zu heiraten, hätten ihre Eltern sicher nicht akzeptiert, dass so ein einfacher Mann, der noch nicht einmal in den Jugendverband aufgenommen worden war, in ihre revolutionäre Familie einheiraten würde. Zudem stammte Lins Ehemann aus einer Militärfamilie. Würde ihr

Verhältnis seiner Arbeitsstelle gemeldet, würde nicht Lin dafür bestraft werden, sondern das Unglück träfe sicher nur ihn. Lin sah damals auch ganz nüchtern, dass sie kaum mit ihrer Familie brechen und ihre sämtlichen Privilegien aufgeben können würde, um an seiner Seite das Leben von ganz normalen Leuten zu führen. Zudem enthielten die Heiratsgesetze die zusätzliche Bestimmung, dass Angestellte in staatlichen Organisationen erst mit 26 Jahren heiraten durften. In dieser neuen, sich ständig erneuernden und so nie da gewesenen Gesellschaft standen eben auch die Liebe und die Ehe zwischen Mann und Frau im Dienst der Revolution. Überall wurden der neue Mensch, die neuen Verhältnisse, die neuen Theaterstücke, die neuen Filme propagiert. Karten für solche Werke wurden kostenlos vom Staat ausgegeben, und alle mussten sie sich ansehen.

Eines Tages hatte sich der Parteisekretär seiner Arbeitseinheit über den Kopf des Abteilungsleiters und Sektionsleiters hinweg direkt an ihn gewandt und ihn sofort in das Büro der obersten Direktorin gebeten. Ihm war sofort klar, dass es hier nicht um seine Arbeit ging. Die Direktorin, Genossin Wang Qi, war mittleren Alters, behandelte ihn sehr höflich und zuvorkommend und saß hinter einem ausladenden Schreibtisch, dessen Ausmaße Rang und Würden dieser Kaderfrau verrieten. Genossin Wang stand auf und schloss die Tür ihres Büros. Ihr Verhalten wies darauf hin, dass es sich um etwas ganz Außergewöhnliches handelte, und machte ihn sofort sehr nervös. Die Direktorin bat ihn, auf dem Sofa Platz zu nehmen, und zog sich selbst einen Lehnstuhl heran, um die Situation etwas informeller zu gestalten.

»Ich habe immer so viel zu tun, und das stimmt wirklich, dass ich nie Zeit habe, mich eingehender mit euch neuen Universitätsabgängern zu unterhalten. Seit wann arbeitest du schon hier?«

Er gab Antwort.

»Hast du dich an die Arbeit in dieser staatlichen Einheit gewöhnt?«

Er nickte.

»Ich hörte, dass du sehr intelligent bist, die Arbeit schnell erledigst und in deiner Freizeit schreibst.«

Die Direktorin wusste alles, alles wurde irgendwann von irgendjemandem berichtet. So sagte sie warnend: »Das darf deine Arbeit nicht beeinträchtigen.«

Er nickte heftig mit dem Kopf. Zum Glück gab es niemand, der wusste, was er schrieb.

»Hast du eine Freundin?«

Nun kam sie zum Thema. Sein Herz schlug schneller, er antwortete nein und fühlte, wie er errötete.

»Aber es wäre für dich doch an der Zeit daran zu denken, sich eine passende Partnerin zu suchen«, sagte sie, wobei sie das Wort »passend« betonte. »Für eine Ehe ist es aber noch zu früh. Erst wenn die revolutionäre Arbeit erledigt ist, lassen sich auch die individuellen privaten Probleme lösen.«

Die Direktorin sagte, sie wolle nur mit ihm plaudern und sprach in lockerem Ton, doch auch das war Teil ihrer revolutionären Arbeit. Es ging der Direktorin keinesfalls um eine einfache Unterhaltung. Als sie ihm die Tür öffnete, erinnerte sie ihn daran: »Die Stimmen aus den Massen haben mir zugetragen, dass du einen zu intimen Kontakt zu Genossin Lin pflegst. Wenn es sich nur um eine Beziehung zwischen Genossen handelt und ihr zusammen arbeitet, ist nicht das Geringste dagegen einzuwenden. Aber man muss auch auf die Wirkung nach außen achten. Wir in der staatlichen Einheit sorgen uns um die gesunde Entwicklung der Jugend.«

Mit Einheit meinte sie natürlich die Partei, und dass die Direktorin ihn zu diesem Gespräch geladen hatte, hatte mit der Partei zu tun. Sie kam auch auf Lin zu sprechen: »Lin ist sehr unschuldig, offen und freundlich. Sie versteht noch nicht viel von der Welt.«

Damit war die Verantwortung in dieser Sache auf ihn übertragen worden. Falls etwas vorfallen sollte. Die ganze Unterhaltung hatte keine fünf Minuten gedauert. Sie hatte noch vor dem

Ausbruch der Kulturrevolution stattgefunden, noch bevor der Mann der Direktorin zum Rädelsführer der schwarzen Bande gebrandmarkt und Genossin Wang Qi selbst zum parteifeindlichen Element erklärt worden war, als sie noch diesen bedeutenden Posten in der Einheit innehatte. Ob es nun eine Anspielung, eine Mahnung oder Warnung gewesen war, er war sich jedenfalls über seine Situation klar. Sein Herz pochte laut, sein Gesicht war heiß. Es dauerte eine Weile, bis er sich wieder beruhigen konnte.

Er beschloss, seine Beziehung zu Lin zu beenden. Er wartete nach der Arbeit im Erdgeschoss auf sie und ging mit ihr zusammen nach draußen. Er wusste, dass ihn jemand beobachten würde und er denjenigen eigentlich zum Kampf herausfordern müsste. Aber er fühlte, dass er keine Kraft für solche Kämpfe hatte. Lange schoben sie ihre Fahrräder vor sich her, bis er Lin endlich von dem Gespräch erzählte.

»Na und?«, sagte Lin unbekümmert, »soll doch darüber reden, wer will!«

Er sagte, sie könne das so sehen, er aber nicht.

»Warum?« Lin blieb stehen.

»Unsere Beziehung ist nicht gleichberechtigt!«, sagte er damals.

»Wieso nicht gleichberechtigt? Was meinst du?«

»Das verstehst du natürlich nicht, weil du alles hast, und ich nichts.«

»Aber ich will es doch so!«

Er sagte, er wolle kein Mitleid und er sei kein Sklave! Eigentlich hatte er sagen wollen, wie schwierig er die Situation empfinde und dass er ein offenes und ehrliches Leben führen wollte, aber all das konnte er nicht sagen.

»Aber wer behandelt dich denn wie einen Sklaven?«

Lin blieb unter einer Lampe stehen und starrte ihm tief in die Augen, so dass einige Passanten auf sie aufmerksam wurden. Er schlug vor, in den Park am Kohleberg zu gehen, um zu reden. Der Park war nur bis zehn geöffnet, der Kartenverkauf hatte schon um halb zehn geschlossen. Als er versprach, nur kurz zu bleiben, ließ sie der Torwächter doch noch ein.

Wie oft hatten sie sich nach der Arbeit verabredet, waren mit ihren Rädern direkt zum Park gefahren, hatten sich ein paar Bäume auf den Hügeln gesucht, die man vom Weg aus nicht sehen konnte, und hatten zugesehen, wie langsam die Lichter der Stadt aufflackerten. Lin zog dann lässig ihre Seidenstrumpfhosen aus, die ein deutliches Zeichen dafür waren, dass sich Lin von anderen unterschied. Solche Luxusartikel gab es nicht in den normalen Geschäften, sondern waren nur in den Sonderverkaufsabteilungen für Auslandsreisende zu kaufen. Doch damals hatten sie keine Zeit mehr, einen Hügel hinaufzusteigen, sondern stellten sich in den Schatten eines großen Baumes ganz in der Nähe des Eingangshäuschens. Er dachte, er musste Lin deutlich machen, dass ihre Beziehung nun zu Ende sei. Aber Lin weinte. Er wusste nicht, wie er sich verhalten sollte, und nahm ihr Gesicht in seine Hände, wischte ihr die Tränen aus dem Gesicht. Doch Lin weinte immer heftiger und schniefte laut. Er küsste sie und die beiden umarmten sich, wie sich ein verliebtes Paar im Trennungsschmerz umarmt. Wieder konnte er nicht anders als sie zu küssen, ihre Stirn, ihren Mund, ihren Hals, ihre Brust und ihren Bauch. Der Lautsprecher schmetterte: »Achtung, an alle Genossen im Park!«

Damals gab es überall im Park Lautsprecher und ihre Stimmen erschütterten das Trommelfell. An Feiertagen brüllten von morgens bis abends Revolutionslieder aus den Boxen, und das geschah ebenso am Abend, um die letzten Besucher nach Hause zu treiben.

»Achtung, an alle Genossen im Park! Es ist nun Zeit. Wir schließen gleich!«

Er zerriss die Strumpfhose unter ihrem Rock. Er dachte, es sei das letzte Mal. Lin umarmte ihn heftig und zitterte am ganzen Körper. Es war keineswegs das letzte Mal gewesen, nur sprachen sie in der Arbeitseinheit nicht mehr miteinander. Seitdem mussten sie sich spontan und immer sehr genau verabreden, wann und wo, an welcher Straßenecke, unter welchem Baum oder an welchem Platz im Schatten einer Straßenlaterne. Auf dem Fahrrad hielten sie den ganzen Weg einen Abstand von zehn bis zwanzig Metern. Je geheimer ihre Treffen wurden, umso stärker wurde der Beigeschmack einer verbotenen Affäre. Und umso deutlicher wurde ihm, dass diese Beziehung früher oder später zu Ende gehen würde.

12

Das Telefon klingelte. Du bist aufgewacht und hast überlegt, ob du abnehmen solltest.

»Vielleicht ist es eine Frau und du hast eine Verabredung vergessen?« Sie lag im Kissen und sah dich mit halb geöffneten Augen an.

»Vielleicht ist es die Rezeption«, sagtest du.

»Als du geschlafen hast, hat schon jemand an die Tür geklopft.« Sie klang müde.

Du hobst den Kopf. Ein Sonnenstrahl fiel unter den schweren Samtvorhängen durch das Fenster auf die Rückenlehne des Sofas. Durch den Spalt unter der Tür war die heutige Zeitung durchgeschoben worden. Du strecktest die Hand aus, um den Hörer abzunehmen. Da erstarb das Klingeln.

»Bist du schon lange wach?«, fragtest du sie.

»Ich fühle mich ganz leer. Du hast sehr laut geschnarcht.«

»Warum hast du mich nicht geweckt?« Du streicheltest über ihre runden Schultern. Ihr Körper war dir nun schon vertraut wie auch der Duft, der ihn umhüllte.

»Du hast so fest geschlafen, ich wollte dich nicht wecken. Du hast die letzten zwei Nächte nicht viel Schlaf bekommen.« Ihre Augen lagen tief in den dunklen Augenhöhlen, ihr Blick wanderte ziellos umher.

»Du doch auch nicht?« Deine Hand wanderte ihre Schultern herab zu ihren Brüsten, die du nun fest streicheltest.

»Willst du wieder mit mir schlafen?« Sie wandte dir etwas geistesabwesend den Kopf zu.

»Was sagst du! Margarete …« Du wusstest nicht, wie du es erklären solltest.

»Gleich nachdem du gekommen bist, bist du auf meinem Körper eingeschlafen!«

»Das ist ja furchtbar! Wie ein Tier!«

»Ach was. Menschen sind alle wie Tiere. Aber Frauen wollen eben doch lieber dieses Gefühl von Sicherheit«, sagte sie lachend.

Du sagtest, wie besonders wohl du dich mit ihr fühlen würdest, wie großzügig sie sei.

»Das kommt darauf an. Ich verteile meine Kuchenstücke auch nicht an jeden!«

»Das brauchst du mir nicht zu sagen!« Du sagtest, du seist ihr dankbar für ihr Mitgefühl.

»Aber auch das wirst du früher oder später wieder vergessen,« sagte sie. »Übermorgen, nein, schon morgen, es ist ja wieder ein Tag vergangen, vielleicht ist schon Mittag … Morgen fahre ich nach Deutschland zurück, und du nach Paris. Wir beide können nicht zusammen leben.«

»Aber wir werden uns sicher wiedersehen!«

»Wenn wir uns wiedersehen, dann als Freunde, ich möchte nicht deine Geliebte werden.«

Sie löste deine Hand von ihrer Brust.

»Margarete, warum?«

Du setztest dich im Bett auf und sahst sie an.

»In Frankreich hast du doch eine Frau. Du hast ganz sicher eine Frau.« Ihr Ton wurde etwas unangenehm. Du wusstest nicht, was du sagen solltest. Der Sonnenstrahl war von der Rücken- auf die Armlehnen gewandert.

»Wie spät ist es?«, fragtest du.

»Keine Ahnung.«

»Hast du keinen Freund? Wahrscheinlich doch auch.«

Eine andere Anwort fiel dir nicht ein.

»Ich will eine derartige Beziehung mit dir nicht fortsetzen, aber ich denke, wir können dennoch Freunde werden, vielleicht sogar gute Freunde. Ich hätte nicht gedacht, dass es auf einmal so kompliziert mit uns werden könnte.«

»Was macht das?«

Du sagtest, dass du sie liebst.

»Nein, sag das nicht. Ich glaube es nicht. Alle Männer sagen das, wenn sie mit einer Frau schlafen.«

»Margarete, du bist wirklich außergewöhnlich.«

Du wolltest sie beruhigen.

»Weil ich eine Jüdin bin? Vielleicht hast du noch nie eine Jüdin gehabt? Du hast mich einen Augenblick gebraucht. Aber du verstehst mich überhaupt nicht.«

Du sagtest, du wolltest sie gerne verstehen. Aber sie würde nichts über sich preisgeben. Du hättest schon so viel erzählt, aber sie sei nicht bereit, sich zu öffnen. Du erinnertest sie an ihr Gemurmel, als ihr euch geliebt hattet.

»Du wolltest meinen Körper, und nicht mich.«

Sie zuckte mit den Achseln. Doch du sagtest, du wolltest sie wirklich verstehen, ihr Leben, ihre Gedanken, einfach alles von ihr wolltest du wissen.

»Damit du Stoff für deine Geschichten hast?«

»Nein, wie unter guten Freunden, wenn ich schon nicht dein Liebhaber sein darf.«

Du sagtest, sie wecke viele verschiedene Gefühle in ihm, nicht nur körperliche. Sie hatte diese Erinnerungen, die du schon vergessen geglaubt hattest, in dir wieder hervorgeholt.

»Du hattest nur geglaubt, sie vergessen zu haben, sobald du an sie denkst, sind sie wieder da. Den Schmerz kann man nicht auslöschen und nicht vergessen.«

Sie lag mit offenen Augen auf dem Rücken. Ohne den Lidschatten wirkten ihre Augen viel heller, graublau. Ihre Brustwarzen schimmerten rot auf ihren weißen Brüsten, die Vorhöfe waren sehr hell. Sie zog die Decke über sich und sagte, du solltest sie nicht so anschauen, sie würde ihren Körper hassen, das hätte sie auch gesagt, als ihr euch geliebt habt.

»Margarete! Du bist wunderschön, dein Körper ist schön!«

Du sagtest, du würdest die sinnlichen Frauen auf den Bildern von Klimt sehr mögen, du wolltest, dass die Sonnenstrahlen auf ihren Körper fielen, damit du ihn noch genauer sehen könntest.

»Lass die Vorhänge zu!«, unterbrach sie dich.

»Magst du die Sonne nicht?«, fragtest du.

»Ich will nicht, dass du meinen Körper in der Sonne betrachtest!«

»Du bist wirklich außergewöhnlich, ganz anders als die Frauen aus dem Westen. Du wirkst dagegen eher wie ein chinesisches Mädchen.«

»Weil du mich immer noch nicht verstehst.«

Du sagtest, du wolltest sie wirklich verstehen, durch und durch, nicht nur ihren Körper oder, wie sie sagen würde, ihr Fleisch.

»Aber das ist unmöglich. Kein Mensch kann den anderen völlig verstehen, und schon gar nicht ein Mann eine Frau. Der Mann glaubt das, aber es ist unmöglich.«

»Also gut.« Du gabst auf. Den Kopf in beide Hände gestützt, sahst du sie aufseufzen. »Willst du etwas essen? Wir können uns etwas auf das Zimmer kommen lassen oder in ein Café gehen?«

»Danke, aber ich frühstücke nie.«

»Fastest du?«, fragtest du scherzhaft, »es ist doch schon Mittag!«

»Entscheide du das, und kümmer dich nicht um mich«, sagte sie. »Ich will dir einfach nur zuhören.« Du warst gerührt und küsstest sie auf die Stirn. Du legtest dir ein Kissen in den Rücken und lehntest dich an sie.

»Du bist sehr zärtlich,« sagte sie. »Ich mag dich. Ich habe dir alles gegeben, was du wolltest, aber ich will nicht noch tiefer vordringen, ich habe Angst ...«

»Wovor hast du Angst?«

»Ich habe Angst davor, dich zu vermissen.«

Du wurdest traurig und sagtest nichts mehr. Du dachtest, solche Frauen braucht man, vielleicht solltest du doch mit ihr zusammen leben.

»Erzähle weiter deine Geschichten«, unterbrach sie das Schweigen.

Du sagtest, du wolltest nun ihr zuhören, sie solle von sich sprechen, von ihrem Leben, oder von irgendetwas, das ihr gerade einfalle. Es gebe nichts zu erzählen, erwiderte sie, sie habe nicht so komplexe Erfahrungen gemacht wie er.

»Mit den Erfahrungen einer Frau kann man ein ganzes Buch füllen.«

»Schon, aber es würde ein triviales Buch.«

»Aber jedes Buch hätte seine ganz eigene Gefühlswelt.«

Du sagtest, du würdest wirklich alles wissen wollen, besonders was sie fühlte, ihr Leben, ihre Geheimnisse und was sie im Innersten verborgen hielte. Du fragtest sie: »Ist das wahr, was du gesagt hast, während wir miteinander schliefen?«

»Das werde ich dir nicht sagen. Vielleicht.« Dann fügte sie hinzu: »Vielleicht werde ich es dir eines Tages doch sagen. Ich möchte, dass wir uns wirklich verstehen. Ich meine, nicht nur im Bett. Ich kann Einsamkeit nicht ertragen.«

Du sagtest, Einsamkeit mache dir keine Angst. Gerade deswegen seist du nicht untergegangen. Gerade deine innere Einsamkeit hätte dich davor bewahrt. Doch manchmal verlangtest du danach, in der Tiefe zu versinken, zu ertrinken in der Höhle einer Frau.

»Das ist kein Ertrinken. Es ist ein altes Vorurteil der Männer, in der Frau die Sünde zu sehen. Man kann sie gebrauchen, ohne sie zu lieben, das ist wirklich Ekel erregend.«

»Hast du denn geliebt? Oder haben dich alle Männer nur benutzt?«

Du versuchtest, ihr ihre Geheimnisse zu entlocken.

»Ich dachte, ich hätte es, und habe später erst gemerkt, dass es eine Täuschung war. Wenn Männer eine Frau wollen, finden sie schöne Worte. Aber wenn sie fertig sind, ist es aus damit.

Frauen jedoch brauchen diese Illusionen, sie wollen sich selbst täuschen«, sagte sie, »Ich weiß schon, dass ich für dich einfach nur frisch und neu bin, etwas, das du noch nicht lange genug in Gebrauch genommen hast.«

»In jedem Menschen sitzt ein Teufel.«

»Aber du bist ziemlich aufrichtig.«

»Nicht unbedingt.«

Sie lachte auf.

»Jetzt erkenne ich dich wieder, Margarete!«

Du warst erleichtert und lachtest auch.

»Die Hure?«, fragte sie und setzte sich auf.

»Das hast du selbst gesagt!«

»Ein billiges Ding, das dir vor die Tür geschickt wurde?«

Ihre Augen blickten dich fest und gerade an, doch du konntest nicht hinter ihre blaugraue Iris dringen. Plötzlich lachte sie schallend, dass ihre Schultern zuckten und ihre pfirsichförmigen Brüste schaukelten. Du sagtest, dass du sie wieder wolltest und drücktest sie in das Kissen hinein. Sie schloss gerade die Augen, als das Telefon wieder klingelte.

»Nimm ab, bald hast du wieder eine neue Frau«, drängte sie dich.

Du nahmst den Hörer ab, ein Freund wollte dich zum Essen auf Lamma Island einladen. Du batst ihn, kurz zu warten, und fragtest sie dann mit der Hand vor der Hörmuschel, ob sie Lust habe mitzugehen. Falls sie keine Lust dazu habe, könnte er das Essen auf einen anderen Tag verlegen.

»Wir können ja nicht den ganzen Tag im Bett verbringen! Du wirst noch zum Skelett abmagern, und dann werden deine Freunde mich dafür verantwortlich machen.«

Sie stieg aus dem Bett und ging ins Bad. Sie schloss die Tür, der Wasserhahn lief. Du bliebst im Bett, zu träge, dich auch nur zu bewegen. Wenn sie nun deine Lebensgefährtin wäre, die du nicht verlassen könntest? Unwillkürlich riefst du ihr mit lauter Stimme zu: »Margarete, du bist ein gutes Mädchen!«

»Ein Geschenk, das du nicht haben willst!«

Auch sie rief sehr laut, um das Badewasser zu übertönen. Noch lauter riefst du zurück, dass du sie liebtest! Sie sagte, sie wolle dich auch lieben, aber sie habe Angst. Du standst sofort auf und hattest Lust, mit ihr zu baden. Aber die Tür war verschlossen. Du zogst die Vorhänge auf und sahst auf die Armbanduhr auf dem Tisch, es war schon nach vier Uhr nachmittags.

An der Central Station, wo die Fähren am Kai lagen, tratet ihr in die frische Luft hinaus. Die Abendsonne tauchte die Boote in gold glitzerndes Licht. Ein voll beladener Lastkahn, der fast bis über die Reling ins Wasser getaucht war, teilte die Wellen vor sich und warf hellweißen Schaum auf. Die Gebäude aus Stahl und Beton strahlten in ihren klaren Konturen am Ufer. Du wolltest eine Zigarette rauchen, um dir klar zu machen, dass du nicht träumtest. Du sagtest, dir scheine der Boden unter den Füßen zu schwanken, und sie lachte und drückte sich fester an dich.

Unter der riesigen Marlboro-Reklamewand lagen eine Reihe kleiner Restaurants. Nachdem ihr die Gitterabsperrung zum Kai passiert hattet, fielen eure Blicke überall auf Schilder, die das Rauchen verboten, wie in Amerika. Viele der Fahrgäste kamen gerade von der Arbeit und alle fünfzehn oder zwanzig Minuten legte eine Fähre zu den verschiedenen Inseln ab. Nach Lamma Island fuhren viele junge Leute, auch viele Ausländer. Das Signal zum Einsteigen dröhnte in den Ohren. Hastig eilten alle an Bord, aber alle der Reihe nach, ohne zu drängeln. Sobald sie einen Platz gefunden hatten, schlummerten sie ein oder holten ein Buch hervor. Es war so still, dass man nur noch das Dröhnen der Maschinen hörte. Rasch verließ das Schiff die lärmende Stadt und ein Wolkenkratzer nach dem anderen verschwand in der Ferne.

Das Boot schaukelte leicht im kühlen Wind. Sie war müde und lehnte sich an dich, zog schließlich die Beine hoch und legte ihren Kopf an deine Brust. Auch du warst sehr entspannt. Es war klar, dass sie sofort einschlief. Du empfandest fast ein bisschen Mitleid für sie, wie sie so friedlich und ruhig an dir lehnte. Menschen der verschiedensten Rassen waren als Passagiere an Bord. Außer den Rauchverbotsschildern waren keine Schilder zu sehen. Er hatte nicht das Gefühl, in Hongkong zu sein, erst recht nicht in einem Hongkong, das bald an China zurückgegeben werden sollte.

Über das Deck senkte sich langsam die Abenddämmerung, auch du wurdest schläfrig. Vielleicht solltest du dich mit ihr auf einer Insel niederlassen, den Möwen lauschen, ein bisschen schreiben, nur zum Spaß, ohne Verpflichtungen, ohne Belastungen, einfach nur deine Gefühle herauslassen.

Bei der Ankunft am Kai stiegen einige auf ihre Fahrräder, auf dieser Insel gab es keine Autos. Mattgelbe Lichter schienen durch die engen Gassen der kleinen Ortschaft. Viele kleine Läden und Restaurants reihten sich aneinander und es war einiges los.

»Hier kann man sehr einfach eine kleine Teestube oder eine Kneipe eröffnen. Tagsüber kann man schreiben oder malen und abends seine Ladentüren aufmachen. Wäre das nichts für euch?« Dong Ping, der euch abgeholt hatte, war ein bärtiger Maler von großer Statur. Er war vor mehr als zehn Jahren vom Festland gekommen.

»Und wenn man müde ist, geht man an den Strand eine Runde schwimmen.«

Dong Ping zeigte euch einen kleinen Steg, der zum Strand führte, wo kleine Boote und Ruderboote angetäut lagen. Ein ausländischer Freund von ihm habe sich gerade ein altes Fischerboot gekauft und wohne darin. Margarete sagte, sie beginne, Hongkong zu mögen.

»Du kannst dir doch hier einen Job suchen. Dein Chinesisch ist so gut, und mit Englisch als Muttersprache …«, meinte Dong Ping zu ihr.

»Sie ist Deutsche«, wandtest du ein.

»Jüdin«, verbesserte sie dich.

»In Italien geboren«, fügtest du hinzu.

»Mit diesen vielen Sprachen würde dir doch jede Firma hier einen hoch bezahlten Job anbieten! Du brauchst auch nicht hier zu wohnen. In Repulse Bay, auf der anderen Seite von Hongkong Island, gibt es Luxuswohnungen direkt am Strand oder auf den umliegenden Hügeln.«

»Margarete mag keine Chefs. Sie mag nur Künstler«, antwortetest du an ihrer Stelle.

»Umso besser. Dann können wir Nachbarn werden,« sagte Dong Ping. »Malst du auch selbst? Eine ganze Menge meiner Freunde hier sind Maler.«

»Ich habe früher ein bisschen gemalt, aber nur für mich selbst. Ich habe es nicht gelernt, und jetzt ist es wohl auch zu spät dafür.«

Du sagtest, du habest gar nicht gewusst, dass sie male. Es gäbe da noch eine ganze Menge, was du nicht von mir wüsstest, erwiderte sie sofort und in Französisch. In diesem Augenblick hielt sie einen gewissen Abstand zu dir, und dennoch wählte sie diese intime Sprache, die nur ihr beide verstandet. Dong Ping meinte, auch er sei auf keiner Akademie gewesen. Er habe auch keine staatliche Anerkennung als Künstler erhalten und sei deswegen vom Festland hergekommen.

»Im Westen brauchen Künstler keine offizielle Anerkennung. Man muss auch keine Akademie besucht haben. Jeder kann Künstler werden. Wichtig ist nur, ob man einen Markt findet, um seine Bilder verkaufen zu können«, sagte Margarete.

Dong Ping bemerkte, dass Hongkong auch keinen Markt für seine Bilder biete. Was der Markt wolle, seien Kopien impressionistischer Meisterwerke, die mit einer ausländischen Unterschrift versehen seien. Als solche kämen sie dann auf den Markt im Westen und würden teuer verkauft. Er benutze immer neue Namen und wisse gar nicht mehr, wie viele Künstlernamen er schon erfunden habe. Alle drei lachten.

Das Wohnzimmer in Dong Pings Wohnung im zweiten Stock war gleichzeitig sein Atelier. Der Raum war voller Leute, Maler,

Photographen oder zumindest Dichter oder Feuilletonisten. Nur ein großer und gut aussehender Amerikaner bildete eine Ausnahme, er war kein Künstler. Dong Ping stellte ihn euch zuerst vor. Er war Kunstkritiker und der Freund einer chinesischen Dichterin, die gerade das Festland verlassen hatte.

Alle hielten ihre Teller und Stäbchen in der Hand und pickten sich frische Meeresfrüchte aus einem großen brodelnden Topf. Dong Ping sagte, er habe sie gerade erst vom Markt geholt, bevor ihr gekommen wart. Es zischte, wenn er die frischen Krabben ins kochende Wasser warf, die sich sofort zusammenkringelten. Man verhielt sich hier äußerst ungezwungen. Manche liefen barfuß umher, man saß auf Kissen auf dem Boden. Die Musik war laut, ein Streichquartett spielte Vivaldis »Vier Jahreszeiten«. Die Leute aßen und tranken und plauderten über dies und jenes. Nur Margarete wirkte etwas steif und reserviert. Sie sprach in fließendem Chinesisch, und es war schnell klar, dass der holprig und mit Akzent sprechende Amerikaner nicht mit ihr mithalten konnte. Schnell wechselte er ins Englische über und machte ihr solche Komplimente, dass seine chinesische Freundin ganz eifersüchtig wurde. Später sagte Margarete zu dir, dass dieser Amerikaner überhaupt nichts verstehen würde. Dennoch war er nicht mehr von ihrer Seite gewichen.

Einer der Maler dort war angeblich aus dem Künstlerdorf in Peking, dem Ostdorf oder vielleicht auch dem Westdorf hinter dem alten Sommerpalast, hinausgeworfen worden. Vor zwei Jahren hatte die Stadt beide Dörfer mit der Begründung räumen lassen, ein anständiges Aussehen und die Ordnung in der Stadt aufrechterhalten zu müssen. Er sprach dich an und fragte nach den neusten Trends in der Pariser Kunstszene. Du antwortetest, die Trends wechselten mit jedem Jahr. Er sagte, er würde sich mit Aktmalerei beschäftigen. Du hattest gehört, dass er wegen seiner Aktmalerei einige Schwierigkeiten in China gehabt hätte, und es wäre dir schwer gefallen, zu berichten, dass solche Kunst im Westen schon lange nicht mehr aktuell war.

Unwillkürlich kam das Gespräch auf die Übergabe Hongkongs 1997. Jemand sagte, dass schon sämtliche Hotelzimmer in Hongkong für die offizielle Übergabezeremonie und den Einzug der Armee in die Stadt ausgebucht seien. Siebentausend, manche sagten achttausend Journalisten aus allen Ländern der Welt würden nach Hongkong einfliegen. Außerdem werde sich der britische Gouverneur am 1. Juli, dem Geburtstag der Kommunistischen Partei, gleich nach den offiziellen Festivitäten in aller Frühe auf einen Marinestützpunkt begeben und Hongkong mit dem Schiff verlassen.

»Warum fliegt er nicht?« Diese Frage kam von Margarete.

»Es wäre zu deprimierend für ihn, die ganzen Freudenfeiern auf dem Weg zum Flugplatz zu sehen«, antwortete jemand, aber niemand lachte.

»Was werdet ihr machen?«, fragtest du.

»Ich werde hier sitzen, meine Meeresfrüchte essen und gar nichts machen, was meinst du?«, antwortete Dong Ping mit einem gequälten Lächeln.

Er wirkte gelassener als früher, nicht mehr so exzentrisch. Er war älter geworden.

Keiner lachte mehr, so dass die Musik noch lauter erschien. Noch immer liefen die »Vier Jahreszeiten« von Vivaldi, aber du wusstest nicht, welche Jahreszeit gespielt wurde.

»Ist doch egal!«, rief der Amerikaner laut.

»Was heißt hier egal«, fragte seine Freundin ärgerlich und fügte hinzu, »bei deinem Chinesisch weiß man nie, was du sagen willst.«

Da umarmte er seine Freundin und sagte: »Wir können doch nach Amerika zurückgehen.«

Nach dem Essen holte der Amerikaner ein fingernagelgroßes Stück Opium hervor und bot es allen an. Doch ihr musstet schnell los, um das letzte Boot um Mitternacht zurück zu erwischen. Dong Ping meinte, was er hier wirklich habe, sei Platz, und dass ihr gerne dort übernachten könntet. Morgen früh würdet ihr schwimmen gehen können. Margarete bemerkte, dass sie müde sei und zudem ihr Flugzeug morgen Mittag gehe. Dong Ping brachte euch zum Boot, wartete bis es ablegte, blieb als Einziger allein auf dem Kai stehen und winkte euch lange nach. Du erzähltest Margarete, dass er in Peking ein guter Freund von dir gewesen sei und dass ihr einige schlechte Zeiten zusammen durchgestanden hättet. Er konnte keine Fremdsprachen und daher auch nirgends hingehen. Zu Hause in Peking hatte er Schwierigkeiten bekommen, die Polizei hatte seine Wohnung durchsucht. Bei ihm hatten sich immer viele junge Leute getroffen, hatten Musik gehört und getanzt. Die Nachbarn hatten es der Polizei gemeldet, weil sie es für Rowdytum hielten. Seitdem hatte er versucht, auf irgendeinem Wege nach Hongkong zu kommen. Dieses Treffen mit ihm sei für dich auch eine Art Abschied gewesen.

»Das Leben ist schwer, egal wo man ist«, sagte Margarete und klang etwas bedrückt. Ihr lehntet an der Reling an Deck, der Wind war frisch und kühl.

»Willst du wirklich morgen fahren? Kannst du nicht noch einen Tag bleiben?«, fragtest du.

»Ich bin nicht so frei wie du.«

Meerestropfen spritzten euch mit dem Wind ins Gesicht. Wieder stand dir ein Abschied bevor. Vielleicht war dies ein bedeutsamer Augenblick. Als sollte eure Beziehung nicht auf diese Weise enden. Aber du wolltest auch nichts versprechen. Alles, was du sagen konntest, war: »Die Freiheit liegt in unseren eigenen Händen.«

»Du kannst das leicht sagen. Aber ich habe einen Chef, von dem ich abhängig bin.« Wieder war sie deutlich kühler geworden, wie der brausende Wind über dem Meer. Die Nacht war pechschwarz, selbst die kleinen flackernden Lichter der Insel waren nicht mehr zu sehen.

»Erzähle etwas Lustiges!« Sie hatte bemerkt, dass sie deine Stimmung verdorben hatte, und fügte schnell hinzu: »Erzähle etwas, ich höre dir zu.«

»Was soll ich erzählen? Vom Wind im März?« Du sagtest einfach, was dir gerade einfiel und fandest in einen leichteren Ton zurück.

Du spürtest, wie sie die Schultern hochzog. Ihr sei etwas kalt, meinte sie, und ihr gingt nach innen.

Sie sagte, sie sei müde, du sahst auf die Uhr, noch eine halbe Stunde bis Hongkong. Sie solle sich an dich lehnen und ein wenig schlafen, sagtest du, auch du seist sehr müde.

13

Der Wind im März. Warum März? Und warum der Wind? Im März war es noch sehr kalt auf der Hochebene im Nordosten Chinas. Grenzenlos weit erstreckte sich die schlammige, salzige Erde im alten Flusstal des Gelben Flusses vor deinen Augen. Strafgefangene zur Umschulung hatten das Land urbar gemacht und in eine Staatsfarm verwandelt. Falls der Weizen im Winter nicht der Dürre zum Opfer fiel, konnte man ihn Anfang Frühling ernten. Dieses Umerziehungslager war auf höchste Weisung des höchsten Führers zur »Sieben-Mai-Kaderschule« umfunktioniert worden. Ursprünglich hatten Verbrecher im Umerziehungslager gearbeitet und waren, von militärischen Einheiten eskortiert, in die menschenleere öde Hochebene von Qinghai gebracht worden. Aber nun wurden die Sprösslinge von Angestellten aus Peking gesetzt, von denen die rote Hauptstadt gesäubert worden war.

»Die ›Siebte-Mai-Kaderschulen‹ bieten keinen sicheren Hafen, wo man dem Klassenkampf entfliehen kann!« Der Repräsentant der Armee war von Peking gekommen, um die neuesten Weisungen zu verkünden. Diesmal musste man die Massenorganisationen von der konterrevolutionären Bande der »Sechzehnter-Mai-Fraktion« säubern, die sich überall eingenistet hatten. Alle als Mitglied identifizierten galten als aktive Konterrevolutionäre. Er war einer der Ersten, der von dem Unheil betroffen worden war. Die Anfangsphase der Bewegung, als man einfach alle Schlangengeister und Rinderdämonen weggefegt hatte, war schon lange vergangen. Am meisten zu fürchten hatte er eine Überprüfung. Er war selbst ein Fuchs geworden und konnte zurückbeißen. Auch er konnte seine Zähne zeigen und bedrohlich auftreten. Er wollte nicht warten, bis eine Meute wilder Jagdhunde über ihn herfiel. Das Leben, falls das noch die Bezeichnung Leben verdiente, hatte ihn gelehrt, wie man zur Bestie wurde. Aber er wusste nur zu gut, dass er, dieser Fuchs, umzingelt war von Jagdhunden, die ihn bis auf die Knochen zerfleischen würden, wenn er nur einen falschen Schritt täte.

Die chaotischen Kämpfe in den letzten Jahren hatten dafür gesorgt, dass heute nicht mehr galt, was gestern gesagt worden war. Für jeden, den man »berichtigen« wollte, fand sich sofort eine lange Liste von Straftaten zusammen. War man überhaupt erst einmal zur Überprüfung ausgesondert worden, fand sich sicher auch ein Problem in der Vergangenheit und man wurde zum Volksfeind abgestempelt. Es war ein Klassenkampf auf Leben und Tod. Er war vom Militärrepräsentanten zur Überprüfung sondiert worden und wartete darauf, dass sich die Massen zusammenfanden und ihr kraftvolles Feuer gegen ihn richteten. Er wusste genau, wie es ablaufen würde. Das Einzige, was er tun konnte, war, den Zeitpunkt, da ihn die Katastrophe vernichten würde, so lange wie möglich hinauszuzögern.

Einen Tag bevor die Leitungskader verkündet hatten, dass er überprüft würde, hatten alle noch mit ihm geschwatzt und gewitzelt. Man aß und wohnte zusammen, schlürfte gemeinsam den Maisschleim, biss gemeinsam in die Teigbrötchen in der gemeinsamen Mensa. Sie schliefen zusammen im Schuppen, auf blankem Zementboden, der mit Stroh bedeckt war. Jedem standen genau vierzig Zentimeter zur Verfügung, die mit dem Lineal abgemessen worden waren, kein Stück mehr oder weniger. Man unterschied nicht zwischen hohen Kadern und einfachen Hilfsarbeitern, zwischen Dicken und Dünnen, Alten und Kranken. Nur Männer und Frauen wurden separiert. Auch kinderlose Ehepaare durften nicht zusammen wohnen. Alle wurden in militärische Einheiten von Gruppen, Einheiten,

Kompanien und Bataillone eingeteilt und unterstanden einer militärischen Führung. Wenn morgens früh um sechs der Lautsprecher erklang, mussten alle aufstehen. Nach zwanzig Minuten, die man zum Waschen und Zähneputzen hatte, versammelte man sich zum Appell an der Lehmmauer im Hof unter dem Porträt des Großen Vorsitzenden. Dort erfuhr man die neuen Weisungen und sang ein Lied aus den »Reden des Vorsitzenden Mao«, schwenkte das kleine rote Buch in der Hand und rief »Er lebe hoch, er lebe hoch, er lebe hoch hoch hoch!« Danach begab man sich in den Speisesaal, um seinen Brei zu schlürfen, und deklamierte gemeinsam eine halbe Stunde Auszüge aus den Werken Maos. Daraufhin schulterte man Hacken oder Spaten und ging ins Feld. Alle teilten das gleiche Schicksal und es machte eigentlich keinen Sinn, einander zu bekämpfen.

Seit dem Tag, an dem er vom Arbeitsdienst befreit war, um seine Selbstkritik zu schreiben, schien er wie von der Pest befallen zu sein, und alle fürchteten, sich anzustecken. Niemand wagte, mit ihm zu sprechen. Er wusste nicht, welches Problem sie bei ihm entdeckt hatten. Er nutzte einen Augenblick, als ein Kamerad, mit dem er ganz gut befreundet gewesen war, zur Latrine ging. Er folgte ihm hinter die Lehmmauer und knöpfte seine Hose auf, als wolle er pinkeln. Dann fragte er ihn mit gedämpfter Stimme: »Kamerad, für was wollen sie mich drankriegen?« Der Kamerad hüstelte und senkte den Kopf, als sei er voll und ganz auf sein Pinkeln konzentriert. Er schaute nicht mehr auf. Als er den Abtritt verließ, sah er, dass er beobachtet wurde, sogar auf dem Weg ins Klo. Der Mensch, dem diese vertrauensvolle Führungsaufgabe zugewiesen worden war, lehnte an der Mauer und tat, als würde er in die Gegend starren.

Auf dem Treffen, das zu seiner Hilfe einberufen worden war, bestand die »Hilfe« darin, dass man den Druck der Massen nutzte, um ihn zum Eingeständnis seiner Fehler zu bringen. Und »Fehler« bedeutete in diesem Zusammenhang das Gleiche wie »Verbrechen«. Die Massen verhielten sich wie eine Meute Hunde: Sie bissen zu, wohin man mit der Peitsche wies, solange nur die Peitsche nicht auf ihrem Rücken landete. Er war sich vollkommen klar darüber, was für ein vortrefflicher Schachzug es war, die Massen zu mobilisieren.

Die gut vorbereiteten Sitzungen wurden von Mal zu Mal schärfer und immer heftiger. Vor den eigentlichen Reden zitierte der Sitzungsleiter aus den Reden von Mao, um damit sein eigenes tadelloses Verhalten zu demonstrieren. Er hatte deutlich sichtbar ein Notizbuch vor sich auf dem Tisch platziert und trug seine Notizen mit großer Geste darin ein, um zu zeigen, dass auch alles, was hier gesagt würde, festgehalten und niemand verschont werden würde, auch wenn sich eines schönen Tages die Lage vollkommen wenden würde. Die turbulenten Verwicklungen der politischen Kampagnen der letzten Jahre hatten alle zu skrupellosen Spielern gemacht, und man spielte mit der Revolution. Es war ein Lotteriespiel, das den Gewinner zum glorreichen Helden, den Verlierer zum abscheulichen Monstrum machte.

Sein Stift flog über das Notizbuch, um kein einziges Wort auszulassen. Er bemühte sich nicht einmal zu verbergen, was allein in diesem Moment seine Gedanken beherrschte: Dass er dies eines Tages vergelten würde, Auge um Auge, Zahn um Zahn. Gerade war ein gewisser Tang an der Reihe, ein glatzköpfiger Mann, der zu früh gealtert war. Je länger er sprach, desto feuriger wurde seine Rede, die er mit Zitaten Maos spickte, Warnungen vor den Gefahren im Kampf gegen den Feind. Plötzlich legte er den Stift nieder, hob den Kopf und starrte diesen Kerl an, dessen Hand, die das kleine rote Mao-Buch hielt, zu zittern begann. Er wurde so aufgeregt, dass kleine Schaumbläschen aus seinem Mund hervortraten. In Wirklichkeit tat auch dieser Tang alles nur aus Angst. Sein Hintergrund als Mitglied einer Großgrundbesitzerfamilie erlaubte ihm keine Teilnahme an einer Massenorganisation. Für ihn war dies nur eine gute Gelegenheit, sich Verdienste zu erwerben. Er stellte seine gute Gesinnung unter Beweis und schmeichelte sich bei den Obrigkeiten ein.

Ihm blieb keine andere Wahl, als diesem ängstlichen Schwächling, der um sein Leben kämpfte, entgegenzutreten. Er beschimpfte ihn mit groben Worten, legte seinen Stift aus der Hand und verkündete, dass er keiner weiteren Sitzung beiwohnen würde, bis nicht völlig geklärt sei, welche Anklage gegen ihn vorläge, dann verließ er die Versammlung, die auf einem zementierten Trockenplatz stattgefunden hatte. Mit Ausnahme der von den Militärrepräsentanten bestimmten Einheits- und Kompanieführer gehörten eigentlich alle an die hundert Mitglieder dieser Truppe der gleichen Fraktion an wie er selbst. Da sich die schon im Anzug befindliche Kampfstimmung noch nicht ganz eingestellt hatte, hatte er sich auf dieses riskante Vorgehen eingelassen und durch sein Verhalten versucht, den Stand dieser Fraktion etwas zu stärken. Natürlich wusste er, dass dies nicht verhindern würde, dass sich das Netz um ihn zuzog. Bevor das geschehen würde, musste er von dieser Kaderschule fliehen.

In der Abenddämmerung wanderte er allein zu einem weit entfernten Dorf außerhalb des Areals der Kaderschule. Über die Erde erstreckte sich eine endlose Reihe von Betonmasten, die mit Stacheldraht umwickelt waren. Vor dem Dorf lag ein großer Kalkbrennofen. Einige Bauern gossen gerade Öl in den Ofen, der voll mit Kohle gefüllt war, und eine dichte Rauchwolke stieg auf, als die Kohle Feuer fing. Sie schlossen den Ofen, brannten ein paar Knallfrösche ab und gingen nach Hause. Er wartete noch eine Weile und vergewisserte sich, dass ihm niemand gefolgt war.

Die Dämmerung nahm zu, am Himmel versank die Sonne in orangeroten Farben, die kleinen Dorfhütten verschwanden allmählich im Halbdunkel. Er wanderte daher weiter der untergehenden Sonne entgegen, vorbei an einem Weizenfeld, aus dem noch kein grüner Keim spross. Ein Stück weiter ragten nur noch trockene Grashalme aus der bleichen, salzigen Erde hervor und der Boden unter seinen Füßen wurde immer weicher. Dann gelangte er an ein Moor. Wildgänse schrien ihre Rufe über die welken Wasserflächen hinweg, die Sonne war nun blutrot und versank langsam in der Ferne, im alten Flussbett des Gelben Flusses. Die Dunkelheit nahm zu und auf dem matschigen Boden fand er keinen Platz, wo er sich hinsetzen konnte. Er blieb stehen, rauchte eine Zigarette und dachte darüber nach, wohin er sich wenden konnte.

Als er die Zigarette fertig geraucht hatte, waren seine beiden Füße im Schlamm versunken. Er musste irgendein Dorf finden, das ihn aufnehmen würde. Das würde bedeuten, dass er seine noch gültige Aufenthaltserlaubnis für die Stadt verlieren und sein restliches Leben auf dem Land verbringen müsste. Und es müsste geschehen, bevor er zum Volksfeind erklärt worden war. Doch kannte er niemand auf dem Land. Er überlegte hin und her, als ihm plötzlich ein alter Schulkamerad aus der Mittelschule einfiel, ein Waisenkind, das Großer Rong hieß und vor zehn Jahren mit der ersten Gruppe städtischer Jugendlicher zum »Aufbau neuer sozialistischer Dörfer« auf das Land gegangen war. In irgendeinem kleinen Landkreis in den Bergen im Süden hatte er dann eine Familie gegründet. Vielleicht konnte ihm dieser Jugendfreund behilflich sein, ein Dorf zu finden, das ihn aufnehmen würde.

Als er in das Wohnheim zurückkehrte, war man mit Vorbereitungen zum Schlafengehen beschäftigt, wusch sich das Gesicht, die Füße, putzte die Zähne, spülte den Mund aus. Die Älteren und Schwächlichen von ihnen waren schon völlig ermattet ins Bett gesunken. Er bemühte sich nicht mehr, Wasser aus dem Brunnen zu holen, um sich zu waschen, sondern schlich sich sofort in seine Schlafkuhle. Er durfte keine Zeit mehr verlieren. Noch heute Nacht musste er in die nächste Kreisstadt gelangen, um ein Telegramm an Rong zu senden. Zu Fuß würde er den Weg von vierzig Kilometern niemals zurück schaffen, bevor es hell würde. Er musste sich in einem nahe gelegenen Dorf außerhalb der Landfarm vom alten Huang, einem Kader, der seiner Fraktion angehört hatte, ein Fahrrad ausleihen. Alle Arbeiter und Angestellten, die noch Eltern oder Kinder zu versorgen hatten, waren in diesem nahe gelegenen Bauerndorf untergebracht worden.

Nachdem alle das Licht gelöscht hatten, hörte man nur noch das Schnarchen der Leute aus verschiedenen Richtungen. Der alte Kader neben ihm drehte und wendete sich hin und her, so dass das Stroh unter ihm knisterte. Wahrscheinlich war ihm zu kalt, und er konnte deshalb nicht schlafen. Er flüsterte ihm leise zu, dass er Durchfall habe und daher zum Abort gehen müsse. Damit hatte er ihm eine Ausrede gegeben, falls man während einer Nachtinspektion nach seinem Verbleib fragen würde. Er war überzeugt, dass ihn dieser Alte nicht verraten würde. Bevor seine Überprüfung bekannt gegeben worden war, hatte er ein Arbeitsteam geleitet und damals dem Alten immer die leichtesten Aufgaben zugewiesen, die locker gewordenen Griffe an den Hacken zu reparieren, den Dreschplatz in Ordnung zu halten oder darauf zu achten, dass sich die umliegenden Bauern nicht heimlich Getreide in die Taschen steckten. Der Alte war ein Revolutionär aus der Yananer Zeit und hatte ein ärztliches Attest auf hohen Blutdruck ausgestellt bekommen. Aber der Militärbeauftragte konnte es nicht ertragen, dass er sich in der Bewegung dieser Fraktion zugeschlagen hatte, und ihn deshalb in die Kaderschule geschickt.

Im Dorf bellten die Hunde. Der alte Huang öffnete die Tür in einer dick wattierten Jacke. Seine Frau war unter der Decke auf dem erdigen Ofenbett geblieben und tröstete ein weinendes Kind, das durch sein Klopfen aufgewacht war. Hastig erklärte er seine dringliche und schwierige Situation und versprach, das Fahrrad ganz sicher bis zum nächsten Morgen zurückzubringen und dafür zu sorgen, dass ihnen seinetwegen keine Schwierigkeiten entstünden.

Es hatte lange Zeit nicht mehr geregnet, so waren die Dorfstraßen zur Kreisstadt staubtrocken. Die tiefen Löcher in den Straßen rüttelten das Fahrrad hin und her und es war schwer, sich gerade im Sattel zu halten. Ein Wind kam auf und der Sand blies ihm ins Gesicht, so dass er nur schwer Luft holen konnte.

Ach, diese Sandstürme in den ersten Frühlingsnächten im März …

Als er noch zur Mittelschule ging, hatte er oft mit Rong, dem Freund, den er nun um Hilfe bitten wollte, über den Sinn des Lebens diskutiert. Es hatte mit einer Flasche Tinte angefangen. Rong hatte keine Eltern mehr und war daher von einer alten Dame aufgezogen worden, die ganz in der Nähe seines Elternhauses wohnte. So kam er nach der Schule oft zu ihnen und sie machten gemeinsam Hausaufgaben oder hörten Musik. Rong spielte ganz passabel Erhu und liebte Geigenmusik. Dass er sich eine eigene Geige kaufen würde, war jedoch kein Thema, denn er konnte sich nicht einmal die billigsten Kinotickets für die Vorführungen in den Sommerferien leisten. Einmal hatte er ein Ticket für Rong mitgekauft, doch hatte der sich standhaft geweigert, es anzunehmen. Er hatte das nicht verstanden und gemeint, es wäre doch schade, wenn das Ticket nun verfallen würde. Doch Rong sagte, wenn er einen Film sehen würde, würde er auch weitere sehen wollen, und dann käme er nicht mehr davon los. Nur das Geigenspielen bei ihm zu Hause konnte er einfach nicht ausschlagen.

Eines Tages hatten sie nach den Hausaufgaben Musik gehört, Tschaikowskis Streichquartett in G-Dur. Rong hatte still vor sich hingestarrt. Er erinnerte sich genau, wie sie eine lange Weile geschwiegen hatten. Plötzlich hatte er gesagt, dass er wissen wolle, ob in der Flasche auf dem Tisch blaue Tinte sei. Rong hatte gesagt, aber sicher, es sei »Tintenblau«. Daraufhin hatte er erwidert, es sei doch nur eine Konvention geworden, dass alle diese Farbe Blau nennen würden, Tintenblau, und dass man sich einfach auf einen gemeinsamen Namen geeinigt habe, dass aber jeder Einzelne die Farbe doch sehr verschieden sehen würde. Rong widersprach, die Farbe selbst ändere sich nicht, egal wie er oder du sie wahrnehmen würdet. Er hatte daraufhin eingewandt, dass man, selbst wenn sich die Farbe selbst nicht änderte, doch nie sicher sagen könnte, ob die Menschen alle dieselbe Farbe sehen würden. Rong war sich sicher, dass es eine

Erklärung dafür gebe. Worüber man sich verständigen könne, seien allein die Wörter blau, oder tintenblau, hatte er gesagt, doch die Wahrnehmung der Wirklichkeit hinter diesen Wörtern sei jeweils völlig verschieden. Rong hatte ihn daraufhin gefragt, welche Farbe die Tinte in der Flasche denn nun habe, und er hatte geantwortet: Wer weiß? Rong hatte eine Weile geschwiegen und dann gesagt, dass ihm das Angst mache.

Die Nachmittagssonne schien golden auf die Holzplanken am Boden, deren Zeichnungen vom häufigen Scheuern deutlich hervortraten, und plötzlich wurde er von Rongs Furcht angesteckt. Unwillkürlich regten sich Zweifel in ihm, ob denn auch diese doch tatsächlich existierenden, sonnenbeschienenen Holzplanken vielleicht ebenfalls nicht wirklich waren. Wenn sich die Welt unmöglich begreifen ließ und die Existenz dieser Welt vollkommen von der Wahrnehmung der einzelnen Leute abhing, wenn die Welt plötzlich verschwand, wenn man starb, wenn sie einfach nicht mehr existierte – welche feste Bedeutung kam dann noch dem Leben zu?

Sie hatten diese Art von Diskussionen noch eine ganze Weile in Briefen fortgesetzt, als er zur Universität ging und Rong auf dem Land Ingenieur geworden war und kleine Wasserkraftwerke reparierte. Ihre Erkenntnis erschütterte alles, was sie in der Schule gelernt hatten, und war schlichtweg unvereinbar mit dem unumstößlichen Ideal, durch den Dienst am Volke eine Neue Welt zu errichten. Damals befiel ihn die Furcht, sein wirkliches Leben zu verlieren, das, was man seine »Mission« nannte, oder sein Verantwortungsgefühl allmählich schwinden zu sehen. Heute war sein Hauptproblem das schlichte Überleben.

Mehr als eine halbe Stunde hatte er an die Tür der Poststelle in der Kreisstadt geklopft, und einige Fenster, die zur Straße gingen, hatten sich inzwischen schon geöffnet, bis endlich das Licht im Postamt anging und jemand die Tür öffnete. Er sagte, er komme von der Kaderschule und müsse ein Dokument telegraphieren. Es war schwierig, den richtigen Ton für den Telegrammtext zu finden. Er musste einerseits den Sprachregelungen entsprechen, die für die Formalitäten von Landverschickten galten, andererseits musste er so formuliert sein, dass sein Freund Rong, den er viele Jahre nicht mehr gesehen hatte, sofort verstand, in welcher Notlage er sich befand, so dass er ihm möglichst schnell eine Kommune auftat, wo er sich niederlassen konnte, und umgehend ein offizielles Dokument zurücktelegraphierte, mit dem er als Landbewohner akzeptiert würde. Zusätzlich durfte er keinerlei Verdacht beim Postbeamten in diesem Telegraphenamt erregen.

Auf dem Rückweg fuhr er an einem kleinen Bahnhof vorbei, um den herum wenige einfache Häuser standen. Ein mattes Licht schien auf den verlassenen Bahnsteig. Zwei Monate zuvor hatte der Militärbeauftragte ihn zusammen mit etwa zehn als kräftig geltenden jungen Männern zu diesem Bahnhof geschickt, um neu angekommene Angestellte und Arbeiter, Kader und ihre Familien aus seiner Organisation in Peking abzuholen. Auch alte Menschen, Kranke und sogar Kinder waren dieses Mal nicht verschont geblieben. Der gesamte Zug bestand aus mehreren Dutzend Wagen, und der Bahnsteig füllte sich mit zusammengerollten Decken, Koffern und verschiedenen Möbeln, wie Tischen, Stühlen und Kleiderschränken, und sogar Tonkrügen mit eingelegtem Gemüse. Es wirkte, als seien sie auf der Flucht. Der Militärrepräsentant sprach von »Evakuierung zur Kriegsvorbereitung«. Seit den militärischen Zusammenstößen an der sowjetischen Grenze in Heilongjiang war auch in Peking ein scharfer Brandgeruch zu spüren, so dass der Vizegeneral Lin Biao die Order zur »Allgemeinen Mobilmachung« ausgegeben hatte.

Ein Krug voll eingelegtem Gemüse war vom Wagen gefallen und die auslaufende Soße verbreitete über den ganzen Bahnsteig den Geruch von scharfem Essig. Der alte Mann, der in ihrer Organisation das große Tor hinter dem Gebäude bewacht hatte, berief sich auf seinen Klassenhintergrund als Arbeiter und begann lauthals loszuschimpfen. Niemand wusste, wen er beschimpfte, und niemand versuchte, ihn daran zu hindern.

Schließlich war hier ein Topf eingelegtes Gemüse verloren gegangen, das den ganzen Winter über hätte reichen sollen. Alle bewachten ihr eigenes Hab und Gut. Mit Tüchern um den Kopf geschlungen, um sich vor dem Wind zu schützen, saßen sie still auf ihren Koffern, bis ihre Namen aufgerufen wurden und sie in nahe bei der Kaderschule gelegene Dörfer verteilt wurden. Kleine Kinder mit vor Kälte rot angelaufenen Wangen drückten sich an ihre Eltern und schluchzten, wagten aber nicht, laut zu heulen.

Mehr als dreihundert Wagen, die von den Volkskommunen gestellt worden waren, drängten sich vor dem Bahnhof, man hörte die Esel schnauben und wiehern und Peitschenschläge knallten durch die Luft. Es ging lebhafter zu als auf jedem großen Bauernmarkt. Die Bauern liefen hin und her, wedelten mit Papieren in der Luft, die zuvor ausgestellt worden waren, oder riefen laut die Namen derer aus, die sie abholen sollten. Ein kleiner Militärwagen war zwischen den Eselskarren stecken geblieben und kam nicht mehr vor noch zurück. Schließlich kletterte der Militärbeaufragte Song aus dem Wagen und betrat mit einem leuchtend roten Abzeichen auf der Mütze und dem Militärmantel über dem Arm den Bahnsteig. Er stieg auf eine Holzkiste und zeigte mit den Armen nach rechts und nach links. Song, der Leiter der Kaderschule, war ursprünglich Trompeter gewesen und hatte, abgesehen von seinem Frontdienst in den Grenzgebieten, noch wenig Erfahrungen mit der Revolution gesammelt. So war er nicht ganz in der Lage, diese Herde von Bauernkarren in der rechten Weise zu dirigieren, und alles wurde nur noch chaotischer.

Da seit Mittag nur langsam ein Wagen nach dem anderen abgefahren war, hatte sich der Bahnsteig erst bei Dunkelheit endlich geleert. Übrig geblieben waren nur eine Menge Möbel und Holzkisten, die niemand allein tragen konnte. Er und einige andere wurden daher vom Militärbeauftragten angewiesen, dort zu bleiben und diese Dinge zu bewachen. Alle anderen waren in den Wartesaal gegangen, um sich vor dem kalten

Wind zu schützen. Nur er hatte sich einen kleinen Windfang aus den Holzkisten und Schränken gebaut und eine Flasche Branntwein und zwei hart gefrorene Maismehlbrötchen gekauft. Er kletterte unter die Plastikplane, mit der er seine kleine Höhle abgedeckt hatte, und blickte in das blasse Licht der Laternen. Er wünschte, er wäre verheiratet. Mit Frau und Kindern ginge es ihm wie den anderen Familien hier, dann wäre er auch in einem Bauernhof in einem der Dörfer aufgenommen worden. Er würde von der Landwirtschaft leben und hätte wenigstens ein eigenes Bett aus Lehm und wäre damit diesem kollektiven Schlafsaal entkommen, in dem jeder jeden beobachtete und man sogar Angst davor hatte, im Schlaf zu sprechen.

Er dachte zurück an die Zeit vor einem Jahr, bevor die Fabriken und Schulen vom Militär verwaltet wurden und noch überall der Kampf tobte. Er hatte die Nacht in einer kleinen Hütte am Strand des Yangzi mit einer Studentin verbracht, die nicht wusste, wohin sie sollte. »Unserer Generation ist es vorherbestimmt, geopfert zu werden«, hatte dieses Mädchen in einem Brief an ihn zu schreiben gewagt, und das bedeutete, dass sie sich in einer ausweglosen Lage befand.

Es war eine Zeit, da sich überall Feinde tummelten, ohne dass es einen Kriegsschauplatz gab, wo man sich überall zur Verteidigung vorbereitete, aber nichts zu verteidigen war. Für ihn gab es keinen Schritt mehr zurück. Alles was er noch wollte, war ein kleines Zimmer auf dem Land, wo er sich mit einer Frau niederlassen und alle Hoffnungen und Erwartungen an das Leben aufgeben konnte. Aber selbst darauf bestand kaum mehr Hoffnung.

Bevor es hell wurde, war er in das Dorf zurückgelangt. Der alte Huang und seine Frau waren die ganze Nacht über wach geblieben und hatten kein Auge zugetan. In dicken Mänteln saßen sie vor dem Kohleofen, den sie aus Peking mitgebracht hatten. Das Zimmer war warm. Huangs Frau hatte schon Nudelteig vorbereitet und lud ihn noch zu einer Nudelsuppe ein. Er lehnte nicht ab, denn er war sterbenshungrig, nachdem er vierzig Kilometer in die Pedale getreten und zuvor nicht zu Abend gegessen hatte. Sie beobachteten ihn, wie er hastig eine Schale Nudeln verschlang. Bevor er hinaustrat, winkte er und sagte, er sei nie da gewesen. Sie wiederholten seine Worte und sagten, natürlich, du bist nie hier gewesen, du warst nie hier. Was er tun konnte, hatte er getan. Nun musste er sehen, wie das Schicksal entschied.

14

»Bist du nie zum Volksfeind erklärt worden?«, fragte sie beiläufig und rührte mit einem kleinen Löffel in ihrem Kaffee.

»Ich war nahe dran, aber konnte gerade noch entkommen«, was solltest du auch sonst dazu sagen?

»Wie bist du entkommen?«, fragte sie genauso unverbindlich wie zuvor.

»Weißt du, was Mimikry bedeutet?«, fragtest du grinsend. »Wenn Tiere in Gefahr sind, stellen sie sich entweder tot, oder sie gebärden sich genauso bedrohlich. Auf keinen Fall dürfen sie die Fassung verlieren. Im Gegenteil, man muss besonders kaltblütig erscheinen und dann die erste Gelegenheit zur Flucht ergreifen.«

»Du bist also listig wie ein Fuchs?«, fragte sie mit einem Lächeln.

»Ja«, gabst du zu. »Du musst wissen, dass du noch viel schlauer als ein Fuchs sein musst, wenn du von einer Meute Hunden umgeben bist, sonst zerreißen sie dich in Stücke.«

»Die Menschen sind Tiere. Du und ich, wir sind auch Tiere.« Ihre Stimme klang etwas gequält. »Doch du bist keine Bestie.«

»Wenn alle um dich herum wahnsinnig werden, wirst du zwangsläufig auch zur Bestie.«

»Bist du auch eine Bestie gewesen?«, fragte sie.

»Was meinst du damit?«, musstest du zurückfragen.

»Nichts Besonderes, ich habe das nur so gefragt.« Sie senkte den Blick.

»Wenn man sich eine Art Reinheit der Seele bewahren wollte, musste man eine Weise finden, diesem Kampf zu entkommen.«

»Bist du entkommen?«, fragte sie und hob den Blick wieder.

»Margarete!«, sagtest du und lachtest wieder. »Lass uns nicht mehr über chinesische Politik sprechen. Morgen gehen wir auseinander, gibt es da nicht andere Dinge, über die wir sprechen können?«

»Wir sprechen nicht über China und auch nicht über Politik«, sagte sie, »ich will wissen, ob du auch eine Bestie gewesen bist?«

Du dachtest eine Weile nach und antwortetest: »Ja.«

Sie gab keinen Laut von sich, sondern saß dir einfach gegenüber und sah dich an. Nachdem ihr von Lamma Island zurückgekehrt wart, sagte sie im Aufzug, dass sie noch nicht schlafen wolle. Daher seid ihr nochmals in die Bar gegangen. Das Licht war gedämpft, die Musik spielte leise, außer euch war nur noch ein Paar hier. Obwohl sie keinen Zucker in den Kaffee gegeben hatte, rührte sie immer wieder mit dem kleinen Löffel in der Tasse. Wahrscheinlich wollte sie irgendetwas sagen, über das sie nicht im Bett sprechen wollte. Das Paar gegenüber, ein Ehepaar oder zwei Verliebte, bezahlte und ging dann Arm in Arm hinaus.

»Willst du noch etwas trinken? Es sieht aus, als wolle er schließen.« Du meintest den Barkeeper.

»Lädst du mich ein?«, fragte sie mit hochgezogenen Augenbrauen und erstauntem Gesichtsausdruck.

»Natürlich, was soll diese Frage?«

Sie wollte einen doppelten Whiskey und fragte: »Leistest du mir Gesellschaft?«

»Warum nicht?« Du bestelltest zwei doppelte Whiskey.

Der Barkeeper in Anzug und Schlips war sehr höflich und zuvorkommend, und doch warf er einen argwöhnischen Blick auf Margarete.

»Ich möchte einfach gut schlafen«, sagte sie entschuldigend.

»Dann hättest du besser keinen Kaffee trinken sollen«, erinnertest du sie.

»Ich bin so erschöpft, des Lebens müde.«

»Was redest du da. Du bist jung und attraktiv, das ist die beste Zeit deines Lebens, du solltest sie in vollen Zügen genießen!« Du sagtest, dass sie es gewesen sei, die wieder Hoffnung in dir geweckt habe. Du nahmst ihre Hand und streicheltest sie.

»Ich hasse mich, ich hasse diesen Körper.«

Wieder sprach sie von ihrem Körper!

»Du hast ihn auch schon benutzt. Freilich warst du nicht der Erste, und der Letzte wirst du auch nicht gewesen sein.« Sie zog ihre Hand zurück.

Der Anflug von Schwärmerei war dir wieder vergangen und du seufztest auf.

»Ich möchte auch eine Bestie werden, aber ich werde es nicht los ...«, sagte sie mit gesenktem Kopf.

»Was wirst du nicht los?« Du musstest sie fragen, das war wesentlich leichter. Wenn dich Frauen über dich befragten, machte dich das immer etwas bedrückt.

»Ich komme nicht davon los, von meinem Schicksal, ich werde dieses Gefühl einfach nicht los ...« Sie nahm einen großen Schluck und hob den Kopf.

»Welches Gefühl?« Du hobst deine Hand, um eine Strähne aus ihrem Gesicht zu nehmen und ihre Augen besser sehen zu können, aber sie kam dir zuvor und strich sie selbst aus dem Gesicht.

»Das Gefühl ... einer Frau. Ein Gefühl, das du nicht begreifen kannst«, lachte sie wieder unbeschwert.

Da also lag ihr Schmerz, dachtest du, und fragtest sie mit forschendem Blick: »Wie alt warst du?«

»Damals ...«, begann sie ausweichend. »Ich war dreizehn.«

Der Barkeeper hielt den Kopf gesenkt und war offenbar in seine Abrechnung vertieft.

»Das ist etwas früh«, sagtest du und fühltest eine leichte

Spannung in der Kehle. Du nahmst einen großen Schluck aus dem Glas und fordertest sie auf: »Erzähl weiter!«

»Ich will nicht darüber sprechen, ich will nicht von mir sprechen.«

»Margarete, du willst doch, dass wir uns verstehen, dass es nicht nur um Sex geht, das ist doch gerade das, was du willst. Und trotzdem willst du mir etwas nicht sagen?«, bohrtest du nach.

Sie schwieg eine Weile und sagte: »Winteranfang, ein trüber Tag – in Venedig scheint nämlich nicht immer die Sonne, auf den Straßen waren kaum Touristen.« Ihre Stimme klang wie aus weiter Ferne. »Aus dem Fenster, das sehr tief lag, konnte man das Meer sehen, und den grauen Himmel. Normalerweise sah man vom Fenster aus die Kuppel der Basilika …«

Sie betrachtete die bunten Lichter durch das große Glasfenster, die sich auf dem pechschwarzen Meer spiegelten.

»Wie sah die Kuppel aus?«, holtest du sie zurück.

»Nein, man sah nur einen trübgrauen Himmel, sonst nichts«, erzählte sie weiter, »es war unter dem Fenster, auf dem Steinboden in seinem Atelier, er hatte einen Elektroofen im Atelier, aber der Boden war dennoch sehr kalt, er, dieser Maler, hat mich vergewaltigt.«

Du zucktest zusammen.

»Ist das nicht aufregend für dich?« Sie hielt das Glas vor ihr Gesicht und ihre hellblauen Augen dahinter blickten dich an, gleichzeitig schienen sie den Whiskey im Glas zu fixieren.

»Nein«, sagtest du, du wolltest einfach wissen, ob sie für ihn vielleicht doch eine Zuneigung empfunden habe, davor oder auch hinterher?

»Ich habe damals noch überhaupt nichts verstanden. Ich habe nicht gewusst, was er auf meinem Körper tat, meine Augen blickten in den trübgrauen Himmel, ich erinnere mich nur, dass der Boden sehr kalt war, erst zwei Jahre später hat sich mein Körper verändert und ich wurde eine Frau, erst dann habe ich es wirklich verstanden. Daher hasse ich meinen Körper.«

»Aber du bist dennoch hingegangen, in sein Atelier? Zwei Jahre lang?«, bohrtest du weiter.

»Ich erinnere mich nicht mehr genau. Am Anfang hatte ich vor allem Angst. An diese zwei Jahre kann ich mich überhaupt nicht mehr erinnern, ich weiß nur, dass er mich benutzt hat und dass ich immer Angst davor hatte, dass es irgendjemand erfahren könnte. Er wollte immer, dass ich ins Atelier komme, und ich traute mich auch nicht, meiner Mutter davon zu erzählen. Sie war krank. Meine Familie hatte damals kein Geld, meine Eltern hatten sich getrennt, mein Vater war nach Deutschland zurückgegangen, und ich hatte keine Lust, zu Hause zu sein. Anfangs bin ich mit einer gleichaltrigen Freundin hingegangen, um seine Bilder anzusehen. Er sagte, er wolle uns das Malen beibringen und mit Skizzen anfangen ...«

»Erzähl weiter!« Du wartetest ab, dass sie weiter sprechen würde. Du beobachtetest, wie sie das Glas in ihren Fingern drehte. An der Stelle, wo sie gerade getrunken hatte, hatten die Tropfen Spuren hinterlassen auf ihrem Weg auf den Boden des Glases.

»Sieh mich nicht so an. Ich kann nicht alles erklären. Ich will es mir selbst klarmachen, ich verstehe es nicht, ich weiß nicht, warum ich wieder dorthin gegangen bin ...«

»Hast du nicht gesagt, er wollte euch malen lehren?«, erinnertest du sie.

»Nein, er hatte gesagt, dass er mich malen wollte. Er sagte, er fände mich so zart und grazil, ich war damals groß und dünn, eben noch ganz in der Wachstumsphase. Er hat einfach mit mir gespielt, er hat mir immer gesagt, wie schön er mich fand, meine Brüste waren damals noch viel kleiner als heute. Er wollte mich einfach sehr gerne malen.«

»Das heißt dann aber, dass du es zugelassen hast?«, forschtest du vorsichtig nach. Du wolltest einfach wissen, was eigentlich geschehen war.

»Nein ...«

»Ich meinte, du warst einverstanden, dass er dich malte. Ich meinte nicht die Sache nach der Vergewaltigung«, erklärtest du.

»Nein, ich war nie einverstanden, aber jedes Mal hat er mich ausgezogen …«

»Davor oder danach?«

Du wolltest wissen, ob sie sich bereit erklärt hatte, Modell zu stehen, bevor er sie vergewaltigt hatte. Es ging dir darum, ob sie sich ihm nackt gezeigt hatte.

»So ging es zwei ganze Jahre lang!«, sagte sie unvermittelt und nahm einen Schluck Whiskey.

»Wie ging es?« Du wolltest es einfach genau wissen.

»Wie ging was? Eine Vergewaltigung ist ja wohl eine Vergewaltigung, das wirst du wohl noch begreifen!«

»In der Hinsicht habe ich keine Erfahrung.«

Verlegen nahmst du auch einen Schluck und versuchtest angestrengt, an etwas anderes zu denken.

»Zwei ganze Jahre lang«, ihre Augenbrauen zogen sich zusammen und sie drehte das Glas zwischen den Fingern, »hat er mich vergewaltigt!«

Aber das musste doch bedeuten, dass sie keinen Widerstand geleistet hatte. Du konntest es nicht lassen sie zu fragen: »Wie hat es geendet?«

»Ich habe dieses Mädchen, mit der ich anfangs zusammen zu ihm gegangen war, in seinem Atelier getroffen. Ich hatte sie schon lange gekannt und wir haben uns oft getroffen. Nur nachdem er begonnen hatte, mich zu vergewaltigen, habe ich sie nicht mehr im Atelier gesehen. Eines Tages hatte ich mich gerade wieder angezogen, um das Atelier zu verlassen, als ich dieses Mädchen wieder traf, im Flur vor seiner Türe. Sie wollte mir ausweichen, und doch haftete ihr Blick auf mir und wanderte über meinen ganzen Körper. Sie wandte sich mit einem Ruck ab und grüßte nicht einmal. Ich rief ihren Namen, doch ihre Schritte wurden immer hastiger. Sie warf noch einen Blick zurück und verschwand die Treppe hinunter. Ich wandte mich um und sah den Maler hinter mir in der Tür stehen. Er wusste nicht, wie er sich verhalten sollte, und mit einem Schlag war mir alles klar.«

»Was war dir klar?«, bohrtest du nach.

»Dass er sie auch vergewaltigt hat«, sagte sie, »in diesen zwei Jahren hat er mich vergewaltigt und auch dieses andere Mädchen!«

»Aber dieses Mädchen«, sagtest du, »war ja vielleicht damit einverstanden, vielleicht wollte sie es, vielleicht war sie eifersüchtig auf dich ...?«

»Nein, diesen Blick von ihr hast du einfach nicht gesehen, der war eindeutig. Ich meine, wie der Blick dieses Mädchens mich von oben bis unten gemustert hat – nicht nur dieses Mädchen hasste mich, ich hasste mich selbst, in ihrem Blick konnte ich mich selbst erkennen und hasste sie und diesen Körper, der viel zu früh zur Frau gemacht worden war.«

Eine ganze Weile warst du sprachlos und zündetest dir eine Zigarette an. Durch das große Glasfenster glitzerten die bunten Lichter der Stadt am dunklen Nachthimmel, fahlgraue Wolken zogen viel zu schnell darüber hinweg. In der Bar waren alle Lichter gelöscht, nur über eurem Tisch brannte noch eine Lampe.

»Sollen wir gehen?«, fragtest du und warfst einen Blick auf eure halb vollen Gläser.

Sie hob ihr Glas und leerte es in einem Zug, dann lächelte sie dich an. Du bemerktest, dass sie schon leicht angetrunken war, trankst dein Glas aus und sagtest, dass dies wohl euer Abschiedstrunk gewesen sei.

Zurück im Zimmer löste sie ihre Haare und fragte dich: »Willst du es immer noch mit mir machen?«

Du wusstest nicht, was du antworten solltest, und fühltest dich ein wenig verloren. Daher hast du dich in den Sessel vor dem Schreibtisch gesetzt.

»Wenn du es wirklich willst ...«, murmelte sie, verzog die Mundwinkel und zog schweigend ihre Kleider aus. Sie öffnete ihren BH, streifte ihre schwarzen Seidenstrümpfe ab und legte sich auf das Bett, ohne dich aus den Augen zu verlieren. Sie sah ein bisschen betrunken aus, gleichzeitig wirkte sie wie ein kleines Kind. Du rührtest dich nicht und fühltest dich außerstande, mit ihr zu schlafen. Du hattest ein wenig Mitleid mit ihr, und um das zu kompensieren, fragtest du sie kalt:

»Hat er dich denn dafür bezahlt?«

»Von wem sprichst du?«

»Dieser Maler, hast du nicht Modell für ihn gestanden?«

»Anfangs wollte er es, aber ich habe es nicht angenommen.«

»Und später?«

»Du willst wohl wirklich alles wissen?«, fragte sie scharf.

»Natürlich«, gabst du zurück.

»Du weißt sowieso schon zu viel«, sagte sie mit sanfter Stimme, »irgendetwas muss ich auch für mich behalten. Ich war nie wieder in Venedig, seit meine Mutter gestorben ist.«

Du wusstest nicht, wie viel von dem, was sie erzählte, wahr war, oder wie viel davon sie nicht erzählte. Du sagtest, sie sei eine intelligente Frau, das war als Trost gemeint, auch als eine Art Entschuldigung.

»Was nützt einem schon Intelligenz?«

Sie war dabei ein Netz zu knüpfen, sie wollte dich einfangen. Sie wollte nichts anderes als Liebe, du wolltest Freiheit. Du wolltest diese Freiheit behalten, für die du einen zu hohen Preis in deinem Leben bezahlt hattest. Dennoch war es fast so weit, als könntest du sie nicht mehr verlassen, sie zog dich an, es ging nicht nur darum, in ihren Körper einzudringen, du wolltest auch die Tiefen ihres Inneren ergründen, ihre geheimsten Stellen. Du betrachtetest ihren vollen Körper, wolltest dich gerade erheben, da wandte sie plötzlich ihr Gesicht ab und sagte:

»Bleib da sitzen und rühr dich nicht. Bleib sitzen und lass uns reden.«

»Bis morgen früh?«, fragtest du.

»Was auch immer du zu sagen hast, sag es, ich höre dir zu.«

Es klang wie ein Befehl, gleichzeitig wie ein Flehen. Sie hatte etwas Verführerisches, eine Sanftheit, die sie nicht ablegen konnte. Du sagtest, du wolltest ihre Reaktionen spüren, sonst würdest du in die Leere sprechen, du würdest nicht einmal merken, wenn sie einschliefe, und würdest dich verloren fühlen.

»Also gut. Zieh dich auch aus. Wir lieben uns mit den Augen!«

Sie lachte verstohlen, setzte sich aufrecht, legte sich ein Kissen in den Rücken und spreizte die Beine. Du zogst dich aus und warst unentschlossen, ob du zu ihr hinüber gehen solltest.

»Setz dich in den Sessel, komm nicht hierher!«, sagte sie im Befehlston.

Du gehorchtest und hast dich ihr nackt gegenüber gesetzt.

»Ich will dich auch ansehen, ein Gefühl für dich finden«, sagte sie.

Du sagtest, es käme dir vor, als würdest du dich ihr zur Schau stellen.

»Was ist dabei? Männerkörper können doch auch sehr sexy sein, sei doch nicht so schamhaft.« Ihre Mundwinkel zuckten, und sie sah listig und zugleich befriedigt aus.

»Ist das Rache? Eine Wiedergutmachung? Ja?« Es war als Scherz gemeint, aber vielleicht war es ja auch das, was sie wollte.

»Nein, denk nicht so schlecht von mir...«, ihre Stimme wurde ganz weich. »Du bist sehr zärtlich«, sagte sie und klang nun traurig und besorgt. »Du bist ein Idealist und lebst in Träumen, in deinen eigenen Illusionen.«

Nein, sagtest du, du lebtest nur im Hier und Jetzt. Du würdest keiner Lüge über die Zukunft mehr Glauben schenken, du könntest einfach nur noch in der Wirklichkeit leben.

»Hast du niemals einer Frau gegenüber Gewalt angewendet?«

Du überlegtest eine Weile und sagtest Nein. Natürlich, wandtest du ein, seien Sexualität und Gewalt sehr eng miteinander verwoben, aber das sei etwas anderes, da ginge es darum, ob der Partner einverstanden sei und mitmache. Aber du habest noch nie irgendjemand vergewaltigt. Dann fragtest du sie, ob manche ihrer Männer sehr gewalttätig gewesen seien?

»Schwer zu sagen ... lass uns am besten über etwas anderes reden.«

Sie wandte ihr Gesicht ab und verbarg es im Kissen. Du konntest ihren Gesichtsausdruck nicht sehen. Aber du sagtest, du habest das Gefühl, vergewaltigt zu werden, schon erlebt. Du seist von einem politischen Regime vergewaltigt worden, und das habe sich tief in deinen Kopf eingegraben. Du würdest sie verstehen, dieses Gefühl, das man nicht loswurde, eine Art Verwirrung, Trauer und Bedrücktheit, aber das habe mit sexuellen Spielchen nichts zu tun. Ihm sei es genauso ergangen, dass ihm viele Jahre später erst, als er die Freiheit besaß, über seine Erfahrungen zu sprechen, überhaupt bewusst geworden war, dass er vergewaltigt worden war. Dass er sich dem Willen anderer Menschen hatte unterwerfen müssen, dass er hatte Selbstkritiken schreiben müssen und er Dinge hatte sagen müssen, die andere Leute ihm vorschrieben. Das Einzige, woran du dich hattest halten können, war, dein Innerstes zu schützen, den Glauben an dich selbst zu bewahren, sonst wärest du untergegangen.

»Ich fühle mich so einsam«, sagte sie.

Du sagtest, du würdest sie verstehen. Du wolltest zu ihr gehen, aber hattest Angst, sie würde das missverstehen und denken, du würdest sie benutzen.

»Nein, das verstehst du nicht, ein Mann kann das nicht verstehen ...« Sie klang verletzt.

Du musstest ihr einfach sagen, dass du sie liebtest. Zumindest in diesem Augenblick warst du tatsächlich ein bisschen verliebt in sie.

»Sprich nicht von Liebe, das ist so einfach, das geht jedem Mann so leicht über die Lippen.«

»Aber was soll ich denn sagen?«

»Was dir gerade einfällt ...«

»Vielleicht, dass du eine Hure bist?«, fragtest du.

»Würde dich das erregen?« Sie blickte dich mitleidig an.

Sie wiederholte, dass sie kein Sexobjekt sei. Dass sie in

deinem Herzen zu leben hoffe, dass sie die Hoffnung trage, dass ihr euch wirklich verstehen würdet, dass sie für dich nicht nur frei zum Gebrauch sein wolle. Dass sie wisse, dass es fast aussichtslos sei, aber dass diese Hoffnung in ihr bestehe.

15

Er erinnerte sich an ein Märchen, das er als kleines Kind gelesen hatte, Namen und Autor hatte er vergessen, aber es ging um folgende Geschichte: In einem Königreich trugen alle Bewohner einen Spiegel vor ihrer Brust, auf dem auch die allerkleinsten schlechten Gedanken im Herzen der Leute sichtbar wurden. Da man nichts verbergen konnte und alles auf den ersten Blick sichtbar wurde, wagte niemand, auch nur irgendetwas Unziemliches zu denken, da man sonst sein Ansehen verlieren oder gar des Landes verwiesen würde. So kam es, dass dieses Reich ein gutes und vorbildhaftes Land wurde. Als der Protagonist in diesem Buch dieses absolut reine und tugendhafte Land betreten hatte, bekam auch er einen Spiegel vor die Brust gehängt, er wusste nicht mehr, ob das aus Versehen geschehen war oder aus einem anderen Grund. Jedenfalls sah man in diesem Spiegel sein blutiges Herz. Alle schrien entsetzt auf, wenn sie es sahen, und auch der Held geriet in Furcht. Er wusste auch nicht mehr, wie die Geschichte mit dem Protagonisten weiterging, aber er erinnerte sich, dass er selbst beim Lesen auf der einen Seite neugierig und gespannt und gleichzeitig völlig verunsichert war. Da er ein Kind war, waren ihm böse Gedanken noch fremd. Dennoch verspürte er diese Furcht, ohne zu wissen, wovor er sich eigentlich fürchtete. Dieses Gefühl verblasste mit zunehmendem Alter. Doch war eine Hoffnung in ihm geboren, dass er ein neuer Mensch werden würde, dass er ein friedliches Leben führen könne, dass er ruhig schlafen könne und nicht von Albträumen heimgesucht würde.

Der Erste, der mit ihm über Frauen gesprochen hatte, war ein Klassenkamerad aus der Mittelschule. Luo war ein frühreifer junger Mann und um einige Jahre älter als er. Schon in der Oberstufe hatte Luo einige Gedichte in einer Zeitschrift veröffentlicht, weshalb er von den Klassenkameraden »Der Dichter« genannt wurde. Vor Luo hatte er großen Respekt. Aus irgendeinem Grund hatte Luo die Eingangsprüfungen für die Universität nicht bestanden und spielte in den Sommerferien allein auf dem verlassenen Sportplatz Basketball. Mit nacktem Oberkörper dribbelte er den Ball über den Platz, warf einen Korb und spielte so intensiv mit sich selbst, dass sein ganzer Körper schweißbedeckt war. Ganz offensichtlich hatte er einen Energieüberschuss, den er loswerden musste. Luo hatte gar kein großes Interesse, die Universität zu besuchen. Er sagte immer, er werde auf die Inseln um Zhoushan gehen und Fischer werden. Für ihn war dies ein weiteres Zeichen dafür, dass Luo wirklich der geborene Dichter war.

Später traf er Luo in den Sommerferien wieder, als er von Peking nach Hause gekommen war. Luo hatte eine weiße Schürze umgebunden und verkaufte Doufu an einem Gemüsestand in der Nähe seines Elternhauses. Luo lächelte ihn an, band seine Schürze los, überließ seinen Stand einer älteren Frau, die neben ihm Gemüse verkaufte, und zog mit ihm los. Luo berichtete, dass er zwei Jahre als Fischer gearbeitet und nach seiner Rückkehr keine Arbeit gefunden habe. Daher hatte ihn das Straßenkomitee in dieses Gemüse-Kooperativ eingeteilt, wo er nun Doufu verkaufe und für die Abrechnungen zuständig sei.

Das Haus, in dem Luos Familie wohnte, konnte man wirklich nicht anders bezeichnen als eine Baracke: Eine einfache Hütte, die aus zerbrochenen Ziegeln gemauert war. Die Bambusträger waren mit Zement überstrichen. Innen gab es zwei Zimmer, im hinteren schlief seine Mutter, vorne waren die Küche und der Essplatz. Auf einem hervorstehenden Dachvorsprung hatte man mithilfe einiger Asbestplatten noch ein kleines Zimmer geschaffen, vermutlich hatte Luo das selbst getan. In diesem engen kleinen Winkel, in dem man nicht aufrecht stehen konnte, befand sich ein Klappbett aus Segeltuch und daneben ein kleiner Tisch mit nur einer Schublade. Gegenüber an der Wand stand ein kleines Regal aus Peddigrohr. Das Zimmer war tadellos aufgeräumt und geputzt. Luos Mutter war noch zur Arbeit in der Fabrik und somit niemand zu Hause, dennoch führte ihn Luo in dieses winzige kleine Zimmer, das nicht größer war als ein Hühnerstall. Er wies ihm den Platz am Schreibtisch zu und setzte sich selbst auf das Klappbett.

»Schreibst du noch Gedichte?«, fragte er.

Luo zog die Schublade auf und nahm ein Tagebuch heraus, das voll von sorgfältig geschriebenen Gedichten war. Jedes war mit einem Datum versehen.

»Sind das alles Liebesgedichte?«, fragte er beim Durchblättern. Wer hätte gedacht, dass dieser große, zurückgezogene und unnahbar wirkende Kerl imstande war, solche romantischen Gedichte zu verfassen. Er erinnerte sich daran, wie sein alter Chinesischlehrer einmal Luos Gedichte im Unterricht gelesen hatte. Seine damaligen, noch voll von jugendlichem Übermut und Enthusiasmus sprühenden Gedichte unterschieden sich sehr von diesen neuen Werken. Er sagte dies zu Luo.

»Damals schrieb ich sie, um sie zu publizieren. Diese kann man sowieso nicht publizieren. Ich habe sie alle für diese kleine Hure geschrieben«, sagte Luo, und so begann ihr Gespräch über Frauen. »Diese kleine Hure hatte gerade mal meinen Appetit geweckt, da hatte sie sich schon mit einem Parteikader eingelassen. Er war zehn Jahre älter als sie, und während sie auf ihre Heiratserlaubnis wartete, saß sie jeden Abend zu Hause und strickte Pullover für ihn. Die Gedichte habe ich von ihr zurückverlangt, jetzt schreibe ich keine mehr.«

Er vermied das Thema Frauen und sprach mit Luo über Literatur. Er begann loszuplappern, dass das neue Leben in dieser neuen Zeit eine neue Literatur erfordere, ohne dass er genau wusste, wie diese neue Literatur dieser neuen Zeit eigentlich auszusehen hatte. Jedenfalls sollte sie sich unterscheiden von der bisherigen Volksliteratur des »Großen Sprunges«, die man in den Zeitungen und Magazinen fand und die nur von guten Menschen und guten Ereignissen berichtete. Er sprach von den Werken Gladkovs und Ehrenburgs, von Stücken von Brecht und Majakowskij. Damals wusste er noch nichts von Stalins Säuberungen, hatte Ehrenburgs »Tauwetter« noch nicht gelesen und noch nicht gehört, dass Meyerhold erschossen worden war.

»Diese Literatur, von der du sprichst, ist viel zu weit weg«, sagte Luo. »Ich weiß gar nicht, wo man hier Literatur finden soll? Ich verkaufe tagsüber Doufu und rechne abends die Einkünfte der einzelnen Gemüsestände ab. Manchmal lese ich ein bisschen, aber nur leichte Sachen, nur zum Zeitvertreib. Ich weiß auch nicht, wo das neue Leben sein soll? Der Enthusiasmus aus der Mittelschulzeit ist mir schon lange abhanden gekommen, lieber suche ich mir ein Mädchen und habe Spaß im Leben.«

Diese desolate Haltung von Luo erschütterte ihn noch mehr als dessen Reden über die kleine Hure. Als er sagte, dass er noch niemals wirklich mit einem Mädchen zusammen gewesen sei, war nun Luo erstmals erstaunt. Luo, der ja einige Jahre älter als er war, sagte nachsichtig zu ihm:

»Du bist ja ein echter Bücherwurm!« In Luos Kommentar steckte kein bisschen Neid darauf, dass es ihm im Leben etwas besser ergangen sei als ihm. »Ich werde dir ein Mädchen besorgen, die Kleine Wu, mit der wirst du sicher deinen Spaß – und später keine Schwierigkeiten – haben.«

Luo erzählte, dass Xiaowu völlig hemmungslos sei, ein kleines geiles Betthäschen. Und wieder einmal musste er sich obszöne Geschichten aus Luos Mund anhören.

»Ich werde sie herüber holen, das kleine Mädel spielt sogar Gitarre. Sie ist ganz anders als die Studentinnen an der Universität, nicht so geziert und affektiert.«

Natürlich wollte er so ein Mädchen einmal kennen lernen. Und Luo ging tatsächlich zur Tür hinaus und rief Xiaowu herüber. Indessen blätterte er in Luos Gedichten herum. Einige von ihnen waren so direkt und unverblümt geschrieben, dass sie in ihrer Beschreibung von sexuellen Regungen weit über Guo Moruos Gedichte in seiner Anthologie »Die Göttin« hinausgingen. Was er las, erschütterte ihn sehr, und umso mehr war er davon überzeugt, dass Luo ein wahrhafter Dichter war. Gleichzeitig wusste er, dass er dies niemals würde veröffentlichen können, und so tat Luo ihm auch Leid.

Eine kurze Weile später war Luo wieder zurück. Er wandte sich zu ihm um und sagte: »Das sind wahrhaftig Gedichte!«

»Ach was, die habe ich nur für mich selbst geschrieben«, antwortete Luo mit einem verbitterten Lächeln.

Xiaowu kam in Holzsandalen. Sie war ein junges Mädchen mit dunklen Augen und dichten Augenbrauen, das ein geblümtes ärmelloses Kleid mit rundem Ausschnitt trug. Durch ihre vollen Brüste wirkte sie wie eine erwachsene Frau, aber sie war erst fünfzehn. Das Mädchen blieb im Türrahmen stehen und lehnte sich gegen das Holz.

»Er schreibt auch Gedichte«, stellte Luo ihn dem Mädchen vor.

In Wirklichkeit hatte Luo noch keines seiner Gedichte gelesen, aber das schien ihm wohl die beste Einführung. Denn wenn das Mädchen die obszönen Gedichte von Luo gelesen hatte, bedeutete dieser Satz natürlich auch noch etwas anderes. Das Mädchen verzog den Mund zu einem Grinsen und öffnete dann ihre vollen Lippen zu einem breiten Lachen. Er hatte noch nie ein Mädchen mit so sinnlichen Lippen gesehen. Er schlug das Notizbuch zu und sprach mit Luo über irgendetwas anderes. Nicht das junge Mädchen war verlegen, sondern er.

Luo holte eine alte abgegriffene Gitarre hinter der Tür hervor und sagte zu dem Mädchen: »Xiaowu, sing uns ein Lied!«

Wahrscheinlich wollte er die Stimmung ein wenig auflockern. Xiaowu nahm die Gitarre entgegen und fragte: »Was soll ich denn singen?«

»Was du willst? Oder sing doch das Lied von Kalinka!«

Das war ein russisches Volkslied, das damals unter den Jugendlichen sehr beliebt war. Später wurden alle diese Lieder ersetzt durch Lobgesänge auf die neue Gesellschaft, die Partei und die Führer.

Xiaowu beugte sich über das Instrument und stimmte die Saiten. Sie gaben einen dumpfen und traurigen Ton von sich. Xiaowu war absolut entspannt, zupfte leicht die Saiten und schien gar nicht hinzuhören. Sie ließ ihren Blick umherwandern und als sie ihn anblickte, fühlte er sich ganz verloren. Irgendwo im Zimmer saß eine kleine Grille, die ebenfalls ganz leise zirpte. Die Sonne stach durch das kleine Fenster und blendete in den Augen, die Sommerhitze war drückend. Das Mädchen spielte eine andere Melodie, aber hielt dann inne und sagte zu Luo, dass sie keine Lust habe zu singen. Wieder blickte sie ihn an, und gleichzeitig hatte er das Gefühl, sie fixiere irgendeinen Punkt über seinem Scheitel.

»Wenn du keine Lust hast, dann lass es«, sagte Luo. »Sollen wir heute Abend zusammen ins Kino gehen?«

Das Mädchen lachte, ohne zu antworten, und stellte die Gitarre beiseite an die Tür. Erst in der Küche drehte sie sich um und sagte: »Ich hab schon was vor!« Dann ging sie hinaus.

»Einen Scheiß hat sie vor«, sagte Luo. »Du hast wirklich keine Ahnung, wie man Frauen begegnen muss. Und, willst du dich mit ihr treffen?«

Er schwieg. Luo erzählte, dass er, der sowieso keine Zukunft mehr vor sich habe, sich öfter mit Freunden, denen es auch nicht besser ginge, treffen würde und sie dann zusammen mit ein paar Mädchen singen und Gitarre spielen würden. Manchmal würden sie nachts zum See vor der Stadt fahren und schwimmen gehen. Manchmal würden sie auch heimlich ein kleines Boot entwenden und in die Mitte des Sees rudern, um Lotusblüten zu klauen. Xiaowu sei auch öfters dabei, und wenn sie nachts im See badeten, durfte sich jeder von ihnen an Xiaowus Körper drücken und reiben, und sie würde nie etwas sagen. Sie wusste eben einfach, wo es langging. Es war offensichtlich, dass Luo verliebt in sie war. Aber Luo sagte, er habe eine Freundin, die er seit seiner Kindheit kannte. Sie seien zusammen aufgewachsen.

Seit sie Mitglied eines Tanz- und Singensembles in der Armee geworden war, war klar, dass sie keinen Gemüseverkäufer wie ihn heiraten würde. Doch dann war sie schwanger geworden, das war im letzten Winter. Für eine Abtreibung im Krankenhaus brauchte sie eine Heiratsurkunde und einen Arbeitsausweis. Wo hätten sie das herbekommen sollen? Außerdem diente das Mädchen in der Armee. Das heißt, einer Heirat hätte auf jeden Fall ihr Vorgesetzter zustimmen müssen. Wenn ihre Organisation von dieser Sache erfahren hätte, wäre sie sicher aus der Armee entlassen worden und hätte damit auch ihre gute Arbeitsstelle verloren. Sie hätte ihn sicher ihr Leben lang dafür gehasst! Umgekehrt reichte sein Lohn als einfacher Gemüseverkäufer gerade mal für ihn selbst, wie hätte er noch eine Frau und ein Kind ernähren können? Sein Glück war, dass ein Onkel von ihm Arzt in einem Kreiskrankenhaus war. Dank seiner Verbindungen fand man einen Bekannten, der bereit war, den Eingriff zu machen. Luo begleitete sie dorthin und sagte einfach, dass sie verheiratet waren, dann konnten sie die Abtreibung vornehmen.

»Es war ein Sonntagmorgen, als wir ganz in der Frühe zusammen loszogen. Sie musste sich abends vor zehn wieder bei ihrer Theatertruppe zurückgemeldet haben, so waren die Bestimmungen. Wir mussten unterwegs umsteigen, und als wir an der Bushaltestelle auf den Bus warteten, wurde es schon dunkel. Es begann leicht zu regnen und keine Menschenseele befand sich auf der Straße. Sie sagte, dass sie unten noch immer blute, ich umarmte sie, und wir beide fingen heftig an zu weinen. So ist es mit uns auseinander gegangen. Kann man darüber schreiben?«, fragte Luo. »Das neue Leben, wo ist es?«

Luo sagte, dass er nichts gegen diesen desolaten Zustand tun könne. Während seiner Zeit als Fischer, in diesen zwei Jahren habe er angefangen, mit den Frauen rumzumachen. Wenn die Fischer aus dem Dorf auf das Meer hinausgefahren waren, wusste niemand, wann sie zurückkehren würden. Er war ein junger Mann, der gerade das Gymnasium beendete hatte, und im Dorf gab es einige junge Frauen, die geil genug waren, und so hat alles angefangen. Es war nicht besonders romantisch. Jedes Mal nachdem er sich vergnügt hatte, wusste er, dass es ein Scheiß war und überhaupt keinen Sinn hatte. Es gab keinen einzigen Menschen, mit dem er hätte sprechen können, daher kehrte er lieber zurück und verkaufte Gemüse.

»Wie bist du überhaupt darauf gekommen, Fischer zu werden?«, fragte er Luo.

»Ich hatte keine andere Wahl, ich musste ja irgendeinen Weg für mich finden. Ich wollte damals doch eigentlich genauso wie du an eine bekannte Universität gehen und Literatur studieren. Hast du nicht gehört, wie es mir bei den Eingangsprüfungen ergangen ist?«, fragte Luo ihn zurück.

»Du warst doch das ganze letzte Jahr über Klassenbester und wurdest von allen als echter Dichter verehrt. Niemand hatte je daran gedacht, dass es so kommen konnte«, sagte er.

»Es lag genau an diesen Scheißgedichten«, sagte Luo. »Als wir uns für die Universität bewarben, lief gerade die Hundert-Blumen-Kampagne, das war genau das Jahr vor der Anti-Rechtskampagne. Eine größere Zeitschrift hatte einige junge Autoren in die Provinzhauptstadt zu einer Versammlung eingeladen, auf der sie ermuntert wurden, frei und offen ihre Meinung zu äußern. Wie die anderen jungen Autoren habe auch ich ein, zwei Sätze von mir gegeben, vor allem darüber, dass die Themenauswahl für die Literatur zu begrenzt sei. Poesie sei nun einmal Poesie und könne nicht in Themen wie ›Industrie‹, ›Landwirtschaft‹ oder ›Das Leben der Jugend‹ aufgegliedert werden. Publiziert hatte man bisher nur meine strahlenden und leuchtenden Passagen, alle wirklich guten Sätze waren gestrichen worden. Nur das habe ich gesagt. Später wurde meine Akte in die Schule geschickt, und ich wurde zum Gespräch mit dem Direktor gerufen. Dort wurde mir klar, dass ich einen großen Fehler gemacht hatte. Ich weiß nicht, was mit den anderen geschehen ist. Ich war der jüngste unter ihnen und hatte am wenigsten gesagt, das hieß, ich konnte immer noch Gemüse verkaufen.«

Luo hatte drei Tickets besorgt, aber er wartete allein vor dem Kino. Kurz nachdem der Film schon angelaufen war, kam Xiaowu völlig außer Atem angerannt und erzählte, dass Luo nicht kommen könne, da er eingeteilt worden war, diese Nacht die Gemüsestände zu bewachen. Er war sich nicht sicher, ob Luo mit Absicht arrangiert hatte, dass er mit Xiaowu allein war. Sie gingen jedenfalls in den dunklen Kinosaal hinein und er nahm Xiaowus Hand und führte sie zu zwei freien Plätzen. Der Film hatte überhaupt keinen Eindruck bei ihm hinterlassen. Er erinnerte sich nur daran, dass er die ganze Zeit über die weiche Hand von Xiaowu geknetet hatte und dass ihm dabei so warm wurde, dass seine eigene Handfläche schweißnass wurde. Er dachte, wenn alle Jungen dieses Mädchen streicheln durften, dann durfte er es wohl auch. Noch nie zuvor hatte er ein Mädchen berührt. Die Liebe, die er gesucht hatte, war etwas völlig anderes gewesen.

Im Gymnasium war er in ein Mädchen eine Klasse unter ihm verliebt gewesen. Er hatte mit ihr gesprochen, als sie auf der Neujahrsparty zusammen getanzt hatten. Die ganze Nacht über, während sie Laternenrätsel lösten oder mit anderen Spielen beschäftigt waren, waren seine Blicke dieser Erscheinung im roten, blumengemusterten Kleid gefolgt. Im frühen Morgendämmern, oder waren es die Schneeflocken, die unter den Laternen funkelten, folgte er diesem Mädchen auf dem Nachhauseweg. Sie lief mit einer Gruppe Freundinnen, die sich lachend unterhielten. Manchmal drehten sie ihre Köpfe zu ihm, und er war sich nicht sicher, ob sie über ihn sprachen.

Er hatte sich nicht vorstellen können, dass man ein Mädchen einfach so streicheln konnte. Als er mit Xiaowu aus dem Kino heraustrat, mied er die große Straße und bog absichtlich in eine kleine Gasse ein. Noch immer hielt er ihre Hand. Das Mädchen tat sehr brav und blickte die ganze Zeit über auf ihre Schuhe. Manchmal kickte sie einen Stein weg. Als sie an eine Stelle kamen, die nicht von den Straßenlaternen beleuchtet wurde, fasste er sie an den Schultern und wollte sich ihr nähern. Sie schüttelte den Kopf, blickte ihn mit großen Augen an und sagte: »Ihr Männer seid doch alle gleich schlecht.«

Er sagte, er sei anders und er wolle sie nur einmal küssen.

»Warum?«, fragte sie und schaute ihm klar und geradeaus in die Augen.

Er ließ sie los und sagte, er habe noch nie ein Mädchen geküsst. Xiaowu meinte, sie müsse darüber nachdenken. Er stand da, mit hängenden Armen und gesenkten Kopf, und hatte nicht damit gerechnet, dass Xiaowu sagen würde: »Also gut, dann küss mich ein Mal.«

Er berührte einmal kurz ihre fest geschlossenen Lippen, und ließ sofort wieder von ihr ab. Xiaowu senkte die Augenlider und öffnete leicht ihren Mund. Daher küsste er sie noch einmal, und diesmal waren ihre Lippen voll und weich. Durch die locker sitzende Jacke packte er ihre feste Brust. »Du darfst mir nicht wehtun ...«, murmelte das Mädchen.

Er ging mit der Hand unter ihre Jacke und spielte mit ihren spitzen Brüsten. Aber mit einem Mädchen zu schlafen, das er nicht wirklich liebte, daran wagte er weder zu denken noch konnte er sich das überhaupt vorstellen. Er dachte damals auch noch gar nicht daran, mit ihr zu schlafen. Er fand einfach, dass dieses Mädchen unglaublich großzügig war. Später einmal schrieb ihm Xiaowu einen Brief an die Universität. Der Brief war ganz einfach geschrieben, und sie fragte ihn, ob er im nächsten Jahr in den Sommerferien wieder nach Hause fahren würde.

Im nächsten Sommer fuhr er nicht nach Hause, denn da begann die große verrückte Katastrophe des »Großen Sprungs nach vorn«. Die Studenten waren in den Sommerferien zum Arbeitsdienst verpflichtet und mussten in den Westbergen bei Peking Land umgraben und Bäume pflanzen, bis sie alle Ödeme bekamen. Außerdem musste man sich mit langweiligen Dingen beschäftigen, »den guten Dingen, die gute Menschen taten«, und dafür seine ganzen Sommerferien hingeben. Er bereute sehr, dass er die Zeit mit Xiaowu in jenen Sommerferien vertan hatte, ohne etwas wirklich Unmoralisches getan zu haben. Dabei war das doch das, was er wirklich wollte, einmal richtig unmoralisch sein.

16

Im Taxi auf dem Weg zum Flughafen spracht ihr kaum ein Wort miteinander. Was zu sagen war, hattet ihr schon gesagt, und was du oder Margarete noch hättet sagen wollen, ließ sich schlecht im Taxi sagen.

An der Zollabfertigung umarmte sie dich kurz, und verhielt sich, wie sie es angekündigt hatte, wie eine Freundin. Sie drückte ihre Wange an deine Stirn, ging hinter die Absperrung und drehte sich nicht mehr um.

Du bemerktest die dunkelgrauen Ringe unter ihren Augen, obwohl sie sich geschminkt hatte, und dachtest, dass du selbst wahrscheinlich noch müder aussahst. Ihr hattet in all den Nächten kein Auge zugetan, in diesen drei Tagen, nein, vier Tagen und drei Nächten. Nachdem ihr abends das Stück zusammen gesehen hattet, bliebt ihr wach bis zum nächsten Morgen, und auch am nächsten Tag habt ihr die Nacht wieder durchgemacht, so ging es weiter bis heute, dem vierten Tag am Vormittag. Alle drei Nächte habt ihr drei oder vier Mal miteinander geschlafen, euch immer wieder geliebt und bis zum Letzten ausgesaugt. Auch du warst am Ende deiner Kräfte. Diese plötzlich aufgekommene brennende Leidenschaft wurde verabschiedet wie eine leichtfertige Freundschaft. Du wusstest nicht, wann du sie wiedersehen würdest.

Die Sonne stach dir in die Augen, als du den Flughafen verließest. Es war stickig und heiß, die Taxis standen in langen Reihen vor dem Eingang und du fühltest dich erschöpft. Als du in das Taxi stiegst, fragte der Fahrer nach deinem Ziel. Du überlegtest eine Weile und sagtest einfach nach Central Station, zum lebhaftesten Zentrum in der Stadt. Du wolltest nicht ins Hotel zurück, wolltest das leere Bett nicht sehen. Das Zimmer, das

Bett, deine Gedanken, alles war mit ihrem nackten Körper verbunden, du hattest dich daran gewöhnt, mit ihr zu sprechen, sogar deine Selbstgespräche richtetest du gerade immer noch an sie, als würde sie dir zuhören. Sie war tief in deine Gedanken und Gefühle eingedrungen. Während du ihren Körper genommen hast, hat sie sich deiner Seele bemächtigt.

»Welche Stelle bei Central Station?« Der Fahrer hatte bemerkt, dass du vom Festland warst und sprach ein angestrengtes Hochchinesisch.

Du warst im Wagen eingeschlafen, öffnetest die Augen und fragtest: »Sind wir schon an der Central Station?«

»Das gehört alles zu Central Station, wo willst du aussteigen?«

Der Wagen hielt am Straßenrand. Durch den Spiegel konntest du das missmutige Gesicht des Fahrers sehen. Offensichtlich hatte er keine Lust, seine Runden zu drehen, um einen Ort zu suchen, den du selbst nicht so genau kanntest. Du bezahltest und stiegst aus. Um dich herum ragten Hochhäuser in die Luft und einen Augenblick lang hattest du keine Ahnung, wo du dich befandest. Du liefst ziellos die Straße entlang und warst verwundert, dass so wenig Menschen unterwegs waren. Die Straßen in Central Station waren normalerweise gedrängt voll mit Menschen, überall war etwas los. Heute war auch weniger Verkehr als sonst, und die wenigen Autos, die durch die Straßen fuhren, rasten in schnellem Tempo vorbei. Dann bemerktest du, dass auch die Geschäfte alle geschlossen waren, wenn auch die Schaufenster gefüllt wie immer waren. Die Hochhäuser hielten die Sonnenstrahlen ab und ließen nur in der Mitte der Straße einen hellen Streifen durch. Du kamst dir vor wie ein Schlafwandler am helllichten Tag.

Du erinnertest dich, dass sie gesagt hatte, am Montag wieder in Frankfurt sein zu müssen, da wäre der Sitzungstermin ihrer Firma mit dem chinesischen Partner. Da erst fiel dir ein, dass Sonntag war. Sonntags trafen sich Familien oder Freunde in Hongkong zum Frühstück in einem der vielen großen und kleinen Restaurants. Wenigstens diesen Genuss gönnte man sich in der sonst so betriebsamen Stadt.

Den letzten Monat hast du nur mit der Inszenierung des Stückes, mit Proben und offiziellen Essen, Verabredungen und Interviews verbracht und so noch überhaupt keine Gelegenheit gehabt, einmal allein umherzustreifen und das Zentrum dieser Stadt zu erkunden, das nun so ruhig und verlassen war. So langsam wurdest du mit dieser Stadt vertraut. Aber du fürchtetest, dass du wahrscheinlich nicht wiederkommen würdest. Es war genauso wie mit ihr. Du wusstest nicht, ob du sie wiedersehen würdest, ob du ihr je wieder so nahe kommen würdest, ob du nochmals solchen Schmerz erfahren und solche Leidenschaft erleben würdest.

Am letzten Abend wollte sie, dass du sie vergewaltigst. Es war keine sexuelle Spielerei, sie wollte wirklich, dass du sie fesselst, dass du sie an beiden Händen fesselst und dass du sie mit deinem Ledergürtel schlägst. Was sie dir vermitteln wollte, war ein Gefühl dafür, dass du einen schmerzgeplagten Körper schlägst und dass du einen Körper vergewaltigst, der ihr nicht mehr gehörte, den sie verkauft hatte.

Du bandest ihre Hände mit ihrer Strumpfhose fest, nahmst die Gürtelschnalle in die Hand und schlugst zweimal leicht mit dem Gürtelende auf sie ein, du lachtest, um ihr zu zeigen, dass es nur ein Spiel war. Sie wollte sexuell misshandelt werden, und sie lachte auch.

Doch was du tatst, war nicht, was sie wollte. Sie wollte, dass du sie richtig schlägst. Du fingst an, sie immer härter zu peitschen und hörtest den Gürtel auf ihren Körper knallen, der sich wand und zuckte. Aber sie gab keinen Laut von sich. Du wusstest nicht, wie lange sie es aushalten würde, und als sie vor Schreck einen Schrei ausstieß, warfst du sofort den Gürtel weg und streicheltest sie. Sie beschimpfte dich, machte die Fesseln los und setzte sich im Bett auf. Du batst sie um Verzeihung, doch sie legte sich nur auf den Rücken und du legtest dich auf sie. Dir war, als hätte sie Tränen im Gesicht. Du fingst ebenfalls an zu weinen. Du sagtest, du würdest sie nicht vergewaltigen können und dass du überhaupt keine Lust mehr verspüren würdest.

Sie meinte, ihren Schmerz würdest du unmöglich verstehen können, den Schmerz einer Frau, die vergewaltigt und viel zu früh zur Frau gemacht worden sei. Du würdest nur deine sexuelle Befriedigung wollen.

Du sagtest, dass du sie liebst. Und gerade weil du sie liebtest, konntest du sie nicht vergewaltigen. Außerdem hasstest du Gewalt überhaupt.

Sie sagte weiter, dass du weinen solltest, dass man, nachdem man sich alles von der Seele geheult hat, besonders wahrhaftig sei. Sie war wieder ganz weich und sanft geworden, drückte sich an dich und streichelte deinen ganzen Körper.

Du bist eine vollblütige Frau, sagtest du. Nein, eine liederliche Frau, sagte sie. Du widersprachst und sagtest, sie sei eine gute Frau. Nein, meinte sie, du würdest sie nicht kennen. Nach einer gewissen Zeit würdest auch du sie verachten. Sie konnte nicht wie eine normale Frau leben, das würde sie nicht befriedigen. Sie würde dennoch sehr gerne mit dir zusammen leben, aber das sei unmöglich. Sie sagte noch, du solltest entschuldigen, dass sie derart neurotisch sei. Sie würde auch ein friedvolles Leben führen wollen, aber kein Mensch könne ihr einen solchen Frieden geben. Du würdest eine Frau wie sie auch niemals heiraten wollen, du seist doch nur versessen auf die Lust und Leidenschaft, die du derart noch nie erlebt hättest.

Du sagtest, du habest Angst vor der Ehe, habest Angst davor, wieder von einer Frau gefangen zu sein. Du habest eine Ehefrau gehabt und inzwischen verstanden, was Ehe bedeutete. Die Freiheit sei für dich wertvoller als alles andere, und doch würdest du sie einfach lieben. Sie meinte, sie könne deine Geliebte nicht sein, und du würdest doch ganz sicher schon eine Frau haben, wenn du sie nicht hättest, würdest du dir irgendeine andere suchen. Ehrlich gesagt, seist du sehr zart und auch ziemlich offen, sie meine das im Vergleich zu anderen, sie wolle auch nicht übertreiben. Du sagtest, auch sie sei eine sehr liebenswerte Frau. Aber sie sei auch nicht zu jedem so, sagte sie, sie habe sich dir nur hingegeben, weil sie dich mögen würde. Auch du habest ihr viel gegeben, insofern sei das sehr ausgeglichen gewesen. Sie fügte hinzu, dass sie die Männer sehr früh verstehen gelernt habe und sich keinerlei Illusionen mehr mache, so sei eben das Leben. Sie sei die Geliebte ihres Chefs. Da er jedes Wochenende zu Frau und Kindern zurückkehre, sei sie seine Nebenfrau und würde ihn nur unter der Woche sehen und auf Dienstreisen begleiten können, und er brauche sie, um mit Chinesen Geschäfte zu machen.

Ihre sonore Stimme, ihre Sinnlichkeit, ihre Direktheit, all das konntest du genau spüren und es weckte deine Lust, es kitzelte Erinnerungen in dir hervor, und es rief den Geschmack von Leid in Erinnerung, einen Schmerz, der nur erträglich war, wenn er sexuell umgesetzt wurde. Ihre Stimme erregte dich und dir war, als würde sie dir gerade Liebesworte ins Ohr flüstern, als fühltest du ihre Körperwärme und würdest den Duft ihres Körpers vernehmen können. Eine Leidenschaft, die du lange hattest unterdrücken müssen, hattest du endlich ausleben können. Ihr all das zu erzählen, war nicht nur schmerzlich für dich gewesen, du hattest auch Freude dabei verspürt. Du hattest das Gefühl, endlos mit ihr weiterreden zu müssen. Du würdest all die Erinnerungen wieder einfangen, kleine Details tauchten auf und wurden immer deutlicher.

Das riesige Gebäude der Bank of China vor dir war vollkommen verglast. Wie ein Spiegel reflektierte es die weißen Wolken am blauen Himmel. Die Kanten dieses dreieckigen Gebäudes wirkten scharf wie Messer, und die Hongkonger sagten, es sei ein Schneidemesser, das im Herzen der Stadt steckte und damit die geomantischen Ströme in Verwirrung brachte. Auf dem Gebäude daneben, das irgendeinem Finanztrust gehörte, hatte man die wundersamsten Stahlkonstruktionen installiert, um diese Verwirrung wieder auszugleichen. So lösten die Hongkonger das Problem. Ein Gebäude im elisabethanischen Stil, welches das Parlament beherbergte, verschwand völlig unscheinbar zwischen den großen Wolkenkratzern, als symbolisierte diese Tatsache das Ende einer Ära, das bald kommen würde.

Neben dem Parlament lag ein Park, in dem die Statue von Königin Elizabeth stand. Um die Brunnenfontäne, die engen Gänge und Gehwege im Park und selbst auf den Straßen um den Park herum drängelten sich die Leute. Du meintest, in eine Massenversammlung oder Art Demonstration geraten zu sein. Doch die Leute unterhielten sich und lachten, saßen mit Picknickkörben im Gras oder trugen Kofferradios umher, aus denen Popmusik dröhnte. Fehlte nur noch, dass sie anfingen zu tanzen.

Du konntest dich einfach nur wundern über die vielen Picknickkörbe, die in allen Straßen zwischen den Wolkenkratzern auf dem Boden lagen. Du bahntest dir einen Weg durch die Menge und erreichtest das Prince's Building, in dem sich die Luxusboutiquen befanden. Der verschlossene Eingang war mit einem Tuch verhängt, auf welches das Abbild von Jesus am Kreuz gedruckt war. Ein Geistlicher predigte und nahm den Gläubigen unter freiem Himmel die Beichte ab. Acht oder neun von zehn Versammelten waren Frauen, und alle dunkelhäutig. Plötzlich fiel dir ein, dass sich hier wahrscheinlich die philippinischen Mädchen versammelt hatten, die bei den reichen Hongkonger Familien als Dienstmädchen angestellt waren und hier zusammen ihren freien Tag verbrachten. Das Geld, das sie hier verdienten, schickten sie nach Hause, um ihre Familien zu ernähren. Das Stimmengewirr wurde immer wieder von Gelächter durchdrungen, und du konntest nicht verstehen, was sie sprachen, und hörtest auch nicht ihre Trauer, die von ihrem Heimweh herrührte.

Wie lange würde sich dieses gesellschaftliche Leben hier noch so abspielen können? Ob sie von den neuen Einwanderern vom Festland abgelöst würden? Überall auf der ganzen Welt versuchte man, Einwanderer zu vertreiben – ob dieser Ort eine

Ausnahme bilden würde? Aber du musstest dir darüber wohl keine Sorgen machen: Die Wolkenkratzer, die in den blauen Himmel zwischen die weißen Wolken ragten, würden nicht umfallen, und Hongkong Island würde sich auch nicht in eine Wüste verwandeln. Als du dich hier und jetzt durch die Menge drängeltest, befiel dich ein starkes Gefühl von Einsamkeit. Aber es war genau dieses Verlassenheitsgefühl, das dich rettete: Du warst nicht Jesus, musstest dich nicht für das Heil der Menschen auf der Welt opfern und würdest nach deinem Tode auch nicht mehr auferstehen. Das Einzige, was du wirklich tun musstest, war, so gut es ging in dieser Welt zu leben.

Wieder versankst du im Dunkel ihrer Stimme und wandertest wie im Traum am helllichten Tage durch die Stadt. Du setztest einen Fuß vor den anderen, mal leichtfüßig, mal mühselig bahntest du dir deinen Weg durch die wispernde Menge, deine noch ganz frischen Erinnerungen verwoben sich mit den alten zu einem dichten Netz.

Margarete, sprachst du in Gedanken zu ihr, der neue Mensch ist ein Märchen, das ganz furchtbar ist. Heute musstest du dich nicht mehr zum Besseren bekehren und ein anderer Mensch werden, du musstest keine Fehler mehr zugeben und keine Schuld mehr bekennen. Die ganze Geschichte von dem transparenten lupenreinen Idealstaat, die ganze Geschichte von der neuen Gesellschaft war nichts als ein riesengroßer Schwindel, und dieser Schwindel führte dazu, dass der Mensch, der nun mal nicht klar und rein, sondern völlig chaotisch war, der sein Verhalten nun mal nicht erklären konnte, aber dennoch lebte, dass dieser Mensch auf einmal von Zweifeln gepackt wurde und die sichere Grundlage seiner Existenz verlor.

Was du sagen wolltest, war, Margarete, auch sie müsse sich nicht reinwaschen, auch sie müsse nichts bereuen. Auch sie würde nicht noch einmal als andere auf die Welt kommen, sie war einfach sie, so wie du du warst.

Eine Frau hatte dich auf die Welt gebracht, das Himmelreich lag in der Höhle der Frau, egal ob es die der Mutter oder einer

Hure war. Statt dich als irgendeinen edlen Herrscher, einen neuen Menschen oder als Heiligen auszugeben, wolltest du dich lieber in das dunkle Chaos versenken.

Unter der hohen Brücke rasten die Autos in einem unablässigen Strom vorbei. Gewöhnlich waren die Straßen zwischen den großen Kaufhäusern und Hochhäusern äußerst belebt, doch heute am Sonntag waren nur wenige Menschen unterwegs. Völlig erschöpft lehntest du dich auf das Geländer und sahst hinab auf die Straße. Dein Stück wurde genau noch zwei Mal gespielt, einmal nachmittags um zwei, das war in einer Stunde, und einmal am Abend um sieben. Nach der Abendvorstellung würde es noch ein Abschlussphoto mit dem gesamten Ensemble geben und danach ein Festbankett für alle Teilnehmer. Sicher würde es lebhaft zugehen und sehr spät werden. Du solltest dich eigentlich noch eine Weile hinlegen, aber du wolltest nicht in das Hotel zurückkehren. Sie erfüllte dich noch voll und ganz und du dachtest an eure letzten, leidenschaftlichen Stunden vor dem Abschied, an den Duft, der ihren ganzen Körper umhüllt hatte, an deinen Samen, der sich zwischen ihren fülligen, gespannten Brüsten ergossen hatte.

Wieder unten auf der Straße kamst du an einem Kino vorbei. Ohne dich zu informieren, welcher Film gerade lief, kauftest du ein Ticket und gingst hinein. Du brauchtest einen einsamen Platz im Dunkeln, wo du in deine Gedanken an sie versinken konntest. Es lief eine langweilige Hongkong-Soap und du schlossest die Augen. Da du kaum etwas von dem Kantoner Dialekt verstehen konntest, nicktest du endlich ein. Die Sitze waren geräumig und bequem, so dass du beide Beine ausstrecken konntest. Endlich warst du frei, du konntest dich ausdrücken, schreiben, was du wolltest, du musstest dich um nichts mehr kümmern. Vielleicht hatte sie Recht, und du solltest das alles aufschreiben, Rückschau halten. Du müsstest dich aus einer völlig unbeteiligten Haltung heraus beschreiben, dich, einen Menschen, oder ein Tier, das mit Bewusstsein ausgestattet ist, eine gejagte Bestie im Dschungel des Lebens.

Du konntest dich nicht beschweren. Du genossest das Leben. Freilich hast du einen hohen Preis dafür bezahlt, doch was im Leben war schon umsonst – außer Lügen und Scheißgerede. Du solltest deine Erfahrungen in Worte kleiden, um eine Lebensspur zu hinterlassen, so wie du deinen Samen ergossest. Sollte es dir nicht genauso Vergnügen bereiten können, diese Welt zu beflecken? Und wäre das nicht mehr als gerecht, wenn du dich so rächen würdest für die Unterdrückung, die du in der Welt erfahren hast?

Du empfandest keinen Groll. Margarete, grollst du? Du hattest sie gefragt, ob sie dir grollen würde, aber sie hatte mit dem Kopf geschüttelt und sich auf deinen Bauch gelegt. Du streicheltest ihre weichen Haare und sie saugte dich aus. Sie sagte, sie sei deine Sklavin und du seist ihr Meister. Sie sagte, sie gehöre dir. Du warst nicht so freigiebig wie sie. Du wolltest immer auch nehmen.

Du musstest deinen Frieden zurückgewinnen, musstest mit nüchternem Blick diese Welt und dich selbst betrachten. So war diese Welt nun einmal, und so würde sie weiter bestehen. Ein Mensch war eine so winzige Kleinigkeit, und alles was ihm blieb, war der Versuch, seinen Erfahrungen Ausdruck zu verleihen.

Als du aufwachtest, waren die Deckenlampen im Saal schon angegangen. Die Zuschauer erhoben sich und verließen die Sitzreihen. Du tratst aus dem Kino und riefst ein Taxi. Du fuhrst zurück ins Hotel. Du nahmst die Schlüssel an der Rezeption entgegen und erhieltest die Nachricht von zwei Anrufen, die auf Rückrufe warteten. Wahrscheinlich ging es um irgendwelche Verabredungen zum Essen. Da du abends mit den Schauspielern ein Abschiedsessen hattest, würdest du nichts anderes mehr unternehmen können. Das Zimmer war fein säuberlich gerichtet, kein einziges Stück von ihr lag mehr auf dem Tisch, dem Bett oder auf dem Boden herum, als hätte hier nie eine Frau mit dir gewohnt. Du warst bedrückt und legtest dich im Mantel auf das Bett, das, gerade frisch bezogen, noch nach

Stärke roch. Die Klimaanlage surrte. Es gab keine einzige Spur von ihr, nicht einmal einen Geruch, und fast hofftest du, es hätte doch eine Observationskamera in eurem Zimmer gehangen. Dann hättest du wenigstens beweisen können, dass ihr euch wirklich hier geliebt hattet, dass dies nicht nur Traumgespinste waren.

Margarete, du riefst nach einer wirklich existierenden Frau, nicht nur nach einer Stimme in deinem Inneren. Sie hatte deine Vergangenheit in Erinnerung gerufen, und eine Szene nach der anderen tauchte vor deinen Augen auf. Sie war mit deinen Erinnerungen verschmolzen, den neuen, frischen Erinnerungen und den alten, schon fast vergessenen. Nun warst du gezwungen, ihnen hinterher zu jagen und sie einzufangen.

Jetzt saß sie im Flugzeug, morgen würde das Wochenende hinter ihr liegen, und sie würde wieder die Geliebte ihres Chefs sein. Ob sie ihren Chef wohl auch so geliebt hatte wie ihn? Diese kleine, wollüstige Hure. Doch du hattest dich in sie verliebt, konntest sie nicht mehr vergessen. Ihr feuchter Schoß und der Duft ihres Körpers weckten deine Leidenschaft. Du wolltest wissen, ob es wahr war, dass sie mit dreizehn Jahren vergewaltigt worden war, wie sie es gesagt hatte. Oder war das ein Spiel, um dich aufzureizen? Oder wollte sie sich damit als billige Hure verkaufen? Oder wollte sie damit erreichen, dass ihr eure Gedanken und Gefühle teilen konntet, dass sie deine Leidensgefährtin wurde und ihr gemeinsam deine Einsamkeit und ihren Schmerz erleben konntet?

Vielleicht solltest du beschließen, all die Erinnerungen, die sie wachgerufen hat, all deine Erfahrungen im Leben genau aufzuschreiben. Aber waren sie das wert? Du wolltest dein Leben nicht mehr mit irgendwelchen sinnlosen Dingen verschwenden. Aber was war schon sinnvoll? Hatte das Stück, das gerade gelaufen war und sie heute Abend nochmals spielten und das du auf dem Festland geschrieben hattest, das aber dort verboten worden war, vielleicht irgendeinen Sinn? War es die Schwierigkeiten wert, die du dir damit eingehandelt hattest? Wäre nicht alles viel leichter und einfacher gewesen, wenn du diese Dinge nicht geschrieben hättest? Und welches Leid brachte dich dazu, dennoch zu schreiben?

Nur im Ausdruck deiner Gedanken konntest du deine Existenz erfahren, war das überhaupt der Grund, weshalb du existiertest? Du warst doch keine Maschine, die Bücher produzierte, niemand, der, von Eitelkeit getrieben, plötzlich sinnlos sein Leben vergeudete? Vielleicht hatte sie auch Recht, vielleicht war es richtig, sich der Leidenschaft hinzugeben und seinen Schmerz auf diese Weise zu verdrängen, selbst wenn man ihn niemals loswurde und darin unterging. Warum musstest du für Gerechtigkeit eintreten, und wo war überhaupt Gerechtigkeit? Du konntest dieser Welt keinen Widerstand leisten. Du konntest dich nur in deine Texte verkriechen und darin etwas Trost und Freude finden, genauso wie Margarete dir einfach von ihrem Schmerz berichten musste und sich damit eine gewisse Erleichterung verschafft hatte.

Du nahmst ein heißes Bad und duschtest dich dann kalt ab, um wach zu werden. Du musstest die letzte Aufführung deines Stückes sehen, musstest in die Realität zurückkehren, mit diesen jungen Schauspielern zusammen essen und trinken, Witze machen, lauthals über banale Dinge reden und die schwierige Kunst zu leben anderen überlassen.

17

Es war eine maßgeschneiderte neue Gesellschaft, strahlend vor Glanz. Alle Menschen waren heldenhafte Arbeiter. Vom Bauern, der barfuß das Feld bestellte, bis hin zu den Angestellten in den Badeanstalten, die den Leuten die Schwielen von den Füßen schnitten, waren alle in Arbeitseinheiten organisiert und dazu eingeteilt, dem Volke zu dienen. Wer durch besondere Leistungen hervortrat, wurde als Bestarbeiter ausgezeichnet und in der Zeitung gepriesen. Hier gab es keine Müßiggänger, Bettelei und Prostitution waren verboten. Das

Essen wurde in genauen Rationen zugeteilt und nicht eine Schale Reis wurde vergeudet. Keiner dachte an seinen eigenen Vorteil. Alle lebten von ihrem Lohn und den zugeteilten Arbeitspunkten. Alles war öffentliches Gut des Staates, selbst die Arbeiter, die nach strengen Regeln bis ins kleinste Detail verwaltet wurden. Kein Loch, in das sich Übeltäter verkriechen konnten. Sie wurden erschossen, ins Gefängnis geworfen oder auf die Staatsfarmen zur Umerziehung geschickt. Es flatterte die rote Fahne. Das ideale Himmelreich hatte sich, wenn auch nur auf der ersten Stufe, auf Erden verwirklicht.

Der neue Mensch war ebenfalls geschaffen worden. Ein vollkommenes Vorbild in Gestalt eines kleinen Soldaten, der Lei Feng hieß. Er war ein einsames Waisenkind, das unter der roten kommunistischen Fahne groß geworden war. Er wusste nicht, was ein Individuum war, er setzte sein Leben nur dafür ein, um andere zu retten. Als dieser völlig wunsch- und anspruchslose Held begonnen hatte schreiben zu lernen, zeichnete er seine Eindrücke beim Lesen der Mao-Zedong-Werke auf. Er empfand eine unendliche Dankbarkeit gegenüber der Partei und sein einziger Wunsch bestand darin, eine kleine polierte Schraube in der großen Maschinerie sein zu dürfen, die alle Menschen zu Bürgern dieses Staates gleichschaltete. Das Studium seiner Texte war obligatorisch, alle mussten von ihm lernen. Er hegte gewisse Zweifel gegenüber einem derlei gestalteten neuen Menschen, und zu jener Zeit war es üblich, dass man innerhalb des Gedankenreport-Systems der Universität alle eigenen sowie die Gedanken und sogar Zweifel der anderen auf den ideologischen Generalsitzungen an die Partei weitergab. Einmal war er in eine Falle getreten, als er unvorsichtigerweise folgende Frage stellte: Ob man denn auch ein Held werden könne, obwohl man sich nicht auf eine gezündete Bombe schmeißen und in tausend Stücke zersplittert würde? Und ob denn der Motor für das Funktionieren einer Maschine wirklich wichtiger sei als jede einzelne Schraube? Sofort hatte er einen Aufruhr in der Klasse verursacht, und besonders laut schrien die Mädchen auf. Er wurde kritisiert, aber glücklicherweise hatte es sich nur um eine Klassenversammlung gehandelt. Es wurde also keine ernste Sache daraus. Er aber hatte seine Lehre daraus gezogen: Wenn man am Leben bleiben wollte, musste man lügen. Wer die Wahrheit sagen wollte, hatte keine Chance zu überleben. Dass es den absolut reinen Menschen nicht geben konnte, wurde ihm erst viele Jahre später durch seine eigenen Erfahrungen und die Erfahrungen anderer klar. Es war ihm auch klar geworden, dass man diese Erfahrungen selbst machen musste, dass die Erfahrungen anderer erst dann wirklich lehrreich sein konnten, wenn man sie selbst auch erlebt und das Leid mit den anderen geteilt hatte. Niemand konnte für einen anderen Erfahrungen sammeln.

Du musstest heute nicht mehr an obligatorischen Diskussionssitzungen teilnehmen, musstest dein Verhalten nicht mehr überprüfen und keine Schuldbekenntnisse mehr abgeben. Dieser Mythos vom Neuen lag weit hinter dir. Doch damals hatte ihn all das sehr bedrückt, und er hatte das starke Bedürfnis gehabt, seine innersten Gefühle zur Sprache zu bringen. Er traf sich mit einigen anderen Studenten im Park Purpurner Bambus im westlichen Außenbezirk von Peking. Sie kamen alle von verschiedenen Universitäten der Stadt und hatten sich vorher nicht gekannt. Was sie verband, war ihr jugendlicher Eifer und das Interesse für Literatur, jeder von ihnen hatte irgendwelche Gedichte oder Ähnliches verfasst, und jeder hatte das Bedürfnis, dem Gedankengefängnis der Universität zu entfliehen und ein bisschen frische Luft zu atmen. Der Park war damals noch nicht lange der Öffentlichkeit zugänglich und wirkte ziemlich öde und verlassen. Nur am See gab es ein Teehaus, in dem auch Gebäck verkauft wurde, was sich die Studenten allerdings nicht leisten konnten. Ein Stück weiter fanden sie einen ruhigen Platz, an dem keine anderen Parkbesucher vorbeikamen. Sie setzten sich im Schatten der Bäume ins Gras, der Wind trug den Duft von frischem Weizen herüber. Nicht weit von ihnen lag ein Weizenfeld, es war Mai und der Weizen stand in voller Blüte.

Großkopf sagte, er wolle ein Stück schreiben wie Majakowskijs »Badehaus«. Großkopf hieß er nicht nur, weil er als Mittelschüler den ersten Preis im Mathematikwettbewerb von Peking gewonnen hatte, sondern auch, weil seine Mützen im Winter immer etwa zwei Nummern größer waren als die der anderen Schüler. Glücklicherweise blieb Großkopf bei seiner Mathematik und schrieb nie ein Stück über Badehäuser oder Schlammbäder. Gerade als er zwei mathematische Abhandlungen auf Englisch in einer internationalen Mathematikzeitschrift veröffentlicht hatte, kam der allgemeine Befehl, die Kultur zu revolutionieren, und er verbrachte acht Jahre damit, auf dem Land Kühe zu hüten. Sein Problem war aber nicht dadurch entstanden, dass er an diesem Treffen teilgenommen hatte. Nach seinem Examen hatte er im Schlafsaal seines Forschungsinstitutes irgendwelche unüberlegten Dinge von sich gegeben, und das war nach oben gemeldet worden.

Probleme waren durch die Gedankenlosigkeit von Talar Cheng entstanden. Talar hieß er, weil er in der Mittelschule immer die alten Kleider seines Vaters getragen hatte, die ihm lose um die schmalen Schultern schlackerten. Chengs Tagebuch war von seinen Klassenkameraden gefunden und heimlich gelesen worden. Er hatte auch über dieses Treffen geschrieben, was sofort dem Sekretär des Jugendverbandes gemeldet wurde. Talar war als Einziger unter ihnen Mitglied des Jugendverbandes gewesen und keiner wusste, wie er sich da hineingeschmuggelt hatte. Er hatte nichts von dem aufgeschrieben, was sie auf den Treffen gesagt hatten, aber in seinem Tagebuch standen angeblich einige pornographische Passagen über Mädchen, und es war schwer zu sagen, ob sich diese so zugetragen hatten oder ob er das erfunden hatte. Als ihn die Leiter der Universität zur Untersuchung herbeizitierten, kam er jedenfalls ganz schön ins Schwitzen.

Auf dem Treffen hatte er von Ehrenburgs Passagen über Paris zu Anfang des Jahrhunderts in dessen Memoiren erzählt, von den Bars, in denen sich die surrealistischen Dichter und Maler trafen, und er erzählte von Meyerhold, der wegen seines Konstruktivismus exekutiert worden war. Noch Aufsehen erregender waren die Berichte von Großkopf: Chruschtschows Geheimrede über Stalin stürzte sie alle in helle Verwirrung. Davon hatte er in der englischsprachigen Zeitung »Moscow News« gelesen, denn damals waren die ausländischen Zeitungen in den Universitäten noch nicht so streng kontrolliert worden. Ein anderer von den vieren, die sich trafen, studierte Genetik und interessierte sich für indische Philosophie. Er diskutierte Tagores Gedichte und meinte, sie stellten eine Verbindung zwischen Mensch und Geist dar. Nichts davon kam bei den Untersuchungen zur Sprache, was bedeutete, dass der Talar Cheng doch Freund genug war, sie nicht alle zu verraten. Es ging nur darum, ob Mädchen an dem Treffen teilgenommen hatten und ob man etwas über Chengs Kontakte mit Mädchen außerhalb der Universität wüsste. Er war gerade noch einmal der Gefahr entkommen, die Treffen im Purpurnen Bambus Park nahmen damit aber ein Ende.

In den vielen Jahren, die du in Paris verbracht hast, bist du nie auf die Idee gekommen, diese Bar einmal aufzusuchen. Und dann geschah es ganz zufällig, nach einem Abendessen bei einem französischen Schriftsteller, zu dem du zusammen mit einem anderen Dichter, der eben das Festland verlassen hatte, eingeladen worden warst. Das Quartier Latin war an diesem Abend belebt wie immer. Eine Bar war besonders voll, wie man durch die Glasscheiben feststellen konnte, manche Gäste drängelten sich sogar auf der Straße vor dem Lokal. Dein Blick fiel oben auf die Neonaufschrift, La Rotonde, – das war doch die Bar, von der du gesprochen hattest! Ihr nahmt an einem kleinen Tisch Platz, den gerade ein paar Gäste freigemacht hatten. Um euch herum sprach man Englisch und Deutsch, und es waren offenbar nur Touristen hier. Du fragtest dich, wo es die französischen Dichter und Maler des neuen Jahrhunderts wohl hin verschlagen hatte.

Keine Bewegungen, keine Theorien, keine Organisationen. Die Kameraden aus dem Purpurnen Bambus Park waren glücklicherweise alle rechtzeitig davongekommen, keiner hatte den anderen verraten. Eure Gespräche hätten euch vielleicht noch nicht zu Konterrevolutionären gemacht, doch wenn sie auch nur in deine Akten gekommen wären, hätte das gereicht, dass du den heutigen Tag nicht erlebt hättest. Danach habt ihr alle gelernt, Masken aufzusetzen, eure Stimme zu unterdrücken und eure innersten Gedanken zu verbergen.

Auf einmal wachtest du auf. Weiße Wolken zogen langsam über den blauen Nachthimmel vor dem Fenster, und einen Augenblick lang wusstest du nicht, wo du dich befandst. Du räkeltest dich müßig im Bett und hattest keine Lust aufzustehen. Schon lange nicht mehr warst du einfach so deinen Gedanken nachgegangen. Du blicktest auf die Uhr und stiegst aus dem Bett. Du musstest dich beeilen, um noch vor Vorstellungsschluss zum Theater zu gelangen. Das Abschlussphoto mit dem gesamten Schauspieler-Ensemble und den Bühnenmitarbeitern und das gemeinsame Abendessen gehörten einfach zum Abschiedsritual nach der letzten Vorstellung.

Du fuhrst von einer Stadt zur anderen, von einem Land zum anderen und warst unbeständiger noch als ein Zugvogel. Aber du warst fähig, das Glück eines Augenblickes zu genießen. Solange du fliegen konntest, wolltest du nach Kräften fliegen. Wenn das Herz eines Tages zu schlagen aufhören würde, fielst du eben zu Boden. Aber heute warst du ein freier Vogel, du fandst Gefallen am Fliegen und es gab keinen Anlass dafür, dass du dich selbst prüfen und plagen musstest.

Im reservierten Nebenzimmer des Restaurants saßen um die zwanzig Leute. Ihr prostetet euch zu, machtet Witze, tauschtet Adressen aus. Kaum einen von ihnen würdest du je wiedersehen, diese Welt war einfach zu groß. Die kräftige Schauspielerin mit großen Augen, welche die Hauptrolle gespielt hatte, bat dich um eine Widmung auf einem Theaterprogramm. Unter ihrem Namen schriebst du die Worte »eine gute Frau«. Sie kniff die Augen zusammen und fragte dich etwas befremdet: »Gut worin?«

»Gut darin, deine Freiheit auszuleben.«

Alle lachten beifällig, und sie warf die Arme in die Luft, drehte sich und stellte ihren kräftigen schönen Körper zur Schau. Ein anderer, etwas kantiger junger Mann fragte: »Was hältst du von der Ehe?«

Du sagtest: »Man muss sie unbedingt einmal ausprobiert haben!«

»Und die, die schon verheiratet sind?«

»Die sollten es noch einmal probieren«, fiel dir als einzige Antwort ein.

Die Menge klatschte Beifall, doch der kantige Mann blickte dich fest an und fragte: »Hast du viele Freundinnen?«

Du sagtest: »Die Liebe ist wie das Sonnenlicht, die Luft und der Wein.«

Du wurdest umringt, und der Reihe nach stießen alle mit dir an. Unter jungen Leuten musste man keine Höflichkeiten austauschen.

»Und was ist mit der Kunst?« Die schüchterne Stimme kam von dem Mädchen, das einen Platz weiter neben dir saß.

»Kunst ist nichts weiter als eine Lebensart.«

Du sagtest, du lebtest nur im Augenblick und trachtetest nicht nach Unvergänglichkeit. Inschriften auf Grabsteinen seien für die Nachkommen gemacht, nicht für die Verstorbenen. Du hattest einiges getrunken und redetest ein wenig Unsinn. Theater zu machen sei eine Lebensfreude, und wenn man sich damit beschäftige, müsse man es voll ausleben. Du sagtest auch, dass es dir eine Freude gewesen sei, mit allen hier zusammen zu arbeiten, und bedanktest dich bei ihnen.

Dein Regieassistent, ein großer, ernster und etwas gewichtiger Mann, der deutlich älter war als alle anderen, sprach im Namen aller, dass sie dein Stück, das du vor mehr als zehn Jahren geschrieben hattest, sehr geschätzt hätten, und dass sie sehr hoffen würden, dass du in nicht allzu ferner Zukunft ein neues Stück bei ihnen zur Aufführung bringen würdest. Du wolltest die Stimmung nicht verderben und antwortetest, dass die Welt doch klein sei und Hongkong leicht auf der Landkarte zu finden, und dass sich sicher wieder eine Gelegenheit finden würde. Natürlich war dir bewusst, dass ein freigelassener Vogel nie freiwillig in seinen Käfig zurückkehrte. Die trockenen Hochebenen in Frankreich kamen dir in den Sinn. Von einer Klippe aus sahst du auf eine Kirche hinunter, die aus einem kleinen Dorf am Fuße des Berges hervorragte. Weitab der Straße lag ein französisches Mädchen nackt im Gras und sonnte sich. Ihre rundlichen Arme, mit denen sie die Augen bedeckte, und ihr rundlicher Körper schienen so weiß in der Sonne, das es in den Augen blendete. Der Wind trug die Schreie von Falken herüber, die in den Felsen unter deinen Füßen ihre Kreise zogen, manchmal hörte man auch ihr Flügelschlagen. Diese Vögel waren aus der Türkei importiert und hier freigelassen worden, denn Falken waren in Frankreich schon lange ausgerottet.

Du musstest deinen Schmerz hinter dir lassen. Du musstest auf deine Erinnerungen, die immer dunkler wurden, herabblicken und versuchen, darin wenigstens einige helle Punkte zu finden, und du musstest den Weg, den du gegangen bist, genau untersuchen.

Sie waren noch jung. Ob sie auch erleben würden, was du erlebt hattest? Das war ihre Sache, sie hatten ihr Leben und ihr Schicksal. Du würdest ihr Leid nicht auf dich nehmen, du warst kein Heiland. Du suchtest nur Heilung für dich selbst.

18

Dir fiel auf, wie unerhört schwer es war, diese Zeit zu beschreiben. Sogar diesen »ihn« von damals zu erklären, fiel dir heute unglaublich schwer. Man musste sich erst einmal über die Begrifflichkeiten von damals klar werden und ihre tatsächlichen Implikationen aufdecken. Zum Beispiel dieses außerordentliche Wort »Partei« hatte natürlich einen ganz anderen Sinn als den, der ihm in seinen Kinderjahren von seinem Vater vermittelt wurde, wenn der hochfahrend Konfuzius zitierte: »Der Edle hat Umgang mit vielen, aber schließt sich keinen Parteien an.« Später hat sein Vater diesen Spruch nicht mehr zu erwähnen gewagt und nahm das Wort nur noch voller Respekt und Ehrfurcht in den Mund. Es geschah sogar, dass seine Hand zitterte und er den Wein im Glas vergoss, weil er sich dabei zu Tode erschreckte. So großartig und mächtig war das spezielle Wort »Partei« geworden. Auch der großartige und mächtige Staat unterstand der Partei, und dass auch die so genannten »Arbeitseinheiten«, die den Menschen Arbeit, Lohn und Essen zuteilten, der Partei unterstellt waren, bedurfte kaum der Erwähnung. Von dieser »Einheit« der »Partei« wurde alles entschieden: Der Ort, wo man leben durfte, die Essensrationen, die Wohnung und die persönliche Freiheit. Wer noch nicht zum »Feind« erklärt worden war, für den hatte das Wort »Genosse« eine äußerst gewichtige Bedeutung, und jeder war bemüht, es vor seinem Namen stehen zu lassen. Schaffte man dies nicht, gehörte man zu den »Schlangengeistern und Rinderdämonen«, von denen die »Einheit« »gesäubert« werden musste, weshalb man zur »Umerziehung« geschickt wurde.

Sobald die Partei eine Kampagne beschlossen hatte, war daher jede einzelne Einheit in diesen Kampf um Leben und Tod involviert, und jeder Einzelne fürchtete, ein Opfer der anstehenden Säuberung zu werden. Ob man revolutionärer Genosse (davon gab es sechzehn Grade) oder Schlangengeist und Rinderdämon war (diese wurden in fünf Arten unterteilt), ob man in der Stadt leben durfte (was bedeutete, dass man Teil der Bevölkerung war, die nicht Landwirtschaft betreiben musste, sondern von den monatlich zugewiesenen Rationen Essen und anderen Gütern lebte), ob man zur Umerziehung geschickt wurde oder nicht, und damit auch, ob man überlebte oder nicht, hing alles ab von den Beschlüssen im Zentralkomitee der Partei (bzw. meistens auch derer im Politbüro des Zentralkomitees und dessen Sekretariat), die nach heftigen internen Machtkämpfen immer wieder neu formuliert und nach unten weitergeleitet wurden, ohne dass irgendjemand die Parteidokumente würde einsehen können. Auf diese Weise wurde das Schicksal eines jeden Einzelnen entschieden, und die Beschlüsse galten als tausendmal »korrekter« als alle Voraussagen der Propheten in der Bibel. Handelte man den Bestimmungen zuwider, wurde das in leichten Fällen als Fehler geahndet, in schweren als Verbrechen, beides wurde ausnahmslos in der persönlichen Akte der betroffenen Person festgehalten.

Diese Akte enthielt freilich nicht nur den persönlichen Lebenslauf, sondern auch jedes unkorrekte Verhalten, alle im Laufe der Zeit geäußerten politischen und moralischen Vorstellungen, alle Gedankenberichte und Selbstkritiken, die man jemals geschrieben hatte, sowie die dazugehörigen Einschätzungen und Schlussfolgerungen durch die Parteiorganisation der jeweiligen Einheit. Die Akten wurden von einem speziell ausgebildeten Personal verwaltet und von einer Einheit zur anderen weitergereicht, nur die Personen selbst bekamen sie ihr Leben lang nicht zu Gesicht.

Ein anderes Beispiel war das Wort »lernen«. Im Wörterbuch wird lernen erklärt als das Bemühen, sich ein Wissen oder bestimmte Fähigkeiten anzueignen. Aber dort bedeutete »lernen«, alle Gedanken, die nicht mit der Parteilinie übereinstimmten, auszulöschen, alle Motivationen und Ideen fallen zu lassen, die von der Partei als non-konform angesehen wurden. All dies fiel unter die Parole des »heftigen Kampfes gegen jegliches Aufflackern von Egoismus« – das war nicht zum Lachen! Was Egoismus bedeutete, blieb der individuellen Interpretation überlassen, aber es ließ sich im Extremfall als Gedankenverbrechen erklären, und musste natürlich mit aller Gewalt ausgerottet werden. Auch die »Siebter-Mai-Kaderschulen« hatten natürlich nichts gemein mit dem, was man früher und heute in China und im Ausland unter einer »Schule« verstand. Man konnte sich an einer solchen Schule nicht bewerben, und wer dafür ausgesucht wurde, konnte sich auch nicht weigern, diese Schule zu besuchen, oder das Studium abbrechen. Diese Schulung war eine Bestrafung für all jene

Denkenden, die Kultur und Bildung besaßen. Ihnen wurde durch vielfältige und harte körperliche Arbeit unter strenger Bewachung das Denken einfach unmöglich gemacht. Die Partei erlaubte nur eine Art von Gedanken, und das waren die »Gedanken des großartigen Führers«. Ob man damals Kader, einfacher Angestellter oder nur Familienangehöriger war, spielte keine Rolle, sobald man den Befehl erhielt »auf das Land zu gehen«, konnte man sich nicht entziehen. Die »Kaderschule« funktionierte wiederum wie die »Einheit«: sie bestimmte die Essensrationen, die Aufenthaltserlaubnis und die persönliche Bewegungsfreiheit in der Außenwelt. Man konnte nicht einmal schwänzen wie die Kinder. Und fliehen – wohin hätte man auch fliehen sollen?

Für jede Einzelheit gab es solche Begriffe, man hätte ein Wörterbuch zusammenstellen können. Aber du hattest keine Lust, dich als Historiker und Philologe mit einem solchen Lexikon zu beschäftigen.

»Geschichte« überhaupt war eine interessante Frage in diesem Zusammenhang. Die Kulturrevolution lag dreißig Jahre zurück und die offiziellen Darstellungen über diese Geschichtsperiode, die von den Parteikongressen verabschiedet wurden, änderten sich von Mal zu Mal. Dass dasselbe mit Mao Zedongs Rede auf dem 9. Parteitag und Deng Xiaopings Rede zum Kongress auf dem 3. Plenum des 11. ZK passierte, musste kaum erwähnt werden. War es da erstaunlich, dass man neuerdings verboten hatte, diese Geschichtsperiode überhaupt zu thematisieren? Auch die inoffiziellen Darstellungen unterschieden sich ungemein. War die Geschichte des alten Rotgardisten Danian korrekt? Oder war es die Geschichte des Rebellen Da Li? Was war mit den Erinnerungen des zurückgetretenen Sekretärs Genosse Wu Tao? Oder die Anklageschrift vom Sohn des Parteiveteranen Liu, der zu Tode geprügelt worden war? Oder die Trauergedichte anlässlich einer posthumen Rehabilitationsveranstaltung für einen alten General, der in einem der Gefängnisse dieses Regimes den Hungertod gestorben war? Oder die abstrakten Abhandlungen über das Leid des Volkes? Hatte das Volk eine Geschichte?

Damals hatte das ganze Volk rebelliert, so wie alle zuvor an der Revolution teilgenommen hatten. Später vermied man das Wort »Rebellion« oder versuchte, diesen Geschichtsabschnitt möglichst zu vergessen. Jeder Einzelne war Opfer einer großen Katastrophe geworden und hatte vergessen, dass er oftmals ein Handlanger gewesen war, bevor er selbst unter die Räder geraten war. Die Geschichte trug immer wieder ein neues Gesicht. Über Geschichte solltest du besser nicht schreiben, sondern einfach nur von deinen persönlichen Erfahrungen.

Er war damals so impulsiv und so dumm. Diese Dummheit schmeckte heute so bitter, als hätte er Rattengift gegessen. Man konnte natürlich versuchen, es wieder auszuspucken, wenn man es versehentlich geschluckt hatte, aber man konnte sich nie sicher sein, wirklich alles ausgespuckt zu haben.

Das Verlangen nach Gerechtigkeit, politische Vabanquespiele, Tragödien oder billige Komödien, Heldentum oder Clownerie, es waren nur einfache Tricks, die von Menschen ausgespielt wurden. Sinnloses Geplapper, gewichtige Worte im Namen der Gerechtigkeit, rationale Argumente und Schimpfworte waren gleichermaßen Teil der Parteisprache geworden. Die Menschen hatten irgendwann ihre Stimmen verloren und waren zu Marionetten geworden. Und Marionetten konnten der Hand, welche die Fäden hielt, niemals entkommen.

Heute lachtest du heimlich, wenn du hochtrabende Worte hörtest. Wenn von Rebellion und Revolution die Rede war, bekamst du eine Gänsehaut. Wenn Helden oder Kämpfer auftraten, zogst du dich schnell zurück. All diesen gerechten Zorn und die kämpferische Leidenschaft sollte man den Hunden zum Fraß vorwerfen. Eine Kampfarena voll solcher Bestien wolltest du so schnell wie möglich verlassen, das war nicht dein Spiel. Deine Welt war der Raum zwischen Papier und Stift. Du konntest nicht im Dienste eines anderen stehen und konntest auch nur für dich selbst sprechen.

Du kramtest sorgfältig in deinen Erinnerungen nach. Warum er damals verrückt geworden war, lag sicher daran, dass all seine hoffnungsvollen Träume zerstört worden waren. Die Phantasiewelt der Bücher war eine Tabuzone. Zudem war er jung und konnte seine überströmende Energie einfach nirgends loswerden. Er konnte sich auch in keine Liebesaffäre mit einer Frau stürzen, konnte seine sexuellen Wünsche nicht befriedigen. Ihm war, als würde er in einer Lehmgrube ertrinken.

Die Utopie einer neuen Gesellschaft war ein modernes Märchen, genauso wie die Vorstellung eines neuen Menschen. Wenn du heute jemanden seufzen hörtest, dass seine Illusionen zerstört worden seien, dachtest du sofort, wie gut, dass sie zerstört wurden. Wann immer du jemanden von hohen Idealen sprechen hörtest, hieltest du ihn sofort für einen weiteren Quacksalber, der falsche Medizin anpries. Wenn dich jemand hartnäckig zu überzeugen versuchte und man dich belehren wollte, sagtest du, habe verstanden, lieber Freund, bis demnächst, und machtest dich aus dem Staube.

Du argumentiertest nicht mehr, du bestelltest dir lieber noch ein Bier. Das Leben ließ sich nicht ausdiskutieren. Wie konnten lebendige Menschen meinen, dass sie zuerst die Grundlagen der Existenz ausdiskutieren und dann entsprechend den gewonnenen Erkenntnissen leben konnten? Nein, du konntest nur beschreiben. Dich mit Worten an den von damals annähern. Von diesem Moment und von diesem Ort zu jenen Momenten und Orten zu gelangen, aus der heutigen und hiesigen Perspektive den Blick auf den von dort und damals zu werfen, das war die eigentliche Bedeutung der Selbstschau, die vor dir lag.

Er hatte eigentlich nie Feinde gehabt, warum sollte er also jetzt welche suchen? Heute erst war dir bewusst, dass der einzige Feind, den du haben könntest, ein dunkler Schatten war, ein Schatten, den der im hohen Alter verstorbene alte Mao in deinem Herzen hinterlassen hatte. Nur davon musstest du loskommen, denn was solltest du das bisschen Leben, das dir noch geblieben war, mit dem sinnlosen Kampf gegen den Schatten eines Toten vergeuden.

Heute folgtest du keinen Theorien mehr. Ein Mensch ohne Theorien war einfach viel mehr Mensch. Ein Insekt oder ein Grashalm hatte keine Theorien. Auch du warst nur ein kleines Lebewesen und wolltest von keiner Theorie mehr zum Narren gehalten werden. Lieber wolltest du als ein Beobachter am Rande der Gesellschaft leben, einer, der seine Auffassungen hatte, seine Meinungen und so genannten Tendenzen, der sich aber niemals einer Theorie unterwerfen würde. Darin lag der Unterschied zwischen dem von hier und jetzt und dem anderen von damals, den du betrachten wolltest.

19

Der erste Kampf in seiner Organisation fand unter den Rotgardisten statt. Als mittags die Leute zum Essen gingen und nacheinander die Treppen herunterkamen, kleisterte ein externer Rotgardist eine Wandzeitung an die Mauer. Er wurde vom Sicherheitsdienst daran gehindert, und ein anderer Rotgardist dieser Organisation trat nach vorn und riss die Wandzeitung wieder ab. Der junge Mann mit Brille war sehr wütend und schrie, obwohl er von allen umringt wurde:

»Warum hindert ihr mich? Wandzeitungen aufzuhängen ist ein allgemeines Recht, das uns der Vorsitzende Mao gegeben hat!«

»Er ist der Sohn von Liu Ping. Er will nur gegen das Urteil gegen seinen Alten protestieren, lasst ihn hier keinen Aufruhr veranstalten!«, mahnte ein Mitarbeiter des Sicherheitsdienstes die umstehende Menge und scheuchte sie mit den Armen fort. »Los, steht nicht hier herum, geht weiter zum Essen.«

»Mein Vater ist unschuldig! Genossen!« Der Junge machte sich mit einer Hand von dem Sicherheitsbeamten los und rief mit erhobenem Kopf in die Menge: »Die Linie, auf die euer Parteisekretariat eingeschwenkt ist, verletzt die revolutionären

Weisungen des Vorsitzenden Mao, geht ihm nicht auf den Leim! Wenn es kein falsches Spiel spielen würde, müsste es dann Wandzeitungen fürchten?«

Danian drängte sich durch die stumme Menge in die Mitte und sagte zu den Rotgardisten seiner Organisation: »Lasst diesen stinkenden Kerl nicht so tun, als sei er ein echter Rotgardist! Nehmt ihm die Armbinde ab!«

Der Junge hob den Arm mit der Armbinde in die Höhe und schützte die Binde mit der anderen Hand, während er weiter rief: »Genossen Rotgardisten! Eure Richtung ist falsch! Ihr tretet mit eurer Revolution das Parteikomitee mit Füßen! Folgt nicht den Übeltätern, die den kapitalistischen Weg eingeschlagen haben! Alle die den Weg der Revolution gehen wollen, sollen sich zum Universitätscampus begeben, denn dort ist das Himmelreich der proletarischen Rebellenpartei schon geschaffen, hier seid ihr noch unter dem Einfluss des weißen Terrors ...«

Der Junge wurde weggeschoben und an die Wand gedrückt. Er drehte sich Hilfe suchend zur Zuschauermenge um, doch keiner wagte hervorzutreten und sich für ihn einzusetzen.

»Wir sind nicht deine Genossen! Du bist ein verdammter Sprössling aus einer Scheißgrundbesitzerklasse, und du wagst es, dich als Rotgardist auszugeben? Nehmt ihm die Binde ab!« Der Befehl kam von Danian.

Ein wilder Kampf um die Armbinde setzte ein, und obwohl sich der Junge kräftig zur Wehr setzte, war er den vielen Gegnern doch unterlegen. Seine Brille fiel zu Boden und zerbrach sofort unter den wilden Fußtritten. Schließlich war auch die rote Armbinde abgerissen. Dieser getreue Revolutionär, der soeben noch kraftvolle Worte geschwungen hatte, lehnte sich nun an die Wand und versuchte seinen Kopf mit den Armen zu schützen, glitt an der Wand hinunter, kniete nieder und begann lauthals loszuheulen, wie ein armes kleines Hündchen.

Der alte Liu wurde mit Tritten und Stößen nach draußen befördert, um mitten im Hof einer Kritiksitzung unterzogen zu werden. Er jedoch war ein alter Revolutionär und stärker als sein Sohn. Er versuchte seinen Kopf zu heben, um etwas zu sagen, wurde aber sofort so fest von den Rotgardisten am Hals gepackt, dass er aschfahl im Gesicht wurde und den Kopf wieder senken musste.

Er stand inmitten der Menge und beobachtete still den gesamten Vorgang. Er hatte sich innerlich für die Rebellenfraktion entschieden. Er hatte sich von seiner Arbeitsstelle weggeschlichen und einige Universitäten in Pekings Westbezirken besucht. Auf dem Campus der überfüllten Peking-Universität hatte er auf einer der vielen dicht beklebten Mauern und Hauswände eine Abschrift von Maos Aufruf »Bombardiert das Hauptquartier – meine eigene Wandzeitung« gelesen. Er glühte noch vor Aufregung, als er schon ins Büro seiner Organisation zurückgekehrt war. Noch in derselben Nacht wartete er, bis alle schlafen gegangen waren und schrieb dann selbst eine Wandzeitung. Er wollte nicht bis zum Morgen warten, wenn alle zur Arbeit gingen, um Unterschriften für seinen Aufruf zu sammeln. Zudem fürchtete er, dass ihn bis zum Morgen der Mut für diese Wandzeitung verlassen haben könnte. Er musste diese Wandzeitung noch in dieser Nacht und solange ihn seine Leidenschaft noch nicht verlassen hatte, ankleben. Für die Rehabilitierung der als Parteifeinde Abgestempelten brauchte die Masse einen Helden, der für sie sprach.

Im verlassenen Treppenhaus raschelten einige Fetzen von alten Wandzeitungen im Wind, der durch die Halle pfiff. Dieses Gefühl der Einsamkeit war die rechte Unterstützung für einen Helden kurz vor seiner Tat. Mit einem gewissen Anflug von Tragik gab er seinem Impuls nach Gerechtigkeit nach und stürzte sich damit in das Spiel, ohne jedoch zugeben zu können, dass ihn vielleicht selbst schon die Spielsucht befallen hatte. Jedenfalls glaubte er eine Gelegenheit gefunden zu haben, sein eigenes Überleben zu sichern und gleichzeitig als Held dazustehen.

Die Mutigen, die schon zu Anfang der Bewegung als Parteifeinde abgestempelt worden waren, wagten nicht aufzuschauen. Die Aktivisten, welche die Umerziehungsmaßnahmen des Parteikomitees unterstützten, hatten noch keine Weisung von oben erhalten. Man las seine Wandzeitung und schwieg. Zwei ganze Tage lief er allein durch die Gegend und versank in dem Gefühl, eine tragische Gestalt zu sein.

Die erste Reaktion auf deine Wandzeitung war ein Telefonanruf des Archivangestellten Da Li, der sich mit dir verabredete. Großer Li und ein magerer junger Mann namens Yu aus der Schreibabteilung warteten auf dich draußen im Garten vor dem Heizkesselgebäude.

»Wir stimmen mit deiner Wandzeitung überein, wir können kooperieren!«, sagte Da Li und schüttelte deine Hand, um zu bekräftigen, dass ihr Kampfgefährten wart.

»Was ist dein Hintergrund?«, fragte Da Li, der richtige Hintergrund war offenbar auch für Rebellen wichtig.

»Angestellter.« Mehr erklärte er nicht, denn diese Art von Fragen waren ihm schon immer sehr unangenehm gewesen.

Li blickte Yu an, als wolle er ihn etwas fragen. Jemand kam vorbei, um seine Thermoskanne mit heißem Wasser zu füllen und die drei Männer schwiegen. Man hörte das Wasser in die Flasche plätschern und den Menschen mit der Flasche wieder weggehen.

»Sag es ihm«, stimmte Yu zu.

Daraufhin erklärte ihm Da Li: »Wir wollen eine Rebellenfraktion unter den Rotgardisten gründen und die anderen bekämpfen. Morgen Punkt acht treffen wir uns im Teehaus des Taoranting Parkes im Süden der Stadt zu einer Versammlung.«

Wieder kam jemand mit seiner Thermosflasche und sie trennten sich sofort. Keiner sah nach dem anderen und jeder ging seiner Wege. Es war ein heimlicher Kontakt gewesen, und wenn er nicht zur Versammlung ginge, würde das als Zeichen von Ängstlichkeit und Schwäche gesehen.

Der Morgen an diesem Sonntag war sehr kalt. Auf dem Weg hatte sich eine dünne Eisschicht gebildet, und es krachte unter seinen Füßen, als würde Glas zerbrechen. Er hatte sich mit vier anderen Jungen im Taoranting Park im Süden der Stadt verabredet. Die Wohnheime seiner Organisation lagen weit oben im Norden, und so war es sehr unwahrscheinlich, dass er hier ein bekanntes Gesicht treffen würde. Der Himmel war grau verhangen und der Park menschenleer. In diesem Ausnahmezustand verging den Leuten die Lust auf Ausflüge von selbst. Unter ihm knackte das Eis und er hatte das Gefühl, in heiliger Mission zur Rettung der Menschheit unterwegs zu sein.

Auch im Teehaus am See war kein einziger Besucher. Als er die dicke Baumwolldecke vor der Tür beiseite schlug, sah er nur zwei Alte, die an einem Tisch am Fenster saßen. Sie sammelten sich und suchten sich dann draußen unter den Sitzplätzen vor dem Teehaus einen Platz. Jeder hielt seine Hände um den heißen Teebecher, um sich zu wärmen. Zuerst stellte sich jeder vor und erklärte seinen Familienhintergrund, das war die erste und entscheidende Bedingung für jede Rebellion unter der roten Fahne.

Da Lis Vater war Verkäufer in einem Getreideladen, sein Großvater Schuster und schon gestorben. Da Li hatte am Anfang der Bewegung eine Wandzeitung gegen den Parteisekretär im Archiv aufgehängt und war deswegen selbst rektifiziert worden. Yu war der jüngste von ihnen. Er war noch nicht einmal ein Jahr in der Organisation, in deren Schreibabteilung er gleich nach der Mittelschule aufgenommen worden war. Seine Eltern waren beide Fabrikarbeiter. Er war aus der Rotgardisten Organisation ausgeschlossen worden, weil er immer der Letzte war, der zur Arbeit kam, und der Erste, der nach Hause ging. Ein anderer Kamerad hieß Tang, war motorradfahrender Soldat gewesen und heute ein mobiler Verkehrspolizist. Sein Klassenhintergrund war tadellos, aber er hatte ein sehr freches Mundwerk. Wie er selbst sagte, wollte er am liebsten Komiker werden, und deshalb hätten ihn die Rotgardisten lieber draußen gesehen. Der Vierte konnte nicht kommen, weil er seine Mutter im Krankenhaus pflegen musste. Aber er ließ über Da Li ausrichten, dass er die Rebellenfraktion bedingungslos unterstützen werde.

Als Letzter war er an der Reihe. Er wollte gerade dazu ansetzen, dass er nicht die Vorraussetzungen für einen Rotgardisten erfülle und daher ihrer Organisation nicht beitreten könne, als Da Li mit der Hand abwinkte und sagte: »Deine Haltung kennen wir gut und wir wollen uns auch mit revolutionären Intellektuellen wie dir zusammenschließen. Wir, die wir uns heute hier treffen, sind der Gründungskern von Rotgardisten, die das Mao-Zedong-Denken verteidigen!«

So einfach war das, man musste gar nicht viel diskutieren. Sie erklärten sich einfach selbst zu den Erben der Revolution, deren Aufgabe natürlich darin bestand, das Denken Mao Zedongs zu verteidigen. Es war genau so wie Da Li sagte: »Die Rebellen in den Universitäten haben schon fast alle alten Rotgardisten vertrieben. Worauf warten wir noch? Wir werden siegen!«

Danach kehrten sie wieder in das verlassene Gebäude der Organisation zurück, klebten abends das Gründungsmanifest der Rebellenfraktion als Zeitung an die Wand und tapezierten einzeln alle Flure, das Treppenhaus und die große Eingangshalle unten mit Spruchbändern voller Parolen, die sich gegen das Parteisekretariat und die Rotgardisten richteten.

Bevor es hell wurde, kehrte er in sein Zimmer zurück. Die Glut im Ofen war längst verloschen und es war eiskalt. Auch seine Begeisterung war inzwischen verflogen und er kroch unter seine Decke, um darüber nachzudenken, welche Bedeutung diese Tat eigentlich hatte und welche Konsequenzen daraus folgen konnten. Doch war er so müde, dass ihn der Schlaf sofort übermannte. Als er erwachte, dämmerte es schon wieder und war Abend geworden. Dennoch fühlte sich sein Kopf noch immer schwer und müde an. Ihm war, als hätte sich der Druck dieser Monate, die er Tag und Nacht auf der Hut verbracht hatte, auf einmal gelöst, und er schlief die ganze Nacht durch.

Am nächsten Morgen fand er auf dem Weg ins Büro alle Flure vollgeklebt mit Zeitungen, die ihren Appell unterstützten – damit hatte er nicht gerechnet. Auf einmal war er in den Augen der Leute, wenn schon nicht ein Held, so doch zumindest ein sehr mutiger Mann, und die Anspannung in seinem Büro hatte sich deutlich gelockert. Die Leute, die ihn noch vor Tagen gemieden hatten, begrüßten ihn mit einem Lächeln und winkten ihm zu. Die alte Frau Huang, die unter Tränen ihr Geständnis abgelegt hatte, ergriff seine Hand und sprach zu ihm: »Ihr habt gewagt auszusprechen, was die Massen in ihren Herzen bewegt. Nur ihr seid die echten Rotgardisten des Vorsitzenden Mao!« Es erinnerte ihn an die Szenen aus den revolutionären Filmen, wenn ein alter Bauer die Rote Armee begrüßte, die gekommen war, sie zu befreien. Selbst der Text klang wortgleich. Sogar der alte Liu, der sonst immer regungslos verharrte, lächelte ihm schweigend zu und drückte mit einem leichten Kopfnicken seine Zustimmung aus. Selbst seine eigenen Vorgesetzten warteten nun also darauf, durch ihn befreit zu werden. Keiner hatte auch nur ahnen können, dass dieses kurze, hastig einberufene Treffen von nur fünf jungen Männern eine solche durchschlagende Kraft entwickeln würde, und das nur, weil nun auch sie ein paar rote Armbinden trugen.

Einige Leute zogen sich öffentlich auf Wandzeitungen aus der Rotgardisten-Bewegung zurück. Eine davon war Lin. Das ließ eine schwache Hoffnung in ihm aufflackern: Vielleicht könnten sie nun ja ihre frühere Liebesbeziehung wieder aufnehmen. Mittags suchte er den ganzen Speisesaal mit den Augen nach ihr ab, aber er konnte Lin nicht finden. Vielleicht wollte sie ja gerade vermeiden, ihn hier zu treffen, dachte er sich.

Im Flur stieß er auf Danian und grüßte ihn flüchtig. Der tat, als würde er ihn nicht sehen, und hastete an ihm vorbei. Aber er hatte ganz offensichtlich seine vorherige arrogante Haltung verloren.

Die ganze Organisation, die so bedrückt darnieder gelegen hatte, glich einem Bienenstock. Gewöhnlich hielt eine straff organisierte, hierarchische Machtstruktur« den Bau zusammen. Als nun das ursprüngliche Machtzentrum erschüttert worden war, geriet der gesamte Bienenstock in ein lebhaftes Durcheinander. Die Menschen diskutierten in Gruppen auf den Gängen, und wo immer er erschien, nickte man ihm zu oder rief ihn zu sich herbei, um ein paar Worte zu wechseln. Selbst Leute, die ihn nicht kannten, suchten das Gespräch mit ihm, wie sie es zuvor beim Parteisekretär oder politischen Kommissaren gesucht hatten, als noch die Kampagne zur Ausmerzung der Schlangengeister und Rinderdämonen im Gange war. Innerhalb weniger Tage hatten sich fast alle der Rebellenfraktion angeschlossen, und alle Abteilungen gründeten eigene Kampfgruppen, vorbei an der Partei und ihren Organisationsstrukturen. Und er selbst, eigentlich ein kleiner Redakteur, war in dieser Organisation mit ihren strengen Machtstrukturen zu einer Person geworden, die Aufmerksamkeit erregte, und manch einer betrachtete ihn sogar als Führer. Die Massen brauchten einen Führer, so wie eine Herde Schafe immer dem Oberhammel folgte, der die Glocke um den Hals trug. Doch auch der stand eigentlich nur unter einer Peitsche und wusste in Wirklichkeit selbst nicht, welche Richtung er nehmen sollte. Immerhin musste er nun nicht mehr jeden Tag im Büro absitzen, er konnte kommen und gehen, wann er wollte, und niemand fragte ihn danach. Die Korrekturarbeiten auf seinem Schreibtisch wurden von einem anderen übernommen, und er bekam keine neuen Aufgaben zugewiesen.

Kurz vor Dienstende war er nach Hause gegangen und schon im Garten sah er einen jungen Mann mit wirren Haaren und verdrecktem Gesicht auf der Steintreppe vor seiner Zimmertür sitzen. Kurz war er verwirrt, dann erkannte er ihn als den Sohn seiner Nachbarn aus seiner Kinderzeit. Damals nannten sie ihn Schätzchen, und er hatte ihn seit vielen Jahren nicht mehr gesehen.

»Wie zum Teufel kommst du hierher?«, fragte er.

»Wie gut es ist, dich zu treffen! Wie soll ich dir das nur alles erklären?« Selbst Schätzchen, der kleine König unter den Nachbarskindern, konnte also seufzen.

Er steckte den Schlüssel ins Schloss und öffnete die Tür. Sein pensionierter Nachbar steckte den Kopf durch die Tür.

»Ein alter Schulkamerad aus meinem Heimatdorf im Süden.«

Seit er die rote Armbinde trug, musste er sich nicht mehr um diese alten Leute kümmern und warf ihm nur diesen kurzen Satz zu. Der Mann verzog seinen fast zahnlosen Mund zu einem Lächeln, das sein Gesicht mit Falten überzog, grüßte kurz und schloss die Tür wieder hinter sich.

»Ich bin geflohen und habe nicht einmal eine Zahnbürste und ein Handtuch bei mir. Ich hab mich bei den Studenten in Peking herumgetrieben, die zum Erfahrungsaustausch hier sind. Hast du etwas zu essen? Ich habe vier Tage und vier Nächte nichts Richtiges mehr zu mir genommen, und das bisschen Kleingeld, das ich noch habe, kann ich nicht riskieren. Bei der Ankunft wurden die Studenten mit zwei Dampfbrötchen und einer Schüssel Reisschleim versorgt, da hab ich mich drunter gemischt.«

Als sie ins Zimmer kamen, kramte Schätzchen ein paar kleine Scheine und Münzen aus seiner Tasche und warf sie auf den Tisch. »Ich bin nachts heimlich aus dem Fenster gestiegen, am nächsten Tag sollte die Kampfkritiksitzung vor der gesamten Schule stattfinden. Ein Sportlehrer war angeklagt worden, eine Schülerin während des Sportunterrichtes an die Brust gefasst zu haben, er wurde als ›übles Element‹ abgestempelt und bei lebendigem Leibe von den Rotgardisten zu Tode geprügelt.«

Schätzchen hatte tiefe Falten auf der Stirn und sah elend aus. Was war aus dem kleinen Frechdachs von damals geworden, der mit nacktem Oberkörper und kurzgeschorenen Haaren im Sommer herumgetobt hatte? Schätzchen war besonders gut im Schwimmen, er konnte Wasser treten, tauchen und Delphinstil. Als er selbst, ohne das Wissen seiner Mutter, unten am See heimlich schwimmen gelernt hatte, hatte ihn Schätzchen mit seinem Mut und seiner Kraft unterstützt. Schätzchen war zwei Jahre älter als er und einen halben Kopf größer und er konnte kämpfen wie ein Wolf. Traf er auf eine Gruppe von Jungen, die auf Streit aus waren, und Schätzchen war dabei, brauchte er keine Angst zu haben. Er hätte sich nie denken können, dass dieser Haudegen einmal tausende Kilometer hinter sich legen würde, um bei ihm Schutz zu suchen. Schätzchen berichtete, dass er eine pädagogische Hochschule besucht habe und nach seinem Abschluss auf eine Mittelschule in ein Dorf geschickt worden sei, um Sprachen zu unterrichten. Gleich zu Beginn der Bewegung habe ihn der Parteisekretär zum Sündenbock erkoren.

»Das Unterrichtsmaterial habe ich doch nicht zusammengestellt? Wie konnte ich denn wissen, dass ein Beitrag darin problematisch war? Ich habe nur ein paar Anekdoten erzählt, kleine Geschichten, um die Schüler in der Klasse zu aktivieren, und schon wurde ich zur Zielscheibe. Es war schon so, dass ich am meisten redete, aber als Sprachlehrer muss man ja wohl reden? Ich wurde in ein Klassenzimmer gesperrt und Tag und Nacht von Rotgardisten bewacht. Inzwischen habe ich aber eine Familie mit Frau und Kind. Wenn mir irgendein Unheil widerfahren wäre, wenn ich zum Krüppel geschlagen worden wäre oder sogar zu Tode gekommen – wie hätte meine Frau denn sich und das Kind, das gerade erst ein Jahr geworden ist, durchbringen sollen? Um Mitternacht bin ich daher aus dem Fenster geklettert und in das Klassenzimmer nebenan gestiegen. Dort habe ich mich an der Regenrinne herabgelassen, das habe ich gerade noch drauf. Ich bin nicht einmal mehr nach Hause gegangen, um meine Frau nicht mit hineinzuziehen. Unterwegs habe ich mich im Zug unter die Studenten gemischt, deren Fahrkarten nicht kontrolliert wurden. Ich bin hierher gekommen, um eine Beschwerde einzureichen, und du musst mir dabei helfen. Wie sollte ich als unbedeutender kleiner Lehrer, der nicht einmal Parteimitglied ist, überhaupt in der Lage sein, ein Agent der schwarzen Bande innerhalb der Partei sein zu können?«

Nach dem Abendessen brachte er Schätzchen zum Westtor am Zhongnanhai, dort in der Fuyoustraße befand sich eine Empfangsstelle, an der die Klagen der Massen entgegengenommen wurden. Das Tor stand weit offen und helle Lampen beleuchteten den Innenhof, in dem sich die Menschen drängelten und gegeneinander schoben. Langsam kamen sie im Strom der Menschen voran. In der Mitte des Hofes hatte man ein Zelt aufgebaut, unter dem Militärangehörige mit Kragenabzeichen und Uniformmützen vor einem Tisch saßen und sich nacheinander die Klagen der Leute aus allen Teilen des Landes anhörten und notierten. Nach einer Weile wurden sie von dem Menschengedränge in die Nähe des Tisches gedrückt. Schätzchen stellte sich auf seine Zehenspitzen und versuchte angestrengt zwischen den Menschen hindurch zu hören, was »der Geist des Parteikomitees« war. Aber es war ein heilloses Stimmengewirr, die Leute stellten ihre Fragen in lautem und aggressivem Ton, die Antworten der Militärs fielen dagegen sehr zäh und simpel aus, verharrten bei den grundlegenden Prinzipien. Manche antworteten überhaupt nicht direkt, sondern schrieben nur die Anklagen nieder. Noch bevor sie sich vor den Tisch drängen konnten, wurden sie wieder abgedrängt, so dass sie es schließlich aufgaben und sich in einen Korridor zurückzogen.

Die Wände waren vollgekleistert mit Schriften, die ein Unrecht anklagten, oder Ausschnitten aus Reden wichtiger Parteimitglieder. Diese Reden von inzwischen neu angetretenen oder noch nicht gestürzten Mitgliedern des Zentralkomitees waren voller giftiger und dunkler Anspielungen und widersprachen sich gegenseitig. Schätzchen wurde furchtbar aufgeregt und fragte ihn, ob er Stift und Papier dabei habe. Das müsse er nicht abschreiben, erwiderte er, er selbst habe eine ganze Menge von solchen mit der Hand oder mit Matrizen kopierten Reden zu Hause, die sie in Ruhe und im Detail durchgehen könnten.

Im Gebäude standen alle Türen offen, und auch hier nahm man Klagen entgegen. Es herrschte nicht solch ein Gedränge wie draußen, aber auch hier standen lange Schlangen den

Korridor entlang. Aus einem Zimmer drang ein lautes Klagegeschrei. Ein junger Mann drehte eine ausgebleichte Militärmütze in seinen Fingern. Er war schwer zu verstehen, da er unter Tränen berichtete und zudem einen schweren Jiangxi-, vielleicht auch Hunan-Dialekt sprach. Seine Anklage galt einem Massaker: Frauen und Männer, alte und junge, und sogar Kinder waren auf einer Tenne zusammengetrieben worden, wo man mit Äxten, Hacken und Spaten auf sie einschlug, bis sie alle tot waren. Die Leichen waren einfach in einen Fluss geworfen worden, der anfing zu stinken. Dieser junge Mann war wahrscheinlich kaum ein Abkömmling der »Fünf Schwarzen Kategorien«, und die Mütze, die er nicht hergeben wollte und fest in den Händen behielt, war ein Beweis dafür, sonst hätte er wohl auch kaum gewagt, nach Peking zu kommen und ein solches Verbrechen anzuklagen. Die Menschen, die sich im Raum drängten, hörten ihm stumm zu, der Empfangsbeauftragte machte sich Notizen.

Von der Klagestelle machten sie sich auf zur Chang'an-Straße, denn Schätzchen wollte noch zum Erziehungsministerium, um sich zu erkundigen, ob es irgendwelche konkreten Weisungen für die Mittelschullehrer gebe. Das Erziehungsministerium lag nur wenige Stationen entfernt im Westbezirk der Stadt. An der Haltestelle warteten vor allem von auswärts angereiste Studenten, deren Schultaschen allesamt einen roten Stern trugen. Bevor der Bus überhaupt gehalten hatte, stürmten alle zur Tür hin und versuchten, sich hineinzudrängen. Der Bus war schon voll, und die Ein- und Aussteigenden schoben sich in der Tür aneinander vorbei. Die Türen ließen sich nicht mehr richtig schließen, und schließlich fuhr der Bus einfach los, während einige Fahrgäste in der halb offenen Tür eingequetscht waren. Wenn Schätzchen auch geschickt genug gewesen war, sich an einer Regenrinne herunterzulassen, hatte er doch gegen diese jungen Leute, die sich wie eine Affenhorde benahmen, keine Chance.

Sie gingen zum Hauptgebäude des Erziehungsministeriums, das in eine Empfangsstation für auswärtig angereiste Studenten umgewandelt worden war. Alle Büros vom Erdgeschoss bis in den letzten Stock waren ausgeräumt worden und lagen nun voll mit Stroh, Strohmatten, Filzdecken und Plastikfolien, über die sich irgendwelches Bettzeug verteilte. Der Boden war übersät mit Emailschüsseln, Essschälchen, Stäbchen, Löffeln, und ein süßlicher Geruch von Schweiß, Rettich und dreckigen Socken erfüllte die Luft. Die Studenten machten einen Höllenlärm. Es war mitten im Winter und sie wussten nicht, wohin in den Nächten. Manche waren so erschöpft, dass sie sofort auf dem Boden einschliefen. Sie warteten alle auf die siebte oder war es die achte große Inspektion des höchsten Führers, morgen oder übermorgen. Bei jedem Mal versammelten sich mehr als zwei Millionen Menschen. Schon um Mitternacht begaben sich die Ersten auf den Platz des Himmlischen Friedens und später füllte sich auch die westliche und östliche Chang'an-Straße, die seitlich vom Platz abgingen, über mehr als zehn Kilometer. Der große Führer erschien in Begleitung des Vizekommandanten Lin Biao, der das kleine rote Buch in der Hand schwenkte. Der offene Jeep fuhr durch eine Gasse, die von wie zu einer Mauer erstarrten Studenten auf beiden Seiten gebildet wurde. Heiße Tränen liefen über die Wangen der jungen Leute, die das wertvolle kleine rote Buch durch die Luft wirbelten und sich wie besinnungslos die Kehle heiser schrien: Hoch lebe er! Dann trugen sie ihren revolutionären Eifer und Hass mit nach Hause, zerstörten ihre Schulen, steckten Tempel in Brand, attackierten die Organisationen, in der Absicht, diese Alte Welt in Grund und Boden zu stampfen.

Es war Mitternacht und alle schliefen schon, als er mit Schätzchen in sein kleines Zimmer zurückkehrte. Sie zündeten ein Feuer im Ofen an und wärmten ihre rotgefrorenen Finger über den Flammen. Der Wind pfiff durch die Ausbesserungen am Fenster, im Schein der Flammen flackerten ihre Gesichter rot auf und verschwanden wieder im Dunkel. Dieses Wiedersehen war so unerwartet gekommen, und keiner von ihnen hätte im Traum daran gedacht, dass sie auf diese Weise von den fernen Erinnerungen ihrer Kindheit eingeholt würden.

20 »Dort liegt ein Stein«, wies der Mann vor dir mit dem Finger auf den Boden.

Der Stein war so groß, dass er nicht zu übersehen war. Du wolltest gerade um ihn herumgehen, als du wieder den Mann sagen hörtest: »Versuch ihn hochzuheben!«

Warum solltest du deine Kräfte für so etwas verschwenden, zumal du ihn sowieso nicht anheben könntest.

»Du glaubst also nicht, dass man einen so schweren Stein bewegen kann?«, fragte er mit einem zufriedenen Lächeln.

Du wolltest es lieber beim Glauben daran belassen.

»Einen Versuch ist es doch wert!« Der Mann versuchte dich anzustacheln, und strahlte nun freundlich über das ganze Gesicht.

Du schütteltest den Kopf und hattest keinen Sinn für solche dummen Spielereien.

»Ein großartiges Stück Fels, ohne jegliche Risse und fester als Granit.« Der Mann umrundete den Stein und schnalzte unwillkürlich mit der Zunge.

Fels oder nicht Fels, was hatte das mit dir zu tun?

»So fest und solide wäre er ein wunderbarer Grundstein, zu schade, um ihn nicht zu verwenden.« Der Mann musste seufzen.

Du wolltest keinen Gedenkstein errichten und brauchtest keinen Grabstein, was solltest du also damit tun?

»Na los, versuch ihn hochzuheben, heb ihn hoch.« Der Mann schlug die Arme um den Stein und ließ nicht los.

Du hattest sowieso nicht genug Kraft dazu.

»Er rührt sich keinen Millimeter, wenn man mit Füßen gegen ihn tritt.«

Dir war klar, dass du keinen Zweifel daran hattest, aber unwillkürlich tratst du trotzdem einmal mit dem Fuß dagegen.

Das machte dem Mann wieder Mut und er trieb dich weiter an: »Steig auf den Stein hinauf, versuch es!«

Was galt es da zu versuchen? Doch du musstest ihm nachgeben und stiegst auf den Stein.

»Beweg dich nicht!« Der Mann umrundete den Stein und ging damit natürlich auch einmal um dich herum. Dir war nicht klar, ob er den Stein anblickte oder dich, und wie gebannt folgtest du seinem Blick und drehtest selbst eine Runde oben auf dem Stein.

In diesem Moment blickte der Mann dir in die Augen und lachte dich freundlich an: »Siehst du? Er lässt sich nicht bewegen!«

Er sprach natürlich von dem Stein und nicht von dir. Du erwidertest sein Lächeln und wolltest gerade wieder hinuntersteigen, als der Mann die Hand hob und dich daran hinderte:

»Langsam!«

Er hatte den Zeigefinger in die Höhe gestreckt und während du den hoch erhobenen Zeigefinger beobachtetest, hörtest du ihm weiter zu.

»Siehst du, du wirst wohl zugeben müssen, dass wir diesen soliden und festen Grundstein nicht bewegen können?«

Du nicktest ihm bekräftigend zu.

»Fühl ihn einmal an!«

Der Mann zeigte auf den Stein unter deinen Füßen. Du wusstest nicht, was du fühlen solltest, schließlich standen deine Füße ja schon auf dem Stein.

»Fühlst du es?«, fragte der Mann.

Dir war nicht klar, ob er wollte, dass du den Stein spürtest oder deine Füße.

Der Mann hob den Zeigefinger und wies auf etwas oberhalb deiner Stirn. Unwillkürlich folgtest du seinem Finger und blicktest in den Himmel.

»Wie klar und rein der Himmel ist. Die Luft ist vollkommen transparent. Das öffnet einem die Seele!«

Während du dem Mann zuhörtest, blendete die Sonne deine Augen.

»Was siehst du? Versuch es zu sagen, sag einfach, was du siehst«, sagte der Mann.

Du blicktest angestrengt in den leeren Himmelsraum und

sahst nichts. Statt dessen wurdest du ein bisschen benommen.

»Sieh noch einmal genau hin!«

»Was soll ich denn eigentlich sehen?«, platzte es aus dir heraus.

»Einen fleckenlosen lupenreinen Himmel, einen echten, wahrhaften Himmel!«

Du sagtest, die Sonne blende deine Augen.

»Das stimmt!«

»Was stimmt?«, fragtest du mit geschlossenen Augen. Ein gleißender Schimmer flackerte über deine Netzhaut und du verlorst für einen Augenblick die Balance. Gerade als du vom Stein hinuntersteigen wolltest, vernahmst du ihn dicht an deinen Ohren.

»Es stimmt, dass du benommen warst, und nicht der Stein.«

»Ja, das ist doch klar...« Du warst schon völlig verwirrt.

»Du bist kein Stein!«, sagte der Mann mit Nachdruck.

»Natürlich bin ich kein Stein«, gabst du zu. »Darf ich jetzt hinabsteigen?«

»Du bist lange nicht so fest wie dieser Stein! Ich spreche von dir!«

»Kein Vergleich...«, gabst du zu und setztest gerade einen Fuß nach unten, um vom Stein zu steigen.

»Nicht so eilig. Von oben kannst du doch viel weiter sehen, als von unten, oder?«

»Natürlich«, folgtest du ihm wieder unwillkürlich.

»Also, was siehst du vor dir, in der Ferne, kümmere dich nicht um deine Füße, was siehst du vor dir?«

»Den Horizont?«

»Was ist schon der Horizont, den sieht man ja wohl von überall aus. Ich meine, was siehst du über dem Horizont, sieh genau hin ...«

»Wonach soll ich sehen?«

»Siehst du es etwa nicht?«

»Nicht einfach den Himmel?«

»Sieh noch einmal ganz genau hin!«

»Es geht nicht!« Vor deinen Augen verschwamm alles, »ich sehe nur noch bunte Farben …«

»Genau, du siehst jede Farbe, die du sehen willst. Was für ein strahlender Himmel! Alles was du dir erhoffen kannst, liegt vor deinen Augen, jetzt hast du die Augen offen!«

»Heißt das, dass ich jetzt absteigen darf?« Du schlossest die Augen wieder.

»Betrachte noch einmal die Sonne! Sieh diesmal in die golden strahlende Sonne, mit all ihrer Kraft. Nun wirst du erleben, hör mir zu, ich sage, du wirst erleben, was ein Wunder ist. Ein Wunder, so wunderbar, wie du es dir nie hast vorstellen können!«

»Was für ein Wunder?« Du hieltest dir mit den Händen die Augen zu.

Der Mann ergriff deine Hände und du meintest, dass er dir Halt gab. Du lauschtest dem Wind, der um deine Ohren pfiff, und hörtest ihn sagen:

»Was für eine atemberaubend strahlende Welt!«

Der Mann löste die Hände vor deinen Augen und du sahst im Himmel ein dunkelblaues Loch, das sich grenzenlos schwarz verdunkelte. Du bekamst Angst.

»Hast du Angst?« Dieser Mann war erfahren. »Die Menschen haben Angst, wenn sie Wunder erblicken. Würde man es sonst Wunder nennen?«

Du sagtest, du wolltest dich setzen.

»Halt noch ein bisschen durch!«, sagte der Mann in gebieterischem Ton.

Du sagtest, du könntest wirklich nicht mehr.

»Du musst durchhalten, auch wenn du meinst, es nicht zu können. Wenn die anderen durchhalten können, wirst du es ja wohl auch können«, schimpfte der Mann heftig.

Du konntest nicht mehr stehen, beugtest dich nach vorn und suchtest mit den Händen Halt am Stein. Dir wurde übel.

»Öffne den Mund, schrei, wenn du es musst!«

Du gehorchtest ihm einfach und schriest mit ganzer Kraft aus voller Kehle los. Gleichzeitig war dir übel und du spucktest Galle auf den Stein, der vielleicht ein Grundstein war.

Gerechtigkeit, Ideale, Moral, alle wissenschaftlich untermauerten Ismen und all das, was der Himmel dem Menschen übertragen hat, auf dass er seinen Intellekt schule und seinen Körper durch Arbeit stähle, die permanente Revolution, das Opfern und wieder Opfern, Gott oder Christus, der Held oder sogar der Bestarbeiter, auch der Staat, auf der anderen Seite, und über diesem Staat die Partei – sie alle waren auf diesem Stein begründet.

Sobald du angefangen hattest zu schreien, warst du dem Mann in die Falle geraten. Du wolltest Gerechtigkeit suchen, aber du fandst nur diesen Mann. Da du für diesen Mann kämpfen wolltest, musstest du auch seine Parolen schreien, du hattest deine eigene Sprache verloren. Auch ein Papagei, der zu sprechen lernt, bringt nur Vogellaute hervor. Du warst umerzogen worden, man hatte deine Erinnerung ausgelöscht, du hattest dein Gedächtnis verloren und warst ein gläubiger Anhänger dieses Mannes geworden, diesem Glauben konntest du nicht mehr entkommen. Du warst sein Lakai geworden, sein Handlanger, warst ihm zum Opfer gefallen. Wenn man dich nicht mehr brauchte, würdest du auf dem Altar dieses Mannes geopfert werden, müsstest ihm ins Grab folgen oder würdest verbrannt, nur um das Bild des Mannes zu verherrlichen, deine Asche würde im Wind dieses Mannes tanzen, und erst wenn dieser Mann seinen letzten Atemzug getan hätte, würdest du auf den Boden sinken, zu Staub werden und spurlos verschwinden.

21

Mit gesenktem Kopf schob Lin ihr Fahrrad vom Parkplatzgelände am großen Tor. Sie mied ihn in diesen Tagen. Er stellte sein Fahrrad quer in den Ausgang und hielt den Lenker gerade, so dass er mit Lins Rad zusammenstieß. Da erst hob sie den Kopf und bemerkte ihn. Sie lächelte gezwungen und blickte etwas bekümmert drein, fast als wolle sie sich dafür entschuldigen, dass sie aus Versehen an sein Fahrrad gestoßen sei.

»Lass uns zusammen fahren!«, sagte er.

Doch Lin war lange nicht mehr so gelassen und offen und machte keinerlei Anzeichen, aufs Fahrrad zu steigen, um, wie früher, an irgendeinen geheimen Ort zu fahren, in gewissem Abstand, damit sie nicht zusammen gesehen würden. Ganz abgesehen davon, dass alle Parks in dieser Zeit der großen Revolution nachts geschlossen waren. Eine Weile schoben sie ihre Räder nebeneinander her und wussten nicht, was sie sagen sollten. Die Mauern am Wegrand waren nun vollgekleistert mit Zeitungen und Parolen der neuen Rebellenfraktion und überdeckten die alten Parolen der Rotgardisten, die sich aufgrund ihrer Klassenabstammung definiert hatten und die Ausmerzung der Schlangengeister und Rinderdämonen gefordert hatten. Jetzt ging es gegen Mitglieder des Zentralkomitees der Partei und den Vizepremierminister.

»Yu Qiuli muss sich vor den revolutionären Massen beugen und seine Schuld eingestehen!«

»Tan Zhenlin, die Glocke zu deinem Begräbnis hat zu schlagen begonnen!«

Lin hatte die rote Armbinde abgenommen und sich einen graugrünlichen langen Schal um den Kopf gebunden, um nicht aufzufallen und in der Masse der blaugraugekleideten Menschen auf der Straße unterzutauchen. Alles von ihrem früheren Charme war verschwunden. Die Speisehallen schlossen abends sehr früh, so wussten sie weder, wo sie hingehen sollten noch worüber sie reden sollten, und schoben beide ihre Fahrräder in gewissem Abstand durch den eiskalten Wind. Mit jedem Windstoß stoben einige Fetzen der Wandzeitungen im Laternenschein durch die Luft.

Er war traurig. Da ihm ein Kampf um Leben um Tod bevorstand, sein Kampf für die Gerechtigkeit, war das Ende seiner Liebesbeziehung zu Lin abzusehen, und er würde sich einsam und verlassen fühlen. Natürlich wollte er gern die Beziehung zu Lin wieder aufnehmen, aber er wusste einfach nicht, wie er das Thema ansprechen und sich mit ihr auf gleicher Ebene mit der Situation auseinander setzen sollte. Es ging nicht mehr nur darum, ob Lin ihm ihre Liebe schenken würde oder nicht. Um seine Anteilnahme zum Ausdruck zu bringen, erkundigte er sich nach Lins Eltern. Lin antwortete nicht, sondern schob schweigend ihr Fahrrad weiter, und er fand keinen Zugang zu ihr.

»Es gibt offenbar Probleme in der Vergangenheit deines Vaters«, eröffnete Lin plötzlich das Gespräch.

»Was für Probleme?« Er erschrak.

»Ich wollte dich nur darauf aufmerksam machen«, erwiderte Lin teilnahmslos.

»Er hat nie irgendeiner politischen Fraktion angehört!«, verteidigte er seinen Vater sofort, schon aus reinem Selbstschutz.

»Anscheinend ...« Lin sprach nicht weiter und hielt an.

»Anscheinend was?« Er blieb ebenfalls stehen.

»Ich habe das nur so am Rande mitbekommen, mehr weiß ich auch nicht.«

Lin schob ihr Fahrrad weiter und sah ihn nicht an. Noch immer stand sie über ihm, ermahnte ihn oder kümmerte sich um ihn, kümmerte sich darum, dass er keine Dummheiten beging. Auch wenn sie sich noch um ihn sorgte, hörte er doch ihrer Stimme an, dass sie ihn nicht mehr liebte. In dieser Sorge schwang auch ein Zweifel mit, als hätte er ihr etwas aus seinem Leben verschwiegen, es war nicht mehr reines Mitgefühl, das sie hegte. Er musste das mit ihr klären:

»Mein Vater war vor der Befreiung Abteilungsleiter in einer Bank und einer Reederei. Dann war er Journalist für eine private kommerzielle Zeitung. Was ist dabei?«

Plötzlich erinnerte er sich an die Schuhschachtel mit den alten Silberdollars, die sein Vater im Kleiderschrank versteckt hielt, und in der sich auch das kleine Heft mit Maos Schrift *Über die neue Demokratie* befand, aber das sagte er nicht. Es hätte keinen Sinn, dies zu sagen, und er fühlte sich gekränkt, in erster Linie nicht wegen sich selbst, sondern für seinen Vater.

»Sie sagen, dein Vater war ein hochrangiger Angestellter ...«

»Ja und? Er war eben nur Angestellter und dazu einer, der entlassen wurde, vor der Befreiung war er sogar eine Zeit lang arbeitslos. Er war nie ein Kapitalist und hat sich auch nie als Agent der Kapitalisten verdingt!«

Er war wütend und fühlte sich gleichzeitig sehr schwach. Er würde Lins Vertrauen nie wieder gewinnen können.

Lin schwieg.

Unter einer gerade aufgeklebten großen Wandzeitung blieb er stehen, kickte seinen Fahrradständer aus und fragte Lin: »Was hast du noch gehört? Wer hat das gesagt?«

Lin lehnte sich gegen den Lenker und vermied jeden Blickkontakt mit ihm. Mit gesenktem Kopf sagte sie: »Frag nicht weiter. Es reicht, wenn du das weißt.«

Ein Stück weiter vorne sammelte eine Gruppe Jugendlicher, die gerade eine Parole aufgehängt hatte, gerade ihre Kleistereimer und Farbtöpfe zusammen. Sie stiegen auf ihre Räder und fuhren davon. Die schwarze Farbe rann noch von der Wandzeitung herunter.

»Bist du mir deswegen aus dem Weg gegangen?«, fragte er laut.

»Natürlich nicht.« Noch immer sah sie ihn nicht an. Aber sie fügte leise einen Satz hinzu: »Du warst es, der unsere Beziehung beenden wollte.«

»Ich sehne mich nach dir, wirklich, ich habe große Sehnsucht!«

Seine Stimme war sehr laut, gleichzeitig wusste er, dass er kraftlos und ohne Hoffnung war.

»Vergiss es. Es ist unmöglich ...«, sagte Lin gedämpft, mied seinen Blick und schwenkte den Lenker nach vorne. Sie wollte weitergehen.

Er griff ihren Lenker und hielt ihn fest. Lin vergrub ihren Kopf noch weiter und sagte: »Lass das. Lass mich weitergehen.

Ich habe dir nur gesagt, dass dein Vater Probleme in seiner Vergangenheit hat …«

»Wer hat das gesagt? Jemand aus der politischen Abteilung? Oder Danian?«, fragte er nach und konnte seinen Ärger nicht unterdrücken.

Lin richtete sich auf und hob ihren Blick zu den Autos und den unablässig vorbeigleitenden Fahrrädern.

»Mein Vater war nicht als Rechtsabweichler abgestempelt worden …« versuchte er noch immer eine Verteidigung. Gleichzeitig hatte er diese Sache immer vergessen wollen. Er erinnerte sich an die Worte seiner Mutter, die gesagt hatte, dass dies alles der Vergangenheit angehören würde, als sie noch lebte und er im Sommer in den Semesterferien nach Hause gekommen war.

»Nein, darum geht es auch nicht …« Lin drehte den Lenker um und stellte einen Fuß auf ein Pedal.

»Worum geht es denn dann?« Er ließ ihren Lenker noch immer nicht los.

»Es heißt, dass er zu Hause eine Waffe versteckt halte …« Lin biss sich auf die Lippen, sprang auf das Fahrrad und radelte wild davon.

Es dröhnte in seinem Schädel. Er meinte, Tränen auf Lins Wangen gesehen zu haben, aber er konnte sich auch geirrt haben. Vielleicht tat er sich nur selbst Leid. Mit dem Schal um den Kopf radelte Lin zwischen den vielen anderen Menschen auf der Straße davon, mischte sich in die Menge und war zwischen den Staubwolken und Papierfetzen unter der Laterne bald nicht mehr auszumachen. Es war der Moment, als er sich gegen die Mauer lehnte, die gerade mit Parolen vollgekleistert worden war, und sich die Ärmel mit Kleister und Tinte beschmutzte, und schon aus diesem Grund würde er diese Abschiedszene mit Lin nie mehr vergessen.

Seine Gedanken waren völlig blockiert, er fühlte sich, als hätte man ihm den Boden unter den Füßen weggezogen. Er stieg sofort auf sein Fahrrad. Allein die Vorstellung, sein Vater habe heimlich Waffen zu Hause versteckt, verursachte ihm Schwindel. Als er darüber nachdachte, welche Implikationen diese Anklage besaß, wurde ihm klar, dass seine einzige Chance darin bestand, die Rebellion bis zum Äußersten weiterzutreiben.

Ihre Bande von über zwanzig Leuten stürmte in das streng bewachte purpurrote Tor einer kleinen Gasse am Rande von Zhongnanhai. Sie forderten, dass der hohe Kader, der sich Vertreter der Parteizentrale nannte, in ihre Organisation kommen solle, um seine Fehler zu gestehen und die als Parteifeinde abgestempelten Kader und Massen zu rehabilitieren. Als sie das Büro betraten, wurden sie von einem alten Revolutionär empfangen, der schon lange den Rang eines Generals inne gehabt hatte, bevor ihm das Kommando für diesen wichtigen Posten übertragen worden war. Allein seine Ausstrahlung ließ keinen Vergleich zu mit jenen vorsichtigen und ängstlichen Führungskadern in ihrer Organisation, die sich in ihren Büros versteckten und kaum ein Wort herausbrachten. Gerade und aufrecht saß er in seinem Ledersessel vor einem mächtigen Schreibtisch und erhob sich nicht einmal.

»Ich werde eurer Einladung nicht nachkommen. Ich habe schon viele Massentreffen mitgemacht. Als ich an der Revolution beteiligt war und Massenbewegungen organisiert habe, wart ihr jungen Leute wahrscheinlich noch überhaupt nicht auf der Welt. Damit will ich nicht auf mein Alter pochen.« Der führende Funktionär hatte das Wort ergriffen und sprach mit klarer unverstellter Stimme. Sein ganzes Verhalten wirkte, als würde er auf einer Versammlung Bericht erstatten.

»Dass ihr jungen Leute rebelliert, ist gut! Ich habe auch rebelliert und gegen andere Revolution gemacht. Andere haben auch gegen mich Revolution gemacht. Ich habe auch Fehler begangen, schließlich habe ich doch ein bisschen mehr Erfahrung als ihr. Ich habe einige falsche Sachen gesagt und damit die Gefühle einiger Genossen verletzt. Alle waren etwas aufgebracht, und ich will mich hiermit bei den Genossen entschuldigen. Was wollt ihr sonst noch? Macht ihr wohl keine Fehler? Werdet ihr immer Recht haben? Ich würde das für mich nicht zu sagen wagen. Nur unser alter Vorsitzender Mao Zedong hat für immer und ewig Recht! Das darf niemals in Zweifel gezogen werden! Und ihr wollt niemals einen Fehler begehen? Haha!«

Dieser Haufen, der gerade noch voller Wut und Kampfeslust angestürmt gekommen war, stand plötzlich stocksteif im Raum, lauschte respektvoll seinen Ausführungen und gab keinen Laut von sich. Den Zwischentönen dieser Rede hatte er entnommen, dass dieser alte Mann hartnäckig war, aber auch einen Kompromiss suchte. Wenn er wirklich als der Führer dieses Haufens gelten wollte, musste er nun hervortreten, und daher fragte er:

»Wissen Sie überhaupt, dass aufgrund Ihrer Mobilisierungsansprache unsere Leute nachts zum Verhör geholt wurden? Dass über hundert Leute zu Parteifeinden erklärt und viele andere einfach grundlos beschuldigt worden sind? Können Sie eine Proklamation an die Parteikomitees ausgeben, die beinhaltet, dass diese Leute rehabilitiert und die falschen Anschuldigungen gegen sie vernichtet werden?«

»Jeder hat seine eigenen Rechnungen zu begleichen. Das sind Probleme eures Parteikomitees. Haben die Massen etwa keine Probleme? Ich würde dafür nicht garantieren, das habe ich schon gesagt. Ich kann nur zurücknehmen, was ich gesagt habe. Was ich persönlich gesagt habe!«

Der Funktionär hatte genug und stand auf.

»Können Sie uns dann genau wiederholen, was Sie damals auf dem Treffen in Ihrem Bericht gesagt haben?« Auch er konnte nicht mehr zurück.

»Das muss von der Parteizentrale abgesegnet werden, ich arbeite für die Partei und muss mich an die Parteidisziplin halten. Ich kann nicht einfach irgendetwas sagen.«

»Von wem wurde Ihre Mobilisierungsansprache denn damals abgesegnet?«

Nun hatte er verbotenes Terrain betreten. Die Bedeutung seiner Frage war ihm wohl bewusst. Der Funktionär fixierte ihn unter seinen weißen buschigen Augenbrauen und antwortete kalt:

»Wenn ich rede, tue ich es in eigener Verantwortung. Und der alte Vorsitzende Mao braucht mich noch, er hat mich noch nicht entlassen. Natürlich stehe ich allein ein für das, was ich gesagt habe!«

»Können Sie dann aufzeichnen, was Sie uns gerade gesagt haben, und als Wandzeitung an die Massen weitergeben? Wir sind als Abgeordnete der Massen geschickt worden und müssen den Massen irgendetwas zurückbringen.«

Er war fertig und blickte sich in seiner Gruppe um. Niemand sagte ein Wort. Der Funktionär starrte ihn noch immer an und ihm war klar, dass hier ein sehr ungleiches Kräftemessen stattfand. Aber es gab keinen Weg mehr zurück, daher sagte er:

»Wir werden aufzeichnen, was Sie hier gesagt haben, und es Ihnen mit der Bitte um Ansicht vorlegen.«

»Junger Mann, ich bewundere deinen Mut!«

Der Funktionär hatte nichts von seiner Haltung und Würde verloren, drehte sich nach diesem Satz um und verschwand durch eine kleine Tür an der hinteren Wand. Noch bevor einige diese Tür überhaupt wahrgenommen hatten, schloss sie sich schon, und zurück blieb nur ein leerer Ledersessel, der ihm und seinem Haufen gegenüberstand. An diesen Satz erinnerte er sich noch lange: Er war wohl einerseits versöhnlich gemeint, andererseits voller Ironie.

Der fettleibige Sekretär der Parteikomitees hatte sich erhoben, um auf der Versammlung eine Selbstkritik abzulegen. Er sprach undeutlich, und von der Kraft und Überheblichkeit, die er noch auf der letzten Versammlung an der Seite des Funktionärs aus dem Zentralkomitee ausgestrahlt hatte, war nichts mehr zu spüren. Ganz im Gegenteil trug er jetzt eine alte Brille und hielt ein Manuskript in beiden Händen, das er weit hinter das Mikrophon halten musste, um es lesen zu können. Er las langsam Wort für Wort als würde es ihn Anstrengung kosten, die Zeichen überhaupt zu erkennen:

»Ich habe den Geist des Zentralkomitees der Partei … falsch

interpretiert. Ich habe daher einige unangemessene Weisungen … ausgegeben. Damit habe ich den revolutionären Enthusiasmus … einiger Genossen gebrochen. Dafür möchte ich mich aufrichtig …« Hier musste Genosse Wu Tao kurz aufstoßen und hatte dann etwas mehr Kraft in der Stimme:

»… möchte ich mich in aller Aufrichtigkeit bei den Genossen hier entschuldigen …«

Er senkte seinen fetten kahlen Schädel, um eine Verbeugung anzudeuten. Es war zu erkennen, dass er alt war. Und er bemühte sich, seine Aufrichtigkeit zu zeigen.

»Was heißt unangemessene Weisungen? Erkläre das!«

Eine laute Stimme gellte aus der Masse der Versammelten. Wu Tao ließ kurz von seinem Manuskript ab und blickte über die Ränder seiner Brille in den Saal um auszumachen, woher diese Stimme gekommen war. Im Publikum schauten sich die Leute gegenseitig an. Unverzüglich kehrte er zu seinem Manuskript zurück und las weiter, diesmal aber noch langsamer und deutlicher:

»Wenn alte Revolutionäre auf neue Probleme treffen, lösen sie diese oft nach alten Schemata, die sie aus ihren Erfahrungen gewonnen haben. Das ist heute unter diesen neuen Bedingungen natürlich – völlig – unmöglich!«

Er sprach einfach nur in den Floskeln der Kadersprache, und im Publikum wurde es wieder unruhig. Offenbar ahnte Wu Tao, dass er gleich unterbrochen würde, deshalb sagte er plötzlich unabhängig von seinem Manuskript mit noch lauterer Stimme und festerem Ton:

»Ich habe auch einige falsche Weisungen gegeben und Fehler begangen!«

Wu Tao legte das Manuskript nieder und schlug mit der Hand darauf, als wolle er die zweideutigen Formulierungen darin wegwischen.

»Was sind das für alte Schemata? Sag es ruhig genau! Waren das die alten Schemata, mit denen ihr die Rechtsabweichler behandelt habt?«

Diesmal fragte eine nicht mehr ganz junge Frau, eine Abteilungsleiterin aus der Partei, die als Parteifeindin abgestempelt worden war. Wu Tao betrachtete sie über seine schief sitzende Brille und wusste einen Augenblick nicht, was er sagen sollte.

»Worauf zielten diese alten Schemata? Heißt das, dass man wie bei den Rechtsabweichlern die Schlangen aus den Höhlen locken wollte?« Die Stimme der Frau zitterte vor Aufregung.

»Genau. Richtig«, antwortete Wu Tao und nickte eifrig.

»Wessen Weisung war das? Wie sah die Weisung aus? Wir wollen eine Erklärung!«, fragte die Frau weiter.

»Die führenden Genossen aus dem Zentralkomitee, aus dem Zentralkomitee unserer Partei ...« Wu Tao nahm die Brille ab und wollte nun genau sehen, wer diese Frau im Saal war.

Die Frau zeigte keine Angst, streckte im Gegenteil ihren Kopf vor und fragte noch lauter: »Welches Zentralkomitee meinst du? Welche Führungskader? Wer hat dir die Anweisung gegeben? Heraus mit der Sprache!«

Den Leuten in der Versammlung war klar, dass sich das heilige Zentralkomitee längst gespalten hatte und selbst das Politbüro des Zentralkomitees durch Mao Zedongs proletarisches revolutionäres Hauptquartier zur Durchführung der Kulturrevolution ersetzt worden war. Das Kommando unter der Führung von Wu Tao war nicht mehr in der Lage, die Versammlung zu kontrollieren. Von allen Seiten erhob sich ein Raunen. Doch in seiner Eigenschaft als Parteisekretär hielt sich Wu Tao streng an die Parteidisziplin und antwortete nicht. Stattdessen presste er in bitterem Ton laut hervor:

»Als Vertreter des Parteikomitees bitte ich die zu Unrecht beschuldigten Genossen um Verzeihung!«

Wieder senkte er den Kopf, doch diesmal beugte er den ganzen Oberkörper nach vorne, was ihn sichtlich Anstrengung kostete.

»Zeig uns eure schwarze Liste!«, rief ein anderer Mann mittleren Alters, auch ein Kader, der zu Unrecht verfolgt worden war.

»Was für eine schwarze Liste?«, fragte Wu sofort zurück.

»Die interne Liste, auf der festgelegt wurde, wer zur Umerziehung geschickt werden sollte!«

Diesmal rief wieder die Abteilungsleiterin dazwischen. Sie war aschfahl im Gesicht und so außer sich, dass ihre Haare vollkommen zerzaust waren.

»So etwas gibt es nicht!« Wu Tao beugte sich vor, um das Mikrophon aufzunehmen und widersprach sofort. »Ihr dürft nicht auf Gerüchte hören! Bitte beruhigt euch, Genossen. In unserem Parteikomitee gibt es keine solchen schwarzen Listen! Im Namen der Partei garantiere ich dafür, dass es sie wirklich nicht gibt. Einigen Genossen ist Unrecht geschehen, das Parteikomitee hat einige Genossen unangemessen scharf angegriffen, wir haben Fehler begangen und das gestehen wir ein. Aber eine solche schwarze Liste existiert wirklich nicht …«

Noch bevor Wu ausreden konnte, begann sich in einer Ecke des Saales ein Tumult zu regen, ein Mann verließ seinen Platz und lief zum Podium nach vorne.

»Ich möchte etwas dazu sagen! Warum lasst ihr mich nicht sprechen? Wovor habt ihr Angst, wenn es sie wirklich nicht gegeben hat?«

Es war der alte Liu, der sich seinen Weg durch die Sicherheitskräfte bahnte, die versuchten ihn daran zu hindern, auf das Podium zu gelangen.

»Lasst Genossen Liu Ping sprechen! Warum dürfen wir nicht sprechen? Lasst Genossen Liu Ping etwas sagen!«

Zwischen den lauten Rufen machte sich Liu Ping von den Sicherheitskräften frei und kletterte auf die Bühne. Vor der ganzen Versammlung zeigte er mit ausgestrecktem Arm auf Wu Tao:

»Er ist es, der hier lügt! Ganz zu Anfang der Bewegung, als die ersten Wandzeitungen aufgehängt wurden, wurde vom Parteikomitee eine dringliche Sitzung einberufen, auf der die Sekretäre aller Parteizellen angewiesen wurden, die Mitarbeiter in Kategorien einzuordnen. Die politische Abteilung hat solche Listen schon lange! Und was nach der Kampagne los war …«

Der Saal explodierte und von allen Seiten standen Menschen auf und schrien:

»Die Leute von der politischen Abteilung sollen kommen!«

»Holt die Leute von der politischen Abteilung, um das zu bestätigen!«

»Gebt die schwarzen Listen der Verfolgten heraus!«

»Nur die Linken dürfen rebellieren! Die Rechten dürfen keinen Umsturz machen!«

Nun raste der zum Podium vor, der Letzteres mit lauter Stimme geschrien hatte. Es war Danian.

»Revolution ist kein Verbrechen! Rebellion ist gerechtfertigt!«

Dies kam von Da Li, der auf einen Stuhl geklettert und feuerrot im Gesicht war. Auch er erhob sich, im Saal war Chaos ausgebrochen und überall hatten die Menschen ihre Plätze verlassen.

»Ich bin dreißig Jahre in dieser Partei gewesen, ich habe niemals gegen die Partei opponiert, die Partei oder die Massen können meine Vergangenheit ruhig überprüfen ...«

Danian, der soeben die Bühne erklommen hatte, packte den alten Liu und fiel ihm ins Wort:

»Verpiss dich! Du alter Karrierist und Parteifeind, der du deinen Hintergrund als Großgrundbesitzer zu vertuschen suchst, hast überhaupt kein Recht zu sprechen!«

Danian griff Lius Arm und drängte ihn von der Bühne hinunter.

»Genossen! Mein Vater ist kein Großgrundbesitzer, während des Widerstandskrieges hat er die Partei unterstüzt, die Partei verfolgte damals eine besondere Politik gegenüber aufgeschlossenen Landbesitzern, das kann man alles in den Akten nachlesen ...«

Einige von den Rotgardisten, die damals dem Sohn von Liu die Armbinde abgerissen hatten, waren nun auf die Bühne gekommen und stießen den alten Liu von der Bühne, der zu Boden fiel.

Nun war auch er von der Aufregung angesteckt worden, und es platzte aus ihm heraus: »Keine Gewaltanwendung! Wenn man versucht, die revolutionäre Bewegung der Massen zu unterdrücken, nimmt das keinen guten Ausgang!«

»Auf das Podium!«

Da Li streckte seinen Arm aus und kletterte über die Stuhllehnen nach vorne auf die Bühne. Schließlich waren auch sie alle auf dem Podium gelandet.

Beide Gruppen standen sich gegenüber, jede Seite schrie ihre Parolen, und es fehlte nicht viel, und sie wären aufeinander losgegangen. Die Versammlung hatte sich in Chaos aufgelöst.

»Genossen, Genossen Rotgardisten, Genossen Rotgardisten von beiden Fraktionen, bitte kehrt alle auf eure Plätze zurück...«

Wu Tao klopfte ans Mikrofon, doch niemand beachtete ihn. Die Kader der politischen Abteilung wagten noch weniger einzuschreiten, alle hatten sich von ihren Plätzen erhoben, der Saal befand sich in hellem Aufruhr.

Ohne nachzudenken ging er zum Rednerpult, wand das Mikrofon aus Wu Taos Hand und brüllte hinein:

»Wenn Wu Tao nicht kapituliert, steht sein Ende nahe bevor!«

Als ihm Beifall aus dem Saal entgegenkam, nutzte er die Gelegenheit und verkündete folgende Proklamation:

»Das Parteikomitee hat kein Recht, eine solche Versammlung abzuhalten, auf der die Massen für dumm verkauft werden. Wenn überhaupt, müssen solche Versammlungen von uns, den revolutionären Massen abgehalten werden!«

Tosender Beifall von unten. Damit hatte er die Konfrontation zwischen den Rotgardisten umgangen und sich fast selbst zum Führer der Massen gemacht, die sich nun selbst behaupten konnten.

Damit war nun der Parteisekretär zum neuen Angriffsziel geworden und hatte alle Autorität verloren. Auch die hohen Funktionäre aus dem Zentralkomitee im Hintergrund, die ihn zuvor gestützt hatten, wollten nur noch ihre eigene Haut retten, brachen den Kontakt zu ihm ab und waren telefonisch nicht mehr erreichbar. Wu Tao, der die »unangemessene Weisung« ausgegeben hatte, wurde so das Opfer eines politischen Spiels, das auf noch höherer Ebene stattfand.

22

Du wusstest nicht einmal, was aus Margarete geworden war, aus ihr, die dich in diesen Schlamm hineingezogen hatte, dich dazu gebracht hatte, dieses verdammte Buch zu schreiben, von dem du nicht mehr loskamst, und das du nicht wolltest. Kein Mensch interessierte sich für diese Geschichten, und du selbst fandst es langweilig, dich mit diesem Schmerz aus der Vergangenheit zu beschäftigen. Sie dagegen malte unter jeden Brief, den sie dir schickte, einen gelben Davidsstern. Sie konnte nie vergessen, dass sie Jüdin war, und du dagegen wolltest deine schmerzlichen Erinnerungen auslöschen.

Du hast sie sieben, acht, vielleicht zehn Mal angerufen, doch jedes Mal wiederholte der Anrufbeantworter seinen langen fremdklingenden Satz, aus dem du nur ein deutsches Wort heraushören konntest: »Bitte«, was wahrscheinlich bedeutete, dass du eine Nachricht hinterlassen solltest. Doch hat sie dich nie zurückgerufen. In ihrem letzten Brief hatte sie geschrieben: Du solltest dir ein fröhliches kleines Mädchen suchen, sie würde nie mit dir zusammenleben können. Es wäre zu schmerzhaft, schmerzhaft für euch beide. Sie sehne sich nach einer stabilen Familie, wollte Kinder, Mutter werden, und könnte ein chinesisch-jüdisches Mischlingskind wohl glücklich werden? Sie schrieb Chinesisch, aber die Zeichen waren nicht immer korrekt, manchmal fehlten einige Striche oder sie sahen etwas komisch aus, was befremdlich auf ihn wirkte. Es war anders, als wenn sie Chinesisch sprach, das für ihn so flüssig, vertraut und erotisch klang. Selbst wenn sie über intime und sexuelle Dinge sprach, war ihre Wortwahl so natürlich, dass du ihre Wärme und Feuchtigkeit geradezu spüren konntest. In ihren Briefen wirkte sie dagegen kühl, als wolle sie bewusst einen Abstand zwischen dir und ihrem Körper und ihren Gefühlen halten, und manchmal klang sie sogar spöttisch, was dich betrübte. Was du verstandst war, dass sie schon über dreißig Jahre alt war und nicht mit dir durch die Welt ziehen wollte. Würdet ihr euch das nächste Mal in Paris oder New York treffen? Ein ewiger Ulysses auf einer modernen Odyssee? Es sei nicht mehr als eine zufällige Begegnung gewesen, eine von vielen deiner Begegnungen, was du wolltest, habe sie dir gegeben, und das sei genug. Sie würde nie deine Frau werden können, ihr solltet euch als Freunde trennen, vielleicht sei es sogar möglich, eine lange Freundschaft aufrechtzuerhalten. Aber sie sei nicht bereit, deine Geliebte zu werden. Du solltest dir eine kleine Französin suchen, mit ihr deine sexuellen Spielchen machen und deine Phantasien ausleben. Darin würdest du Inspiration finden können, ohne dass es für dich schmerzlich sein würde. Es sei leicht für dich, eine solche Frau zu finden, eine Hure, wie du sie haben wolltest. Aber was sie wolle, sei Frieden und Sicherheit, ein Zuhause, das ihr Stabilität gebe. Sie sei nicht auf der Suche nach Schmerz, und der Grund dafür, dass sie ihn nicht loswerde, liege allein darin, dass sie kein Gefühl der Sicherheit erlangt habe, und das sei das Letzte, was du ihr geben konntest.

Aber du fandst eine solche Frau nicht. Eine Frau, die deinen Geschichten über die reale Hölle auf der Welt zuhörte. Die Menschen wollten diese althergebrachten Wahrheiten nicht hören, lieber sah man sich Horrorfilme über irgendwelche Katastrophen an und malte sich Schreckensszenarien aus. Du konntest dir manchmal sadistische Geschichten ausdenken, wenn du mit einer Frau schliefst, und das erregte dich vielleicht und brachte dir einen Orgasmus, aber du hattest niemand, mit dem du reden konntest, du konntest nur zu und mit dir selbst sprechen. Du konntest diese Selbstüberprüfung, Analyse, das Aufleben von Erinnerungen und das Gespräch nur mit dir selbst fortsetzen.

Du musstest einen nüchternen Ton finden. Du musstest deinen Zorn, der sich tief in deinem Inneren eingelagert hatte, ausschaben, du musstest in aller Ruhe berichten. Du musstest deine verworrenen Eindrücke, deine ständig auf dich einströmenden Erinnerungen und deine unzusammenhängenden Gedanken ruhig und gelassen niederschreiben, und das war, wie du merktest, nicht einfach.

Du suchtest eine klar strukturierte Erzählweise und eine möglichst einfache Sprache, die es ermöglichte, das eigentliche Leben von damals zum Ausdruck zu bringen, ein Leben, das von der Politik beschmutzt und völlig durcheinander gewirbelt worden war. Aber auch das war schwierig. Die Politik, die du loswerden wolltest, war in jede Pore eingedrungen, war so eng mit dem täglichen Leben verwoben, mit der Sprache und jeder Handlung, dass sich damals einfach niemand davon hatte freimachen können. Aber diese dreckige Politik wolltest du nicht beschreiben, sondern vielmehr, wie ein Individuum von dieser Politik beschmutzt wurde. Dazu musstest du dich in seine damalige geistige und emotionale Verfassung zurückversetzen, und diese korrekt zu beschreiben war noch schwieriger. Verschiedenste Erinnerungen lagen in Schichten in deinem Gedächtnis und es war zu leicht, den einen Gehör zu schenken und anderen nicht. Du vermiedest krasse Übertreibungen und wolltest keine Leidensgeschichte schreiben. Du wolltest allein deine Eindrücke und Empfindungen von damals festhalten, und dafür musstest du auch all deine Empfindungen von hier und heute sauber herausschälen und zusammen mit deinen Überlegungen von heute beiseite legen.

Ein Riss verlief durch deine Erinnerungen und darunter lagen tief verborgen seine Erfahrungen. Es war fraglich, wie du Schicht für Schicht überlagernde Schmutzreste abtragen und mit nüchternen Augen auf seine Geschichten blicken, dich und ihn absolut trennen können würdest. Es war auch schwer für dich, sich wieder in seinen Zustand von damals hineinzubegeben, er war dir einfach schon sehr fremd geworden und du durftest ihn nicht mit deiner Selbstzufriedenheit und Gelassenheit von heute zudecken. Du musstest Abstand zu ihm wahren, deine eigenen Gefühle dabei unterdrücken und ihn noch genauer untersuchen. Du durftest deine Aufregung nicht vermischen mit seiner Realitätsferne und auch seine Dummheit von damals und auch seine Furcht und seine Feigheit durftest du nicht vertuschen. All das war so schwer, dass du vor Beklemmungen zuweilen nicht mehr weiter wusstest. Du durftest auch nicht eintauchen in seine damalige Selbstverliebtheit und seinen Masochismus, du warst nur ein Beobachter und Zuhörer, der sich nicht von seinen Emotionen erfassen lassen durfte.

Er, der kleine Junge, der Jugendliche, der junge Mann, der glückliche Überlebende, der zu Tagträumereien neigte, der Phantastiker, dieser Kerl, der von Tag zu Tag schlauer wurde, der sein Gewissen noch nicht völlig verloren hatte, der auch schlecht war, sich aber dennoch einen Rest an Mitleid bewahrt hatte, er, der du früher gewesen bist, musste aus deinen Erinnerungen hervorsteigen. Du durftest ihn nicht verteidigen oder dich für ihn schämen. Und doch konntest du dich eines Gefühls der Hoffnungslosigkeit nicht erwehren, wenn du ihn beobachtetest und ihm zuhörtest. Aber auch diese Empfindungen durften deine Darstellung nicht berühren. Wenn du ihn, nachdem er seine Maske abgelegt hatte, noch genauer untersuchtest, musstest du ihn als Figur erschaffen, als eine Figur, die mit dir nichts mehr zu tun hatte. Dann erst, wurde dir klar, konntest du deine Lust am Schreiben, deine Neugier und Entdeckerfreude wiedergewinnen.

Du warst nicht sein Richter und du wolltest ihn auch nicht als Opfer darstellen. Erst wenn du deine Erregung und deinen Schmerz für diese Untersuchung abgelegt hattest, weil sie der Kunst im Wege standen, war das eigentlich Interessante nicht mehr dein Urteil oder sein Zorn, auch nicht deine Verletztheit oder sein Leiden, sondern einfach der Prozess dieser Untersuchung selbst.

23

Zu jener Zeit waren alle Straßen, alle Ecken und alle Laternenmasten vollgekleistert mit Parolen und Wandzeitungen und manche von ihnen waren sogar auf die Straße gepinselt. Wagen mit großen aufmontierten Lautsprechern fuhren vom frühen Morgen bis in die späte Nacht hin und her und sendeten in großer Lautstärke Lieder von Auszügen aus Mao Zedongs Werken. Handzettel wirbelten durch die Luft und es ging auf den Straßen lebhafter zu als zum Nationalfeiertag. In offenen Lastwagen wurden Führungskader verschiedener Ränge, die im Jahr zuvor noch das Volk von den Tribünen aus empfangen hatten, unter der strengen Bewachung der rebellierenden Massen vorbeigefahren. Auf den Köpfen trugen sie verschiedenartig geklebte Papiermützen, manche waren so hoch, dass sie bei jedem Windstoß mit beiden Händen festgehalten werden mussten. Einige hatten sogar Papierkörbe aus ihren Büros auf dem Kopf. Vor der Brust trugen sie ein Schild mit ihrem Namen in schwarzen Schriftzeichen, der mit roter Farbe durchgestrichen worden war. Beim Ausbruch dieser Revolution zu Sommeranfang hatten Mittelschüler auf diese Weise ihre Lehrer und Schuldirektoren bekämpft; im Herbst hatten die Rotgardisten diesen Kampf auf die »fünf schwarzen Klassen« ausgedehnt; im Laufe des letzten Monats des Jahres richtete sich der Kampf nun gegen diejenigen, die professionell im Klassenkampf ausgebildet waren, die Parteirevolutionäre, ganz nach dem Vorbild des großartigen Führers, der zu seiner Zeit in Hunan begonnen hatte, die Bauernbewegung in Gang zu setzen.

Auf dem Podium wurde Wu Taos Kopf von Da Li niedergedrückt. Er zeigte sich damals noch unbeugsam, und dieser Rest an Selbstachtung und gerechter Empörung war mehr als menschlich, denn niemand beugte freiwillig und gern seinen Kopf. Doch Da Li schlug Wu Tao in die Hüfte, und der dickleibige Mann krümmte sich sofort vor Schmerz, sein Gesicht lief rot an. Danach hob er seinen Kopf nicht mehr.

Er selbst saß auf der rot ausgekleideten Bühne genau dort, wo Wu Tao vorher gesessen hatte, und leitete diese Kritikveranstaltung, die verschiedene Massenorganisationen gemeinsam einberufen hatten. Angesichts dieser immer hitzigeren Reaktionen meinte er, am Rande eines Vulkanes zu stehen. Jeder kleine Versuch, die Stimmung zu dämpfen, könnte dazu führen, dass er selbst vom Podium gestoßen würde. Die Massen waren in äußerste Erregung versetzt, nacheinander wurden die Namen der Mitglieder des Parteikomitees aufgerufen, jeder Einzelne musste hervortreten, seinen Kopf senken. Alle berichteten von Wu Taos Worten und Taten, alle hatten nur auf Weisungen ihrer Vorgesetzten gehandelt, alle gestanden ihre Fehler ein und alle sagten, was man von ihnen erwartete. Kein einziger Satz davon war ihr eigener. Bis der Vizeparteisekretär Chen, lang und dürr wie eine getrocknete Garnele, mit gebeugtem Oberkörper einer Inspiration folgend enthüllte, was Wu Tao auf einer internen Mitgliederversammlung des Parteikomitees von sich gegeben hatte: »Der Vorsitzende Mao hat uns fallen gelassen!«

Die Stimmung im Saal brauste sofort wieder auf und die Massen riefen: »Tod dem, der gegen den Vorsitzenden Mao ist!«

Inmitten der Rufe »Nieder mit Wu Tao« und »Hoch lebe der Vorsitzende Mao, er lebe hoch, hoch, hoch« klang ihm die traurige Stimme Wu Taos im Ohr, der diesen Satz gesagt hatte. Und ihm war, als hätte er ihn schon einmal gehört. Später erinnerte er sich, dass dies zu der Zeit geschehen war, als die leitenden Funktionäre im Zhongnanhai Wu Tao noch nicht ausgeliefert hatten und er seinem Zorn Luft gemacht hatte. Heute klangen diese Worte aus Wu Taos Mund nur noch traurig.

Als Vorsitzender der Versammlung musste er besonders streng auftreten, gleichzeitig war ihm auch klar, dass man Wu Taos Enttäuschung nicht als Opposition gegen den Vorsitzenden Mao werten durfte. Wenn er aber umgekehrt den alten Wu Tao diesmal nicht zu Fall bringen würde und der sich später wieder einmal aufrappeln sollte, würde Wu Tao ihn als Vorsitzenden dieser Versammlung sofort als Konterrevolutionär vernichten.

Die Versammlung beschloss, dass Wu Tao die Protokolle der Sitzungen des Parteikomitees und seine Arbeitsnotizen übergeben solle. Nach der Versammlung bestiegen er und seine Kumpane Tang und Yu die schwarze Limousine des Parteisekretärs und begleiteten Wu Tao persönlich zur Hausdurchsuchung in seine Wohnung.

Er wollte die Sache ruhig angehen, ohne Gewalt, und ließ den Alten daher selbst Schublade für Schublade aufziehen und die Aktenstöße aus den Schränken nehmen. Tang und Xiao Yu durchwühlten den Schrank und befahlen dem Alten, die Schlüssel für den Koffer herauszugeben.

»Da sind nur alte Kleider drin«, murmelte der Alte mit leisem Protest.

»Dann können wir doch einmal hineinschauen, oder was fürchtest du? Sind da vielleicht die schwarzen Listen drin versteckt, anhand derer die Massen verfolgt wurden?«

Tang stand lässig im Raum und strahlte, er schien eine gewisse Freude an der Durchsuchung zu haben.

Der Alte ging ins Esszimmer, um den Schlüssel von seiner Frau zu holen. Es war gerade Zeit zum Abendessen und die Gerichte standen schon fertig zubereitet auf dem Tisch. Wus Frau war zu Hause und hatte ein kleines Mädchen bei sich, ihre Enkelin. Wus Frau blieb die ganze Zeit über im Nebenzimmer und sprach unablässig mit dem Mädchen. Einen Moment dachte er daran, dass sich vielleicht im Esszimmer wichtige Dokumente befinden konnten, aber diesen Gedanken schob er sofort wieder beiseite. So musste er nicht in das Zimmer gehen und konnte vermeiden, die beiden zu treffen.

Vor zwei Monaten, etwa eine Woche nachdem sie seine eigene Wohnung durchsucht hatten, hatte jemand an die Tür geklopft. Ein junges Mädchen mit zarter weißer Haut und klaren Gesichtszügen stand im Eingang. Die Sonne im Rücken ließ ihre Augen noch strahlender erscheinen und die Haarspitzen, die ihre rosa Ohrläppchen bedeckten, glänzten im Sonnenlicht. Es war die Tochter des Vermieters, der nebenan wohnte, sie kassierte für ihren Vater die Miete. Er war noch nie bei seinem Vermieter gewesen, er wusste nur, dass der alte Tan mit dem Vermieter gut befreundet gewesen war. Als er das Geld übergab, hob das Mädchen in der Tür leicht die Augenbrauen, ließ ihren Blick durch das Zimmer schweifen und sagte: »Die Möbel in diesem Zimmer gehören uns. Den Tisch und das alte Sofa werden wir bald abholen.« Er sagte noch, dass er ihr beim Raustragen helfen könne, aber das Mädchen warf ihm mit ihren strahlenden Augen einen eiskalten Blick zu, aus dem der reine Hass sprach. Wortlos wandte sie sich um und stieg die Treppen hinunter. Er dachte, sie müsse etwas missverstanden und vielleicht angenommen haben, dass er den alten Tan verraten habe, um diese Wohnung für sich allein in Besitz zu nehmen. Monate darauf kam das Mädchen nicht mehr zum Kassieren, und vom Ausräumen der Möbel war überhaupt keine Rede mehr. Erst als der alte Huang aus dem gleichen Hof im Auftrag des Straßenkomitees die Miete abholte, wurde ihm klar, dass das Haus in staatlichen Besitz überführt worden war. Er hatte keine Erkundigungen eingeholt, was mit dem Hausbesitzer geschehen war, aber er würde sich immer an den kalten Blick erinnern, den ihm das Mädchen zugeworfen hatte.

Er vermied es, Wus Frau und das Kind zu sehen. Auch kleine Kinder hatten eine Erinnerung, auch sie konnten langwährenden Hass in sich bergen.

Tang zog einen Koffer hervor. Darin seien nur die Kleider seiner Tochter und der Kinder, sagte Wu Tao, während er ihn aufschloss. Obenauf lagen ein BH und ein paar Röcke. Plötzlich fühlte er sich unwohl und erinnerte sich daran, wie die Rotgardisten sein Zimmer durchwühlt hatten und die Kondome unter den Sachen des alten Tan gefunden hatten. Er winkte mit der Hand ab und brach die Suche ab. Tang untersuchte noch das Sofa, nahm die Kissen hoch und steckte die Hand in die Spalten, um zu tasten, ob sich etwas in den Ritzen befand. Offenbar hatte er das Bedürfnis, seine Fähigkeiten als Inspekteur voll zur Geltung zu bringen. Er wollte die Sache möglichst schnell beenden und band ein paar Briefe, Dokumente und Notizbücher zusammen.

»Das sind private Briefe, die mit meiner Arbeit nichts zu tun haben«, sagte Wu.

»Wir sehen sie einmal durch. Wir müssen alles registrieren. Wenn sie unproblematisch sind, erhältst du sie wieder«, erklärte er.

Was er sagen wollte, aber nicht sagte, war, dass Wu damit schon sehr milde behandelt wurde.

»Das ist die … zweite Hausdurchsuchung meines Lebens!«, brach es aus Wu nach einigem Zögern doch heraus.

»Waren die Rotgardisten schon hier?«, fragte er.

»Die Erste geschah vor vierzig Jahren, als ich im Untergrund für die Partei tätig war …«, grinste Wu und runzelte die Stirn.

»Habt ihr vielleicht keine Hausdurchsuchungen durchgeführt, als ihr die Massen unterdrückt habt? Und ich fürchte, ihr seid dabei nicht so gelinde vorgegangen!«, fragte er und unterdrückte ebenfalls ein Lachen.

»Das haben die Rotgardisten der Organisationen unternommen, unser Parteikomitee hat niemals einen solchen Beschluss gefasst!«, widersprach Wu Tao entschieden.

»Doch die politische Abteilung hat die Listen geliefert. Woher hätten sie sonst wissen sollen, wen sie durchsuchen sollen? Und warum haben sie sonst wohl dein Haus nicht durchsucht?«, fragte er zurück und blickte ihm fest in die Augen.

Wu blieb die Antwort schuldig. Er hatte viel erlebt und brachte sie wortlos zur Tür. Doch er wusste, dass der alte Kerl ihn genauso hasste und ihn ohne jegliche Regung zu Tode bringen würde, sobald er Rang und Position zurückerhalten hätte. Er musste genug Material aufbringen, dass Wu zum Feind der Partei abgestempelt würde.

Zurück in der Organisation las er einige Nächte am Stück die Briefe von Wu Tao und fand einen, in dem Wu als »Cousin« bezeichnet wurde. Im Brief hieß es: Die Volkregierung habe große Nachsicht in diesem Fall walten lassen und den Schreibenden mit Milde behandelt. Dennoch habe er gegenwärtig finanzielle Schwierigkeiten und sei zudem krank. Die Familie sei groß und so setze er seine Hoffnung darin, dass der Cousin bei der zuständigen Regierungsbehörde ein Wort für ihn einlegen könne. Offensichtlich hatte dieser Verwandte politische Probleme mit seinem Familienhintergrund und deshalb Wu Tao um Hilfe gebeten. Er steckte diesen Brief zu ein paar anderen Dokumenten, die er mit dem Zeichen »geprüft« versah und die daher keiner weiteren Untersuchung unterzogen wurden. Irgendetwas in ihm hielt ihn zurück.

In diesen Tagen und Nächten kam er kaum nach Hause und schlief einfach in dem Büro, das der Rebellenorganisation zugeteilt worden war. Tag für Tag und Nacht für Nacht wurden größere oder kleinere Versammlungen abgehalten, nahmen die verschiedenen Massenorganisationen Kontakt miteinander auf und entzweiten sich wieder. Auch die Rebellenfraktion war in ständige interne Kämpfe verstrickt. Die Menschen gebärdeten sich verrückt wie Ameisen in einem Kochtopf, jeder verkündete die Rebellion. Auch die alten Rotgardisten rebellierten nun gegen das Parteikomitee und änderten den Namen ihrer Organisation in »Rebellionskolonne Roter Revolutionäre« und selbst die Kader für politische Arbeit bildeten eine Kampftruppe. Ob Revolutionäre oder Rebellen, alle änderten ihre Meinungen, verrieten andere oder verhielten sich opportunistisch, jeder suchte sich seinen eigenen Weg. Die ursprünglichen Netzwerke von Macht und Ordnung waren vollkommen aufgelöst und es wurden neue Organisationen aufgebaut, das ganze Gebäude glich einem Bienenstock, in dem unzählige Intrigen gesponnen wurden, die sich nicht nur auf dieses Gebäude beschränkten.

Egal welche Massenorganisation nun auch immer eine Kampfsitzung abhielt, Wu Tao als neues Opfer der Kritik fehlte auf keiner. Die Gruppe von Danian war am brutalsten. Dass sie ihm ein Schild um den Hals hängten und ihn zwangen, sich nach vorn zu beugen, war nicht das Schlimmste. Er musste auch die Hände um die Knie schlingen, so dass er auf den Boden fiel und herumrollte. Sie behandelten ihn auf die gleiche Weise, wie man einige Monate zuvor in der Kampagne gegen die Schlangengeister und Rinderdämonen vorgegangen war. Sie ließen Wu Tao die Macht spüren, die die Rebellenfraktion an sich gerissen hatte, und der alte Parteisekretär, den die Partei fallen gelassen hatte, war nicht mehr als ein alter stinkender Hund, von dem keiner mehr berührt werden wollte.

Eines Tages, als Schnee gefallen war, sah er, wie Wu Tao im Garten hinter dem großen Gebäude den hart gefrorenen Schnee schippte. Sobald er ihn kommen sah, beeilte er sich, noch schneller ins Eis zu stechen. Er blieb stehen und fragte kurz: »Wie geht es?«

Der alte Mann stellte den Spaten hin und antwortete keuchend: »Ganz gut. Ganz gut. Die anderen schlagen einen, aber du nicht.«

Wu Tao machte ein jämmerliches Gesicht und er dachte damals, er versuche, sich gut mit ihm zu stellen. Erst ein Jahr später entwickelte er wirkliches Mitleid für diesen alten Mann, mit dem niemand mehr etwas zu tun haben wollte. In einem zerschlissenen und schmutzigen blauen Arbeitsanzug und einem Bambuskehrer in der Hand fegte der alte Mann jeden Tag mit gesenktem Kopf den Hof und niemand der Vorbeigehenden würdigte ihn eines Blickes. Mit seinen hängenden Schultern und eingefallenen Augen sah er völlig heruntergekommen aus, was sein Mitleid geweckt hatte. Aber er hatte nie wieder mit dem alten Mann gesprochen.

Dieser Kampf um Leben und Tod weckte Hass und Wut in den Menschen und erfasste sie, als würde ein Schneesturm über sie hinwegfegen. Unter den vielen Sturmwellen, die immer heftiger wurden, kamen ihm viele Parteikader vor das Gesicht, aber keinem gegenüber empfand er persönlichen Hass. Dennoch musste er auch sie zu Feinden erklären. Ob sie alle Feinde waren? Das konnte er unmöglich ausmachen.

»Du bist viel zu sanft! Wenn jemand die Massen unterdrückt, darf man kein Mitgefühl walten lassen! Warum bringen wir nicht die ganze Bande auf die Bühne und bekämpfen sie?«, kritisierte ihn Da Li auf einer internen Sitzung der Rebellenfraktion.

»Können wir sie wirklich alle stürzen?«, fragte er zweifelnd zurück. »Können wir wirklich alle, die früher andere umerzogen haben, nun zu Parteifeinden erklären? Man muss den Menschen immer noch zugestehen, Fehler einzusehen und sich zu ändern. Ich spreche hier von einer Strategie, wir müssen sie verschieden behandeln und werden so noch mehr Leute hinter uns vereinigen.«

»Strategie! Strategie! Du Intellektueller!«, ereiferte sich Da Li, der zunehmend aggressiver wurde, in seinem Ton lag eine Spur von Verachtung.

»Wir nehmen alle auf, die sich zusammenschließen wollen, aber die Rebellenfraktion ist doch kein großer Eintopf! Dies ist der Weg der Rechtsopportunisten, damit tragen wir die Revolution zu Grabe!«, meldete sich eine Parteigenossin, die erst neulich Mitglied der Führungsgruppe geworden war und Parteigeschichte studiert hatte, heftig zu Wort. Ihn auf diese Weise anzugreifen, bedeutete, dass sie nun auch innerhalb der Rebellenfraktion den Linienkampf eröffnete.

»Die revolutionäre Führungsmacht muss wahrhaftig fest in den Händen der Linken liegen und darf nicht von den Opportunisten an sich gerissen werden!« Die Parteigenossin der Rebellenfraktion war nun so aufgeregt, dass ihr Gesicht wie ein rotes Stück Tuch angelaufen war.

»Was soll dieser Aufruhr!« Er schlug mit der Hand auf den Tisch. Unter dieser Bande hatte auch er sich raue Sitten angeeignet, zudem fühlte er sich ungerecht behandelt.

Diese Diskussionen, dieser gerechte Zorn, diese Ereiferungen in revolutionären Phrasen, diese persönlichen Machtgelüste, diese Strategien, Intrigen, Zusammenschlüsse und Kompromisse, diese Motive, die sich hinter dem leidenschaftlichen Enthusiasmus verbargen, diese bedenkenlosen Attacken, diese verschwendeten Gefühle – er konnte sich nicht mehr erinnern, wie er diese Tage verbracht hatte. Ohne es zu wollen, war er mit hineingezogen worden, diskutierte und stritt sich mit den Konservativen und beteiligte sich an den unablässigen Kämpfen auch innerhalb der Rebellenfraktion.

»Das grundlegende Problem der Revolution ist die Macht. Wenn wir die Macht nicht ergreifen, war unsere Rebellion umsonst!«

Da Li war völlig aufgelöst und schlug mit der Hand auf den Tisch.

»Und wie willst du die Macht ergreifen, wenn wir die Mehrzahl der Massen und Kader nicht hinter uns vereinigen?«, fragte er zurück.

»Nur wenn wir uns im Kampf vereinen, ist es ein guter Zusammenschluss!« Yu nahm das kleine rote Buch mit den Mao-Zitaten hervor, um damit auf seinen schwachen Klassenhintergrund aufmerksam zu machen. »Dir darf man nicht folgen. Wenn es um die Kernpunkte geht, fangen Intellektuelle immer an zu schwanken!«

Sie hielten sich alle für richtige Proletarier und schienen zu meinen, dass dieses rote Land ganz ihnen gehörte. Ob Revolution oder Rebellion, alles war eine Frage von Machtkämpfen und diese einfache klare Wahrheit machte ihn skeptisch. Was er wirklich wollte, war ihm damals aber auch nicht klar, mit der Rebellenfraktion war er einfach auf Abwege geraten.

»Genossen! Wer nicht im rechten Augenblick der Revolution die Macht ergreift, ist ein Chen Duxiu! Der war ein rechter Opportunist!« Die Parteigenossin zitierte nun die Parteigeschichte, um ihn ins Abseits zu stellen, und rief dann Parolen in die Runde der Sitzungsteilnehmer.

»Wer die Revolution nicht will, soll sich hier schnell verpissen!«, schrien die noch progressiveren Leute im Saal mit ihr. Die Spätgekommenen sind wohl immer die Schlimmsten.

»Wer sich dazu zählt, soll gehen!«

Wütend stand er auf und verließ den verqualmten Raum, in dem zig Leute die ganze Nacht hindurch geraucht hatten. Er ging in ein Büro nebenan, stellte drei Stühle zusammen und legte sich schlafen. Er war zornig, aber vor allem auch verwirrt. Wenn er kein Gefährte auf dem Weg der Revolution war, war er dann ein opportunistischer Mitläufer der Rebellenfraktion? Möglicherweise war er das, und das beunruhigte ihn über alle Maßen.

So unerfreulich hatte der Neujahrsabend geendet. Kurz nach Neujahr begann der richtige Aufruhr, als Da Li und seine wildeste Kampftruppe verkündeten, dass sie die Befugnisbereiche des schon total verängstigten Parteikomitees und der politischen Abteilung übernehmen wollten.

»Zerschlagt das alte Parteikomitee! Zerschlagt die politische Abteilung! Alle revolutionären Genossen müssen entscheiden, ob sie die rote Macht der neuen Zukunft unterstützen oder sabotieren. Dies ist die Trennungslinie zwischen den Revolutionären und Nicht-Revolutionären, dazwischen gibt es nichts!«

Die Stimme vom kleinen Yu ertönte aus dem Lautsprecher. Inzwischen waren in allen Büros Lautsprecher installiert und die Parolen der Machtergreifer schallten duch alle Flure und Zimmer. Da Li, Tang und noch einige Arbeiter führten eine Gruppe von alten Kadern und einige Parteisekretäre mittleren Alters wie eine Schar Gefangener Stockwerk um Stockwerk durch die Gänge. Vor der Brust trugen sie ein Schild, Wu Tao lief an der Spitze und schlug eine Glocke.

Was für ein Spektakel! War es das, wozu Revolution letztendlich führte? Diese Führungskader, die normalerweise den Ernst und die Würde der Partei selbst verkörpert hatten, trotteten mit gesenktem Kopf hintereinander her und wirkten zutiefst erschüttert. Die ältere Parteigenossin aus der Rebellenfraktion führte die Gruppe an und rief mit erhobener Hand:

»Nieder mit den Usurpatoren, die den kapitalistischen Weg gehen! Lang lebe die rote Macht der neuen Zukunft! Einen langwährenden Sieg der revolutionären Linie von Mao Zedong!«

Der alte Kumpel Tang bemühte sich, die Führungskader bei ihren Empfängen der Massen nachzuahmen und winkte den überall in den Gängen und Türrahmen der Büroräume herumstehenden Leuten im Vorbeigehen mit der Hand zu, so dass einige zu lachen begannen. Andere wiederum blickten ihn wie versteinert an.

»Wir wissen, dass du gegen die Machtergreifung bist!«, sagte der ehemalige Oberstleutnant.

»Nein, ich bin nur gegen die Art und Weise, wie diese Machtergreifung vor sich geht«, antwortete er.

Zum Gespräch gebeten hatte ihn ein politischer Kommissar, der früher in der Armee gewesen war, ein ehemals kleiner Vizesektionsleiter, der sich in diesen chaotischen Zeiten zu einem besonders eifrigen Aktivisten entwickelt hatte. Lachend sagte er: »Du hast noch immer einen größeren Einfluss auf die Massen als die anderen. Wir würden es gern sehen, wenn du uns offen unterstützen würdest, und eine starke Truppe aufbauen, die mit uns kooperiert.«

Das Gespräch fand in der Sicherheitsabteilung der politischen Abteilung statt, die er bisher noch nie betreten hatte. Alle wichtigen Dokumente der Organisation und die Personalakten der Mitarbeiter befanden sich hier, auch seine Akte, in der die Probleme seines Vaters festgehalten waren. Nach der Machtergreifung hatten Da Li und seine Leute alle eisernen Tresorschränke und verschlossenen Dokumentenschränke mit Klebebändern versiegelt. Diese konnte man zwar leicht entfernen, doch keiner hatte gewagt, die Schränke aufzubrechen.

Der ehemalige Oberstleutnant hatte ihn beim Abendessen in der großen Speisehalle aufgesucht und ihn zu einem persönlichen Meinungsaustausch gebeten. Sobald er den Raum betreten hatte, war ihm klar, dass er diesen Ort sicher nicht ohne Hintergedanken als Treffpunkt ausgesucht hatte. Er wusste, wer hinter dem ehemaligen Oberstleutnant stand. Einige Tage zuvor hatte der Vizeparteisekretär Chen seine große knochige Hand auf seine Schultern gelegt und ihm damit ein Zeichen gegeben. Chen war früher für die Verwaltung der politischen

Abteilung zuständig gewesen. Er sprach kaum und lachte selten. Nachdem auch er der Kritik ausgesetzt worden war, war er völlig in sich gekehrt. Er hatte ihn im Gang von hinten eingeholt, als niemand in der Nähe war, und seinen Namen gerufen, dem er noch ein »Genossse« vorangesetzt hatte. Chens große knochige Hand hatte nicht länger als ein, zwei Sekunden auf seiner Schulter gelegen, dann hatte er kurz mit dem Kopf genickt und war weiter gegangen, als hätte es sich um eine beiläufige Geste gehandelt. Dennoch war es eine für Chen äußerst ungewöhnlich intime Geste gewesen, als hätte jener schon völlig vergessen, dass er ihn auf einer großen Versammlung der Kritik ausgesetzt hatte. Diese Leute mit ihrer politischen Erfahrung waren natürlich in nichts zu vergleichen mit seiner Horde von Rebellen – und einer dieser Leute hatte ihm die Hand gereicht. Er war ein absoluter Laie in diesem politischen Spiel und ihm fehlte jegliche List, die das Spiel erforderte. Er dachte nur daran, dass er sich mit den Leuten von Chen nicht verbinden konnte, und erklärte daher:

»Ich kann die Form dieser Machtergreifung nicht gutheißen, aber ich bin nicht gegen die allgemeine Richtung dieser Machtergreifung. Letzendlich bin ich dafür, dass gegen das Parteikomitee rebelliert wird!«

Der ehemalige Oberstleutnant schwieg eine Weile selbstzufrieden. Dann sagte er: »Wir rebellieren auch.«

Er sagte das in einem Ton, als hätte er gesagt »wir trinken auch Tee«. Er lachte und sagte dann nichts mehr.

»Dies war ein persönliches unverfängliches Gespräch zwischen uns beiden. Was du gerade von mir gehört hast, habe ich nie gesagt.« Nach diesem Satz erhob sich der ehemalige Oberstleutnant.

Er selbst verließ die Sicherheitsabteilung und wusste, dass er damit ihr Angebot abgelehnt und somit jegliche Verbindung zu ihnen abgebrochen hatte.

Nicht einmal zehn Tage nach diesem Gespräch, kurz nach dem Frühlingsfest Anfang Februar, schlossen sich die alten Rotgardisten mit einigen politischen Kommissaren erneut zu einer Truppe zusammen und erkämpften sich die Macht zurück. Sie zerstörten die Radiostation der Rebellenfraktion, die das große Gebäude beherrscht hatte, und es fand der erste bewaffnete Kampf zwischen den beiden Organisationen statt. Einige wurden leicht verletzt. Er selbst war nicht am Kampf beteiligt gewesen.

24

Eine so genannte reine Literatur mit ihren Formen, Stilen, Sprachspielen, grammatischen Strukturen und all dem, was sich von selbst ergab und nicht Ausdruck von dem war, was du erfahren, erlebt oder erlitten hattest, was nicht Ausdruck des Morastes der Wirklichkeit oder des in gleicher Weise beschmutzten »Du« war – war eine solche Literatur wert, geschrieben zu werden? Selbst wenn man sich hinter dem Wort »reine Literatur« nicht nur versteckte und eine solche Literatur ernst nahm, schränkte man sich damit doch zwangsläufig ein: Ihretwegen gab es keine Notwendigkeit, in die Höhlen vorzudringen, in denen sich andere oder man sich verbunkert hatte.

Du schriebst nicht, um reine Literatur zu produzieren, aber du warst auch kein Kämpfer. Für dich war der Stift keine Waffe im Kampf für Gerechtigkeit, geschweige denn, dass du eine Ahnung davon gehabt hättest, was die Gerechtigkeit sei. Von daher sahst du auch keine Notwendigkeit, irgendjemand anderen mit der Bürde der Gerechtigkeit zu belasten. Klar war dir nur, dass du nicht die Verkörperung der Gerechtigkeit warst. Du schriebst einzig und allein, um zu zeigen, dass es ein solches Leben gegeben hatte, schmutziger als ein Haufen Morast und realer als jede Hölle, die man sich vorstellen konnte, erschreckender, als es das Jüngste Gericht sein könnte. Und wer weiß, vielleicht würde dieses Leben wieder auferstehen, wenn es in Vergessenheit geraten war, damit auch die noch verrückt wurden, die noch nicht verrückt geworden waren, und nun die Schaden erlitten oder anderen Schaden zufügen konnten, die noch nicht zu Schaden gekommen waren. Denn Verrückte hat es schon immer gegeben, und wann der Wahnsinn wieder ausbrechen würde, war nur eine Frage der Zeit. Aber wolltest du vielleicht einen ehrwürdigen Lehrer spielen? Waren die Menschen denn nicht schon belehrt genug von all den Pastoren und Lehrern, die sich noch viel mehr anstrengten als du?

Wenn aber all diese hoffnungslose Anstrengung nicht zu einem Besseren führen sollte, wozu dann all das Leid aufschreiben? Du hattest schon mehr als genug davon und konntest trotzdem nicht damit aufhören, du musstest es einfach aus dir hervorsprudeln lassen, es war eine Manie geworden und hatte die verschiedensten Ursachen. Es war zu fürchten, dass du selbst einfach das Bedürfnis danach hattest.

Du verwarfst das politische Spiel, aber gleichzeitig schafftest du eine andere Lüge, die der Literatur, denn Literatur war in der Tat auch eine Lüge. Was sie verbarg, waren die heimlichen Motive ihres Autors, sein Streben nach Ruhm oder Profit. Keiner legte seinen Stift nieder, bevor er nicht diesen Erfolg oder Ruhm erreicht hatte. Freilich gab es auch tiefere Motive für sein Tun, genau wie bei den Tieren. Der grundlegende Unterschied zu den Tieren lag darin, dass seine Motive so unerschütterlich unabänderbar waren, dass weder Hitze oder Kälte noch Hunger oder Sattheit sie beeinträchtigen konnten. Es war wie beim Wasserlassen, man musste es einfach tun, wenn man es musste. Der Unterschied zum Wasserlassen lag darin, dass man sein Tun in gefühlvolle und ästhetische Worte kleiden musste, zum Beispiel als Ausdruck von Freude oder Trauer. All diese Gefühle mussten in Worte gefasst werden. Du konntest den modernen Aberglauben und die Lügen von Vaterland, Partei, Führer, Idealen, den neuen Menschen oder der Revolution aufdecken, aber gleichzeitig schufst du durch die Literatur einen Gazevorhang, der jeweils mehr oder weniger die Sicht auf diesen Dreck freigab. Du verstecktest dich hinter diesem Gazevorhang, mischtest dich im Dunkel unter das Publikum im Parkett und erfreutest dich an dem Spiel. War das nicht auch eine Art Befriedigung?

Die ganze Welt war voller Lügen, und genauso schufst du Lügen in der Literatur. Tiere logen nie, sie lebten auf der Welt wie sie eben war. Doch die Menschen logen, um damit diesen irdischen Dschungel etwas schöner zu gestalten. Hierin lag der Unterschied zwischen Mensch und Tier. Der Mensch, der weitaus listiger als das Tier war, nutzte die Lüge, um seine Hässlichkeit zu verbergen; und irgendeinen Grund dafür zu finden, dass er lebte. Offenbar schien der Schmerz leichter zu ertragen, wenn man Leid durch den Ausdruck des Leides ersetzte. Genau diese tröstliche Funktion hatten doch die Klagelieder, mit denen früher die Leute auf dem Land ihre Toten zu Grabe trugen, und galt nicht genau dasselbe für die Messen in der Kirche, nach deren Chorälen man geradezu süchtig werden konnte?

Pasolini hat ein Werk von de Sade auf die Filmwand gebracht, das den Menschen die Schlechtigkeit des menschlichen Charakters und politischer Macht aufgezeigt hat. Dadurch dass ein Film die Zuschauer von der Realität trennte, konnten die Zuschauer das Gefühl haben, Gewalt und Widerwärtigkeit von außen zu betrachten. Aber diese Gewalt und Hässlichkeit hatte genauso anziehende Seiten – und wahrscheinlich lag genau darin das Faszinierende von Kunst und Literatur.

Was auch Dichter über Authentizität sprachen oder Romanciers über Realität, die Autoren versteckten sich wie ein Photograph hinter einer Kamera. Beide Autorengruppen erweckten den Anschein, durch eine neutrale, sachliche, objektive Linse zu blicken, aber was auf dem Negativ zum Vorschein kam, war immer nur ihre Selbstverliebtheit und ihr Selbstmitleid oder ihre Selbstbefriedigung und ihr Masochismus. Dieser scheinbar neutrale Blick wurde von den verschiedensten Trieben getrübt. Und auch wenn sie so taten, als würden sie nüchtern die Welt betrachten, war das, was sie zeigten, schon allein von ihrem ästhetischen Geschmack geprägt. Es war doch besser zuzugeben, dass alles, was du schriebst, bestenfalls lebensnah war, dass man aber die Ebene der Realität mit der Sprache verließ. Erst wenn du systematisch mit der Sprache umgingst, wenn du deine Gefühle und ästhetischen Empfindungen in ein Netz verwobst, das sich wie ein Gazevorhang über die nackte Wahrheit legte, konntest du eine Freude dabei empfinden, Erinnerungen im Detail hervorzurufen, und nur dann hattest du Lust, weiterzuschreiben.

Mit der Sprache brachtest du deine Gefühle, Erfahrungen, Träume und Erinnerungen und Phantasien, Gedanken, Erwägungen, Ahnungen und Intuitionen und all diese Dinge zum Ausdruck, gabst ihnen einen Klang und Rhythmus und brachtest sie in Zusammenhang mit den existenziellen Zuständen der heute Lebenden. Realität und Geschichte, Zeit und Raum, Anschauung und Bewusstsein wurden im Prozess ihrer Aktualisierung durch die Sprache miteinander verwoben. Was blieb, war eine Illusion, geschaffen durch diese Sprache selbst.

Im Vergleich zu den politischen Betrügereien beruhte der Illusionscharakter der literarischen Sprache auf einem gegenseitigen Einverständnis zwischen Autor und Leser. Politische Lügen musste man akzeptieren, ob man es wollte oder nicht, aber Literatur konnte man lesen oder nicht lesen, niemand wurde dazu genötigt. Du glaubtest kein bisschen an eine reine Literatur. In der Literatur konntest du deinen Druck loswerden, und das war der Grund, warum du dich für sie entschieden hattest.

Du wolltest dich auch nicht streiten. Ob du dich hervorwagen oder zurückziehen solltest, wolltest du nicht an der Stärke oder Schwäche deiner Gegner messen. Du wolltest deinen Horizont nicht durch Theorien einschränken lassen oder erweitern oder deine Aussagen vom Geschmack anderer bestimmen lassen. Du wolltest zu deiner eigenen Freude schreiben, um ein glückliches Leben zu führen.

Du warst kein Übermensch. Nach Nietzsche hat es zu viele Übermenschen und Herden an Blinden auf dieser Welt gegeben. Du warst in der Tat einfach nur normal, normaler konnte man gar nicht sein. Auch realitätsbezogener konnte man nicht sein. Du warst gelassen und ruhig und lebtest glücklich. Du lachtest wie Amitabha, doch du warst kein Buddha.

Aber du warst nicht bereit, dich zu opfern, zur Spielfigur oder zur Opfergabe anderer zu werden. Du erwartetest weder Mitleid noch empfandest du Verbitterung. Du gerietest auch nicht in Wahnzustände, andere Menschen aus unerfindlichen Gründen zu Tode prügeln zu wollen. Du betrachtetest die Welt aus einer psychologischen Verfasstheit, die normaler nicht sein konnte, so wie du dich selbst betrachtetest, ohne Angst, ohne Erstaunen, ohne Erwartung oder Frustration, und auch ohne Trauer. Wenn dir die Trauer irgendeinen Genuss bringen konnte, hinderte dich nichts daran, dich in die Traurigkeit hineinzubegeben. Danach kehrtest du wieder in dein extrem normales Leben zurück, ein Leben voller Freude und Gelassenheit.

Du fandest die Welt gar nicht so verabscheuungswürdig, das war nur eine Modeerscheinung. Du hattest auch kein Bedürfnis, mit den Machthabenden groß abzurechnen. Dass du glücklicherweise überlebt hattest und heute die Freiheit besaßt, darüber sprechen zu können, war der Großzügigkeit anderer zu verdanken. Es war grundlegend und prinzipiell falsch zu denken, dass niemand einem anderen etwas schulde. Man war immer etwas schuldig und immer schuldeten andere einem etwas. Durch die Großzügigkeit der anderen war dir sogar noch mehr zurückgegeben worden, du hattest wirklich Glück gehabt, weshalb also noch grollen?

Du warst weder Drache noch Wurm, weder das eine noch das andere, du warst das »Nicht-Sein«, und das war keine Negation, sondern eher eine Art Aktualisierung, eine Spur, ein Ausschöpfen, ein Resultat, etwas, das sich angesichts des Todes noch bis zum Letzten verausgabte, du warst nicht mehr als die Botschaft eines Lebens, eine Erscheinung und Ausdrucksform des Nichtseins.

Du schriebst das Buch für dich selbst, das Buch einer Flucht, deine eigene Bibel. Du warst dein eigener Gott und Glaubensanhänger, du gabst dich nicht hin für andere und fordertest nicht, dass sich andere für dich aufopferten. Das war mehr als fair. Glück wollten alle Menschen. Und du konntest unmöglich alles Glück für dich allein haben. Man musste sich klar darüber sein, dass Glück auf der Welt nur in kleinen Mengen vorhanden war.

25 Er sah keine Zukunft für sich in all diesem Chaos und er musste fliehen, um der Gefahr zu entgehen. Er wollte zurückkehren in die schon verlorene Welt, als er noch die Schönheit der Vermietertochter hatte sehen können, die ihn so bewegt hatte, ihre feinen Gesichtszüge, ihre anmutige Gestalt. Als sie in seinem Türrahmen gestanden hatte, schien die Sonne aus dem Garten von hinten auf sie und tauchte ihre rosa Ohrläppchen in besonderes Licht, ließ ihr Haar glänzen und Lippen und Augenbrauen schimmern. Diese Schönheit hatte ihn in Erstaunen versetzt, das sofort erstarb, als ihn der hasserfüllte Blick des Mädchens traf. Er wollte zu den Nachbarn gehen und das Missverständnis mit dem Mädchen aufklären. Er stellte sich vor, er lebte allein in einem ruhigen einsamen Anwesen, abgeschieden von der chaotischen Welt um sich herum. Als der alte Huang nicht mehr aus seinem Haus kam, um im Auftrag des Straßenkomitees die Miete zu kassieren, ging er selbst zu den Nachbarn, um das Geld zu bezahlen und nahm das als Vorwand, das Mädchen sehen zu können.

Eine Treppe nahe an der Straße führte hoch zu einem kleinen einfachen Tor, das halb offen stand. Hinter der traditionellen Mauerwand lag ein kleiner Garten, der entgegen seinen Erwartungen völlig verwahrlost war, an der Mauer und unter den Fenstern türmten sich Haufen von Müll und Unrat. Oben auf einer Treppe, die zum Hauseingang führte, wusch eine alte Frau in einer Zinkwanne die Bettwäsche. Im Haus schrie ein kleines Baby. Er glaubte, sich im Haus geirrt zu haben und wollte gerade wieder umwenden, als die Frau ihren Kopf hob und ihn ansprach: »Wen suchst du?«

»Ich wollte die Miete bezahlen …«

»Was?«

»Ich wohne im anliegenden Hof und suche den Vermieter. Der eigentliche Besitzer meines Hauses ist schon einige Monate nicht mehr gekommen, um die Miete zu kassieren.« Er hatte sich diese Erklärung schon zurechtgelegt gehabt.

Die alte Frau winkte mit ihrer schaumbedeckten Hand zur Seite und zeigte auf einen Seiteneingang des Hauses, der mit einem Schloss versiegelt war. Dann beachtete sie ihn nicht weiter und beugte sich wieder tief über ihre Wäsche.

Er konnte nur vermuten, dass auch die Familie des Vermieters in Schwierigkeiten geraten war. Man hatte nicht nur ihr Haus verstaatlicht, sondern sie sogar aus ihrer richtigen Wohnung in dieses Nebengebäude verwiesen. Es fiel ihm schwer, den hasserfüllten Blick des Mädchens loszuwerden, aber er traute sich auch nicht, an die Tür zu klopfen und die Situation zu erklären.

Im März, der Frühling war noch ganz jung, nahm er den Zug nach Xiehejian, einem Ort in den Westbergen außerhalb von Peking. Er stieg am Xizhimen-Bahnhof ein, der gewöhnlich nur als Güterbahnhof benutzt wurde. Man hatte zwei Personenwagen der dritten Klasse an die Containerwagons eines Bummelzuges angehängt, der in die fernen Berggebiete in Chinas Nordwesten fuhr. Die Hochphase, als die Studenten durchs Land fuhren, um Erfahrungen zu sammeln, war vorbei, und in den leeren Abteilen saßen nur vereinzelt einige Fahrgäste. Er setzte sich in ein leeres Abteil ans Fenster. Der Zug passierte einen Tunnel nach dem anderen und schlängelte sich langsam durch das Tal die Berge hinauf. Durch das Fenster sah er die alte Lokomotive, die Dampf und Rauch ausstieß, dahinter die Containerwagen. Die letzten leeren Personenwagen schaukelten am Ende der Zugreihe hin und her.

In Yanchi, an einer kleinen Station ohne Bahnsteig, stieg er aus. Er sah dem Zug hinterher, der in die fernen Berge verschwand. Nachdem der Schaffner das Fähnchen geschwungen und seinen Pfiff abgegeben hatte, war er zurück in sein kleines Häuschen gegangen und hatte ihn allein auf dem Steinhaufen an einer gewundenen Straße stehen lassen.

Er war schon einmal hier gewesen, als er noch zur Schulzeit freiwillige Landarbeit geleistet und in den Berggebieten Bäume gepflanzt hatte. Auch das war Anfang Frühling gewesen, der Boden war fast noch gefroren. Man hatte keine zwei Zentimeter tief mit einem Spatenstich graben können, und nach wenigen Tagen waren ihre Handflächen mit blutigen Blasen bedeckt gewesen. Einmal war er in den eiskalten Fluss gesprungen, um einen Leinensack voller Baumsetzlinge zu retten, der in die reißende Strömung gefallen war, und hatte dabei sein Leben riskiert. Er hatte dafür eine Auszeichnung erhalten, aber der Jugendverband wollte ihn trotzdem nicht aufnehmen. Mit ein paar anderen Jugendlichen, denen die Aufnahme auch verwehrt wurde und die sich deshalb zusammen »Die Außenseiter« nannten, hatte er eine Theatergruppe gegründet. Nach zwei Aufführungen wurden sie von den Kadern der Schulleitung einzeln zu Gesprächen gerufen. Obwohl es ihnen nicht ausdrücklich verboten worden war, hatte die Gruppe ihre Aktivitäten nicht mehr aufgenommen und sich von selbst aufgelöst.

Sie hatten Tschechows »Onkel Wanja« gespielt, ein Stück über die Schönheit einer verschwundenen Zeit. Ein zartes tugendhaftes Mädchen, das weitab in einem kleinen Landhaus lebte, sagte hoffnungsvoll: Alles soll schön werden, die Menschen sollen schön werden, sie sollen schöne Kleider und schöne Gedanken in ihrem Herzen tragen. Diese Erinnerungen an eine vergangene Zeit machten ihn traurig wie die alten Photographien, die er verbrannt hatte.

Eine Weile lief er auf den Gleisen und folgte dem Lauf der Schienen. Als ihm von ferne ein Zug entgegenkam, verließ er die Gleise und lief zum steinigen Flussufer hinüber. Wenn der Fluss nicht durch Regenfälle Hochwasser hatte oder die Schleusen des Staussees geöffnet waren, war das Wasser sehr klar.

Er hatte Lin mit hierher genommen und ihren schönen Körper photographiert, wenn sie barfuß mit gerafftem Rock durch das Wasser gewatet war. Dann hatten sie ein Picknick unter den Bäumen in den Bergen gemacht, sich geküsst und geliebt. Er bedauerte, dass er Lin nie photographiert hatte, als sie mit nacktem Oberkörper und hochgezogenem Rock im Gras gelegen hatte. All das war für ihn inzwischen unfassbar geworden.

Was konnte er noch tun? Was gab es überhaupt noch zu tun? In sein Büro zu gehen und die Stapel von Tausenden von Propagandadokumenten auf seinem Schreibtisch durchzusehen, wie es die Vorschriften vorsahen, war überflüssig geworden. Keiner kümmerte sich mehr um das, was er tat. Er hatte auch kein Bedürfnis mehr nach Rebellion, dieser Gerechtigkeitseifer war ihm auf wundersame Weise vergangen. Nachdem er die Kampftruppe einige Monate an der Front angeführt hatte, war ihm auch seine Kampflust abhanden gekommen, er war müde geworden, hatte genug. Er sollte sich zurückziehen und diese Heldenrolle ablegen.

Er zog sich Schuhe und Strümpfe aus und watete barfuß durch das klare, eiskalte Wasser. Das Sonnenlicht glitzerte in den feinen Linien, die die Wellen im Fluss zogen, und schlagartig war er völlig klar im Kopf. Er dachte, er sollte seinen Vater besuchen gehen, er hatte schon lange keinen Brief mehr von zu Hause erhalten. Er sollte die Gelegenheit nutzen, in den Süden abzuhauen, ohne dass es irgendjemand erfuhr, um mit seinem Vater die Sache seines aktenkundigen »geheimen Waffenbesitzes« zu klären.

Er schaffte es, bis zum Nachmittag in Peking zurück zu sein. Er holte sein Sparbuch von zu Hause und kam gerade noch rechtzeitig zur Sparkasse, um Geld abzuheben. Dann fuhr er zum Qianmen Bahnhof und kaufte sich ein Zugticket für denselben Abend. Zu Hause sperrte er sein Fahrrad in sein Zimmer, nahm seine gewöhnliche Arbeitstasche mit und stieg um elf in den Expresszug nach Süden.

Seinen Vater hatte er zwei Jahre nicht mehr gesehen, und der konnte vor Freude kaum an sich halten, als er so plötzlich zu Hause auftauchte. Er ging extra zum freien Markt, um frischen Fisch und noch lebende Krabben zu kaufen, Dinge, die es in Peking nicht gab. In der Küche nahm er selbst den Fisch aus. Sein Vater hatte gelernt, Essen zuzubereiten. Alle kummervolle Trauer, die seit dem Tod seiner Mutter auf ihm lastete, war wie weggeblasen, und er war aufgedreht und redete sehr viel. Selbst auf Politik kam er zu sprechen und fragte interessiert nach den Köpfen in Staat und Partei, die plötzlich von den Seiten der Zeitungen verschwunden waren. Zum Essen gab es Wein, und er hatte keine Lust, seinem Vater die Stimmung zu verderben. So erzählte er ihm einige Neuigkeiten, die nicht aus der Zeitung zu erfahren waren, und erklärte ihm, dass es sich hier um einen Kampf auf höchster Führungsebene handele, den niemand in der normalen Bevölkerung verstehen könne. Ich weiß, ich weiß, hatte sein Vater geantwortet, hier in der Provinz, in den Städten sei das nicht anders. Dann berichtete er, dass er sich der Rebellenfraktion angeschlossen habe und dass nun auch der Personalchef, der besonders viele umerzogen habe, habe Platz machen müssen. Er versank eine Weile in Schweigen, bis er ihn doch daran erinnern musste: »Papa, aber vergiss nicht, was wir aus der Bewegung gegen die Rechtsabweichler lernen mussten!«

»Ich habe niemals gegen die Partei opponiert! Ich habe nur meine Meinung zum persönlichen Arbeitsstil einer bestimmten Person geäußert!«

Sein Vater war sofort wieder so aufgeregt, dass das Weinglas in seiner Hand zitterte und einige Tropfen auf den Tisch fielen.

»Aber du bist kein junger Mann mehr. Du hattest in deiner Vergangenheit Probleme, du kannst nicht in eine solche Organisation eintreten!« Er war nun ebenfalls erregt. In diesem Ton hatte er noch nie mit seinem Vater gesprochen.

»Warum kann ich das nicht?« Der Vater setzte heftig das Glas auf dem Tisch ab. »Meine Vergangenheit ist lupenrein. Ich war niemals Mitglied irgendwelcher reaktionärer Gruppierungen, ich habe nicht das geringste politische Problem. Als die Partei damals die Kampagne startete, dass alle ihre Meinungen frei äußern sollten, habe ich nur gesagt, dass man die Mauern niederreißen solle, welche die Partei von den Massen trenne, ich sprach über den persönlichen Arbeitsstil einer gewissen Person, ich habe kein einziges Mal »Nein« zur Partei gesagt. Das war nur dessen Rache. Ich hatte das auf einer großen öffentlichen Versammlung gesagt, bei der viele anwesend waren, die das alle gehört haben und bezeugen können! Und dass ich diesen kurzen Bericht an die Tafel geschrieben habe, geschah auf Anregung des Parteikomitees selbst!«

»Papa, du bist zu naiv!« Er wollte ihm gerade auseinander legen, warum, als sein Vater ihn wieder unterbrach.

»Du musst mich nicht belehren! Du musst nicht glauben, dass du das tun kannst, nur weil du ein paar Bücher gelesen hast. Deine Mutter hat dich einfach zu sehr geliebt, sie hat dich verhätschelt!«

Nachdem sein Vater sich wieder beruhigt hatte, konnte er nicht umhin zu fragen: »Papa, hast du jemals Waffen besessen?«

Sein Vater erstarrte, als habe man ihn körperlich getroffen, senkte langsam den Kopf, drehte das Weinglas zwischen den Fingern und schwieg.

»Jemand hat durchblicken lassen, dass es in meiner Akte diesbezüglich Probleme gebe,« erklärte er, »und ich bin gekommen, um mit meinem Vater zu klären, ob es stimmt oder nicht.«

»Alles liegt nur daran, dass deine Mutter zu aufrichtig war...«, murmelte sein Vater.

Das bedeutete, dass es stimmte. Ihm wurde kalt.

»Damals, etwa ein oder zwei Jahre nach der Befreiung, wurden Formulare verteilt, die alle ausfüllen mussten. Eine Spalte fragte nach Waffen. Es ist alles die Schuld deiner Mutter, sie machte aus jeder Kleinigkeit ein Problem und wollte unbedingt, dass ich das Formular der Wahrheit entsprechend ausfüllte. Ich hatte für einen Freund eine Pistole weiterverkauft ...«

»In welchem Jahr war das?«, fragtest du ihn fixierend. Plötzlich war dein Vater das Objekt einer Untersuchung geworden.

»Das war lange her. Im anti-japanischen Widerstandskrieg oder irgendwann in der Republikzeit. Du warst ja noch nicht einmal geboren …«

So waren die Menschen, wenn sie gestanden, dachte er, und sie gestanden alle. Es war eine nicht wegzudiskutierende Tatsache. Er musste sich äußerst beherrschen, um ruhig zu bleiben und seine Erregung zu unterdrücken. Er konnte seinen Vater nicht verhören und fragte daher nun sanft: »Papa, ich verurteile dich nicht, aber was ist mit der Pistole?«

»Ich habe sie einem Kollegen in der Bank gegeben. Deine Mutter wollte wissen, was wir mit dem Ding sollten. Zur Selbstverteidigung, es waren unruhige Zeiten damals. Doch deine Mutter meinte, ich wüsste doch gar nicht, wie man mit einer Pistole umginge, und was wäre, wenn sich ein Schuss lösen würde? Daher habe ich sie an einen Kollegen in der Bank weiterverkauft.«

Sein Vater lachte.

Das war aber nicht zum Lachen. Er sagte sehr ernst: »Doch in der Akte ist verzeichnet, dass du heimlich eine Waffe besitzt.«

Lin hatte ihm genau das gesagt, und er konnte sich unmöglich verhört haben.

Sein Vater zuckte zusammen und schrie fast: »Das ist unmöglich! Das ist alles mehr als dreißig Jahre her!«

Vater und Sohn sahen sich an. Er glaubte seinem Vater, mehr als der Akte, aber er sagte dennoch:

»Papa, sie werden das aber sicher untersuchen!«

»Das bedeutet …«, begann sein Vater völlig niedergeschlagen.

Das bedeutete, dass heute niemand mehr zugeben würde, dass er die Waffe von ihm gekauft hatte. Auch er sah keine Hoffnung.

Auch seinem Vater war vollkommen klar, was das bedeutete, und er barg das Gesicht in beiden Händen und begann zu weinen. Keiner hatte die Stäbchen auf dem Tisch angerührt, und das Essen war kalt geworden.

Er sagte, er werde seinen Vater nicht verurteilen, selbst wenn irgendetwas geschehen sollte, sei er doch sein Sohn und würde natürlich zu ihm stehen. In der großen Hungerkatastrophe nach dem »Großen Sprung nach vorn« war auch seine Mutter aus Naivität dem Ruf der Partei gefolgt und auf eine Staatsfarm gegangen, um sich durch Arbeit umzuerziehen, hatte bis zur Erschöpfung gearbeitet und war in einem Fluss ertrunken. Vater und Sohn hatten nur noch sich beide. Er wusste, dass sein Vater ihn sehr liebte. Als er in den Semesterferien einmal mit Ödemen nach Hause gekommen war, hatte er für die gesamten Fleischmarken von zwei Monaten Schweineschmalz gekauft, das er mitnehmen sollte. Im kalten und unfruchtbaren Norden gebe es nichts wirklich Nahrhaftes, während man im Süden immer noch für teures Geld von den Bauern ein paar Mohrrüben kaufen konnte. Sein Vater hatte das heiße Schmalz in eine Plastikdose gegossen, die sofort schmolz, so dass das Fett über den Tisch auf den Boden lief. Er würde nie vergessen, wie sie beide niederknieten und das wieder geronnene Schmalz mit kleinen Löffeln vom Holzboden kratzten, ohne ein Wort zu verlieren. Er sagte: »Papa, wenn ich zurückkehre, muss ich die Sache mit der Pistole klären, für dich, aber auch für mich selbst.«

Erst dann sagte sein Vater: »Ich habe diese Pistole vor mehr als dreißig Jahren an einen Kollegen in der Bank weiterverkauft. Nach der Befreiung hat er noch einmal geschrieben, dann hatten wir keinen Kontakt mehr. Falls er überhaupt noch lebt, arbeitet er wahrscheinlich noch immer in einer Bank. Du nanntest ihn damals Onkel Fang, erinnerst du dich? Er mochte dich sehr gern, er wird dich nicht verraten. Er hatte keine Kinder und wollte dich damals als Adoptivsohn annehmen, aber deine Mutter hat das nicht erlaubt.«

Zu Hause gab es ein altes Photo, vielleicht hatte er es schon verbrannt. Aber er erinnerte sich an Onkel Fang, er hatte ein rundes Gesicht und eine Glatze und sah aus wie Amithaba. Er trug immer westliche Anzüge und Krawatten. Auf den Beinen dieses westlich gekleideten lebendigen Buddhas saß ein kleiner

Junge in einem Strickanzug und einem goldenen Parker in der Hand, den er nicht loslassen wollte. Später schenkte er ihm diesen Stift und er war der teuerste Schatz seiner Jugend.

Er blieb nur einen Tag zu Hause und fuhr dann noch einen ganzen Tag weiter mit dem Zug nach Süden. Als er die örtliche Volksbank gefunden hatte, um sich nach dem Kollegen zu erkundigen, wurde er von einem jungen Mann in Empfang genommen, der der Rebellenorganisation angehörte. Als er nach dem Kader für Personalangelegenheiten fragte, erfuhr er, dass ein gewisser Fang vor zwanzig Jahren zu einer Sparkasse in einem Vorort der Stadt transferiert worden sei, möglicherweise weil man nach der Befreiung den ehemaligen Bankangestellten nicht vertraute.

Er lieh sich ein Fahrrad und fand die Sparkasse. Es hieß, der Mann sei schon in Rente gegangen, und sie nannten ihm seine Adresse. Nachdem er in einem einfachen, zweistöckigen Haus die Gänge abgelaufen war, fragte er eine alte Frau mit Schürze, die im gemeinsamen Waschraum ihr Gemüse putzte. Die Frau zuckte kurz zusammen und fragte ihn dann zurück: »Was willst du von ihm?«

»Ich bin auf einer Dienstreise hier vorbeigekommen und wollte einen alten Bekannten besuchen«, antwortete er.

Die Frau murmelte etwas Unverständliches vor sich hin, wischte sich die Hände an ihrer Schürze ab und sagte, dass er nicht da sei. Er vermutete, dass es sich möglicherweise um seine Frau handelte und erklärte daher sehr freundlich, dass er der Sohn eines alten Bekannten und vorbeigekommen sei, um sich nach Onkel Fang zu erkundigen. Ach so, erwiderte die Frau, führte ihn sofort zu einer kleinen Haustür und bat ihn ins Zimmer. Sie wies ihm einen Sitzplatz zu und goss ihm sehr zuvorkommend eine Tasse Tee ein. Ihr Mann sei im Gemüsegarten, bemerkte sie, und ging hinaus, um ihn zu holen.

Der alte Mann kam mit einer Hacke in der Hand herein, stellte die Hacke hinter der Tür ab und blinzelte ihn an. Ein Augenlid hing herab und auf seinem kahlen Kopf waren nur wenige dünne weiße Haare verblieben. Er rief ihn Onkel Fang und erklärte nochmals, wessen Sohn er war und dass er Grüße von seinem Vater bestellen sollte.

Der Alte nickte mit dem Kopf, das herabhängende Augenlid zuckte ununterbrochen. Er blickte ihn lange an, bis er sehr langsam sagte: »Ich erinnere mich, ich erinnere mich, ja, ich erinnere mich ... ein alter Kollege, ein alter Freund ... Wie geht es deinem Vater?«

»Bisher ist noch nichts passiert.«

»Ach. Das ist gut, wenn nichts passiert ist. Heutzutage ist es schon gut, wenn nichts passiert!«

Nachdem er einige Höflichkeitsfloskeln von sich gegeben hatte, sagte er, dass er Schwierigkeiten bekommen habe beziehungsweise, dass er vielleicht Schwierigkeiten bekommen werde und dass dies möglicherweise zu tun habe mit einer Pistole, die sein Vater zum Weiterverkauf erworben hatte.

Der Alte senkte den Kopf, als würde er etwas suchen, dann hob er mit zitternden Händen die Teetasse hoch. Er erklärte, dass er den alten Herrn nicht als Zeugen brauche, sondern ihn nur bitten wolle, zu erklären, was vor sich gegangen war: »Hat mein Vater in deinem Auftrag eine Pistole verkauft?«

Er betonte das Wort »verkaufen« und vermied zu sagen, dass der Alte die Pistole gekauft hatte. Der Alte setzte die Tasse ab, seine Hände waren ruhig geworden und er sagte: »Das war so, aber das ist viele Jahre her. Wir waren im anti-japanischen Krieg auf der Flucht, es waren unruhige Zeiten und wir mussten uns vor Räuberbanden schützen. Wir hatten viele Jahre in der Bank gearbeitet und ein bisschen Vermögen gespart. Weil Papiergeld immer mehr an Wert verlor, haben wir es in Silber und Gold getauscht und mitgenommen, wohin auch immer es uns verschlug. Da brauchte man eine Pistole, um sich für den Notfall zu verteidigen.«

Er erklärte, dass sein Vater ihm all das schon erzählt habe, und er das auch ganz normal finde. Das Problem sei, dass der Verbleib der Waffe bis heute nicht geklärt sei, und dass der Verdacht, sein Vater würde sie heimlich verstecken, auch in seiner Akte gelandet sei. Er bemühte sich, das äußerst gelassen und beiläufig zu sagen.

»Das hätte man doch alles nicht gedacht!«, seufzte der Alte auf, »die frühere Arbeitseinheit deines Vaters hat schon jemand zur Hausdurchsuchung hierher geschickt, aber wer würde denn darauf kommen, dass das auch noch dir Schwierigkeiten bringen könnte?«

»Soweit ist es noch nicht, aber es könnte in einem ungünstigen Moment eines Tages explodieren. Da ist es besser, gut vorbereitet zu sein.«

Nochmals erklärte er, dass er nicht gekommen sei, um eine Untersuchung durchzuführen, und lächelte den Mann freundlich an, um ihn zu beruhigen.

»Die Pistole habe ich gekauft«, sagte der Alte schließlich.

Er widersprach: »Aber mein Vater sagte, er habe dich beauftragt, sie weiterzuverkaufen ...«

»Und an wen soll ich sie verkauft haben?«, fragte der Alte.

»Das hat mein Vater nicht gesagt«, antwortete er.

»Nein, die Pistole habe ich gekauft«, wiederholte der Alte.

»Weiß er das?«

»Natürlich weiß er das. Später habe ich sie in einen Fluss geworfen.«

»Und, weiß er das?«

»Wie soll er das denn wissen? Das war schon lange nach der Befreiung, als das Leben wieder ruhig und sicher war. Wozu hätte irgendjemand dieses Ding behalten sollen? Nachts habe ich sie heimlich in den Fluss geworfen ...«

Er wusste nicht, was er sagen sollte.

»Aber warum musste dein Vater das sagen? War doch ein bisschen zu viel des Guten!«, schimpfte der Alte.

»Wenn er gewusst hätte, dass die Pistole in einem Fluss gelandet ist ...«, erklärte er zur Verteidigung seines Vaters.

»Das Problem ist, dass dieser Mann einfach zu aufrichtig ist!«

»Vielleicht hatte er Angst, dass es die Waffe noch irgendwo gibt und dass nach ihrer Herkunft geforscht würde, wenn sie entdeckt würde ...«

Er wollte seinen Vater von den Vorwürfen reinwaschen, aber letztlich war es eben sein Vater gewesen, der diese Information weitergegeben und damit sogar diesen Alten mit in die Sache hineingezogen hatte. Der Schuldige war doch sein Vater.

»Wer hätte das gedacht, wer hätte das gedacht ...«, seufzte der Alte wieder auf, »wer hätte gedacht, dass diese Angelegenheit, die über dreißig Jahre her ist, von der Akte deines Vaters nun in deine Akte übertragen wird – du warst damals ja noch nicht einmal geboren!«

Wahrscheinlich war diese Pistole, die nun auf dem Grunde des Flussbettes verrostete und gar nicht mehr existierte, auch in der Akte des Alten gelandet, dachte er für sich, aber sprach es nicht aus. Er wechselte das Thema: »Onkel Fang, hast du keine Kinder?«

»Nein.« Wieder seufzte der alte Mann auf, aber er sprach nicht weiter.

Offenbar erinnerte sich der Alte nicht mehr daran, dass er ihn als Adoptivsohn hatte aufnehmen wollen. Das war sein Glück, sonst würde er sich wahrscheinlich in einer genauso misslichen Lage befinden wie sein Vater.

»Wenn du weitere Nachforschungen anstellen willst ...«, begann der Alte.

»Nein, das ist nicht nötig«, unterbrach er ihn. Er hatte seine ursprünglichen Reisepläne schon verworfen, es gab keinen Grund, den beiden Alten nochmals Vorhaltungen zu machen, weder ihm noch seinem Vater.

»Ich habe mein Leben schon gelebt. Hör mir zu, was ich zu sagen habe«, sprach der Alte mit fester Stimme.

»Dieses Ding existiert doch schon gar nicht mehr? Der Rost hat es doch schon völlig zerfressen?« Er fixierte den Alten mit seinem Blick.

Der Mann sperrte den Mund auf und lachte laut auf. Wenige

Zähne waren ihm verblieben, unter dem herabhängenden Augenlid trat eine Träne hervor.

Zusammen mit seiner Frau versuchte der Alte, ihn zu überreden, zum Essen zu bleiben, doch er lehnte dankend, aber entschieden ab, da er sein Fahrrad in der Stadt noch zurückgeben und dann den Abendzug nach Peking erwischen musste.

Onkel Fang brachte ihn nach draußen und ging noch mit zur Straßenecke. Er winkte ihm, bestellte schöne Grüße an den Vater und wiederholte immer wieder: »Pass auf dich auf! Pass auf dich auf!«

Er stieg auf das Fahrrad. Als er den Alten hinter sich nicht mehr sehen konnte, wurde ihm plötzlich klar, dass diese ganzen Nachforschungen überhaupt niemandem etwas gebracht hatten.

26

Du musstest dich genau an ihn erinnern, diesen verlotterten Nachkömmling einer niedergehenden Familie, der weder besonders arm noch besonders reich war, sich zwischen Proletariern und Kapitalisten bewegte, in der Alten Welt geboren und in der neuen Gesellschaft aufgewachsen war, der von der Revolution noch immer ein bisschen fasziniert war und bezüglich der Rebellion zwischen Glauben und Zweifel schwankte. Und der, nachdem auch die Rebellion keinen Ausweg brachte, vor allem müde geworden war, der entdeckt hatte, dass er nur ein Spielball im politischen Spiel gewesen war und weder Fußsoldat noch Opfer mehr spielen wollte. Da er nicht fliehen konnte, blieb ihm nur, eine Maske aufzusetzen, sich unter die anderen zu mischen und zu versuchen, zu überleben.

Um das Spiel seiner zwei Gesichter zu spielen, musste er eine Maske tragen und diese aufsetzen, sobald er das Haus verließ, so wie man an Regentagen einen Schirm mitnimmt. Erst wenn er in sein Zimmer zurückgekehrt war, die Tür geschlossen hatte und von niemandem mehr gesehen wurde, nahm er sie ab und atmete tief durch. Trug er die Maske zu lange, würde sie an seinem Gesicht fest kleben und fest verwachsen mit der Haut und den Nerven seines Gesichtes, und er würde sie nicht mehr abnehmen können. Nebenbei bemerkt, stieß man auf dieses Krankheitsbild allerorten.

Sein wirkliches Gesicht zeigte sich erst, wenn er am Ende des Tages die Maske abgenommen hatte, aber es war gar nicht so einfach, die Maske loszuwerden. Gesichtshaut und -nerven waren durch die ständige Maske völlig versteinert, und er musste einige Kraft aufbringen, bis er wieder ein Lachen oder eine Grimasse hervorbringen konnte.

Er war wohl schon immer ein Rebell gewesen, nur hatte er nie ein klares Ziel, ein klares Programm und eine Ideologie. Es war eher ein Selbstverteidigungsinstinkt. Erst später merkte er, dass diese Rebellion nur von anderen dirigiert worden war, aber da war es schon zu spät.

Seitdem hatte er keine Ideale mehr und wollte auch nicht, dass sich irgendwelche anderen Leute für ihn den Kopf zerbrachen, denn er wollte bei niemandem in der Schuld stehen und fürchtete zudem, nochmals jemandem auf den Leim zu gehen. Er verfolgte auch keine Träumereien mehr, musste weder sich noch andere mit schönen Worten betrügen. Heute machte er sich keine Illusionen mehr, weder über Menschen noch über Dinge.

Er wollte auch keine Genossen haben, er brauchte niemanden zum Pläneschmieden, um irgendein festgestecktes Ziel zu erreichen. Er brauchte auch keine Macht, all dies war viel zu schmerzhaft und die nie endenden Kämpfe erschöpften und ermüdeten sein Herz und seine Seele. Wenn er sich nur verstecken konnte in dieser großen Familie des organisierten Kollektivs, war er schon mehr als glücklich.

Er wollte die Alte Welt nicht zerschlagen, und doch war er kein Reaktionär. Jeder sollte doch Revolution machen, wo immer er wollte. Sein Problem war nur, dass er nicht überleben konnte, ohne Revolution zu machen. Kurz gesagt, er war kein

Krieger. Er wollte lieber ein Außenseiter bleiben und zwischen den Revolutionären und Reaktionären einen Beobachterposten einnehmen.

Eigentlich hatte er keine Feinde. Es war die Partei, die ihn unbedingt zum Feind erklären wollte. Die Partei erlaubte ihm keine Wahl, sie zwang ihn in ihre Normen, und wenn er diesen nicht folgte, wurde er folglich zum Parteifeind. Und die Partei führte das Volk. Sie brauchte jemanden wie ihn als Zielscheibe, um den Ehrgeiz anzustacheln, Enthusiasmus zu wecken, die Massen dazu zu mobilisieren, ihren Unmut zu äußern. Allein zu diesem Zweck war er zum öffentlichen Volksfeind erklärt worden. Er empfand keinen Groll gegen das Volk. Alles was er wollte, war, sein eigenes kleines Leben führen zu können, ohne dabei andere Leute zur Zielscheibe zu machen.

Er war eben ein Einzelgänger und wollte das auch immer bleiben. Heute hatte er keine Kollegen, keine Vorgesetzten und keine Untergebenen, keine Führer, keine Chefs, er war sein eigener Arbeitgeber und Angestellter, der tun und lassen konnte, was er wollte.

Er empfand keinen Abscheu gegenüber der Welt. Er lebte unter den leiblichen Menschen wie jeder andere und liebte die Küche seines Vaterlandes, mit der er als Kind aufgewachsen war, und die er durch die Kochkunst seiner Mutter lieben gelernt hatte. Natürlich aß er auch westliches Essen: Von der französischen Küche gar nicht zu reden, mochte er italienische Makkaroni, die Marco Polo in der Tang-Zeit aus China mitgebracht haben soll, über die man Käse streute, den es im chinesischen Essen nicht gab. Auch roher Fisch aus Japan, der scharfe Duft von Peperoni, der in die Nase zog, oder russischer Kaviar, vor allem der schwarze, waren nicht schlecht. Oder koreanisches Grillfleisch, das in süßsaures Gemüse eingelegt worden war, oder, wenn er das noch hinzufügen durfte, dünnes gebackenes Brot aus Indien, waren vorzüglich, das Einzige, was er nicht mochte, war das fade geschmacklose Essen von Kentucky Fried Chicken. Sein feiner Geschmack machte ihn eben etwas wählerisch, was allein daran lag, dass er eine so glückliche Kindheit verbracht hatte.

Er war auch lüstern. Als kleines Kind hatte er heimlich seine Mutter beobachtet, wenn sie ihren jungen schönen Körper badete. Seitdem liebte er schöne Frauen, und wenn er keine Frau in der Nähe hatte, schrieb er ziemlich erotische Geschichten. In dieser Hinsicht ging er sicher nicht als tugendhafter Gentleman durch. Er bewunderte Don Juan und Casanova, doch da sein Leben nicht mit solch reichen Erfahrungen beschenkt war, blieb ihm nichts übrig, als seine erotischen Phantasien in seine Bücher zu schreiben.

Dies war also der Befund seiner Person und sollte Ersatz sein für seine sich sicherlich noch in China befindende und ihm niemals unter die Augen kommende Personalakte.

27

Er blickte auf die Risse in der Decke aus Dachpappe. Nachts hatten sich die Ratten da oben gebalgt, waren hin und her gesprungen und hatten dabei die Risse noch vergrößert. Dunkle Staubfäden hingen aus ihnen herab. Noch nie zuvor in seinem Leben war ihm so langweilig gewesen. Er hatte nichts zu tun. Morgens musste er nicht mehr pünktlich zur Arbeit gehen, an der Rebellion brauchte er sich nicht mehr zu beteiligen. Er las weder noch schrieb er. Alle lesenswerten Bücher waren in Holzkisten und Pappkartons verpackt. Er musste ein klares Bewusstsein behalten, um nicht immer wieder in seine Tagträumereien zurückzufallen. Doch sein Nachbar, der Arbeiter im Ruhestand, hatte seit dem frühen Morgen das Radio auf volle Lautstärke gestellt, aus dem die revolutionäre Modelloper »Die Rote Laterne« erschallte. Er fühlte sich absolut unwohl. Selbst wenn er masturbierte, sich unter die Decke verkroch und mit geschlossenen Augen krampfhaft versuchte, sich Lins heißen nackten Körper vorzustellen, konnte er sich gegen die schrill vorgetragenen Gesangstexte von Pflicht und Ehre nicht wehren, und das machte ihn völlig niedergeschlagen.

Er dachte daran, eine Leiter auszuleihen und die Löcher in der Decke zuzukleben. Doch wenn man die herabhängenden Pappfetzen nicht richtig anklebte, würde alles herunterkommen. Staub und Dreck vieler Jahre würden das gesamte Zimmer in dunklem Dunst verschwinden lassen, und die Decke wäre überhaupt nicht mehr zu reparieren. Decken aus Dachpappe zu flicken, war eine Sache für Handwerker. Er packte die Sachen vom alten Tan vom Bett in eine Ecke, legte seine Matratze auf dessen Bett und wischte sein Bett sauber. Der alte Tan würde sicher nicht mehr zurückkehren.

Selbst wenn er reisen wollte, wusste er nicht, wohin. Das Einzige, was er tun konnte, war auf die Straße zu gehen und sich eine der kleinen Zeitungen zu kaufen, die die Massenorganisationen herausgaben. Darin fand sich noch so manches Enthüllungsmaterial. Wieder zu Hause bereitete er sein Abendessen und las beim Essen die Zeitung. Aus den Reden der Führungskader beim Empfang verschiedener Massenorganisationen konnte er eine gewisse Uneinigkeit und gewisse Unstimmigkeiten herauslesen. Jedes Wort war mit voller Inbrunst vorgetragen. Doch die Positionen wechselten sie wie Pferde auf einem Karussell. Diejenigen, die gestern noch die Neuesten Weisungen von Mao erklärt hatten, konnten morgen oder übermorgen schon einem heimlichen Attentat zum Opfer fallen und zum Parteigegner abgestempelt werden. Da sein früherer Enthusiasmus für die Rebellion abgekühlt war, regten sich immer mehr Fragen und Zweifel in ihm. Doch er wagte noch nicht, sich das einzugestehen.

Gelegentlich musste er in der Organisationsabteilung auftauchen und im Hauptquartier ihrer Rebellenfraktion herumsitzen. Damals gab es viele Splittergruppen von Rebellen, die sich nach der Trennung von einer Gruppe wieder mit anderen zu Hauptquartieren zusammenschlossen. Leute gingen ein und aus, er rauchte einige Zigaretten und plauderte ein wenig, um sich mal wieder sehen zu lassen, neue Nachrichten aufzuschnappen und sich unbemerkt wieder davonmachen zu können. Die endlosen Kämpfe in diesem Gebäude, die zu neuen Organisationen und wieder neuen Kämpfen führten, interessierten ihn nicht mehr.

Die meisten und heißesten Nachrichten gab es in der Chang'an-Straße. Er machte immer einen Umweg darüber, wenn er zu seiner Organisation fuhr. Vor den dunkelroten Mauern des Zhongnanhai war ein Lager von Zelten und Hütten aus Strohmatten errichtet worden, aus dem ein riesengroßes rotes Spruchband mit dem Titel »Front-Verbindungszentrale der proletarischen revolutionären Hauptstadtgruppen zur Kritik und Verurteilung Liu Shaoqis« ragte. Dazwischen wehten einige Fahnen der Rebellenfraktionen verschiedener Universitäten. Aus mehr als hundert Lautsprechern dröhnten schrille Kampflieder die ganze Nacht hindurch bis in den frühen Morgen, die im Namen des Höchsten Führers und der »Roten Sonne« den Präsidenten des Landes, Liu Shaoqi, öffentlich anprangerten. Nicht einmal diese Szenen konnten ihn noch begeistern.

»Liu Shaoqis Tochter hat neuestes Material über ihren Alten enthüllt! Lest es! Lest es! Öffentliche Gelder für die Revolution hat er sich einverleibt und davon einen goldenen Schuhlöffel gekauft! Enthüllungen seiner früheren Gattin!«

In der Menge, die den Zeitungsverkäufer umringte, erkannte er einen früheren Klassenkameraden, »Großkopf« Datou. Er tippte ihm von hinten auf die Schulter, Datou erschrak, aber als er sich umgedreht und ihn erkannt hatte, lachte er. Datou hatte eine schwarze Tasche aus Kunstleder um, in der Zeitungen und Materialien steckten, die er ebenfalls gekauft hatte.

»Komm, gehen wir zu mir!« Ein Gefühl von Nostalgie überkam ihn: Datou war der letzte Faden, der ihn noch mit seinem schon verlorenen Leben verband.

»Ich kaufe eine Flasche Schnaps!«, stimmte Datou begeistert zu.

Die beiden stiegen auf ihre Räder und drängten sich durch den Dongdan-Markt. Sie kauften einige kleine Gerichte und Schnaps und fuhren zu ihm nach Hause. Die Nachmittagssonne schien auf seinen Vorhang und es war sehr warm im Zimmer. Schon nach ein paar Gläsern hatten sie rote Wangen und glühende Ohren. Datou sagte, sie hätten ihn schon zu Anfang der Bewegung herausgegriffen. Jemand hatte verraten, dass er Mao verleumdet hätte, weil er gesagt habe, seine philosophischen Werke bestünden nur aus zwei kleinen Bänden, das war ihm im Wohnheim beim Plaudern herausgerutscht, und das war alles gewesen. Aber nun hatte man größere Ziele vor Augen und kümmerte sich nicht mehr um die paar reaktionären Worte, die ihm entfahren waren. Er fügte hinzu, dass er noch keine einzige Wandzeitung aufgehängt habe, in dieser Bewegung werde er nicht mitmischen. Nur seine Mathematik könne er auch nicht mehr verfolgen, daher sammle er diese kleinen Zeitungen und lese heimlich unterhaltsame Bücher.

»Was für Bücher?«

»Den ›Spiegel zur rechten Regierung‹, den habe ich von zu Hause mitgenommen.« Ein Lächeln erstarrte auf Datous rundem Gesicht, das vom Schnaps rot glänzte.

An solchen Regierungsbüchern der alten Kaiser hatte er überhaupt kein Interesse und verstand auch nicht, was Datous Lächeln bedeuten sollte.

»Hast du Wu Hans ›Zhu Yuanzhang-Biographie‹ nicht gelesen?«, fragte Datou ihn zurück.

Das war ein Test. Datou streckte seine Fühler aus.

Die Kritik an Wu Han, Vizebürgermeister von Peking und Historiker für die Ming-Dynastie, hatte den Anfang der Kulturrevolution gebildet. Schon lange zuvor hatte er ein Buch darüber verfasst, wie dieser erste Kaiser der Ming-Dynastie all seine verdienstvollen Beamten, die ihm zur Macht verholfen hatten, später töten ließ. Gleich zu Anfang der Bewegung hatte er sich umgebracht und damit ein Vorbild abgegeben für unzählige spätere Selbstmörder. Er verstand die Anspielung und fühlte seine eigenen inneren Zweifel bestätigt. Er klopfte mit dem Finger auf den Tisch und rief: »Du Teufel!«

Datous Augen blitzten hinter den Brillengläsern auf, er versuchte ein Lächeln. Der weltfremde Bücherwurm von früher war er nicht mehr.

»Ich habe es damals nur überflogen, weil ich dachte, es sei ein historisches Buch über alte Kaiser. Wer hätte gedacht ... was für ein riesiger Bogen?« Vorsichtig prüfend tastete er sich nun voran.

»Wie ein Bumerang der Aborigines!«, setzte Datou lachend den Satz fort.

»Aber ist das nicht auch Dialektik?«

»Ist nur schwer zu sagen, ob eine höhere oder niedere ...«

Anspielungen und unterschwellige Äußerungen für das, was man nicht aussprechen durfte oder was man nicht sagen konnte. Bereicherte die Herrschaftskunst der Kaiser die Ideologie oder verschleierte die Ideologie das wahre Machtstreben der Herrschenden? Geschichte war sicherlich stärker als Ideologie, aber was war mit der Realität?

Datou hörte auf zu lächeln. Noch immer klang das Radio von nebenan herüber. Diesmal war es eine andere Modelloper, deren Produktion von Maos Frau geleitet worden war, »Das rote Frauenbataillon«: »Voran, voran! Die Bürde der Revolution ist schwer, der Zorn der Frauen gewaltig!« Genossin Jiang Qing, der von den Altvorderen der Partei verboten worden war, am politischen Geschäft teilzunehmen, hatte begonnen, ihren Willen durchzusetzen.

»Wieso ist es hier so hellhörig?«, fragte Datou.

»Manchmal ist es gar nicht schlecht, dass dieses Radio an ist.«

»Hast du kein eigenes Radio?«

»Mein Mitbewohner Tan hatte ein Transistorradio, aber das ist konfisziert worden. Er ist noch immer in Isolationshaft in der Organisation.«

Beide schwiegen eine lange Weile. Man hörte jedes einzelne Wort aus dem Radio von nebenan.

»Hast du ein Schachspiel? Spielen wir eine Partie!«, schlug Datou vor.

Der alte Tan hatte ein Spiel mit geschnitzten Figuren aus Knochen, das er in einem Pappkarton fand, den er zusammen mit den anderen Sachen in die Ecke gestellt hatte. Sie räumten Teller und Gläser weg und stellten die Figuren auf.

»Wie bist du auf dieses Buch gekommen?«, kam er auf das Thema von eben zurück und machte einen Zug.

»Als die Zeitungen damals Wu Han zu kritisieren begannen, bat mich mein Alter, nach Hause zu kommen, und teilte mir mit, dass er in Rente gehen wolle ...«

Datou brachte seine Andeutungen mit gedämpfter Stimme vor und setzte eine Figur nach vorn. Sein Vater war Professor für Geschichte und zudem Mitglied irgendeiner demokratischen Vereinigung.

»Dieses Buch von Wu Han, hast du das? Kriegt man das noch irgendwo?« Er machte einen weiteren Zug.

»Wir hatten es zu Hause und mein Alter wollte, dass ich es lese. Aber nun ist es schon lange verbrannt. Wer würde es wohl noch wagen, dieses Buch zu besitzen? Er hat mir nur den ›Spiegel zur rechten Regierung‹ mitgegeben, in einer fadengehefteten Ausgabe aus der Ming-Dynastie, das ich erben sollte. Dieses Buch hatte der alte Mao schon früh als Kaderlektüre empfohlen, sonst könnte man das heute auch nicht mehr behalten.« Er sprach das Wort »Mao« sehr leicht aus, als ob er darüber hinweggehen wollte, und schlug einen Bauern.

»Dein Alter ist aber wirklich raffiniert!« Ihm war selbst nicht klar, ob er das voller Bewunderung oder Bedauern sagte. Er hatte keinen Vater, der sich so genau auskannte, sein Vater war einfach orientierungslos.

»Es war trotzdem zu spät. Er durfte nicht in Rente gehen. Dazu kamen die Probleme mit seiner Vergangenheit – sie haben ihn doch geholt!« Datou nahm seine Brille ab. Kurzsichtig wie er war, starrten seine Augen, die jeden Glanz verloren hatten, auf das Spielfeld.

»Was spielst du hier eigentlich für einen Scheiß zusammen?«

Plötzlich fegte er die Figuren mit der Hand vom Spielfeld und rief: »Schluss jetzt, blöde Fotzen sind das alle!«

Datou erschrak selbst über seine groben Ausdrücke, dann fing er an zu kichern, bis sie beide in lautes Gelächter ausbrachen, dass ihnen die Tränen die Wangen herunterliefen.

Passt besser auf! Falls diese Unterhaltung von irgendjemandem mitgehört worden wäre, könnte das euch das Leben kosten! In jedem Einzelnen saß die Angst, aber man durfte nicht darüber sprechen, nicht daran rühren.

Als es dunkel geworden war, ging er in den Hof, um den Müll zu leeren, die abgenagten Hähnchenknochen zu entsorgen und die Ofenasche auszukippen. Erst als die Nachbarn ihre Türen geschlossen hatten, stieg Datou hastig auf sein Fahrrad. Er wohnte in einem kollektiven Wohnheim, denn er stand noch unter Überwachung. Auch die Bemühungen seines alten Vaters hatten nichts genützt und waren zu spät gekommen. Als die Militärs die Führung übernommen hatten und die Kontrolle zur Reinhaltung der Klassen durchführten, wurden diese zwei Sätze, die ihm nebenbei im Schlafsaal entschlüpft waren, zu einem himmelschreienden Verbrechen erklärt und er wurde zur Umerziehung auf eine Landfarm geschickt, wo er acht Jahre lang Kühe hütete.

Die Angst, die dieses Gespräch bei beiden erzeugt hatte, führte dazu, dass sich beide seitdem aus dem Weg gegangen waren und nicht den geringsten Kontakt zu halten gewagt hatten. Erst nach vierzehn Jahren sahen sie sich wieder. Datous Vater war inzwischen gestorben, und ein Onkel in Amerika hatte ihm geholfen, einen Studienplatz an einer Universität dort zu finden. Nachdem er seinen Pass und das Visum für Amerika erhalten hatte, kam er vorbei, um Abschied zu nehmen. Sie sprachen über ihr damaliges Treffen, wie sie mit vom Schnaps geröteten Wangen und heißen Ohren das wahre Geheimnis aufgedeckt hatten, warum der alte Mao die Kulturrevolution initiiert hatte.

Datou sagte: »Wenn dieses Gespräch zwischen uns damals irgendwie herausgekommen wäre, hätte ich keine Kühe gehütet. Wahrscheinlich hätte ich nicht mal mehr meinen Kopf behalten!« Wenn er in Amerika nur irgendeine Stelle als Lehrer an einer Universität finden würde, würde er wohl nie wieder zurückkehren, fügte er hinzu.

An dem Abend damals, vierzehn Jahre zuvor, hatte er, nachdem Datou gegangen war, die Tür weit geöffnet, um das Zimmer zu lüften und vom Schnapsgeruch zu reinigen. Dann hatte er die Tür geschlossen, und erst als seine Erregung und Furcht langsam abzukühlen begonnen hatten, hatte er sich auf das Bett gelegt und in die schwarzen Risse an der Decke geblickt. Es war, als hätte er in ein Ameisennest gestochen, in dessen Dunkel sich ein unruhiges Gewimmel entwickelte. Er stellte sich vor, dass die Zimmerdecke vielleicht bald herunterkommen würde, und fühlte sich vollkommen gelähmt.

28

Schon wieder war es Winter geworden. Der Ofen war schon erloschen, er lag auf dem Bett, nur noch die Tischlampe brannte. Ein metallener Lampenschirm, der mit einer Klammer an der Glühbirne befestigt war, sorgte für gedämpftes Licht. Das Licht schien auf die karierte Decke, sein Oberkörper lag im Dunkeln und er betrachtete den Schein auf der Decke. Ein riesiges Schachbrett ohne Abgrenzungen. Wer gewann oder verlor, wurde nicht von den Spielfiguren bestimmt, sondern dem Spieler, der aus dem Dunkel die Züge setzte. Man stelle sich vor, die Figuren hätten ihren eigenen Willen und würden sich nicht einfach mir nichts dir nichts opfern lassen, würde das nicht im Wahnsinn enden? Du warst nicht einmal mehr eine belanglose Spielfigur, nichts als eine Ameise, die mit jedem willkürlich gesetzten Schritt zertreten werden konnte. Und du konntest diesen Ameisenhaufen nicht einmal verlassen. Dir blieb nichts übrig, als dich unter die Massen von Ameisen zu mischen. War dies das Elend der Philosophie oder die Philosophie des Elends? Wer, angefangen von Marx bis zu den späteren Weisen der Revolution, hätte vorausahnen können, welche Katastrophen und welch geistiges Elend diese Revolutionen mit sich bringen würden?

Es klopfte am Fenster. Zunächst hielt er es für den Wind, denn das Fenster hatte er von innen sorgfältigst mit Papier zugeklebt, und zudem waren die Vorhänge zugezogen. Doch dann hörte er eine leise Stimme.

»Wer ist da?«, fragte er und richtete sich auf, doch es blieb still. So kroch er aus seiner Bettdecke und lief barfuß zum Fenster.

»Ich bin es«, flüsterte ein Mädchen leise vor dem Fenster.

Er konnte nicht heraushören, wer es war, schob den Türriegel zurück und öffnete einen Spalt seine Tür. Ein kalter Windstoß fuhr in sein Zimmer und mit ihm drückte Xiaoxiao die Tür auf. Er wunderte sich sehr, was diese Mittelschülerin veranlasst haben konnte, mitten in der Nacht bei ihm aufzutauchen. Da er in Unterhosen dastand, sprang er schnell wieder ins Bett zurück und hieß sie die Tür schließen. Ein Windstoß schlug die Tür auf, gleich nachdem das Mädchen sie geschlossen hatte, und füllte das Zimmer mit eisiger Luft. Xiaoxiao lehnte sich fest gegen die Tür und versuchte sie zuzuhalten.

»Schieb den Riegel vor«, sagte er ohne jeden Nebengedanken, doch er merkte, dass das Mädchen kurz misstrauisch wurde. Sie drehte sich um und legte leise das Eisenschloss vor. Er spürte einen Stich im Herzen. Das Mädchen legte ihren Schal ab, den sie fest um ihren Kopf gewickelt hatte, und entblößte ein reines, feines Gesicht. Sie hielt den Kopf gesenkt und schien heftig zu atmen.

Er saß im Bett und fragte sie: »Xiaoxiao, was ist los?«

»Nichts Besonderes«, das Mädchen hob den Kopf, blieb aber an der Tür stehen.

»Du bist wahrscheinlich ganz verfroren. Mach die Ofenklappe auf!«

Das Mädchen zog ihre wollenen Handschuhe aus und blies in ihre Hände. Dann nahm sie den Schürhaken neben dem Ofen, öffnete die Ofenklappe und hob wie ganz selbstverständlich den Eisendeckel, der das Kohlefeuer abdeckte, hoch. Man konnte diesem dünnen schüchternen Mädchen ansehen, dass es zu Hause nicht verwöhnt worden war und mit Hausarbeiten durchaus vertraut.

Xiaoxiao war mit einer Gruppe Mitschüler in ihre Organisation gekommen, um an der Bewegung teilzunehmen. Sehr schnell hatten sie sich in zwei Gruppen gespalten, und dieses Mädchen hatte sich mit einigen Mitschülerinnen auf die Seite seiner Leute geschlagen. Doch es kamen und gingen immer wieder welche, nach ein paar Tagen war der Enthusiasmus verflogen und man sah sie nicht wieder. Nur Xiaoxiao war noch oft in ihr Hauptquartier gekommen. Sie führte auch nicht so lebhafte und leidenschaftliche Diskussionen wie manch andere Mädchen, sondern saß meistens still an der Seite, las Zeitungen oder half beim Pinseln der Wandzeitungen mit. Sie schrieb ganz schöne Zeichen und hatte außerdem die Geduld dazu. Als sie eines Nachmittags sofort einen Gegenangriff auf den Feind schreiben mussten, war es neun Uhr geworden, bis die Wandzeitung fertig geschrieben und aufgehängt war. Xiaoxiao sagte, sie wohne am Trommelturm, was etwa auf seinem Weg lag und er nahm sie auf dem Gepäckträger mit nach Hause. Da sie zuerst an seinem Haus vorbeikamen, bot er ihr an, noch etwas bei sich zu essen. Xiaoxiao folgte ihm, und sie war es, die dann die Nudeln kochte. Nach dem Essen brachte er sie bis an die Mündung einer kleinen Gasse, an der sie ihn zu halten bat. Sie stieg ab und verschwand wie in einer Nebelwolke in der Gasse.

»Hast du gegessen?«, fragte er sie.

Xiaoxiao nickte und rieb ihre Hände gegeneinander. Ihr von der Hitze errötetes Gesicht leuchtete im Feuerschein. Er hatte das Mädchen eine ganze Weile nicht mehr gesehen und wartete darauf, dass sie ihm erklären würde, warum sie gekommen sei. Doch Xiaoxiao blieb weiter schweigend auf dem Stuhl neben dem Ofen sitzen, legte ihren Kopf in beide geröteten Hände, das war ein sehr schöner Anblick.

»Was hast du in der letzten Zeit getrieben?« Irgendetwas musste er doch fragen. Er setzte sich im Bett auf.

»Ach nichts.« Xiaoxiao stützte noch immer ihren Kopf auf und blickte ins Feuer.

Er wartete darauf, dass sie fortfahren würde, doch das Mädchen sprach nicht weiter.

»Und, was passiert heute so in eurer Schule?«, fragte er daher.

»Die Fenster der Schule wurden zerschlagen. Jetzt ist es so kalt, dass niemand mehr hingeht. Die Schüler treiben sich alle irgendwo herum und wissen nicht, was sie machen sollen.«

»Na, das ist doch gut. Dann kannst du zu Hause bleiben und musst nicht in die Schule gehen.«

Das Mädchen zeigte keine Reaktion. Er streckte sich nach vorn und zog seine Hose zu sich, die über dem Fußgestell des Bettes hing, da er aufstehen wollte.

»Bleib ruhig liegen, das macht nichts. Ich wollte nur ein bisschen mit dir reden.« Jetzt erst drehte sich Xiaoxiao um und blickte ihn geradeaus an.

»Na, dann musst du dir den Tee selbst kochen!«, sagte er.

Xiaoxiao blieb ungerührt sitzen. Als er das flackernde Aufblitzen ihrer Augen in diesem hochroten Gesicht sah, meinte er plötzlich, den Grund ihres Besuches erahnen zu können.

»Es ist etwas warm, kann ich meine Jacke ausziehen?«, bemerkte Xiaoxiao halb zu ihm, halb zu sich selbst.

»Wenn dir warm ist, zieh sie aus«, sagte er.

Das Mädchen stand auf und legte ihren gefütterten Mantel ab. Darunter trug sie keine Jacke, sondern nur einen eng anliegenden dunkelroten Strickpullover. Als er ihre vorstehenden Brüste sah, wurde ihm etwas unwohl, und er sagte: »Ich stehe doch lieber auf.«

»Nein, das brauchst du wirklich nicht«, erwiderte Xiaoxiao.

»Es ist schon so spät. Wenn die Nachbarn uns sähen, wäre das sehr schlecht.« Er hatte doch große Bedenken.

»Es ist pechschwarz draußen im Garten, nur aus deinem Zimmer schimmert noch ein wenig Licht, kein Mensch hat gesehen, dass ich hierher gekommen bin.« Xiaoxiao sprach mit sanfter Stimme und mit einem Male war ihm dieses fremde Mädchen plötzlich ganz vertraut.

Er nickte mit dem Kopf, um ihr zu zeigen, dass sie herüberkommen könne. Xiaoxiao trat vor sein Bett und drückte beide Beine gegen den Bettrand. Sein Herz begann wie wild zu pochen und er meinte, es hören zu können. Xiaoxiao lüftete ihren Pullover, schob ihr eng um die Hüften liegendes, schon völlig verwaschenes rosa Unterhemd hoch und entblößte ihre schmale Taille und den unteren Teil ihrer Brust. Unwillkürlich streckte er seine Hände nach ihr aus, und das Mädchen streichelte mit der anderen Hand seinen Handrücken. Er wusste nicht, ob das ermunternd oder abwehrend gemeint war. Er hob den Kopf und sah sie an, aber er fand ihren Blick nicht. Ihr feiner Körper schimmerte hell im Schein der Lampe. Als er seine Hände unterhalb ihrer kleinen Brüste an sie drückte, entdeckte er plötzlich eine rosarote Narbe. Ihre zarten Finger hielten seine Hände fest umklammert. Er dachte nicht weiter darüber nach, ob er sie nach der Narbe fragen sollte, sondern drückte seine Hände weiter unter das Hemd des Mädchens und knetete ihre Brüste. Sie waren viel weicher und fülliger, als es von außen geschienen hatte. Xiaoxiao murmelte etwas, was er nicht verstand, doch hatte er keine Zeit mehr, danach zu fragen. Er umarmte sie und das Mädchen sank auf das Bett.

Er erinnerte sich nicht, wie das Mädchen unter die Decke geraten war oder wie sie die Knöpfe ihrer engen Hose aufbekommen hatte. Sie hatte noch nicht einmal Haare auf ihrem glatten Schamhügel und er keine Ahnung, ob sie noch Jungfrau war oder nicht. Er erinnerte sich nur, dass sie sich ihm nicht entwand und keinen Widerstand leistete, dass sie ihn nicht küsste und auch ihre Hose nicht völlig aus-, sondern nur bis zu ihren Knöcheln herunterzog, und dass sie seinen Zeigefinger in sie eindringen ließ. Dann hatte er Pullover und Unterhemd noch weiter hochgezogen und unter der Decke auf ihrem weichen schmalen Körper ejakuliert. Woran er sich noch erinnerte, war, dass das Mädchen die ganze Zeit die Augen geschlossen hatte, solange sie neben ihm lag. Der Schein der Lampe warf sein Licht auf ihre runden rosaroten Lippen, die leicht geöffnet waren, und plötzlich empfand er eine gewisse Zärtlichkeit für dieses Mädchen, das ihm zuvor kaum aufgefallen war und das wahrscheinlich noch nicht einmal erwachsen war. Diese Sache hatte er weder erwartet, noch war er darauf vorbereitet. Zudem fürchtete er plötzlich, dass sie schwanger geworden sein könnte. Er wagte nicht, noch einen Schritt weiter zu gehen und sie ganz zu nehmen. Ihm war nicht klar, ob sie eigentlich deswegen zu ihm gekommen war, ihm war nicht klar, was sie damit zum Ausdruck bringen wollte, dass sie ihm die Narbe unterhalb ihrer Brust gezeigt hatte, er wusste nicht, was sie morgen tun sollten, er wusste nicht, wie sein Morgen aussehen würde oder das Morgen des Mädchens und ob die beiden überhaupt noch ein Morgen hatten?

Schweigend lag er neben ihr und horchte auf das Ticken der Uhr auf dem Tisch. Es war absolut still. Er wollte sie nach der Narbe fragen, das Mädchen war sicher eigentlich deswegen gekommen und all das andere hatte sich ganz anders als ursprünglich beabsichtigt erst so entwickelt. Er drehte sich um und betrachtete sie lange. Gleichzeitig fürchtete er, die atemlose Stille zu durchbrechen. Das Ticken des Sekundenzeigers erinnerte ihn daran, dass die Zeit verging. Gerade als er sich erhob, um auf die Uhr zu blicken, öffnete Xiaoxiao die Augen, zog ihre Hose unter der Decke hoch, knöpfte sie zu und erhob sich.

»Willst du gehen?«, fragte er.

Xiaoxiao nickte und kroch unter der Decke hervor. An den Füßen trug sie zwei dunkelrote Wollsocken. Sie beugte sich nach vorn und zog ihre Schuhe an. Die ganze Zeit über blieb er schweigend liegen und beobachtete, wie sie sich den Mantel anzog und sorgfältig den Schal umband. Erst als sie die Wollhandschuhe vom Tisch nahm, fragte er sie noch einmal:

»Was ist passiert?« Er selbst fand seine Stimme dabei ganz rau und trocken.

»Nichts ist passiert«, sagte Xiaoxiao und senkte den Kopf. Sie streifte sich die Handschuhe Finger für Finger über.

»Wenn etwas los ist, dann sag es doch!« Er hatte das Gefühl, dies sagen zu müssen.

»Nichts ist los.« Xiaoxiao hielt noch immer den Kopf gesenkt, wandte sich um und löste das Schloss von der Tür.

Rasch erhob er sich und sprang mit nackten Füßen auf den eiskalten Fliesenboden. Er wollte das Mädchen dabehalten und war sich doch gleichzeitig sofort bewusst, was das bedeuten würde.

»Bleib im Bett, du wirst dich erkälten«, sagte Xiaoxiao.

»Wirst du wiederkommen?«, fragte er.

Xiaoxiao nickte, trat hinaus und zog leise die Tür zu.

Aber Xiaoxiao kam nicht wieder und erschien auch nie wieder in ihrem Hauptquartier der Rebellenfraktion. Er wusste Xiaoxiaos Adresse nicht. Dieses Mädchen war unter ihren Mitschülern am längsten in ihrem Hauptquartier geblieben. Er konnte sich unmöglich nach ihr erkundigen und wusste nur, dass sie Xiaoxiao hieß, aber das war vielleicht auch nur ein Spitzname ihrer Klassenkameraden. Das Einzige was er wusste, war, dass sich unter der Brust dieses Mädchens Xiaoxiao, unter der linken, nein, unter der rechten Brust, er hatte sie mit der linken Hand gehalten, dass sich unter dieser rechten Brust dieses Mädchens eine etwa zehn Zentimeter lange, noch recht frisch aussehende rosa Narbe befand. Er erinnerte sich, dass das Mädchen sehr willig war und sich überhaupt nicht wehrte. Wenn sie ihm diese Narbe zeigen wollte, tat sie das, um sein Mitleid oder seine Leidenschaft zu erregen? Ob sie um die sechzehn, siebzehn Jahre alt war? Sie war noch völlig glatt und unbehaart gewesen, und doch war der Körper dieses jungen Mädchen schön genug, ihn zu erregen. Vielleicht war es gerade diese Jugendlichkeit und Zartheit des Mädchens gewesen, die ihm Angst machte, weil er keine Verantwortung für sie übernehmen wollte. Er wusste nicht, ob Xiaoxiaos Eltern auch attackiert worden waren, und hatte keine Möglichkeit zu erfahren, woher diese Narbe gekommen war. War dieses Mädchen gerade wegen dieser Narbe zu ihm gekommen? Hatte sie seinen Schutz gesucht und Beistand? Oder kam sie aus Furcht oder Verzweiflung? War sie in sein Bett gekommen, weil sie Trost suchte? Er hatte nicht gewagt, sie aufzunehmen, hatte nicht gewagt, sie dazubehalten.

Eine ganze Weile fuhr er morgens und abends immer einen Umweg, der ihn an die Gassenmündung führte, an der Xiaoxiao sich hatte absetzen lassen. Aber er traf sie nie. Da erst bereute er, dass er das Mädchen nicht bei sich behalten hatte, dass er nicht einen freundlichen und tröstenden Satz zu ihr gesagt hatte, dass er so vorsichtig, so übertrieben gewissenhaft und so unfähig und feige gewesen war.

29

»Wie bist du verhaftet worden?«

»Ein Verräter hat mich angezeigt.«

»Hast du jemanden verraten? Heraus mit der Sprache!«

»Meine Vergangenheit ist von der Partei überprüft worden und es gibt schon lange einen Beschluss darüber.«

»Willst du, dass ich dir ein bisschen Material über dich vorlese?«

Der alte Kerl begann etwas nervös zu werden, und es zuckte zwei Mal in den schlaffen Tränensäcken unter seinen Augen.

»›In der heutigen Situation, da die Kommunisten das Land an den Rand des Ruins bringen, habe ich meine Wachsamkeit verloren, aus mangelnder Vorsicht falsche Freundschaften geschlossen und den falschen Weg eingeschlagen‹ – erinnerst du dich an diese Worte?«

»Ich erinnere mich nicht, dies gesagt zu haben!«, verneinte der Alte energisch. Der Schweiß tropfte ihm von beiden Nasenflügeln.

»Das waren nur die ersten Sätze, der Anfang, um deine Erinnerung aufzufrischen, willst du, dass ich weiterlese?«

»Ich kann mich wirklich nicht mehr erinnern, das ist alles zig Jahre her«, die Stimme des Alten klang schon nachgiebiger. Sein Adamsapfel hüpfte hoch und runter, als er seinen Speichel hinunterschluckte.

Er nahm das Material vom Tisch und schwenkte es durch die Luft. Er war dabei, eine erbärmliche Rolle zu spielen, aber es war besser, selbst den Richter zu spielen, bevor man von jemand anderem verurteilt wurde.

»Das hier ist eine Kopie. Auf dem Original befinden sich noch Unterschrift und Siegelabdruck. Auf dem Siegel steht natürlich dein damaliger Name. Selbst den Namen hast du ändern müssen, so etwas vergisst man doch wohl nicht so einfach?«

Der Alte blieb still.

»Ich kann noch ein paar Sätze weiter lesen, um deinem Gedächtnis auf die Sprünge zu helfen«, sagte er und las weiter: »›Ich bitte untertänig um das Nachsehen der Regierung, und ich versichere hiermit, dass ich sofort melden werde, sobald ich auf irgendwelche suspekten Personen treffe, die sich gut mit den kommunistischen Banditen stellen wollen.‹ Ist das Verrat oder nicht? Und weißt du, wie die Untergrundpartei damals mit Verrätern umgegangen ist?«, fragte er.

»Ich weiß, ich weiß«, nickte der Alte unaufhörlich.

»Und was war mit dir?«

»Ich habe niemanden verraten ...« Auch auf der kahlen Stirn trat nun der Schweiß hervor.

»Ich frage dich, ist das nicht ein Verrat an der Partei?«, fragte er weiter.

»Steh auf!«

»Steh auf und rede!«

»Sag offen die Wahrheit!«

Im Saal kamen von einigen Genossen aus der Rebellenfraktion Zwischenrufe.

»Ich ... ich bin gegen eine Bürgschaft freigelassen worden«, der Alte war aufgestanden und zitterte. Ihm blieb die Stimme im Hals stecken, so dass er kaum zu hören war.

»Ich habe nicht gefragt, wie du freigekommen bist, ohne Schuldbekenntnis hätten sie dich wohl nicht gehen lassen? Heraus mit der Sprache! Warst du ein Verräter oder nicht?«

»Aber ich ... habe später doch meine Kontakte zur Partei wieder aufgenommen ...«

»Damals hatte die Untergrundpartei doch keine Ahnung davon, dass du ein Geständnis abgelegt hattest«, unterbrach er ihn.

»Die Partei hat mir vergeben, sie hat Nachsicht mit mir geübt ...« Der Alte senkte den Kopf.

»Und hast du Nachsicht geübt? Als du die Leute in der ›Ausrichtungsbewegung‹ wie ein Wilder verfolgt hast, als du mit aller Brutalität die Massen verfolgt hast und trotz ihrer Selbstgeständnisse keinen Einzigen freigelassen hast! Du hast deine untergebenen Abteilungen angewiesen, das Material über diese Leute so vollständig zusammenzutragen, dass sie nie mehr rehabilitiert werden könnten, hast du das gesagt oder nicht?«

»Antworte! Hast du das gesagt oder nicht?«, riefen andere im Saal dazwischen.

»Ich habe das gesagt, ja, ich habe es gesagt. Ich habe einen Fehler gemacht.« Der Alte gab es sofort zu, denn im Vergleich zum Vorwurf des Verrates an der Partei war das ein kleines Problem.

»Was heißt hier Fehler? Das geht dir aber gelassen über die Lippen! Du hast Leute gezwungen, aus dem Fenster zu springen und Selbstmord zu begehen!«, rief jemand und schlug mit der Hand auf den Tisch.

»Das ... war nicht ich, das war ein Problem der Ausführung von Anweisungen ...«

»Aber es waren deine Anweisungen, deine persönlichen Anweisungen. ›Man muss die Probleme in der Vergangenheit mit dem Auftreten in der Gegenwart in Zusammenhang bringen, um zu klaren Untersuchungsergebnissen zu kommen‹ –

sind das deine Worte oder nicht?« Der Genosse im Saal musste einfach weiter insistieren.

»Ja, ich habe das gesagt, das sind meine Worte«, sagte der Alte einschmeichelnd.

»Wer opponiert gegen die Partei? Der Parteiverräter bist doch du! Schreib das alles zusammen nieder!«, riefen die Genossen im Saal aufgeregt durcheinander.

»Wie soll ich das schreiben?«, fragte der Alte mit einem erbärmlichen Gesichtsausdruck.

»Brauchst du eine Sekretärin?«, fragte ein anderer Kerl im Saal spöttisch.

Einige lachten laut auf, der Saal füllte sich mit einem heillosen Stimmengewirr. Alle waren völlig aufgeregt, als stünde ein ganz großer Fang bevor. Der Alte hob leicht den Kopf, sein Gesicht war aschfahl geworden. Auch seine Unterlippe hatte alle Farbe verloren, und zitternd versuchte er hervorzubringen: »Ich ... ich habe einen Herzfehler ... kann ich einen Schluck Wasser haben?«

Er schob einen Becher mit kaltem Wasser auf dem Tisch zu ihm hinüber. Der Alte kramte ein kleines Medizinfläschchen aus seiner Jacke hervor und warf mit zitternden Händen eine Tablette in das Glas. Dann trank er einen Schluck.

Dieser Alte war noch viel älter als sein Vater, und er wollte es nicht darauf ankommen lassen, dass er aufgrund seiner Herzkrankheit hier im Saal starb, weshalb er sagte:

»Setz dich hin und trink das Glas aus. Wenn das nichts hilft, kannst du dich auf das Sofa legen.«

Der Alte wagte nicht, zum Sofa hinüberzugehen, auf dem schon einige Platz genommen hatten, und sah ihn mitleiderregend an. Mit einem Mal änderte er seine Entscheidung und sagte: »Hör zu. Morgen früh lieferst du uns detailliertes Material über deine Erfahrungen im Verraten der Partei, wie du verhaftet wurdest, wie du aus dem Gefängnis entlassen wurdest und wer als Zeuge für dich auftrat, was du im Gefängnis herausgelassen hast – all das schreibst du klar und deutlich auf.«

»Ah, ah.« Der Alte beugte sich schnell nach vorn und nickte mit dem Kopf.

»Du kannst gehen.«

Als der Alte aus der Tür war, stürmten die Genossen in höchster Erregung auf ihn zu.

»Mit diesem Belastungsmaterial kommt er uns nicht davon. Das Netz der proletarischen Diktatur ist fein geknüpft. Wir dürfen es nicht dazu kommen lassen, dass der Alte wegen seiner Herzkrankheit vor unseren Augen wegstirbt!«, versuchte er sich mit besonders bösartigem Gesichtsausdruck herauszureden.

»Und wenn er sich nun zu Hause umbringt?«, fragte jemand.

»Wie ich ihn einschätze, hat er nicht den Mut dazu. Auch das Selbstgeständnis damals hat er doch nur aus Angst vor dem Tod geschrieben. Morgen wird er mit aller Sicherheit das Geständnis überbringen, was glaubt ihr?«

Damit hatte er die Genossen erst einmal mundtot gemacht. Im Grunde seines Herzens verachtete er den Alten, der nur von der Partei sprach, sobald er den Mund aufmachte. Dass er dennoch Nachsicht mit ihm haben konnte, lag daran, dass er all seine abergläubischen Vorstellungen über die Revolution über Bord geworfen und sich frei gemacht hatte von den Mythen, welche der vollkommene und reine neue Mensch und die großartige Revolution geschaffen hatten. Er dachte nur noch daran, dass dieser Alte sein Geständnis zu vertuschen versucht hatte, indem er seinen Namen wechselte, und dass er, obwohl er damit in verschiedenen Untersuchungen durchgekommen war, wahrscheinlich viele Jahre seines Lebens in Angst verbracht hatte.

Wenn man seinen Glauben nicht ändern konnte, musste man dann im Boot der Partei weitersegeln bis ans Ende seiner Tage? War es möglich, nicht mehr den treuen Parteigefolgsmann zu spielen? Aber wenn er überhaupt keinen Glauben mehr hatte? Konnte er dieser kompromisslosen Wahl zwischen dem einen oder dem anderen überhaupt entkommen? Konntest du überhaupt weiter leben, wenn du keinen Ismen mehr folgtest? Als deine Mutter dich geboren hat, folgte sie sicher keinen Ismen, konntest du als letzter Nachkömmling dieser zum Untergang verurteilten Familie dann nicht auch ohne Ismen leben? War man Konterrevolutionär, wenn man kein Revolutionär war? Musste zum Opfer der Revolution werden, wer nicht für die Revolution kämpfte? Hattest du überhaupt noch ein Recht zu leben, wenn du nicht bereit warst, für die Revolution zu sterben? Und wie konntest du überhaupt dem Schatten der Revolution entkommen?

Amen. Du warst als sündiger Mensch auf die Welt gekommen und konntest dich nicht als Richter aufspielen. Ein gewisser Zynismus und reiner Selbstschutz hatten dich zu den Rebellentruppen getrieben. Aber nun wurde dir immer klarer, dass du einen Unterschlupf finden musstest. Du sammeltest einen Stapel von offiziell abgestempelten Empfehlungsschreiben mit der Begründung, die Untersuchung von Parteikadern durchzuführen. Damit konntest du etwas Geld für die Reisekosten beschaffen und dich auf die Reise machen, um unter diesem Vorwand diese sonderbare Welt kennen zu lernen und vielleicht einen Platz zu finden, zu dem du vor dieser Himmel und Erde erschütternden Revolution flüchten könntest.

In Jinan, einer Stadt am Ufer des Gelben Flusses, fand er die kleine Werkstatt in einer alten Gasse. Das Objekt seiner Untersuchung war ein Verbrecher, den man aus dem Umerziehungslager entlassen hatte. Die Werkstattvorsteherin, eine Frau mittleren Alters, trug Ärmelschoner und war dabei, Papierkartons zusammenzukleben. »Dieser Mann ist schon lange nicht mehr hier«, antwortete sie auf seine Frage.

»Ist er tot?«, fragte er.

»Kann schon sein, dass er gestorben ist, wenn er nicht mehr hier ist.«

»Woran ist er gestorben?«

»Frag seine Familie!«

»Ist seine Familie noch hier? Wer gehört dazu?«

»Wen willst du eigentlich untersuchen?«, fragte die Frau ihn zurück.

Er konnte dieser Arbeiterin in einer kleinen Werkstatt an der Straße unmöglich erklären, dass der Verstorbene in der Mittelschule ein Klassenkamerad eines Kaders gewesen war, dessen Fall er untersuchte, und dass er mit ihm zusammen an der studentischen Untergrundbewegung der Partei teilgenommen hatte und dann beide von der Guomindang verhaftet worden waren. Er wollte auch keine unnötige Zeit damit verschwenden, sie mit weiteren Erklärungen in die Geheimnisse der Logik der Revolution einzuweihen. Aber er brauchte auf jeden Fall einen Beweis dafür, dass der Mann tot war, damit er sich seine Reisekosten erstatten lassen konnte.

»Kannst du mir eine Bescheinigung ausstellen?«, fragte er.

»Was für eine Bescheinigung?«

»Eine Bescheinigung darüber, dass der Mann gestorben ist?«

»Dafür musst du zur Polizeistation der Öffentlichen Sicherheit gehen, jemand wie ich kann so eine Bescheinigung nicht ausstellen.«

»Gut. Wie komme ich denn an das Ufer des Gelben Flusses?«, fragte er die Frau, indem er ihren Shandonger Dialekt nachahmte.

»Welcher Gelbe Fluss?«, fragte die Frau.

»Der Gelbe Fluss, davon gibt es nur einen in China! Liegt Jinan nicht am Gelben Fluss?«

»Was willst du denn da? Was gibt es da schon zu sehen? Jemand wie ich ist noch nie am Gelben Fluss gewesen.«

Die Frau trug weiter den Kleister auf ihre Schachteln auf und kümmerte sich nicht mehr um ihn.

Ein Sprichwort sagt, bevor du nicht am Gelben Fluss warst, findet dein Herz keine Ruhe. Und plötzlich war ihm eingefallen, sich den Gelben Fluss anzusehen. Freilich war er schon oft über den Gelben Fluss gefahren, der seit alters her in Gedichten besungen wurde. Doch da er immer mit dem Zug unterwegs gewesen war, hatte er den Fluss immer nur von Brücken aus gesehen. Wenn das Wasser dann zwischen den Pfeilern aufblitzte, konnte man keinen richtigen Eindruck von der Großartigkeit des Flusses gewinnen. Er fragte einen Passanten nach dem Weg, und der antwortete ihm, dass der Gelbe Fluss sehr weit weg liege. Man müsse einen Bus nach Luokou nehmen und dann ein Stück zu Fuß gehen. Erst wenn man den großen Damm hinaufgeklettert sei, könne man den Fluss wirklich sehen.

Als er den glatten hohen Damm aus gelber Erde hinaufkletterte, sah er keinen einzigen grünen Fleck. Am gegenüberliegenden Ufer, das einst überschwemmt worden war, befanden sich keine Häuser und kein einziger Baum war auszumachen. Zurückgebliebene Schlammspuren hatten am Wall Markierungen verschiedener Wasserstände hinterlassen. Unterhalb des Abhangs wälzten sich die Schlammmassen durch das Flussbett, das hoch über den Städten und Dörfern zu schweben schien. Konnte dieser Fluss aus reißendem, fast rotbraunem Schlamm jener seit Tausenden von Jahren vielbesungene Gelbe Fluss sein? Die alte Zivilisation Chinas sollte an diesem Ort entstanden sein?

Am Horizont verschwand der Schlamm im blendenden Sonnenglanz. Außer einem kleinen schwarzen Schatten eines Bootes, das in der Ferne in der Sonne schaukelte, war kein einziges Zeichen von Leben zu sehen. Ob die Verfasser der Hymnen auf den Gelben Fluss jemals an dessen Ufer gewesen waren? Oder hatten sie sich nur auf Überlieferungen gestützt?

In der Ferne kam ihm ein Segelboot mit der Strömung entgegen, dessen grauweiße Segel gegen den Mast schlugen. Ein barfüßiger Kerl stand am Steuer, eine Frau in einer grauen Jacke beschäftigte sich mit irgendetwas auf Deck. Das Boot war zur Hälfte mit Steinen beladen – ob man damit einen Deich auffüllen wollte, um sich für die Flutzeiten vorzubereiten?

Er lief zum Flussufer hinunter und geriet immer tiefer in den Schlamm hinein. Er zog die Schuhe aus und trug sie in der Hand. Nun stapfte er barfuß durch den glatten, feinen Schlamm, beugte sich nach vorn um das Wasser zu greifen, hob eine Ladung Schlamm mit der Hand hoch, die unter der Sonne schnell zu einem Klumpen Lehm trocknete. »Trink einen Schluck aus dem Gelben Fluss«, hieß es in irgendeiner revolutionären Lobeshymne. Aber diesen Schlamm würden nicht nur Menschen nicht trinken, hier würden auch Fische und Krabben nur mit Schwierigkeiten überleben können. Natürlich konnte man auch äußerste Armut und Katastrophen besingen. Doch diese riesigen, fast wie tot wirkenden Schlammmassen erschreckten ihn zutiefst und er fühlte sich völlig verlassen. Irgendwann viele Jahre später schlug ein wichtiges Mitglied des Zentralkomitees vor, am Ufer des Gelben Flusses ein riesiges Denkmal für die Seele der Nation zu errichten – vielleicht war es ja sogar schon irgendwo aufgestellt worden.

Sein Zug hielt mitten in der Nacht an einem kleinen Bahnhof an den nördlichen Ufern des Gelben Flusses. Die Passagiere waren in den unerträglich heißen Abteilen eingesperrt, in denen schwache Ventilatoren vor sich hin summten und das Atmen schwer fiel. Nachdem der Zug einige Stunden still gestanden hatte, wurde über den Lautsprecher erklärt, dass am nächsten Bahnhof ein Kampf stattgefunden habe, und dabei die Gleise mit Steinen bedeckt worden seien und man nicht wisse, wann die Reise fortgesetzt werden könne. Erst als die Passagiere die Bahnangestellten umringten und Proteste anmeldeten, wurden endlich die Türen geöffnet und alle stiegen aus. Er ging zu einem Teich am Rande eines Reisfeldes und wusch sich. Dann legte er sich auf den Feldrand und blickte in den sternenerfüllten Himmel. Die Stimmen der verärgerten Leute erstarben langsam und wurden vom Quaken der Frösche verdrängt, das ihn schläfrig machte. Er dachte daran, wie er als Kind im Garten auf dem Bambusbett geschlafen hatte, wenn es besonders heiß war, und wie er auch damals in den Nachthimmel geblickt hatte. Doch die Erinnerungen an seine Kindheit schienen ihm weiter entfernt als die hell blinkenden Sterne am Himmel.

30 Eine Mauer aus Zementsäcken, von Schießscharten durchbrochen, stand etwa brusthoch auf der Straße gestapelt. Vor der Barriere türmten sich Baustellenabsperrungen, ein Betonmischer und ein umgestürzter Asphaltbrenner, die mit Stacheldraht umwickelt waren. Für die Passanten hatte man einen kleinen Durchgang gelassen, durch den gerade eine Person passte. Der Verkehr war zum Erliegen gekommen, die Leitungen der Trolleybusse waren durchbrochen, eine Reihe von sieben oder acht leeren Personenwagen war auf der Kreuzung abgestellt. Auf den Bürgersteigen drängten sich die Passanten und Anwohner, Kinder, die sich durch das Gedränge der Erwachsenen zwängten, Mütter mit Säuglingen auf dem Arm und Alte in Unterhemden und Schlappen, die mit ihren Fächern wedelten. Alle lehnten am Eisengeländer am Straßenrand, um zu beobachten, was hier passierte. Warteten sie auf einen Kampf? Alle redeten durcheinander, manche sprachen vom »Roten Kommando«, andere vom »Revolutionären Hauptquartier«. Jedenfalls hatten offenbar beide Gruppierungen ihre Mitglieder für einen letzten Entscheidungskampf auf Leben und Tod mobilisiert. Er konnte nicht ausmachen, welches Lager sich vor ihm auf seinem Weg zum Bahnhof befand, aber er trat entschlossen aus der Menge hervor, überquerte die Kreuzung und ging auf die Barriere zu.

Als er sich durch den schmalen Durchgang hinter dem Stacheldraht gezwängt hatte, wurde er von einer Gruppe Arbeiter aufgehalten, die rote Armbinden und aus Weiden geflochtene Schutzhelme trugen und spitze Stahlrohre in der Hand hielten. Er zeigte seinen Arbeiterausweis, und nachdem dieser überprüft worden war, durfte er auf ein Handzeichen hin weitergehen. Zum Glück war er nicht von hier und hatte mit beiden in den Kampf verwickelten Gruppen nichts zu tun. Auf der Straße befand sich kein einziges Auto, sie war menschenleer. Entschieden lief er in der Mitte der Straße, der Asphalt unter seinen Füßen brannte in der heißen Sonne, die ihn blendete. Es würde schon keiner von ihnen hier am helllichten Tage den Verstand verlieren, dachte er.

Plötzlich hörte er einen Knall mitten in der Stille und glühenden Hitze, der ihn aus seiner Müdigkeit riss. Er war sich nicht sofort bewusst, dass es sich um einen Gewehrschuss handelte. Er blickte sich auf der Straße um und sah die in großen Zeichen und in roter Farbe auf eine hohe Fabrikmauer gepinselte Parole: »Um den Weg der proletarischen Revolution des Vorsitzenden Mao Zedong zu verteidigen, kämpfen wir bis auf den Tod!« Erst da dachte er an einen Gewehrschuss und begann zu laufen. Doch sofort verlangsamte er seinen Schritt wieder und ließ sich keinen Schrecken anmerken, da er sonst dem verborgenen Gewehrschützen noch suspekter erscheinen könnte. Dennoch ging er schnell auf den Bürgersteig zurück und lief dicht an die Mauer gedrängt weiter.

Er konnte nicht ausmachen, woher der Schuss gekommen war. War es ein Warnschuss? Oder hatte man auf ihn gezielt? Sie konnten doch unmöglich einen Unschuldigen einfach so töten, einen einfachen Passanten wie ihn, der mit beiden Seiten in diesem Kampf nichts zu tun hatte. Aber wenn ihn nun jemand hätte töten wollen, wer hätte das bezeugt? Plötzlich wurde ihm bewusst, dass er in diesem Moment auf wundersame Weise von diesem kalten Gewehrlauf getötet werden konnte und Leben oder Tod wirklich dem Zufall überlassen waren. Er stürzte auf den nächsten Durchgang zu, doch auch dahinter befand sich kein einziger Mensch, als wären alle Anwohner dieses Gebietes evakuiert worden. Wieder befiel ihn Angst, und er konnte kaum glauben, wie eine Stadt so plötzlich zu einem Kriegsgebiet werden konnte. In einem Augenblick konnten sich die Menschen in Feinde verwandeln, nur aufgrund einer Linie, die man nicht sah, aber für die beide Seiten ihr Leben im Kampf zu geben bereit waren.

Auf dem großen Bahnhofsplatz hatten sich viele Menschen versammelt und bildeten eine lange gewundene Schlange vor den verriegelten Fenstern des Fahrkartenschalters. Es handelte sich um Reisende, die auf Zugtickets warteten. Er fragte den Mann vor ihm, wann der Schalter öffnen würde. Der Mann verzog den Mund und deutete damit an, dass er es auch nicht wisse. So stellte er sich ebenfalls in die Schlange. Einen kurzen Moment später hatte sich wie aus dem Nichts auch hinter ihm eine Schlange gebildet. Keiner vor oder hinter ihm hatte Gepäck dabei, unter ihnen waren auch keine Alten oder Kinder, es waren vor allem kräftige junge Männer in dieser Schlange. Einige Meter vor ihm stand ein Mädchen mit zwei geflochtenen Zöpfen, die sich immer wieder nach hinten umsah, sofort aber den Kopf zurückwandte und nach unten blickte, sobald sie den Blick eines anderen traf. Vielleicht hatte sie Angst, erkannt zu werden. Er vermutete, dass ein großer Teil dieser Menschen, die auf ein Ticket warteten, auf der Flucht war. Doch beruhigte ihn diese Ansammlung von Menschen auf dem Bahnhofsplatz in gewisser Weise, und so setzte er sich auf den Boden und steckte sich eine Zigarette an.

Plötzlich entstand eine große Unruhe unter den Menschen um ihn herum, und die Schlange löste sich auf. Er wusste nicht, was geschehen war, und hielt irgendjemand auf, um ihn zu fragen. Es hieß, der Fluss solle für den Verkehr geschlossen werden. Und was bedeutete das? Das heiße, dass nun weder Fähren noch Züge fahren würden! Ein anderer sprach von einem Blutbad! Wer würde denn das Blutbad anrichten? Wer sollte gemetzelt werden? Darauf erhielt er keine Antworten, die Menge auf dem Bahnhofsplatz stob in alle Richtungen auseinander, nur ein Dutzend Leute blieb zurück, Leute, die wie er keinen Ort hatten, sich nirgends hinwenden konnten. Langsam fanden sie sich zusammen und bildeten eine neue Schlange vor der Fensterluke des Fahrkartenschalters, die noch immer geschlossen war. Sie bildeten eine kleine Truppe, die sich gegenseitig ein wenig Sicherheit gab. Die Sonne neigte sich gen Westen, die Bahnhofsuhr zeigte an, dass schon fünf Uhr vorbei war. Danach kamen keine Leute mehr.

Auch die anderen Zurückgebliebenen waren wie er von allen

Neuigkeiten abgeschnitten. Statt weiterhin unter der heißen Sonne dumm in der Reihe Schlange zu stehen, verdrückten sie sich in eine kühle schattige Ecke und plauderten miteinander oder rauchten. Einer von ihnen sagte beiläufig, dass die beiden Fraktionen sich gerade den Entscheidungskampf lieferten und die Armee bald eingreifen würde. Der Eisenbahntransport würde sicher nicht lange eingestellt werden können, höchstens bis morgen früh, das würden alle sagen. Er selbst stellte keine Fragen mehr, das Mädchen hockte auch dabei, an eine Wand gelehnt versteckte sie ihren Kopf zwischen den angezogenen Beinen und hielt sich von allen abseits.

Er hatte Hunger und wollte etwas zu essen kaufen, um sich für die Nacht vorzubereiten. Schlimmstenfalls würde er seinen Rucksack als Kopfkissen auf den Zementboden legen und die Nacht über in den Sternenhimmel blicken. In einer solchen Sommernacht machte ihm das nichts aus. Er verließ den Fahrkartenschalter und drehte eine Runde. Die kleinen Kioske in der Nähe des Bahnhofs hatten alle ihre Läden verriegelt und nicht ein Restaurant war geöffnet. Auf den Straßen, die den Platz umgaben, befand sich kein Mensch mehr. Schon einige Stunden war kein Zug mehr eingefahren. Plötzlich spürte er eine Spannung in der Luft und wurde etwas nervös. Er wagte nicht, sich noch weiter weg zu bewegen, und kehrte zum Bahnhof zurück. Die Turmuhr des Bahnhofs warf ihren Schatten schon bis auf die Mitte des Platzes, die Anzahl der Wartenden vor dem Fahrkartenschalter hatte deutlich abgenommen. Aber dieses Mädchen kauerte noch immer auf dem Boden. Der Kerl, der vorhin noch so freimütig geplaudert hatte, schwieg.

Der Schatten der Turmuhr erstreckte sich inzwischen fast über den gesamten Vorplatz und zeigte besonders deutliche Konturen dort, wo die Abendsonne noch hinschien. Da stand er vor einem Bahnhof, an dem er keinen Menschen kannte, und wartete auf einen Zug, über dessen Abfahrtszeiten niemand Bescheid wusste. Was, wenn die Gleise wirklich unterbrochen waren? Ob er warten musste, bis der interne Krieg ausbrach?

Peng, peng, peng! Der dumpfe Gewehrknall hallte in der Brust wider. Alle sprangen auf. Gleich erscholl eine neue Gewehrsalve mit dem gleichen dumpfen Knall aus einer Richtung ganz in der Nähe. Wie aufgeschreckte Vögel stoben die Menschen auseinander, auch er lief geduckt an der Mauer entlang davon. Das ist also Krieg, dachte er.

Im toten Winkel der Feuergeschütze zwängte er sich durch einen kleinen Hohlweg entlang der Mauer und der gestapelten Zementsäcke, bis er irgendwie in eine Lagerhalle geriet. Völlig atemlos hielt er inne und bemerkte, dass sich noch jemand hier befand. Als er sich umdrehte, sah er das Mädchen, das auf einige Zementsäcke gestützt ebenfalls nach Atem rang.

»Wo sind die anderen?«, fragte er.

»Ich weiß nicht.«

»Wohin willst du?«

Das Mädchen antwortete nicht.

»Ich fahre nach Peking.«

»Ich ... auch«, erwiderte das Mädchen etwas zweifelhaft.

»Du kommst nicht von hier?«, fragte er, aber sie antwortete wieder nicht.

»Studentin?«, fragte er weiter und bekam wieder keine Antwort.

Es wurde langsam dunkel, der Wind blies herein, er spürte sein schweißgetränktes Hemd auf seinem Rücken kleben.

»Man muss einen Platz zum Übernachten suchen, hier ist es auch nicht sicher«, sagte er und trat aus der Lagerhalle hinaus. Als er sich umdrehte, sah er, dass ihm das Mädchen schweigend folgte, auch wenn sie immer einen Abstand von zwei bis drei Schritten zu ihm hielt. »Weißt du, wo es hier ein Hotel gibt?«

»In der Nähe des Bahnhofs, aber es ist zu gefährlich zurückzukehren. Am Flussufer in der Nähe des Hafens gibt es auch ein kleines Hotel, aber das ist ein weites Stück Weg von hier.« Das Mädchen sprach mit gesenkter Stimme, sie war ganz offensichtlich von hier. Daher ließ er sich den Weg zeigen.

Tatsächlich befand sich unterhalb des Dammes am Flussufer eine Gasse mit alten Häusern. Einige junge Leute standen in den Hauseingängen oder saßen auf den Straßenabsperrungen, plauderten über die Straße hinweg miteinander und versuchten zu erfahren, was geschehen war. Solange der Kugelhagel nicht über den eigenen Kopf hinwegfegte, war eine solche Sache doch immer interessant und sogar ein bisschen aufregend. Die Läden und Straßenrestaurants waren alle schon geschlossen, aber zwei Eingänge waren noch hell erleuchtet, und die gehörten zu zwei kleinen Hotels der alten Sorte, in denen früher Kleinhändler oder fahrende Handwerker abgestiegen waren. Ein Hotel war schon belegt, in dem anderen gab es noch ein kleines Einzelzimmer.

»Wollt ihr es?«, fragte die dicke Frau mit wedelndem Fächer in der Hand hinter dem Tresen.

Er nahm es sofort und holte seine Ausweise hervor. Die Frau nahm sie entgegen und registrierte ihn im Hotelbuch.

»In welcher Beziehung steht ihr zueinander?«, fragte sie, während sie das Formular ausfüllte.

»Eheleute.« Er warf dem Mädchen neben sich einen Blick zu.

»Wie heißt du?«

»Xu ... Ying« antwortete das Mädchen zunächst zögernd und dann sehr hastig.

»Welche Arbeitseinheit?«

»Sie arbeitet noch nicht. Wir fahren nach Peking«, antwortete er für sie.

»Die Kaution beträgt fünf Kuai, eine Übernachtung kostet einen Kuai. Die Rechnung wird beim Auszug bezahlt.«

Er legte das Geld hin. Die Frau packte seine Ausweise weg, erhob sich und kam mit dem Schlüssel hinter der Theke hervor. Sie öffnete eine kleine Tür unterhalb der Treppe und steckte einen Stecker in die Steckdose. Von der schrägen Decke hing eine Glühbirne herab, offensichtlich hatte man einfach den ursprünglichen Stauraum unter der Treppe zu einem kleinen Zimmer umgewandelt. In die eine Ecke, wo man nicht einmal mehr aufrecht stehen konnte, hatte man ein schmales Bett gezwängt, auf der anderen Seite stand eine simple Waschschüssel. Es gab nicht einmal einen Stuhl. Die Frau klapperte mit dem Schlüsselbund und rauschte auf ihren Plastiksandalen davon.

Er schloss die Tür und tauschte mit dem Mädchen, das Xu Ying hieß, Blicke aus.

»Ich werde nach einer Weile gehen«, sagte er.

»Das brauchst du nicht«, erwiderte das Mädchen und setzte sich auf die Bettkante. »So ist es schon in Ordnung.«

Zum ersten Mal konnte er das Mädchen richtig sehen und bemerkte, wie blass sie war. »Bist du müde? Willst du dich ein bisschen hinlegen?«, fragte er.

Das Mädchen blieb sitzen und rührte sich nicht. Über ihren Köpfen hörten sie Schritte auf der Treppe. Jemand kam von oben herunter. Dann hörte man in der Leitung Wasser rauschen, offenbar duschte sich jemand im Hof. Das Zimmer hatte kein Fenster und es war drückend heiß.

»Soll ich die Tür öffnen?«, fragte er.

»Lieber nicht«, sagte das Mädchen.

»Soll ich dir eine Schüssel Wasser hereinbringen? Ich kann mich draußen waschen«, schlug er vor.

Das Mädchen nickte zustimmend.

Als er ins Zimmer zurückkam, war sie schon fertig gewaschen und frisiert und hatte sich ein ärmelloses gelb geblümtes Kleid mit rundem Kragen angezogen. Sie hatte die Schuhe ausgezogen und saß wieder auf der Bettkante. Mit ihren frisch geflochtenen kleinen Zöpfen und roten Wangen sah sie sehr mädchenhaft aus. Sie rückte auf dem Bett zur Seite und sagte. »Setz dich, hier ist noch Platz!«

Zum ersten Mal zeigte sich ein Lächeln auf ihrem Gesicht. Auch er lächelte und fühlte sich etwas entspannter: »Ich musste das sagen.« Natürlich meinte er die Situation vorhin, als er bei der Anmeldung angab, sie seien verheiratet.

»Das verstehe ich doch«, sagte das Mädchen grinsend.

Er schloss die Tür, zog die Schuhe aus und setzte sich im Schneidersitz dem Mädchen gegenüber auf das Bett. »Das hätte ich wirklich nicht gedacht!«

»Was hättest du nicht gedacht?«, fragte das Mädchen mit zur Seite gelegtem Kopf.

»Musst du das noch fragen?«

Da musste Xu Ying wieder grinsen.

Viele Jahre nach dieser Sache erinnerte er sich daran, wie sie diese Nacht mit Flirten, Verführung, Leidenschaft und Erregung, aber auch Liebe verbracht hatten, und nicht nur in Angst und Schrecken.

»Ist das dein richtiger Name?«, fragte er.

»Das kann ich dir jetzt noch nicht sagen.«

»Wann denn?«

»Wenn die Zeit gekommen ist, wirst du es von selbst wissen. Das muss man abwarten.«

»Was abwarten?«

»Weißt du immer noch nicht, worum es geht?«

Er sprach nicht mehr weiter und fühlte sich wohlig und zufrieden. Auf der Treppe gab es keine Geräusche mehr, und auch das Wasserplätschern im Hof hatte aufgehört. Und doch empfand er eine Spannung, als würde gleich etwas Unerwartetes geschehen. Dieses Gefühl befiel ihn genauso wieder, als er sich Jahre später an diese Nacht erinnerte.

»Kann ich das Licht löschen?«, fragte er.

»Es blendet ein bisschen«, stimmte sie zu.

Als er sich im Dunkeln ins Bett zurücktastete, berührte er ihre Beine. Das Mädchen zog sie sofort zurück, aber ließ ihn neben sich im Bett liegen. Er bemühte sich sehr und lag gerade ausgestreckt auf dem Rücken. Aber irgendwie berührte man sich einfach zu zweit in einem Einzelbett, selbst wenn sich beide sehr anstrengten, auf ihrer Seite zu bleiben. Die feuchte Wärme des Mädchens und die heiße Zimmertemperatur führten dazu, dass er am ganzen Körper zu schwitzen begann. Er starrte auf die im Dunkeln kaum auszumachende schräge Treppendecke und meinte plötzlich, sie käme ihm entgegen. Ihm wurde das Atmen schwer.

»Kann ich vielleicht meine Kleider ausziehen?«, fragte er.

Das Mädchen antwortete nicht, aber sie zeigte auch keinerlei Anzeichen, dass sie etwas dagegen hatte. Er berührte sie beide Male, als er seinen Oberkörper entblößte und die Hose auszog, aber das Mädchen zuckte nicht mehr zurück. Es war auch klar, dass sie nicht eingeschlafen war.

»Was machst du in Peking?«, fragte er.

»Ich besuche meine Tante.«

War das die Zeit für Verwandtenbesuche? Er glaubte ihr nicht.

»Meine Tante arbeitet im Gesundheitsministerium«, fügte das Mädchen hinzu.

Er sagte, er sei auch in einer staatlichen Organisation tätig.

»Ich weiß.«

»Woher weißt du das denn?«

»Das stand eben auf deinem Ausweis.«

»Weißt du auch, wie ich heiße?«

»Natürlich. Wir haben uns doch gerade angemeldet.«

Es war, als würde er im Dunkeln sehen, wahrscheinlich eher fühlen, wie das Mädchen grinste.

»Sonst ... hätte ich mich doch nicht ...«

»... in ein Bett mit mir gelegt? Meinst du das?«, setzte er ihren Satz fort.

»Gut, dass du das verstehst!«

Er meinte, eine Zärtlichkeit in ihrer Stimme zu hören, und streckte daher seine Hand aus. Er streichelte ihre Beine und sie verkroch sich nicht. Aber da er sich sicher war, dass sie ihm vertraute, wagte er nicht, noch weiter zu gehen.

»Auf welcher Universität bist du?«, fragte er.

»Ich habe das Studium schon abgeschlossen und warte nun auf die Zuteilung einer Stelle«, wich sie aus.

»Was hast du studiert?«

»Biologie.«

»Hast du auch Leichen seziert?«

»Natürlich.«

»Auch menschliche Leichen?«

»Ich bin ja kein Arzt. Das meiste war Theorie. Aber wir haben natürlich auch Praktika im Krankenhauslabor gemacht. Ich warte auf die Zuteilung einer Stelle, alles war schon völlig klar, wenn nicht ...«

»Wenn nicht was? Die Kulturrevolution?«

»Eigentlich war bestimmt worden, dass ich in ein Forschungsinstitut nach Peking kommen würde.«

»Bist du eine höhere Kadertochter?«

»Nein.«

»Aber deine Tante ist ein hoher Kader?«

»Willst du eigentlich alles wissen?«

»Ich weiß ja nicht einmal, ob dein Name richtig ist oder erfunden.«

Das Mädchen musste wieder lachen. Diesmal spürte er mit seiner Hand, dass sich ihr ganzer Körper schüttelte. Er streichelte ihr Bein hinauf bis zu den Hüften, aber über der Kleidung.

»Ich werde es dir sagen.« Sie ergriff seine Hand und schob sie beiseite. »Ich werde dich alles wissen lassen ...«

Er drückte ihre Hand, die sich immer weicher anfühlte.

Peng, peng! pochte jemand laut gegen die Tür des Hotels.

Beide erstarrten und hielten den Atem an. Ihre Hände krallten sich ineinander. Sie hörten, wie die Tür geöffnet wurde, eine nächtliche Kontrolle – oder war es eine Durchsuchung? Die Horde von Leuten fragte mit lauten Stimmen nach der Hauswirtin, dann klopften sie an alle Türen im Erdgeschoss und stießen sie auf. Einige gingen auch nach oben, und die Schritte auf der Treppe dröhnten über ihren Köpfen. Das ganze Haus wurde durchsucht. Plötzlich hörten sie ein Poltern, jemand sprang. Gleich darauf fluchte jemand, und es gab einen Tumult. Dann folgte ein Plumpsen, als wäre ein schwerer Sack auf den Boden gefallen, dann der Schrei eines Mannes und wieder das

Trippeln von Schritten. Dann ein gellendes Schreien, das langsam verstummte.

Beide hatten sich im Bett aufgesetzt, ihre Herzen pochten wie wild und sie warteten, dass man an ihre Tür klopfte. Der Tumult ging noch eine Weile weiter, sowohl oben als auch im Erdgeschoss. Er hatte keine Ahnung, warum sie seine Tür ausließen, vielleicht hatten sie aus seinen Daten im Hotelbuch gesehen, dass er von dieser Untersuchung nicht betroffen war. Jedenfalls kam die ganze Zeit über niemand an ihre Tür. Die Eingangstür wurde wieder geschlossen, die Hauswirtin murmelte noch einige Sätze vor sich hin und dann legte sich wieder Stille über das Haus.

Im Dunkel spürte er, wie sie sich plötzlich verkrampfte. Er umfasste ihren zitternden Leib und küsste ihre schweißüberströmten Wangen, ihre weichen Lippen. Der Geschmack von Schweiß und Tränen vermischte sich, als sie dicht aneinandergeschmiegt im Bett lagen. Er streichelte ihre Brüste, die genauso schweißbedeckt waren, öffnete den Knopf ihrer Hose und tastete mit den Händen zwischen ihre Beine, wo sie völlig durchnässt war. Sie lag wie gelähmt da und ließ ihn gewähren. Als er in ihren Körper eindrang, waren sie beide splitternackt ...

Später sagte sie, er habe einen schwachen Moment ausgenutzt und liebe sie überhaupt nicht. Aber sie habe sich doch gar nicht gewehrt, erwiderte er. Nachdem sie die Sache schweigend hinter sich gebracht hatten, fühlte er die schleimige Flüssigkeit in ihrem Schoß und wurde nervös. Denn er wusste, dass es Universitätsstudentinnen damals nicht nur verboten war zu heiraten, sondern es bedeutete eine Katastrophe, wenn sie unverheiratet schwanger wurden oder eine Abtreibung vornahmen. Doch da tröstete sie ihn und sagte:

»Ich habe meine Tage.«

Da schlief er noch einmal mit ihr und diesmal verspürte er nicht den geringsten Widerstand, und sie gab sich ihm völlig hin. Er erkannte, dass er sie entjungfert hatte, schließlich hatte er einige Erfahrungen mit Frauen gemacht. Doch wenn sie damals nur Abscheu und keinerlei Zuneigung zu ihm empfunden hätte, wäre sie nicht nackt neben ihm im Bett liegen geblieben, als die ersten Morgensonnenstrahlen durch einen Riss in der Türe auf das Bett fielen, sie hätte nicht zugelassen, dass er für sie das Blut an den Oberschenkeln mit einem nassen Handtuch abwischte und wäre sicherlich nicht so zärtlich zu ihm gewesen. Er erinnerte sich, wie fest ihre Hände seinen Rücken kneteten, als er vor ihr auf dem Ziegelfußboden kniete und ihre Brustwarzen liebkoste, dass sie vor sich hinmurmelte, dass sie Angst habe und er nicht zu heftig sein solle, aber dass sie sich trotzdem nach hinten auf das Bett fallen ließ, die Augen schloss und sich ihm wieder hingab.

Damals konnte niemand wissen, was ihn erwarten würde, und keiner konnte in irgendeiner Weise vorausplanen, welche Konsequenzen die eigenen Handlungen haben würden. Er überließ sich völlig seiner wilden Lust und küsste sie überall, während sie ihm vollkommen freien Lauf ließ. Die Spannung nach dem furchtbaren Schrecken löste sich, als hätte man eine Schleuse geöffnet, und sie trieben es weiter, bis sie beide völlig blutüberströmt waren. Dennoch machte sie ihm nicht den geringsten Vorwurf. Später ging er hinaus, um frisches Wasser zu holen, und dann bat sie ihn, sich umzudrehen, als sie sich wusch.

Sie wurde am Kai aufgehalten, gerade als er auf das Boot gestiegen war. Sie hatten im Hotel erfahren, dass die Züge wieder fuhren. Es wurde gesagt, dass der Bahnhof nur für die ankommenden Reisenden geöffnet sei und die Abreisenden auf dem anderen Flussufer in die Züge steigen müssten. Wie eine dunkle schwarze Masse hatten sich die Abreisenden auf dem Kai zusammengedrängt. Über dem Fluss lag der Morgennebel und die Sonne stand als feuerroter Ball am Himmel. So stellte er sich den jüngsten Tag vor. Auf der Fähre rief ein Seemann mit Abzeichen auf seinem runden Kragen in sein Megaphon in der

Hand: »Lasst die auswärtigen Reisenden zuerst an Bord gehen! Die Auswärtigen zeigen ihre Papiere und dürfen zuerst an Bord!«

Die zusammengedrängten Reisenden hatten schon von vorneherein keine Schlange gebildet, aber nun gab es schlagartig ein großes Durcheinander. Sie wurden auseinander gedrückt und er rief ihren Namen, den Namen, den sie am Abend zuvor im Hotel angegeben hatte, aber sie zeigte keinerlei Reaktion. Doch er hatte noch ihre Tasche, die sie ihm mitten im Tumult in die Hand gedrückt hatte. Vielleicht hatte sie sie loswerden wollen, darin befanden sich ihr Studentenausweis und einige wichtige gedruckte Pamphlete der Fraktion, der sie angehörte. Er wurde gegen die Reling gedrückt. Alle Reisenden, die sich nicht als Auswärtige hatten ausweisen können, wurden am Kai zurückgehalten, und zwischen ihnen befand sich auch das Mädchen mit den beiden Zöpfen, das von einer Seite auf die andere geschoben wurde. Er beugte sich über die Reling und rief nach ihr. Vielleicht war es auch ein falscher Name, offenbar hörte sie ihn nicht und verharrte regungslos an ihrem Ort. Vielleicht begriff sie auch gar nicht, dass er sie gerufen hatte, als das Boot vom Kai auslief.

31

Ein unendlich träger Morast, hier und da ein paar Wassergräser und mittendrin du, von oben bis unten mit stinkendem Schlamm bedeckt. Du versuchtest eine trockene Stelle zu erklimmen, um festen Boden unter die Füße zu bekommen und dich mit dem Wasser auf der Schlammoberfläche sauber zu waschen. Gleichzeitig war dir klar, dass du niemals sauber werden würdest. Doch irgendwie musstest du aus diesem Morast herauskommen. Bei jedem Versuch, aus dem Schlamm herauszuspringen, landetest du wieder mittendrin und kämpftest wild und besinnungslos weiter, du musstest weiter kriechen, du warst vollkommen durchnässt …

In der fernen Dämmerung meintest du ein Licht zu erkennen, du gingst auf das Licht zu, besser gesagt, du krochst in Richtung des Lichtes, das in der Ferne aufblitzte, dann ein Haus, eine Tür, du klettertest zur Türschwelle hoch und tastetest mit der Hand nach dem Griff, und die Tür öffnete sich. Du hörtest den Wind, obwohl es windstill war. In einer großen Halle blendete dich ein heller Lichtkegel, du krochst in den Lichtkegel hinein und standest endlich auf, tratest auf den soliden Holzfußboden und bemerktest erst da, dass du splitternackt warst. Vor dir konntest du überhaupt nichts erkennen …

Du musstest eine Pose einnehmen, dich nicht mehr bewegen und zur Statue werden;

du musstest ein wehendes Seidengarn im Wind sein, das sich allmählich auflöste, wie Fäden in einem Spinnennetz;

du musstest der dornige Zweig eines Dattelbaumes sein, ein übrig gebliebenes Blatt auf einem Talgbaum, das sich zu Anfang des Winters dunkelrot färbte und erfror;

du musstest durch einen Bach waten und hören, wie nackte Füße über grünblaue Steine liefen;

du musstest die schweren Erinnerungen aus dem Färbbottich ziehen und den gesamten Boden damit überfluten;

du musstest eine helle reine Bühne haben, auf der du dich nackt mit einer ebenfalls nackten Frau vergnügen würdest, während andere zusahen;

du musstest sie alle von oben bis unten betrachten und deine leeren Augenhöhlen zeigen, zwei schwarze Löcher;

du musstest den Schatten sehen, den der klare Vollmond hinter diesen verlassenen Raum warf;

du musstest dich mit einer Wölfin paaren, mit ihr zusammen den Kopf in die Höhe strecken und laut heulen;

du musstest mit leichten, trippelnden Schritten im Kreis tanzen, didida, didida;

du hofftest, dass er, der da tanzte, auf dem Boden japsen würde wie ein Fisch, den man aus dem Wasser gezogen hatte;

du hofftest, eine kalte Hand sein zu können, welche den glatten und sich wild windenden großen Fisch packen und mit einem Messerschnitt aufschneiden würde; du hofftest auch, dass er nicht gleich sterben würde;

du musstest in hoher Tonlage und mit schriller Stimme eine vergessene Geschichte vortragen, zum Beispiel aus den Jahren deiner Kindheit;

du musstest wie ein Boot sein, das im Dunkeln unterging und sich langsam auf den Boden des Meeres senkte, und dabei die Luftblasen beobachten, die lautlos nach oben stiegen;

du musstest dich in einen Fisch mit Riesenkopf verwandeln, der gemächlich durch die Algen schwamm und dabei mit Kopf und Schwanz hin- und herwackelte;

du hofftest, ein sorgenvolles Auge sein zu können, ein betrübtes und verzweifeltes Auge, das beobachtete, wie die Welt sich hin und her wand, und dieses Auge sollte in deiner Handfläche liegen;

du hofftest, ein Klang sein zu können, ein Klang vor einer Schallmauer, aus dem eine sanfte Tenorstimme emporsteigen würde;

du hofftest, ein Ritter zu sein, einer der nur nach eigenem Gutdünken handelte und sich leicht und geschmeidig bewegte, der sich aber auch mit einem Male in eine merkwürdige Gestalt verändern konnte, ein leise lächelndes Wesen, das Heiterkeit hervorrief, die Menschen aber auch in Staunen versetzte, eine Figur, die dann erstarren würde und fest und hart werden, und aus dieser würdest du dann ausdruckslos herausschlüpfen und dich in einen Aal verwandeln. Das merkwürdige Lächeln würde auf dem zu Tode erstarrten Gesicht verbleiben, das Gesicht würde den Mund öffnen und zwei vom Rauchen geschwärzte Zähne zum Vorschein bringen oder zwei Goldzähne, die im Lächeln des erstarrten Gesichtes hell aufblitzten; das Ganze wäre ziemlich komisch.

Du wolltest der kleine Junge sein, der auf einem Platz in Brüssel vor sich hinpinkelte, Männer wie Frauen hielten den Mund offen, um sein gepinkeltes Wasser zu trinken, und die Mädchen kicherten an der Seite, und du wärst wiederum ein alter Kerl, der in der Kneipe herumsaß und vor sich hinstarrte, so alt, dass dein Gesicht von tiefen Falten durchfurcht war, egal ob du lachtest oder nicht, und du tränkst einen Schluck Bier, so dunkel wie Sojasoße.

Du wolltest laut in der Menge losheulen, aber brachtest keinen Ton hervor. Niemand wusste, warum du weintest, oder ob du wirklich weintest oder dich nur weinend stelltest. Du wolltest weinen über diese Welt, die nur so tat als ob, aber natürlich kam kein Laut aus dir hervor, und dein gestelltes Weinen würde das ergebene Publikum völlig verunsichern. Dann würdest du deine Brust aufreißen und ein rotes Plastikherz hervorholen, etwas Reisstroh oder auch Taschentücher und all das in die applaudierende Menge werfen, leichtfüßig davontrippeln und dann, dann würdest du ausrutschen und nicht mehr auf die Füße kommen, du würdest auf der Bühne einen Herzinfarkt erleiden und sterben, du würdest aber, ehrlich gesagt, keinen Sanitäter brauchen, denn das wäre alles Theater, eine Form, durch die du deinen Schmerz und deine Freude, deine Verletzungen und Hoffnungen sichtbar machen könntest, mit einem listigen Grinsen, ohne dass klar wäre, ob du lachen würdest oder eine Grimasse ziehen. Dann würdest du verschwinden zusammen mit einem Mädchen, das du gerade kennen gelernt hast und das sich in dich verliebt hat, und sie auf der Toilette im Stehen nehmen. Man würde deine Beine sehen können, sie hätte ihre Beine um deine Hüften geschlungen. Du würdest die Spülung ziehen und wollen, dass es immer weiter rauschte und dich selbst hineinspülte und dass die ganze Welt Tränen vergösse, so dass alle Glasfenster der Welt vom Regen reingewaschen würden, dass sich die ganze Welt in eine Trübnis von Regen und Nebel verwandelte, und da würdest du am Fenster stehen und die Schneeflocken betrachten, die lautlos im Wind herumtrieben und ganz allmählich die ganze Stadt bedeckten wie ein riesiges weißes Leichentuch, und du vor dem Fenster würdest schweigend daran denken, dass er sich selbst verloren hat…

Du konntest auch eine andere Perspektive einnehmen: Du warst es, der im Publikum saß und ihn beobachtete, wie er auf die Bühne kletterte, eine vollkommen leere Bühne, auf der er nackt im gleißenden Licht stand. Er brauchte eine gewisse Zeit, sich an den grellen Schein zu gewöhnen, um durch das gleißende Licht hindurch in der hintersten Reihe der roten Samtbestuhlung des vollkommen leeren Zuschauerraumes eine einzige Person ausmachen zu können, die du warst.

32

In der Tasche, die das Mädchen zurückgelassen hatte, befand sich ein Studentenausweis und ihr Familienname lautete tatsächlich Xu, nur ihr richtiger Vorname war eigentlich Qian. Zudem waren ein paar Pamphlete und kleine Zeitungen in der Tasche, vielleicht war sie mit dem Auftrag auf dem Weg nach Peking unterwegs, irgendein Unrecht anzuklagen. Doch bei den Papieren in ihrer Tasche handelte es sich nur um öffentlich zugängliche Drucksachen, möglicherweise war sie auf der Flucht nach Peking gewesen. Und wahrscheinlich hatte sie ihm deshalb ihre Tasche und ihren Ausweis aufgedrängt, weil sie Angst hatte, erkannt zu werden, dachte er.

Er hatte keine Möglichkeit herauszukriegen, was mit Xu Qian geschehen war. Das Einzige was er tun konnte, war, die Wandzeitungen und Flugblätter auf den Straßen nach Nachrichten aus dieser Stadt zu durchforsten. Er fuhr mit dem Fahrrad die Chang'an-Straße von der Dongdan bis zur Xidan-Ecke ab, fuhr außerdem zum Bahnhof hinter dem Qianmen-Tor und an den Hinterausgang des Beihai Parkes und er las jede einzelne aufgeklebte Nachricht über die Kämpfe außerhalb Pekings. Er las auch Proteste gegen Misshandlungen, Erschießungen oder Folterungen, manchmal mit Bildern der Leichen. Ihm war, als hätten all diese Katastrophen mit Xu Qian zu tun, und er dachte daran, dass die Katastrophe vielleicht auch schon sie überrollt habe. Er zitterte am ganzen Körper.

In der Tasche befanden sich auch Xu Qians ärmelloses gelb geblümtes Kleid, das noch ihren Körpergeruch trug, und eine zusammengerollte blutig verschmierte Unterhose. Beides waren ihm Erinnerungsstücke, die ihn zutiefst schmerzten. Fast schien er ein Fetischist geworden zu sein, denn er kam von diesen Sachen in der Tasche nicht mehr los. Er hatte sogar die rote Plastikhülle der kleinen roten Mao-Bibel abgelöst. Darunter hatte er einen kleinen Zettel gefunden, auf der eine alte Adresse geschrieben stand, die ehemalige Große-Exzellenz-Gasse, die heute Roter-Stern-Gasse hieß, wahrscheinlich war dies die Adresse ihrer Tante. Er rannte sofort aus seinem Zimmer, fand das dann aber doch zu überstürzt und kehrte wieder zurück. Er packte die Sachen auf dem Tisch in die Tasche und ließ nur die Kleider zurück, die sie in der Nacht gewechselt hatte.

Etwa gegen zehn Uhr abends klopfte er gegen das große Tor eines traditionellen Anwesens. Ein kräftiger junger Mann lugte durch die Pforte und fragte barsch: »Zu wem willst du?«

Er sagte, er wolle Xu Qians Tante sehen. Der junge Mann zog die Augenbrauen zusammen und hatte einen deutlich feindlichen Ausdruck im Gesicht. Es musste sich wohl um einen Rotgardisten der reinsten Klasse handeln, dachte er bei sich. Seine ursprüngliche Aufregung war völlig verflogen und er fügte kühl hinzu: »Ich möchte nur eine Nachricht überbringen und habe einige Sachen, die ich ihrer Tante übergeben möchte.«

Der Mann sagte, er solle einen Augenblick warten und schloss das Tor. Eine Weile später erschien der junge Mann mit einer älteren Dame in der Tür. Die Frau musterte ihn, doch schien sie etwas höflicher und sagte, er könne mit ihr sprechen, falls er ein Anliegen habe. Er holte Xu Qians Studentenausweis hervor und meinte, er habe ihr etwas zu überbringen.

»Kommen Sie bitte herein«, erwiderte die Frau.

Der nördliche Teil des Anwesens vor ihm war etwas verwahrlost, doch der Rest entsprach völlig dem Stil hoher Kaderfamilien.

»Sind Sie ihre Tante?«, fragte er nach.

Die Frau nickte unmerklich mit dem Kopf. Dann bat sie ihn, auf dem Sofa Platz zu nehmen.

Er erklärte, dass Xu Qian, die Tochter ihres Bruders – dass Xu Qian die Tochter ihres Bruders war, nahm er einfach an –, die Fähre nicht mehr erreicht habe und auf dem Kai aufgehalten worden sei. Die Tante zog einen Stapel Pamphlete aus der Tasche und blätterte darin herum. Er berichtete, dass die Lage in jener Stadt sehr angespannt sei, dass es zu bewaffneten Kämpfen gekommen sei und nächtliche Hausdurchsuchungen gegeben habe. Xu Qian gehöre ganz offensichtlich zu der Gruppe, die verfolgt werde.

»Was sind das für Rebellionen!«, brach es aus ihr heraus, als sie die Pamphlete auf dem Teetisch ablegte. Es hätte auch eine Frage gewesen sein können.

Er erklärte weiter, dass er sich große Sorgen mache, dass Xu Qian etwas zustoßen könne.

»Bist du ihr Freund?«

»Nein.« Er hätte die Frage gerne bejaht.

Nach einer Weile der Stille erhob er sich und sagte: »Ich wollte Ihnen das nur mitteilen und hoffe natürlich, dass ihr nichts geschehen ist.«

»Ich werde Kontakt mit ihren Eltern aufnehmen.«

»Ich habe ihre Adresse nicht«, sagte er mit allem Mut, den er fassen konnte.

»Wir werden an ihre Familie schreiben.«

Die Frau zeigte keinerlei Absichten, ihm die Adresse zu geben. Das Einzige, was er noch sagen konnte, war: »Ich kann meine Adresse und die Telefonnummer meiner Arbeitseinheit hinterlassen.«

Die alte Dame reichte ihm einen Zettel, auf dem er alles niederschrieb. Dann brachte die Tante ihn zum Tor und sagte zum Abschied: »Nun weißt du ja, wo ich wohne, du bist immer willkommen.«

Das war eine reine Höflichkeitsfloskel, mit der sie sich für seine eigentlich unnötigen Bemühungen bedankte.

Er kehrte in sein Zimmer zurück und legte sich auf sein Bett. Er versuchte mit aller Anstrengung, sich jedes Detail dieser Nacht in Erinnerung zu rufen, jeden Satz, den Xu Qian gesagt hatte, jeden Laut ihrer Stimme in der Dunkelheit, jede Reaktion ihres Körpers, all das sollte sich tief und unauslöschlich in sein Gedächtnis eingraben.

Es klopfte an der Tür und herein kam der alte Huang, ein alter Kader aus ihrer Fraktion, der ihn fragte:

»Wann bist du wieder gekommen? Ich habe dich wiederholt gesucht, in der Organisation bist du auch nicht aufgetaucht, was machst du überhaupt? Du kannst nicht noch einmal einfach so auf Reisen gehen! Sie haben einen Kader nach dem anderen gepackt und sie auf einer Versammlung angegriffen!«

»Wann?«, fragte er.

»Gerade heute Nachmittag, es gab eine Schlacht!«

»Wurde jemand verletzt?«

Der alte Huang berichtete, dass Danian dem für Auszahlungen zuständigen Sektionschef der Finanzabteilung mit einem Schlag eine Rippe gebrochen habe, einfach weil er einen kapitalistischen Hintergrund hatte, und dass die anderen Kader, die diese Fraktion unterstützten, eingeschüchtert worden seien. Auch Huangs Hintergrund war nicht besonders gut, er zählte zu den Kleinunternehmern, obwohl er schon bald zwanzig Jahre der Partei angehörte.

»Wenn du die Kader, die deine Fraktion unterstützen, nicht schützen kannst, wird die Organisation zusammenbrechen«, rief der alte Huang aufgeregt.

»Ich habe mich schon lange aus dem Führungsstab zurückgezogen, ich mache nur noch Inspektionsreisen«, erwiderte er.

»Aber alle setzen darauf, dass du hervortrittst und ihnen Halt gibst. Da Li und die anderen verstehen nicht, dass wir die Kader schützen müssen. Für sie kommen sie alle noch aus der alten Gesellschaft und jeder Einzelne von ihnen hat Familie oder Angehörige mit Problemen in der Vergangenheit. Sie haben verkündet, dass sie morgen eine große Kampfsitzung gegen den alten Li und Wang Qi abhalten wollen. Wenn ihr das nicht verhindert und es so weitergeht, wird kein Kader mehr wagen, sich hinter euch zu stellen. Das ist nicht nur meine persönliche Meinung. Der alte Liu und ein paar Kader mittleren Ranges haben mich zu dir geschickt, weil wir dir alle vertrauen und dich unterstützen. Du musst die Führung übernehmen!«

Auch die Kader schlossen sich im Hintergrund zusammen. Der Machtkampf war so weit gekommen, dass niemand mehr überleben konnte, wenn er sich nicht Banden und Fraktionen anschloss. Er war von diesen Kadern im Hintergrund auserwählt worden und musste erneut auf der Bühne antreten.

»Auch meine Frau hat mich gebeten, mit dir zu sprechen. Unsere Kinder sind noch klein, was sollen sie tun, wenn wir wegen irgendetwas verfolgt werden?« Der alte Huang blickte ihn hoffnungsvoll an.

Die Frau des alten Huang kannte er auch, sie arbeiteten in der gleichen Abteilung zusammen, und so konnte er die Bitte schlecht abschlagen. Vielleicht war es die Tatsache, dass er Xu Qian verloren hatte, das Mädchen, das zurückgehalten worden war, und dass ihr in seiner Phantasie vielleicht schon etwas zugestoßen war, die seinen früheren Kampfgeist erneut in ihm weckten. Aber auch das Mitleid und die Sympathie, die er für die entmachteten Kader empfand, die nun gedemütigt wurden, waren mit ein Grund dafür, dass sich diese menschlichen Gefühle in ihm wieder regten und einen heroischen Kampfgeist in ihm hervorriefen. Letztendlich war sein Rückgrat doch noch nicht gebrochen, und er wollte es nicht ertragen, zu den Verlierern zu gehören. Die ganze Nacht über war er beim kleinen Yu, um ihn zu überreden, dass man ihre Kader schützen und unterstützen müsse, woraufhin Yu sofort zu Da Li lief. Er war die ganze Nacht über unterwegs, um Kontakte mit ein paar jungen Leuten zu knüpfen.

Um fünf Uhr in der Früh fuhr er in die Gasse, in der Wang Qi wohnte, und suchte nach ihrem Türschild an einem mit großen Nägeln beschlagenen fest verschlossenen alten Tor. In der

Gasse war es ganz still, noch kein Mensch war zu sehen. An der Straßenecke befand sich eine kleine Bude, die schon geöffnet hatte und Frühstück anbot. Er trank eine Schale heiße Sojabohnenmilch und aß einen Teigfladen, der soeben erst aus dem Öl gefischt worden war. Auf der Straße sah er noch immer kein einziges bekanntes Gesicht. Er bestellte noch eine Schale Sojabohnenmilch und aß einen weiteren Teigfladen. Dann kam Da Li auf dem Fahrrad herbei. Er winkte ihm zu und rief ihn herüber. Da Li stieg vom Rad und schüttelte ihm fest die Hand, als seien sie alte Freunde.

»Bist du wieder zurück? Gerade jetzt brauchen wir dich«, sagte auch Da Li. Dann kam er etwas näher und sprach gedämpft: »Den alten Liu haben wir in der Nacht weggebracht und versteckt. Falls sie ihn holen wollen, werden sie ins Leere laufen.«

Da Li sah sehr müde aus, aber er wirkte sehr aufrichtig. Ihre früheren Eifersüchteleien waren mit einem Schlage verschwunden. Es war wie in seinen Kindertagen, als sich die Jungen aus seiner Straße gegen andere Banden zusammenschlossen. Im Vergleich zu den künstlichen Verbindungen der »Genossen« wirkte dieser brüderliche Zusammenschluss sehr viel intensiver. In dieser chaotischen Zeit musste man sich zusammentun und einander stützen. Da Li fügte hinzu: »Ich habe schon eine Feuerwehrtruppe kontaktiert, ihr Anführer ist ein alter Blutsbruder von mir. Auf einen Anruf von mir wird die ganze Truppe zusammengerufen. Sie bringen sogar den Feuerwehrwagen mit und werden sie mit dem Wasserschlauch hinwegspülen!«

Etwa gegen sechs Uhr traf Yu mit sechs oder sieben Jugendlichen aus seiner Organisation am Eingang der Gasse zusammen. Dann schoben sie ihre Räder zum Tor von Wang Qis Haus, jeder mit einer Zigarette im Mund. Zwei kleine Wagen fuhren in die Gasse und hielten im Abstand von dreißig Metern. Sie konnten erkennen, dass es Dienstwagen aus ihrer Organisation waren, aber niemand stieg aus. Nachdem sie vier, fünf

Minuten dort gestanden hatten, setzten die Wagen in der Gasse zurück und wendeten.

»Lass uns hineingehen und Genossin Wang Qi besuchen«, schlug er vor.

Nun blickte ihn Da Li doch etwas zweifelnd an und sagte: »Ihr Mann steht auf der Schwarzen Liste.«

»Wir besuchen ja auch nicht ihren Ehemann«, erwiderte er und trat durch das Tor.

Die frühere Bürochefin kam aus dem Haus und begrüßte sie, indem sie immer wiederholte: »Vielen Dank, dass ihr kommt, Genossen, kommt herein, kommt doch bitte herein!«

Wang Qis Ehemann war ein Parteitheoretiker gewesen, der heute aus der Partei ausgeschlossen worden war und als parteifeindliches Element und Mitglied der Schwarzen Clique galt. Er war ein kleiner, dünner alter Mann, der ihnen nur schweigend kurz zunickte. Die Türen zu beiden Seiten waren versiegelt worden, so dass er sich nirgends zurückziehen konnte und im Zimmer auf und ab ging, wobei er eine Zigarette nach der anderen rauchte und zwischendurch immer wieder hustete.

»Genossen, ihr habt sicherlich noch nicht gefrühstückt? Ich gehe für alle ein kleines Frühstück machen«, sagte Wang Qi.

»Nicht nötig, wir haben gerade in der kleinen Bude an der Straßenecke gegessen. Genossin Wang Qi, wir wollten uns nur einmal erkundigen, wie es Ihnen geht. Die Wagen vor dem Haus sind abgefahren, diesmal werden sie nicht wiederkommen«, sagte er.

»Darf ich euch wenigstens einen Tee anbieten …« Auch wenn sie früher die Chefin gewesen war, war sie doch vor allem eine Frau, die sich nun abwandte, weil ihr die Tränen kamen.

Auf wundersame Weise hatte sich die ganze Situation völlig verändert, und er schützte plötzlich Angehörige von »parteifeindlichen Mitgliedern der Schwarzen Clique«. Wang Qi hatte ihn damals noch zu ihren Amtszeiten rechtzeitig davor gewarnt, dass seine Beziehung zu Lin nicht zu intim werden dürfe. Doch diese Sache stand schon lange nicht mehr zwischen ihnen, denn verglichen mit den späteren permanenten Vorfällen war sie nun wirklich eine Kleinigkeit gewesen. Im Gegenteil war er ihr heute sogar für ihre Nachsicht dankbar, dass sie die Liebesgeschichte zwischen ihm und Lin nicht weiter verfolgt hatte. Heute konnte er ihr etwas davon zurückgeben.

Da saß er mit Da Li und seinen Leuten und trank den Tee der revolutionären Kaderfrau Genossin Wang Qi, der Ehefrau eines Mitgliedes der Schwarzen Clique. Sie hielten sofort eine kleine Sitzung ab und beschlossen, ein so genanntes Selbstmord-Kommando zu gründen, dessen Kern die Leute bilden sollten, die sich hier versammelt hatten, und die sofort zum Schutz ihrer Kader eingreifen sollten, sobald ihre Gegner einen davon ergreifen wollten.

Aber es kam doch noch zum Kampf. Danian und seine Leute hatten Wang Qi im Büro abgegriffen. Im Gang drängten sich die Leute und das Büro wurde zum Schlachtfeld. Die Menschen sprangen auf die Tische und trampelten die Glasplatten darauf kaputt. Er konnte nicht zurück. Er drängte sich durch die Menge, sprang ebenfalls auf einen Tisch und stand Danian gegenüber.

»Holt ihn herunter, den verdammten Hundebastard!«, befahl Danian seinen alten Rotgardisten, ohne in irgendeiner Weise seinen Klassenhass zu verbergen.

Er wusste, dass sie sich auf ihn werfen und zum Krüppel schlagen würden, wenn er nur die geringste Schwäche zeigte, und dass der Fall seines Vaters, der noch immer nicht geklärt war, Grund genug für den Klassenhass auf ihn war. Die meisten Leute hier im und vor dem Büro waren schwächliche alte Angestellte oder alte Intellektuelle, auch die Kader stammten größtenteils aus gebildeten Familien, deren Hintergründe alle das eine oder andere Problem aufwiesen und die ihn nicht würden retten können. Stattdessen verließen sie sich auf ihn, dass er und seine jungen Freunde den anderen Widerstand boten.

»Hör zu, Danian, was ich dir zu sagen habe! Unsere Truppe kocht nicht auf kleiner Flamme. Wenn irgendeiner von euch es wagt, Gewalt anzuwenden, werden wir euch heute Nacht schon aus euren Höhlen locken und fertig machen! Das kannst du mir glauben!«, schrie er genauso wie die anderen.

Im Streit kommen primitive Instinkte hervor wie bei den Tieren, und die Menschen fletschen ihre Zähne wie Wölfe und Hunde. Er musste ihnen durch sein wildes Aufreten Furcht einjagen und ihnen grundlegend klarmachen, dass er den Tod nicht fürchtete und zu allem bereit war. In diesem Moment sah er aus wie ein Banditenführer.

Vor dem Fenster ertönte der Klang eines Feuerwehrwagens. Die Truppe, die Da Li herbeigerufen hatte, kam gerade im richtigen Moment. Behelmt stürmten die Feuerwehrleute zusammen mit einer Bruderorganisation von Rebellen, die mit wehenden Fahnen aus einem Wagen der Druckerei herabsprangen, zu ihrer Verteidigung herein. Jede Fraktion führte ihre eigenen Schachzüge und so entstanden Kämpfe zwischen Schulen, Fabriken und Organisationen. Und wenn man eine Truppe vom Militär im Rücken hatte, fanden auch Handwaffen und Bomben ihre Anwendung.

33

Das erste Mal erfuhr er aus einem Pamphlet davon. Mao hatte die Anführer der Rebellenfraktionen der fünf großen Universitäten Pekings empfangen und gesagt: »Nun habt ihr kleinen Generäle einen Fehler begangen.« Er sagte das in einem Ton wie ein Kaiser, der seinen engsten Generälen und Ministern mitteilt, dass sie sich zurückziehen sollen. Der kleine General Kuai Dafu, der an Maos Stelle dafür gesorgt hatte, dass dessen damalige revolutionäre Kriegskameraden ausgeschaltet wurden, sich damit bedeutsame Verdienste erworben hatte und zum Führer der Studenten avanciert war, verstand sofort, was dieser Satz bedeutete und brach auf der Stelle in Tränen aus. Mithilfe einer Wandzeitung an der Pekinger Universität hatte der alte Mann das revolutionäre Feuer zuerst entfacht und vernichtete nun höchstpersönlich die Massenbewegung, die er mobilisiert hatte. Er begann damit in den Universitäten. Zehntausende von Arbeitern strömten unter der Führung der Leibgarde-Truppen Maos auf den Kampus der Qinghua-Universität.

Als er an jenem Nachmittag davon erfuhr, fuhr er sofort hin und beobachtete mit eigenen Augen, wie die Arbeiter, geführt durch das Militär, die letzte Bastion der Jinggangshan-Armee in Beschlag nahmen. Es war die erste Rebellenfraktion, die an einer Universität gegründet worden war, und ihr Hauptquartier befand sich in dem allein stehenden großen Gebäude gegenüber dem Sportplatz. Reihe um Reihe und Ring um Ring wurden das Haus und der Sportplatz von unterschiedlichen Propagandatruppen der Arbeiter umstellt, die alle rote Armbinden trugen und sich auf dem Boden niederließen. Die Nachmittagssonne schien gleißend hell auf zwei rote Parolenbänder, die mit schwarzen Schriftzeichen beschrieben vom Gebäude herabhingen: »Auch der Schnee besiegt nicht die Pflaumenblüte, die Jinggangshan-Armee fürchtet keine Guillotine!« Jedes einzelne Zeichen war größer als ein Fenster, die Bänder hingen über mehrere Stockwerke herab und schaukelten im Wind. Eine Truppe von ein paar Dutzend Arbeitern und Soldaten überquerte den menschenleeren großen Platz vor dem Gebäude und stieg die Stufen zum Haupteingang hinauf. Es dauerte nicht lange, da waren sie in dem verlassenen großen Gebäude, in dem schon Strom und Wasserzufuhr abgestellt worden waren, verschwunden. Er mischte sich unter die Zehntausende von Arbeitern und stumm herumstehenden Beobachtern und konnte das Rascheln der beiden langen Spruchbänder im Wind hören. Eine knappe Stunde später fiel das rechte Spruchband von oben und segelte langsam zu Boden. Gerade als es auf den Treppenstufen vor dem Haupteingang gelandet war, fiel auch das andere Band herab. »Er lebe zehntausend Jahre« ertönten nun die Rufe unter den Massen, die von den Lautsprechern und Glocken der Propagandagruppen angestachelt wurden. Einige Studenten, die zur Zeit ihrer Rebellion noch dieselben Parolen gerufen hatten, traten nun in einer Reihe mit weißen Fahnen und erhobenen Händen wie kapitulierende Kriegssoldaten aus dem Gebäude. Weitere Arbeiter stürmten ins Haus, trugen nacheinander einige schwere Geschütze heraus und schoben schließlich ein kleinkalibriges Flachbahngeschütz durch den Eingang, wobei man nicht wusste, ob es mit Munition ausgestattet war oder nicht.

Es war eine einfache und ruhig verlaufende Besetzung, obwohl einige Studenten noch in der Nacht zuvor, als die Propagandatruppen der Arbeiter den Campus betreten hatten, im Schutz der Dunkelheit ein paar selbstgebastelte Handgranaten geworfen hatten. Einige Arbeiter waren verletzt worden, doch letztendlich war es eine reine Verzweiflungstat gewesen. Der großartige Führer, den sie mit ihrem Leben geschützt hatten, hatte keine Verwendung mehr für sie und lieferte sie aus. Kinder, die erfuhren, dass sie von Erwachsenen belogen worden waren, stampften mit dem Fuß auf und schrien los, und genau das passierte auch hier.

Auch ihm war klar, dass die chaotischen Zustände beendet werden mussten, und er ahnte, dass ihm kein günstiges Schicksal bevorstehen würde. Unter dem Vorwand einer erneuten Inspektionsreise verließ er Peking unverzüglich.

»Kehr zurück!«

Als er auf dem Weg den älteren Cousin in Shanghai besuchte, war dies der erste Satz, den er als warnenden Rat erhielt.

»Wohin denn?«, fragte er zurück. Dann berichtete er von dem Problem seines Vaters, der angeblich heimlich eine Waffe versteckt haben sollte und dessen Fall sich nicht lösen ließ. »Ich kann nicht einmal zu meiner Familie zurückkehren!«

Als der Cousin seines Vaters dies hörte, begann er zu husten, kramte eine kleine Flasche hervor und sprühte sich eine Medizin in den Rachen.

»Kehr zurück in deine Organisation und nimm deine Arbeit wieder auf!«

»Die Organisation ist vollkommen paralysiert, es gibt überhaupt nichts zu tun. Deswegen habe ich mich mit der Ausrede einer Inspektionsreise davongemacht.«

»Was untersuchst du?«

»Die Kader, was denn sonst? Ich untersuche ihre Vergangenheit und finde heraus, dass doch alles ganz anders war … «

»Du hast überhaupt keine Ahnung! Das ist kein Spiel, und du bist kein Kind! Pass lieber auf, dass dein Hirn nicht irgendwann weg ist, ohne dass du weißt, wie es dir abhanden gekommen ist!« Wieder musste der Cousin husten und sprühte sich erneut mit dem Fläschchen in den Hals.

»Bücher kann ich auch nicht mehr lesen, es gibt einfach nichts zu tun.«

»Du kannst doch einfach Beobachtungen anstellen, reicht das nicht?«, sagte der Cousin seines Vaters. »Ich bin einfach ein Beobachter geworden, ich gehe nicht vor die Tür, habe mich überhaupt keiner Fraktion angeschlossen und sehe mir einfach die Vorstellung an: Wer wann auf die Bühne tritt und wieder abtritt.«

»Aber ich muss doch arbeiten. Ich kann mich nicht wie der werte Cousin krank melden und zu Hause bleiben!«

»Aber schweigen kannst du doch auf jeden Fall?«, fragte ihn der Cousin seines Vaters zurück. »Dein Mund gehört doch deinem eigenen Kopf!«

»Werter Cousin, du befindest dich seit langer Zeit zur Genesung zu Hause, wie sollst du auch wissen, dass es seit Beginn dieser Bewegung nicht möglich ist, keine Position einzunehmen, dass man sich nicht heraushalten kann!«

Das war natürlich auch dem Cousin seines Vaters klar, der ein erfahrener Revolutionär war. Daher seufzte er lange und meinte: »Was für chaotische Zeiten! Früher hätte man sich immer noch in die Berge und tiefen Wälder zurückziehen und Mönch werden können …«

Diese Worte waren aus tiefstem Herzen gesprochen, es war das erste Mal, dass der Cousin seines Vaters überhaupt mit ihm über Politik sprach und ihn nicht mehr wie ein Kind behandelte. »Ich habe mich auch nur krank gemeldet, um einem Sturm zu entkommen. Wenn man mich nach dem Großen Sprung nicht zum Rechtsopportunisten abgestempelt und bis heute für sieben bis acht Jahre abgestellt hätte, würde es mir jetzt wahrscheinlich sehr schlecht ergehen.«

Dann berichtete der Cousin noch von irgendeinem alten Parteiveteranen, der sein früherer Vorgesetzter gewesen war. Zu Kriegszeiten hatte er unzählige Male sein Leben riskiert. Vor Ausbruch der Kulturrevolution hatte er ihn unterwegs besucht, eine Leibwache nach draußen geschickt und ihm dann zu verstehen gegeben, dass große Ereignisse innerhalb des Zentralkomitees der Partei stattfinden würden und sie sich möglicherweise von heute an nicht mehr sehen könnten. Bevor er hinausgetreten war, hatte er ihm einen bestickten Bettüberzug überreicht und erklärt, das sei eine Erinnerung an ihren letzten Abschied.

»Sag deinem Vater, dass keiner einem anderen helfen kann und sich jeder nur um sich selbst kümmern muss!«

Das waren die letzten Sätze, die der Cousin von sich gab, als er ihn zur Tür begleitete. Nicht lange danach bekam der Cousin seines Vaters, der nicht gerade altersschwach wirkte, eine Grippe. Er wurde ins Militärkrankenhaus eingeliefert und erhielt eine Spritze. Ganz unerwarteterweise ging er einige Stunden später ein ins ewige Himmelreich. Sein ehemaliger Vorgesetzter, jener Revolutionsveteran, dem die persönlichen Freiheitsrechte entzogen worden waren, starb ein Jahr später ebenfalls in einem Militärkrankenhaus, doch davon hatte er erst viele Jahre später in einem Erinnerungsband über unschuldig angeklagte und später rehabilitierte Veteranen gelesen. Als sie damals an der Revolution teilgenommen hatten, hatten sie mit Sicherheit nicht vorausgesehen, dass diese Revolution sie eines Tages in die Situation bringen würde, mit offenen Augen ihrem eigenen Tod entgegenzusehen und keinen Ausweg mehr zu wissen. Ob sie kurz vor ihrem Tod nicht alles bereut hatten? Das konnte er selbstverständlich nicht wissen.

Und du, wolltest du weiter rebellieren? Wolltest du auch in den Fleischwolf geraten und zu Hackfleisch werden, oder vielleicht als Gemüsebeilage enden?

Im Rückblick auf jene Zeiten kamen dir unwillkürlich solche Fragen.

Doch er antwortete, dass ihn die Umstände dazu gebracht hätten. Sie hätten nicht zugelassen, dass jemand als kühler Beobachter an der Seite stünde. Ihm war klar, dass er nicht mehr als ein Fußsoldat in der Bewegung gewesen war, dass er auch kein General habe werden wollen und sich aus reinem Selbsterhaltungstrieb in die Kriegshändel verstrickt hatte.

»Konntest du denn keine andere Form des Überlebens wählen? Indem du zum Beispiel ein einfacher Mitläufer geworden wärest, der mit dem großen Strom schwimmt, sich heute nicht um morgen kümmert und sich immer nach dem politischen Klima richtet, der das sagt, was andere hören wollen und den Machthabenden willenlos folgt?«, fragtest du.

Das wäre noch schwieriger gewesen, als Rebellion zu machen, antwortete er, sehr viel kräftezehrender und viel komplizierter. Man hätte in jedem Moment und an jedem Ort erahnen müssen, wie sich das politische Wetter plötzlich ändern würde – und wie hätte man denn die innersten Gedanken und Regungen des alten Kaisers erahnen sollen? Selbst sein Vater, ein ganz einfacher Mitbürger, konnte sich nicht so verhalten und hat letztlich eine ganze Schachtel Schlaftabletten geschluckt und somit ein Ende gefunden, das dem seines Cousins ziemlich ähnlich war. Er hatte auch kein klares Ziel vor Augen gehabt, als er an der Rebellion teilgenommen hatte – er hatte mit dem Kopf durch die Wand gewollt, wie eine Gottesanbeterin, die versuchte einen Wagen aufzuhalten, und hatte all dies aus reinem Selbsterhaltungstrieb getan.

»Vielleicht bist du als Rebell geboren? Vielleicht liegt es an deinen Genen?«

Nein, erwiderte er, von seinem Wesen her sei er sehr ausgeglichen wie sein Vater. Er war nur etwas jünger und kraftvoller als er und verstand noch nicht viel von der Welt. Dem Weg seines Vaters und dieser Generation konnte er aber auch nicht folgen, da er überhaupt nicht wusste, wo der hinführen sollte.

»Konntest du nicht fliehen?«

»Wohin denn fliehen?«, fragte er dich zurück. Aus solch einem großen Land konnte er nicht fliehen, er konnte seine Organisation, den Bienenstock, der ihn mit Lohn und Nahrung versorgte, nicht verlassen. Dieser Bienenstock versorgte ihn mit einer Aufenthaltsberechtigung in der Stadt, mit monatlichen Marken für Getreide (14 Kilo), Öl (einen halben Liter), Zucker (ein halbes Pfund) und Fleisch (ein Pfund), mit Jahresmarken für Stoff (6 Meter) und mit Lohnpunkten, die sich nach der Höhe des Gehaltes berechneten und mit denen man Dinge für den alltäglichen Gebrauch kaufen konnte, wie Armbanduhren, ein Fahrrad oder Wolle (5 Scheine pro 20 Yuan Monatslohn), und er legitimierte seine Staatsbügerschaft. Wo sollte er, einfache Arbeitsbiene, denn hinfliegen, wenn er seine Wabe verlassen wollte? Er sagte, er habe keine Wahl gehabt, er sei nur ein Insekt gewesen, das einfach notgedrungen in dem Bienenstock leben musste, selbst wenn der ganze Bienenstock vom Wahnsinn befallen war. Doch dazu musste man sich gegenseitig angreifen und wild herumschwirren, gab er zu.

»Und dieses wilde Herumschwirren hat dein Leben gerettet?«, fragtest du.

Aber er war ja schon mittendrin gewesen. Wenn er das von Anfang an geahnt hätte, hätte er sich sicher nicht wie ein Insekt benommen, lachte er bitter.

»Ein Insekt, das lachen kann, ist schon ein bisschen merkwürdig«, sagtest du und wolltest in die Details gehen.

Merkwürdig ist diese Welt und nicht das Insekt, das in der Wabe lebt, sagte das Insekt.

34 Es war schon sehr kalt für diese Jahreszeit, als er den Shanhai-Pass überquerte, und die eisigen Luftströme aus dem Nordwesten verstärkten das kalte Klima. Mit dem Fahrrad, das er sich in der Kreisstadt geliehen hatte, zu fahren war völlig unmöglich geworden. Es war anstrengend genug, es überhaupt gegen den Wind zu schieben. Erst gegen vier Uhr, als es schon zu dämmern begonnen hatte, traf er in der Kommune ein, die noch etwa zehn Kilometer von dem Dorf entfernt lag, das er aufsuchen wollte. Er verbrachte die Nacht in einer Herberge für die Fuhrleute auf dem Lande, alles, was er zu essen bekam, waren zwei salzige Karotten, die fast bitter schmeckten, und eine Schüssel Hirsebrei, der so hart war, das er ihn kaum hinunterschlucken konnte. Er schlief allein auf einem aus Steinen gemauerten Bett, das mit einer Schilfmatte bedeckt war und mehr als die Hälfte des Zimmers ausmachte. Der Kang hatte Platz für sieben oder acht Personen, doch bei diesem Wetter fuhr niemand mit seinen Wagen aus. Wahrscheinlich lag es an seinem Empfehlungsschreiben aus Peking, dass der Kang besonders stark angeheizt worden war. Im Laufe der Nacht wurde es so heiß, dass die Flöhe im Bett wahrscheinlich gegrillt wurden. Er schwitzte, obwohl er nur noch seine Unterhose anhatte. Er setzte sich an den Bettrand, rauchte eine Zigarette und dachte darüber nach, ob das Land in dieser chaotischen Zeit ein Fluchtort für ihn sein könnte.

Der Nordwind blies noch immer heftig, als er am nächsten Morgen in der Frühe aufstand. Er ließ das schwere Lastenfahrrad in der Herberge und lief etwa drei Stunden mit dem Wind im Rücken, bis er endlich das kleine Dorf erreichte. Er fragte sich durch in den Hütten und Höfen, ob man eine alte Frau kenne, die so und so heiße und Lehrerin in der Dorfschule sei? Alle schüttelten den Kopf, es gebe zwar noch eine Schule im Dorf, aber nur einen Lehrer, und das sei ein Mann, dessen Frau gerade ein Kind zur Welt gebracht habe, weshalb er beurlaubt sei.

»Gibt es niemand anderen in der Schule?«, fragte er.

»Die Schule ist ja seit zwei Jahren geschlossen, es ist überhaupt keine Schule mehr, die Produktionsgruppen nutzen das Gebäude als Speicher, in dem sich heute die Kartoffeln türmen!«, sagten die Leute aus dem Dorf.

Um eine verantwortliche Person zu finden, fragte er nach dem Sekretär der Produktionsgruppe.

»Den alten Sekretär oder den jungen?«

Er antwortete, dass er irgendjemanden suche, der für die Dorfangelegenheiten zuständig sei, und der ältere sicher besser sei, da er sich wohl besser auskennen würde. Die Leute führten ihn in die Hütte eines alten Mannes. Der Alte kaute auf einer Pfeife aus Bambusrohr mit kupfernem Pfeifenkopf herum und flocht einen Korb aus Weidenrohr. Noch bevor er zu Ende erklären konnte, warum er gekommen sei, unterbrach ihn der Alte und murmelte: »Darum kümmern wir uns nicht, wir kümmern uns hier nicht um solche Sachen!«

Er musste erklären, dass er aus Peking angereist sei und eine Untersuchung durchführe, was plötzlich Respekt bei dem Alten hervorrief. Er legte seine Arbeit nieder, nahm die Pfeife in die Hand, zog die Augen zusammen, entblößte seine schwarzen Zähne und hörte seinen Erklärungen zu.

»Ja, die Frau gibt es, es ist die Frau vom alten Liang! Sie war früher Lehrerin in der kleinen Schule, aber sie ist schon lange aus Krankheitsgründen in Rente gegangen. Sie sind schon überprüft worden, ihr Mann ist Schattenspieler, sie haben den Status von ›armen Bauern‹, da gibt es nicht das geringste Problem!«

Er erklärte, dass er die Frau dieses alten Mannes aufsuchen wolle, um den Fall eines anderen zu untersuchen, der mit ihr selbst nichts zu tun habe. Der Alte führte ihn daraufhin zu einem Haus am Rande des Dorfes und rief vor der Tür: »Alter Liang, bist du zu Hause?«

Im Haus rührte sich niemand. Der Alte stieß die Tür auf, aber niemand war zu Hause. Er wandte sich um und rief zu der Dorfkinderschar, die ihnen dicht auf den Fersen gefolgt war:

»Lauft schnell los und ruft sie, sagt ihr, dass ein Genosse aus Peking in ihrem Haus auf sie wartet!«

Schreiend und rufend stoben die Kinder davon, und auch der Alte ging wieder zurück.

Die Wände im Raum waren kohlschwarz und das Zimmer bis auf einen rechteckigen Tisch und zwei Bänke, die genauso schwarz wie die Wände waren, völlig leer. Im Herd in der Küche brannte kein Feuer. Er ließ sich nieder. Es war unerträglich kalt, der Himmel draußen war trübe, doch der Wind hatte nachgelassen. Er stampfte mit den Füßen auf, um sich aufzuwärmen. Eine lange Weile passierte nichts.

Er überlegte, wie diese Frau, auf die er in dieser gottverlassenen Gegend wartete und die eine frühere Ehefrau eines gestürzten hohen Funktionärs gewesen war, wohl in diesem Dorf gelandet war. Wie war sie dazu gekommen, die Frau eines Schattenspielers und armen Bauern zu werden? Und was hatte das alles eigentlich mit ihm zu tun? Alles galt nur dem Ziel, den Zeitpunkt seiner Rückreise nach Peking hinauszuzögern.

Es waren sicher knapp zwei Stunden vergangen, als schließlich eine alte Frau erschien. Sie blieb erst eine Weile in der Tür stehen, bevor sie eintrat, betrachtete ihn im Zimmer und zögerte, aber trat dann doch ein. Die alte Frau hatte ein graues Tuch um den Kopf geschlungen, sie trug eine graublaue wattierte Jacke und große graue wattierte Hosen. Ihre Füße steckten in abgenutzten schwarzen Stoffschuhen, die schon ganz verblichen waren. Sie war eine richtige alte Bauersfrau. Sollte das die Revolutionsheldin sein, die damals an einer höheren Schule studiert und wichtige Informationen übermittelt haben soll? Er erhob sich und fragte die Frau, ob sie Genossin so und so sei?

»Diese Frau gibt es nicht!«, winkte die Alte sofort mit der Hand ab.

Er wartete einen Moment und fragte weiter: »Hattest du nicht auch den Namen …?« Er wiederholte den Namen noch einmal.

»Ich heiße Liang, wie mein Ehemann!«

»Ist dein Mann Schattenspieler?«, fragte er weiter.

»Er ist alt und singt schon lange nicht mehr!«

»Lebt er noch?«, forschte er vorsichtig weiter.

»Er ist ausgegangen. Wen suchst du eigentlich wirklich?«, fragte die Frau zurück, band ihr Kopftuch auf und legte es auf dem Tisch ab.

»Vor vierzig Jahren, bist du da in Sichuan gewesen? Kennst du eine Person namens ...« Er nannte den Namen jenes hohen Funktionärs.

Die Augen der alten Frau blitzten auf, doch sofort senkte sie ihre Lider wieder. Das war nicht der Blick einer ahnungslosen Bauersfrau gewesen.

»Du hattest ein Kind mit ihm!« Er warf ihr diesen Satz hin, er musste die Frau kleinkriegen.

»Das ist schon lange gestorben«, antwortete die Frau, wischte den Tisch ab und ließ sich auf einer Bank nieder.

Sie war es also, dachte er. Er musste sie zunächst etwas aufmuntern und sagte daher: »Du hast viel für die Partei getan, du bist eine alte Revolutionärin ...«

»Nichts habe ich getan, ich habe mich nur um meinen Mann und die Kinder gekümmert«, unterbrach ihn die Frau.

»Dein Mann war damals Sekretär der Sondergebiete im Untergrund, das hast du wohl gewusst?«

»Ich bin ja nicht einmal in der Partei!«

»Aber dein Mann, dass dein Mann damals für die Partei im Untergrund aktiv war, wirst du wohl gewusst haben?«

»Nein, das wusste ich nicht«, antwortete sie knapp.

»Nur mit deiner Unterstützung konnte er doch überhaupt fliehen. Und durch dein heimliches Signal konnte sich auch seine Kontaktperson verstecken und der Verhaftung entkommen, das war sehr mutig von dir!«

»Ich weiß überhaupt nichts, ich habe überhaupt nichts getan«, stritt sie alles ab.

»Soll ich dir ein paar Details geben, die deinem Gedächtnis auf die Sprünge helfen? Ihr habt im zweiten Stock gewohnt, im

Fenster zur Straße hing ein Fächer, der aus Rohrkolben geflochten war. Du bist damals mit dem Kind auf dem Arm ans Fenster getreten und hast den Fächer abgenommen ...« Er wartete auf ihre Reaktion.

»Daran kann ich mich nicht erinnern.« Die Alte schloss die Augen und beachtete ihn nicht mehr.

»Das alles ist damals beobachtet und festgehalten worden, es gibt Material darüber. Dein Mann, dein früherer Ehemann, konnte damals über den Balkon hinter dem Haus entkommen, das hat er selbst schriftlich ausgesagt, du hast dir Verdienste für die Revolution erworben«, versuchte er sie weiter zu provozieren.

Die Frau schnaufte durch die Nase und lächelte leicht.

»Du hast deinem Mann zur Flucht verholfen, aber bist selbst von der Sicherheitspolizei in Zivil gefasst worden!«, seufzte er mitfühlend, ein häufiger Trick in solchen Untersuchungen.

»Weißt du nicht sowieso schon alles? Was untersuchst du denn noch?« Die Frau öffnete die Augen wieder und stellte ihm plötzlich mit lauter Stimme diese Frage.

Er erklärte daraufhin: »Mach dir keine Sorgen! Wir untersuchen nicht deinen Fall und auch nicht den deines früheren Ehemannes. Du hast ihm zur Flucht verholfen, und er ist auch nicht verhaftet worden, die Aktenlage dazu ist völlig klar. Ich suche Aufklärung über ein anderes Parteimitglied im Untergrund, das später verhaftet wurde. Er hatte mit dir nichts zu tun, war aber im gleichen Gefängnis wie du. Wie ist er freigekommen? Seiner Aussage zufolge ist er mithilfe der Partei freigekommen. Weißt du irgendetwas darüber?«

»Ich habe schon gesagt, dass ich kein Parteimitglied bin. Über Dinge, die mit der Partei zu tun haben, musst du mich nicht fragen.«

»Ich frage nach der Situation im Gefängnis, ob man zum Beispiel irgendwelche Formalitäten erfüllen musste, wenn man freigelassen wurde?«

»Frag doch die damaligen Gefängniswärter! Oder frag die von der Guomindang! Ich war nur eine Frau, die ins Gefängnis geworfen wurde, und ich habe ein Kind gestillt!«, platzte die Frau heraus und schlug mit der Hand auf den Tisch. Sie verhielt sich genau wie eine alte Bauersfrau, die einen Wutausbruch hatte.

Auch er hätte natürlich wütend werden können. Damals wurden die Befragungen der Untersuchten wie Verhöre durchgeführt, man stand im gleichen Verhältnis wie Richter und Angeklagter, oder sogar wie Gefängniswärter und Verbrecher. Doch war er bemüht, besonders ruhig und entspannt der Frau mitzuteilen, dass er nicht wissen wolle, wie sie aus dem Gefängnis gekommen sei, sondern sie nur darum bitte, etwas über die Situation im Gefängnis auszusagen, zum Beispiel, ob politische Gefangene bestimmte Formalitäten zu erfüllen hatten?

»Ich war keine politische Gefangene!«, schrie die Frau.

Er erwiderte, dass er das gerne glauben wolle, dass sie kein Parteimitglied sei und allein aufgrund ihrer Familienzugehörigkeit verhaftet worden sei, all das würde er glauben. Er habe auch nicht vor, und es gebe auch keine Notwendigkeit dafür, die Untersuchung mit ihr fortzusetzen. Doch da er nun einmal zur Untersuchung hierher gekommen sei, müsse er sie bitten, eine schriftliche Aussage zu machen.

»Wenn du nichts weißt, dann schreibe, dass du nichts weißt. Entschuldige bitte die Störung, hiermit ist die Untersuchung beendet«, fügte er erklärend hinzu.

»Ich kann nicht schreiben«, sagte die Frau.

»Warst du nicht Lehrerin? Angeblich hast du doch sogar studiert?«

»Ich habe nichts zu schreiben,« weigerte sie sich.

Das bedeutete, dass sie kein einziges Zeichen über diese Phase ihres Lebens hinterlassen wollte, dachte er, dass sie niemanden wissen lassen wollte, welche Geschichte sie dazu gebracht hatte, sich in diesem Dorf zu verstecken und ihr Leben mit einem Künstler zu verbringen, der Schattenspiele aufführte.

»Hast du ihn nochmals besucht?« Er meinte ihren früheren Mann, jenen hohen Funktionär.

Die Frau zeigte keine Reaktion.

»Weiß er, dass du noch am Leben bist?«

Die Frau schwieg weiter, sie sagte einfach überhaupt nichts. Er konnte nichts mehr tun, schob die Kappe über seinen Füller und steckte ihn in seine Jackentasche.

»Wann ist dein Kind gestorben?«, fragte er in vertrauensvollem Ton, während er sich erhob.

»Im Gefängnis, es war gerade einen Monat alt ...« Auch die alte Frau hatte sich von der Bank erhoben und hielt mitten im Satz inne.

Er fragte nicht mehr nach und zog sich die wollenen Handschuhe an. Die Frau geleitete ihn schweigend zur Tür, er nickte ihr zum Abschied leicht zu.

Als er ein Stück entfernt vom Dorf auf die lehmige Straße kam, in die sich tiefe Wagenspuren eingegraben hatten, drehte er sich nochmals um. Die alte Frau stand noch immer in der Tür ihres Hauses, ohne Kopftuch. Als sie sah, dass er sich umgedreht hatte, verschwand sie sofort ins Innere des Hauses.

Der Wind hatte sich gedreht und kam nun aus Nordost. Es hatte zu schneien begonnen und immer größere Flocken stoben durch die Luft. Die Erde lag flach und öde vor ihm, das Getreide war schon lange eingebracht worden. Der Schnee fiel nun so dicht vom Himmel, dass er kaum die Augen offen halten konnte. Noch bevor es dunkel geworden war, erreichte er die Herberge der Kommune. Er holte sich das geliehene Fahrrad, das er dort abgestellt hatte. Eigentlich musste er nicht am selben Abend zurückfahren, und er war sich selbst nicht klar darüber, warum er so hastig aufbrach. Felder und Wege waren bedeckt vom Schnee, und man konnte kaum die Spuren der Straße ausmachen. Der Wind kam von hinten und blies die Schneeflocken durch die Luft, immerhin hatte er Rückenwind. Er hielt den Lenker fest in der Hand, doch geriet er immer wieder in die überdeckten Wagenspuren und fiel mitsamt dem Fahrrad in den Schnee. Er zog sich wieder hoch, stieg aufs Fahrrad und taumelte weiter. Vor seinem Gesicht wirbelten Schneeflocken, eine trübe graue Masse …

35 »Du Hanswurst!«, schrie ihn der ehemalige Oberstleutnant an. Er gehörte nun zu den Privilegierten der Militärkommission und war stellvertretender Leiter der kleinen Organisationsgruppe geworden, die dafür zuständig war, Säuberungen von Klassenfeinden durchzuführen. Die oberste Position hatte selbstverständlich ein aktiver Militär im Dienst inne.

In der Tat warst du ein Hanswurst, der Purzelbäume schlug, eine kleine Bohne, die in einer riesigen absolut diktatorischen Worfschaufel haltlos herumpurzelte, aus der Schaufel nicht herauskam und doch auch nicht zermahlen werden wollte.

Du konntest nicht umhin, die Militärkommissionen willkommen zu heißen, so wie du auch an den Prozessionen teilnehmen musstest, um begeistert die immer wieder neuesten höchsten Weisungen von Mao entgegenzunehmen. Diese Direktiven wurden jeweils in den Abendnachrichten ausgegeben. Bis dann die Parolenbänder geschrieben waren, die Menschen sich versammelt hatten und in Reihen auf die großen Straßen getreten waren, war es oft schon Mitternacht. Mit Paukenschlägen und den Klängen von Gongs zogen sie laute Parolen rufend in Zügen die Chang'an-Straße von Westen nach Osten und umgekehrt entlang. Die Menschen sahen sich gegenseitig in die Gesichter und es galt, Begeisterung an den Tag zu legen, damit niemand sah, wie aufgewühlt du warst.

Zweifellos warst du ein Hanswurst, denn sonst wärst du ein »menschenunwürdiges Stück Hundescheiße«, auch das war eine warnende Formulierung vom alten Mao, um die Trennlinien zwischen Volk und Feind festzulegen. Die Wahl zwischen Hanswurst und Hundescheiße fiel für dich zwangsläufig zugunsten des Ersteren aus, du wähltest den Hanswurst. Lauthals sangst du das Militärlied »Die drei Hauptregeln der Disziplin und die acht Punkte zur Beachtung« und standst still wie ein Soldat vor den ab nun in jedem Büro in der Mitte der Wand hängenden Porträts des allerhöchsten Führers, in der Hand die in rotes Plastik gebundene Ausgabe der *Mao-Zitate*, und du riefst dreimal »Er lebe zehntausend Jahre«. Seit Übernahme des Kommandos durch die Militärkommissionen war dies ein unerlässliches tägliches Ritual geworden, das zu Arbeitsbeginn und vor dem Nachhauseweg abgehalten und als »Morgendliche Unterweisung« und »Abendlicher Rapport« bezeichnet wurde.

Zu dieser Zeit musstest du wachsam sein und durftest nicht lachen! Die Konsequenzen, die das haben würde, mochte man sich nicht ausmalen, wollte man kein Konterrevolutionär werden oder die Hoffnung hegen, als Märtyrer in die Zukunft einzugehen. Der ehemalige Oberstleutnant hatte schon Recht, er war doch einfach nur ein Hanswurst, noch dazu einer, der nicht zu lachen wagte. Lachen konntest du erst heute, wenn du auf diese Zeit zurückblicktest. Aber du lachtest nicht.

Die Massenorganisationen hatten ihn zum Abgeordneten einer kleinen Gruppe gewählt, die unter der Führung der Militärkommission die Säuberungen durchführen sollte. Schon als er von den Massen und Kadern vorgeschlagen worden war, war ihm klar, dass seine Tage gezählt waren. Doch setzten die Massen und Kader ihre Hoffnung auf ihn und glaubten, dass er sie unterstützen könne. Wie sollten sie auch wissen, dass er ganz einfach aufgrund der Akte seines Vaters zum »heimlichen Verstecken von Waffen« aus der großen revolutionären Gemeinschaft ausgeschlossen werden könnte.

Auf der Versammlung der kleinen Säuberungsgruppe zitierte der Militärabgeordnete Zhang ein Dokument zur »internen Kontrolle«, das hieß, er nannte eine Liste von Personen, auf welche die »interne Kontrolle« Anwendung finden sollte. Als er diesen Ausdruck das erste Mal hörte, erschrak er, denn diese »interne Kontrolle« bezog sich nun nicht mehr nur auf einfache Arbeiter und Angestellte, sondern umfasste auch gewisse Parteikader und jene »üblen Elemente«, die sich in die Massenorganisationen eingeschlichen hatten und zuallererst eliminiert werden mussten. Dies hatte nichts mehr mit den Gewaltakten der Rotgardisten von vor zwei Jahren zu tun, und auch nicht mit den bewaffneten Kämpfen zwischen den verschiedenen Massenorganisationen. Nun ging man ruhig und überlegt vor, als entwickelte man unter Führung des Militärs eine Kriegsstrategie, die Planung, schrittweises Vorgehen und Angriff vorsah. Die Personalakten lagen verschlossen im Militärarchiv. Auf dem Schreibtisch von Zhang türmte sich belastendes Material der problematischen Fälle.

»Ihr hier auf der Versammlung seid alle Abgeordnete, die von den Massenorganisationen gewählt sind. Ich wünsche, dass ihr Genossen alle diejenigen mit kapitalistischen Tendenzen ausmerzt und eure Organisation von den üblen Elementen, die sich eingeschlichen haben, säubert. Wir lassen nur einen Standpunkt zu, und das ist der Standpunkt des Proletariats. Andere Standpunkte lassen wir nicht zu! Alle sollen jede einzelne Person diskutieren und dabei entscheiden, ob sie zur ersten oder zweiten Gruppe gehört. Natürlich gibt es auch eine dritte Gruppe. Bei diesen Personen muss man sehen, ob sie aus eigenem Antrieb ihre Schuld eingestehen, und in welcher Weise sie ihre Aussagen machen und Geständnisse ablegen, bevor man entscheiden kann, ob man Milde oder Härte walten lassen muss!«

Der Abgeordnete Zhang hatte ein breites Gesicht und ließ seinen Blick über die einzelnen Abgeordneten der Massenorganisationen schweifen. Dabei klopfte er immer wieder mit seinem dicken langen Zeigefinger auf den Stapel Akten vor sich. Dann nahm er den Deckel von seiner Teetasse, trank einen Schluck und rauchte eine Zigarette.

Vorsichtig stellte er einige Fragen, da der Abgeordnete davon gesprochen hatte, dass es eine Diskussion geben sollte. Er fragte, ob sein ehemaliger Vorgesetzter und Abteilungsleiter, der alte Liu, außer seinem familiären Klassenhintergrund als Großgrundbesitzer auch noch andere Probleme habe? Und warum jene Sektionsleiterin, ein ehemaliges Parteimitglied im Untergrund, das die Studentenbewegung im Hintergrund organisiert hatte, auch in die Liste mitaufgenommen worden sei, da doch ihre Untersuchung abgeschlossen sei und man festgestellt habe, dass sie nicht verhaftet worden war, und auch die Zweifel darüber beseitigt worden waren, dass sie die Partei verraten habe und zum Feind übergelaufen sei? Der Abgeordnete Zhang wandte sich ihm zu und hob die zwei Finger in die Höhe, die seine Zigarette hielten. Er blickte ihn an und schwieg. In diesem Augenblick beschimpfte ihn der ehemalige Oberstleutnant: »Du Hanswurst!«

Als du einige Jahrzehnte später Memoiren zu lesen bekamst, welche die parteiinternen Machtkämpfe aufdeckten, erfuhrst du, dass Mao Zedong auf den Sitzungen des Politbüros die ihm untergebenen Generäle, die nur den leisesten Zweifel äußerten, in genau der gleichen Weise ansah, weiter seinen Tee trank und seine Zigaretten rauchte, und dass dann jeweils andere Generäle aufgestanden seien, um ihre Kollegen zu kritisieren. Der Alte brauchte einfach nichts zu sagen.

Du, gegen den der ehemalige Oberstleutnant sein »Hanswurst!« schleuderte, warst freilich nicht einmal ein General.

Ja, du warst nicht mehr als ein kleines, ein winzig kleines Insekt, und was bedeutet schon das Leben einer solchen kleinen Ameise?

Als er nach Arbeitsschluss sein Fahrrad aus dem Fahrradständer holte, traf er auf Liang Kuan, einen Arbeitskollegen aus seinem Büro. Liang hatte alle seine anfallenden Arbeiten übernommen, als er in diesen zwei Jahren für die Rebellion aktiv gewesen war, aber dieses Leben war inzwischen vorbei. Als er niemanden um sich herum sah, sagte er zu Liang: »Fahr du voraus, werde vorne an der Kreuzung etwas langsamer, ich habe dir etwas zu sagen.«

Liang stieg auf sein Fahrrad und fuhr davon, er holte ihn ein Stück später ein.

»Komm doch zu einer Tasse Tee zu mir nach Hause,« schlug Liang vor.

»Wer wohnt denn noch bei euch?«, fragte er.

»Doch nur meine Frau und mein Sohn!«

»Das ist nicht gut, lass uns hier unterwegs sprechen.«

»Was ist passiert?« Liangs erster Gedanke war, dass etwas geschehen war.

»Hast du irgendwelche Probleme in deiner Vergangenheit?« Er blickte Liang nicht an und versuchte, die Frage so neutral wie möglich zu stellen.

»Aber nein!« Liang wäre fast vom Fahrrad gefallen.

»Hast du irgendwelche Kontakte zum Ausland?«

»Ich habe keine Verwandten im Ausland!«

»Hast du jemals einen Brief ins Ausland geschickt?«

»Warte! Lass mich nachdenken …«

Sie hielten an einer roten Ampel und blieben mit einem Fuß auf der Straße auf den Rädern sitzen.

»Das ist vorgekommen, in der Organisation wurde deshalb schon nachgefragt, aber das ist doch viele Jahre her …« Sobald er dies gesagt hatte, fing Liang an zu weinen.

»Hör auf zu weinen, hör auf! Wir sind mitten auf der Straße …«, sagte er.

Es wurde grün und der Strom von Fahrrädern setzte sich langsam wieder in Bewegung.

»Sag es geradeheraus, ich werde dich in nichts hineinziehen!« Liang stockte.

»Das heißt wohl, dass du schon einen leisen Verdacht hast, und ich aufpassen muss?«

»Was soll das denn heißen!«

Er erklärte, dass er auch nichts Genaues wisse.

»Ich habe tatsächlich einen Brief nach Hongkong geschrieben, an einen Nachbarn. Wir sind zusammen aufgewachsen, bis ihn eine Tante nach Hongkong mitgenommen hat. Ich habe ihm in der Tat einen Brief geschrieben, und ihn beauftragt, mir ein Lexikon für englische Slang-Ausdrücke zu besorgen, das war alles! Es war zur Zeit des Koreakrieges, ich hatte die Universität gerade beendet und in den Gefangenenlagern der Armee als Übersetzer gedient ...«

»Hast du das Lexikon erhalten?«, fragte er.

»Nicht doch! Das heißt ... vielleicht ist der Brief ja nie angekommen? Vielleicht wurde er konfisziert?«, überlegte Liang.

»Wer weiß?«

»Vielleicht verdächtigen sie mich ... das ich für das Ausland spioniere?«

»Das hast nun aber du gesagt.«

»Verdächtigst du mich auch?«, fragte Liang und blickte ihn an.

»Dann würde ich wohl nicht mit dir sprechen. Pass auf!«

Ein langer, zweigeteilter Trolleybus kreuzte ihren Weg. Liang riss den Lenker herum und wäre fast angefahren worden.

»Kein Wunder, dass sie mich aus der Armee entlassen haben ...«, fiel es Liang plötzlich wie Schuppen von den Augen.

»Aber das war doch eine Kleinigkeit.«

»Was soll es sonst gewesen sein? Ich habe alles gesagt. Aber ich werde dich nicht hineinziehen, selbst wenn sie mich erschlagen wollen!« Liang schlenkerte wieder mit dem Lenker.

»Lass dich nicht überrollen!«, warnte er ihn.

»Ich werde mich wegen dieser Mistsache nicht umbringen! Ich habe doch eine Frau und einen Sohn!«

»Pass gut auf dich auf!«

Er bog mit dem Fahrrad ab. Er hatte nicht gesagt, dass Liang in der zweiten Gruppe der Säuberungsliste stand.

Viele Jahre später, wie viele waren es eigentlich? Jahrzehnte ... nein, 28 Jahre später erhieltest du einen Anruf in deinem Hotelzimmer in Hongkong. Der Anrufer stellte sich als Liang Kuan vor und sagte, er habe in der Zeitung gelesen, dass dein Stück aufgeführt werde. Du konntest mit dem Namen nichts verbinden und dachtest, es sei irgendein Bekannter, den du zufällig einmal kennen gelernt hattest, und der keine Karten für dein Stück bekommen hatte. Eilig wehrtest du entschuldigend ab und meintest, das Stück würde nicht mehr aufgeführt. Da sagte er, dass er dein ehemaliger Kollege war! Er wollte dich zum Essen einladen. Du lehntest ab, weil du morgen früh schon zurückfliegen würdest und wirklich keine Zeit hattest, und ihr das auf das nächste Mal verschieben müsstet. Als er sagte, dass er sofort mit dem Auto zu deinem Hotel kommen könne, konntest du schlecht ablehnen. Erst als du aufgelegt hattest, fiel dir ein, wer er war und worüber ihr bei eurem letzten Treffen auf dem Fahrrad gesprochen hattet.

Eine halbe Stunde später kam er in dein Zimmer. Er trug einen Anzug und Lederschuhe, ein Leinenhemd und einen blaugrauen Schlips. Er war sehr viel dezenter gekleidet als die anderen Neureichen vom Festland, die plötzlich zu Geld gekommen waren. Als sie sich die Hände gaben, entdeckte er auch keine Rolex-Uhr an seinem Arm und keine glitzernden Goldkettchen oder dicke Goldringe an den Fingern. Sein Haar war pechschwarz. In Anbetracht seines fortgeschrittenen Alters musste er es gefärbt haben. Er sagte, er sei vor einigen Jahren nach Hongkong gezogen. Eben jener alte Jugendfreund, dem er wegen des Lexikons geschrieben hatte, hatte ihm dazu verholfen, nach Hongkong umzusiedeln, nachdem er erfahren hatte, dass er wegen dieses Briefes in Schwierigkeiten gekommen war, und ihm das so Leid tat. Heute hatte er eine eigene Firma, Frau und Sohn wohnten in Kanada, sie hätten sich das Visum gekauft. Dann sagte er in aller Offenheit: »Ich habe in diesen Jahren ein bisschen Geld verdient, ich bin kein reicher Mann, aber ich kann damit einen ruhigen Lebensabend verbringen. Mein Sohn hat in Kanada den Doktorgrad erworben, um ihn muss ich mich nicht sorgen. Ich selbst fliege hin und her, und wenn ich in Hongkong nicht mehr bleiben kann, ziehe ich eben um.« Er fügte hinzu, dass er dir dankbar sei, für jenen Satz damals.

»Welchen Satz?« Du konntest dich gar nicht mehr erinnern.

»Lass dich nicht überrollen! Wenn du das nicht gesagt hättest, wer weiß, wie die Geschichte ausgegangen wäre?«

»Für meinen Vater ist es schlecht ausgegangen«, sagtest du.

»Hat er sich umgebracht?«, fragte er.

»Glücklicherweise hat ihn ein alter Nachbar entdeckt und mit der Ambulanz ins Krankenhaus gebracht, so dass er gerettet werden konnte. Dann wurde er für einige Jahre zur Umerziehung aufs Land geschickt. Kaum drei Monate, nachdem er rehabilitiert worden war, wurde er krank und starb.«

»Wieso hast du ihn damals nicht abgehalten?«, fragte Liang.

»Wer hat damals schon gewagt, Briefe zu schreiben? Wenn der Brief abgefangen worden wäre, hätte mein Leben auf dem Spiel gestanden.«

»Das ist auch wiederum wahr. Was hatte er denn für ein Problem?«

»Ach, egal, aber was hattest du denn noch für Probleme?«

»Lass uns nicht darüber sprechen!« Er seufzte und hielt eine Weile inne. Dann fragte er: »Wie geht es dir jetzt?«

»Was meinst du?«

»Ich meine gar nichts Besonderes. Du bist Schriftsteller, das weiß ich. Ich meine finanziell, verstehst du ... was ich meine?«, fragte er vorsichtig nach.

»Ich verstehe«, sagtest du, »ich komme ganz gut zurecht.«

»Ich weiß, dass es im Westen schwer ist, von der Schriftstellerei zu leben, und das gilt erst recht für einen Chinesen. Das ist etwas anderes, als Geschäfte zu machen.«

»Freiheit.« Du sagtest, du wolltest Freiheit. »Das schreiben zu können, was man schreiben will.«

Er nickte und nahm noch einmal allen Mut zusammen und sagte: »Falls du ... Ich sage es einfach direkt heraus, falls du irgendwann einmal Schwierigkeiten hast und nicht mehr weiter weißt, dann sag Bescheid, ich bin kein großer Direktor, aber...«

»Ein großer Direktor würde so etwas auch nicht sagen«, lachtest du. »Sie spenden Geld, um irgendwelche Erfolg versprechenden Projekte zu machen und damit ihre Chancen zu verbessern, mit unserem Vaterland Geschäfte machen zu können.«

Er holte eine Visitenkarte aus seinem Jackett und schrieb

seine Adresse und Telefonnummer darauf. Dann gab er sie dir: »Das ist meine Handynummer, das Haus habe ich gekauft, die Adresse wird sich nicht ändern.«

Du danktest ihm und sagtest, dass du gegenwärtig keine Probleme hättest. Und dass du, wenn du schreiben würdest, um Geld zu verdienen, den Stift schon lange aus der Hand gelegt hättest.

Er war leicht gerührt, und es brach aus ihm heraus: »Du schreibst wirklich für Chinesen!«

Du erwidertest, dass du für dich selbst schreiben würdest.

»Verstehe, verstehe. Schreib alles auf!«, sagte er. »Ich wünsche mir, dass du alles aufschreibst und die Wahrheit schreibst über dieses menschenunwürdige Leben von damals!«

Ob du über dieses Leid schreiben solltest, fragtest du dich selbst, als er gegangen war.

Aber du warst schon so müde.

Dann dachtest du an deinen Vater. Er war gerade von der Umerziehung auf dem Lande zurückgekehrt, war rehabilitiert worden, hatte seine Stelle und seinen ursprünglichen Lohn wieder erhalten und war pensioniert worden. Er war nach Peking gekommen, um dich, seinen Sohn, zu besuchen, und plante, danach ein wenig zu reisen und in Ruhe seine letzten Jahre zu verbringen. Dass er am Abend, nachdem ihr einen Tag zusammen im Sommerpalast verbracht hattet, anfing Blut zu spucken, kam völlig unerwartet. Die Untersuchung im Krankenhaus am folgenden Tage ergab, dass er schwarze Flecken auf der Lunge hatte, und man stellte die Diagnose auf Lungenkrebs im Endstadium. Noch in der Nacht desselben Tages verschlechterte sich sein Zustand drastisch, wieder fuhr er ins Krankenhaus und hauchte am Morgen des nächsten Tages seinen Lebensatem aus. Vor seinem Tod hattest du ihn gefragt, wie er darauf gekommen sei, Selbstmord zu begehen. Er antwortete, dass er damals einfach wirklich nicht mehr leben wollte, nichts weiter. Und dann, als er gerade wieder wirklich leben konnte und auch wirklich leben wollte, starb er plötzlich.

Auf der obligatorischen Trauerfeier, die jede Einheit für ihre rehabilitierten Verstorbenen abhalten musste, mussten auch Verwandte etwas sagen. Und er als Sohn und gleichzeitig Schriftsteller musste auf jeden Fall etwas sagen, nicht wegen seines Vaters, vor dem er es sonst an Respekt würde mangeln lassen, sondern wegen der Leitung der Arbeitseinheit des verstorbenen Genossen, für den eine Trauerfeier organisiert worden war. In der Einsegnungshalle wurde er geradezu ans Mikrofon gestoßen und konnte sich angesichts der Urne seines Vaters kaum entziehen. Dass sein Vater in seinem ganzen Leben an keiner Revolution teilgenommen hatte, dass er nie gegen die Revolution gewesen war, aber man ihn auch nicht als »Genossen« bezeichnen konnte, konnte er nicht sagen. Daher sagte er nur einen Satz: »Mein Vater war ein schwacher Mensch, möge er Frieden finden im Himmelreich.« Falls es ein Himmelreich gab.

36

»Greift den üblen Auswurf der Guomindang, den reaktionären Söldner Zhao Baozhong heraus und führt ihn den Massen vor!«

Der ehemalige Oberstleutnant auf dem Podium schrie laut ins Mikrofon. Der Vorsitzende der Militärkommission Zhang saß als Dienst habender Militär in voller Uniform aufrecht neben ihm und verzog keine Miene.

»Der Vorsitzende Mao lebe zehntausend Jahre!«, brachen die Rufe im Saal aus.

Zwei Jugendliche hoben einen dicken alten Mann aus seinem Sitz aus der hintersten Reihe. Der Mann versuchte seine Arme freizukämpfen, wedelte mit hoch erhobenen Händen in der Luft und schrie »Der Vorsitzende … Mao, er lebe zehntausend Jahre! Mao … Mao …«

Die Stimme des Alten wurde heiser, und er wehrte sich mit aller Kraft, bis zwei weitere ehemalige Soldaten dazukamen, die in ihrer Militärzeit gelernt hatten, wie man jemanden unschädlich machte. Sie drehten seine Arme auf den Rücken und der Alte sank sofort auf die Knie, seine Rufe blieben ihm in der Kehle stecken. Vier kräftige Kerle packten den Alten, dessen Füße über den Boden schleiften. Er erinnerte an ein Schwein, dass sich dagegen wehrte, am Haken aufgehängt und aufgeschnitten zu werden. Unter dem Getöse der Schritte und den stummen Blicken des Publikums wurde der Alte durch die Zuschauerreihen nach vorne auf das Podium geschleppt. Um seinen Hals hing ein Holzschild an einem Eisendraht. Als er weiterhin versuchte, seinen Kopf zu heben und etwas zu rufen, drückten sie ihn am Nacken fest hinunter, so dass sein Gesicht rot anlief und Tränen und Schleim aus Augen und Nase tropften. Er war ein alter Arbeiter, der für eine Bibliothek zuständig gewesen war, während der Republikzeit dreimal gefasst und zum Militärdienst zwangsverpflichtet wurde. Zweimal konnte er fliehen und schloss sich später als Soldat der Befreiungsarmee an. Und jetzt lag er schließlich hier mit gesenktem Kopf auf den Knien und bildete den Schluss der Reihe von Schlangengeistern und Rinderdämonen, die schon vorher herausgegriffen worden waren.

»Der Feind, der nicht kapituliert, muss vernichtet werden!«

Die Parole erfüllte den gesamten Saal. Aber der Alte hatte doch längst schon vor dreißig Jahren kapituliert.

»Wer sich hartnäckig bis zum Schluss weigert, geht den Weg des sicheren Todes!«

Im selben Saal vor vier Jahren war dieser Alte vom ehemaligen Parteisekretär Wu Tao, der nun ebenfalls nach vorne gebeugt mit gesenktem Kopf in der Reihe stand, als Bestarbeiter für das Studium der Mao-Werke ausgewählt und als Vertreter einer aufgrund bitterer Erfahrungen hasserfüllten Arbeiterklasse präsentiert worden, wo er in einer Ansprache die Zustände der alten Gesellschaft angeklagt und die neue Gesellschaft gepriesen hatte. Auch damals hatte der Alte geweint, damals, um den Buchgelehrten, die nicht zur Umerziehung bereit waren, eine Lehre zu erteilen.

»Greift Zhang Weiliang, den Hunde-Spion mit Kontakten ins Ausland heraus!«

Wieder wurde jemand von seinem Sitz auf das Podium geschleppt.

»Nieder mit Zhang Weiliang!«

Ihn musste man nicht niederschlagen, er fiel von selbst. Der Mann hatte solche Angst, dass ihm die Beine versagten und er nicht laufen konnte. Die Menschen schrien weiter, obwohl jeder von ihnen selbst ein Feind und auf die gleiche Weise niedergeschlagen werden konnte.

»Wer gesteht, wird milde behandelt, die Widerständler trifft unsere ganze Härte!«

All das waren kluge Strategien, die sich der alte Mao ausgedacht hatte.

»Der Vorsitzende ... Mao ... lebe zehntausend Jahre!«

Man durfte nichts Falsches rufen! Damals gab es so viele Kampfsitzungen und so viele verschiedene Parolen, die man rufen musste, und all dies fand meist am Abend statt. Die Menschen waren vollkommen erschöpft und angespannt, und wer nur einen Satz falsch rief, wurde auf der Stelle zum Konterrevolutionär. Eltern mussten ihre kleinen Kinder ständig ermahnen, niemals auf eine Zeitung zu kritzeln oder die Blätter zu zerreißen. Denn jede Ausgabe war voll mit Bildern von führenden Persönlichkeiten, die man nicht zerreißen, beschmutzen oder auf den Boden werfen durfte, oder gar aus Versehen sich damit den Hintern abwischen, wenn man kein Klopapier zur Hand hatte. Du hattest keine Kinder, und das war sehr gut, denn da musstest du dich nur um deinen eigenen Mund kümmern. Man musste sehr deutlich sprechen, besonders die Parolen musste man sehr konzentriert rufen, ohne auch nur ins Stocken zu geraten.

Als er am frühen Morgen auf dem Weg nach Hause am Nordtor des Zhongnanhai-Bezirkes vorbeifuhr und die weiße Marmorbrücke passierte, warf er einen kurzen Blick dorthin. Wie immer warfen die vielen Bäume im Zhongnanhai ihre Schatten, und Straßenlaternen leuchteten in der Dunkelheit.

Als er kurz darauf mit angezogener Bremse den Abhang hinunterglitt, atmete er erleichtert auf, zumindest diesen Tag hatte er sicher überlebt. Aber was kam morgen?

Er ging früh zur Arbeit. Vor dem Gebäude lag eine Leiche, die mit einer alten Strohmatte aus dem Pförtnerhäuschen am Eingang bedeckt war. Am Fuße des Gebäudes und auf der Betonstraße waren Spritzer von grauer Gehirnmasse und schwarzviolettem Blut verteilt.

»Wer ist es?«

»Wahrscheinlich aus der Redaktion ...«

Das Gesicht war mit der Matte zugedeckt, falls es überhaupt noch ein Gesicht gab.

»Aus welchem Stock?«

»Wer kann schon sagen, aus welchem Fenster er gesprungen ist?«

In diesem Gebäude arbeiteten über tausend Menschen und es hatte mehrere hundert Fenster, er hätte fast aus jedem Fenster springen können.

»Wann ist es geschehen?«

»Wahrscheinlich kurz bevor es hell wurde ...«

Dass es mitten in der Nacht nach der Kampfsitzung geschehen ist, konnte man schlecht sagen.

»Hat niemand etwas gehört?«

»Red keinen Unsinn!«

Nachdem sie eine Weile herumgestanden hatten, gingen die Leute ins Gebäude, um pünktlich ihre Arbeitsplätze zu erreichen. Jeder ging in seinen Büroraum, stellte sich vor das Porträt an der Wand oder blickte in den Nacken seines schon eingetroffenen Vordermannes. Um acht Uhr auf den Schlag genau ertönte in jedem Raum ein Lautsprecher und vom ersten bis zum obersten Stockwerk sang man lauthals »Auf dem Weg über das Meer vertraue ich dem Steuermann«. Dieser Bienenstock war nun sehr viel geordneter als früher.

Auf seinem Tisch im Büro lag ein Brief, der an ihn adressiert war. Er bekam sofort einen Schreck. Er hatte schon lange keinen

Brief mehr erhalten, und schon gar nicht an seine Dienstadresse in der Organisation. Ohne ihn auch nur näher anzuschauen, steckte er ihn sofort in seine Tasche. Den ganzen Vormittag grübelte er darüber, wer ihm den Brief geschrieben haben könnte. Wer könnte ihm schreiben, der nicht seine private Adresse kannte? Auch die Handschrift war ihm nicht vertraut, vielleicht enthielt der Brief eine Warnung? Wenn ihn jemand warnen wollte, musste er doch keinen Brief an ihn schreiben? Oder wollte ihm jemand einen anonymen Hinweis geben, vorsichtig zu sein? Auf dem Umschlag klebte eine Briefmarke für acht Fen. Innerhalb Pekings kosteten Briefe nur vier Fen, also musste er von außerhalb gekommen sein. Natürlich konnte man auch absichtlich zur Täuschung eine Marke für acht Fen aufgeklebt haben. Dann hatte der Absender gute Absichten. Vielleicht war es auch jemand aus seiner Einheit, der keine Möglichkeit hatte, mit ihm in Kontakt zu treten, und sich dieses Manöver ausgedacht hatte? Er dachte an den alten Tan, der schon lange isoliert worden war. Aber war der in der Lage, Briefe zu schreiben? Vielleicht war es eine Falle, und jemand aus der Gegnerpartei hatte eine Schlinge für ihn ausgelegt? Das würde bedeuten, dass sie seine Handlungen verfolgten. Er fühlte sich beobachtet. Wer weiß, vielleicht stand ja sein Name auf der Liste dieser dritten Gruppe, von der der Militärabgeordnete vor der Säuberungsgruppe gesprochen hatte und deren Namen er nicht genannt hatte. Er begann, nervös zu werden und dachte an die Leute, die auf dem Gang vor seiner Tür vorbeigegangen waren. Ob man ihn nun nach der Säuberungssitzung beobachtete, ob irgendwelche Feinde in ihrem Versteck irgendein ungewöhnliches Verhalten zeigten? Das waren doch die Worte des Militärabgeordneten in jener nächtlichen Kampfsitzung gewesen: »Ihr müsst alle aufdecken und alle anzeigen, ihr müsst sie alle hervorholen, die aktiven konterrevolutionären Elemente, die noch am Leben sind!«

Er dachte an das Fenster in seinem Rücken. Plötzlich verstand er, wieso ein Mensch aus freiem Willen aus einem Fenster springen konnte. Ihm brach der Schweiß aus. Er versuchte sich mit aller Kraft zu beruhigen und so zu tun, als wäre nichts geschehen. Alle im Büro, die nicht aus dem Fenster gesprungen waren, verhielten sich, als wäre nichts geschehen. Konnte er nicht auch so tun? Wenn man nicht so tat, verlor man die Kontrolle über sich selbst und sprang aus dem Fenster.

Kurz vor Mittag dachte er bei sich, dass man selbst während einer Revolution essen musste und wurde sich sofort bewusst, dass das ein reaktionärer Gedanke gewesen war. Er musste diese reaktionären Gedanken loswerden. Selbst der unbedeutendste Satz, der sich in seinem Innersten verbarg, konnte eine Katastrophe herbeiführen. Das Unglück entspringt dem Munde, dieses alte Sprichwort ist die Kristallisation einer seit dem Altertum gewonnenen Weisheit. Was brauchtest du noch für Wahrheiten? Diese Wahrheit ist absolut richtig, denke an nichts anderes! Denke nicht nach, du bist nur ein argloses Wesen. Dein ganzes Leid stammt allein daher, dass du ein selbstbestimmtes Wesen sein wolltest, allein das bestimmte dein unendlich unglückliches Schicksal.

Kehren wir zurück zu dem arglosen Wesen. Er vertrödelte die Zeit, bis alle aus dem Büro zum Essen gegangen waren, und ging dann auf die Toilette. Vor dem Essen noch auf die Toilette zu gehen war absolut normal. Er schob den Riegel vor und holte den Brief heraus. Er wäre nie darauf gekommen, dass ihm Xu Qian schreiben würde! »Unsere verlorene Generation hat kein anderes Schicksal verdient …« Als ihm dieser Satz in den Blick fiel, zerriss er den Brief. Dann überlegte er es sich anders und steckte die einzelnen Brieffetzen in den Umschlag zurück. Er zog die Spülung und sah sich noch einmal genau um, ob auch kein Fetzen des Briefes liegen geblieben war. Dann öffnete er die Tür, wusch sich die Hände und spülte sein Gesicht mit kaltem Wasser. Als er seine Fassung wieder gewonnen hatte, ging er die Treppe hinunter in den Speisesaal.

Abends sperrte er seine Zimmertür ab und legte die einzelnen Teile des Briefes unter dem Schein der Schreibtischlampe wieder zusammen. Wieder und wieder las er den Brief. Es war ein Trauerlied voller anklagender Verzweiflung. Mit keinem Zeichen erwähnte sie jene Nacht in der Herberge und erklärte auch nicht, was geschehen war, nachdem sie auf dem Kai zurückgehalten worden war. Dies sei ihr einziger und letzter Brief an ihn, schrieb sie, und er würde sie auch nie mehr wiedersehen, es sei ein letzter Abschiedsbrief. »Unsere verlorene Generation …«, so begann der Brief. Sie berichtete, dass sie einer kleinen Dorfschule in den Bergen Nord Shanxis als Lehrerin zugeteilt worden sei und sich jetzt noch im Gästehaus der Kreisstadt befinde und auf ihre Abreise warte. Vor ihr sei die Tochter einer auslandschinesischen Familie in eine kleine Schule solch eines Berggebietes geschickt worden. Sie habe sechs Koffer mit Kleidern mit einem Esel dorthin transportieren lassen, Dinge, die ihre Eltern in Singapur schon lange für sie vorbereitet hatten. Eine Woche später habe man sie tot in den Bergen aufgefunden, und niemand habe die Todesursache bestimmen können. Wenn sie ebenfalls abreisen müsse, würde er sie wohl nicht mehr wiedersehen. Qian rief um Hilfe, er war ihre einzige und letzte Hoffnung, offenbar konnten selbst ihre Eltern und ihre Tante sie nicht mehr retten.

Um Mitternacht stieg er auf das Fahrrad und fuhr zum großen Postamt an der Xidan-Straße. Auf dem Briefumschlag des Gästehauses war eine Telefonnummer angegeben, er forderte eine dringende Verbindung. Eine müde und unfreundliche Stimme fragte, wen er sprechen wolle. Er erklärte, dass es sich um ein Ferngespräch aus Peking handelte und er die Studentin Xu Qian sprechen müsse, die zur Abreise bereitstünde, dann wurde das Gespräch unterbrochen. Es surrte eine ganze Weile in der Leitung, bis er eine in gleicher Weise unfreundliche Stimme hörte: »Wer ist dran?« Als er sagte, wen er sprechen wolle, antwortete die Stimme am anderen Apparat: »Das bin ich.« Er erkannte ihre Stimme überhaupt nicht mehr. In jener Nacht hatten sie nur geflüstert, und diese fremde Stimme ließ ihn eine Weile vergessen, was er überhaupt sagen wollte. Als der Apparat wieder surrte, brachte er nur hervor: »Es ist gut zu wissen, dass du noch da bist.« »Du hast mich zu Tode erschreckt! Das jagt einem wirklich einen Schrecken ein, wenn man plötzlich um Mitternacht geweckt wird!«, sagte Qian in den Hörer. Er wollte ihr sagen, dass er sie liebe und sie auf jeden Fall leben müsse. Doch all die Sätze, die er sich auf dem Fahrrad zurechtgelegt hatte, brachte er nicht über seine Lippen. Mit Sicherheit hörte die Telefonistin in der kleinen Kreisstadt einer abgelegenen Berggegend bei diesem dringenden Ferngespräch aus Peking um Mitternacht mit. Er durfte keinerlei Verdacht erregen, der Qian irgendwelche Schwierigkeiten bringen könnte. Der Apparat surrte weiter und er sagte, er habe ihren Brief erhalten. Es surrte wieder und er wusste nicht, was er noch sagen sollte. »Wenn du anrufen willst, dann tu dies am Tage«, sagte die Stimme kalt. »Entschuldige, dass ich dich gestört habe, gute Nacht«, sagte er. Der Hörer am anderen Ende der Leitung wurde aufgelegt.

37

Ein Mädchen wälzte sich über deinen Körper, du lagst auf dem Bett und warst noch nicht richtig wach. Sie kicherte und alberte mit dir herum. Du warst völlig außer dir über diese Überraschung und hofftest, nicht zu träumen. Ihre Brüste pressten sich fest gegen deine, du fuhrst mit der Hand durch ihren Ausschnitt unter ihre Bluse, streicheltest ihre weiche Haut und knetetest ihre festen Brüste. Sie hatte nichts dagegen und alberte weiter mit dir. Du warst überglücklich über diese langersehnte Begegnung, doch du konntest dich an ihren Namen nicht erinnern, du wolltest ihn unbedingt wissen, aber hattest Angst, einen falschen zu nennen. Du wühltest in deinen Erinnerungen, in einer bestimmten Umgebung hatte es so ein Mädchen gegeben, du hattest sie oft auf der Straße getroffen, aber es war dir unmöglich gewesen, dich ihr zu nähern. Jetzt klebte sie an deinem Körper. Du hattest nie damit gerechnet, sie wieder zu treffen und freutest dich sehr. Sie sagte, sie habe nach dir gesucht. Sie habe unterwegs gehört, dass du in dieser Stadt eine Konferenz besuchen würdest, und habe dich daraufhin hier gesucht. Du sagtest, sie solle nicht gehen. Natürlich nicht, erwiderte sie, sie müsse nur erst ihr Gepäck herüberholen und die Anmeldeformalitäten erledigen. Du hast nicht sofort mit ihr geschlafen, da du dachtest, dass ihr Zeit hättet. Wenn sie diesen langen Weg gemacht hatte, nur um dich zu suchen, würde sie auch nicht gleich wieder gehen. Du wandtest dich sofort um und standest auf. Wo war ihr Gepäck? Sie antwortete, ach, gleich im Zimmer nebenan. Du blicktest um dich und bemerktest plötzlich, dass die beiden Zimmer miteinander verbunden waren. Die Trennwand fehlte, im anderen Zimmer befand sich ein Doppelbett. Du hattest Hemmungen, ein fremdes Zimmer zu bewohnen, und schlugst vor, schnell eine Hotelangestellte aufzusuchen und ein Doppelzimmer zu mieten. Doch war gerade Mittagszeit und ihr entschiedet, zuerst etwas essen zu gehen. Sie ging dicht hinter dir her und bemerkte, dass es nicht leicht gewesen sei, dich zu finden. Du grübeltest noch immer darüber, wie sie wohl hieß, während du immer wieder in das vertraute Gesicht blicktest, das du einfach nicht wiedererkanntest. Sie war eher eine Frau als ein Mädchen. Ob großes oder kleines Mädchen, du würdest auf jeden Fall mit ihr schlafen können, denn sie war es ja gewesen, die dich aufgesucht hatte. Sie fragte, ob man dem Organisator der Konferenz Bescheid geben müsse und sie vorstellen solle? Du antwortetest, dass du nun ein freier Mensch seiest und zusammen sein könntest, mit wem du wolltest, ohne irgendjemand um Erlaubnis fragen zu müssen. Du nahmst sie direkt mit zur Rezeption und tauschtest dein Zimmer gegen ein Doppelzimmer. Der Mann hinter der Theke gab dir einen Schlüssel und einen kleinen Zettel, am Schlüssel hing ein kleines Schild mit der Zimmernummer. Du fragtest ihn, wo sich das Zimmer mit dieser Nummer befand. Der Mann antwortete, er sei nur für die Anmeldung zuständig. Um Auskunft darüber zu erlangen, müsse er anrufen, auf diesem kleinen Zettel stehe die Telefonnummer. Du fragtest, ob du das Telefon an der Rezeption benutzen dürftest. Dafür brauche man Münzen, antwortete er. Du kramtest in deinen Taschen und versuchtest dann mit ihm zu verhandeln, ob du nicht zuerst anrufen und später noch einmal kommen und das Telefonat bezahlen könntest. Er zeigte keinerlei Reaktion, so dass du einfach anriefst. Die Stimme am Apparat sagte, das Zimmer liege im dritten Stock. Ihr stiegt in den Fahrstuhl, aber kamt im obersten Stockwerk an. Als ihr ausstiegt, befandet ihr euch auf einem Parkplatz. Ihr kehrtet in den Fahrstuhl zurück, fuhrt wieder nach unten, konntet das Zimmer aber immer noch nicht finden. Du fragtest ein Zimmermädchen mit ihrem Rollwagen im Gang nach dem Zimmer. Sie antwortete, ihr müsstet noch ein Stockwerk weiter nach unten gehen. Schließlich gelangtet ihr in den Keller, in dem sich ein gepflegtes Restaurant befand. Du entschiedest, lieber erst einmal etwas zu essen. Ein sehr aufgeräumter Kellner entschuldigte sich bei euch, dass das Restaurant voll sei und man einen Tisch hätte bestellen sollen. Als du erklärtest, dass du ein Teilnehmer der Konferenz seist, wies er dich auf einen anderen Speisesaal hin, der eigens für die Konferenzteilnehmer vorbereitet worden war. Zusammen mit ihr bestiegst du wieder den Fahrstuhl, um das Zimmer zu suchen. Die Schlüsselnummer auf der kleinen Marke war etwas merkwürdig: No 11 G.Y. Du fandst Nummer 14, 15 und 16, aber nicht die Nummer 11. Du fragtest eine dicke Frau in der Bar, die auf einem hohen Barhocker saß und von der du annahmst, dass sie hier im Hotel wohnte und wissen musste, was mit dieser Nummer sei. Sie drehte sich auf ihrem Stuhl herum und wandte sich dir zu. Ja, das sei dort in dieser Höhle! Dir war nicht klar, was sie mit »Höhle« meinen konnte? Auf dem Schlüsselanhänger konnte man das »G« und die Nummer 11 gut erkennen, nur der letzte Buchstabe war sehr undeutlich zu lesen, und war nur vielleicht ein »Y«. Du öffnetest das Türschloss, das an einer Glasperlenschnur hing. Im Zimmer stand eine lange Reihe großer Betten. Du ließest den Blick durch den geräumigen Saal wandern, rechts stand eine weitere Reihe Betten an der Wand. Um hineinzugelangen, musste man kriechen. Vier Doppelbetten waren mit Kissen versehen. Du wolltest mit ihr schlafen und legtest ihr Gepäck in der hintersten Ecke des Saales ab. Als du wieder aus dem Zimmer tratst, überlegtest du, dass du doch auf jeden Fall ein anderes, ein Einzelzimmer finden musstest. Sie aber sagte, dass sie mit einer Freundin zusammen gereist sei, mit der sie zusammen übernachten müsse. Glücklicherweise hätten sie Bekannte in dieser Stadt, bei denen sie wohnen könnten. Aber sie sei doch eigens seinetwegen hierher gekommen ... sagtest du. Ein andermal, sagte sie, werde es sicher wieder eine Gelegenheit geben. Sie drehte sich um und ging. Du wachtest auf und warst völlig niedergeschlagen. Du versuchtest dich an die Details zu erinnern und herauszufinden, woher der Traum gekommen war. Dir wurde bewusst, dass du auf einem kleinen Einzelbett lagst, das in einem kleinen Zimmer stand. Draußen sangen die Vögel.

Zuerst konntest du dich nicht erinnern, wie du hierher gekommen warst, dein Kopf war schwer und du warst noch nicht richtig wach. Du hattest gestern zu viel getrunken. Schon lange warst du nicht mehr so betrunken gewesen, du hattest alle möglichen Sachen durcheinander getrunken, Whiskey, chinesischen Wuliang-Schnaps und Rotwein, dazu Bier, um den Durst zu löschen. Eine Kiste nach der anderen war weggegangen. Den schottischen Whiskey hatte jemand aus England mitgebracht, der Wuliang Schnaps kam freilich aus China. Dir fiel wieder ein, dass sich eine Gruppe chinesischer Autoren und Dichter hier, irgendwo in einem südlichen Vorort von Stockholm in einem internationalen Konferenzzentrum, das nach dem ermordeten Ministerpräsidenten Palme benannt worden war, zu einer Konferenz getroffen hatte.

Du schlugst die Augen wieder auf, erhobst dich und blicktest durch das Fenster auf den See. Der Nebel hing tief, und die Bäume warfen lange Schatten über die glatte Wiese. Außer den Vogelstimmen war kein Laut zu hören, nirgends befand sich ein Mensch.

Du erinnertest dich an die Zärtlichkeit, die das Mädchen im Traum mitgebracht hatte, und warst unwillkürlich wieder betrübt. Warum hattest du das geträumt? Wahrscheinlich lag es daran, dass dieser Kerl gestern wieder über China gesprochen hatte. Daher hattest du so viel getrunken, China machte dir Kopfschmerzen. Doch war dies das Thema der Konferenz, auf der die gegenwärtige chinesische Literatur diskutiert werden sollte. Irgendein Schwede hatte das Geld dafür gestiftet und eine Gruppe chinesischer Autoren aus China und dem Ausland eingeladen, für Flugtickets, Unterkunft und Verpflegung für ein paar Tage gesorgt und diesen schönen Erholungsort ausgesucht. Sogar Bier wurde von den Organisatoren der Konferenz gestellt, obwohl die Steuern auf Alkoholika hier sehr hoch waren. Die Gesellen tranken eine Menge und amüsierten sich bis in den Morgen. Es war Juli, gerade die Zeit, in der die Nächte so hell wie die Tage waren und es erst um Mitternacht zu dämmern begann. Auf der anderen Uferseite erstreckten sich Wälder, die von der Morgenröte überstrahlt wurden. Insekten und Vögel schliefen schon. Nur ein paar Teilnehmer saßen noch draußen auf dem Holzsteg, der an der Sauna vorbei in den See hineinragte, unterhielten sich lautstark und diskutierten großartige Theorien. Ihre Stimmen wurden sehr weit getragen und breiteten sich aus wie die kreisförmigen Wellen auf dem See, der unter dem Nebel glatt wie ein Spiegel dalag. Auch das Gras im Wasser und die Schatten der Bäume schaukelten mit diesen Wellen. Das war sicher kein Traum.

Die Jungen diskutierten eine merkwürdige Geschichte, die sie aus China gehört hatten und die mit Literatur freilich nicht besonders viel zu tun hatte. Einer erzählte von einem Zoowärter, der morgens zu seiner Arbeit gegangen war. Da der Zoo noch nicht geöffnet war, war er durch den Seiteneingang hineingegangen. Sofort hatte er drinnen das jämmerliche Klagen des Tigers vernommen, den er immer fütterte. Er wunderte sich sehr, dass er zur Fütterungszeit so laut brüllte. Als er bei den Tigern angelangt war, hatte er gleich bemerkt, dass dieser Tiger in einer Blutlache neben den Gittern lag. Ihm fehlten beide Vordertatzen. Man hatte sofort versucht, ihn zu retten, doch hatte er zu viel Blut verloren, und man hatte auch keinen anderen Tiger gefunden, der ihm hätte Blut spenden können, so dass jede Hilfe zu spät kam. »Warum sollte man einem Tiger die Tatzen abschneiden?«, fragte einer. »Jeder hier weiß doch, dass man in China traditionellerweise Bärentatzen isst?« »Aber ich habe nie davon gehört, dass man Tigertatzen essen würde.« »Aber Tigerknochenessenz ist ein uraltes Heilmittel gegen Rheuma! Und wo kann man heute schon noch Tiger jagen, wenn nicht im Zoo?« Alle lachten. »Diese Geschichte mit der Tigerknochenessenz hast du dir nur ausgedacht, weil du gegen China bist, stimmt's?« Doch der Typ sagte, das sei eine offizielle Nachricht in einer chinesischen Zeitung gewesen: »Ein Freund hat mir den Zeitungsausschnitt aus dem Vaterland zugesandt, zwei kurze Spalten! In Schweden wäre das eine Schlagzeile auf der ersten Seite gewesen! Und die Umweltschützer wären wahrscheinlich auf die Straße demonstrieren gegangen. Hey, gibt es in Schweden eigentlich eine Grüne Partei?«

Du gingst nicht zum Frühstück in den Speisesaal. Aus dem Fenster sahst du, wie ein Reisebus losfuhr. Sie fuhren auf eine Besichtigungstour nach Stockholm.

Später liefst du den Sandweg um den See herum entlang, ringsherum lagen grüne Wiesen. Riesige weiße Plastiksäcke waren gefüllt mit wahrscheinlich gerade eingebrachtem Weizen. Du wandertest ziellos über die grünen Wiesen am Rande des dunklen Waldes entlang. All diese reinen und klaren Dinge kamen dir so unwirklich vor, dass du meintest, wieder zu träumen.

Der kleine Weg führte in den Wald hinein, von wo aus der glitzernde See nicht mehr zu sehen war. Je tiefer man in den Wald hineingeriet, umso dichter und höher standen die Bäume, die höchsten unter ihnen waren die Kiefern. Plötzlich hörtest du die Stimmen von Jungen und Mädchen. Du warst aufgewühlt und fühltest dich in deine eigene Kindheit zurückversetzt. Dir war natürlich klar, dass man diese Zeit nie wieder zurückholen konnte. Du bliebst stehen, um zu lauschen und herauszufinden, ob du dir die Stimmen vielleicht nur eingebildet hattest. Dann setztest du deinen Weg mit verlangsamten Schritten fort. Nach einer kleinen Biegung führte der Weg zu einer Lichtung, wo sich tatsächlich zwei Mädchen aufhielten. Die größere trug eine kurze, abgeschnittene Jeans, die bis über die Knie reichte. Zusammen mit einem etwas jüngeren Mädchen trug sie einen großen Sack. Vielleicht hatten sie Tannenzapfen gesammelt. Etwas weiter entfernt lief ein kleiner Junge mit einem Netz hin und her und versuchte, Insekten zu fangen. Die beiden Mädchen hielten immer wieder ein. Um sie nicht zu stören, wurdest du noch langsamer. Der Junge lief schreiend umher, die Mädchen riefen nach ihm, aber er hörte nicht auf sie und rannte weiter. Sie packten den Sack und liefen ihm hinterher. Langsam verschwanden die Kinderstimmen in der Ferne, bis keine Spur mehr von ihnen zu sehen war. Der grasbewachsene Waldweg wurde immer ausgedörrter. Als du meintest, die Stimmen der Kinder gerade noch hören zu können, bliebst du stehen, um ihnen zu lauschen, doch war es nur das Rauschen der Kiefern im Wind gewesen.

Du warst noch immer diesem Traum auf den Spuren. Du versuchtest dich an das Gefühl in deinen Fingern zu erinnern, als du ihre festen, weichen Brüste streicheltest, an diese Brüste, die dir irgendwie seltsam vertraut vorkamen, und dachtest an einen anderen Traum, der damit zusammenhing. Das Komische war, dass du diesen Traum immer wieder gehabt hast. Sie kam mit anderen Klassenkameradinnen aus dem Unterricht, ihr wart wahrscheinlich in der gleichen Klasse, doch konntest du dich ihr nicht nähern. Die Mädchen bildeten eine lebhafte, fröhliche Gruppe, die sich auch mit Jungen abgaben, du meintest sogar, dass sie nur mit Jungen zu tun hatten, aber es war dir unmöglich, in ihren Kreis hineinzukommen. Du erinnertest dich auch, dass ihr auf einem großen Hofkomplex wohntet. Euer Haus lag im hinteren Teil des Hofes. Aber du konntest nie durch den vorderen Teil des Hofes, der von vielen Familien bewohnt war, nach hinten hindurchgelangen. Ihr Haus lag im vorderen Teil des Hofes. Daher war auch dieser Traum wiederum mit einem anderen verbunden: Darin wohnte das Mädchen in einem alten Anwesen, das in einer engen kleinen Gasse lag. Das Anwesen bestand aus vielen kleinen Höfen, und sie bewohnte einen Flügel im ersten Hof rechts am Eingang hinter dem großen Tor. Auch ein anderer Klassenkamerad wohnte in diesem Anwesen. Jenen hast du besucht, um zu erfahren, ob ihre Familie noch immer dort wohnte. Doch der Schulkamerad war nicht zu Hause. Ein weiterer Traum folgte aus dieser Traumszene, an den du dich ebenfalls so gut erinnertest. Träume und Erinnerungen waren manchmal schwer auseinander zu halten. Du erinnertest dich an einen großen Hof in deiner Kinderzeit, als du etwa vier oder fünf Jahre alt und im Krieg mit deinen Eltern zusammen auf der Flucht warst. Aber du suchtest nach einem Mädchen mit hervorstehenden Brüsten. Erinnerungen und Träume vermischten sich.

Deine Kinderjahre lagen wie in Rauch und Nebel gehüllt, zuweilen glimmte ein heller Schein daraus auf, doch wie solltest du diese tief vergrabenen Geschichten aus deinem Gedächtnis hervorholen? Was allmählich in dir auftauchte, war schwer wieder zu erkennen, was davon waren Erinnerungen und was Erfindung? Und waren die Erinnerungen überhaupt korrekt? Zudem stiegen sie völlig zusammenhanglos in dir hoch und wenn du ihnen zu folgen versuchtest, verloschen die glitzernden Erinnerungsfetzen und formten sich in Sätze. Alles was du zusammensetzen konntest, waren Sätze. Konnte man Erinnerungen wieder aufleben lassen? Dir musste das zweifelhaft erscheinen, zumal du genauso am Vermögen der Sprache zweifeltest. Allein dieses schöne Glimmen war Grund dafür, warum man Erinnerungen oder Träume wieder aufleben zu lassen versuchte. Es gab dir eine Wärme, einen Geruch, Hoffnung und Leidenschaft. Aber Sätze?

Dir fiel ein, dass es tatsächlich ein Mädchen in seiner Klasse gegeben hatte, mit der er sogar eine Schulbank geteilt hatte, ein kleines reines Mädchen. Eines Tages war ihm während einer Prüfung die Spitze seines Bleistiftes abgebrochen. Das Mädchen bemerkte es und schob auf dem Tisch ihr Mäppchen zu ihm hinüber, in dem sich lauter sorgfältig angespitzte Bleistifte befanden. Seitdem beachtete er das Mädchen und suchte nach ihr auf dem Weg zur Schule und nach Hause. Einmal hob er eine duftende Karte auf, die dem Mädchen aus einem Buch gefallen war. Nach dem Unterricht schenkte sie sie ihm. Als seine Klassenkameraden das mitbekamen, riefen sie durcheinander: »Sie lieben sich! Sie lieben sich!« Er war ganz rot im Gesicht geworden, und es lag wahrscheinlich an diesem aufregenden Gefühl von damals, dass er Wärme seitdem mit Weiblichkeit verband.

Er erinnerte sich an einen anderen Traum aus seiner Kindheit. Er schlenderte durch einen Garten, dessen hohes Gras nicht geschnitten worden war. Im Gras lag eine Frau mit nacktem weißen Körper, eine kalte weiße Marmorstatue. Diesen Traum hatte er gehabt, nachdem er Mérimées Roman *Die Venus von Ille* gelesen hatte. Er schlief mit dieser Marmorstatue, obwohl ihm noch nicht ganz klar war, wie man das machte. Doch er bemerkte, dass ihr Schoß feucht geworden war. Es war eiskalt, denn es geschah in einer Winternacht. Als er erwachte, hatte er Angst.

Du dachtest an den alten Schwarzweißfilm »Wilde Erdbeeren« von Ingmar Bergman, in welchem er in allen Details die Angst eines alten Mannes vor dem Tod herausgearbeitet hatte. Wahrscheinlich wurdest du nun auch alt. In einem anderen seiner Filme, »Schreie und Flüstern«, ging es um drei Schwestern und eine attraktive dicke Hausangestellte und wie sie jeweils unterschiedlich mit Einsamkeit, Leidenschaft, Schmerz und Todesangst rangen. Das hatte dein Mitleid erregt. Können Kunst und Literatur miteinander kommunizieren? Eigentlich war das keine ernsthafte Frage mehr, doch es gab immer noch Leute, die meinten, dass dies unmöglich sei. Und chinesische Literatur – konnte sie sich verständlich machen? Und wem? Dem Westen? Den Chinesen vom Festland in gleicher Weise wie den Auslandschinesen?

Und was hieß »chinesische Literatur«? Waren chinesische Autoren irgendwie definiert? Waren alle in gleicher Weise Chinesen, ob sie nun vom Festland, aus Hongkong oder Taiwan stammten oder in Amerika eingebürgert waren? Aber das waren doch alles wieder politische Fragen – er wollte über reine Literatur sprechen! Gab es eine ganz und gar reine Literatur? Und wenn man schon von Literatur sprach – was war eigentlich Literatur? All dies waren Themen dieser Konferenz gewesen, über die endlose Debatten geführt wurden.

Du warst dieser Art Diskussionen über den Zusammenhang von Literatur und Politik müde, es war fad. China lag schon weit hinter dir zurück, deine Staatsbürgerschaft war dir lange aberkannt. Du brauchtest dieses Land nicht mehr als Markenzeichen, das Einzige, was dich damit noch verband, war, dass du auf Chinesisch schriebst. Das war alles.

38

Einige Busse hielten vor dem Gebäude, aus dem sich innerhalb eines Monats fünf Menschen gestürzt hatten. Etwa hundert Menschen, die als Erste zur Landverschickung ausgesucht worden waren, standen in einer Reihe und warteten auf die Abschiedsworte des Militärabgeordneten. Jeder von ihnen hatte eine rote Papierblume an die Brust gesteckt, auch dies auf Weisung des Militärabgeordneten, der vor der Abreise einige Leute im Büro beauftragt hatte, diese Blumen schnell anzufertigen.

Der größere Teil dieser Kampftruppe bestand aus älteren Menschen, Frauen und älteren Personen, die kurz vor der Rente standen, aber nicht mehr rechtzeitig pensioniert worden waren. Darunter waren auch einige, die aus Krankheitsgründen beurlaubt gewesen waren oder unter Bluthochdruck litten, sowie einige alte Kader, die in Yanan dabei gewesen waren, und Veteranen, die in den Hochebenen von Nordchina im Befreiungskampf gekämpft hatten. Entsprechend der neuesten Weisung von Mao, der »Siebten-Mai-Weisung«, gingen sie nun aufs Land, um Felder zu bestellen. Dabei trugen sie eine rote Blume an der Brust, denn der Gulag war eine ehrenvolle Sache.

Der Militärabgeordnete Zhang kam von oben herunter, grüßte militärisch mit der Hand an der Mütze und sprach für alle die Abschiedsworte:

»Genossen, von nun an seid ihr heroische ›Siebter-Mai-Kämpfer‹! Ihr seid die Vorhut, und es ist eure Aufgabe, dem großen und schweren Auftrag entsprechend den Weisungen des großartigen Vorsitzenden Mao Zedong, die große kommunistische Schule zu errichten. Ich wünsche euch eine reiche Ernte bei eurer Arbeit und eurem Denken!«

Er war durch und durch Militär und verschwendete keine Worte. Nach seiner Rede hob er den Arm und gab damit für alle das Zeichen, in den Bus zu steigen. Angehörige hatten sich zum Abschied vor dem Gebäude versammelt, auch Kollegen aus diesem Haus, und aus allen Stockwerken winkten Leute aus den Fenstern. Nach drei Jahren war der Kampf nun endlich beendet, in diesem Schicksalsmoment waren alle wieder Genossen. Einige Frauen weinten und die ganze Szenerie war recht bewegend, doch im Ganzen war die Stimmung fröhlich.

Eine heimliche Freude machte sich in seinem Innersten breit. Alles war ordentlich gepackt, selbst den Emailletopf hatte er zuvor noch gereinigt und in eine der mit Nägeln beschlagenen Holzkisten gepackt, die vom Staat zur Verfügung gestellt worden waren. Alle Landverschickten erhielten vom Staat zwei solche Kisten umsonst, für zusätzliche Kisten musste man bezahlen. All dies war in den Dokumenten festgelegt, die das dem Staatsrat unterstellte neu eingerichtete Büro für »Siebter-Mai-Schulen« erlassen hatte. Auch seine Bücher hatte er in einer solchen Kiste geborgen. Selbst wenn er nicht wusste, wann er jemals eines davon öffnen würde, sollten sie ihn doch sein Leben lang begleiten, das jedenfalls war seine letzte Hoffnung.

Als er den Antrag gestellt hatte, auf das Land verschickt zu werden, hatte der Militärabgeordnete Zhang entgegnet: »Du hast deine Untersuchungen doch noch nicht abgeschlossen, es warten noch größere Aufgaben auf dich …«

Er hatte ihn nicht einmal zu Ende sprechen lassen, sondern erklärte ihm in einem Redefluss, warum sein Entschluss und die Notwendigkeit, dass er durch Arbeit umerzogen werden müsse, akzeptiert werden sollten:

»Melde dem Militärabgeordneten, dass auch meine Freundin, die soeben die Universität abgeschlossen hat, auf das Land verschickt wurde. Wenn die Kaderschule eingerichtet ist, kann sie sich bei mir niederlassen und wir können auf dem Lande zusammen unser ganzes Leben der Revolution widmen!«

Er sagte dies so klar und deutlich, dass Zhang nicht den geringsten Zweifel hatte und überzeugt war, dass seine Überlegungen dem reinsten Pflichtgefühl entsprangen.

»Gut!«, nahm der Militärabgeordnete Zhang seinen Antrag entgegen.

Er atmete auf vor Erleichterung.

Nur einer hatte ihm gesagt: »Du solltest nicht gehen!«

Das war Da Li. An seinem Tonfall erkannte er, dass er ihn verurteilte. Genossin Wang Qi, die er beschützt hatte, war auch gekommen. Ihre Augen waren so gerötet, dass sie das Gesicht abwenden musste. Auch Da Li war dort und schüttelte ihm zum Abschied die Hand, seine Augen waren leicht geschwollen und er zeigte sich besonders freundlich. Bis zum Schluss hatten sie keine Freunde werden können. Er betrachtete Da Li in seiner Einsamkeit. In der Rebellenfraktion, die inzwischen aufgelöst war, hatte er einige Kampfgefährten gehabt, aber doch keine wirklichen Freunde, und er selbst hatte auch die wieder weggeschickt.

Bevor er zur Sammelstelle nach unten gegangen war, hatte er seinen ehemaligen Bürovorsteher, den alten Liu, nochmals besucht und ihm zum Abschied die Hand gegeben. Der alte Liu hielt seine Hand so fest, als würde er einen letzten rettenden Strohhalm packen – es war ein Strohhalm, der davontreiben und untergehen sollte. Eine ganze Weile verharrten sie in

Schweigen und erst als sie die Schwere dieser Stille nicht mehr ertrugen, löste der alte Liu seinen Griff. Endlich verließ er diesen vom Wahnsinn befallenen Bienenstock, dieses Tod und Verderben bringende Gebäude.

Der Bahnhof am Qianmen war wie immer voller Menschen, die sich auf den Bahnsteigen und in den Abteilen drängten und Abschied voneinander nahmen. Hier waren vor allem Angestellte, Kader und Mittelschüler, die sich auf dem Land niederlassen sollten, die auf das Land verschickt wurden. Die Studenten der Universitäten waren schon früher in die Landflecken und Grenzgebiete gesandt worden. Mädchen und Jungen quetschten sich durch die Abteilfenster, vor den Fenstern standen ihre Eltern, die ihnen Ermahnungen zuriefen. Auf dem Bahnsteig wurden Trommeln und Gongs geschlagen. Die Propagandatruppe hatte die Kinder, die noch zu jung für die Landverschickung waren, beauftragt, Musik zu machen, wodurch sich diese Abschiedsszene äußerst lebhaft gestaltete.

Der in eine blaue Uniform gekleidete Zugführer pfiff mehrmals in seine Pfeife und die Leute auf dem Bahnsteig zogen sich hinter die weiße Abgrenzungsmarkierung zurück. Als der Zug langsam zu ruckeln begann, gab es einen kleinen Aufruhr auf dem Bahnsteig. Eine Gruppe bewaffneter Militärpolizei sprang hervor und stellte sich in Reih und Glied auf. Ihnen folgte eine lange Reihe Gefangener, deren Schädel kahl rasiert waren und die jeweils einen Rucksack auf dem Rücken und einen Blechbecher in der Hand hatten. Sie liefen im Gleichschritt und sangen leise die Parole im Takt:

»Durch Aufrichtigkeit werden wir zu neuen Menschen, wer sich der Umerziehung widersetzt, geht den Weg des Todes!«

Sie wiederholten dies immer wieder mit dunklen Stimmen und mit einer Schwere, als würden sie ein Requiem vortragen. Die Kinder hatten aufgehört ihre Gongs und Trommeln zu schlagen. Die Gefangenen wurden über den Bahnsteig bis ans Ende des Zuges geführt, wo man einige fensterlose Güterwaggons angehängt hatte, in die sie einstiegen. Nach zehn Minuten setzte sich der Zug in der allgemeinen Stille in Bewegung. Plötzlich konnte jemand auf dem Bahnsteig seine Tränen nicht mehr zurückhalten und auf einen Schlag brachen alle Kinder und Erwachsenen im Zug und auf dem Bahnsteig in lautes Geheule aus. Es gab natürlich auch einige, die winkten und versuchten, fröhlich zu bleiben, doch die künstliche freudige Stimmung von vorher war wie weggeblasen.

Vor dem Fenster erschienen Betonmasten, rote Ziegelhäuser, Gebäude aus grauem Zement, immer wieder Schornsteine und kahle Bäume. Doch er war innerlich sehr froh und erleichtert, immerhin verließ er diese Furcht erregende Hauptstadt. Der Wind, der ihm ins Gesicht blies, war kalt und beißend, aber zumindest konnte er entspannt aufatmen und musste nicht in jedem Moment wachsam sein. Er war jung und stark, ledig und unabhängig und hatte keine andere Verantwortung als Felder zu bestellen. Er war schon während seines Studiums auf dem Land gewesen. Wie hart die Landarbeit auch war, er würde jedenfalls nicht mehr unter derselben Anspannung wie zuvor leben müssen. Er wollte ein Lied anstimmen, aber welches alte Lied konnte er singen? Er ließ es doch lieber bleiben.

39

Louis Armstrong, den alten Knaben, betrachtetest du als Bruder, auch wenn er schon längst gestorben war. Du hattest einen alten Schwarzweißfilm von ihm gesehen, der von so schlechter Qualität war, dass man meinte, er spiele im Regen. Der alte schwarze Knabe hatte gesungen und sich dabei auf dem Boden gewälzt.

Ein Spinnennetz, das im Wind schaukelte …

Du musstest glücklich und in vollen Zügen leben. Ach, Margarete! Wieder dachtest du an sie, die dich dieses verdammte Buch schreiben ließ, das dich so betrübt und bedrückt machte. Diese Hure hat dir eine Menge Kummer gemacht. Du hattest wirklich Lust, sie zu dressieren wie ein wildes Tier, wolltest sie die Schläge spüren lassen, nach denen sie sich sehnte, die Masochistin, wolltest sie schlagen und schlagen, ohne eine Träne dabei zu vergießen.

Du wolltest wirklich weinen. Wolltest dich wie ein ungezogenes Kind auf dem Boden wälzen und dir die Kehle aus dem Hals schreien. Aber du hattest keine Tränen mehr, nicht eine einzige. Du warst alt geworden, alter Knabe!

Warst du ein Insekt oder ein Drache? Oder warst du ein streunender, herrenloser Hund, der niemandem mehr zu Diensten sein und niemanden mehr erfreuen musste? Du, du warst ein Maulwurf, der sich unter die Erde grub, der die Dunkelheit liebte, die Dunkelheit, in der man nichts mehr sehen konnte, keine Jagdgewehre, in der man seine Ziele aus den Augen verlor, was waren schon Ziele?

Du hattest ein neues Leben gewonnen, ein Leben, das du führen konntest, wie immer du wolltest, solange du ihm nur irgendwie einen interessanten Beigeschmack verleihen konntest. Das Wichtigste war, glücklich zu sein, sich über sein eigenes Leben zu freuen und sich nicht darum zu kümmern, was andere sagten.

Du warst frei und ungebunden. Diese Freiheit lag nicht außerhalb von dir, sondern allein in dir selbst. Es kam nur darauf an, ob du dir ihrer bewusst wurdest und wusstest, wie man von ihr Gebrauch machen konnte.

Freiheit war der Blick eines Auges, eine Satzmelodie. Augenblicke und Satzmelodien ließen sich verwirklichen, und von daher warst du nie völlig mittellos. Diese Freiheit existierte genauso wie Dinge, wie ein Baum, ein Grashalm oder ein Wassertropfen, sie manifestierte sich in gleicher Weise. Genauso war es unbestreitbar und bar jeden Zweifels, dass man auch von der Freiheit des Lebens Gebrauch machen konnte.

Freiheit war flüchtig, flüchtig wie der Blick eines Auges oder der Klang einer Satzmelodie. Beides entsprang einer inneren Haltung. Was du zu fassen kriegen wolltest, war diese flüchtige Freiheit eines Augenblickes. Du gebrauchtest die Sprache dazu,

Freiheit manifest zu machen, ganz gleich wie lange deine Schriftwerke überdauern würden. Wenn du Bücher schriebst, konntest du diese Freiheit sehen, hören, in genau jenem Moment, da du schriebst, lasest oder zuhörtest, existierte die Freiheit in deiner Ausdruckskraft, und das war der einzige kleine Luxus, nach dem du strebtest. Wenn du diesen Ausdruck der Freiheit und die Freiheit des Ausdrucks erreichen konntest, warst du beruhigt.

Freiheit wurde weder gewährt noch ließ sie sich kaufen. Freiheit war dein eigenes Lebensbewusstsein, sie allein machte das Leben wunderbar. Du hattest von dieser Freiheit gekostet und hattest das gleiche Glücksgefühl empfunden, wie wenn du mit einer schönen Frau schliefst. War es nicht dasselbe?

Freiheit war nicht kompatibel mit Macht und Heiligkeit. Du wolltest beides nicht, konntest auch beides nicht haben. Du zogst die Freiheit vor, statt dich um eines von beiden zu bemühen.

Statt zu sagen, dass Buddha in einem selbst steckte, sollte man lieber sagen, dass Freiheit in einem selbst steckte. Freiheit schloss jeden anderen Menschen absolut aus. Sobald du an den Blick eines anderen dachtest, sobald du Anerkennung suchtest, ganz zu schweigen von der Gunst eines applaudierenden Publikums, die immer abhängig war vom Geschmack eines anderen, hattest du die Freiheit verspielt. Du machtest damit andere glücklich, aber nicht dich selbst.

Freiheit kümmerte sich nicht um andere Menschen und wollte nicht von anderen Menschen anerkannt werden. Man konnte sie erst gewinnen, wenn man alle Beschränkungen von anderen überwunden hatte. Genau so verhielt es sich auch mit der Freiheit des Ausdrucks.

Freiheit konnte sich in Kummer und Schmerz ausdrücken. Wenn man sich von Kummer und Schmerz nicht unterdrücken ließ, selbst wenn man darin zu versinken meinte, wenn man sogar noch fähig war, beides zu betrachten, dann konnten selbst Kummer und Schmerz zum Ausdruck von Freiheit werden. Du brauchtest den Kummer der Freiheit und den Schmerz der Freiheit, damit dir das Leben wirklich lebenswert erschien. Es war diese Freiheit, die dir Frieden und Freude verlieh.

40

»Ihr braucht nicht zu glauben, dass nun Frieden im Land herrscht, weil wir die alten Konterrevolutionäre ausgesäubert haben. Reibt euch nur die Augen: Unsere wirklichen und noch viel gefährlicheren Feinde sind die Konterrevolutionäre, die heute unter uns ihr Werk verrichten! Sie sind listig und trickreich und haben sich sehr gut versteckt. Sie übernehmen die Parolen der proletarischen Revolution, aber im Dunkeln gehen sie ihrem kapitalistischen Wesen nach und versuchen, die Frontlinien des Klassenkampfes zu verwischen. Lasst euch auf keinen Fall von ihnen blenden. Denkt nach! Erinnert euch an die aktivistischen Konspirateure dieser Bewegung, die Anhänger dieser janusgesichtigen konterrevolutionären Fraktion, die mit der roten Fahne in der Hand die rote Fahne bekämpfen will – vielleicht liegt einer von ihnen sogar neben euch im Bett!«

Der Abgeordente Pang, stellvertretender Verantwortlicher der Militärkommission und politischer Kommissar der Armee, trug eine breitrandige schwarze Brille. Er war gerade von Peking auf die Staatsfarm geschickt worden, stand in der Mitte des betonierten Dreschplatzes und schwenkte ein Dokument in der Hand, einen Bericht über die allgemeine Mobilisierung: »Die ›Siebter-Mai-Schulen‹ sind kein Ort, wo man dem Klassenkampf entfliehen kann!«

Wieder gab es eine neue Clique, die aktiven Konterrevolutionäre »Sechzehnter Mai«, die man säubern musste, und diesmal waren es die ehemaligen Aktivisten der Bewegung und die Führer der Rebellenfraktionen, die verhört wurden. Er wurde sofort seiner Position als Arbeitsgruppenleiter enthoben und von allen Arbeiten ausgeschlossen, um alle Einzelheiten aus diesen Jahren in Berichten festzuhalten und genau Tag für Tag, Monat für Monat und Jahr für Jahr darzustellen, an welchen Orten er sich mit wem zu welchen heimlichen Versammlungen getroffen hatte, um dunkle Machenschaften vorzubereiten.

Damals wusste er noch nicht, dass man auch Da Li in Peking in Isolationshaft genommen und verhört hatte. Nach ununterbrochenen Verhören über mehrere Tage und Nächte hinweg, in denen er geschlagen und getreten wurde, gestand er, ein Mitglied der »Sechzehnter-Mai-Clique« zu sein. Natürlich hatte er auch ihn verraten und gestanden, dass jenes Treffen im Hause von Wang Qi dem Aufbau einer konterrevolutionären Organisation diente, welche die Strategie verfolgte, sich mit der Schwarzen Clique zu verbünden und deren Weisungen entgegenzunehmen, was letztendlich dem Ziel dienen sollte, die Diktatur des Proletariats zu stürzen. Er wurde später in eine Nervenklinik eingewiesen. Wang Qi wurde ebenfalls in Isolationshaft gehalten und verhört. Der alte Liu wurde im Keller des großen Gebäudes verhört und zu Tode geprügelt. Seine Leiche wurde nach oben geschleppt und aus dem obersten Stockwerk geworfen, um einen Selbstmord vorzutäuschen.

Glücklicherweise hatte er den Geruch der Jagdhunde am Horizont gewittert, noch bevor der Sturm über die Ebene hinwegfegte. Er hatte inzwischen verstanden, wie diese politischen Jagden funktionierten: Nach der Weisung des Vizemilitärkommandanten Lin Biao, »der höchsten Alarmstufe zur allgemeinen Mobilisierung«, wurde eine noch größere Zahl von Personen mit ihren Familien aufs Land geschickt, was bedeutete, dass es noch gründlichere Säuberungen gab. Das noch vor wenigen Monaten zwar harte, aber doch friedliche Arbeitsklima hatte sich schnell gewandelt. Die ursprünglich eher brüderliche Kameradschaft unter ihnen wurde von einer erneut aufflackernden Feindlichkeit der Neuankömmlinge zerstört. Die alten Gruppen, Züge und Kompanien wurden aufgelöst und neu organisiert und ein neues Parteikomitee wurde gebildet. Alle Kader wurden nun von der Militärkommission in

Peking abgeordnet. Er musste einen Weg finden, der Katastrophe zu entfliehen, bevor sich das Netz der Jäger um ihn herum zuzog. Mitten in der Nacht schlich er daher heimlich in die Kreisstadt und sandte jenes Telegramm an seinen Schulkameraden Rong.

Der Himmel ließ immer einen Ausweg offen, oder besser gesagt, erbarmte sich seiner und schenkte ihm ein neues Leben. Eines Nachmittags, als alle auf dem Feld waren, saß er allein im Schlafsaal, um seinen Bericht zu schreiben. Wenn jemand vorbeikam, tat er so, als würde er Zitate aus der kleinen Mao-Bibel abschreiben. Plötzlich kam der Postbote der Kommune auf seinem Fahrrad vor seine Tür gefahren und rief: »Ein Telegramm! Ein Telegramm!«

Er rannte nach draußen. Es war tatsächlich ein Telegramm von Rong. Der schlaue Rong hatte das Telegramm nicht an seinen Namen gesandt, sondern die Adresse des Betriebes für Agrartechnik in seinem Kreis angegeben, in dem er arbeitete. Der Text lautete: Im Geist des Dokuments des Zentralkomitees zur Mobilisierung erklären wir uns bereit, den Genossen xxx, der sich auf dem Land niederlassen möchte, in der Volkskommune dieses Dorfes im hiesigen Kreis aufzunehmen. Er muss sich unbedingt noch vor Ende des Monats einfinden und melden, sonst können keine Arrangements mehr für ihn getroffen werden.

Während alle noch auf dem Feld arbeiteten, begab er sich eilig in das Hauptquartier der Kaderschule, das zehn Meilen entfernt lag. Das geräumige Zimmer, in dem ein Telefon und eine Schreibmaschine standen, war verlassen. Die Tür zum Büro des Abgeordneten Song, in dem er nachts auch schlief, war geschlossen, doch hörte er von innen Flüstern.

»Erstatte dem Abgeordneten Song Bericht!«

Er hatte die Regeln, wie man sich als Soldat zu benehmen hatte, gut gelernt. Nach einer Weile erschien der Kommandant in korrekter Uniform in der Tür, nur sein Kragen stand noch offen.

»Ich habe die Kaderschule nun so gut wie absolviert und bitte daher um ein schriftliches Dokument!«

Diesen Satz hatte er schon unterwegs vorbereitet und war bemüht, ihn möglichst entspannt vorzutragen. Dann lächelte er über das ganze Gesicht.

»Was heißt absolviert?«, fragte ihn der Militärabgeordnete Song unfreundlich.

Doch ließ er das Lächeln auf seinem Gesicht stehen, bis es ihm gefror, und überreichte das Telegramm mit beiden Händen. Der nicht besonders lesekundige Militärabgeordnete Zhang nahm es mit einer Hand entgegen und entzifferte mühsam Zeichen für Zeichen. Er hob den Kopf und die Falten über seinen Augenbrauen hatten sich geglättet:

»Das ist schon richtig, es entspricht völlig dem Geiste des Dokuments. Hast du dort Verwandte?«

»Verwandte und Freunde werden mir eine Stütze sein.« Er benutzte dieselben Worte, die der Militärabgeordnete Zhang im Befehl zur allgemeinen Mobilisierung überbracht hatte, und fügte sofort hinzu: »Ein Freund hat das dort für mich arrangiert und mir ermöglicht, für immer aufs Land zu ziehen! Ich will die Lehren der armen und mittleren Bauern gründlich weiter studieren und mir außerdem ein junges Mädchen auf dem Dorf suchen. Man kann ja nicht sein Leben lang Junggeselle bleiben!«

»Hast du schon jemanden gefunden?«, fragte der Militärabgeordnete Song.

Sein Ton war viel freundlicher geworden, sei es aus Mitleid oder Verständnis. Der Militärabgeordnete Song war selbst auf dem Land groß geworden und hatte sich bei der Armee mühsam vom einfachen Trompeter zum Stabsoffizier hochgedient. Frau und Kinder lebten noch auf dem Land und er hatte einen halben Monat im Jahr Urlaub, um sie zu sehen. Natürlich dachte auch er viel an Frauen. Dass die Militärkommission ihn beauftragt hatte, dieses Lager zu verwalten, in dem so viele zur Umerziehung arbeiteten, war zudem sehr unangenehm. Der

Abgeordnete und stellvertretende Verantwortliche der Militärkommission Pang, der für die Säuberungen zuständig war und die Anweisungen an die Parteisekretäre in den verschiedenen Kompanien gegeben hatte, war vor zwei Tagen nach Peking zurückgefahren. Hier konnte man sehen, was das Sprichwort wirklich bedeutete: Selbst in der dunkelsten Hölle kann einem der Himmel noch zur Hilfe kommen!

»Meine Freunde haben von einem Mädchen gesprochen, aber wenn ich nicht bald dort eintreffe, wird es wohl nicht klappen. Ich gehe vor allem zum Arbeiten dorthin, aber wenn ich verheiratet bin, wird sicher alles noch besser sein!«

Er musste seine Worte so wählen, dass ihn der Militärabgeordnete Song, der selbst vom Land kam, verstand und ihm auch zuhörte.

»Fürwahr, aber hast du dir gut überlegt, dass deine Wohngenehmigung für Peking verloren gehen wird, wenn du dorthin gehst?«

Der Militärabgeordnete Song sprach nun eine deutliche Sprache. Er holte ein Formular aus der Schreibtischschublade und bat ihn, es selbst auszufüllen. Dann rief er in das hintere Zimmer: »Kleine Liu! Mach ihm einen offiziellen Stempel darauf! Dann schreib das hier möglichst schnell mit der Schreibmaschine!«

Ein anmutiges junges Mädchen, das die Telefonate entgegennahm und die Schreibmaschine bediente, kam aus dem hinteren Büro heraus. Offenbar hatte sie sich gerade erst frisiert, denn die zwei kleinen Zöpfe auf ihrem Rücken, die mit einem Gummiband zusammengehalten waren, schienen glatt und frisch gekämmt. Sie nahm einen Schlüssel, öffnete eine verschlossene Schublade, holte den offiziellen Stempel heraus, setzte sich auf die Bank vor die Schreibmaschine und nahm langsam Zeichen für Zeichen aus dem großen Setzkasten. Der Militärabgeordnete Song nahm das Schreiben, das er selbst aufgesetzt hatte, entgegen und las es noch einmal durch. Hastig fügte er schmeichelnd hinzu:

»Damit bin ich der erste Absolvent des Militärabgeordneten Song!«

»Dieser verdammte Ort, wohin man blickt nur salziger Boden, nichts kann man anbauen, überall nur Sand. Wo du hingehst, ist es wie bei uns zu Hause, was man anpflanzt, wächst auch. Dort ist das alles doch überhaupt keine Arbeit!«

Letztendlich setzte der Militärabgeordnete Song seinen roten Stempel unter das Dokument. Viele Jahre später traf er ein paar damalige Lagergenossen wieder, mit denen er zusammen Felder bestellt hatte, und hörte von ihnen, dass der doch eher sympathische Militärabgeordnete Song kurz nach seiner Flucht aus dem Umerziehungslager der jungen Telefonistin in einem Weizenfeld die Hose ausgezogen und gewisse Dinge mit ihr getan hatte. Dabei war er von jemand mit einer Taschenlampe in der Hand entdeckt und daraufhin zurück zu den Truppen versetzt worden. Was seine miltitärische Karriere betraf, erging es dem Militärabgeordneten Song genauso wie den Getreidehalmen auf der dürren Erde, denen es einfach nicht vorherbestimmt war, hoch hinauszukommen.

Als er zu seiner Baracke zurückkehrte, sah er weit in der Ferne einen Traktor, der die Erde pflügte. Er rief ihm mit lauter Stimme zu: »Hey, Kumpel!«

Sein Kumpel Tang, der in Peking ein motorradfahrender Verkehrspolizist gewesen war und seinen Job verloren hatte, war ebenfalls auf die Staatsfarm geschickt worden, wo er nun zuständig war für die Traktoren. Er sprang über die lehmige Erde und holte den Traktor ein.

»Hey!« Sein Kumpel Tang hob die Hand zum Gruß.

»Tu mir einen Gefallen!« Er lief neben dem Traktor her.

»In diesen Zeiten kann sich nicht einmal ein tönerner Buddha beim Überqueren eines Flusses selbst helfen – was ist los? Sag es schnell, damit niemand sieht, dass ich mit dir spreche, ich habe gehört, deine Kompanie will dich attackieren?«

»Kein Problem mehr! Ich habe meinen Abschluss gemacht!«

Tang stellte die Maschine ab. Er kletterte auf den Traktor

und gab ihm sein abgestempeltes offizielles Dokument zu sehen.

»Tatsächlich, komm, wir rauchen eine Zigarette!«

»All das beruht auf der Großzügigkeit des Abgeordneten Song«, sagte er.

»Da bist du gerade mal dem Übel entkommen, nun aber schnell los mit dir!«

»Kannst du morgen früh um fünf Uhr mein Gepäck auf deiner Karre zum Bahnhof bringen? Geht das?«

»Dafür besorge ich einen kleinen Laster. Der Abgeordnete Song hat es doch genehmigt, oder?«

»Der Wind dreht sich so schnell, sprich besser mit keinem Menschen darüber!«

»Ich komme ganz sicher mit einem Wagen! Falls jemand fragt, sage ich, dass ich zum Abgeordneten Song fahre, das kann man doch sagen?«

»Vergiss es nicht, morgen früh um fünf Uhr!« Er sprang vom Fahrersitz hinunter.

»Ich werde an der Kreuzung vor eurer Baracke hupen, du steigst ein, und wir Kumpel packen deine Sachen, dann kann nichts schief gehen!« Tang klopfte sich auf die Brust.

Der Traktor tuckerte weiter. Er wanderte die restlichen fünf Meilen ganz gemächlich zurück und überlegte, wie er die letzte Nacht arrangieren und wie er am frühen Morgen am schnellsten seine Sachen und die schweren Bücherkisten aus der Baracke auf das Auto laden sollte. Er vertrieb sich die Zeit, bis es dunkel wurde und das Abendessen vorüber war. Erst als sich die Menschen zum Waschen am Brunnen versammelten, tauchte er wieder in der Baracke auf. Kurz bevor das Licht zur Schlafenszeit gelöscht wurde, suchte er das Büro des von der Militärkommission neu eingesetzten Parteisekretärs der Kompanie auf und zeigte ihm die Dokumente, die bestätigten, dass er sich auf dem Land niederlassen wollte. Der Parteisekretär saß auf einer kleinen Bank und wusch sich gerade die Füße. Wieder schlug er einen heiteren Tonfall an, als er den Leuten im Zimmer erklärte: »Der Abgeordnete Song hat meinen Abschluss genehmigt. Ich bin gekommen, mich von den Genossen zu verabschieden, wahrscheinlich nicht für immer, doch jedenfalls werde ich nun neue Wege gehen, ein echter Bauer werden und mich grundlegend umerziehen!«

Er machte ein bekümmertes Gesicht, als wäre er sehr bedrückt, um damit zum Ausdruck zu bringen, dass ihm keine rosige Zukunft bevorstehe. Der Leiter wusste überhaupt nicht, wie er reagieren sollte, da er nicht herausfand, ob das nun eine besondere Art der Bestrafung für ihn war oder nicht. Seine einzige Antwort war: »Reden wir morgen drüber!«

Morgen? Bis er sich morgen an das Hauptquartier der Kaderschule gewandt hatte und sie dort mit der Militärkommission in Peking telefonischen Kontakt aufgenommen hatten, bis dahin war er längst weit geflohen, dachte er bei sich.

Als er in die Baracke zurückkehrte, war das Licht schon gelöscht. Er tastete sich im Dunkeln zu seinem Bett und legte sich in seinen Kleidern nieder. Schon nach Mitternacht begann es ganz leicht zu dämmern, er versuchte die Zeiger auf seiner Uhr zu erkennen, aber konnte nichts klar sehen. Noch bevor es hell wurde, stand er auf und kauerte an der Wand. Er hatte seine Schuhe angezogen, das Bettzeug aber noch nicht eingerollt, um niemand aus dem Saal zu früh zu wecken, denn diese Hunde, die beauftragt worden waren, sein Verhalten zu überwachen, würden eventuell zum Parteisekretär der Kompanie laufen und Meldung machen.

Niemand hatte bemerkt, dass er noch vor dem Morgengrauen aufgestanden war. Er hielt im Dunkeln den Atem an und lauschte auf den Hupton eines Lasters. Die Kreuzung war etwa 50 bis 60 Meter von der Baracke entfernt, insofern würde das Signal nicht besonders laut sein. Er meinte, ein Rauschen in seinen Ohren zu haben und schloss die Augen, um besser hören zu können. Sobald er das Hupen vernähme, würde er seine Decke zusammenrollen, zwei Leute wecken und sie bitten, mit ihm die Kisten an der Wand wegzutragen.

Zwei deutliche Huptöne erklangen, es war noch immer nicht hell. Er war mit einem Sprung auf den Beinen, öffnete leicht die Tür und rannte zur Kreuzung.

»Auf deinen Kumpel kannst du dich verlassen!«

Tang machte die Scheinwerfer an und winkte ihm mit der Hand zum Gruß. Er rannte sofort zurück und weckte die beiden, die neben ihm schliefen.

»Du willst einfach gehen?«, fragten sie noch im Halbschlaf.

»Na klar! Ich muss den Zug erwischen!« Hastig rollte er seine Decke zusammen.

Wenige Minuten später kletterte er in den Wagen, winkte den beiden schlaftrunkenen Kumpels zu und verabschiedete sich: Lebe wohl, »Siebter-Mai-Kaderschule«, lebe wohl, Umerziehungslager!

41

Er war völlig leer im Kopf. Vor dem Fenster lagen weite, gelbgraue Flächen und zwischendurch blitzten kahle Bäume auf. Er hatte die ganze Nacht nicht geschlafen und war völlig erschöpft. Dennoch fühlte er sich kein bisschen schläfrig. Er starrte aus dem Fenster und wagte noch immer nicht zu glauben, dass er einfach so geflohen war. Als der Zug die Brücke über den Gelben Fluss passiert hatte, blitzte ein wenig Grün in den grauen Feldern auf, der Winterweizen hatte zu sprießen begonnen. Nach ein paar weiteren Stunden Fahrt und mehreren Aufenthalten wurden die Äste immer grüner. Und dann tanzten immer mehr grüne Blätter im Wind, Vorboten des ersten Frühlings. Du bist gerettet! Dieser Satz entsprang aus tiefstem Herzen.

Hinter dem Yangzi-Fluss erstreckten sich die sanftgrünen Felder. In den wasserbedeckten Reisfeldern glitzerten Schösslinge im blauen Himmel. Diese Welt war so wirklich, dass er richtig entspannte. Dann fiel er in einen tiefen Schlaf.

Er wechselte den Zug, bestieg dann einen Überlandbus, der

über die holprigen Bergstraßen schaukelte. Der alte Wagen schwankte so heftig hin und her, dass man meinte, er werde auseinander brechen. Er blickte durch das Fenster und vor seinen Augen erstreckten sich üppig bewachsene Berge, auf den Hügeln standen Büschel von kirschroten Azaleen. Er war außer sich vor Freude.

In der kleinen Kreisstadt in diesen Bergen fand er das Haus von Rong am Ende einer alten Straße aus graublauen Pflastersteinen, ein Lehmhaus mit Strohdach. Rong galt als Zugereister und hatte sich nie richtig einleben können, doch hatte er ein eigenes kleines Haus, das von einem kleinen Garten umgeben war, in dem grüner Bambus spross. Für ihn war das Grund genug, um ihn zu beneiden. Rongs Frau war an diesem Ort geboren und als Verkäuferin in einem kleinen Krämerladen angestellt. Sie hatten ein Kind, das erst wenige Monate alt war und in einer kleinen Wiege schlief. Sonnenschein fiel in den Garten, in dem eine Henne ihre zwei gelben Küken mit Körnern vom Boden fütterte. Er fand das alles sehr bewegend.

Rongs Frau bereitete für sie das Essen in der Küche. Rong fragte ihn über die Lage in Peking aus und wie es ihm ergangen war. Er berichtete ein wenig. Dann fragte Rong: »Für was kämpfen sie denn alle? Hier bei uns gilt, dass ›der Himmel hoch und der Kaiser weit‹ ist. Die Kader im Kreis haben sich zwar auch einmal gegenseitig angegriffen, aber das hat die normale Bevölkerung nicht berührt.«

»Rong, erinnerst du dich noch, wie wir uns damals Briefe schrieben und über Philosophie diskutierten? Wir wollten den Dingen auf den Grund gehen und den letztendlichen Sinn des Lebens herausfinden.« Er lachte, als er an die Vergangenheit dachte.

»Hör auf mit Philosophie! Das ist Augenwischerei«, unterbrach ihn Rong leise. »Besser gründet man eine Familie und lebt vor sich hin. Bei Regen leckt das Strohdach, diesen Winter müssen wir es neu decken. Für ein Ziegeldach reicht es bei uns halt nicht.«

Rongs friedliche und unbekümmerte Art brachte ihn in das wirkliche Leben zurück. Er dachte bei sich, er wolle so leben wie Rong, und sagte: »Ich werde sofort in die Berge gehen und mir dort eine kleine Hütte suchen!«

Doch Rong erwiderte: »Überleg dir das gut! So manch einer, der in die großen Berge gegangen ist, kam nicht mehr heraus! Du lebst noch immer nur in deinen Phantasien, sei ein bisschen realistisch!«

Rong half ihm ein Dorf zu finden, das schon mit Elektrizität und fließendem Wasser ausgestattet war und zudem einen Anschluss an öffentliche Verkehrsmittel besaß. Falls er plötzlich krank werden sollte, konnte er noch am selben Tag das Kreiskrankenhaus erreichen.

»Wenn du dich wirklich niederlassen willst, musst du dich mit den leitenden Kadern im Dorf gut stellen. Du darfst mit keinem Satz Kämpfe in Peking erwähnen, wenn du dich im Kreis meldest!«, warnte ihn Rong.

»Ich weiß. Ich mache mir keine Illusionen mehr«, sagte er. »Ich bin hierher geflohen, ich werde mir eine Frau suchen und Kinder großziehen!«

»Ich fürchte nur, das wirst du nicht schaffen«, lachte Rong.

Rongs Frau fragte ihn: »Meinst du das wirklich? Ich kann ohne Probleme jemanden für dich finden!«

Rong wandte sich seiner Frau zu und sagte: »Ach, hör ihm doch nur mal zu!«

Er fand ein kleines Steinhaus, das etwas abseits von den anderen Häusern neben der alten Dorfschule lag. Die Produktionsbrigade hatte es gerade gebaut, und in diesem Winter war das Dach gedeckt worden. Die Ritzen in den Steinmauern waren mit Lehm gefüllt worden, die Wände waren noch nicht gekalkt. Auch die Innendecke war noch nicht eingezogen worden, so dass es bei starkem Regen zwischen den Lücken der Dachziegel tropfte. Das Haus war noch nicht bewohnt worden. Er füllte die Ritzen in den Hauswänden und Holzbalken, durch die der Wind blies, mit Zement auf und klebte die Fenster mit weißem Papier zu. Aus einigen Brettern zimmerte er sich ein Holzbett. Auf den Lehmboden stellte er einige Backsteine, setzte die Holzkisten mit Büchern darauf und überdeckte sie mit einer Plastikplane. Darauf stellte er seine Schüssel, die Essstäbchen und andere Dinge für den täglichen Gebrauch. Im Zimmer platzierte er noch eine Wassertonne und bestellte einen Schreibtisch in der Schreiner-Kooperative im Dorf. Mit all dem war er sehr zufrieden.

Wenn er von der Arbeit auf den Wasserfeldern heimkehrte, wusch er sich die Füße im kleinen Teich, der mit Wasserlinsen bedeckt war. Dann goss er sich eine Schale Tee auf, lehnte sich in seinem kleinen Bambusstuhl zurück und betrachtete die Bergkämme, die immer in dichtem Nebel lagen. »Chrysanthemen pflück ich unter der Hecke im Osten, sorglos blick ich in die Berge im Süden ...«, fielen ihm unwillkürlich die Sätze des Dichters Tao Yuanming ein. Doch fühlte er sich nicht ganz so unbekümmert wie die Literaten, die sich früher in die Einsamkeit zurückgezogen hatten. Jeden Morgen, wenn es gerade hell wurde, hörte er aus dem Lautsprecher des Dorfes das Lied »Der Osten ist rot, die Sonne geht auf. China hat einen Mao Zedong hervorgebracht ...«. Dann begab er sich mit den Bauern zusammen auf das Feld, um Schösslinge zu setzen. Wenigstens musste er nicht mehr so tun, als zitierte er die Werke aus der kleinen roten Mao-Bibel. Wenn er abends müde von der Arbeit nach Hause kam, wurde er von niemandem mehr beobachtet, er konnte eine Tasse Tee trinken, sich im Stuhl zurücklehnen und die Beine ausstrecken. Wenn er abends allein in seinem breiten Holzbett schlief, musste er nicht mehr darauf achten, nicht im Schlaf zu reden. Er war wirklich rundum glücklich.

Da er nun Bauer geworden war, musste er sich seinen Lebensunterhalt durch seine Arbeitskraft verdienen. Er musste alle Formen des bäuerlichen Lebens kennen lernen: Den Boden pflügen, Dämme bauen, Schösslinge setzen, den Reis schneiden, Abortgruben reinigen, Lasten mit Schulterstangen tragen und vieles andere. Er konnte nicht erwarten, dass er seinen Lohn auf ewig ausbezahlt bekam. Er musste sich unter die Leute im Dorf mischen, um zu vermeiden, dass sie irgendetwas Zweifelhaftes an ihm fanden. Er wollte sein Leben hier verbringen und vielleicht sogar alt hier sterben, er wollte sich eine neue Heimat schaffen.

Nach einigen Monaten konnte er mit dem Arbeitstempo der Dorfleute mithalten und unterschied sich damit von den anderen landverschickten Kadern, die nach zwei, drei Tagen einen Vorwand suchten, um in die Kreisstadt zurückkehren zu können. Die ansässigen Kader waren in den Augen der Dorfleute ehrwürdige Respektspersonen, die doch nur der Form halber auf die Felder gehen mussten. Er dagegen wurde immer wieder öffentlich gelobt und glaubte, damit das Vertrauen der Dorfbewohner und örtlichen Kader gewonnen zu haben. Daher öffnete er nun auch seine zugenagelten Bücherkisten.

Tolstojs *Die Macht der Finsternis* lag in der Bücherkiste obenauf. Durch die Ritzen der Kiste war etwas Wasser getropft und hatte auf dem Porträt des alten, bärtigen Tolstoj auf der Umschlagseite Flecken hinterlassen. Das Drama handelte von einem Bauern, der seinen Säugling getötet hatte. Die dunkle, spannende psychologische Schilderung hatte ihn tief bewegt und unterschied sich vollkommen von der aristokratischen Atmosphäre in seinem *Krieg und Frieden*. Er las es nicht weiter, denn er fürchtete, es würde seinen gerade wiedergewonnenen inneren Frieden aufrühren.

Er wollte Bücher lesen, die thematisch mit seiner jetzigen Umgebung nichts zu tun hatten, abwegige Geschichten, reine Phantasien, merkwürdige Geschichten wie *Die Wildente* aus Ibsens Gesammelten Werken. Oder den ersten Band von Hegels *Ästhetik*, den er schon vor so vielen Jahren erstanden und in den er noch nicht ein Mal hineingesehen hatte. Das Lesen erleichterte ihm die Entspannung von der harten körperlichen Arbeit. Er stellte einige Bände von Marx und Lenin auf seinen Tisch. Abends, kurz vor dem Einschlafen, nahm er sich dann irgendein Buch, das er Lust hatte zu lesen, aus der Bücherkiste und blätterte auf dem Bett im Schein der elektrischen Lampe darin. Die nackte Glühbirne hing vom Dachbalken herunter und leuchtete auf sein Fenster. Die Häuser der Dorfbewohner lagen in pechschwarzer Dunkelheit, sie sparten Strom und gingen sofort nach dem Abendessen schlafen. Seine Lampe war die einzige, die noch brannte, und auch dies musste er nicht verheimlichen. Vielleicht würde es gerade erst Misstrauen erwecken, wenn er es zu verheimlichen versuchte, dachte er.

Er las die Bücher nicht besonders aufmerksam, sondern vor allem zur Unterhaltung. Die Personen aus der *Wildente* verstand er nicht und die endlosen Spekulationen über Ästhetik des alten Hegel konnte er nicht begreifen. Sie lebten in einer völlig anderen Phantasiewelt – wenn sie ihn hier in seiner wirklichen Welt besuchten, würden sie diese auch nicht verstehen oder glauben können. Er lag unter dem Ziegeldach und lauschte den Regentropfen: Es tröpfelte immerzu, denn die Regenzeit hatte begonnen und das Gras am Wegrand und die Setzlinge in den Feldern schossen über Nacht wie wild in die Höhe. Von Tag zu Tag wuchsen sie höher und wurden grüner. Genauso wollte er sein Leben verbringen, Jahr für Jahr die Schösslinge wachsen sehen und dann den Reis schneiden. Generation nach Generation lebten die Menschen hier wie das Getreide und die Pflanzen im Rhythmus der Jahreszeiten, ohne ihren Kopf gebrauchen zu müssen – entsprach das nicht wirklich der Natur? Die ganze so genannte Kultur, für die die Menschheit all ihre Kräfte aufbrachte, war doch völlig wertlos.

Wo war das neue Leben? Er dachte an die Worte von Luo, der alles viel früher als er begriffen hatte. Er sollte vielleicht einfach ein Mädchen aus dem Dorf finden und Kinder großziehen, dann hätte er ein wirkliches Zuhause.

Einige Tage bevor der Frühreis geschnitten werden musste, gab es nichts auf den Feldern zu tun. Dann gingen die Männer aus dem Dorf in die Berge, um Holz zu machen. Er steckte sich eine Axt in seinen Gürtel und ging mit ihnen. Jeden Monat begab er sich einmal in die Kreisstadt und holte im Büro für die landverschickten Kader seinen Lohn ab. Davon hatte er sich einen Sack Holzkohle gekauft, der einige Monate reichen würde. Zum Holzfällen in die Berge ging er daher nur mit, um die Umgebung ein bisschen kennen zu lernen.

In einem engen Tal in den Bergen befand sich ein kleines Dorf von wenigen Häusern, die Produktionsbrigade, die von der Kommune am weitesten entfernt war. Vor einem Haus sah er einen alten Mann in der Sonne sitzen, der eine metallene Brille trug. In Händen hielt er ein fadengebundenes Buch, das schon einige Holzwürmer durchfressen hatten. Er hatte die Augen zusammengekniffen und hielt das Buch mit gestrecktem Arm weit von sich weg, um lesen zu können.

»Alter Mann, Sie lesen noch?«, fragte er.

Der alte Mann nahm die Brille ab und musterte ihn. Als er erkannte, dass er sicher kein Bauer aus diesem Dorf war, murmelte er etwas und legte das Buch auf die Knie.

»Kann ich sehen, was Sie da lesen?«, sprach er ihn an.

»Ein medizinisches Buch«, erklärte der Alte eilig.

»Was für ein medizinisches Buch?«, fragte er weiter.

»Die *Abhandlung über Erkältungen*, kennst du es vielleicht?«, antwortete der Alte in etwas verächtlichem Tonfall.

»Oh, ist der Herr ein Experte in chinesischer Medizin?« Er bemühte sich, einen respektvolleren Ton anzuschlagen.

Der Alte reichte ihm das Buch hinüber. Das klassische Medizin-Buch war auf glattem, graugelbem Bambusholzpapier gedruckt und musste eine Ausgabe aus der frühen Qing-Zeit sein. Zwischen den Löchern, die die Holzwürmer eingefressen hatten, waren kleine rote Kreise gemalt, und Kommentare standen in der alten offiziellen Schrift geschrieben, in Zeichen, die so klein waren wie Fliegenköpfe. Sie waren mit zinnoberroter Farbe geschrieben und stammten wahrscheinlich von seinen Vorfahren, wenn sie nicht sogar von dem alten Mann selbst in seiner Jugend geschrieben waren. Behutsam reichte er dem Alten das kostbare Buch mit beiden Händen zurück. Möglicherweise hatte sein respektvolles Verhalten die Einstellung des

Alten verändert, denn nun rief er seiner Frau im Haus zu: »Hol dem werten Genossen eine Bank heraus und gieß ihm eine Schale Tee auf!«

Die Stimme des Alten war fest und klar. Möglicherweise hatte ihm seine lebenslange Arbeit diese Frische bewahrt, vielleicht verstand er es auch, mithilfe der chinesischen Medizin seine Gesundheit zu schützen.

»Keine Umstände, bitte!« Er setzte sich auf einen Baumstumpf neben ihn.

Aus dem Haus kam eine alte, aber noch immer kräftige Frau, bei der man nicht sagen konnte, ob es sich um seine Schwiegertochter oder Frau in zweiter Ehe handelte. Sie holte ihm eine Bank und goss ihm aus dem Wasserkessel eine Tasse voll, deren Boden mit großen Teeblättern bedeckt war. Er bedankte sich und nahm die Tasse mit beiden Händen entgegen. Vor seinen Augen lagen die grünen Berge, und Kieferntannen wiegten sich lautlos im Wind.

»Woher kommt der werte Genosse?«

»Aus der Kreiskommune«, antwortete er.

»Ein landverschickter Kader?«

Er nickte und fragte lachend: »Sieht man das?«

»Jedenfalls sind Sie nicht von hier. Kommen Sie aus der Provinz oder aus der näheren Umgebung?«, fragte der Alte weiter.

»Früher war ich in Peking«, erklärte er kurz angebunden.

Nun nickte der Alte mit dem Kopf und fragte nicht mehr weiter.

»Aber ich gehe nicht zurück, ich will mich hier niederlassen!«

Er sprach in dem heiter gelassenen Tonfall, den er auch anschlug, wenn ihn die Bauern in den Arbeitspausen auf dem Feld befragten, um nicht weitere Erklärungen folgen lassen zu müssen. Meistens sprach er dann über die wunderschöne Landschaft und Umgebung. Aber mit diesem offensichtlich gelehrten alten Mann musste er solche Floskeln nicht austauschen.

»Stammt denn der alte Herr von hier?«, fragte er.

»Seit Generationen! Mag die Welt noch so bunt sein, nichts ist schöner als dieses Stück Land hier!«, seufzte der alte Mann ergriffen. »Ich war auch schon in Peking.«

Das wunderte ihn kaum und er fragte: »In welchem Jahr denn?«

»Ach, das ist schon lange her, ich habe an der Peking-Universität studiert, im 17. Jahr der Republik.«

»Tatsächlich.« Er rechnete nach, 1928, das war über vierzig Jahre her.

»Damals waren die Professoren alle sehr schick, trugen westliche Anzüge und Hüte und hielten einen Spazierstock in der Hand. Und sie fuhren mit der Rikscha zum Unterricht!«

Heute fegten sie die Straßen oder putzten die Latrinen, dachte er bei sich, aber behielt den Gedanken für sich.

Der Alte erzählte, dass er die Prüfung als offizieller Regierungsstipendiat für ein Auslandsstudium in Japan bestanden hatte und noch ein Abschlusszeugnis der kaiserlichen Universität in Tokyo besitze, woran er keinesfalls zweifelte. Er war neugierig, wie es dazu gekommen war, dass der Alte wieder zurück in sein Heimatdorf gekehrt war, aber er wollte nicht weiter nachbohren und wechselte das Thema: »Hat der alte Herr Medizin studiert?«

Der Alte gab keine Antwort. Als würde er sich sonnen, blickte er mit zusammmengekniffenen Augen auf den sich im Wind wiegenden Wald in den Bergen. Er dachte, dass er doch auf diese Weise seinen Lebensabend verbringen könnte. Er würde ein bisschen Medizin studieren und könnte den Kranken im Dorf helfen. Er würde heiraten und Kinder bekommen. Im Alter würde sich jemand um ihn kümmern, und wenn er nicht mehr arbeiten könnte, würde er in der Sonne sitzen und ein wenig in medizinischen Büchern blättern.

Nachts schrieb er einen Brief an Qian. Er teilte ihr mit, dass er sich inzwischen auf dem Land niedergelassen habe, dass er genau genommen sein Leben lang auf dem Land bleiben werde, und auch schon ein Haus gefunden habe. Wenn sie einverstanden sei, ihr Leben mit ihm zu verbringen, könnten sie sich sofort ihr eigenes Nest einrichten. Sein Lohn würde weiterhin ausgezahlt, und zudem würde sie als Hochschulabsolventin auch dazuverdienen. Zusammen könnten sie damit auf dem Land hier sehr entspannt leben und in Frieden ein normales Menschenleben verbringen. Das Zeichen für »Mensch« schrieb er besonders groß und deutlich, so dass es das ganze Kästchen auf dem Briefpapier ausfüllte. Er hoffe, dass sie gründlich darüber nachdenken und ihm eine klare und deutliche Antwort schicken werde. Er schrieb auch, dass die Grundschule im Dorf bald den Unterricht wieder aufnehmen werde und geplant sei, eine Mittelschule anzuschließen. Die Schüler, die einige Jahre keinen Unterricht erhalten hatten, würden bald das Alter von Mittelschülern erreichen, und man werde sicher einen oder zwei Mittelschullehrer brauchen. Wenn sie komme, könne sie hier unterrichten, eine Schule würde man auf jeden Fall einrichten. Das Einzige, was er im Brief nicht ansprach, war die Liebe. Doch als er die Zeilen schrieb, war er erfüllt von Glück, und Freude und Hoffnung stiegen wieder in ihm hoch. Wenn Qian nur zustimmen würde, wären all seine Hoffnungen erfüllt und ein glückliches Leben läge vor ihnen beiden. Sie hätten einen friedlichen ruhigen Ort in dieser chaotischen Welt gefunden, wenn Qian nur bereit sei, ihr Leben mit ihm zu teilen.

42

Der Dattelbaum vor dem Fenster verlor seine Blätter, seine kahlen dornigen Äste ragten in den blaugrauen Himmel. Doch auf den dürren Ästen des Talgbaumes daneben zitterten noch die letzten dunkelroten Blätter im Wind. Es war Anfang Winter, als er den Brief von Qian erhielt, in dem sie schrieb, dass sie zu ihm kommen werde, sobald in ihrer kleinen Dorfschule die Winterferien begonnen hätten. Der Brief war sehr kurz und enthielt nur wenige Sätze, die in sehr korrekten Zeichen etwa eine halbe Seite füllten. Mit keinem Satz erwähnte sie, ob sie mit ihm zusammen leben wolle, aber immerhin hatte sie sich entschieden zu kommen, und das musste sie sich wohl gut überlegt haben. Er sah einen Hoffnungsschimmer und wollte diese Hoffnung nähren, damit sie Wirklichkeit werde.

Der Winterreis war geschnitten, getrocknet und in den Speichern der Produktionsbrigade gelagert. Das Wasser war von den Feldern abgeleitet worden, Samen waren als Gründünger ausgestreut und es blieb nur noch, auf den Frühling zu warten, wenn neue Schösslinge gesetzt wurden. Die Jahresarbeit auf den Feldern war beendet und die Bauern beschäftigten sich mit Hausarbeiten. Sie machten Holz in den Bergen, reparierten die Schweineställe oder bauten Häuser, in den meisten Fällen, weil eine Hochzeit bevorstand oder Kinder aus dem Haus auszogen. Auch er musste Vorbereitungen für Qians Empfang treffen. Die lehmigen Wände mussten allerdings erst den Sommer über trocknen, bevor er sie kalken konnte. Außer die Ritzen in den Holzrahmen der Fenster zu stopfen, damit der Wind nicht hindurchblies, blieb ihm nichts zu tun. Wenn Qian kam, würde sie freilich bei ihm wohnen und sein Bett mit ihm teilen. In den Augen der Dorfbewohner würden die beiden daher heiraten, also musste er zunächst ein Gerücht ausstreuen und die Leute im Dorf wissen lassen, dass er heiraten wolle. Falls Qian zustimmen würde, wäre das einfach zu regeln. Sie würden eine Heiratsurkunde in der Kommune ausfüllen und das wäre es. Es gab keine Notwendigkeit, ein großes Fest nach den Sitten auf dem Lande zu veranstalten, zumal die ganzen traditionellen Sitten ausgelöscht worden waren. Das Problem war, dass sie sich im Brief überhaupt nicht dazu geäußert hatte, ob sie ihn heiraten werde oder nicht.

Außerhalb des Dorfes, an die Stelle, wo vor langer Zeit ein alter Tempel abgebrannt war, waren zwei kleine Häuser gebaut worden, die nun als Bushaltestelle fungierten. Täglich ein Mal kam ein Bus aus der Kreisstadt, der sofort umkehrte, sobald die Fahrgäste ausgestiegen waren. Er konnte sich kaum mehr erinnern, wie Qian aussah, und doch erkannte er sie bei der

Ankunft des Busses auf den ersten Blick unter den Passagieren wieder. Qian hielt eine Reisetasche in der Hand, wie sie niemand im Dorf besitzen würde. Sie trug noch immer zwei kleine Zöpfe, doch war sie brauner gebrannt als früher. Sie wirkte ein wenig kräftiger, aber das konnte auch an der dicken Winterkleidung liegen. Er ging sofort auf sie zu, nahm ihre Tasche und fragte: »Wie war die Reise?«

Qian antwortete, dass sie zweimal den Überlandbus hatte wechseln, dann mit dem Zug fahren, dann wieder umsteigen und schließlich wieder einen Überlandbus hatte nehmen müssen. Glücklicherweise hatte Rong sie in der Kreisstadt abgeholt und schon ein Busticket für sie besorgt, so dass sie sofort den Busanschluss in das Dorf erreichen konnte. Sie seufzte auf und meinte: »Die ganze Reise hat vier Tage gedauert!«

Doch Qian war gut gelaunt und benahm sich ganz natürlich. Schulter an Schulter liefen sie über den Deich an den Feldern entlang in das Dorf, als wären sie schon viele Jahre ein verliebtes Paar. Dieses Mädchen wollte mit ihm leben, sie wollte seine Frau werden, sie wollte, dass sie sich gegenseitig unterstützten im Leben, brauchte er noch eine andere Erklärung?

Qian setzte sich auf das strohbedeckte Bett, den bequemsten Platz in seinem Zimmer. Er setzte sich ihr gegenüber auf den einzigen Stuhl im Hause und sagte: »Zieh deine Schuhe aus, wenn du müde bist, und ruh dich ein wenig auf dem Bett aus!«

Er brühte eine Tasse mit dem besten grünen Tee auf, den sie in dieser Berggegend hatten.

Qian blickte nach allen Seiten auf die abgerissenen Wände und dann nach oben auf das grauschwarze Ziegeldach, wo die Zimmerdecke fehlte. Er sagte, dass er nach dem Sommer die Wände kalken werde, und auch ein bisschen Holz kaufen könne, um eine Decke einzuziehen. Er werde auch einen Schreiner suchen, der ihm einige kleine Möbel zimmern könnte. Sie könne alles einrichten, wie sie es wünschte. Qian erzählte, dass sie dort in einer Höhle wohne, und auch Lehmwände habe, aber die seien ganz trocken. Aber die Gegend dort sei viel ärmer als das Dorf hier. Überall sei nur gelbe Erde, kaum Bäume. Zu dieser Jahreszeit heize man mit Maiskolben und könne kein einziges grünes Fleckchen mehr sehen. Ihre Grundschule dort sei ganz anständig, mit ihr gerechnet gebe es drei Lehrer dort, die anderen beiden seien Ortsansässige. Die Schule werde von den örtlichen Kadern der Produktionsgruppe verwaltet, und es sei nicht einfach gewesen, an diese Schule zu kommen. Das Dorf bestand aus etwa zweihundert Haushalten und war 30 Meilen von der Kreisstadt entfernt. Es gab keine öffentliche Busverbindung, sondern man musste auf den Karren der Bauern in die Stadt fahren. Er sagte, dass die Dorfschule bald wieder den Unterricht aufnehmen werde und er mit den Kadern der Kommune und des Kreises sprechen könne, ob sie hierher versetzt werden könnte. Qian war einverstanden, es war keine Illusion, es war alles Wirklichkeit.

Sie gingen in ein altes Teehaus im nahe gelegenen kleinen Marktflecken und bestellten zwei Teller gebratenes Gemüse. Es war das einzige Lokal am Ort, wo man frühstücken oder Mittag essen konnte. An Markttagen, die immer am Ersten und Fünfzehnten des Monats stattfanden, waren die über zehn Tische im unteren und oberen Stockwerk des Lokals voll besetzt von Bauern aus den Dörfern der Umgegend, die ihre Füße ausruhten, Tee tranken, zu Mittag aßen und den Raum mit Lärm erfüllten. Normalerweise – und besonders an diesem Nachmittag – war es völlig leer, und sie waren die Einzigen in der Gaststube. Über die quietschende Holztreppe suchten sie sich im oberen Stockwerk einen Platz am Fenster, von wo aus sie auf eine schwarz gepflasterte Straße blickten. Gegenüber konnten sie in die Wohnung im zweiten Stock hineinsehen, unten befanden sich verschiedene kleine Läden, eine Fleischerei, ein Doufu-Geschäft, ein Stoffladen, in dem man allerlei Kleinwaren kaufen konnte, kleine Krämerläden, die Strohseile, Zement, Porzellanwaren oder auch Öl, Salz und Sojasoße verkauften und in denen auch Öl gepresst wurde, ein Holz-und Eisenwaren-Kooperativ, in dem es Waschschüsseln, Wassertonnen und Hacken gab, und eine kleine Apotheke, die chinesische und einige westliche Medikamente anbot. In diesem Marktflecken lag auch der Hauptsitz der Kommune, daher gab es eine Tierarztpraxis, eine Krankenstation, eine Sparkasse und eine Polizeistelle, die auch für die umliegenden Kommunen verantwortlich und mit einem Polizisten besetzt war. Alles zum täglichen Leben Notwendige konnte man hier finden, und sogar für das grundlegendste politische Recht war gesorgt durch eine amtliche Stelle, welche die mit einem Porträt des Großen Vorsitzenden bedruckten Heiratsurkunden ausstellte.

Nach dem Abendessen waren sie innerhalb von zwei Minuten am Ende der Straße angelangt. Er fragte Qian, was sie kaufen wolle, doch sie zeigte keine Reaktion. Er führte sie zurück in den Stoff-und Kleinwarenladen und kaufte ihr einen runden Spiegel, an dem hinten eine Drahtkonstruktion angebracht war, so dass man ihn auf den Tisch stellen konnte. Dann kaufte er ein Doppelbettlaken, für das er Stoffmarken abgeben musste. Außerdem besorgte er einen bestickten Bettüberzug aus Nylon, der etwas teurer war, für den man aber keine Marken brauchte. Qian hatte keine Einwände und suchte mit ihm zusammen den Stoff aus. Auf den wenigen Laken, die der kleine Laden anzubieten hatte, prangten große rote Blumen und die Kopfkissenbezüge waren mit dem Hochzeitssymbol »Doppeltes Glück« bestickt, denn mit diesen Stoffen richteten die Dorfbewohner ihre Aussteuer aus. Da es sowieso keine Auswahl gab, ließ Qian ihn all diese Dinge ohne irgendein Anzeichen von Verwunderung kaufen.

Als sie in sein Haus im kleinen Dorf zurückkehrten, schloss er das Fenster an der Rückseite. Davor befand sich ein kleiner Teich, der mit Linsen übersät war und an dem sich einige glatte weiße Steine befanden. Morgens und abends wuschen die Frauen im Dorf dort für gewöhnlich ihre Wäsche und im Sommer badeten die Kerle am Abend ihre Füße darin und reinigten ihre Körper. Jetzt zu Winteranfang hörte man nicht einmal einen Frosch quaken.

Qian sagte, sie sei müde, und er bezog das Bett mit dem neuen Laken. Qian half ihm dabei und steckte ein Kissen in den Bezug mit dem »Doppelglück«-Zeichen. Er hatte nur ein Kissen, daher stopfte er seinen Wollpullover in den anderen Bezug. Qian nahm auch einige Kleidungsstücke aus ihrer Tasche und steckte sie dazu.

Qian legte sich zuerst hin, er setzte sich ans Bett. Er nahm ihre Hand und da bat ihn Qian, das Licht zu löschen.

Er konnte sich nur an ihren Körper erinnern, alles andere erschien ihm fremd. Er verstand diese Frau nicht. Enthielten die wenigen Briefe, die sie an ihn geschrieben hatte, nicht nur Hilferufe und Klagen, waren sie beide nicht ans Ende der Welt verstreute Menschen, die aneinander Trost suchten? Liebte er sie? Er glaubte, ja. Und Qian? Er hatte keine Ahnung. Sie war mehrere tausend Meilen gereist, um ihn zu besuchen. Hieß das nicht, dass sie in ihm eine Stütze suchte? Sie überließ sich ihm, ließ ihn auf ihrem Körper tun und lassen, was er wollte, und reagierte nicht, sie war weder erregt noch wehrte sie sich, sie sprach auch nicht. Danach schlief sie ein, zumindest meinte er, dass sie schlief. Er hatte eine Frau, eine Frau, die mit Fug und Recht zu ihm gehörte, eine Frau, mit der er ein gemeinsames Leben aufbauen konnte. Sie würden später eine gemeinsame Sprache finden, sie würden sich gegenseitig stützen. Er konnte im Grunde auch nicht wirklich eine Frau vom Lande heiraten. Die Frauen mit Kindern hier im Dorf öffneten im Sommer einfach ihre Blusen, um sie zu stillen. Die Kerle neckten sie und alberten in den Arbeitspausen am Feldrand mit ihnen. Und selbst wenn sie die unanständigsten Worte dabei in den Mund nahmen, scherten sich die Frauen nicht einmal darum. Das würde er unerträglich finden. Dabei hatte auch er gelernt, mit den Frauen im Dorf Späße zu machen, aber er wahrte immer einen gewissen Abstand zu ihnen. Er tobte nicht mit ihnen herum wie die Kerle, die ihnen beim Schwatzen zum Spaß in die Brust kniffen oder ihnen die Hosen herunterzogen, wenn sich die Frauen zusammendrängten und alle unter lautem Schimpfen und Lachen mit den Händen an den Gürteln wie die Mäuse das Weite suchten. Sie hatten eben keinen anderen Spaß im Leben, das sie Tag für Tag mit der Landarbeit verbrachten. Die Frauen sagten zu ihm: »Unsere Mädchen sind dir wohl nicht gut genug? Meinst du wohl, die Frauen in der Kreisstadt seien frischer und saftiger? Sieh dir doch mal die Haut von Maomei an, so zart wie ein Pfirsich, aus dem man den Saft pressen kann! Außerdem macht sie alles, was auf dem Land zu tun ist. Du unbeholfener Tölpel solltest dich glücklich schätzen, wenn du so eine Frau bekommen könntest!« Als sie dies sagten, verzog die kleine Maomei ihren Mund zu einem Lächeln und versteckte sich hinter dem Ärmel einer anderen. Dieses frische saftige Mädchen ließ ihn nicht unberührt, aber wenn er diese Frauen ansah und an die spätere Zeit dachte, war dies nicht das Leben, das er wollte.

Als Qian am Morgen die Augen aufschlug, waren ihre Wangen gerötet und sie lächelte. Und er, er freute sich wirklich. Qian war nicht außerordentlich hübsch, aber zweifellos liebenswert. Sie schmiegte sich in seine Arme und schloss die Augen wieder, wohl wissend, dass er sie betrachtete. Er legte seine Hand auf ihre Brust und streichelte sie. Qian war willig, ließ seine Hand über ihren Körper wandern und öffnete ihre leicht angewinkelten Beine. Er wollte sie wieder, doch hielt er sich zurück. Er sollte nicht so lüstern sein, sie würden zusammen leben und was sie hatten, war Zeit. Er küsste sie leicht, Qian öffnete ihren Mund und erwiderte seine Liebkosungen mit der Zunge. Zum ersten Mal hatte er das Gefühl, dass auch sie ihn verführen wollte. Er dachte, dass sie ihn liebe, dass es nicht nur um Flucht und gegenseitige Unterstüzung gehe.

»Sollen wir uns registrieren?«, fragte er Qian.

Qian drückte sich mit ihrem weichen Körper an ihn, vergrub sich in seinen Armen und nickte. Er war tief gerührt.

»Steh auf, wir gehen sofort zur Kommune!«

Er wollte eine Familie mit ihr gründen, sie sollten ein liebevolles Ehepaar werden, er wollte bekräftigen, dass er sie liebte, und sich sofort zur Hochzeit anmelden. Dann würden sie einen Weg finden, dass sie hierher versetzt würde, sie würden sich in Ruhe und Frieden in diesem Dorf niederlassen, sich nicht mehr darum kümmern, was in der Welt vor sich ginge und nur noch ihr eigenes kleines Leben führen.

Qian hatte eine von ihrer Kommune ausgestellte Urkunde mitgebracht, die besagte, dass sie noch nicht verheiratet war, was bedeutete, dass sie sich schon vor ihrer Ankunft entschieden hatte. Ihn kannten die Kader der Kommune alle, so dass er keine Dokumente vorzeigen musste. Beide schrieben ihre Namen auf ein Formular und setzten ihre Geburtsdaten ein. Ein offizieller Stempel wurde aufgedrückt und sie bezahlten 5 Fen Gebühr. Nach einer Minute waren die Formalitäten erledigt.

Auf dem Rückweg kamen sie an einer Fleischerei vorbei, in der ein halbes Schwein an einem Eisenhaken hing. Er kaufte ein großes Eisbein. Um hier im Marktflecken Fleisch zu kaufen, brauchte man keine Marken. Die Ernten waren reichlich und normalerweise verhungerte kein Mensch. Nur während der Jahre des »Großen Sprungs nach vorn« gab es die Weisung der Partei, dass selbst das Getreide in der Kommune abgeliefert werden musste, was dazu führte, dass ganze Dörfer verhungerten. Die Dorfbewohner hatten daraus gelernt, jeder zog heute in seinem kleinen Garten Sesam oder Raps, um eigenes Öl zu pressen, und jeder hatte ein eigenes Schwein. Sie besaßen eigenes, gepökeltes Fleisch, was ihnen fehlte, war Geld. Er sagte, dass sie später auch ein Schwein großziehen würden, und Qian schaute ihn mit großen Augen an, da sie nicht gemerkt hatte, dass er einen Witz gemacht hatte.

Ein Hochzeitstag war ein freudiges Ereignis. Er zündete den Ofen an und wartete, bis der Rauch verzogen war, dann trug er den mit glühenden Kohlen gefüllten Ofen in das Zimmer hinein und kochte das große Stück Eisbein darauf. Qian begann mit leiser Stimme ein Lied aus den Zeiten vor der Kulturrevolution zu singen. Er ermunterte sie, lauter zu singen, und stimmte mit ein. Er war überrascht über Qians ausgesprochen gute Stimme, die ganz hell und klar war, eine wirkliche Entdeckung. Qian antwortete lachend: »Ich habe Gesang studiert, ich war Sopran.«

»Wirklich?«, fragte er begeistert.

»Was ist schon dabei?«, erwiderte Qian gelassen und auch das klang wunderschön.

»Nein, das ist wichtig, dein Gesang wird uns die Tage hier verschönern!«

Hier hatten sie eine Gemeinsamkeit. Er sagte: »Qian, sing noch etwas!«

»Was willst du hören? Such dir etwas aus!«, sagte Qian erfreut und legte den Kopf anmutig zur Seite.

»Sing das italienische Volkslied ›Zurück nach Sorrento‹!«

»Das ist eine Tenorstimme.«

»Dann sing das ›Trinklied‹ aus der Kameliendame!«

»Da ist der Text vielleicht nicht besonders passend?«, zögerte Qian.

»Du bist auf dem Land, keine Sorge. Wer versteht das schon? Du kannst ja auch nur die Melodie singen«, erwiderte er.

Qian stand auf, holte tief Luft und hielt dann doch wieder ein: »Vielleicht sollte ich besser kein ausländisches Lied singen.«

Ihm fiel kein anderes Lied ein, das sie singen könnte.

»Ich singe einfach das alte Volkslied ›Die Herberge‹«, sagte Qian.

Als die ersten Töne hervorkamen, leuchteten Qians Augen. Vor dem Fenster versammelten sich einige Kinder, denen ein paar Frauen folgten. Als sie das Lied zu Ende gesungen hatte, seufzte jemand von draußen: »Das war aber schön!«

Es war Maomei, die das gesagt hatte. Die anderen Frauen riefen durcheinander:

»Woher kommt die junge Braut?«

»Wird sie ein paar Tage bleiben?«

»Sie darf nicht mehr gehen!«

»Wo lebt ihre Familie?«

Er öffnete die Tür, bat alle ohne Umschweife herein, und stellte Qian vor: »Das ist meine Frau!«

Die Gruppe drängte sich an die Tür, und niemand wagte einzutreten. Daraufhin nahm er eine Tüte Fruchtbonbons, die er in der Kreisstadt gekauft hatte, verteilte sie an alle und sagte: »Das ist die Revolution, neue Zeiten, neue Sitten, wir haben geheiratet!«

Dann ging er mit Qian beim Parteisekretär, dem Leiter und dem Buchhalter der Produktionsgruppe vorbei, immer gefolgt von einer Horde Bonbons kauender Kinder. Eine Frau rief: »Ich suche euch schnell eine schöne Henne aus!«

Manche wollten ihnen Eier geben, andere Ältere riefen ihnen zu: »Wenn ihr Gemüse braucht, könnt ihr es aus unserem Garten holen!«

»Sie sind alle so freundlich! Will man ihnen Geld geben, lehnen sie es immer wieder ab, nein, nein, und zum Schluss nehmen sie es dann doch an. Sie sind nicht gerade großzügig mit ihren Gefühlen, aber sie haben freundliche Gefühle, und ich bin unter ihnen schon kein Außenseiter mehr!«, sagte er ziemlich beglückt zu Qian und fügte hinzu: »Mit deiner guten Stimme wird dich jede Schule in dieser Gegend aufnehmen wollen! Du wirst nicht bei Regen im Schlamm stehen und über Jahre durch die Wasserfelder laufen müssen. Aber für mich singen musst du freilich schon.«

So wie es war, würden sie ihre Tage in Glück und Zufriedenheit verbringen und in der Nacht ihre Freude haben. Qian war nicht so leidenschaftlich wie Lin, nicht so empfindsam, nicht so unersättlich und nicht so schön. Aber was er in seinen Armen hielt, war seine eigene, ihm rechtlich angetraute Frau. Er brauchte sich keine Sorgen zu machen, er brauchte nicht mehr darüber nachzudenken, ob die Wände Ohren hatten, er musste keine Spione vor dem Fenster fürchten. Dieses Glück reichte, um Mensch zu sein. Er lauschte dem Regen, der auf die Dachziegel tropfte, und dachte, morgen würde es nicht regnen und er würde mit Qian in die Berge gehen.

43

»Du hast mich doch nur benutzt! Das war keine Liebe!« Qian lag auf dem Bett und sagte dies sehr klar ohne irgendeinen Ausdruck auf dem Gesicht.

Er saß am Tisch vor dem Fenster und legte den Stift aus seiner Hand. Er hatte viele Jahre nicht mehr geschrieben, abgesehen von Selbstkritiken und Abschriften von Mao-Zitaten, die er während seiner Zeit im Arbeitslager produziert hatte.

Sie hatten den größten Teil des Tages in den Bergen verbracht. Auf dem Rückweg hatte es zu regnen begonnen, und sie waren völlig durchnässt zurückgekehrt. Zu Hause hatte er den Ofen angezündet und die Kleider auf ein Bambusgestell gehängt, die nun in der Hitze dampften.

Er erhob sich und ging zum Bett hinüber. Qian lag auf dem Rücken unter der Decke und starrte nach oben.

»Was sagst du?« Er berührte sie nicht.

»Du hast mein ganzes Leben zerstört«, antwortete Qian und sah ihn noch immer nicht an.

Dieser Satz gab ihm einen Stich. Für einen Augenblick lang wusste er nicht, was er sagen sollte, und starrte vor sich hin.

In der kleinen Talsenke am Berghang war Qian noch bester Dinge gewesen und hatte voller Begeisterung lauthals gesungen. Er lief auf einen weit entfernten Hügel, der mit ausgedörrtem Gras bedeckt war. Weit und breit war kein Mensch zu sehen, und er bat Qian, mit lauter Stimme zu singen. Ihre klare Stimme schwebte über der Talsenke und der Wind brachte ein undeutliches Echo zurück. Unter den wild bewachsenen und üppig wuchernden Berghügeln erstreckten sich terrassierte Reisfelder, die schon geschnitten, aber noch nicht für die neue Saat gepflügt worden waren und dadurch besonders kahl erschienen. Im Frühling wäre dieser Berghügel übersät mit roten Azaleen und in den Feldern blühte der gelbe Raps. Doch er zog diese nackte und öde Landschaft im frühen Winter vor. Auf dem Rückweg pflückte er im Regen einige wilde Chrysanthemen, die noch nicht aufgeblüht waren, und einige dunkelrote Buchsbaumzweige, die nun in einer kleinen Bambusvase auf dem Tisch standen.

Qian weinte. Er hatte keine Ahnung, warum sie weinte, und streckte seine Hand aus, um sie zu trösten. Barsch schlug sie seine Hand weg.

Qians Haar war durch den Regen völlig durchnässt, und Regentropfen liefen ihr über das Gesicht. Sie war schnell mit gesenktem Kopf gelaufen. Natürlich wusste er nicht, ob sie da schon weinte, er machte sich sozusagen keine Sorgen, da er dachte, dass sie bald zu Hause sein würden, er den Ofen anzünden würde und sie sich aufwärmen könnten. Er hatte noch nie mit einer Frau zusammengelebt und verstand nicht, warum sie sich wegen ein paar Regentropfen so benehmen konnte. Er wusste nicht, was er tun sollte. Er meinte, sie zu lieben und alles für sie getan zu haben. War denn noch mehr im Leben möglich als dieses Glück?

Er ging nach draußen und suchte Maomeis Haus auf. Warum ging er zu dem Haus dieses kleinen Mädchens und nicht zu jemand anderem? Weil es das zweite Haus am Dorfrand war und es noch immer regnete und weil ihm Maomeis Mutter zugerufen hatte, dass sie sich ein Huhn holen könnten, wenn sie eines essen wollten. Maomeis Mutter bereitete in der Küche Gemüse zu und sagte, sie werde sofort ein altes Huhn aussuchen und es nach dem Schlachten herüberbringen. Er sagte, das habe keine Eile und auch Zeit bis morgen früh.

Als er wieder zu Hause die Tür öffnete, war er völlig verstört. Die Wäsche vom Gestell lag auf dem Boden und das Bambusgestell war auseinander gebrochen und zertreten. Qian lag wie vorher auf dem Bett und schaute an die Decke. Er bemühte sich, seinen Zorn zu unterdrücken und setzte sich beherrscht an den Tisch. Vor dem Fenster regnete es noch immer unaufhörlich.

Da er nicht wusste, wie er seine Verzweiflung loswerden konnte, vergrub er sich in seine Bücher und Schreiberei. Er schrieb bis in die tiefe Nacht hinein, bis er seine Schrift kaum mehr lesen konnte. Maomei rief von draußen. Er erhob sich und öffnete die Tür. Das Mädchen hielt ein kahl gerupftes, ausgenommenes und gewaschenes Huhn in der einen Hand, in der anderen eine Schale mit den Innereien. Er wollte nicht, dass sie die verstreuten Kleider auf dem Boden sah, nahm daher nur das Huhn entgegen und schloss eilig die Tür. Doch Maomei hatte dennoch etwas sehen können, denn sie erstarrte kurz und warf ihm einen vielsagenden Blick zu. Er mied Maomeis erstaunten Blick, machte die Tür zu und schob den Riegel vor. Schweigend setzte er sich neben den umgeworfenen Ofen und blickte auf die schwarzen Kohlenstücke, die zum Teil noch rot glühten.

»Du glaubst nicht an Gott, nicht an Buddha und nicht an Salomo und nicht an Allah. Deine Generation hat viel mehr erfunden, viel mehr Idole geschaffen als die gesamten Religionen zusammen, angefangen von den Wilden bis zur zivilisierten Menschheit. All diese konstruierten Utopien führen die Menschen auf wundersame Weise in den Wahnsinn …« Damit hatte er Seiten von dünnem Briefpapier gefüllt, das er in dem kleinen Marktflecken gekauft hatte. Qian hatte es gelesen, nachdem sie mit ihm gestritten hatte, und nun war es zu spät, es zu verbrennen.

»Du bist ein Feind!«

Als seine eigene Frau ihm sagte, dass er ihr Feind sei, war nicht zu verkennen, dass sie vollkommen verschreckt war. Ihr Blick wanderte wild umher, ihre Pupillen waren vergrößert. Er glaubte, Qian sei wahnsinnig geworden, sie war jedenfalls ganz offensichtlich nicht normal, und vielleicht hatte sie ja wirklich der Wahnsinn befallen.

»Du bist ein Feind!«

Dass die Frau, mit der er das Bett teilte und zusammen schlief, diese hasserfüllten Worte ausspuckte, verschreckte ihn in gleicher Weise. Das Blitzen in Qians Augen spiegelte nur seine eigene Furcht wider. Sie waren Feinde geworden und er selbst war sicher ihr Feind! Die Frau ihm gegenüber, mit völlig zerzausten Haaren, nacktem Oberkörper und bloßen Füßen war durch und durch von Angst erfüllt.

»Was schreist du herum? Jeder kann das hören. Bist du verrückt geworden?« Er näherte sich ihr.

Sie zog sich Schritt für Schritt zurück und presste sich so fest gegen die Wand, dass sich kleine Lehmstücke lösten. Dann schrie sie: »Du gehörst zur Rebellenfraktion, zur stinkenden Rebellenfraktion!«

Dem Unterton im letzten Satz entnahm er, dass sie wohl verstanden hatte, in welcher Lage er sich befand, und so antwortete er:

»Ja, ich gehörte zur Rebellenfraktion, ich war durch und durch Angehöriger der Rebellenfraktion. Na und?«

Er musste einen Vorstoß machen, um den Wahnsinn dieser Frau zu brechen.

»Du hast mich betrogen, du hast meine Schwäche ausgenutzt, ich bin auf dich hereingefallen!«

»Wieso hereingefallen? Was meinst du? Jene Nacht am Flussufer? Oder unsere Ehe?«

Er musste so tun, als bezöge sich alles auf ihre sexuelle Beziehung, um seinen eigenen Schrecken zu verbergen. Er versuchte, einen versöhnlichen Ton anzuschlagen, aber sagte dennoch: »Qian, du redest Unsinn!«

»Mir ist alles sehr klar, klarer geht es gar nicht. Du kannst mich nicht betrügen!«

Mit einer Hand wischte Qian die Schale mit den Hühnerinnereien mitsamt dem Huhn von der Bücherkiste auf den Boden und lächelte kalt.

»Weshalb streitest du eigentlich?« Auf einen Schlag war er wütend und näherte sich ihr.

»Willst du mich erschlagen?«, fragte sie merkwürdigerweise, doch vielleicht hatte sie den wilden Blick in seinen Augen gesehen.

»Wozu sollte ich dich töten?«, fragte er.

»Das weißt du selbst am besten«, sagte die Frau mit gesenkter Stimme. Sie hielt verängstigt den Atem an.

Wenn ihn damals diese Frau noch einmal Feind genannt

hätte, hätte er sie sehr wahrscheinlich wirklich erschlagen. Er durfte es nicht so weit kommen lassen, dass sie dieses Wort wiederholte, er musste sie beruhigen, sie zurück ins Bett bringen. Er musste sich wie ein fürsorglicher Ehemann gebärden, ging auf sie zu und sagte daher besänftigend: »Qian, wohin denkst du eigentlich?«

»Nein, geh keinen Schritt weiter!«

Qian ergriff den zugedeckten Nachttopf in der Ecke und warf ihn gegen seinen Kopf. Er versuchte noch, sich mit den Händen zu schützen, doch der Urin ergoss sich über seinen Kopf und Körper. Noch viel schlimmer als die Erniedrigung war der beißende Gestank. Er biss die Zähne zusammen und wischte sich den Urin aus dem Gesicht, in den Mundwinkeln hatte er einen scharfen Geschmack. Er spuckte auf den Boden und versuchte erst gar nicht, seine tiefe Verachtung für sie zu zeigen: »Du bist verrückt!«

»Du willst mich also für geisteskrank erklären, aber das ist nicht so einfach!« Die Frau lachte. »So billig kommst du mir nicht davon!«

Er verstand die Drohung in diesem Satz. Bevor es zur Eskalation kam, musste er die Seiten Briefpapier auf seinem Tisch verbrennen. Er musste Zeit gewinnen und sich zusammennehmen. In diesem Augenblick tropfte der Urin aus seinem Haar in den Mundwinkel, er spuckte aus und ihm wurde übel, aber er blieb unbewegt stehen.

Die Frau kniete auf dem Boden nieder und fing an lauthals zu weinen. Er durfte nicht zulassen, dass die Dorfbewohner sie hörten. Niemand durfte diese Szene mitbekommen. Er hob sie auf, fixierte ihre Arme, packte ihre strampelnden Beine und trug sie auf das Bett. Er kümmerte sich nicht um ihr Strampeln und Weinen, packte ein Kissen und drückte es auf ihr Gesicht. Er dachte an die Hölle. Das war sein Leben, er musste noch immer in der Hölle um sein Leben betteln!

»Wenn du nicht aufhörst, bringe ich dich um!«

Nach dieser Drohung erhob er sich, zog seine Kleider aus

und wusch den Urin ab. Die Frau hatte tatsächlich Todesangst, schniefte auf und weinte leise weiter. Das gerupfte und ausgenommene Huhn auf dem Boden sah mit den weit von sich gespreizten Beinen aus wie eine Frauenleiche. Nun wurde ihm richtig schlecht.

Daraufhin verachtete er alle Frauen eine lange Zeit. Mit seiner Verachtung wollte er sein Mitleid für diese Frau verdrängen und sich gleichzeitig selbst retten. Vielleicht hatte Qian Recht und er liebte sie wirklich nicht. Vielleicht hatte er sie wirklich nur benutzt, weil er für einen Augenblick eine Frau gebraucht hatte, den Körper einer Frau. Qian hatte auch Recht, wenn sie sagte, dass er überhaupt keine Zärtlichkeit für sie empfinde. Seine Zärtlichkeit war nur künstlich, er versuchte damit ein falsches Glück zu schaffen. Gleich nachdem er sich in ihr ergossen hatte, hatte sie es vielleicht sogar an seinem Blick sehen können, dass er sie gar nicht liebte. Nachdem sie ihre Leidenschaft in gemeinsam erlebter Angst entwickelt hatten, aber diese nicht in Liebe hatten umwandeln können, blieb nach diesem Kampf nur noch gegenseitige Verachtung, die Leidenschaft hatte sich erschöpft.

Qian weinte, schluchzte und murmelte immer wieder: »Du hast mein Leben zerstört, du zerstörst allen das Leben ...« Er hörte heraus, dass Qians Vater unter der Guomindang Chefingenieur in einer Waffenfabrik gewesen war. Schon zur Zeit der Säuberungsgruppen war durch die Militärkommission festgelegt worden, dass er ein Konterrevolutionär mit langjähriger Vergangenheit war. Qian wagte nicht, die Diktatur, die man gegen ihren Alten ausübte, anzuklagen, sie wagte es nicht, diese Revolution anzuklagen, das Einzige, was sie anklagen konnte, war die Rebellenfraktion, war er, wobei sie gleichzeitig eine tiefe Furcht ihm gegenüber verspürte.

»Diese Zeit hat dein Leben zerstört«, gab er ihr zurück. In ihren Briefen hatte Qian Ähnliches geschrieben. »Der Realität kann niemand entkommen, es ist bestimmt, dass wir zusammen leben sollen, aber lass uns nicht von Liebe reden!«

»Warum hast du mich denn überhaupt gesucht? Warum hast du dir nicht diese kleine Hure genommen, warum wolltest du mich heiraten?«

»Wen? Von wem sprichst du?«, fragte er.

»Deine Maomei!«

»Ich habe überhaupt nichts mit den Mädchen aus dem Dorf zu tun!«

»Du hast doch ein Auge auf dieses kleine geile Stück geworfen, warum hast du mich als Ersatz genommen?«, schluchzte sie.

»Na, das ist ja wunderbar! Wir können uns auch sofort scheiden lassen. Morgen früh können wir zur Kommune gehen und unsere Unterschriften für ungültig erklären lassen. Wir sagen, es war ein Witz, eine kleine schlechte Farce, damit die Kader und Dorfbewohner hier etwas zum Lachen haben!«

Qian schluchzte und murmelte: »Ich mache keinen Ärger mehr ...«

»Dann geh schlafen!«

Er sagte, sie solle aufstehen und das neue, von Urin durchtränkte Laken und die Kissenbezüge abnehmen. Qian stand neben ihm und starrte Mitleid erregend vor sich hin, als er das Bett frisch bezog und neue Kleider für sie aus der Tasche nahm. Er hieß sie, sich umzuziehen und auf das Bett zu legen. Er holte Wasser aus der Regentonne und wusch sich gründlich von Kopf bis Fuß. Dann saß er die ganze Nacht auf der kleinen Bank neben dem Ofen.

Sollte er nun ein Leben lang in der Weise mit ihr streiten? War er nicht nur ein rettender Strohhalm für sie gewesen? Er musste abwarten, bis sie eingeschlafen war, um die letzten Spuren seiner Schriften auf dem Tisch zu verbrennen. Wenn sie einen weiteren Anfall bekommen würde, würde er sie für verrückt erklären. Er würde nicht mehr schreiben, er würde einfach in diesem Gestank verrotten.

Qian nahm an, dass er insgeheim wünschte, dass sie bald sterben würde, und meinte deshalb, dass sie nicht mehr mit ihm ausgehen und keine menschenleeren Gegenden, wie die Berge oder das Flussufer, mit ihm aufsuchen werde. Er solle nicht denken, dass er sie nochmals täuschen könne, sie werde in diesem Haus bleiben und keinen Schritt mehr vor die Tür setzen, nirgendwohin.

Und er, er hoffte tatsächlich, dass es plötzlich ein Ende mit ihr nehmen, dass sie sich für immer in Nichts auflösen würde. Aber gesagt hatte er das nie. Er bereute, sich nicht doch ein Mädchen vom Lande geholt zu haben, eine mit einem kräftigen Körper und ohne Bildung, die mit ihm schlafen, sein Essen zubereiten und ihm Kinder gebären würde, ohne in sein Innerstes einzudringen, aber nein, er verachtete die Frauen.

Als Qian abfuhr, brachte er sie zur Bushaltestelle am Rande des Marktfleckens. Qian meinte: »Du brauchst nicht zu warten, bis der Bus losfährt. Geh zurück!«

Er antwortete nicht und hoffte, dass sich der Bus bald in Bewegung setzen würde.

44

Wieder war es Winter geworden. Er saß auf einem Heizkübel, den die Bauern hier selbst gefertigt und er für zwei Yuan erworben hatte. Im Kübel befand sich eine irdene Schale, in welcher die glühenden Kohlen lagen. Wenn er ein Drahtgitter darüber legte, konnte er eine Tasse Tee darauf stellen. Die Winternächte waren lang, es wurde früh am Tag dunkel. Wenn zu dieser Saison die Feldarbeit daniederlag, konnten sich die Bauern tagsüber mit ihren Dingen im Haus beschäftigen. Sobald die Nacht kam, wurde es pechschwarz im Dorf. Nur in seinem Haus brannte noch Licht. Dass er mit seiner neuen Frau gestritten hatte, war für ein bis zwei Wochen das Tagesgespräch im Dorf gewesen. Aber nun fragte niemand mehr danach und die alltägliche Ruhe war wieder eingekehrt.

In letzter Zeit war auch niemand mehr bei ihm vorbeigekommen, niemand hatte vor der Tür gerufen, hatte geklopft und war eingetreten, um ein bisschen zu plaudern, eine Zigarette zu rauchen und eine Tasse Tee zu trinken. Früher hatte er viele Gäste auf diese Weise bewirtet und Zigaretten an sie verteilt. Die Kader im Dorf hatte er schnell kennen gelernt. Er musste sich mit diesen neuen Lebensformen vertraut machen und auch dafür sorgen, dass die Leute im Dorf mit diesem Studierten, der sich nie in die Dorfangelegenheiten einmischte, vertraut wurden. Auf dem Tisch lagen stets ein paar Bücher von Marx und Lenin, um bei den Kadern, die ein wenig lesen konnten, Eindruck zu machen. Als Maomei einmal vorbeigekommen war, um ihn nach einem guten Buch zu fragen, hatte er ihr einen Band von Lenins *Staat und Revolution* gereicht. Das Mädchen hatte die Augen aufgerissen und geantwortet: »Du erschreckst mich ja zu Tode! Wer versteht denn schon so etwas?«

Maomei hatte die Grundschule schon hinter sich, aber das Buch wagte sie nicht zu leihen. Ein andermal kam das Mädchen vorbei und sah durch die offene Tür, wie er einen Topf Wasser aufsetzte, um seine Bettwäsche zu waschen. Maomei trat herein, lehnte sich in den Türrahmen und bot ihm an, seine Wäsche am Deich mit dem Waschbrett zu waschen, damit sie sauberer würde. Er lehnte ihren Vorschlag dankend ab. Sie blieb stehen und fragte ihn: »Du gehst also nicht?«

Er fragte zurück: »Wohin soll ich denn gehen?«

Maomei verzog den Mund und blickte ihn verständnislos an, dann fragte sie: »Die hier gewesen ist, warum ist sie gegangen?«

Das Mädchen hatte nach Qian gefragt und dabei vermieden, sie seine Frau oder Ehefrau zu nennen. Sie warf ihm einen verführerischen Blick mit ihren blitzenden Augen zu, nestelte dann an ihren Kleidern herum und blickte hinunter auf ihre Schuhe. Er musste die Finger von diesem Mädchen lassen! Er würde keiner Frau mehr vertrauen und sich auch nicht verführen lassen. Er sagte nichts mehr und wusch weiter sein Laken in der Schüssel, bis Maomei keine Lust mehr hatte zu warten und davonging.

Die Gespräche, die er mit sich selbst führte, zu Papier zu bringen war das Einzige, was er tun konnte, um seine Einsamkeit zu vertreiben. Bevor er begonnen hatte zu schreiben, hatte er sich alles gut überlegt. Nachdem er die Bambusknoten durchbohrt hatte, konnte er das dünne Briefpapier so zusammenrollen, dass er es in den Bambusstiel des Besens stecken konnte, der hinter der Tür in der Ecke stand. Als es zu viele Papiere geworden waren, steckte er sie in einen Krug, der für das Einlegen von Salzgemüse gedacht war. Den Boden hatte er mit Kalk ausgelegt und die Öffnung oben mit Plastik abgedeckt. Dann hatte er eine Grube in den Lehmboden des Zimmers gegraben und darüber die große Wassertonne gestellt. Er hatte nicht vor, ein großes Werk zu schreiben, das, der Nachwelt überlassen, seinen Ruhm begründen sollte. So weit dachte er gar nicht. Über seine Zukunft ließ sich überhaupt nichts voraussagen, und er machte sich nicht die geringsten Illusionen darüber.

Von weit her wurde das Bellen von Hunden herübergetragen, und sofort stimmten auch alle Hunde im Dorf in das Bellen ein. Dann wurde es langsam wieder still. Als er allein unter dem Lampenschein in völliger Dunkelheit saß, überfiel ihn die Lust zu schreiben. Gleichzeitig überkam ihn ein undeutliches Angstgefühl, und er hatte das Gefühl, dass ihn zwei Augen in der Dunkelheit vor dem Fenster beobachten würden. Er überlegte, ob die Tür fest verschlossen war, aber das hatte er schon einige Male zuvor genau überprüft. Doch noch immer glaubte er, vor dem Fenster Schritte zu hören. Er erhob sich von seinem Kübel, hielt den Atem an und lauschte. Es gab nichts, was die Stille gestört hatte.

Der Mondschein fiel auf das Papierfenster, er war um Mitternacht aufgegangen. Dann wieder meinte er, ein Geräusch vor dem Fenster gehört zu haben. Mit angehaltenem Atem tapste er mit leisen Schritten an das Kopfende des Bettes und zog leise am Lichtschalter, der über dem Kopfende hing. Ein dunkler Schatten erschien vor dem Fenster, bewegte sich kurz und verschwand. Er hatte ein deutliches Rascheln im Gras vernommen.

Er machte das Licht nicht wieder an. Vorsichtig und ohne einen Laut von sich zu geben, räumte er die Papiere auf dem Tisch zusammen und stieg ins Bett. Im Dunkeln starrte er auf das weiße Papier, durch das der Mondschein fiel.

Überall in diesem klaren Mondschein waren Augen, die dich beobachteten, ausspionierten, dich ansahen. Überall in diesem dämmernden Mondlicht waren Fallgruben, die darauf warteten, dass du einen falschen Schritt tatst. Du wagtest nicht, die Tür zu öffnen oder das Fenster aufzustoßen, du wagtest nicht, dich zu bewegen. Glaube nur nicht, dass alle Menschen in dieser stillen Mondnacht schlafen. Sobald du unachtsam wurdest und einen Fehler machtest, würden sie aus ihren Verstecken hervorkommen, dich packen und zur Rechenschaft ziehen.

Du durftest nichts denken, nichts genießen, nicht dein Herz ausschütten, nicht einsam sein! Du musstest hart arbeiten, nachts schlafen wie ein Toter, dich paaren und Kinder zeugen, Geburtenkontrolle ausüben und eine neue Arbeitskraft großziehen. Was schriebst du nur für einen Unsinn? Hattest du vergessen, in welcher Welt du lebtest? Wolltest du schon wieder rebellieren? Ein Held werden oder ein Märtyrer? Was du hier schriebst, würde reichen, dass man dich exekutierte! Hattest du schon vergessen, dass das Revolutionskomitee des Kreises die konterrevolutionären Verbrecher erschossen hat? Die früheren Kampfsitzungen der Massen waren verglichen damit nur ein kleiner Rummel gewesen! Diesmal waren alle an Händen und Hals gefesselt und trugen Schilder vor der Brust, auf denen ihre Namen und Verbrechen in schwarzen Zeichen geschrieben waren. Die Namen waren mit einem Kreuz in roter Farbe ausgestrichen, und die Schilder hingen so eng an Eisendrähten um ihre Kehlen, dass ihre Augäpfel hervortraten. Das war die neueste Erfindung der neuen roten Diktatur: Man wollte damit verhindern, dass die Angeklagten vor ihrer Exekution ihr Unrecht anklagten und möglicherweise noch als Helden in die Unterwelt eingingen. Auf zwei Lastwagen, bewacht von Militärpolizei mit Gewehren im Anschlag, wurden sie durch alle Kommunen gefahren und den Massen vorgeführt. Die Vorhut bildeten zwei Jeeps, ausgestattet mit Lautsprechern, aus denen die Parolen gellten. Überall wirbelte Staub auf, die Hühner flatterten davon, die Hunde nahmen Reißaus. Alte Weiber und Frauen kamen an die Straßenkreuzungen gelaufen, Kinder rannten den Wagen hinterher. Bevor die Angehörigen die Leichen abholen durften, mussten sie fünf Mao bezahlen, die Gebühr für die Kugel. Du wirst nicht einmal jemanden haben, der deine Leiche abholt. Deine Frau wird dich zu diesem Zeitpunkt schon lange als Feind verraten haben, dein Vater befand sich in einem Umerziehungslager, und dazugewonnen hattest du noch einen alten Konterrevolutionär als Schwiegervater! Mit diesen Vorgaben würde es niemand als Unrecht betrachten, wenn du erschossen würdest. Du hattest kein Unrecht zu beklagen, also leg deinen Stift hin und zügle das Pferd so kurz vor dem Abgrund!

Doch du sagtest, du seist kein Idiot, und du musstest denken, da du nun einmal ein Hirn hattest. Wäre es nicht möglich, dass du weder Revolutionär noch Held, noch Märtyrer, noch Konterrevolutionär warst? Konntest du nicht einfach außerhalb der Regeln dieser Gesellschaft sorglos vor dich hinleben? Du warst verrückt! Es war klar, dass du verrückt warst, und nicht Qian. Schau dir diesen Mann an, er will immer noch sorglos vor sich hinleben! Welch ein hervorragender Witz! Ihr Frauen und Mägde aus dem Dorf kommt alle zusammen, das müsst ihr sehen, wie dieser Verrückte seine Kugel abkriegt!

Du hast gesagt, du seist auf der Suche nach der Wahrheit der Literatur? Mach keine Scherze, was für eine Wahrheit suchte der Kerl? Was war denn die Wahrheit für ein komisches Ding? Eine Gewehrkugel für 5 Mao? Verstehe, um diese Wahrheit zu schreiben, spieltest du mit deinem Leben? Grab sie ein und lass sie verfaulen, diese Wahrheit, kümmer dich nicht darum, ob sie verrottet, bevor alles für dich vorbei ist!

Du sagtest, du wolltest eine transparente Wahrheit, als würde man durch eine Linse auf einen Müllhaufen sehen. Der Müllhaufen bliebe ein Müllhaufen, doch durch die Kameralinse betrachtet, wäre er umhüllt von deiner Trauer. Die Wahrheit war deine Trauer. Du stehst doch nur voller Selbstmitleid vor dem Spiegel. Du musstest einen Geist entfalten, mit dem du den Schmerz ertragen und weiterleben konntest. Du musstest dir eine reine Welt erfinden, die nur dir gehörte und die außerhalb lag von diesem Schweinestall von Realität, oder besser gesagt, eine moderne Legende schaffen, und die Realität in diese Legende packen, im Schreiben Befriedigung finden und ein Gleichgewicht finden zwischen deinem Leben und deinem Geist.

Die Legende, die er schrieb, kopierte er in das Notizbuch, das ihm seine Mutter hinterlassen hatte. Für den Umschlag erfand er einen griechischen oder irgendeinen ausländischen Namen und schrieb »Alipeidos« als Autor darauf und fügte Guo Moruo als Übersetzer hinzu. Dieser alte Dichter hatte gerade zum Ausbruch der Kulturrevolution öffentlich verkündet, dass man all seine früheren Werke vernichten solle, woraufhin Mao ihn in seiner grenzenlosen Güte glücklicherweise am Leben gelassen hatte. Er konnte sagen, dass es ein halbes Jahrhundert her war, dass Guo Moruo dieses Werk übersetzt hatte, und dass er es während seines Studiums abgeschrieben hatte. Wer in dieser Berggegend oder selbst in der Kreisstadt würde das schon nachprüfen können?

Die erste Hälfte des Notizbuches enthielt Tagebucheinträge seiner Mutter, die sie geschrieben hatte, bevor sie auf der Umerziehungsfarm ertrunken war. Vor sieben oder acht Jahren, als der »Große Sprung« die gewaltigen Hungerkatastrophen ausglöst hatte, war seine Mutter in eine Staatsfarm zur Umerziehung gegangen, genau wie er später in die »Siebter-Mai-Kaderschule«. Obwohl sie sehr harte und anstrengende Arbeit verrichten musste, sparte sie die Monatsrationen für Fleisch und Eier für die Zeit auf, wenn ihr Sohn in den Ferien zurückkam, damit er besser genährt würde. Und obwohl sie auf einer Hühnerfarm arbeitete, musste sie so hungern, dass sie Ödeme bekam. Um die Zeit des Totengedenktages war sie in der Nachtschicht zum Fluss hinuntergegangen, um sich zu waschen. Man konnte nicht sagen, ob sie aus Übermüdung oder aufgrund eines Schwächanfalls durch Unterernährung in den Fluss gefallen war. Am nächsten Tag fand ein Bauer, der die Enten hütete, die Leiche im Wasser. Die Obduktion im Krankenhaus ergab, dass sie eine Hirnblutung erlitten hatte. Die sterblichen Überreste seiner Mutter hatte er nie gesehen. Das Einzige, was ihm von ihr geblieben war, war dieses Notizbuch, in das sie ihre Gedanken während der Umerziehungsarbeit niedergeschrieben hatte und in dem auch stand, dass sie ihre freien Tage sammeln wollte, um in den Ferien mehr Zeit mit ihrem Sohn verbringen zu können, wenn er von der Universität nach Hause kam. Nachdem er die berühmte Legende von Alipeidos abgeschrieben hatte, versteckte er sie in dem Krug für das eingelegte Salzgemüse, den er mit Kalk ausgelegt hatte, und vergrub ihn im Zimmer unter der Wassertonne.

45

Wenn sich die Bauern aus den umliegenden Dörfern am Markttag im Marktflecken versammelten, stapelten sich zu beiden Seiten der kleinen Dorfstraße die Körbe und Stände voll mit Süßkartoffeln, getrockneten roten Datteln, Kastanien, Brennholz, frischen Pilzen, schlammigem Lotus, dünnen weißen Glasnudeln, Bündeln von Tabakblättern und getrockneten Bambussprossen oder auch lebenden Flusskrebsen, geflochtenen Schuhen, Bambusstühlen und Schöpfkellen. Männer, Kinder, kräftige Kerle und alte Bauern schrien und riefen durcheinander, priesen ihre Waren an oder handelten Preise aus. Nimmst du es oder nicht? Wenn nicht, dann hau ab! Man schwätzte, lachte oder stritt sich, und wenn nicht gerade Revolution gemacht würde, wäre ein Leben in so einem kleinen Marktflecken auf dem Lande schon wirklich lebenswert.

Der Parteisekretär Lu, der vor nicht langer Zeit aus dem regionalen Verwaltungssitz der Provinz aufs Land geschickt worden war und für den eine Gruppe von Kadern der Kommune den Weg bahnte, während ihm einige andere folgten, als würden sie einen hohen Funktionär auf seiner Inspektionsreise begleiten, kam direkt auf ihn zu. Er war der Sohn eines hiesigen alten Revolutionärs, der am Guerillakrieg teilgenommen hatte, und wurde von den Dorfleuten »Sekretär Lu« genannt. Seine Karriere war nicht gut verlaufen, und er war Rang um Rang von der Provinzebene abwärts degradiert worden, bis er wieder fast wie ein landverschickter Kader in sein Heimatdorf zurückkehren musste. Die örtlichen kleinen Despoten verehrten ihn aber wie einen Heiligen, und natürlich musste er nicht auf dem Feld arbeiten.

»Sekretär Lu«, sprach auch er respektvoll den kleinen König dieses Dorfes an.

»Bist du nicht aus Peking?« Offenbar wusste Sekretär Lu über ihn Bescheid.

»Ja, ich bin schon einige Jahre hier«, nickte er.

»Hast du dich an die Gegebenheiten gewöhnt?«, fragte Sekretär Lu weiter und blieb stehen. Er war ein hoch gewachsener Mann mit leicht gekrümmtem Rücken.

»Sehr gut. Ich komme aus dem Süden, deshalb passt mir das Klima und die Landschaft sehr gut, und die Ernten hier sind ja üppig.« Er wollte das kleine Paradies fernab der Unruhen ein wenig preisen, doch wurde er sofort unterbrochen.

»Für gewöhnlich verhungert man hier wenigstens nicht«, bemerkte Sekretär Lu.

Er verstand die unterschwellige Bedeutung dieser Worte und dachte bei sich, dass der Sekretär Lu wohl ziemlich verärgert über seine Landverschickung war.

»Ich habe überhaupt keine Lust, von hier wegzugehen, und würde mich freuen, wenn sich Sekretär Lu etwas um mich kümmern würde!«

Dieser Satz klang, als suchte er die Unterstützung des Sekretärs Lu, und in der Tat brauchte er einen Schutzpatron. Er nickte noch respektvoll mit dem Kopf und wollte gerade gehen, als der Sekretär Lu sich unerwarteterweise sofort um ihn kümmerte und sagte: »Geh ein Stück mit mir!«

Er schloss sich dem Tross hinten an. Lu blieb stehen, bis er neben ihm war. Er unterhielt sich weiter mit ihm und beachtete die schwatzenden Kader der Kommune nicht mehr, womit er ihm ganz offensichtlich eine besondere Gnade zuteil werden ließ. Während sie zusammen bis ans Ende der kleinen Straße gingen, streckten sich ihnen lachende Gesichter aus den Läden und Türen der kleinen Häuser entgegen, dauernd wurden sie gegrüßt und ihm war klar, dass er die Gunst des Sekretärs Lu gewonnen und damit in den Augen der Dorfbewohner eine völlig neue Position errungen hatte.

»Lass mich sehen, wo du wohnst!«

Das war kein Befehl, sondern ein Zeichen noch größerer Freundlichkeit von Lu. Lu schickte die Kader, die ihm gefolgt waren, mit einer Handbewegung weg und alle zogen ab.

Er führte ihn über den Deich an den Feldern entlang in sein kleines Haus am Rande des Dorfes. Lu setzte sich vor seinen Tisch, während er den Tee aufgoss. Ein paar Kinder waren ihnen gefolgt und er wollte gerade die Tür schließen, als Lu mit der Hand abwinkte und sagte: »Das ist nicht nötig, nicht nötig.«

Schlagartig verbreitete sich diese Nachricht im ganzen Dorf. Einen Moment später versammelten sich die Kader und Dorfleute vor seiner Tür und riefen immer wieder, Sekretär Lu, Sekretär Lu. Lu nickte unmerklich mit dem Kopf und reagierte kaum. Er griff nach der Teetasse, pustete die Blätter, die an der Oberfläche schwammen, weg und nahm einen Schluck.

Es gab doch noch gute Menschen auf dieser Welt, oder anders gesagt, war der Mensch an sich doch nicht schlecht. Wieder anders gesagt, hatte der Sekretär Lu viel von der Welt gesehen und eine tief greifende Menschenkenntnis. Oder, nochmal anders ausgedrückt, war Lu in einer ungünstigen Zeit geboren und brauchte in seiner Einsamkeit möglicherweise jemanden, mit dem er reden konnte. Vielleicht wollte er mit der Freundlichkeit, die er ihm erwies, seine eigene Einsamkeit mildern.

Lu berührte kein einziges Buch von Marx und Lenin auf seinem Tisch und hatte wahrscheinlich verstanden, warum sie dort lagen. Er stand auf und sagte: »Wenn du irgendein Anliegen hast, komm zu mir!«

Er begleitete Lu bis zum Deich und blickte dem dünnen, leicht gebeugten Mann lange nach, der mit festen Schritten lief und dabei sehr jugendlich wirkte. Er hatte also erreicht, dass sich der große König dieser Berge um ihn kümmerte – doch war es ihm damals überhaupt nicht klar, warum Lu zu ihm nach Hause gekommen war.

Eines Nachts, er schrieb gerade gedankenverloren an seinem Schreibtisch, rief ihn plötzlich jemand von draußen. Er erschrak und stand sofort auf. Schnell packte er das Papier zusammen und stopfte es unter die Strohmatratze auf dem Bett, dann öffnete er die Tür.

»Schläfst du noch nicht? Sekretär Lu will im Hauptquartier des Revolutionskomitees ein Glas mit dir trinken!«

Ein Mitarbeiter der Kommune überbrachte ihm diese Nachricht, wandte sich um und lief davon. Da erst beruhigte er sich wieder.

Das Revolutionskomitee der Kommune lag im kleinen Marktflecken am Fluss neben dem steingemauerten Damm und war in einem Anwesen mit Aussichtsturm untergebracht, das vor vielen Jahren einem Feudalherren gehört hatte und mit blau glasierten Ziegeln gedeckt war. Der Hausherr war erschossen worden, als man die Großgrundbesitzer enteignet und die Felder verteilt hatte. Dann hatte die Dorfverwaltung das Anwesen übernommen, später war hier der Verwaltungssitz der Kommune eingerichtet worden. Dementsprechend hatte nun das neu gegründete Revolutionskomitee diese Lokalität übernommen. Der Garten und die große Eingangshalle waren voller Menschen und der Geruch von Tabak und Schweiß hing in der Luft. Er hatte nicht gedacht, dass es hier mitten in der Nacht noch so lebhaft zugehen würde.

Im hintersten Zimmer saßen hinter verschlossenen Türen der neue Leiter des Revolutionskomitees Liu und der Anführer der bewaffneten Miliz der Kommune, der alte Tao, und tranken mit dem Sekretär Lu. Lu hieß ihn am Tisch Platz nehmen. Über den Tisch verstreut lagen ein Haufen Erdnüsse auf einer Tüte aus Zeitungspapier sowie in Öl gebratene kleine Fische und getrockneter Doufu, was wahrscheinlich alles aus den Häusern der Kommunenkader zusammengetragen worden war. Einige, die mit Lu tranken, setzten die Schnapsbecher beim Anstoßen nur an den Mund und stellten sie dann wieder ab, ohne wirklich zu trinken. Ein junger Dorfbursche mit geschultertem Gewehr stieß die Tür auf und steckte den Kopf herein, machte eine Verbeugung zu den Männern im Zimmer und hängte das Gewehr an den Türpfosten.

»Wer hat dir gesagt, dass du dein Gewehr mitbringen sollst?«, fragte der alte Tao von der Miliz barsch.

»Es hieß doch Antreten zum Alarm?«

»Alarm ist Alarm, keiner sagte etwas von bewaffnetem Einsatz!«

Der Bursche konnte nicht begreifen, worin der Unterschied lag, und versuchte sich zu verteidigen: »Und was nun? Der ganze Miliztrupp hat Gewehre mitgebracht ...«

»Treibt euch hier nicht mit Gewehren über der Schulter herum. Alle Waffen werden im Büro der Miliz gesammelt, wartet im Garten auf die Befehle!«

Jetzt erst begriff er, dass sich die Milizen des gesamten Kreises um zwölf Uhr Mitternacht zum Einsatz versammelt hatten, um im gesamten Raum von der Kreisstadt bis in die Dörfer und Marktflecken mit vereinten Kräften den Auftrag des Kreis-Revolutionskomitees auszuführen, welcher lautete: »Umfassende Kontrolle, umfassende Säuberung.« Großgrundbesitzer, reiche Bauern, Konterrevolutionäre, üble Elemente und die Rechtsabweichler bildeten die fünf Gruppen, welche die Hauptobjekte der umfassenden Kontrolle darstellten. Wer von ihnen irgendein ungewöhnliches Verhalten zeigte, wurde unverzüglich eliminiert. Kurz vor Mitternacht traten der Leiter des Revolutionskomitees Liu und der Anführer der bewaffneten Miliz, der alte Tao, in den Garten, sprachen einige mobilisierende Worte über den Klassenkampf und verteilten die Aufgaben. Dann trat eine Miliz nach der anderen ab und es wurde still im Garten. Ein Hund bellte in der Nähe, andere entferntere Hunde bellten sofort zurück.

Lu zog seine Schuhe aus und schwang sich auf das Holzbett. Er fragte nach seiner Familie, und er antwortete nur, dass sein Vater auch auf das Land verschickt worden sei, den missglückten Selbstmordversuch erwähnte er nicht. Er berichtete davon, dass der Cousin seines Vaters ein Guerillakämpfer gewesen sei. Zu jener Zeit wusste er noch nicht, dass dieser alte Vorkämpfer der Revolution wegen einer Grippe ins Krankenhaus eingeliefert worden war, eine Spritze erhalten und nach wenigen Stunden seinen letzten Atemzug getan hatte. Freilich erwähnte er auch, dass er sich hier noch etwas fremd fühlte, und bedankte sich für die freundliche Aufmerksamkeit beim Parteisekretär Lu. Lu schwieg eine Weile, bevor er sagte: »Die Grundschule in diesem Marktflecken wird den Unterricht bald wieder aufnehmen und soll in eine Grund- und Mittelschule umgewandelt werden. Es ist doch gut, wenn man ein paar Zeichen lernt und ein bisschen Allgemeinbildung mitkriegt. Werde du doch Lehrer in der Schule!«

Lu erzählte, dass seine Familie in seiner Kindheit sehr arm gewesen sei, und er nur aufgrund der Güte des Privatlehrers im Dorf kostenlos unterrichtet worden sei und das bisschen Studium sei ihm bis heute von Nutzen.

Nach zwei, drei Stunden wurde es wieder lauter im Garten und in der Eingangshalle. Die Milizen waren mit ihrer Kriegsbeute zurückgekehrt. Konterrevolutionäre hatten sie nicht ergriffen, aber beim Durchsuchen der Häuser der »Fünf Schlechten Klassen« hatten sie ein bisschen verstecktes Bargeld und Getreidemarken erbeutet. Außerdem hatten sie ein Paar ergriffen, das Ehebruch begangen hatte. Der Mann war Schmied aus der Handwerkskooperative im Marktflecken, die Frau mit einem schiefen Mund arbeitete in einer kleinen Apotheke. Ihr Mann war in die Kreisstadt gefahren, man hatte sie im Dunkeln überrascht, berichteten die Milizleute. Zuvor hätten sie noch eine Weile am Fenster geklebt und gelauscht, fügten sie lachend hinzu.

»Wo sind sie?«, fragte der alte Tao vom anderen Raum her.

»Sie hocken beide im Garten.«

»Haben sie ihre Kleider an?«

»Die Frau ist schon angezogen, aber der Schmied noch halb nackt.«

»Er soll seine Hose anziehen!«

»Die Hose hat er schon an! Nur für das Hemd hat es nicht mehr gereicht. Heißt es nicht, ›man soll sie auf frischer Tat ertappen‹? Sonst hätten sie nie gestanden!«

Lu rief von drinnen dazwischen: »Sie sollen eine Selbstkritik schreiben, dann können sie gehen!«

Eine kurze Weile später ertönte wieder die Stimme jenes Milizionärs, der in lautem Ton rief: »Erstatte dem Sekretär Lu Bericht! Er sagt, er kann nicht schreiben!«

»Dann schreibe auf, was er sagt und lass ihn einen Fingerabdruck darunter setzen!« Das war die Stimme des Milizchefs Tao.

»Gehen wir schlafen«, sagte Lu zu ihm, während er sich die Schuhe anzog. Er ging mit ihm hinaus und sagte noch zum alten Tao: »Diese Sache muss nicht weiter verfolgt werden, man soll sie gehen lassen!«

Im Garten sah er die Frau mit gesenktem Kopf an der Wand hocken. Der Schmied kroch mit nacktem Oberkörper über den Boden, machte vor dem Sekretär Lu einen Kotau und wiederholte immer wieder: »Sekretär Lu, Gnade, ich flehe um Gnade, ich werde Ihre Großmut mein Leben lang nicht vergessen!«

»Geht nach Hause, und mach dich nicht zum Narren! Tu das in Zukunft nicht noch einmal!«

Nachdem er dies gesagt hatte, verließ Lu mit ihm den Garten.

Es war noch nicht hell, die Luft war feucht und es roch nach Tau. Dieser Parteisekretär Lu war wirklich ein äußerst großherziger Mann, er hatte auch ihm einen Ausweg eröffnet. Er dachte, in einem Reich, wo dieser König der Berge herrschte, konnte man sein Leben verbringen.

Wenn er seitdem die kleine Straße im Marktflecken entlanglief, grüßten ihn alle Kader der Kommune und selbst der Polizist, schlugen ihm auf die Schulter oder tauschten mit ihm Zigaretten aus. Später wurde die Mittelschule eröffnet. Alle älteren Kinder, die ihre Grundschule nicht absolviert hatten, wurden dort noch einmal zwei Jahre unterrichtet, was als Grundstufe der Mittelschule angerechnet wurde. Er selbst zog von seinem kleinen Dorf in die Schule im Marktflecken, die viele Jahre leer gestanden hatte. Die Leute der Umgebung betitelten ihn nun alle mit »Lehrer« und alle Zweifel über seinen Klassenhintergrund waren wie weggeblasen.

46

Wenn du gelernt hast, die Welt mit dem Lächeln eines Maitreya Buddha in ewiger Freude und Friedfertigkeit zu betrachten, wirst du ins Nirwana eingegangen sein.

Du saßest mit den Dorfkadern zusammen beim Essen, alle tranken und schwatzten und sprachen aufgeblasen über Frauen. »Hast du Maomei schon einmal begrapscht?« »Verdammtes Geschwätz! Sie ist ein unschuldiges Mädchen!« »Sag schon, hast du sie schon mal angefasst?« »Oh, oh, woher weißt du denn, dass sie noch unschuldig ist?« »Redet keinen Blödsinn! Sie ist zur Milizkaderfrau befördert worden!« »Was? Du Hundskerl! Erzähl!« »Sie ist eine durch und durch rote Erbin der Revolution, also sprich etwas anständiger von ihr!« »Du bist doch verdammt nochmal nie anständig!« »Du Hundskerl, hast du zu viel getrunken?« »Willst du dich prügeln, oder was?« »Trink nur, trink!«

So war das Leben, man betrank sich, um ein bisschen Spaß zu haben. Du musstest mitmachen, ein bisschen mitreden, und fragen, wie man an Kiefernholz kam, um zwei Kisten zu zimmern, und wo man verbilligte, staatlich aufgekaufte Holzbalken erwerben konnte. Wenn du dich hier niederlassen wolltest, musstest du früher oder später ein Haus bauen. Doch der Hausbau war ein Plan für die ferne Zukunft. Zuerst musstest du einen kleinen Garten anlegen und einen Schweinestall bauen. Konnte man leben, ohne ein Schwein zu haben? Du beteiligtest dich am Gespräch und plaudertest mit allen über dies und das. Du warst ein ganz normaler Mensch geworden, deine Existenz fiel niemandem mehr ins Auge.

Du betrachtetest die letzten Reste auf dem Tisch: Das Essen in der großen Schüssel war nahezu aufgegessen worden, von den zehn Flaschen scharf brennendem Schnaps waren neun geleert, die Letzte war nur noch halb voll. Du schobst den Kerl beiseite, der sich unter dem Tisch an deine Beine gelehnt hatte, rücktest die Bank zurück und standest auf. Der Kerl rollte zur Seite auf den Boden und schnarchte laut. Alle im Raum, ob sie nun am Tisch saßen oder auf dem Boden herumrollten, waren stockbetrunken und grinsten dämlich. Nur der Bucklige Zhao, der Hausherr, saß aufrecht am Ende des Tisches und schlürfte in großen Schlucken die Hühnersuppe. Als richtiger Parteisekretär der Dorfbrigade konnte er einiges trinken, und er konnte sich beherrschen.

Ein fünftägiges Milizmanöver war im Gange. 70 bis 80 Milizionäre waren aus allen Dörfern zusammengekommen und hatten sich am ersten Tage mit geschnürten Rucksäcken im großen Anwesen der Kommune eingefunden. Auf ihren Rucksäcken hockend lauschten sie den Instruktionen des Revolutionskomitees der Kommune. Daraufhin wurden sie vom Anführer der bewaffneten Miliz, dem alten Tao, zum Dreschplatz begleitet und führten Schießübungen durch. Später verlegten sie Minen am steinigen Ufer des Flusses und ließen sie detonieren. Auf den abgeernteten und schon entwässerten Feldern exerzierten sie und übten Angriffsstellungen. Die Schützen verteilten sich über die Schützengräben im Feld und warfen Handgranaten, die mit lautem Knall explodierten und den Schlamm durch die Luft spritzten. Nachdem sich die Kerle einige Tage wie wild aufgeführt hatten, waren die Truppen für die letzte Nacht in diesem Dorf einquartiert worden. Der Bucklige Zhao war über zwanzig Jahre Parteisekretär gewesen, hatte Erfahrungen gesammelt und genoss einiges Ansehen. Als zusätzliche Essensration hatte die Kommune für die Manövertruppen mehr als zehn Hühner aus den Haushalten zusammengetragen. Auch die Ehefrau des Buckligen Zhao zeigte sich nicht geizig und opferte eine alte Henne, die noch Eier legte. Es gab Fisch und Fleisch und dazu eingelegtes Salzgemüse und Doufu, damit die Kerle für ihre Mühen einmal richtig belohnt wurden.

Um den Tisch des Buckligen Zhao saßen die Führer der Milizen aus den verschiedenen Dörfern, die anderen wurden im Speicher von der Familie des Buchhalters der Brigade bewirtet. Zum Tisch des alten Zhao geladen zu werden bedeutete natürlich eine Ehre, und du nahmst auf Weisung des Sekretärs Lu als Vertreter der Schule daran teil.

»Der Lehrer ist aus der Hauptstadt von der Seite des Vorsitzenden Mao zu uns gekommen und war bereit, an diesem Ort ein hartes Leben zu führen, und er gehört zu unserem Sekretär Lu. Also zögert nicht und kommt herein, setzt euch!«, sagte der Bucklige alte Zhao.

Frauen durften, wie es Sitte war, nicht am Tisch Platz nehmen. Die Frau des Buckligen Zhao werkelte in der Küche mit Töpfen und Kellen herum, und das kleine Mädchen Maomei, die gerade zur Milizkaderfrau befördert worden und inzwischen achtzehn Jahre alt war, lief zwischen Küche und Tisch hin und her und servierte das Essen. Die acht Personen um den Tisch aßen und tranken von Anbruch der Dunkelheit bis Mitternacht. Eine Flasche Schnaps füllte gerade eine große Schüssel, die herumgereicht wurde und aus der sich jeder der Reihe nach eine Kelle voll schöpfte. So war es am gerechtesten, niemand bekam zu viel oder zu wenig. Während die Schüssel herumwanderte, wurde eine Flasche nach der anderen hineingefüllt. Du sagtest, dass du nicht so viel trinken könntest wie die echten Kerle hier, und konntest dich nach vielen Widerreden vom Schnaps fern halten.

»Dass ein ehrwürdiger Mann aus der Hauptstadt wie du überhaupt bereit ist, mit uns Landleuten, denen der Lehm noch an den Füßen klebt, aus einer Schüssel Schnaps zu trinken, ist schon bemerkenswert genug. Serviert dem Lehrer zum Abschluss den Reis!«, sagte der alte Zhao. Maomei, die hinter dir stand, füllte dir daraufhin eine große Schale voll mit Reis.

Alle redeten, schwatzten und lachten mit hochroten Gesichtern. Nach den hochtrabenden Reden über die Revolution kamen sie auf die Frauen zu sprechen und ihre Bemerkungen wurden immer anzüglicher. Maomei verschwand in der Küche und kam nicht mehr heraus.

»Wo ist Maomei? Wo ist Maomei?«

Lachend riefen die Männer mit roten Gesichtern und rauen Kehlen nach ihr. Daraufhin kam die Frau aus der Küche heraus: »Was ruft ihr nach Maomei? Rührt sie bloß nicht an, nur weil ihr betrunken seid, sie ist ein unschuldiges Mädchen!«

»Und, denken unschuldige Mädchen nicht an Kerle?«

»Phh, dieses Stück Fleisch kriegst du nicht zwischen deine Zähne!«

Alle begannen die alte Frau zu loben und ihre Tugenden zu preisen: »Sie weiß ihr Haus in Ehren zu halten und weiß auch, wie man Gäste bewirtet. Der alte Zhao ist wirklich ein glücklicher Mann!«

Der Kerl aus dem hiesigen Dorf fragte: »Wer hier am Tisch ist noch nicht in den Genuss der Gunst und Wohltätigkeit dieser Frau gekommen?«

»Halt deinen stinkenden Mund!«, frotzelte die alte Frau immer belustigter, band sich die Schürze ab und verschränkte ihre Arme: »Gießt euch doch nur voll, ihr Saufköpfe!«

Die Zoten gingen endlos weiter, der Raum war erfüllt von Schnapsgeruch. Je mehr du ihnen zuhörtest, umso klarer war dir, dass keiner der Kerle wirklich schlecht war, wie hätten sie sonst zu Dorfkadern aufsteigen können?

»Hätten wir nicht das Glück mit dem Vorsitzenden Mao gehabt, hätten die armen und mittleren Bauern dann wohl den heutigen Tag erlebt? Und wären die Studentinnen aus den Städten dann wohl zu uns aufs Land gekommen?«

»Fang nicht schon wieder mit diesen Geschichten an!«

»Du bist ja so verdammt anständig! Hast du eine gehabt oder nicht? Nun erzähl schon, erzähl!«

»Leute, es ist ein Lehrer am Tisch, müsst ihr da solche Reden führen?«

»Der Lehrer nimmt uns das nicht übel. Er schaut auf uns Lehmfüße nicht herab, er schläft ja sogar mit uns auf dem Boden!«

Das war in der Tat richtig, du schliefst mit ihnen zusammen auf den Strohlagern im Speicher. Wenn die Manövertruppen abends vom Feld zurückkamen, sahst du ihnen zu, wie sie ihre Kräfte maßen, miteinander rangen und sich auf dem Boden wälzten. Wer verlor, musste seine Hose herunterziehen. Das rief besonders lautes Gelächter hervor, wenn die Mädchen aus dem Dorf bei den Kämpfen zusahen. Bei einem anderen Spiel, das Männer und Frauen zusammen spielten, zogen sie sich gegenseitig die Gürtel weg. Maomei rannte dann für gewöhnlich weg, stand abseits und lachte hinter vorgehaltener Hand. Man amüsierte sich nach Herzenslust, bis der Zapfenstreich erklang und das Licht gelöscht wurde.

Du tratst aus dem Gastzimmer, draußen wehte ein kühler Wind und vertrieb den Schnapsgeruch aus deiner Nase. Der Wind wehte den reinen Duft der Reishalme herüber. Auf der gegenüberliegenden Bergkette verschwammen die Schatten der Dörfer im Mondlicht. Du ließest dich auf dem Mühlstein im Hof nieder und zündetest eine Zigarette an. Du hattest glücklicherweise ihr Vertrauen gewonnen, nachts gab es keine verdächtigen Geräusche mehr vor deinem Fenster, und du entdecktest keine Schatten mehr, die das Mondlicht auf dein Fenster geworfen hätte. Du wurdest nicht mehr beobachtet. Du lebtest unter den Kerlen, als hättest du hier inzwischen Wurzeln geschlagen. Generation für Generation hatten sie hier so gelebt, sich im Schlamm und auf den Körpern von Frauen gewälzt. Wenn sie erschöpft waren, betranken sie sich und schliefen schnarchend ein, ohne irgendwelche Albträume zu haben. Du konntest den feuchten Geruch des Lehms riechen, du fühltest dich entspannt und ein wenig müde.

»Lehrer, bist du noch nicht schlafen gegangen?«

Du wandtest den Kopf um und sahst Maomei aus der Küche kommen. Sie blieb vor dem Brennholz stehen und sah im schimmernden Mondlicht bezaubernd aus.

»So ein schöner Mond ...«, murmeltest du.

»Dass der Lehrer solche Muße hat, den Mond zu betrachten ...«

Sie verzog den Mund zu einem Lachen und sah dich an. Ihre süße Stimme war hell und melodisch. Sie war ein frisches und saftiges kleines Mädchen, mit festen spitzen Brüsten, die vielleicht auch schon von den Kerlen begrapscht worden waren. Doch sie wirkte frisch und rein, so kräftig und unbekümmert, ohne jegliche Angst. Sie war eben hier aufgewachsen. Es schien, als habe sie gesagt, sie könne dich akzeptieren und warte darauf, ob du es wolltest. Sie wartete auf eine Antwort und sah dich in der Dunkelheit mit ihren blitzenden Augen an, ohne jede Furcht oder Scheu. Sie weckte in dir eine erneute Sehnsucht nach einer Frau. Sie traute sich, dir mitten in der Nacht gegenüberzustehen und lehnte einfach an dem Brennholzstapel. Doch du trautest dich nicht, mit ihr zu albern, du trautest dich nicht, weiter zu gehen, du warst nicht so wie die Kerle, diese liederliche Räuberbande, du trautest dich nicht, hattest nicht diesen Mut.

47 Regen, wieder Regen, es nieselte den ganzen Tag. Nach zwei Lektionen am Nachmittag hast du die Kinder früher nach Hause geschickt, wo es noch einiges zu tun gab. Dein Zimmer lag neben dem Lehrerzimmer, in einem Haus aus Ziegeln mit abgehängter Zimmerdecke aus Holz, so dass es hier nicht mehr hereinregnete. Du warst zufrieden und ausgeglichen, du mochtest den Regen besonders, du musstest ja auch nicht mehr mit einem Bambushut auf dem Kopf barfuß durch den nassen Lehm waten. Du machtest die Tür zu und lauschtest dem Wind, dem Regen und den Stimmen der Kinder im Klassenzimmer. Natürlich klangen sie nicht immer alle gleich angenehm, aber dann lasest du eben schweigend für dich oder schriebst ein bisschen. Immerhin hattest du endlich ein normales Leben gefunden, auch wenn du keine Familie hattest. Du wolltest auch keine Frau mehr unter deinem Dach haben, du bliebst lieber allein, als dich der Gefahr auszusetzen, dass sie dich verriet. Wenn deine Begierde wuchs, schriebst du sie in deine Bücher und gewannst damit die Freiheit der Phantasie. Welche Frau auch immer du dir wünschtest, in deinen Texten gab es sie.

»Lehrer, Parteisekretär Lu ruft dich!«, rief eine Schülerin vor der Tür.

Er hatte ein Schloss an der Tür angebracht, damit niemand einfach so in sein Zimmer eintreten konnte. Wenn ihn die Schüler sprechen wollten, mussten sie in das Lehrerzimmer kommen, das galt besonders für die Schülerinnen. Der Schuldirektor, der gegenüber dem Basketballplatz wohnte, warf ständig ein Auge auf seine Zimmertür. Über zwanzig Jahre war er Direktor der Grundschule gewesen, und nun sollte die Schule in eine Mittelschule umgewandelt werden. Das rief bei ihm die Befürchtung hervor, durch diesen Fremdling, der auf irgendeine Weise die Gunst des Sekretärs Lu gewonnen hatte, ersetzt zu werden. Wenn der Direktor ihn dabei erwischen würde, dass er mit einer Schülerin etwas Unziemliches anstellte, könnte er sein Bettzeug einrollen und sich davontrollen. Dabei suchte er doch nichts anderes als einen Ort, wo er in Frieden leben konnte, aber das konnte er dem Direktor wohl kaum erklären.

Sun Huirong war eine süße und lebendige Schülerin. Ihr Vater war schon gestorben, ihre Mutter verkaufte Gemüse im Kooperativ des Marktfleckens und zog drei Töchter groß. Sie war die älteste. Sie suchte immer einen Vorwand, ihn zu treffen, und bot ihm an: »Lehrer, ich wasche dir deine Wäsche!« »Ich habe dem Lehrer ein paar Fuchsschwanz-Zweige mitgebracht, die ich gerade im Garten gepflückt habe!« Immer wenn er am Hause der Familie Sun vorbeikam und das Mädchen ihn sah, kam sie herausgelaufen und rief: »Lehrer, komm ins Haus und trink eine Tasse Tee!« Er kannte fast jedes Haus und jede Familie in der kleinen Straße, und wenn er nicht kurz in eines hineinging, blieb er am Zaun stehen und rauchte eine Zigarette mit den Leuten. Inzwischen betrachtete er das Dorf als seine neue Heimat und war ein echter Ortsansässiger geworden. Nur in das Haus dieses Mädchens ging er nie. Das Mädchen hatte zu ihm gesagt: »Unser Haus ist ein Frauenreich.« Wahrscheinlich suchte sie einen Vater und dachte dabei nicht an Männer.

Das Mädchen war im Regen herbeigelaufen und ihr Haar völlig durchnässt. Er holte seinen Regenschirm und sagte, sie solle ihn mitnehmen. Dann ging er in sein Zimmer und holte seinen Bambushut, das Mädchen war schon davongelaufen. Er rannte ihr einige Schritte hinterher und rief sie, das Mädchen drehte sich im Regen um und wackelte mit dem Kopf hin und her. Ihre durchnässte Bluse klebte an ihrem Oberkörper und er konnte deutlich ihre kleinen Brüste erkennen. Das Mädchen lachte fröhlich und lief weiter. Wahrscheinlich freute sie sich darüber, dass sie ihrem Lehrer eine solch wichtige Mitteilung gemacht hatte.

Lu wohnte im hinteren Teil des großen Anwesens der Kommune, wohin man durch einen Seiteneingang von der Flussseite kam. Der mit schwarzen Steinen gepflasterte Hof war sehr sauber, in seiner Mitte befand sich ein kleiner Brunnen. Das eigenwillig ausgestattete Anwesen hatte früher einer Nebenfrau des exekutierten Landbesitzers gehört und lag völlig still da. Lu lag in einem Liegestuhl auf einem Lammfell, vor ihm auf einigen Ziegelsteinen stand ein Feuertopf, aus dem duftender Fleischgeruch dampfte.

»Scharfer Hundeeintopf, vom Alten Zhang aus der Polizeistelle. Er sagte, er habe einen wilden Hund erlegt, aber wer weiß schon, ob es ein wilder Hund oder ein Haushund gewesen ist? Soll er doch reden, was er will!« Lu blieb weiterhin liegen. »Nimm dir selbst Schüssel und Stäbchen und gieß dir einen Schnaps ein. Ich habe Rückenschmerzen. Eine Narbe von einer alten Schusswunde macht mir an Regentagen immer besonders zu schaffen. Damals im Krieg gab es nirgends einen Arzt und ich hatte ungeheures Glück, dass ich überhaupt überlebt habe.«

Daraufhin goss er sich einen Schnaps ein und setzte sich auf eine kleine Bank vor den Feuertopf. Während er aß und trank, hörte er den Geschichten zu, die Lu im Liegestuhl erzählte.

»Ich habe auch Menschen getötet, ich habe sie selbst mit dem Gewehr erschossen. Aber das war im Krieg und ist von daher nicht besonders erwähnenswert. Wie viele unter meiner Hand gestorben sind, kann man nicht zählen, und sie hätten nicht alle sterben müssen. Aber die, die sterben sollten, scheinen nie zu sterben.«

Lu, der für gewöhnlich eher schweigsam und kühl war, wirkte außergewöhnlich aufgeregt, und er wusste nicht, was er ihm eigentlich sagen wollte.

»Lin Biao, der alte Kerl, ist gestürzt und gestorben, hat dich diese Nachricht erreicht?«

Er nickte. Der Vizevorsitzende der Partei war mit einem Flugzeug in die Mongolei geflohen und abgestürzt, so jedenfalls lauteten die offiziellen Nachrichten. Die Dorfleute hatte das nicht besonders erschüttert. Sie bemerkten dazu nur, dass es schon besser sei, wenn einer wie Lin Biao mit seinem Affengesicht abtreten würde. Und wenn er ein normales Gesicht gehabt hätte? In den Augen der Dorfleute hätte er dann Kaiser werden sollen.

»Aber einige sind noch nicht gestürzt und gestorben.« Als Lu seinen Becher abgestellt und diesen Satz hervorgebracht hatte, verstand er plötzlich, warum Lu so aufgebracht war. Und doch hatte er mit diesem Satz eigentlich nichts gesagt. Lu hatte viel Erfahrung und viele politische Veränderungen miterlebt, er würde ihm sein Herz nicht ausschütten. Und er würde seinen Futtertopf nicht zerschlagen. Lu war sein schützender Schirm, solange Sekretär Lu im Reich herrschen konnte, war sein Überleben gesichert. Trink weiter, trink und iss den Hundeeintopf, egal ob darin ein wilder oder ein zahmer Hund schwimmt.

Lu erhob sich und nahm ein Papier vom Schreibtisch. Darauf geschrieben stand ein klassisches Gedicht in Fünf-Zeichen-Versen, das die Freude über den Tod Lin Biaos zum Ausdruck brachte. »Kannst du für mich durchsehen, ob der Rhythmus stimmt?«

Wahrscheinlich hatte er ihn also deshalb kommen lassen. Er warf einen Blick über das Gedicht, schlug ein oder zwei Änderungen vor und meinte, der Rest könne so bleiben. Er erwähnte noch, dass er ein Buch über Reimschemata in klassischen Gedichten besitze, das er ihm zur Ansicht bringen lassen könne.

»Ich bin in einer Hirtenfamilie aufgewachsen«, sagte Lu. »Meine Familie hatte nie das Geld, mich auf eine Schule zu schicken. Ich saß immer vor dem Fenster des Privatlehrers im Ort, lauschte den Rezitationen seiner Schüler und lernte dabei einige Tang-Gedichte. Als der Lehrer bemerkte, wie gerne ich studieren wollte, nahm er mich kostenlos als Schüler auf. Ich hackte ihm dafür gelegentlich sein Brennholz. In meiner freien Zeit besuchte ich seinen Unterricht und lernte zum ersten Mal lesen. Mit fünfzehn schloss ich mich den Guerillatruppen an und schoss mit einer Feuerflinte.«

Diese Berggegend war damals ein Stützpunkt der Guerillatruppen gewesen, und obwohl er heute nur mehr ein landverschickter Kader ohne offizielle Anstellung war, war er doch noch der Vorgesetzte der neu angestellten oder rehabilitierten Parteikader der Umgebung. Lu hatte sich hierher zurückgezogen und versteckt. Später einmal hatte er ihm gegenüber durchscheinen lassen, dass auch er Feinde hatte. Natürlich war das niemand aus den ehemaligen Guomindang-Militärmilizen der reichen Bauern und Großgrundbesitzer aus diesem Kreis, die er schon längst hatte hinrichten lassen, sondern er spielte auf »die gewissen ganz oben« an. Er wusste nicht, wen genau er von denen dort oben meinte, aber es war klar, dass es nicht die Kader hier im Kreis waren, die ihn hätten angreifen und stürzen können. Lu war auf alles vorbereitet. Unter seinem Kopfkissen auf der Strohmatte versteckte er ein Bajonett und in einer Holzkiste unter seinem Bett befand sich ein leichtes Gewehr, das immer glänzend geputzt und geölt war. Außerdem besaß er eine noch nicht angebrochene Schachtel mit Munition. All das gehörte zur Militärausstattung der Kommunenmiliz, so dass ihn niemand dafür anklagen konnte, dass er dies in seinem Haus hatte. Ob Lu auf eine Gelegenheit wartete, seine Macht zurückzuerlangen? Vielleicht bereitete er sich auch nur auf neue Unruhen vor. Es war schwer zu sagen.

»Die Leute in den Bergen hier sind normalerweise ganz gewöhnliche Bauern, die ihr Feld bestellen, aber in unruhigen Zeiten werden sie zu Banditen. Für sie ist es nichts Ungewöhnliches, jemandem den Kopf abzuschlagen. Ich bin damit groß geworden, dass den Leuten die Köpfe abgeschlagen werden. Damals standen die Banditen mit gefesselten Händen und hoch erhobenem Haupt und warteten ohne eine Miene zu verziehen darauf, dass das Beil fällt. Heute dagegen werden sie kniend erschossen, während ihnen ein Eisendraht die Kehle zuschnürt. Auch die Guerillatruppen waren wirklich die reinsten Banditen!« Auch dieser erschreckende Satz kam aus dem Mund von Lu. »Aber sie hatten ein politisches Ziel, die Großgrundbesitzer zu enteignen und das Land zu verteilen.«

Lu erwähnte nicht, dass das verteilte Land inzwischen wieder in die Hand der Kommune zurückgefallen war, und die Menschen nur noch ein wenig Getreide zugeteilt bekamen, während der Großteil nach oben abgeführt wurde.

»Die Guerillatruppen brauchten Geld und Getreide. Sie erpressten und wandten rohe Gewalt an, in ihren Methoden unterschieden sie sich nicht von den Banditen. Wenn sie das Geld nicht zum verabredeten Zeitpunkt an Ort und Stelle erhielten, banden sie den Menschen, den sie ergriffen hatten, lebend mit gespreizten Beinen an die beiden Enden einer Bambusstange, die auf den Durchmesser einer Reisschale zusammengebogen wurden. Auf ein Zeichen ließ man die Stange los, der Bambus schoss in die Höhe und der Mensch wurde auseinander gerissen!«

Lu hatte dies offenbar nicht selbst getan, aber mit angesehen, und wollte ihn, den Buchgelehrten ein wenig aufklären.

»Du bist ein zugereister Studierter, glaube bloß nicht, dass es so einfach ist, in dieser Berggegend zu leben. Glaube bloß nicht, dass es hier wirklich so friedlich ist! Wenn du nicht wirklich Wurzeln schlägst, wirst du hier nicht leben können!«

Lu sprach mit ihm nicht in der offiziellen Sprache der Lokalkader, die nur versuchten auf der Leiter weiter nach oben zu klettern. Ganz im Gegenteil räumte er selbst mit den letzten Märchen der Revolution auf, die noch in seinem Kopf geblieben waren. Vielleicht würde Lu ihn eines Tages brauchen und musste daher dafür sorgen, dass er genauso erbarmungslos und zornig wurde wie er, damit er ihm eines Tages behilflich sein könnte, wenn der große Bergkönig seine Macht zurückerlangt hatte? Lu sprach dann auch tatsächlich von diesen blassgesichtigen Bücherwürmern, die aus den Städten geflohen waren, um sich den Guerillatruppen anzuschließen.

»Was verstanden diese Studenten schon von Revolution? Der Alte hat das schon ganz richtig gesagt«, und mit dem Alten spielte Lu auf Mao an, »die politische Macht kommt aus den Gewehrläufen! Es gibt keinen General oder politischen Kommissar, dem nicht Blut an seinen Händen klebt!«

Er sagte, er könne in seinem Leben kein General werden, er fürchte den Krieg, und hatte dabei im Sinn, dass er nun direkt auf den Punkt kommen müsse.

Lu stimmte zu: »Ich habe auch kein großes Verlangen danach, sonst hätte ich mich ja nicht in den Bergen versteckt. Aber du musst Vorsorge treffen, dass dich die Menschen nicht abschlachten.«

Das war seine Methode zu überleben, und sie resultierte aus der Erfahrung, die Lu in seinem Leben gewonnen hatte.

»Du solltest eine soziale Erhebung in diesem Marktflecken machen, sag einfach, das geschehe in meinem Auftrag. Dafür brauchst du kein offizielles Dokument, sondern sagst einfach, ich hätte dir diese Aufgabe übertragen und ich möchte, dass du Material über den Klassenkampf in diesem Marktflecken zusammenstellst. Hör ihnen einfach zu, du darfst ihnen natürlich nicht alles glauben. Frage nichts über die aktuelle Situation, da würdest du sowieso nichts herausbekommen. Hör einfach ihrem Geplauder zu, als würdest du Geschichten lauschen. Im Kopf kannst du dir deine eigenen Gedanken dazu machen. Früher kamen hier nicht einmal Busse an, der Ort war nichts als ein Räubernest. Traue nicht dem Schmied, wenn er dir so freundlich zulächelt. Wenn man ihn in Frieden lässt, ist er der freundlichste Mensch, doch wenn er unter Druck gerät, kann er dich im Dunkeln von hinten mit seiner Axt erschlagen! Und du glaubst wahrscheinlich, dass die alte Frau mit den krummen Beinen, die auf der Straße Tee verkauft, gebundene Füße hat? In dieser Berggegend wurden die Füße nicht eingebunden. Die Guerillatruppen hatten sie als Geisel genommen, ihr mitten im Winter die Schuhe abgenommen und sie barfuß laufen lassen, bis ihr die Füße abfroren. Aber sie war ja eine Frau, und da ließ man sie doch noch am Leben. Dieses Haus war ihr Zuhause gewesen. Ihr Mann wurde hingerichtet, ihr älterer Bruder starb im Umerziehungslager, von ihrem jüngeren Bruder heißt es, dass er ins Ausland geflohen sei.«

Das waren die Lehren, die er dir erteilen wollte, und solches lehrte dich auch das Leben, was dazu führte, dass dein letztes bisschen Mitleid, dein Gerechtigkeitsgefühl, dein gerechter

Zorn und jegliche Erregung, die zuvor durch so etwas hätten hervorgerufen werden können, völlig erloschen.

»Genug getrunken!«, sagte Lu. »Wenn du morgen mit einem Kater aufwachst, geh mit mir in die Berge im Süden. Dort gibt es einen kleinen Tempel, der von den Japanern zerbombt wurde. Die Japaner kamen nicht bis hierher, sondern hielten sich in den Städten auf. Aber weil sich die Guerillatruppen in den Bergen versteckten, hat man einfach diesen Tempel auf der Bergspitze zerbombt. Ein Mönch hatte ihn errichtet, nachdem das Königreich der Taiping verloren war. Haben nicht schon die langhaarigen Rebellen der Taiping aus diesem Ort eine Räubergegend gemacht? Als sie die Dynastie nicht stürzen konnten, verzogen sie sich nach ihrer Niederlage in die Berge und wurden Mönche. Auf dem Berg befindet sich noch eine abgebrochene Stele, deren Text nicht mehr vollständig ist, schau sie dir einmal an.«

48

Wenn man die Welt durch einen Spiegel betrachtete, veränderte sich alles, und selbst hässliche Dinge wurden schön. Du besaßest damals einen alten Photoapparat, den du immer mitnahmst, wenn du in die Berge gingst, es war dein drittes Auge. Du machtest Aufnahmen von der Landschaft, von den Bambushainen, die sich im Wind bogen wie sanfte Wellen aus grünem Federflaum. Mit einem Druck auf den Auslöser waren sie auf das Negativ gebannt. Nachts entwickeltest du die Filme in deinem Zimmer, es waren natürlich keine Farbfilme. Aber die schwarzweißen Lichtschatten waren sogar noch faszinierender, wie eine Welt von Illusionen. Du verwendetest damals eine alte Filmrolle, eine einzige Rolle war insgesamt über hundert Meter lang. Du hattest sie noch in Peking über einen Bekannten im Filmstudio für 30 Yuan gekauft, was fast geschenkt war. Die Filmstudios produzierten damals fast ausschließlich Nachrichten und Reportagen über die Festivitäten der Revolution, die von Glocken und Gongs und fröhlich tanzenden Menschen begleitet wurden: Der großartige Führer Mao Zedong, der die Roten Garden auf dem Tiananmen-Platz empfing, die erste Wasserstoffbombe, die erfolgreich gezündet wurde, oder die Betäubungskraft der Akupunktur und all die großartigen Siege, die durch das Mao-Zedong-Denken errungen wurden. Wenn Patienten die Brust oder der Bauch aufgeschnitten wurde, bereiteten sie sich mental durch ideologische Arbeit auf die Operation vor, und dasselbe tat man vor der Besteigung des Mount Everest, um die rote Fahne auf dem Gipfel der Welt wehen zu lassen. All dies wurde auf neuen im Ausland produzierten Filmen aufgenommen, die einen deutlichen Rotstich hatten. Aber du zogst Schwarzweißfilme vor, die nicht so unruhig waren wie farbige und die man lange betrachten konnte, ohne die Augen zu ermüden.

Du maßest die schwarzweißen Hütten mit den Augen ab, schwarzgraue Ziegeldächer, ein kleiner Weiher im Nieselregen, ein Huhn, das über eine Einbaumbrücke spazierte. Besonders gern machtest du Aufnahmen von einem schwarzen Huhn, das genau vor deiner Kamera Körner pickte, den Kopf hob und mit seinen runden schwarzen Augen umherblickte, ohne zu wissen, was für ein komisches Ding eine Linse war. Diese glänzenden runden Augen im hoch erhobenen Kopf schienen dir atemberaubend, und du meintest einen tiefen Sinn aus ihnen herauslesen zu können.

Es gab dort auch eine Ruine. Das Dach war eingefallen, das Haus über und über mit Gras bewachsen. Sie lag in einem ausgestorbenen Dorf, in dem sich niemand mehr niedergelassen hatte. Alles war vollkommen verrottet, vom damaligen »Großen Sprung nach vorn« war nicht die geringste Spur mehr zu sehen. In jenen Jahren wurde alles Getreide nach oben abgeführt, und das ganze Dorf verhungerte, selbst die Sekretäre des Parteikomitees. Nicht nur, dass die Partei nicht half und sich nicht um die Menschen sorgte, war unglaublich. Sie ließ sogar Wachen an den Bushaltestellen der Kreisstadt aufstellen, die verhinderten, dass die Menschen in die Städte trieben und um Essen bettelten. Zumal auch die Getreiderationen in den Städten festgelegt waren und man gar nichts hätte erbetteln können. Die älteren Kinder in den Bergen konnten sich noch erinnern, dass sie Knollenwurzeln von Kopoubohnen ausgruben, um ihren Hunger zu stillen. Wenn sie ihren Darm entleeren wollten, mussten sie ihren Hintern in die Höhe recken, damit andere Kinder mit Stöckchen den Kot herauspuhlen konnten, denn durch das Bohnenmehl wurde der Stuhlgang steinhart und der ganze Vorgang war besonders schmerzhaft. Das alles hatten dir deine Studenten berichtet, auf den Photos war davon freilich nichts zu sehen. Doch auch die verlassene Ödnis war schön. Durch die Linse einer Kamera gesehen konnte die größte Katastrophe zu einer schönen Landschaft werden.

Du photographiertest auch zwei süße kleine Mädchen, die ältere war achtzehn, die jüngere fünfzehn Jahre alt. Die Ältere stand abseits, als wäre sie tief in Gedanken versunken. Ihr Vater war Lehrer in der Mittelschule der Kreisstadt. Der Vater ihres Vaters, also ihr Großvater, war Großgrundbesitzer gewesen. Daher war sie noch vor Abschluss der Oberstufe tief in die Berge geschickt worden. Die Jüngere besuchte die Unterstufe der Mittelschule, ihr Vater hatte einen kleinen Optikerladen in der Kreisstadt und konnte seine Tochter natürlich auch nicht bei sich behalten. Auf dem Photo sah sie ihn direkt an und lachte albern, fast als würde sie jemand gerade kitzeln. Beide waren vor über einem Jahr in die Berge gekommen. Als die Grundschule im Dorf ihren Unterricht wieder aufgenommen hatte, durften sie als eine Art Bevorzugung die Arbeit in den Bergen aufgeben und unterrichten. Sie waren außer sich vor Freude, als sie von dir hörten, dass du mit deinen Schülern zum Teepflücken in die Berge gehen wolltest. Sie sagten, ihr könntet in der Schule wohnen, passender gehe es gar nicht, es gebe zwei Klassenzimmer, in dem einen könnten die Jungen schlafen, in dem anderen die Mädchen. Das Zimmer dazwischen sei durch eine Holzwand abgetrennt, im vorderen Teil würden sie die Korrekturen der Schularbeiten erledigen, im hinteren Teil hinter der Holzwand stünden ihre Betten, das sei ihr Schlafzimmer. Sie sagten, wenn du kommen würdest, könnten sie dir das Zimmer überlassen und im Dorf übernachten. Selbst wenn sie vor der Landverschickung wahrscheinlich ihre eigenen Lehrer kritisiert und bekämpft hatten, sahen sie nun in dir, dem Lehrer der Mittelschule aus dem Marktflecken, offenbar einen Verwandten. Sie waren äußerst freundlich zu dir, dämpften Salzfleisch, kochten Eier und bereiteten eine Suppe aus frischen Bambussprossen, wobei sie ununterbrochen schwätzten und plauderten. Als du sie daraufhin photographiertest, verhielten sie sich ganz anders als die Mädchen im Dorf, die sich sofort versteckten, sobald sie die Linse erblickten. Sie waren völlig gelassen vor der Kamera, warfen sich in Pose, und gerade als das Mädchen so albern lachte, drücktest du auf den Auslöser. Als du die Bilder später entwickeltest, bemerktest du, dass der Blick der Älteren der Linse auswich und etwas traurig und verloren war, während im albernen Lachen der Jüngeren eine Zügellosigkeit lag, die bei jungen Mädchen selten war. Beide standen unter den dicken schwarzen Ästen einer Nusseibe, im Hintergrund ragten die scharfen Kanten der Bergketten auf.

Es grünte, wohin das Auge blickte, im Frühlingsmonat April, die Teeblätter begannen zu sprießen und bald kam die Zeit, da sie gepflückt werden mussten. Er war am Rande der Berge entlang gewandert, hatte einen großen Kamm überstiegen und eine Holzbrücke überquert, die aus ganzen Holzstämmen gebaut war, unter ihm glitzerte der plätschernde Bach im Sonnenschein. Dann war er zu dieser Produktionsgruppe gelangt, die hauptsächlich Tee- und Bambusplantagen bewirtschaftete. Er kletterte auf ein in der Mitte des Berghanges gelegenes, abschüssiges Terrassenfeld und traf auf den Leiter einer Produktionsgruppe, die hier Mais anbaute. Er verabredete mit ihm, dass er dreißig Schüler aus dem Marktflecken für zehn Tage zum Teepflücken hierher bringen würde und dass sie ihr Lager in der Grundschule aufschlagen würden. Den Reis würden die Schüler von zu Hause mitbringen, aber Feuerholz, Gemüse, Salz und Öl und Doufu und Ähnliches müsste die Produktionsgruppe bereitstellen, was später mit dem durch das Teepflücken erwirtschafteten Geld abgerechnet werden könne. Es war schon vier Uhr nachmittags geworden. Wenn er sich auf den Heimweg machte, würde er den halben Weg in der Dunkelheit machen müssen, daher boten ihm die beiden Mädchen an, dass er in der Schule übernachten könne.

In den Bergen wurde es früh dunkel. Als die Sonne hinter der Bergkette verschwand, lag schon die Dämmerung über dem kleinen Sportplatz der Schule. Die Dorfhütten verschwammen im Nebel, der aus dem kleinen Bach aufstieg. Die Männer und Frauen, die in den Bergen arbeiteten, legten ihre Hacken nieder und kehrten nach Hause zurück. Es wurde lebhaft im Dorf, Menschenstimmen mischten sich mit Hundegebell, aus den Dächern stiegen Rauchwolken auf.

Es war sehr feucht draußen. Das ältere Mädchen hatte ein Feuer angezündet und heißes Wasser aufgesetzt, damit er sich die Füße waschen konnte. Nach seiner ganztägigen Wanderung durch die Berge war dieses Fußbad nicht nur eine Erfrischung, sondern auch ein Genuss. Das andere Mädchen reichte ihm ihre Seife. Beide saßen im Schein der Petroleumlampe und korrigierten die Hausaufgaben ihrer Schüler. Nachdem die Leute im Dorf zu Abend gegessen hatten, kamen sie herbei, ältere Kerle, aber auch junge Männer und einige halbwüchsige Kinder. Die Kerle versammelten sich zum großen Teil um den Ofen, die jüngeren setzten sich an den Tisch unter die Petroleumlampe und spielten Karten und die beiden Mädchen legten ihren Stapel Schulhefte beiseite. Einige unverheiratete Frauen kamen dazu, Frauen mit Familie waren zu Hause mit der Hausarbeit beschäftigt. Die ganz Kleinen liefen rein und raus und tobten ohne Unterlass herum. Die Kerle scherzten und alberten recht derb mit den Mädchen herum, doch die Mädchen in den Bergen hatten eine scharfe Zunge. Im Vergleich dazu sprachen die beiden Mädchen aus der Stadt wesentlich feiner und anständiger, doch hatten auch sie ihren früheren städtischen Studentenjargon schon abgelegt und gaben ab und zu einen sehr direkten und deftigen Kommentar ab. Diese Schule war abends offenbar der Nachtclub im Dorf, und alle waren vergnügt und fröhlich.

»Das Licht wird gelöscht, das Licht wird gelöscht. Der Herr Lehrer ist heute den ganzen Tag durch die Berge gewandert, er ist bestimmt müde!« Das ältere Mädchen begann, die Leute hinauszuscheuchen, die daraufhin langsam und widerwillig davonzogen. Auch die beiden Mädchen wünschten ihm eine gute Nacht und gingen mit den Letzten davon.

Die Kohlestückchen im Ofen flackerten noch ein wenig und gaben einen kaum merklichen Schein ab. Es wurde sofort kalt im Raum. Durch das dunkle Klassenzimmer blies eisig der Wind herein. Er stand auf, um die Tür zu schließen, die gerade vom Wind aufgestoßen worden war. Dabei bemerkte er, dass kein Türschloss vorhanden war, Tür und Rahmen waren übersät mit Löchern eingeschlagener Nägel, doch ein Schloss fehlte. Er blieb einen Augenblick lang gedankenverloren stehen, dann ging er in das große Klassenzimmer, um die Eingangstür zu schließen. Auch hier konnte er in der Dunkelheit kein Schloss ertasten, die beiden eisernen Beschläge waren solide an den Türen befestigt, doch wusste er nicht, wo sich der Holzriegel befand. Er stellte eine Schulbank vor die Tür und kehrte in sein Zimmer zurück. Mit der Petroleumlampe ging er in den hinteren abgetrennten Teil des Zimmers, in dem sich eine kleine Verbindungstür zum anderen Klassenzimmer befand. Auch hier fehlte der Riegel des Schlosses, und nur zwei Eisenhalterungen hingen im Türrahmen. Doch die Tür saß fest im Rahmen und ließ sich gut schließen, daher ging er nicht mehr in das andere Klassenzimmer, um zu prüfen, ob er diese Tür zumachen konnte. In diesem Gebäude gab es sowieso nichts in Besitz zu nehmen, außer zwei jungen verlassenen Mädchen, die aus der Stadt gekommen waren, um sich auf dem Land niederzulassen, und nachts hier schliefen.

Er blies das Licht aus und streifte Schuhe und Kleider ab. Als er sich niederlegte, hörte er den Wind über den Bergen heulen wie ein tiefes Brüllen aus dem Rachen eines wilden Tieres. Als der Windstoß vorüber war, vernahm er das Plätschern des Baches. In jener Nacht schlief er sehr schlecht, immer wieder schreckte er hoch und meinte, ein wildes Tier könne jeden Moment in das Zimmer kommen. Erst als er morgens die Decke zurückschlug, bemerkte er, dass das graue alte Laken voller Flecken war. Auch beide Kopfkissen waren alt und schmutzig und ihn überfiel ein Gefühl von Übelkeit.

Auf dem Rückweg dachte er über seine Schülerin Sun Huirong nach und stellte fest, dass ihn die Jahre auf dem Land immer verdrießlicher gemacht hatten. Es war ihm trefflich gelungen, sich zu verstecken. Doch obwohl er eine innere Herzensruhe wiedergefunden hatte und stundenlang die Berge und das unaufhörlich fließende kleine Rinnsal betrachten konnte, ohne über irgendetwas nachzudenken, war er im Grunde zu einer richtigen Fliegenmade geworden.

49

Sie wollte sich den Urwald ansehen. Du sagtest, hier in Sydney gebe es keinen Urwald. Dazu müsse man ein paar Tage mit dem Auto fahren und sich in die unbewohnten Gebiete des australischen Kontinents begeben. Du habest das alles vom Flugzeug aus gesehen, fügtest du hinzu, eine weite rote Ödnis, durch die sich scharfe Bergketten wie ein Fischskelett schlängelten. Das Flugzeug überflog diese Landschaft viele Stunden, wo soll da ein Urwald gewesen sein? Sie schlug die Touristenkarte auf und zeigte mit dem Finger auf einen grünen Fleck: »Na, hier ist er!«

»Das ist nur ein Park!«, sagtest du.

»Die öffentlichen Parks sind Naturschutzgebiete«, fuhr sie hartnäckig fort, »in denen Flora und Fauna in ihrem ursprünglichen Zustand bewahrt werden!«

»Gibt es auch Kängurus?«, fragtest du.

»Natürlich!«, antwortete sie.

»Die musst du dir aber im Zoo ansehen. Das hier ist nicht dein Frankreich. Hier werden keine Tiere aus aller Welt zusammengebracht und in einen Käfig gesperrt, wo sie zum Vergnügen der Besucher auf und ab laufen müssen.« Du konntest sie nicht davon abbringen und gabst nach. »Dann muss ich einen Freund im Theaterzentrum bitten, uns einen Wagen zu leihen.«

Du fügtest hinzu, dass du eingeladen worden seist, um ein Stück zu inszenieren, dass du diese Leute eben erst kennen gelernt habest und es dir daher unangenehm sei, solche Umstände zu bereiten. Doch sie erwiderte, es gebe einen Zug, der direkt dorthin fahre. Sie fuhr mit dem Finger vom Zentralbahnhof im Zentrum der Stadt eine Linie zu jenem grünen Fleck, dem Royal Park.

»Ach, es ist nur eine Station, Sutherland, es ist ganz einfach zu erreichen!«

Sie, Sylvie, hatte sehr kurze Haare, einen Männerschnitt, und wirkte dadurch sehr viel jugendlicher, als sie eigentlich war, wie eine Mittelschülerin. Nur von hinten sah man ihrem kräftigen Rücken an, dass sie eine voll entwickelte Frau war. Du stecktest Brot in den Toaster und bereitetest einen Milchkaffee. Sie achtete auf ihre schlanke Linie, trank den Kaffee schwarz ohne Zucker und verzichtete auf Brot und Butter.

Als ihr aus dem Häuschen tratet, fiel ihr plötzlich etwas ein, und sie rannte zurück, um zwei Handtücher und die Badesachen zu holen. Sie meinte, nach dem Besuch im Park, dem staatlichen Naturschutzgebiet, könntet ihr direkt ans Meer gehen und euch vielleicht noch ein bisschen baden und sonnen.

Vom Zentralbahnhof fuhrt ihr direkt nach Sutherland. Es war ein kleiner Bahnhof, nur wenige Passagiere stiegen aus. Vor dem Bahnhof lag ein kleines Städtchen, aber ein Urwald war nicht zu sehen. Du sagtest, ihr müsstet euch erkundigen und kehrtest zurück zum Fahrkartenschalter. »Wie kommt man zum Urwald? Zum Park, dem Royal Park?«

»Da müssen Sie noch eine Station fahren, nach Loftus«, gab die Fahrkartenverkäuferin aus ihrem kleinen Fenster Auskunft.

Daraufhin kauftet ihr eine neue Fahrkarte und kehrtet auf den Bahnsteig zurück. Nach zwanzig Minuten fuhr ein Zug ein, doch ging der nicht nach Loftus, und ihr musstet weiter warten.

Nach einer weiteren halben Stunde ertönte eine Durchsage aus dem Lautsprecher, dass der nächste Zug Verspätung habe und auf einem anderen Bahnsteig ankommen werde. Sie fragte den Schaffner auf dem Bahnsteig, was passiert sei, und der dicke Mann antwortete:

»Warten Sie nur, warten Sie, der Zug wird schon kommen.« Daraufhin schloss sich die Tür der Schaffnerkabine.

Du erinnertest sie daran, dass euch Leute schon am ersten Tag eurer Ankunft in Australien gesagt hatten, dass eine Zugreise von Sydney nach Melbourne manchmal zwei, drei Tage, ja sogar eine ganze Woche dauern konnte, und dass niemand hier mit dem Zug fahre. Sie würden entweder fliegen oder selbst mit dem Auto fahren. Du meintest, ihr müsstet wahrscheinlich bis in den Abend warten. Doch sie, Sylvie, lief hin und her und war sichtlich nervös. Du sagtest, sie solle sich setzen, doch sie setzte sich nicht.

»Ich gehe zum Kiosk und kaufe ein paar gebrannte Erdnüsse oder diese speziellen australischen kandierten kleinen Früchte, wie heißen die noch mal?« Er wollte sie ein bisschen necken, aber sie beachtete ihn überhaupt nicht.

Eine weitere Stunde verging, dann endlich kam der Zug.

Loftus. Vor dem Bahnhof lag ein noch kleineres Städtchen, genauso grau und staubig wie das andere. Auf dem Gleisübergang hing ein Spruchband: »Willkommen im Eisenbahnmuseum.«

»Sollen wir hingehen?«, fragtest du.

Ohne dich zu beachten, lief sie zurück zum Fahrkartenschalter und winkte dich dann herbei. Du kehrtest zum Haupteingang zurück, der Kartenverkäufer wies mit der Hand in das

Innere des Bahnhofs, du fragtest sie: »Ist der Urwald auf dem Bahnsteig?«

»Du verstehst sein Englisch nicht!«, antwortete sie.

Du bedanktest dich auf Englisch bei dem Kartenverkäufer, als ihr wieder in den Bahnhof hineingingt. Sie warf dir einen Blick zu und lachte. Ihre Stimmung hatte sich gelockert und sie erklärte dir, dass der Ort über den Bahnsteig schneller zu erreichen sei. Du klettertest mit ihr über die Gleise und einen Haufen Steine an einer kleinen Baustelle. Ein Schaffner in Uniform auf dem Bahnsteig beobachtete euch, woraufhin du ihm laut zuriefst: »Der Park? Wo ist der Royal Park?«

So viel Englisch konntest du noch. Er zeigte hinter euch auf einen Ausgang, dessen Absperrung verfallen war.

Ihr erreichtet eine Landstraße, auf der ein Strom von Autos vorbeiraste und kein einziger Fußgänger zu sehen war. An der Bahnhofsmauer hing ein großes Schild, auf dem »Eisenbahnmuseum« stand und ein Pfeil in eine Richtung gemalt war. Ihr musstet in das Eisenbahnmuseum, um weiter nach dem Weg zu fragen. In der Halle hinter dem großen Eingangsportal befand sich ein kleines Holzhaus, das im Vergleich wie eine Puppenstube wirkte, ein angenageltes Schild zeigte unterschiedliche Eintrittspreise für Erwachsene und Kinder an. Im Häuschen war aber niemand. Auf dem leeren Platz waren Gleise montiert, auf denen eine kleine alte Eisenbahn mit bunt lackierten hölzernen Waggons stand. Eine Frau und um die zehn Kinder umringten einen alten Mann mit Dienstmütze, der gerade die Geschichte der Eisenbahn erzählte. Als der alte Mann endlich fertig war, ließ sie die Kinder einsteigen. Er wandte sich zu euch um und legte die Hand zum Gruß an die Mütze. Als Sylvie erklärte, warum ihr hier wart, breitete er seine Hände aus und sagte: »Hier ist doch der Park, das alles hier ist der Park, ihr und ich, dieses Museum hier, wir sind alle mitten im Park!«

Das so genannte Museum, das er mit der Hand in die Luft malte, war nichts als diese alte Eisenbahn auf dem Platz hinter dem Eingangsportal.

»Aber der Wald, der Urwald?« Als Sylvie mit ihrem Kurzhaarschnitt den großen alten Mann mit seiner Mütze dies fragte, wirkte sie erst recht wie ein kleines Mädchen.

»Das alles hier ist Wald ...« Er wandte sich um und zeigte mit dem Finger auf ein paar Eukalyptusbäume gegenüber der Landstraße.

Dir platzte ein Lachen heraus, Sylvie warf dir einen wütenden Blick zu und fragte den Alten: »Wie kommen wir in den Wald?«

»Man kann von überall her hineingehen. Sie können auch mit der Bahn fahren, 5 Dollar pro Person, Sie sind ja beide Erwachsene.«

»Zweifellos«, bemerktest du und zogst die Geldbörse hervor. »Fährt die Bahn denn in den Wald?«

»Natürlich. Das ist ein Hin- und Rückfahrticket. Bezahlt wird erst am Ende der Fahrt, wenn Sie zufrieden waren. Wenn es Ihnen nicht gefällt, können Sie aussteigen und zu Fuß zurücklaufen. Es ist nicht weit.«

Eine Glocke ertönte und die alte Eisenbahn setzte sich in Bewegung. Die Glocke schien gar nicht alt, sondern hatte einen sehr hellen und klaren Klang. Du stiegst genauso fröhlich wie die Kinder in den Zug ein. Sylvie verzog den Mund, doch hatte sie eigentlich keinen Grund verärgert zu sein. Der Zug fuhr in den Wald, Eukalyptus und nochmal Eukalyptus, viele verschiedene Arten von Eukalyptus, die du aber nicht unterscheiden konntest. Die Baumstämme waren dunkelrot, dunkelgelb oder braun, einige hatten die Rinde verloren. An einer Stelle hatte es gebrannt und die Bäume trugen nur noch kohlschwarze knorrige Äste. Die Baumwipfel schwankten hin und her wie langes aufgelöstes Haar und verbreiteten eine gespenstische Atmosphäre. Nach einer Viertelstunde waren sie am Endpunkt der Strecke angelangt.

»Hast du ein Känguru gesehen?«, musstest du sie wieder aufziehen.

»Mach dich nur lustig, ich werde schon eines finden und dir zeigen!«

Sylvie sprang aus dem Waggon und folgte einem kleinen Weg, der laut einem Hinweisschild zu einer Informationsstelle führte. Du ließest dich auf den Gleisen nieder. Nach einer ganzen Weile kam sie zurückgelaufen und wedelte mit einer Informationsbroschüre in der Hand. Sie sagte, man könne dem Weg folgen bis ans Meer, doch werde es ein Spaziergang von mehreren Stunden. Die Sonne stand schon nicht mehr sehr hoch über den Baumwipfeln und es war vier Uhr nachmittags geworden. Sie wartete auf einen Vorschlag von dir.

»Lass uns auf demselben Weg zurückgehen. Immerhin haben wir ein Eisenbahnmuseum besichtigt«, antwortetest du.

Ihr stiegt mit der Gruppe kleiner Kinder in den Waggon zurück, wieder ignorierte sie dich, als wäre alles dein Fehler. Auf dem Bahnhof nahmt ihr den Zug nach Sydney zurück und sie legte sich im leeren Abteil über die Sitze. Du studiertest die Touristenkarte und entdecktest, dass der Zug in einem kleinen Ort namens Cronulla halten würde, der direkt am Meer lag. Du schlugst vor, sofort auszusteigen, und bekamst sie wieder auf die Beine.

Nicht weit vom Bahnhof entfernt lag tatsächlich der Strand. Die Sonne stand tief über dem dunkelblauen Meer, über das schneeweiße Wellen rhythmisch an den Strand glitten. Sie zog sich die Badesachen über, dabei riss die hintere Schnur ihres Oberteils. Sie war außer sich vor Wut.

»Jetzt musst du einen FKK-Strand suchen«, dir fiel nichts anderes ein, als sie aufzuziehen.

»Du verstehst nichts vom Leben!«, giftete sie dich an.

»Was kann man da machen?«

Du sagtest, sie könne die Schnur aus deiner Badehose leihen.

»Und du?«

»Ich setze mich an den Strand und warte auf dich.«

»Das ist doch nicht schön. Wenn du nicht ins Wasser gehst, will ich auch nicht!«

Eigentlich wollte sie sehr gerne baden und damit nur zeigen, dass sie Mitleid mit dir empfand.

»Du kannst meinen Schnürsenkel nehmen«, fiel dir als letzte Rettung ein.

»Das ist eine gute Idee, so dumm bist du doch gar nicht.«

Schließlich bandst du ihr Oberteil mit deinem Schnürsenkel fest, sie gab dir einen Kuss und rannte ins Wasser. Das Meer war kalt, noch bevor es dir an den Nabel ging, fingst du schon an zu zittern.

»Ist das aber kühl!«, rief sie, während sie sich in die weiß schäumenden Wellen warf.

In weiter Ferne, am rechten Ende der Bucht fuhren einige junge Männer auf ihren Surfbrettern. Noch weiter hinten erstreckte sich das tiefblaue Meer, eine weiße Welle nach der anderen erhob sich und löste sich wieder auf. Die Sonne war hinter den Wolken verschwunden, der Wind blies über das Meer und es wurde noch kälter. Andere, die in der Nähe geschwommen waren, gingen aus dem Wasser, die Leute am Strand erhoben sich und packten ihre Sachen zusammen, so dass es fast leer geworden war.

Du krochst an Land zurück und zogst deine Kleider über. Du blicktest über das Meer und konntest sie nicht mehr sehen. Auch die jungen Männer auf den Surfbrettern waren wieder an Land gegangen. Du wurdest etwas unruhig und standst auf. Du meintest einen kleinen schwarzen Punkt in der Ferne zwischen dem weißen Wellenschaum ausmachen zu können, der sich scheinbar noch weiter in das Meer hinaus bewegte. Da wurdest du richtig ängstlich, die Sonnenstrahlen glitzerten nicht mehr so hell über dem Meer und Dunkelheit senkte sich über den unermesslich weiten südlichen Stillen Ozean.

Du kanntest sie noch nicht lange und verstandst sie nicht. Ihr hattet nur einige Male miteinander geschlafen. Als du erwähnt hattest, dass dich Freunde eingeladen hatten, ein Stück zu inszenieren, hatte sie einfach Urlaub genommen, um dich zu begleiten. Sie war sehr umständlich, und du konntest nicht sagen, ob du sie liebtest, aber sie faszinierte dich. Sie hatte eine ganze Reihe von Männern, die nach ihrer Auskunft alle ihre Kumpane waren. »Bettkumpane?«, hattest du sie gefragt. Sie hatte das nicht verneint, und genau deswegen fandst du sie besonders aufregend. Sie sagte, sie sei gegen die Ehe, sie hatte viele Jahre mit einem Mann zusammengelebt und sich dann getrennt. Sie wolle nicht das Eigentum eines Mannes werden. Du sagtest, du würdest völlig mit ihr übereinstimmen. Sie fügte hinzu, dass sie sich schon eine feste stabile Beziehung wünsche, aber wenn man Stabilität wolle, müssten beide Seiten das wollen, und das sei schwierig. Du stimmtest ihr zu, dass du eine ähnliche Haltung dazu hättest, da hättet ihr eine Gemeinsamkeit. Sie ließ sich durchschauen, sie musste so leben. All dies erzählte sie dir bereits in eurer ersten Nacht im Bett und berichtete dir zudem von ihren früheren und noch aktuellen anderen sexuellen Beziehungen. Aufrichtigkeit war das wichtigste in einer sexuellen Beziehung, auch hier stimmtest du ihr zu. Sie war aufrichtig, und daher für dich aufregend.

Das Meer in der Ferne war nicht mehr zu sehen. Du schautest unruhig umher, hobst den Kopf und spähtest am Ufer entlang, ob es ein Rettungshäuschen gab. Doch dann kam sie von der Seite her angelaufen, blieb stehen, als du sie entdecktest, und verzog ihre blaugefrorenen Lippen.

»Was suchst du?«, fragte sie.

»Einen Rettungsschwimmer.«

»Hältst du nicht eher nach schönen Frauen Ausschau?«, fragte sie lachend und schüttelte sich. Ihr ganzer Körper war mit Gänsehaut bedeckt.

»Da war tatsächlich eine, mit goldblondem langen Haar, gerade noch lag sie am Strand und sonnte sich.«

»Magst du Frauen mit goldblonden Haaren?«

»Kastanienbraune mag ich ebenso!«

»Schuft!«

Sie schimpfte dich leicht, doch du lachtest erleichtert.

In einem kleinen italienischen Restaurant aßt ihr zu Abend. Auf die Fensterscheibe war ein weißer Weihnachtsmann gemalt, auf dem Tisch standen grüne Tannenbäume, die aus Papier gefaltet waren. Es war kurz vor Weihnachten, auch wenn es auf der südlichen Erdhalbkugel hier Sommer war.

»Du bist abwesend, sich mit dir amüsieren zu gehen ist nicht besonders unterhaltsam«, sagte sie.

»Soll man sich beim Amüsieren nicht einfach entspannen, ohne besondere Absichten?«, sagtest du.

»Dann kannst du ja mit jeder Frau ausgehen, dazu brauchst du keine besondere?« Sie blickte dich über ihr Weinglas hinweg an.

»Ich habe mich gerade zu Tode geängstigt, fast hätte ich die Polizei gerufen!«, sagtest du.

»Das wäre auch schon zu spät gewesen.« Sie setzte das Glas ab und strich über deine Hand. »Ich wollte dir absichtlich einen Schrecken einjagen. Du bist ein alter Dummkopf! Lass mich dir zeigen, wie man lebt!«

»In Ordnung«, sagtest du.

In dieser Nacht habt ihr euch wild und heftig geliebt.

50

Im Marktflecken fiel oft der Strom aus. Er zündete die Petroleumlampe an. Im Licht der Petroleumlampe fühlte er sich noch ruhiger und machte sich weniger Sorgen, es fiel ihm auch leichter, seine Gedanken auszudrücken. Es klopfte ganz leise an der Tür. Niemand auf dem Land klopfte auf diese Weise an die Tür. Entweder riefen sie zuerst laut seinen Namen oder sie schlugen kräftig gegen die Tür, während sie ihn riefen. Er glaubte, es sei ein Hund. Der kleine blonde Hund des Rektors kam manchmal herein und stahl sich einen Knochen, wenn er den dampfenden Fleischtopf auf dem Ofen gerochen hatte. Aber in den letzten Tagen hatte er immer in der Mensa der Schule gegessen und kein Feuer angezündet. Er wunderte sich ein wenig und steckte sofort seine Papiere in die Holzkohlekiste in der Ecke seines Zimmers. Er lauschte hinter der Tür, nichts war zu hören. Gerade als er sich abwenden wollte, hörte er erneut ein leichtes Klopfen an der Tür.

»Wer ist da?«, fragte er mit lauter Stimme und öffnete die Tür einen Spalt.

»Lehrer«, antwortete leise eine Mädchenstimme, die Person stand an der Seite im Dunkeln.

»Bist du es, Sun Huirong?« Er hatte ihre Stimme erkannt und öffnete die Tür.

Das Mädchen hatte nach zwei Jahren Schulbesuch die Schule abgeschlossen und war zur Feldarbeit ins Dorf zurückgekehrt. Nach den Bestimmungen, deren Einhaltung von der Schule geregelt wurde, mussten auch die Schüler aus nicht registrierten Bauernfamilien im Dorf bleiben. Er war Suns Klassenlehrer gewesen und hatte für sie eine Produktionsbrigade ausgesucht, die nur fünf Meilen vom Marktflecken entfernt lag. Der Sekretär der Brigade war der Bucklige Zhao, den er kannte. Zudem fand er für sie eine Bleibe im Haus einer alten Frau, die sich auch ein bisschen um das Mädchen kümmern konnte.

»Wie geht es dir? Ist alles in Ordnung?«, fragte er.

»Ja bestens, Lehrer.«

»Du bist aber braun geworden!«

Im gelblichen Lichtschein der Petroleumlampe erschien das Gesicht des Mädchens ganz dunkel, fast schwarz. Sie war gerade sechzehn und hatte schon voll entwickelte, feste Brüste. Sie war anders als die Mädchen aus der Stadt, von Kind auf an Arbeit und einiges Leid gewohnt. Sun trat ins Zimmer ein, und er ließ die Tür offen, um jeglichen Zweifel auszuräumen.

»Was hast du auf dem Herzen?«

»Ich wollte den Herrn Lehrer nur einmal besuchen.«

»Wie schön. Dann setz dich doch.«

Er hatte dem Mädchen noch nie erlaubt, in seinem Zimmer zu bleiben, aber inzwischen hatte sie die Schule ja schon abgeschlossen. Sun blickte sich nach allen Seiten um, blieb jedoch auf der Stelle stehen und blickte auf die Tür.

»Setz dich, setz dich, die Tür bleibt einfach offen.«

»Niemand hat gesehen, dass ich hergekommen bin.« Sie sprach noch immer sehr leise.

Er fühlte sich sofort sehr unwohl. Er erinnerte sich daran, wie sie ihm gesagt hatte, dass sie zu Hause ein Frauenreich hätten, und dass sie dabei ein wenig bitter geklungen hatte, auch ein wenig Mitleid heischend. Sun war das attraktivste Mädchen im Marktflecken. Nachdem die Propagandatruppe der Schule eine Aufführung in der nahe gelegenen Kohlengrube gegeben hatte, liefen einige der jungen Grubenarbeiter später vor ihrem Klassenzimmerfenster auf und ab, streckten ihre Köpfe in die Höhe und einige von ihnen riefen sogar, dass sie Sun Huirong sehen wollten! Der Direktor war aus seinem Büro angelaufen gekommen, hatte geschimpft: »Was guckt ihr so? Was gibt es hier schon zu sehen?«, während die Jungen widerwillig antworteten: »Man wird doch einmal gucken dürfen, sie wird deswegen schon nicht weglaufen!« Auf der Mauer am Flussufer hatte jemand in großen Zeichen mit Kreide geschrieben: »Hier hat jemand Sun Huirong an die Brust gefasst.« Der Direktor hatte jeden einzelnen Jungen aus der Klasse in sein Büro kommen lassen und befragt, aber keiner wusste, wer es gewesen war. Nachdem sie das Büro verlassen hatten, brachen sie schon auf dem Gang heimlich in Gelächter aus. Die Mädchen auf dem Land waren frühreif, sie schwatzten und plauderten miteinander und nicht selten begannen sie, lauthals zu streiten. Wenn er nach dem Grund fragte, wurden sie oft puterrot im Gesicht und antworteten nicht. Vor der Aufführung der Propagandatruppe schminkten sich alle ihre Gesichter. Sun Huirong hielt einen kleinen Spiegel in der Hand und betrachtete sich von allen Seiten. Dann fragte sie ihn kokett: »Herr Lehrer, ist mein Haar so richtig gekämmt? Herr Lehrer, hilf mir doch mit dem Lippenstift, Herr Lehrer, schau doch mal her!« Er malte ihr mit dem Finger die Farbe auf die Lippen und sagte dann: »Sieht prima aus, los jetzt!«, und schickte sie weg.

In diesem Augenblick saß das Mädchen im Schein der Petroleumlampe ihm gegenüber. Er wollte die Flamme etwas höher drehen, doch sagte sie wieder ganz leise: »So ist es schon sehr gut.«

Er hatte den Eindruck, dass sie versuchte ihn zu verführen, und wechselte daher das Thema. »Wie geht es zu Hause?« Er fragte nach ihrem neuen Zuhause bei der alten Frau, das er für sie ausgesucht hatte.

»Dort wohne ich schon lange nicht mehr.«

»Warum denn nicht?«

Er hatte damals ausgemacht, dass sie mit der alten Frau ein Schlafzimmer teilen würde.

»Ich kümmere mich um den Speicher.«

»Welchen Speicher?«

»Den Speicher der Produktionsgruppe.«

»Wo liegt der denn?«

»Am Wegrand am anderen Ende der Brücke.«

Er wusste, dass sich hinter der Brücke ein altes verlassenes Steinhaus befand, und fragte daher weiter:

»Wohnst du dort allein?«

»Ja.«

»Was machst du dort?«

»Ich passe auf die Pflüge, Eggen und ein paar Haufen Getreide auf.«

»Worauf muss man denn da aufpassen?«

»Der Sekretär sagte, er würde mir später einen Posten als Buchhalterin geben, und dann brauchte ich auch ein eigenes Zimmer.«

»Hast du keine Angst?«

Sie schwieg eine Weile und sagte dann: »Wenn man sich daran gewöhnt hat, geht es schon.«

»Macht sich deine Mutter keine Sorgen?«

»Sie hat doch gar keine Zeit, sich Sorgen zu machen, die zwei kleinen Schwestern sind ja noch zu Hause. Wenn man erwachsen ist, muss man sich selbst um sich kümmern.«

Wieder schwieg sie. Einige Wassertropfen in der Petroleumlampe brachten das Licht zum Flackern.

»Hast du manchmal Zeit zum Lesen?« Das war eine Frage, wie sie ein Lehrer stellen sollte.

»Wie soll ich denn noch lesen? Diese Arbeit ist etwas anderes als die Arbeit im Gemüsegarten zu Hause. Hier muss man Arbeitspunkte verdienen. Kein Vergleich zu der Zeit, als ich noch in der Schule war, war das noch schön!«

In der Tat war die Schule für sie wohl das Paradies gewesen.

»Dann besuch mich doch einfach öfter mal in der Schule, es ist ja nicht weit, komm einfach auf dem Heimweg vorbei.« Es war der einzige Trost, den er ihr spenden konnte.

Das Mädchen hatte sich auf die Ecke des Tisches gestützt und den Kopf gesenkt. Mit den Fingern fuhr sie die Rillen im Holz entlang. Er sagte einen Moment lang nichts und roch den Duft ihrer Haare. Dann entfuhr es ihm: »Wenn du nichts weiter auf dem Herzen hast, dann geh jetzt nach Hause!«

Das Mädchen hob den Kopf und fragte: »Wohin soll ich denn gehen?«

»Na, nach Hause!«, antwortete er.

»Ich bin nicht von zu Hause gekommen«, sagte das Mädchen.

»Dann geh zurück zur Produktionsgruppe«, entgegnete er.

»Ich möchte nicht zurück ...« Sun senkte wieder ihren Kopf und fuhr weiter mit den Fingern in den Rillen auf dem Tisch herum.

»Hast du Angst, dass jemand im Speicher ist?« Als er diese Frage stellte, senkte sie ihren Kopf noch tiefer.

»Hast du nicht gesagt, du hättest dich daran gewöhnt? Sonst kannst du doch zurück zu der alten Frau gehen? Willst du, dass ich einmal mit der alten Frau spreche, damit du wieder bei ihr wohnen kannst?«, fragte er sie weiter.

»Nein ... es ...«

Das Mädchen sprach noch leiser. Ihr Kopf berührte nun fast den Tisch. Er nahm den warmen, säuerlichen Geruch ihres Körpers wahr. Er stand sofort auf und fuhr sie fast wütend lauthals an: »Willst du nun, dass ich mit ihr rede oder nicht?«

Das Mädchen erschrak und erhob sich sofort. Er blickte in ihre verlorenen Augen, die tränenerfüllt glänzten, und sah, dass sie gleich anfangen würde zu weinen. Daher sagte er schnell: »Sun Huirong, geh erst einmal nach Hause!«

Das Mädchen senkte langsam den Kopf und blieb unbewegt vor ihm stehen. Er erinnerte, dass er sie fast mit Gewalt aus dem Zimmer geschoben hatte. Er packte sie an ihren starken Schultern und sagte, sie solle sich umdrehen. Als Sun Huirong noch immer keinen Schritt machte, flüsterte er ihr leise ins Ohr: »Wenn du etwas besprechen willst, komm tagsüber wieder, ja?«

Sun Huirong kam nie wieder, und er hat sie auch nie wieder gesehen. Nein, einmal noch hat er sie gesehen, das war zu Anfang des Winters. Es war Herbst gewesen, als sie zu ihm in die Schule gekommen war, und etwa drei Monate später ging er am Haus der Sun-Familie vorbei. Das Mädchen saß in der großen Halle und hatte ihn ganz deutlich gesehen. Doch diesmal rief sie nicht wie früher, dass der Herr Lehrer doch hereinkommen solle und eine Tasse Tee trinken, sondern drehte sich sofort um und ging in den hinteren Teil der Halle.

Kurz nach Neujahr hatte ein Mädchen die Klassenzimmerglocke geläutet, sich auf ihren Tisch gesetzt und geweint. Als er versuchte herauszufinden, was der Grund war, sagten die Jungen keinen Ton. Als er eine kleine Schülerin der Klasse fragte, berichtete sie, dass die Jungen gleich nach Unterrichtsschluss zu dem Mädchen gesagt hatten: »Was glaubst du, was du Besonderes bist? Warte nur, es wird dir ergehen wie Sun Huirong. Wenn dir der Bucklige erst einmal einen Bauch gemacht hat, wirst du schon bescheidener werden!«

Nach dem Unterricht fragte er den Direktor: »Was ist mit Sun Huirong passiert?«

Der Direktor antwortete verlegen: »Schwer zu sagen. Es ist alles unklar. Sie hatte eine Abtreibung! Ob sie vergewaltigt wurde oder nicht, weiss niemand zu sagen.«

Erst da dachte er zum ersten Mal daran, dass das Mädchen vielleicht zu ihm gekommen war, weil sie seine Hilfe gesucht hatte. Vielleicht war es da schon geschehen gewesen? Oder das

Mädchen hatte eine Vorahnung, dass etwas geschehen würde? Oder es war schon geschehen, aber sie war noch nicht schwanger? Nichts von dem, was sie hatte sagen wollen, hatte sie sagen können, vielleicht hatte sie es auch nicht aussprechen können. Was ihr an Worten gefehlt hatte, fand er im Blick des Mädchens, in ihrem Zweifel, ihrem säuerlichen Körpergeruch und ihren Bewegungen. Was hatte Sun betrachtet, als sie sich in seinem Zimmer umblickte? Sie war seinem Blick ausgewichen und hatte das Zimmer mit ihren Augen abgemessen, was hatte sie gesucht? Wahrscheinlich war es wohl überlegt von ihr gewesen, in einer Nacht zu ihm zu kommen, da der Strom ausgefallen war, damit niemand sie sehen konnte. Es war offensichtlich, dass sie sehr vorsichtig gewesen war, denn sie hatte ihm ja mitgeteilt, dass niemand sie gesehen hatte. Hatte sie ihm etwas Dringliches anvertrauen wollen? Hätte er damals die Tür geschlossen, hätte sie nicht so vorsichtig sein müssen. Wahrscheinlich hatte sie gehofft, er würde die Tür schließen, damit sie sich bei ihm aussprechen konnte. Hätte sich das Unglück dann vielleicht vermeiden lassen? Sie wollte auch nicht, dass er das Licht stärker aufdrehte, vielleicht hatte sie das Gefühl, es sei leichter, in der Dunkelheit zu sprechen? Vielleicht war die Sache auch noch komplizierter, und sie wollte sein Mitleid erwecken, damit er sie aus ihrer Lage rettete? Wollte sie, dass er verhinderte oder einschritt gegen das, was passieren sollte, oder vielleicht auch schon passiert war? Oder hatte sie ein ganz anderes Ziel?

Jeder im Dorf wusste Bescheid, dass die Kleine aus der Sun-Familie vom Buckligen vergewaltigt worden war und ihre Mutter sie zur Abtreibung begleitet hatte. Mehr konnte man nicht herausfinden. An der Tür der Sun-Familie hing ein großes kupfernes Schloss. Er ging daher zur Polizeistelle, mit dem Polizisten, dem alten Zhang, hatte er schon manchen Becher geleert. Zhang verhörte gerade einen alten Bauern, der Sesamöl verkauft hatte. Sein kleines Blechfass und sein Korb waren schon konfisziert worden.

»Der An- und Verkauf von Getreideölen ist staatliches Monopol, weißt du das oder nicht?«

»Ich weiß, ich weiß.«

»Warum verkaufst du es dann? Weißt du nicht, was es heißt, ein Gesetz zu übertreten?«

»Den Sesam habe ich doch selbst in meinem Garten gezogen!«

»Woher sollen wir wissen, ob es aus deinem Garten ist oder von der Produktionsgruppe gestohlen?«

»Du kannst jemand anderen fragen, wenn du es nicht glaubst.«

»Wen denn?«

»Frag im Dorf nach, sogar der Leiter der Produktionsgruppe weiß das!«

»In Ordnung, ich weiß Bescheid. Dann soll der Leiter der Produktionsgruppe einen Bericht herüberschicken!«

»Genosse, lass es doch gut sein! Ich werde es nicht wieder verkaufen, in Ordnung?«

»Aber das sind staatliche Gesetze und Verordnungen, die du übertreten hast!«

Der Alte blieb auf dem Boden hocken und weigerte sich zu gehen. Er setzte sich hin und rauchte eine Zigarette. Nachdem er sah, dass sich das noch eine Weile hinziehen würde, erhob er sich und sagte zum Polizisten, dass er später noch einmal wiederkommen würde. Zhang hielt ihn sofort in sehr höflichem Ton zurück und fragte: »Worum handelt es sich denn?«

»Ich wollte mich nach dem Fall meiner Schülerin Sun Huirong erkundigen«, sagte er.

»Ihre Akte ist vollständig hier, wenn du willst, nimm sie mit und sieh sie dir an. Aber eine solche Angelegenheit kann auch kein Lehrer regeln. So etwas passiert hier auf dem Lande, und den jungen landverschickten Studentinnen aus der Stadt passiert es noch viel öfter. Wenn die Betroffenen und ihre Familien keine Anklage erstatten und niemand dabei ums Leben gekommen ist, lassen wir die Sache fallen, wenn es nur irgend geht.«

Zhang öffnete den Aktenschrank, nahm einen Band heraus und reichte ihn ihm herüber. »Nimm es mit zum Lesen, der Fall ist abgeschlossen.«

Er studierte jedes einzelne Blatt der Akte mit großer Sorgfalt. Es gab Protokolle der einzelnen Verhöre mit den Beteiligten Sun Huirong und dem Buckligen, unter das Protokoll des Buckligen war ein Fingerabdruck gesetzt, Sun Huirong hatte unterschrieben und einen Fingerabdruck hinterlassen. Zudem enthielt die Akte die Aufzeichnung eines Gespräches mit der Ehefrau des Buckligen, dazu einen Brief, den das Mädchen an den Buckligen geschrieben hatte. Er war auf Papier geschrieben, das aus einem Schulheft gerissen worden war und lag dort zusammen mit einem frankierten Briefumschlag, der an den Leiter der Produktionsgruppe Genosse Zhao soundso mit vollständigem Namen und Titel adressiert war. Die Anrede im Brief lautete: »Mein lieber Freund«, dabei war der Bucklige über fünfzig Jahre alt und das Mädchen noch nicht einmal volljährig. Der Brief enthielt nur zwei Zeilen, in etwa: »Ich vermisse dich sehr, mein Freund, und kann dich nicht sehen. Es war ja alles so verabredet, und ich werde es niemals bereuen.« Das Zeichen für bereuen war falsch geschrieben, aber der Brief war deutlich mit Sun Huirong unterzeichnet. Laut Poststempel war der Brief abgeschickt worden, nachdem die ganze Sache bekannt geworden war.

Das Protokoll der Ehefrau des Buckligen enhielt folgende Darstellung: Das geile Stück hat ihren Mann verführt, sie hat nicht den geringsten Anstand und sogar gewagt, ihrem Mann einen Brief zu schreiben. Damit hat die kleine Hure ihre Versetzung erreichen wollen. Den Brief habe sie selbst abgefangen und sei so außer sich vor Wut geraten, dass sie es der Kommune mitgeteilt habe! Dass die Sache öffentlich geworden war, lag am Arzt der Krankenhausstation der Kommune, Doktor Wang. Im Protokoll des Verhörs von Doktor Wang hieß es: Ihre Mutter hatte ihn aufgesucht und gebeten, die Abtreibung ihrer Tochter bei ihnen zu Hause vorzunehmen. Sie sagte, sie wolle den Eingriff nicht in der Krankenstation vornehmen lassen, weil sie fürchtete, dass man auf der Straße darüber reden würde und alle Nachbarn davon erführen, und dann niemand das Mädchen später noch heiraten würde. Der Arzt wollte solche illegalen Dinge nicht tun. Wenn herauskomme, dass er eine private Abtreibung ohne die gesetzlichen Formalitäten vorgenommen habe, müsse er seinen Beruf als Arzt aufgeben. Und wenn es dann doch gerüchteweise im Marktflecken bekannt werden würde, glaube doch jedermann, dass er etwas mit dem Mädchen gehabt habe. Doktor Wang sagte ohne Umschweife, dass er keine illegalen Dinge tun würde!

Wie es nun letztendlich herausgekommen war, wurde aus dem Untersuchungsmaterial nicht deutlich. Die Aussage vom Buckligen war sehr einfach: Vergewaltigung? Unsinn! Noch nie in seinem Leben habe er ein so himmelschreiend schändliches Unrecht getan! Zudem habe er doch eine Familie, Frau und Kinder, und wie solle er dann seinen Posten als Sekretär weiter mit Anstand erfüllen können? Der Arbeitsbrigade »Rote Fahne« dürfe er auch nicht schaden. Er musste doch den Anforderungen gerecht werden, die an die Erziehung der Jugend in den Organisationen auf allen Ebenen gestellt wurden. Diese Schülerin war verschlagen, sie sah zwar jung und unschuldig aus, aber hatte große Pläne im Kopf! Sie war ganz offensichtlich beim Baden gewesen, beim Waschen eben, der Riegel lag innen, und es war eine schwere Holztür, wie hätte er die denn aufkriegen sollen, wenn sie die Tür nicht selbst geöffnet hätte? Wenn es nicht freiwillig geschehen war, warum hatte sie dann nicht geschrien? Wie oft? Das musste man sie fragen, aber es geschah jedes Mal auf ihrem Bett! Und nicht in der freien Wildnis, hätte er den dicken Riegel denn selbst öffnen können? Warum hat sie nicht früher Anzeige wegen Vergewaltigung erstattet, warum erst, als ihr Bauch dicker wurde? Sie habe damit ihre Versetzung zu erreichen versucht, das könne man ihr nicht vorwerfen. Welches studierte Mädchen wollte nicht lieber versetzt werden als sein Leben auf dem Feld zu verbringen? Es gab die Weisung, dass man sich kümmern musste, wo es ging. Das galt nicht als illegal, jeder wurde so behandelt. Doch eine Produktionsbrigade konnte nur eine Empfehlung ausstellen, erst die Kommune konnte die Genehmigung erteilen, was hätte er allein also schon bewirken können?

Sun Huirongs Vernehmungsprotokoll war ein dickes Bündel von Blättern und enthielt außerordentlich detaillierte Fragen. Man fragte sie, mit welcher Seife zu welchem Preis sie sich gewaschen hatte, wie es geschehen konnte, dass er sie triefendnass aus der Badewanne in ihr Bett hinter dem Getreidehaufen hatte heben können. Genauer konnte man nicht fragen und es kam ihm vor, als werde sie erneut vergewaltigt. Die Zusammenfassung der Untersuchung kam zu folgendem Ergebnis: Das studierte Mädchen war durch ihr bürgerliches Denken auf Abwege geraten und konnte sich nicht an das Leben unter den Bauern anpassen. Sie müsse die Produktionsbrigade verlassen und in eine andere Kommune versetzt werden, wo sie körperliche Arbeit zu leisten habe und einer ideologischen Umerziehung unterzogen werden würde. Was den Buckligen betraf, so kam die Untersuchung zu dem Schluss, dass er einen schwer korrumpierten Lebensstil angenommen habe, der sehr negative gesellschaftliche Auswirkungen zeige. Er müsse sich einer harten parteiinternen Kritik unterziehen, könne aber seinen Posten einstweilig unter strenger Beobachtung seines weiteren Verhaltens behalten.

Er überlegte einige Tage hin und her und ging schließlich doch zu Lu, um mit ihm den Fall zu besprechen und um sein Eingreifen zu bitten.

»Ihre Mutter ist auch schon bei mir gewesen«, sagte Lu. »Die Abtreibung konnte inzwischen durch einen Kontakt im Kreiskrankenhaus vorgenommen werden, ihre Mutter hat sie begleitet, alles ist schon geregelt, kümmer dich nicht weiter darum.«

»Aber das Problem ist doch, dass sie noch minderjährig ist ...«, versuchte er eine Diskussion anzufangen.

»Misch dich hier nicht ein!«, unterbrach ihn Lu und fügte eine ernste Warnung hinzu: »Die Beziehungen der Leute hier auf dem Land sind extrem kompliziert und verwickelt. Du kommst von auswärts und du willst doch noch eine Weile hier weiterleben, oder?«

Einen Augenblick wusste er nicht, was er sagen sollte, dann verstand er. Auch er war auf den Schutz von Lu angewiesen, um hier leben zu können.

»Ich habe mich schon darum gekümmert und dafür gesorgt, dass das Mädchen in eine andere Kommune versetzt wird. Wenn sich die Lage hier nach ein oder eineinhalb Jahren wieder beruhigt und das Gerede aufgehört hat, wird sie eine Arbeitsversetzung ausgestellt bekommen. Auch ihre Mutter war damit einverstanden.«

Was konnte er noch sagen? Alles war ausgehandelt. Seit Generationen wälzten sich diese Menschen in diesem Schlamm, was sollten sie anderes tun? Dieser Ort hatte ihn auf Gedeih und Verderb aufgenommen, er musste dafür sorgen, dass er bleiben konnte, auch wenn ihm klar war, dass er immer ein Zugereister bleiben würde.

51

Mit Sylvie über seine Vergangenheit zu sprechen war etwas ganz anderes als mit Margarete, sie waren vollkommen unterschiedlich. Sie hatte keine Geduld, dir zuzuhören, und auch kein Interesse, in deiner Vergangenheit zu wühlen. Sie kümmerte sich vor allem um sich selbst, ihre Liebe, ihre Stimmungen, die sich in jedem Augenblick ändern konnten. Wenn du mehr als drei Sätze mit ihr über Politik sprachst, unterbrach sie dich. Sie machte sich keine Sorgen um Rassen und Blutsverwandschaft, ihre Geliebten waren zum großen Teil Ausländer, ein nordafrikanischer Araber, ein Irländer, ein Ungar mit einem Viertel jüdischem Blut oder ein Jude aus Israel, und zum Schluss, falls der als Geliebter zählen durfte, kamst du, obwohl es ihr lieber wäre, ihr bliebet Freunde statt Bettgenossen zu sein. Natürlich hatte sie auch französische Freunde oder Liebhaber gehabt, doch sagte sie, dass sie Frankreich verlassen und an einen weit entfernten Ort gehen wolle, in heiße Länder wie Indonesien oder auf die Philippinen, oder auch Australien. Sie liege gern in der Sonne, wolle über sonnenüberflutete Strände laufen und ein neues Leben beginnen, doch sei sie in ihren alten Bahnen gefangen. Von einem anderen Mann, natürlich nicht von dir, war sie schwanger geworden und hatte ihre dritte Abtreibung vorgenommen. Sie selbst habe eigentlich schon immer ein Kind haben wollen, weil man als Frau doch irgendwann einmal ein Kind bekommen musste – aber ob sie es wirklich wollte? Dass der Mann keine einzige klare Aussage dazu machen konnte, machte sie so ärgerlich, dass sie es abtrieb. Nach dem Eingriff sagte der Mann zu ihr, dass sie es nicht wegmachen, sondern zur Welt hätte bringen sollen, dass er es wolle! Aber sie musste es doch großziehen? Sie wollte schon ein Kind haben, aber zuerst musste sie eine stabile Familie haben und dafür hatte sie noch keinen Mann gefunden, das war ihr Kummer. Ihr Kummer saß tief, alle Menschen hatten diesen grundlegenden Kummer, litten unter dem Widerspruch zwischen Freiheit und Einschränkungen, oder standen vor der Frage: Wo lagen die Grenzen der Freiheit? Sie hatte keine finanziellen Probleme. Ihre Eltern hatten ihr eine kleine Wohnung im sechsten Stock unter dem Dach gekauft. Vor ihrem Fenster lagen rote Dächer mit Schornsteinen, in der Ferne hinter den Dächern ragte eine Kirchturmspitze hervor, die alle Blicke auf sich zog. Das war Paris, diese faszinierende Stadt, die an Regentagen gleichzeitig so melancholisch war. In ihrem Zimmer konntest du an nichts anderes denken als daran, sie zu lieben.

Dass ihr Kummer tief saß, hieß nicht, dass sie niemanden fand, den sie liebte, oder keinen Mann, der sie liebte. An Männern hatte sie keinen Mangel. Alle Männer liebten sie, zumindest für eine gewisse Zeit, und einige von ihnen kamen sie auch weiterhin besuchen, wenn sie schon eine neue Liebe gefunden hatten. Sie sagte, sie sei kein billiges Stück, darüber solltest du dir klar sein. Im Gegenteil wollte sie mit aller Hingabe irgendeine sinnvolle Sache tun, oder genauer gesagt, irgendeine interessante Sache, sie sprach von künstlerischem Schaffen oder auch der Geburt eines Kindes, ein Kind zu haben, dem man sich mit seinem ganzen Wesen hingeben könnte, oder auch irgendein geistiges Kind. Aber genau das war der problematische Punkt: Was war es eigentlich wert, dass man sich mit seinem ganzen Wesen dafür hingab? Wenn man das ehrlich beantwortete, war es nur die Liebe, aber eine Liebe richtig gut zu bewerkstelligen war nicht leicht, und zudem auch nicht die Angelegenheit einer Person.

Wenn du sie liebtest, oder sie sich lieben ließ, gab sie sich völlig hin, aber sobald du befriedigt warst, war ihre Leidenschaft vorbei und sie war sehr frustriert. Natürlich gab es bessere Liebhaber auf dieser Welt, aber diese liebte sie auch nicht mehr – was war es, das sie im Grunde suchte? Die größte Liebe und die größte Ekstase waren eine Utopie wie Ideale oder Träume. Darüber war auch sie sich völlig im Klaren, und daher rührte ihre Traurigkeit. Auch ihre Traurigkeit saß tief, eine Traurigkeit über die ganze Menschheit, die sie niemals loswerden würde.

Sie genoss die Kunst, wie sie die Männer liebte. Aber sie selbst konnte keine Kunst machen, dazu fehlte ihr der Sinn, alles für eine Sache hinzugeben, und sie fand das zudem ziemlich einfältig. Sie war nicht so dumm, alles für die Kunst zu opfern, sie wollte die Kunst leben und nicht zu einem Kunstwerk werden, das sich die Leute betrachten konnten. Doch gerade das war sie im Grunde, ein jugendlich wirkendes Mädchen mit einem Charme, dem kaum ein Mann widerstehen konnte. Und doch war sie kein Spielzeug für die Männer, sondern wollte umgekehrt die Männer genießen. Nur die Liebe, die zum Genuss wurde, war es wert, doch zu oft verursachte ihr die Liebe nichts anderes als Depressionen.

Du hattest keine Möglichkeit, sie davon zu befreien. Du meintest, sie verstehen zu können und versuchtest, deine Eifersucht zu überwinden. Du sagtest zu ihr, sie solle ihre Männer genießen! Du warst wie der Geist, der Eva verführte, du warst jene Schlange, nur brauchte sie deinen Ansporn nicht. Sie konnte das schon lange, sie wusste schon lange, was Verführen und Verführung bedeuteten. Als du noch verbittert um die grundlegendsten Rechte eines Menschen kämpftest und noch nicht einmal von der verbotenen Frucht gekostet hattest, hatte sie, die noch viel jünger war als du, schon den bitteren Nachgeschmack geschmeckt, der aufkam, wenn man sich an den verbotenen Früchten übergessen hatte. In einem Alter, als du noch ein Dummkopf warst oder mit aller Anstrengung versuchtest, kein Dummkopf mehr zu sein, war sie schon außerordentlich intelligent gewesen. Sie konnte nicht die geringste Demütigung ertragen, außer in jenen masochistischen Spielen, an denen sie ihre Freude hatte, doch, und das war zu beachten, akzeptierte sie diese nur als einen Genuss.

Aber du durftest auf keinen Fall meinen, sie sei eine Feministin. Sie folgte, wie du, keinen »Ismen«, wenn jemand von Feminismus sprach, verzog sie nur den Mund. Du wagtest nicht, über Feminismus zu urteilen, nachdem du auch niemals die Unterdrückung durch einen Mann wirklich erlebt hattest. Da du keine Frau warst, konntest du dieses Leid nie richtig verstehen, und auch nicht den Widerstand dagegen.

Wie auch immer, Sylvie war keine Feministin, ganz und gar nicht. Sie sagte, sie könne in der Tat eine sehr gute Ehefrau werden. Nachdem sie eine wunderbare Nacht mit dir verbracht hatte, in der ihr kein Auge zugetan hattet, stand sie morgens auf, brühte für dich den Kaffee, toastete das Brot goldgelb und kam barfuß mit einem Tablett an das Bett gelaufen, auf das sie sich mit gekreuzten Beinen dir gegenüber setzte. Sie freute sich über deinen Appetit, ihr Lachen war wie die Sonnenstrahlen, die sich durch die Gardinen drängten, die Nacht hatte sie kein bisschen ermüdet. Da war sie wie ein süßes Mädchen, oder genauer gesagt, wie eine frische und gesunde junge Ehefrau, die in guter Stimmung war.

Doch wenn sie traurig und deprimiert war, warst du vollkommen hilflos. Nichts, was du sagtest, konnte sie trösten. Da wusstest du, dass du sie nie zur Frau nehmen könntest, dass du ihr Geliebter bleiben oder letztlich sogar einfach ihr Freund werden würdest. Aber kein Bettgenosse, wie sie sagte, und das machte dich betrübt. Weil ihre Trauer so tief saß und ihre Trauer tief auf dich einwirkte, konntest du sie nicht heilen.

Du machtest dir Sorgen, dass sie sich eines Tages umbringen würde wie ihre Freundin Martina. Eine Woche bevor Martina starb, hatten sie ein Gespräch gehabt, das sogar aufgenommen worden war. Auf dem Tisch lief ein altes kleines Aufnahmegerät, während sie Wein tranken und sich unterhielten. Martina hatte es angestellt, und sie hatte es zunächst gar nicht bemerkt. Als sie später entdeckte, dass ein rotes Lämpchen brannte und sich das Band drehte, fragte sie: »Nimmst du das auf?« Martina hatte schon eine schwere Zunge, denn sie hatte seit dem Nachmittag getrunken, und als sie kam, hatten schon eine Menge leere Bierdosen auf dem Tisch gestanden. Martina trank Bier statt Wasser, das war zugleich auch ihr einziges Nahrungsmittel. Sie lachte laut auf, auf dem Band war ihre Stimme zu hören, die schon sehr heiser klang. Sylvie sagte, dass ihre Freundin ursprünglich eine sehr schöne Stimme gehabt habe, einen natürlichen Mezzosopran. Bevor sie in die Nervenklinik gekommen war, hatte sie in einem Chor gesungen und bei einer Aufführung von Faurés Requiem in St. Germain mitgewirkt, die vom französischen Radio direkt übertragen worden war.

Du hattest Martina nie getroffen. Als du Sylvie kennen lerntest, war sie schon einige Monate tot. Das Einzige, was sie Sylvie hinterlassen hatte, war diese kleine Kassette. Im letzten Teil des Bandes waren die Batterien schon fast leer, und ihre Stimmen, vor allem Martinas dunkle heisere Stimme, klangen wie Männerstimmen, bis sie so undeutlich wurden, dass man nichts mehr verstehen konnte.

Anfangs plätscherte das Gespräch so dahin: »Trinkst du auch etwas?«, »Gib mir ein Glas«, »Ich habe noch eine halbe Flasche

Rotwein«, »Ist der noch gut?«, »Klar, den habe ich gestern erst aufgemacht« ... Danach hörte man das Scheppern und Klirren von Gläsern, offenbar räumten sie den Tisch ab. Sylvie erzählte, dass es so unaufgeräumt und chaotisch bei Martina war, dass man nirgends mehr einen Fuß hinsetzen konnte. Früher sei sie nicht so gewesen, erst nachdem sie aus dem Krankenhaus entlassen worden war. Martina sagte, sie hasse die Nervenklinik und sie hasse ihre Mutter, denn sie war es, die sie in die Klinik eingewiesen hatte. Auf der Kassette erzählte sie, wie sie einen Mann auf der Straße getroffen und mit zu sich nach Hause genommen habe. Dann das Lachen der beiden. Sylvie war die mit dem hellen Klang, Martina die mit der schweren Zunge, sie lachten lange, dann stießen sie miteinander an. »Wie war es?«, Sylvie fragte. »Wie ich ihn losgeworden bin? Er blieb bis zum nächsten Nachmittag hier, und erst als ich drohte, die Polizei zu holen, zog er erschrocken von dannen.« Wieder lachten sie.

»Wie alt war sie, als sie starb?«, fragtest du Sylvie.

»Sie war ... neun Jahre älter als ich, also muss sie 38 gewesen sein.«

»Das ist wirklich nicht alt. War sie nicht verheiratet?«, fragtest du.

»Nein, sie hatte mit einigen zusammengelebt, sich aber immer wieder getrennt.«

»Wie ist sie gestorben?«

»Ich weiß nicht. Erst vier Tage nach ihrem Tod rief mich ihre Mutter an und berichtete von dieser Kassette. Zuerst weigerte sich ihre Mutter, sie mir zu geben, aber als ich sagte, meine Stimme sei darauf, bekam ich sie als Andenken.«

»Hast du ihre Mutter nicht gefragt, wie sie letztendlich gestorben ist?«

»Ihre Mutter hat nicht viel gesprochen und nur gesagt, sie habe sich das Leben genommen. Sie wollte mich auch nicht sehen, obwohl wir uns kannten, und hat mir die Kassette zugeschickt. In Martinas Notizbuch stand natürlich meine Adresse.«

Sie zeigte dir Photos von Martina, ein Mädchen mit besonders hervorstechenden Gesichtszügen um Mund und Augen. Sie lachte mit weit geöffnetem Mund. Vielleicht war sie auch stärker geschminkt, ihre Augenbrauen waren viel dunkler als die hellbraunen Brauen von Sylvie. Das Photo stammte von einer gemeinsamen Ferienreise nach Spanien, die schon fast zehn Jahre zurücklag. Neben Martina stand Vincent, ein dünner Mann mit tiefen Augenhöhlen und Bartstoppeln im ganzen Gesicht. Er wohnte damals mit Martina zusammen. Sie hatten einen kleinen Bus und Sylvie mitsamt ihrem sehr schicken Freund Jean, der direkt hinter ihr auf dem Photo war, mitgenommen. Sylvie hatte sich gerade an der Universität eingeschrieben, Jean war zwei Jahre älter als sie, aber laut Jean war sie seine erste wirkliche Geliebte, und sie wollte es ihm lieber glauben, auch wenn Jean vor ihr schon Erfahrungen gemacht hatte, natürlich sexuelle Erfahrungen. In einem anderen Album, das sie dir zeigte, war Martina ein Jahr vor ihrem Tod zu sehen. Ihre Mundwinkel hingen herab und sie sah aus wie eine müde, alte Frau. Sylvie sagte, sie sei in Wirklichkeit viel schöner gewesen als auf diesem Photo, sie hatte diesen traurigen Zug, der die Verführungskraft einer reifen Frau ausmachte.

Es fiel ihr sehr schwer, ihre Gefühle für Martina zu erklären. Es gab nichts, worüber sie nicht reden konnten, doch in den letzten Jahren hatten sie sich voneinander entfernt. Nach dem Spanienurlaub verachtete sie sie, Sylvie sagte, sie verachte Martina. Sie wohnte mit Jean in einem Zelt. Eines Nachts regnete es so heftig, dass sie nicht schlafen konnten. Martina rief sie in den Bus hinein. Zunächst stieg sie mit Jean vorne in den Bus ein und sie schliefen auf den Sitzen. Martina rief sie dann nach hinten und meinte, sie könne bei ihr schlafen. Doch dann begann Martina mit Vincent Sex zu haben, und sie fühlte sich völlig unwohl und stellte sich schlafend. Später, sie wusste nicht mehr, wie es geschehen war, war Martina nach vorn geklettert, damit Vincent mit ihr schlafen konnte. Sie war völlig verwirrt, draußen plätscherte der Regen. Als es langsam dämmerte, hörte sie, wie sich Martina und Jean aneinander zu schaffen machten, und Vincent steckte seine Hand unter ihr Nachthemd, und sie machte es auch mit Vincent, der Regen trommelte auf das Autodach und alles war ganz natürlich. Am nächsten Tag wohnten sie im Hotel und Vincent bestellte ein Extrabett. Martina kicherte, ob sie und Vincent das große Bett haben könnten, sie hatte nichts dagegen und auch von Jean kamen keine Einwände. Es war das erste Mal, dass sie Jean schreien hörte, als er kam, und das tat sie dann auch. Es war auch das erste Mal, dass sie einen Mann oral befriedigte.

So war das Leben. Martina trennte sich von Vincent, sie hatte Vincent auch gar nicht geliebt. Wie lange Martina noch mit Jean zusammen war, hatte sie nie gefragt, aber Jean liebte sie auch nicht mehr. Sie kümmerte sich nicht mehr um ihn und hatte irgendwann einen anderen Freund.

»Willst du noch mehr hören?«, fragte sie mit einem leicht spöttischen Blick in den Augen.

Sie sagte, dass sie wissen wolle, ob Martina bei der Aufnahme ihrer Unterhaltung schon entschieden hatte, sich umzubringen? Und warum sie es ihr nicht gesagt hatte? Heute hegte sie keinen Groll mehr gegen sie, das war schon lange vorbei. Das Gefühl, dass sie etwas zerstört hatte, und ihre Erregung dabei bereiteten ihr keine Sorgen mehr. Ob es ein dummer Einfall von Martina gewesen war oder ein Plan, den Vincent ausgeheckt hatte? Sie hasste niemanden dafür, dass sie da hineingeraten war, sie hatte sowohl von der Ekstase als auch der Bitterkeit, die ihr folgte, gekostet, und ihre Schuldgefühle und Freude darüber lagen außerhalb jeglicher moralischer Kategorien. Ihre Gefühle für Martina ließen sich nicht in Worten ausdrücken, gleichzeitig war Martina der einzige Mensch, dem gegenüber sie ihre Gefühle zum Ausdruck bringen konnte.

»Das versteht ihr Männer nicht, ihr könnt nicht verstehen, welche Gefühle zwischen zwei Frauen bestehen können, und versteh mich nicht falsch.« Sie sagte, sie seien beide nicht lesbisch, zwischen ihr und Martina sei nie das geschehen, was sich Männer immer vorstellten, und sie wisse, was du dir vorgestellt hattest. Sie könne dir auch sagen, dass sie noch immer eine liebevolle Bindung an Martina empfinde, sie verstehe, warum sie sich umgebracht habe. Martina sei nicht psychisch krank gewesen, ihre Familie habe sie als Verrückte abstempeln lassen wollen, um ihr Gesicht zu wahren, ihre Mutter hatte nicht ertragen, dass ihre Tochter eine billige Hure war, aber sie war keine Hure, sie war nie eine gewesen, sie war einfach ein Mensch, den niemand verstand, und niemand hatte sich die Mühe machen wollen, sie zu verstehen, so war es.

52

»Das Volk hat gesiegt!« Diese Verkündung hing über dem Tiananmen-Tor. Gesiegt hatte aber nicht das Volk, sondern die Partei, wieder einmal hatte die Partei eine parteiinterne Clique zerschlagen und kaum einen Monat nach dem Tod von Mao Zedong dessen Gattin Jiang Qing festgenommen. Wieder wurde das Volk auf dem Tiananmen-Platz zusammengerufen, um diesen Sieg zu feiern. Die Partei hat immer Recht! Großartig und glorreich ist die Partei in alle Ewigkeit! Und in alle Ewigkeit ruhte in seinem gläsernen Sarg, an dem die Menschen vorbeizogen, der Vorsitzende Mao Zedong.

Während der folgenden Rehabilitierungskampagne, in der die alten Kader ihre alten Positionen zurückerhielten oder befördert wurden, hatten einige Kader, die er geschützt hatte, unter ihnen vor allem Genossin Wang Qi, ihre Dankbarkeit dadurch bezeugt, dass sie dafür sorgten, dass auch er als unbedeutender Bürger nach Peking zurückkommen konnte. In der engen Dashalan-Gasse vor dem Qianmen-Tor traf er zufällig auf Da Li, mit dem zusammen er die Rebellenfraktion organisiert hatte. Während der Militärverwaltung war er über zwei Jahre in Isolationshaft gehalten und ständig verhört worden und hatte dann drei oder vier Jahre in einer Nervenklinik verbracht, aus der er gerade entlassen worden war. Auch Da Li erkannte ihn wieder, ging mit offenen Armen auf ihn zu und drückte ihn fest an sich. Er hatte noch immer viel Kraft, blickte ihn an und lachte herzlich. Seine früheren Kollegen aus der Organisation hatten gesagt, dass Da Li verrückt geworden sei und jeden, den er kannte, anlachen würde, und so verhielt es sich auch. Sie standen auf dem engen Bürgersteig und wurden von den Menschen gedrängt und hin und her gestoßen, doch Da Li hielt ihn weiterhin fest umklammert, lachte über das ganze Gesicht und wollte ihn nicht loslassen. Er konnte diesen Anblick nicht ertragen, murmelte ein paar Sätze, befreite sich aus der harten Umklammerung und ging schnell davon.

Nachdem die frühere Militärkommission wegen ihrer »falschen Linie« verurteilt und aufgelöst worden war, wurde Danian ganz offiziell mit Handschellen verhaftet und abgeführt. Die neuen Militärabgeordneten hielten ihn in Isolationshaft, verhörten ihn, und verkündeten auf einer Großversammlung seine Verbrechen: Er war direkt beteiligt am Tod zweier Menschen. Den alten Liu hatten er und seine Kumpane im Keller der Organisation nächtlichen Verhören und Folterungen ausgesetzt, hatten seine inneren Organe mit gummiüberzogenen Stromkabeln verbrannt und ihn dann auf das Gebäude geschleppt und aus dem Fenster geworfen, um es wie einen Selbstmord aussehen zu lassen. Die andere Person, die auf dieselbe Weise zu Tode kam, war eine zurückgekehrte Auslandschinesin. Auch sie wurde unter elektrischer Folter verhört, durch einen Transformator hatte man die Spannung heruntergesetzt und sie auf einem Tonband gestehen lassen, dass sie von einem speziellen Spionageverband aus Taiwan abgesandt worden war, welche Leute involviert waren und wer auf welchen Ebenen des Spionageverbandes gewesen sei, um dadurch in einem weiteren Schritt auch andere abweichlerische Kader eliminieren zu können. Der ehemalige Oberstleutnant, der an dem Plan beteiligt gewesen war, wurde zur gleichen Zeit verhaftet.

Den Ehemann von Wang Qi, der als Mitglied der Schwarzen Clique gebrandmarkt worden war, hatte man wieder in Dienst genommen und ihm einen Posten im Zentralkomitee der Partei gegeben, wo er nun den Fall der neuen parteifeindlichen Clique untersuchte. Wang Qi war befördert worden, aber sichtlich gealtert. Sie war noch freundlicher als zuvor. Während der Militärverwaltung war auch sie in Isolationshaft gehalten, über ein halbes Jahr in einen kleinen Raum in einer Garage eingesperrt und ständig verhört worden. Eine Hundert-Watt-Birne an der Decke brannte Tag und Nacht, der Schalter war nach außen hin verlegt worden, die Fenster waren von außen mit dicker Pappe beklebt, so dass keine Spur von Tageslicht einfiel. Sie konnte nicht mehr zwischen Tag und Nacht unterscheiden und musste ununterbrochen Berichte schreiben über die Lage der Untergrundbewegung der Studenten in Peking während der Guomindang-Zeit. Sie sagte, sie habe fast den Verstand verloren, sobald sie die Augen schloss, habe sich alles gedreht und sei Kopf gestanden. Doch, meinte sie, habe sie es noch am besten gehabt, denn sie sei nicht geschlagen oder geschändet worden, wahrscheinlich weil sie schon alt war, vielleicht auch weil einige ihrer alten Genossen in den neuen Militärkommissionen Posten übernommen und für sie gesorgt hatten.

Die alten Kader erhielten zum großen Teil ihre ursprünglichen Positionen wieder, ein kleinerer Teil, diejeningen, die inzwischen ein hohes Alter erreicht hatten, wie zum Beispiel der ehemalige Parteisekretär Wu Tao, konnten in Pension gehen, nachdem sie zuerst rehabilitiert wurden, ihren Lohn und ihre Wohnungen zurückerhalten hatten und für die Kinder Arbeitsstellen arrangiert worden waren. Aber ein kleiner Bürovorsteher wie der alte Tan, der kein Parteimitglied war und ein paar Flecken in seiner Vergangenheit hatte, musste weiterhin in der Kaderschule körperliche Arbeit leisten. Erst als auch die Kaderschulen aufgelöst worden waren und von den lokalen Verwaltungen in neue Staatsfarmen zur Umerziehung durch körperliche Arbeit für Verbrecher umgewandelt wurden, konnte der alte Tan in die Hauptstadt zurückkehren. Da er noch immer nicht das Alter für die Pensionierung erreicht hatte, musste er warten, bis er irgendeine neue Arbeitsstelle zugeteilt bekam.

Lin hatte sich scheiden lassen und erneut geheiratet. Ihr Ehemann war ein neu ernannter Vizeminister, dessen Frau in der Kulturrevolution gestorben war.

Er hatte begonnen, Texte zu veröffentlichen, war Schriftsteller geworden und hatte die Organisation verlassen. Lin lud ihn zum Essen in ihr neues Heim ein, auch ihr neuer Ehemann war anwesend und sprach mit ihm über Literatur: »Diese Katastrophe innerhalb unserer Partei muss man wirklich einmal genau aufschreiben, als eine Lehre für die späteren Generationen!« Lin leistete ihnen im Wohnzimmer Gesellschaft, während eine Haushilfe in der Küche das Essen zubereitete. Lin trug schon sehr früh ausländisches Parfüm, wahrscheinlich die neueste Duftnote von Chanel aus Frankreich, jedenfalls sicher eine berühmte Marke.

Er beschäftigte sich mit seiner Scheidung. Seine Frau Qian hatte einen Brief an den Schriftstellerverband geschrieben und ihn denunziert, aber sie hatte keine Beweise für sein reaktionäres Denken. Er erklärte, dass sie während der Kulturrevolution mentale Störungen erlitten habe und nicht mehr normal sei. Außerdem hasse sie ihn, weil er die Scheidung beantragt habe. Die massenhaften Scheidungsanträge, die während der zehn Jahre der »Großen Kulturrevolution« eingegangen waren, lagen zwar wahrscheinlich zahlenmäßig noch unter der Heiratsquote, aber sie waren nichts Außergewöhnliches mehr. Die neu eingerichteten Gerichtshöfe hatten noch so viele alte Streitfälle zu bearbeiten, dass sie bei neuen Anträgen möglichst wenig Schwierigkeiten haben wollten. So konnte er endlich seine Ehe auflösen. Er gestand gegenüber Qian, dass er ihre Jugend zerstört habe, dass nicht nur Mao Zedongs Kulturrevolution Schuld war, sondern auch er das verantworten musste, doch dass er diese Schuld ihrer verlorenen Jugend niemals begleichen konnte. Glücklicherweise hatte man den Fall von Qians

Vater, der als Konterrevolutionär mit langer Vergangenheit und sogar Spion gebrandmarkt worden war, nicht weiter verfolgt, so dass sie vom Land zurückkehren und zu ihrem Vater ziehen konnte.

Er erhielt einen Brief von Lu, in dem es hieß: »Viele gute Bäume auf dem Berg sind gefällt worden, warum müssen die Stämme nun verrotten?« Lu hatte den ihm angebotenen neuen Posten als Leiter der neu eingerichteten lokalen Disziplinarkommission der Partei abgelehnt. Er teilte außerdem mit, dass er sich pensionieren lassen und in den Bergen ein Haus bauen wolle, wo er seinen Ruhestand verbringen werde.

Als wieder ein Jahr vergangen war, ergab sich für ihn die Gelegenheit einer Dienstreise in den Süden. Er machte einen kleinen Umweg, um seinen Wohltäter zu besuchen, der ihn einstmals geschützt hatte. Zuerst fuhr er in die Kreisstadt, wo sein alter Klassenkamerad Rong noch immer in seiner Strohdachhütte lebte. Die Innenräume waren renoviert worden, doch das strohgedeckte Dach musste schon wieder erneuert werden. Rong hatte noch einen Sohn bekommen, denn die Geburtenkontrolle wurde auf dem Land nicht so streng durchgeführt wie in den Städten. Zudem war der zuständige Sachbearbeiter im Einwohnermeldeamt ein alter Bekannter von Rong, der inzwischen schon über zwanzig Jahre dort verbracht hatte und dessen Frau eine Einheimische war. All das half, so dass er nach kurzen Verhandlungen die Registrierung seines Sohnes erwirken konnte. Rong war noch immer technischer Ingenieur für Agrarwesen, seine Frau arbeitete noch immer im stadtverwalteten Kooperativ-Laden. Sie hatte in ein kleines Geschäft in der Straße hinter ihrem Haus versetzt werden wollen, um sich besser um die beiden Kinder zu Hause kümmern zu können, doch offenbar waren ihre Geschenke an die zuständigen Kader nicht ausreichend gewesen, denn ihr Antrag wurde abgelehnt. Rong sprach noch weniger als früher, und die Momente, in denen sie sich schweigend gegenübersaßen, waren häufig geworden.

Von der Kreisstadt fuhr er mit dem Linienbus in den kleinen Marktflecken. In den Bussen auf dem Land ging es noch immer zu wie früher, noch bevor alle ausgestiegen waren, drängelten sich die Leute hinein. Als ihn der Bus abgesetzt hatte, ging er weder die kleine Straße entlang noch besuchte er die Schule, denn er hatte Angst irgendwelche Bekannten zu treffen, die ihn zu sich zum Essen einladen würden, was er nicht hätte ablehnen können. Wenn er aber einen besuchte, musste er auch zu den anderen gehen, und so wäre er ein oder zwei Tage damit beschäftigt, von einem Haus zum anderen zu ziehen. Er blickte sich auf dem Platz um, ob er ein bekanntes Gesicht sehen würde, das er fragen könnte, wo sich das Haus von Lu befand.

»Hey!« Ein junger Mann aus der Holzkooperative hatte ihn wiedererkannt, kam mit einer Zigarette im Mundwinkel auf ihn zu und gab ihm die Hand. Sie hatten einmal gemeinsam an einem Manöver der Miliz teilgenommen, einiges zusammen gebechert und sich kräftig amüsiert. Nun war er offenbar ein kleiner Kader geworden und machte keinerlei Anstalten, ihn nach Hause zum Essen einzuladen. Stattdessen schlug er vor, dass er doch kurz mit in die Holz-Kooperative hineinkommen könne. Für den jungen Mann war er nur ein Durchreisender, aus den Augen, aus dem Sinn. Noch immer war er hier nur der Auswärtige.

Er erfuhr, dass sich Lus neues Haus in der Nähe der Kohlengrube sieben oder acht Meilen hinter dem Fluss befand und er noch ein Stück Weg vor sich hatte. Rong hatte ihm berichtet, dass die Kader im Kreis die Nachricht verbreiteten, dass Lu verrückt geworden sei. Dass er sich eine Strohhütte in den Bergen gebaut habe, nur noch vegetarisch esse und daoistische Praktiken der Huanglao-Schule anwende, um sein Leben zu verlängern. Die höheren Kader oben, Lus alte Genossen, die wieder auf ihren alten Posten saßen oder befördert worden waren, meinten, Lus revolutionäres Bewusstsein habe zweifellos nachgelassen. Das hatte er von Lu selbst bei seinem Besuch in den Bergen erfahren.

»Ich will mir meine Hände nicht mehr schmutzig machen. Ich bin absolut zufrieden mit meiner Strohütte und einem Garten voll pupurnem Bambus. Ich ziehe ein wenig Gemüse und lese ein bisschen. Du bist noch jung, aber ich bin alt, so will ich den Rest meines Lebens verbringen!«, hatte Lu ihm mitgeteilt.

Freilich lebte Lu nicht in einer Strohhütte, sondern in einem ziegelgedeckten Haus, das von außen betrachtet nicht außergewöhnlich aussah und überhaupt nur zu sehen war, wenn man auf den Berg hinter dem Kohlenhügel stieg. Lu hatte sich die nötige Ansiedlungsbeihilfe für pensionierte Kader beschafft, das Haus selbst entworfen und von den Bauern hier bauen lassen. Der Boden im Haus war mit schwarzen Steinen gedeckt. Ein Stein im Schlafzimmer ließ sich bewegen. Dahinter befand sich ein enger dunkler Gang, der zu einem kleinen Holzhäuschen an einem Bach führte. An das andere Ufer des Baches grenzte ein Kiefernwald. Lu wusste sich zu schützen und rechnete offenbar noch immer mit einem heimtückischen Anschlag. War es das, was ihn das Leben gelehrt hatte?

Am Fuße der Wand in der Wohnhalle war ein Stück einer alten Stele eingelassen, das er von den Bauern aus der alten zerstörten Tempelruine herunter hatte bringen lassen. Die Zeichen waren kaum mehr lesbar, doch konnte man sich etwas über das Leben und die Gedanken des Mönches, der den Tempel gebaut hatte, zusammenreimen: Er war ein armer Gelehrter gewesen, der sich der Taiping-Rebellion der »Langhaarigen« angeschlossen hatte. Auch das »Taiping Himmelreich« war ein Versuch gewesen, eine Utopie auf Erden zu verwirklichen. Als der Versuch wegen interner Intrigen und Massaker scheiterte, wurde er hier Mönch. Im Schlafzimmer stapelte sich ein Haufen Bücher, darunter befanden sich einige, die nur intern an hohe Kader der Partei verteilt wurden, wie die Autobiographie des japanischen Premierministers Tanaka Kakuei oder die dreibändige Ausgabe der *Mémoires d'espoir* von Charles de Gaulle, aber auch klassische Werke wie das pharmakologische Buch *Materia Medica*, wobei er nicht sagen konnte, aus welchem Jahr die Ausgabe stammte. Außerdem hatte er eine neu aufgelegte Sammlung klassischer Gedichte.

»Ich will etwas schreiben, ein Thema habe ich schon, ›Das Tagebuch eines Bergmenschen‹, wie findest du das? Ich weiß nur nicht, ob ich es schreiben kann«, sagte Lu.

Sie lachten beide. Es war dieses stillschweigende Einverständnis, was ihre Freundschaft ausmachte, die darauf basierte, dass ihn Lu all die Jahre über geschützt hatte.

»Ich hole ein paar Kleinigkeiten zum Essen!«

Lu, der natürlich kein Vegetarier geworden war, nahm ihn mit zur Kantine der Kohlengrube. Neben dem elektrischen Aufzug, der in die Kohlengrube führte, standen einige Reihen von Baracken. Es war gegen Abend und die Schicht gerade zu Ende. Die Kohlenarbeiter standen in einer Schlange mit großen Schüsseln vor dem Fenster der Essensausgabe der Kantine, die mit Bambusmatten gedeckt war. Lu ging in die Küche hinein. Plötzlich rief eine Mädchenstimme: »Herr Lehrer!«

Das einzige junge Mädchen in der Reihe der Kohlenarbeiter hatte sich umgedreht, und er erkannte sie sofort wieder, seine Schülerin Sun Huirong. Wie alle Bauersfrauen trug sie eine große alte Jacke, doch der Blick ihrer wunderschönen Augen hatte sich nicht verändert. Nur war ihr Gesicht rundlicher geworden und sie hatte insgesamt etwas zugelegt. Sie begrüßte ihn voller Freude:

»Wie kommst du denn hierher?«

Auch er war überwältigt vor Überraschung und Freude. Gerade als er auf sie zugehen wollte, kam Lu von der Seite an ihn heran, packte ihn an der Schulter und sagte in Befehlston: »Gehen wir!«

Er gehorchte unwillkürlich, er hatte immer unter dem Schutz von Lu gestanden, es war eine Gewohnheit geworden. Doch er drehte noch einmal den Kopf nach hinten und sah dem Mädchen noch einmal in die Augen, sah ihren unverkennbar verwirrten und verlorenen, ihren hoffnungslosen und gedemütigten Blick in den noch schwärzer wirkenden Augen, sah wie sie ihren Mund leicht geöffnet hatte, als wolle sie noch etwas rufen, was sie doch nicht sagen konnte. Sie stellte sich zurück in die Reihe der Kerle mit ihren Schüsseln in der Hand und alle blickten sie an.

»Kümmer dich nicht um sie, die kleine Hure schläft mit jedem. Die Männer in der Kohlengrube sind ihretwegen schon mit Messern aufeinander losgegangen!«

Lu sprach leise mit ihm. Er hatte sich noch immer nicht beruhigt, versuchte angestrengt, mit Lu Schritt zu halten, und hörte ihm zu.

»Sobald der Monatslohn ausgezahlt wird, laufen diese Schurken mit ihrem bisschen Geld zu ihr, was dazu führt, dass die Frauen im Dorf sie beschimpfen und verdammen. Sie arbeitet jetzt in der Radiostation der Kohlengrube. Du darfst dich mit ihr nicht einlassen, wenn du nur ein oder zwei Sätze mit ihr wechselst, wird sie sich anbieten und versuchen, dich zu verführen, die Leute werden glauben, dass du es auch mit ihr gehabt hast, und das wirst du nicht mehr los!«

Etwa eine halbe Stunde später holte Lu die Essschalen und Stäbchen hervor und goss den Schnaps ein. Der Koch aus der Kantine kam herüber und brachte das Essen, das in zugedeckten Körben warmgehalten worden war. Gedankenverloren trank er den Schnaps und bereute zutiefst, dass er nicht stehen geblieben war, um mit Sun Huirong zu sprechen. Aber was hätte er schon sagen sollen?

Ihr beide lebtet in völlig verschiedenen Welten, selbst wenn deine Welt genauso schmutzig war wie ihre, würde sie nie aus ihrer Kohlengrube herauskriechen können. Sie hatte vergessen, welcher Abstand zwischen euch lag, sie hatte ihr Schicksal vergessen, hatte vergessen, dass sie in den Augen der Leute eine Prostituierte war, und dich einfach als ihren Lehrer gesehen. Sie hatte dich um nichts bitten wollen und dachte vielleicht überhaupt nicht daran, ihre Situation verändern zu wollen, nur für einen Augenblick war ihre Unschuld wieder aufgeflackert, eine ungewisse mädchenhafte Zuneigung und eine unerklärliche Freude.

Du warst wie vor den Kopf gestoßen und die Verletzung, die du ihr zugefügt hattest, schmerzte dich tief. Es dauerte lange, bis du dir diese Schwäche in jenem Augenblick verzeihen konntest.

Die Nacht verbrachte er in Lus kleinem Haus, zu dem der Geheimgang führte, lauschte dem Wasser, das vor dem Fenster plätscherte, und den Windstößen, die durch den Kiefernwald fuhren. Am nächsten Tag in der Frühe überquerte er den Fluss, erreichte den Morgenbus im Marktflecken und kehrte in die Kreisstadt zurück.

Du hattest ein Photo von Sun Huirong aufgenommen, du hattest ihr geholfen, sich zu schminken, hattest ihre Lippen rot gemalt, all das war vor ihrer Zuteilung in die Produktionsgruppe geschehen. Die Aufnahme stammte von einer Aufführung der »Propagandatruppe zur Verbreitung des Mao-Zedong-Denkens« am Nationalfeiertag. Deine Schüler spielten eine revolutionäre Modelloper, und sie sang die Rolle der Heldin Ah Qing, die sich tapfer gegen die japanischen Banditen schlug. Das Stück wurde auf Weisung des Erziehungsbüros der Kreisstadt gespielt und die Rollen wurden im Musikunterricht eingeübt, sie hatte die schönste Stimme. Du hattest keine Ahnung, ob sie heute einen Mann hatte oder sich noch immer als Hure in der kollektiv geleiteten Kohlengrube verkaufte. Nachdem du dieses Land verlassen hattest, wurde dein Zimmer in Peking von den örtlichen Autoritäten durchsucht und versiegelt, und dieses Photo mitsamt deinen Büchern und Manuskripten wurde konfisziert.

Bevor du China verlassen hast, kam noch ein anderer Schüler, den du damals unterrichtet hattest und der inzwischen die Universität abgeschlossen und einen Beruf ergriffen hatte, auf einer Dienstreise in Peking bei dir vorbei. Als du dich nach Sekretär Lu erkundigtest, antwortete er, er sei verstorben. Wie er denn gestorben sei? »Wohl an einer Krankheit«, sagte er, aber das habe er nur gehört.

Lus Frau hattest du nie getroffen. Es hieß, sie sei Lehrerin an der lokalen pädagogischen Hochschule gewesen. Aufgrund einer psychischen Erkrankung sei sie jahrelang ans Bett gefesselt gewesen und habe immer mit ihrer Tochter zusammengelebt. Vielleicht war das auch nur eine Ausrede gewesen, um sich selbst zu schützen und in keine Schwierigkeiten verwickelt zu werden. Vielleicht wollte eine Frau auch einfach nicht in der Einsamkeit der Berge ihren Lebensabend verbringen.

Später hattest du einen Traum. Der Marktflecken bestand nicht mehr aus dicht gedrängten Häusern, die sich um eine kleine Straße und mehrere Gassen drängten, sondern war eine verlassene Ödnis, in der sich vereinzelte kleine Häuser über eine weite Fläche erstreckten. Die Schule befand sich auf einem Berg, Türen und Fenster waren weit geöffnet. Du besuchtest Lu. Er wohnte in einem kleinen Bauernhaus, das einsam ohne Nachbarhäuser in der Gegend stand, die Tür war mit einem Eisenschloss verriegelt. Es war nachmittags und die Sonne schien auf die orangegelbe Lehmerde. Du wusstest nicht, was du tun solltest. Offenbar hattest du ihn aufgesucht, um ihn zu bitten, dir zu helfen, diesen Ort zu verlassen. Du wolltest nicht dein ganzes Leben in dieser verlassenen Schule verbringen. Sie hatten dich beauftragt, die Schule zu beaufsichtigen und einen endlosen Haufen von Schulheften zu korrigieren. Du hattest keinen Augenblick Zeit, den Kopf zu heben und an deine eigene Situation zu denken, und wusstest nicht, was du hättest denken sollen, wenn du die Zeit gehabt hättest. Du standst vor der Lehmmauer, starrtest auf das eiserne Schloss an der Tür und hörtest den Herbstwind hinter dir über die Stoppeln der abgeernteten Felder pfeifen …

53

Noch nie in seinem Leben war er diesem großen Mann so nahe gekommen wie hier, im Mausoleum, dem neu errichteten Gebäude aus dichtem Stahlbeton, das angeblich den Aufschlag einer Wasserstoffbombe und ein Erdbeben neunten Grades überstehen konnte und auf einer Achse lag mit dem

Kaiserlichen Palast, dem Qianmen-Tor und dem Denkmal der Volkshelden. In dem gläsernen Sarg war sein Kopf tatsächlich sehr groß und deutlich aufgeschwollen, das konnte auch der starke Puder auf dem Gesicht nicht verdecken. Er stand in etwa fünf Meter Entfernung in einer langen Schlange, die ihm etwa zwei, drei Sekunden Zeit ließ, ihn zu betrachten, zu wenig, um die Worte zu formen, die er auf dem Herzen hatte.

Er meinte, er müsse etwas zu dem alten Herrn sagen, freilich nicht zum Führer des Volkes, der Leiche im gläsernen Sarg, sondern zu dem Mao in Bademantel, der gerade zusammen mit einer Geliebten aus dem Bett geklettert kam oder aus dem Schwimmbad herausstieg. Es war überhaupt nicht wichtig, wie viele Geliebte ein solch großartiger Führer gehabt hatte, daran war nichts auszusetzen. Er wollte nur mit diesem alten Herrn sprechen, der seine Militäruniform ausgezogen und die Maske des Führers abgelegt hatte: Sie haben ein reiches und ganz zweifellos sehr eigenwilliges Leben geführt, man kann Sie wirklich einen Übermenschen nennen. Sie haben China erfolgreich beherrscht. Ihre Seele ummantelt bis heute über eine Milliarde Menschen. Ihr Einfluss erstreckt sich über die ganze Welt, das kann niemand bezweifeln. Sie können Menschen töten, wie es Ihnen gefällt, das hatte er ihm sagen wollen. Aber Sie können niemanden dazu zwingen, nur das zu sagen, was Sie hören wollen. Genau das war es, was er Mao mitzuteilen hatte.

Er wollte hinzufügen, dass Geschichte in Vergessenheit geraten könne. Aber dass sein Hass gegen Mao als Person niemals vergehen würde, weil er damals gezwungen war zu sagen, was Mao bestimmt hatte. Später hatte er sich selbst gesagt, dass er niemals in dieses Land zurückkehren werde, solange Mao noch als Führer, König oder Kaiser verehrt würde. Was ihm allmählich erst klar wurde, war, dass das Innere eines Menschen nur durch einen anderen Menschen bezwungen werden konnte, wenn es der andere selbst zuließ.

Was er zuletzt hinzufügen wollte, war, dass man einen Menschen auslöschen konnte, doch dass man die Würde eines

Menschen, wie schwach er auch immer war, nicht auslöschen konnte. Dass man die Würde des Menschen nicht vernichten konnte, und dass genau das einen Menschen ausmache. Selbst wenn der Mensch lebte wie ein Insekt, hatte auch ein Insekt die Würde eines Insektes. Wenn man es niedertrat, zerquetschte, das Insekt um sein Leben kämpfte oder floh, um sich zu retten, konnte man die Würde, die das Insekt zum Insekt machte, doch nicht zertreten. Man kann Menschen töten wie man das Gras mäht, doch hat man jemals einen Grashalm um Gnade flehen sehen? Menschen waren keine Grashalme, was er erklären wollte, war, dass Menschen außer ihrem Leben noch ihre Würde besaßen. Wenn man seine Würde als Mensch nicht mehr bewahren konnte, nicht getötet wurde oder Selbstmord beging, wenn man nicht sterben wollte, musste man fliehen. Würde entsprang einem Bewusstsein zu leben und das konnte selbst einem schwachen Menschen Kraft geben. Wurde dieses Bewusstsein zu leben vernichtet, lebte man nichts anderes als den Tod.

Genug von dem Scheißgerede. Aber gerade aufgrund dieses Scheißgeredes hatte er durchgehalten. Heute, wo er all dies in aller Öffentlichkeit zu Mao sagen konnte, war der alte Herr schon über zwanzig Jahre tot. Er konnte nur noch zu Maos verstorbener Seele oder einem Schatten sprechen.

Mao trug einen Bademantel und sah aus, als sei er gerade aus dem Schwimmbad geklettert. Er war sehr groß, hatte einen dicken Bauch, eine hohe, fast weibliche Stimme und sprach Hunan-Dialekt. Doch sein Gesicht war genauso gütig und freundlich wie auf dem riesigen Ölgemälde am Tiananmen-Tor, das für alle Ewigkeit dort hängen würde und ihn als netten und liebenswürdigen Menschen darstellte. Er rauchte gerne und so viel, dass seine Zähne ganz schwarz geworden waren. Er rauchte eine besondere Marke, Panda, die stark parfümiert war. Mao liebte stark gewürzte Speisen, Peperoni und fettes Fleisch. Was das betraf, hatte sein Leibarzt in seinen Memoiren keinen Unsinn geschrieben.

»Freund«, sagte Mao. Mao nannte manche Leute zuweilen »Freund« und nicht »Genosse«, zum Beispiel auch seine vielen jungen Geliebten. Doch zu diesen Leuten gehörte er freilich nicht. Unter den Männern, die in den Genuss kamen, von Mao »Freund« genannt zu werden, waren auf chinesischer Seite Lin Biao, von dem man später sagte, er habe ins Ausland fliehen wollen und sei dabei in Öndohaan in der Mongolei abgestürzt, was die Partei ausnahmsweise durch öffentliche Photos von den Leichenteilen dokumentierte. Unter den Ausländern zählte Nixon zu solchen, mit denen Mao drei Stunden geplaudert hatte. Mao, der damals schon fast achtzig Jahre alt war, lachte und scherzte, obwohl er sich nur mit Hilfe von Spritzen aufrecht halten konnte. Selbst Kissinger, der intelligente Jude, hatte großen Respekt vor Mao, auch wenn man nicht gerade sagen konnte, dass er ihn verehrte.

Wenn Mao nun »Freund« sagte, hatte er sicher nicht ihn damit gemeint. Trotzdem konnte er sich nicht zurückhalten und musste vor ihn treten, um ihn zu fragen:

»Glauben Sie wirklich an den Kommunismus von Marx, diesen idealen Staat? Oder haben Sie das nur als Aushängeschild benutzt? (Diese Frage war sicherlich sehr naiv, aber er hatte sie damals so stellen wollen, später hätte er sie nicht mehr so gestellt.)

»Auf der Welt gibt es mehr als hundert Parteien und der größte Teil davon glaubt nicht an den Marxismus.« Dies hatte Mao in der Anfangsphase der Kulturrevolution in einem Brief an seine Frau Jiang Qing geschrieben. Dieser Brief war natürlich an die gesamte Partei gerichtet und nicht privat für seine Frau verfasst. Später verwandte die Partei diesen Brief als Grundlage für die Beseitigung der Witwe von Mao, und er wurde in der Öffentlichkeit bekannt.

Damals hatte er gerne glauben wollen, dass Mao tatsächlich glaubte, was er sagte. Wollte der alte Herr denn wirklich ein Himmelreich auf Erden schaffen? Oder war es nicht viel eher eine Hölle? Auch das hatte er ihn damals fragen wollen.

»Eine Anfangsphase«, sagte Mao.

»Aber wann wird denn Ihre Hochphase erreicht werden?«, fragte er mit äußerstem Respekt.

»In sieben oder acht Jahren wird es wieder geschehen«, hatte Mao in seinem Brief an seine Frau verlauten lassen. »Diese Kulturrevolution ist nur ein gewissenhaft durchgeführter Probedurchlauf.« Der alte Herr zündete sich eine Zigarette an, verharrte ein wenig und schrieb dann weiter, »und nach sieben oder acht Jahren wird es eine erneute Kampagne zur Säuberung von den Schlangengeistern und Rinderdämonen geben. Es wird später noch viele Säuberungen geben.« Er lachte, als er fertig geschrieben hatte, und zeigte seine schwarzen Zähne. Wie die Erinnerungen von Maos Leibarzt enthüllten, rauchte er drei Päckchen am Tag und benutzte nie eine Zahnbürste. Auf den Nachrichtenphotos, wenn Mao in seinen späten Jahren ausländische Gäste empfing, zeigte sich das recht deutlich.

Der alte Herr war wirklich ein großartiger Stratege! Wie viele Menschen in China und der ganzen Welt hatte er betrogen – auch das hatte er sagen wollen.

Mao zog die Augenbrauen zusammen.

Hastig beeilte er sich hinzuzufügen: »Ihre Feinde sind alle unter Ihrer Hand zur Strecke gekommen, Sie haben Ihr Leben lang in allen Kämpfen nur gesiegt!«

»Siege dürfen einem nicht zu Kopfe steigen. Ich war darauf vorbereitet, gestürzt und zerschmettert zu werden. Das wäre auch kein Grund zur Aufregung gewesen, Materie kann man nur vernichten, wenn man sie zerschmettert.« So schrieb Mao in dem Brief, den die Partei veröffentlicht hatte und der nicht mehr als geheimer privater Brief galt.

Zerschmettert haben sie nur Ihre werte Ehefrau, Sie, alter Herr, haben doch keinen Schaden erlitten. Die Menschen kommen noch immer in das Mausoleum, um ihre Verehrung zum Ausdruck zu bringen. Das ist ein unwiderlegbarer Beweis für Ihre Größe, sagte er zur Seele oder dem Schatten von Mao.

»Ich glaube, dass ein Mensch zweihundert Jahre leben und dreitausend Meilen gegen den Strom schwimmen kann.«

Sie haben seit ihrer Jugend Gedichte geschrieben, und man kann zugeben, dass Sie einen großartigen Stil haben. Aber Ihre Machtgier war beispiellos in der ganzen Geschichte, und Sie haben sämtliche Literaten in China vernichtet, auch das ist ein Teil Ihrer Größe.

Er sagte, wenn er noch etwas zu schreiben habe, würde er warten müssen, bis der alte Herr das Zeitliche gesegnet hatte.

»In mir ist etwas von einem Tiger, das ist der Großteil, und etwas von einem Affen, das ist der kleinere Teil.«

Er sagte, wenn überhaupt, habe er nur ein wenig von einem Affen.

Der alte Herr zeigte ein Lächeln, dann drückte er den verbliebenen Zigarettenstummel aus, als ob er ein Insekt zerquetschte, womit er zum Ausdruck brachte, dass er sich ausruhen wollte.

Mao lag in dem gläsernen Sarg und war mit der Parteifahne bedeckt. Er erinnerte sich nicht genau, aber die Partei führte den Staat und Mao die Partei, was hätte die Nationalflagge für einen Sinn gemacht? Als er in der langen Schlange gestanden hatte und Maos Leiche passierte, trug er in etwa diese Gedanken in sich, die sich noch nicht in Worte geformt hatten. Doch wagte er nicht, noch länger stehen zu bleiben, während der ganzen Zeit hatte er sich nicht einmal umzudrehen gewagt, aus Furcht, die Leute hinter ihm könnten bemerken, dass ein absonderlicher Ausdruck in seinem Blick lag.

Heute konnte er das gelassen niederschreiben und wollte zu dem König, der über eine Milliarde Menschen beherrscht hatte, sagen: Weil du winzig klein warst, konnte es in deinem Herzen nur einen König geben, und das warst du selbst. Heute konntest du dies endlich in aller Öffentlichkeit aussprechen und warst aus Maos Schatten herausgetreten. Aber das war keine einfache Sache gewesen. Du warst in einer unglücklichen Zeit geboren und unter die Diktatur von Mao Zedong geraten, doch die Zeit deiner Geburt bestimmtest nicht du, sondern das so genannte Schicksal.

54 Du würdest nicht wieder im Schatten anderer leben und dir auch nicht mehr einbilden, die Schatten anderer seien deine Feinde. Du warst aus dem Schatten herausgetreten. Du machtest dir keine Trugbilder und falsche Illusionen mehr, du warst in eine weite Stille geraten. Nackt und ohne etwas in der Hand warst du auf die Welt gekommen, und ohne irgendetwas würdest du auch wieder gehen – könntest ja auch nichts mitnehmen, selbst wenn du es wolltest. Was du allein fürchtetest, war der Tod, von dem du nichts wusstest.

Du erinnertest dich, dass du dich als Kind schon vor dem Tod gefürchtet hattest, noch viel stärker als heute. Bei jeder harmlosen Krankheit hattest du befürchtet, sie sei unheilbar, und wenn du einmal krank geworden warst, maltest du dir die schlimmsten Phantasien aus und wurdest ganz verrückt vor Angst. Dass du heute, nachdem du so viele Krankheiten überstanden hast und selbst dem Tod so nahe gewesen bist, noch am Leben und auf der Welt bist, ist reines Glück. Das Leben war doch wirklich ein unbeschreibliches Wunder und im Leben selbst erst machte sich dieses Wunder sichtbar. Reichte es nicht einfach, dass ein empfindsamer Körper fähig war, das Leben zu spüren, seinen Schmerz zu erdulden und seine Lust zu genießen? Was suchtest du noch?

Du hattest Angst vor dem Tod, wenn du schwach warst. Wenn du das Gefühl hattest, nicht mehr atmen zu können, wenn du fürchtetest, den nächsten Atemzug nicht mehr zu schaffen, als stürztest du in eine Tiefe. Dieses Gefühl, in die Tiefe zu stürzen, hattest du oft in deinen Kinderträumen und wachtest dann schweißgebadet auf. Dabei fehlte dir eigentlich nichts. Wie oft ist deine Mutter mit dir ins Krankenhaus gefahren, um dich untersuchen zu lassen. Heute gingst du nicht mehr zum Arzt, selbst wenn du wiederholt zu Untersuchungen aufgefordert wurdest.

Du warst dir völlig klar darüber, dass das Leben endlich war und dass mit dem Ende des Lebens auch jede Furcht verschwinden werde. Diese Furcht selbst war die eigentliche Verkörperung des Lebens. Das Leben endete in dem Augenblick, da du

Empfindsamkeit und Bewusstsein verlorst. Dann gab es nichts mehr zu überlegen, auch keinen Sinn mehr. Deine Suche nach einem Sinn war die eigentliche Krankheit. Als du mit deinem Freund erstmals über den letzten Sinn des Lebens diskutiertest, hattest du fast noch gar nicht gelebt. Heute, nachdem du fast alles an Schönem und Schrecklichem im Leben erfahren hast, kam dir die Suche nach einem Sinn absolut unnütz vor, einfach nur lächerlich. Lieber wolltest du es genießen, das Leben, und Sorge dafür tragen.

Dir war, als sähst du ihn in einem leeren Raum, in den feines Licht aus unbekannter Quelle strahlte; er stand auf keinem in irgendeiner Art festem Untergrund und doch ragte er auf wie ein Baum, der keinen Schatten warf. Der Horizont zwischen Himmel und Erde war ebenfalls verschwunden. Oder du sahst ihn als einen Vogel im Schneefeld, der um sich blickte und manchmal wie gedankenverloren vor sich hin starrte. Worüber er nachdachte, war unklar; es war nicht mehr als eine Pose, eine schöne Pose, das ganze Leben ließ sich als eine Pose beschreiben, eine möglichst angenehme Pose. Er streckte die Arme aus, beugte die Knie, drehte sich und blickte zurück auf sein Bewusstsein. Oder sollte man sagen, diese Pose war sein Bewusstsein, und du in seinem Bewusstsein warst die Quelle, aus der er heimlich Freude schöpfte?

Es gab keine Tragödien, Komödien oder Farcen, alles war nur der Ausdruck einer ästhetischen Haltung zum Leben, die je nach Personen, Raum und Zeit verschieden war. So verhielt es sich auch mit Gefühlen: Übertrug man eine Stimmung von hier an einen anderen Ort, konnte lächerlich werden, was einen zuvor verletzt hatte. Es gab keinen Grund zu Sarkasmus – von Selbstironie und Selbstzerfleischung hattest du genug. Es ging nur noch darum, ganz sachte diese Lebenshaltung zu bewahren und dich, wenn du dich irgendwo in Einsamkeit auf dich selbst besannst, um das Wunderbare des Augenblickes zu bemühen und im Einklang damit zu sein. Was du in den Augen der anderen warst, kümmerte nicht mehr.

Du wusstest nicht, was du noch tun würdest, oder was man überhaupt noch tun könnte. Es gab auch nichts zu überlegen. Du tatst, was du wolltest, warst zufrieden, wenn es gelang, und ließest es bleiben, wenn es misslang. Da war keine Notwendigkeit, etwas zu tun oder nicht zu tun: Wenn du Hunger hattest, aßest du, warst du durstig, trankst du. In gleicher Weise hattest du deine Standpunkte, Meinungen, Präferenzen oder deinen Zorn – so alt warst du noch nicht, dass dir die Kraft fehlte, in Wut auszubrechen, und natürlich kanntest du noch so etwas wie einen gerechten Zorn in dir, aber er berührte dich nicht mehr so stark. Auch deine Gefühle und Leidenschaften funktionierten noch hinreichend, was gern auch noch eine Weile so bleiben durfte. Aber der Hass war dir abhanden gekommen. Hass war einfach nur nutzlos und schadete, selbstredend, nur dir selbst.

Respekt hattest du nur noch vor dem Leben. Du hattest das Gefühl, etwas im Leben noch nicht vollendet zu haben, ein bisschen Neugier war dir noch geblieben, ein bisschen Entdeckergeist und Freude am Staunen. Nur das Leben selbst konnte in dir noch etwas Heiterkeit erzeugen – was auch sonst.

55

Eines Abends radelte er in der Dämmerung am Glockenturm vorbei und wollte gerade vom Fahrrad absteigen, um in einem kleinen Restaurant etwas zu essen, als jemand seinen Namen rief. Er drehte sich um und sah ein Mädchen, das ihn verlegen anblickte und nicht wusste, ob sie lachen sollte oder nicht, sie biss sich auf die Lippen.

»Xiaoxiao?« Er war sich nicht ganz sicher.

Xiaoxiao lachte etwas gezwungen.

»Es tut mir wirklich Leid …« Er wusste einen Augenblick lang nicht, was er sagen sollte. »Ich hatte wirklich nicht damit gerechnet …«

»Hast du mich nicht wiedererkannt?«

»Du bist groß und kräftig geworden ...« Er erinnerte sich an das zarte schlanke Mädchen, ihre kleinen Brüste.

»Ein Mädchen vom Lande?«, fragte sie etwas spöttisch.

»Nein, du siehst viel gesünder aus!«, beeilte er sich zu sagen.

»Ich bin nur noch eine einfache Kommunen-Arbeiterin, eine Sonnenblume, die verwelkt ist!«

Xiaoxiao spielte mit spitzer Zunge auf ein Lied der Partei an, in dem die Kommunen-Arbeiter mit Sonnenblumen verglichen wurden, die sich nach der Sonne drehten. Er wechselte das Thema: »Bist du wieder in der Stadt?«

»Ich versuche überall, eine Genehmigung zu bekommen. Zurzeit bin ich unter dem Vorwand hier, dass ich mich um meine kranke Mutter kümmern muss, ich bin die einzige Tochter in der Familie, ich versuche, die Formalitäten für einen Wohnsitz hier zu regeln, aber bisher habe ich die Erlaubnis dafür noch nicht bekommen.«

»Wohnt ihr immer noch am alten Ort?«

»Soll man das Haus vielleicht auch noch abreißen? Mein Vater ist gestorben, meine Mutter ist aus der Kaderschule zurückgekehrt.«

Er hatte keine Ahnung von der Situation ihrer Familie und konnte nur sagen: »Ich war in eurer Gasse und habe dich gesucht ...«

Er meinte, vor zehn Jahren.

»Wollen wir nicht zu mir nach Hause gehen?«

»Ja«, entfuhr es ihm, obwohl er eigentlich nicht hatte zustimmen wollen. Damals war er viele Male mit dem Fahrrad die Gasse auf und ab gefahren, und hatte gehofft, sie zu treffen. Das sagte er aber nicht, sondern murmelte nur: »Aber ich wusste deine Hausnummer nicht ...«

»Die habe ich dir auch nicht gesagt.« Xiaoxiao erinnerte sich offenbar sehr genau an jene Nacht im Winter, als sie vor dem Morgengrauen gegangen war.

»Ich wohne schon lange nicht mehr in dem Zimmer, ich war auch knapp sechs Jahre auf dem Land und wohne jetzt im Kollektivwohnheim der Organisation.«

Es sollte eine Erklärung sein, doch Xiaoxiao verriet nicht, ob sie ihn jemals aufgesucht hatte. Eine Weile schob er schweigend sein Fahrrad neben Xiaoxiao her, bis sie an die Ecke der kleinen Gasse kamen, durch die er so oft gefahren war. Er war die ganze Gasse hinuntergefahren, hatte am Ende eine Runde in einer Nebenstraße gedreht und war denselben Weg wieder zurückgeradelt. Die ganze Zeit über hatte er die Augen auf die Türen zu beiden Seiten der Gasse geworfen, und gehofft, sie zu treffen. Doch kannte er nicht einmal Xiaoxiaos Nachnamen, und konnte sich daher nicht nach ihr erkundigen. Xiaoxiao war sicher nur ihr Spitzname, den ihre Klassenkameraden oder Familienmitglieder benutzten. Zu Fuß war die kleine Gasse ziemlich lang.

Xiaoxiao ging vor ihm durch eine Pforte. Hinter dem Eingang lag ein großer Hof in sehr unordentlichem Zustand. Links von der Pforte war eine kleine Tür, die verriegelt war, neben der Tür stand ein Kohleofen. Sie öffnete die Tür mit dem Schlüssel. Im Zimmer stand ein großes Bett, auf dem die Decke zusammengefaltet lag. Der Rest des Zimmers versank im Chaos. Xiaoxiao klaubte hastig die Kleider auf dem Lehnstuhl zusammen und warf sie auf das Bett.

»Wo ist deine Mutter?« Als er sich im Lehnstuhl niederließ, quietschten die Federn.

»Im Krankenhaus.«

»Was hat sie?«

»Brustkrebs, der sich schon ins Rückgrat ausgebreitet hat. Ich hoffe, dass sie noch ungefähr ein Jahr durchhält, bis ich meinen Wohnsitz geregelt habe.«

Er fragte nicht weiter nach.

»Eine Tasse Tee?«

»Keine Umstände, danke.« Ihm musste irgendetwas einfallen. »Wie geht es dir? Erzähl von dir, wie es dir geht ...«

»Was soll ich erzählen? Was gibt es da schon zu sagen?«, fragte Xiaoxiao und stand direkt vor ihm.

»Wie war es auf dem Land in den Jahren?«

»Warst du nicht auch auf dem Land? Das weißt du doch selbst.«

Er begann zu bereuen, mitgekommen zu sein. Dieses muffige und unordentliche Zimmer vernichtete selbst seine Erinnerung an das Mitleid, das er für das Mädchen empfunden hatte. Xiaoxiao setzte sich auf die Bettkante und betrachtete ihn mit gerunzelter Stirn. Er wusste nicht, worüber er mit ihr reden sollte.

»Du warst mein erster Mann.«

Das stimmte. Er erinnerte sich an ihre linke Brust, nein, es war seine linke Hand gewesen und daher ihre rechte Brust, unter der sich die hellrosa Narbe befunden hatte.

»Aber du warst wirklich dumm.«

Das versetzte ihm einen Stich, und er wollte sie dafür sofort nach ihrer Narbe fragen. Doch stattdessen fragte er: »Warum?«

»Du warst es, der nicht wollte ...« Xiaoxiao sagte dies sehr ruhig und hielt den Kopf gesenkt.

»Aber du warst doch damals noch in der Mittelschule!«, verteidigte er sich.

»Ich bin schon bald ein echtes Landmädel geworden, es hat nicht einmal ein Jahr gedauert, bis ich ... die Leute auf dem Land kümmern sich nicht um so etwas!«

»Du hättest ihn anzeigen können ...«

»Bei wem denn? Du bist doch ein Dummkopf!«

»Ich hatte geglaubt ...«

»Was hast du geglaubt?«

»Ich hatte geglaubt, ich hatte damals angenommen, dass du noch Jungfrau warst ...« Er erinnerte sich, dass er ihr damals deshalb nichts antun wollte.

»Wovor hattest du denn Angst? Ich hatte Angst ... Du warst ein Feigling! Ich wusste, dass ich mit meinem Familienhintergrund keine Chance haben würde, ich war es, die nachts an deine Tür geklopft hatte, aber du hast dich nicht getraut!«

»Ich hatte Angst, dass es mich belasten könnte.« Er musste ihr das gestehen.

»Ich hatte dir noch nichts von meinen Eltern erzählt.«

»Aber ich habe es geahnt. Jetzt ist es zu spät, wie soll ich sagen …«, sagte er. »Ich bin verheiratet!«

»Natürlich ist es zu spät. Aber ich kann dir nur sagen, dass ich inzwischen schon ein ausgetretener alter Schuh bin, ich habe zweimal abgetrieben, zwei Bastarde, die ich nicht haben wollte!«

»Dann hättest du eben verhüten müssen!« Jetzt wollte er sie auch verletzen.

»Ach«, lachte sie kalt, »auf dem Land werden keine Kondome ausgegeben. Ich habe ein schlechtes Los erwischt, keine guten Eltern, auch keine Stütze im Hintergrund. Aber auf keinen Fall kann ich mein ganzes Leben weiter auf dem Land verbringen.«

»Du bist noch jung, du darfst dich nicht aufgeben …«

»Natürlich muss ich weiterleben! Du musst mich nicht belehren. Ich habe genug Belehrungen erhalten!« Sie lachte, lachte wirklich, hielt sich mit beiden Händen an der Bettkante fest und ihre Schultern wackelten.

Er lachte mit ihr, bis ihm die Tränen kamen. Xiaoxiao hielt inne, und für einen Augenblick meinte er plötzlich in ihrem Gesicht die Zartheit des Mädchens von früher wieder zu sehen, doch im nächsten Augenblick war das wieder verschwunden.

»Willst du nicht etwas essen? Ich habe nur Nudeln, aber hast du mir damals nicht auch Nudeln gemacht?«

»Du hast sie gemacht«, erinnerte er sie.

Xiaoxiao ging hinaus zum Ofen und schloss die Tür hinter sich. Er sah sich in dem unaufgeräumten Zimmer um. Unter den Kleidern, die sie auf das Bett geworfen hatte, war auch dreckige Unterwäsche, die gewaschen werden musste. Er musste das Bild von ihr, das sein Mitleid erregt hatte und ihm wie ein Traum vorkam, in sich auslöschen. Er musste sich entspannen und in dem Mädchen nichts anderes sehen als irgendein aussortiertes billiges Stück, eine kleine Hure, an der sich jeder im Dorf vergriffen hatte.

Xiaoxiao brachte die fertigen Nudeln herein und räumte die Getreidemarken, den Schlüssel und andere Kleinigkeiten vom Tisch. Er stellte sich hinter sie, umarmte sie von hinten und fasste ihr an die Brust. Sie gab ihm einen Klaps auf die Hand, aber schlug ihn nicht wirklich.

»Setz dich und iss!«

Xiaoxiao war weder verärgert noch besonders berührt, offenbar war das für sie ein normaler Umgang mit Männern, an dem nichts Außergewöhnliches war. Während des Essens hielt Xiaoxiao den Kopf gesenkt und sprach nicht. Er glaubte, sie habe verstanden, an was er dachte, darüber brauchte nicht mehr gesprochen zu werden, und es schien auch keinerlei Hindernis zu geben.

Xiaoxiao hatte schnell aufgegessen, räumte die Schüsseln beiseite und sah ihn von oben herab an.

»Ich sollte nun gehen, oder?« Dass er immer so scheinheilig sein musste!

»Wie du willst«, antwortete Xiaoxiao gelassen, ohne ihre Haltung zu verändern.

Daraufhin erhob er sich, trat vor sie, nahm ihren Kopf in seine Hände und wollte sie küssen. Xiaoxiao drehte den Kopf weg, um seinem Kuss auszuweichen. Er führte seine Hand in ihren Ausschnitt und knetete die inzwischen groß gewachsenen Brüste einer Frau.

»Lass uns ins Bett gehen«, stieß Xiaoxiao hervor.

Er setzte sich auf die Bettkante und sah zu, wie die Frau die Tür schloss. Der Lichtschalter befand sich neben der Tür, doch sie ließ die Lampe brennen, die an der mit Zeitungspapier beklebten Zimmerdecke hing. Ohne ihn zu beachten, zog sich Xiaoxiao unbeschwert die Kleider aus. Er war einen Moment lang erstaunt, weil er im Lichtschatten die Narbe unter ihrer Brust nicht sehen konnte. Während er sich die Schuhe aufband, stieg Xiaoxiao ins Bett, schlug die Decke auf, legte sich auf den Rücken und deckte sich zu.

»Bist du nicht verheiratet?«, fragte die Frau mit großen Augen.

Er antwortete nicht und fühlte sich gedemütigt, er verspürte Rachegefühle, aber war sich nicht klar darüber, wofür er sich rächen sollte. Er riss die Decke weg, warf sich auf die Frau und als er all seine angestaute gewalttätige Energie in ihren Körper ergoss, dachte er an einen anderen Mädchenkörper in einem Speicher der Produktionsbrigade am Wegesrand.

Xiaoxiao hatte noch immer die Augen geschlossen, als sie sagte: »Du brauchst nicht aufzupassen, selbst wenn ich schwanger werde, muss man keine Ausschabung machen, denn ich habe jetzt immer einen Abort.«

Er untersuchte den Körper dieser fremden Frau, ihre fleischroten Brustwarzen waren in der Mitte der dunkelbraunen Vorhöfe angeschwollen und stachen hervor, ihre Brüste waren weiß und weich. Dann entdeckte er eine lange dunkle Linie unterhalb der Brust, ihre Narbe. Er berührte sie nicht und fragte noch immer nicht, woher sie gekommen war.

Xiaoxiao sagte, dass sie nun vor nichts mehr Angst habe und die Nachbarn reden sollten, was sie wollten. Doch er erwiderte, dass er ein verheirateter Mann sei und seinen Scheidungsantrag vergessen könne, wenn das Nachbarschaftskomitee einen Bericht an seine Arbeitseinheit schicke. Xiaoxiao blieb auf dem Bett liegen, als er seine Kleider anzog. Sie schien zu lächeln, doch ihre Mundwinkel hingen herab.

»Kommst du wieder?«, fragte sie und fügte hinzu: »Ich treffe keinen meiner früheren Schulkameraden mehr und bin sehr einsam.«

Doch war er nie wieder zu Xiaoxiao nach Hause gegangen und hatte seitdem vermieden, in die Nähe des Glockenturmes zu geraten, aus Angst, er könne sie zufällig treffen. Er wusste nicht, was er ihr hätte sagen sollen.

56 Endlich hatte er es unter großen Mühen geschafft, die Maske von seinem Gesicht zu nehmen, diese in Plastik gegossene und in verschiedenen Formen und Größen produzierte falsche Haut. Sie war etwas elastisch, man konnte sie lang ziehen und zusammendrücken. Sobald man sie auf das Gesicht gesetzt hatte, wurde man zu einem korrekten, normalen und anständigen Menschen und konnte alle möglichen Rollen spielen, einen Arbeiter, Bauern, Verkäufer, Studenten oder Angestellten, oder einen Intellektuellen, einen Lehrer, Lektor oder Journalisten, trug er ein Stethoskop, wurde er zu einem Arzt, legte er das Stethoskop nieder und tauschte es gegen eine Brille, wurde er zum Professor oder Schriftsteller. Die Brille konnte er natürlich auf- oder absetzen, wie er wollte, aber ohne die Maske ging es nicht. Wenn er die Maske abnahm, war er ein schlechtes Element wie die Straßendiebe und Hooligans, oder ein Feind des Volkes. Es war eine äußerst gewöhnliche Maske, die im Volk viel in Gebrauch war. Die Führer des Volkes aber, die leitenden Kader sowie die Volkshelden, trugen andere Masken, die viel dicker und stärker und wahrscheinlich aus dichtem Polyester geschweißt waren und die man nicht einmal mit dem Hammer zerschlagen konnte.

Er spielte mit der Maske in seinen Händen, zwickte sie in die Augenbrauen, um herauszufinden, ob sie vielleicht doch ein normales Aussehen annehmen würde. Aber er war nicht bereit, eine neue Maske aufzusetzen, weder die eines Dissidenten, noch eines Literaturagenten, Propheten oder neureichen Unternehmers. Nachdem er die Maske abgesetzt hatte, fühlte er sich unwillkürlich unwohl und wusste nicht, wohin er mit sich sollte. Aber er war auf jeden Fall all die Heuchelei, den Kummer und die ständige Angst und Vorsicht losgeworden. So wie er keinen Führer mehr hatte und von keiner Partei oder irgendeiner Organisation überwacht wurde, hatte er auch kein Vaterland mehr, nichts, was er eine Heimat nennen konnte. Seine Eltern waren tot, und er hatte keine eigene Familie, er hatte keine Sorgen und war für sich allein. Er fühlte sich frei und gelöst, er ging, wohin er gehen wollte, und trieb mit dem Wind, solange ihn kein anderer belästigte. Seine eigenen lästigen Probleme konnte er selbst lösen, und wenn er sich auch von den eigenen Problemen frei gemacht hatte, waren sie völlig gleichgültig und er kümmerte sich nicht darum.

Er würde keine Last mehr auf seine Schultern laden, hatte alle emotionalen Schulden getilgt und mit seiner Vergangenheit abgerechnet. Wenn er jemals wieder eine Frau lieben und in die Arme nehmen würde, müsste sie ihn auch wollen und ihn akzeptieren, sonst würde er einfach nur mit ihr in eine Bar gehen, eine Tasse Kaffee trinken oder ein Glas Bier, ein bisschen plaudern, ein wenig flirten und dann getrennte Wege gehen.

Der Grund, warum er noch schrieb, war, dass es ihm ein Bedürfnis war. Erst im Schreiben fühlte er sich völlig frei, er sah es nicht als einen Beruf an. Er machte seinen Stift nicht zum Kampfgerät, um für etwas zu streiten, und empfand auch keinen so genannten missionarischen Eifer. Er schrieb einfach nur zur eigenen Unterhaltung, um mit sich zu sprechen, um sich zuzuhören und sich zu beobachten und die ihm verbliebene Lust am Leben zu erspüren.

Das Einzige aus seiner Vergangenheit, mit dem er nicht gebrochen hatte, war die Sprache. Natürlich konnte er auch in einer anderen Sprache schreiben. Warum er diese Sprache noch nicht preisgegeben hatte, lag daran, dass sie ihm so handlich erschien, er musste nicht im Lexikon nachschlagen. Doch diese Handlichkeit der Sprache war für ihn auch nicht immer praktisch. Er wollte seine eigene Sprache und einen eigenen Ton finden, seiner Sprache zuhören, wie man der Musik lauschte, und fand seine Sprache immer noch viel zu grob. Vielleicht würde er sie doch eines Tages preisgeben für ein anderes Material, mit dem er seinen Gefühlen noch besser Ausdruck würde verleihen können.

Er bewunderte die Schauspieler mit ihren geschmeidigen Körpern, vor allem die Tänzer. Er wünschte sich, dass er auch seinen Körper benutzen könnte, um sich auszudrücken, stolpern könnte und fallen, sich aufrappeln und weitertanzen. Aber niemand entkommt dem Alter und er würde sich noch die Knochen brechen und würde überhaupt nicht mehr tanzen können. Er konnte sich nur in der Sprache winden und wälzen, er war fasziniert davon, wie leicht Sprache sein konnte. Er war ein Sprachkünstler, dagegen half keine Medizin. Er musste einfach immer sprechen, allein sprach er immer mit sich selbst, seine innere Stimme war die Bestätigung dafür, dass er lebte. Er war es gewohnt, seine Gefühle in Sprache umzusetzen, und wäre unbefriedigt, wenn er es nicht tun würde. Er verspürte dabei das gleiche Vergnügen, wie wenn er seufzte oder schrie, wenn er mit einer Frau schlief.

Er saß dir gegenüber und blickte dich an, wie du im Spiegel gegenüber laut auflachtest.

57

In diesem Moment befandst du dich in New York. Am Vortag hatte es geschneit und die Temperaturen lagen unter zehn Grad minus, doch heute war es plötzlich wärmer geworden. Schmutziger Schneematsch lag auf der Straße und deine Schuhe wurden ganz nass. Wegen dieses verdammten Wetters musstest du dir ein Paar Lederschuhe kaufen. Der milde Winter in Paris war dir lieber. Es gab hier wirklich sehr viele Chinesen auf der Straße und immer wieder hörtest du hinter oder vor dir Dialekte aus Peking, Shanghai oder Shangdong, und sogar den Dialekt, den man in dem Dorf in Hunan gesprochen hatte, wo du in der Staatsfarm durch körperliche Arbeit umerzogen worden warst. Es gab auch jegliche Sorten von chinesischen Speisen, sogar mit Krabbengelb gefüllte Teigtaschen und frische Nudeln aus Shanxi. Überall waren Chinatowns, im Zentrum von Manhattan und in Flushing von Queens. Es war wie in China, sogar noch chinesischer als in China, die Chinesen in New York richteten sich eine falsche Heimat ein.

Du hattest keine Heimat und wolltest auch kein chinesisches Stück in Amerika aufführen, du suchtest für deine Rollen waschechte Amerikaner. Du wolltest eine besonders amerikanische Schauspielerin für die Hauptrolle, aber trafst erst nach der Inszenierung auf Linda. Linda hatte ein Viertel türkisches Blut in den Adern und du hattest sie auf einem Theaterfestival in Italien kennen gelernt. Beim Bankett nach der Premiere war sie direkt an deinen Tisch gekommen, hatte dich auf die Wangen geküsst und gesagt: »Ich liebe dein Stück, wenn du einmal in New York inszenierst, denk an mich!« Sie war so sichtlich gerührt, dass dir das Herz vor Freude hüpfte. Du hattest nicht vergessen, dem Theater ihre Telefonnummer und Adresse zu geben, doch hatte sie keinen Anruf erhalten. Auch die Anzeigen für die Vorsprechtermine zu dieser Aufführung hatte sie übersehen, und in New York gab es so viele schöne Frauen, und es mangelte nicht an guten Schauspielerinnen. Sie hatte sich die Aufführung angesehen und nach der Vorstellung geweint. Dir war nicht klar, ob sie deinetwegen weinte, oder wegen des Stückes, oder weil sie die Chance verpasst hatte, in dem Stück mitzuspielen, aber du warst auf jeden Fall sehr bewegt.

Du warst in der Tat nicht ganz einsam auf dieser Welt. Du hattest viele gute und vertraute Freunde, und viele neue, die du gerade erst kennen gelernt hattest. Du stelltest fest, dass es leichter und umkomplizierter war, mit ihnen umzugehen, als mit deinen chinesischen Landsleuten. Es war auch weniger beschwerlich, mit westlichen Frauen zu schlafen. Um Mitternacht erhieltest du einen Telefonanruf aus Paris. Du sagtest, du würdest sie vermissen. »Was vermisst du?«, fragte sie am Telefon. »Deinen Körpergeruch«, antwortetest du. »Und wenn ich dir einfach meinen Körpergeruch durch das Telefon schicke, ganz feucht und nass?« Sie lachte. »Das reicht nicht.« Du sagtest, dass du sie vermisstest, als ganzen Menschen, von Kopf bis Fuß. »Und du hast keine andere Frau neben dir im Bett liegen?«, fragte sie. »Im Augenblick nicht, aber wer weiß, vielleicht kommt bald eine«, sagtest du. »Du Schuft!«, sagte sie. »Aber ich küsse dich trotzdem, deinen ganzen Körper!«

Du warst kein anständiger Gentleman und brauchtest dich auch nicht unschuldig zu geben. Dein einziger Wunsch war, deine Begierde über die ganze Welt zu versprühen, auf dass die ganze Welt im Schlamm versinke! Das war freilich eine absurde Phantasie, die dich ein wenig betrübt machte. Gleichzeitig wusstest du, dass es falsch war, betrübt zu sein. Schließlich hattest du Glück gehabt, dein Leben zurückgewonnen, das Leben gehörte dir, den sie einen Schuft nannte, und du teiltest es mit dem kleinen französischen Mädchen, von dem du dich einen Schuft nennen ließest. Du wolltest dich ihr hingeben und sie dich kosten lassen, genauso triefend nass.

All die Vergangenheit lag weit zurück, du reistest durch die ganze Welt und warst dabei nicht wirklich traurig. Du mochtest Jazzmusik, ließest dich vom Blues treiben, und fandst darin Inspiration für dein Theaterstück. Im Ausstattungsraum hattest du einen alten Bilderrahmen gefunden, in den du das alte Plastikbein einer Modepuppe gehängt hattest. Du schriebst »Was« darauf und maltest die Zeichen so, dass sie wie deine Unterschrift aussahen. Du spieltest mit der Welt und spieltest mit dir selbst. Du konntest nur glücklich sein, wenn ihr quitt miteinander wart. Du wolltest selbst ein Bluesstück sein, ein Lied, wie es der schwarze Sänger Johnny Hartmann sang:

They say she fell in love
wonderful
how wonderful
They say she fell in love
there is nothing you can do…

Während der Probe berichtete eine Schauspielerin, dass ein schwarzer Sänger auf dem Highway erschossen worden sei, als er sein Auto reparierte, sie hätten davon in der heutigen Zeitung berichtet, mit Photo. Obwohl du nie ein Lied von ihm gehört hattest, machte dich das traurig.

Du würdest dich wahrscheinlich nicht mehr in ein chinesisches Mädchen verlieben. Du hast diese kleine Krankenschwester im Stich gelassen, als du China verlassen hast, heute machte dir das kein schlechtes Gewissen mehr, du lebtest überhaupt ohne jegliches schlechte Gewissen.

Milder Mondschein, glitzernde Berge, darin verborgen einsam eine Strohhütte, abgeerntete Reisfelder, die sich weit über das Tal erstrecken, ein lehmiger Weg, der sich hinauf bis zum Tor des Getreidespeichers schlängelt – es könnte ein uraltes Gedicht über die Landidylle sein. Du scheinst eine solche traumhafte Szene gesehen zu haben. Du sahst auch, dass die Tür des Speichers fest verschlossen war und darin deine Schülerin vergewaltigt wurde, die niemanden um Hilfe rufen konnte. Sie hatte auch keine andere Wahl, ihre einzige Hoffnung bestand darin, eine Erlaubnis für eine Arbeitsstelle zu erhalten, um nicht ein Leben lang auf dem Feld Getreide zu ziehen, es war der Preis, den sie dafür zu zahlen bereit war. Sie war weit weg auf der anderen Seite der Erdkugel und hatte wahrscheinlich schon lange vergessen, dass es jemanden wie dich gegeben hatte. Du seufztest, aber nicht aus Sehnsucht, sondern vielmehr aus Verlangen.

Sie sagte, sie habe im Moment kein Verlangen, sie sagte, sie wolle weinen, und Tränen liefen ihr über das Gesicht. Du sagtest, dich habe eine heillose Begierde erfüllt. Sie sagte, sie wolle kein Ersatz sein. Es sei nicht sie, in die du eindringen wolltest. Sie würde nicht in dein Inneres eindringen können, du seist sehr weit entfernt. Du sagtest, du lägest genau neben ihr im Bett und hättest ihr die Geschichte nur erzählt, um sie zu erregen. Doch sie erwiderte, du solltest deinen innersten Schmerz nicht über sie ausgießen. Du sagtest, du hättest nicht gedacht, dass ein französisches Mädchen so dumm sein könnte. »Ich bin eben so dumm, was machen wir da?«, hatte sie geantwortet. Du fragtest sie, warum sie nicht begreifen könne, dass Männer schlecht sind. Doch sie sagte, es sei schön, so neben dir zu liegen, und sie schätze ihre Beziehung zu dir sehr. Dieses schöne Gefühl würde sie nicht durch sexuelle Begierden beschmutzen wollen. Du solltest sie einfach ruhig und still neben dir liegen lassen. Sie könne auch wild sein und leidenschaftlich, fügte sie hinzu, wenn sie den Mann nicht kennen würde. Aber weil sie dich liebte, wolle sie die Beziehung zu dir nicht leichthin zerstören. Du erinnertest sie daran, dass sie gesagt hatte, sie sei eine Hure. Das stimmt, sagte sie, sie könne deine kleine Hure sein, aber nicht in diesem Augenblick. »Wann denn?«, fragtest du sie. Das wisse sie auch nicht, sagte sie, aber sie würde deine kleine Hure sein, und dann würde sie dir alles geben, was du wolltest. Und außerdem habest du auch keine Kondome, und sie habe Angst vor einer Ansteckung, du solltest ihr nicht böse sein. Wieso du nicht vorher daran gedacht hattest?, fragte sie. Wo sollte man mitten in der Nacht diese Dinger herbekommen? Wenn es unbedingt sein müsste, dürftest du dich auf ihrem Körper ergießen, aber auf keinen Fall in ihr. Du nahmst sie in die Arme und rochst ihren Körper und streicheltest sie, dein Sperma, ihre Tränen, euer beider Schweißgeruch verteilte sich über ihren Unterleib, ihre Brüste und die Brustwarzen. Ob sie glücklich sei, fragtest du sie. Sie sagte, du könntest tun, was du wolltest, aber du solltest keine Fragen stellen. Sie umarmte dich und drückte dich fest an ihre Brust, sie würde dich lieben, sagte sie, was auch immer sei. Du hörtest ihr Flüstern und Atmen dicht neben deinem Ohr.

Du zogst den Vorhang auf, ein neuer Tag. Später saßt ihr in einer Bar unter dem Schirm in der Sonne. Sonntagnachmittag, die Sonne glitzerte goldgelb. Sie war nur wegen deines Stückes gekommen und musste nach Paris zurück. Um sechs würde die Ausstellung ihres Freundes eröffnet, sie sagte, sie wolle ihm treu bleiben, aber sie liebe dich. Dein Herz war voller Freude, du strecktest die Hand in die Sonne und sagtest, du wolltest einen Sonnenstrahl einfangen. Sie solle es auch einmal probieren, sie lachte über das ganze Gesicht. Die Bedienung kam und entschuldigte sich, dass um diese Zeit kein Essen mehr serviert werden könne, weil der Koch schon gegangen sei. Was es denn noch gebe? Nur Eier und Speck. Dann eben Eier und Speck!

Es war fast unwirklich, wie die Sonne schien, und du bemerktest, wie alle Dinge zu glänzen begannen. Sie sagte, es sei als habe man Drogen genommen. In der Tat, mit ihr zusammen erschien die ganze Umgebung nicht real, die Unterhaltungen der Leute verschwammen in der Ferne und kamen wieder näher. Sie sagte, sie fühle sich besonders glücklich!

Du sagtest, du wolltest all das aufschreiben. Das würde ein schönes Buch, sagte sie. Du sagtest, dieses Gefühl würde sie dir geben, sie half, deinen Kummer in Schönheit zu verwandeln, alles, was früher so schwer gewesen war. Sie sagte, auch den Kummer nach dem Vergangenen könne man in Schönheit verwandeln. Sie sei ein echtes französisches Mädchen, erwidertest du. »Eine Frau!«, sagte sie, einerseits um dich zu korrigieren, und gleichzeitig, um es zu bekräftigen. Du sagtest, sie sei doch eher eine kleine Hexe, ja, das war sie vermutlich, stimmte sie zu. Sie hatte erreichen wollen, dass du deinen Kummer rauslässt, und es sei dir gelungen. In der Tat fühltest du dich frisch und klar, als wärst du gerade einem Bad entstiegen. Sie sagte, genau das Gefühl habe sie hervorrufen wollen und ob es nicht besonders kostbar sei? Du sagtest, dieses Gefühl habe sie dir geschenkt, sie sagte, sie wolle dich, diesen Menschen, und nicht dein Verlangen. Du sagtest, du wolltest sie in Stücke zerreißen und hinunterschlucken. Aber dann gäbe es mich nicht mehr, sagte sie, fändest du das nicht schade?

Du brachtest sie zum Bahnhof, sie hängte sich in deinen Arm ein. Du sagtest, du liebtest sie, sie sagte, sie liebte dich auch. Du sagtest, du würdest sie sehr lieben, sie sagte, sie würde dich auch sehr lieben. Das Leben war doch lebenswert, sagtest du, sie solle aufpassen, du würdest bald singen! Sie bog sich vor Lachen. Sie sagte, du solltest mit ihr in den Zug steigen! Du erwidertest, dass abends noch eine Vorstellung gegeben würde und du die Schauspieler nicht im Stich lassen dürftest, so viel Verantwortungsgefühl würdest du noch besitzen. Sie sagte, sie wisse das und du solltest nicht auf sie hören, sie habe das nur gerne sagen wollen. Die Wagentüren schlossen sich, als sich der Zug in Bewegung setzte, formte sie drei Worte mit ihren Lippen, ich liebe dich. Du wusstest, dass sie das nur so dahinsagte, sie hatte einen Freund, dem sie treu bleiben wollte, wie sie gesagt hatte. Aber du liebtest sie wirklich, und du würdest auch andere Frauen lieben.

Du schwebtest durch die Luft, leicht und schwerelos, und wandertest von einem Land in das andere, von einer Stadt in die nächste, von einer Frau zur anderen. Du suchtest keinen Ort, wo du dich niederlassen würdest, frei schwebend spieltest du mit den Worten und hinterließest damit leise Spuren deines Lebens in gleicher Weise, wie du Sperma ejakuliertest. Du wolltest nichts erreichen, was vor oder hinter dir lag, kümmerte dich nicht. Wozu sich auch Gedanken machen, wenn das Leben sowieso nur von der Straße aufgelesen war? Du lebtest nur noch im Augenblick, letztlich warst du ein Blatt, das früher oder später vom Baum fallen würde, aber in vollen Zügen seine Freiheit genoss, solange es am Baum hing. Du warst einfach ein hoffnungslos verlorener Tunichtgut aus einer Familie, die dem Untergang geweiht war, du musstest dich frei machen von deinen Verwicklungen, deinem Kummer und deinen Sorgen, die mit deinen Vorfahren, deiner Ehe, deinen Erinnerungen zusammenhingen. Wie es im Lied des schwarzen Sängers hieß: They say she fell in love, wonderful, how wonderful, they say she fell in love, there is truly nothing you can do …

Das Plastikbein, das du mit »Was?« signiert hattest und das im alten Bilderrahmen hing, wurde von einem alten Mann mit verkniffenem Mund an einem Seil auf der Bühne hochgezogen, langsam unter lautem Gesang, mit dem gleichen Ernst, als würde die Landesfahne gehisst. Die Tänzerin, ein Mädchen aus Japan, stand ebenso würdevoll am Bühnenrand und streckte dem Publikum ihre Hand mit einer abgebrochenen Rose darin entgegen. Dann blitzte ein Lächeln auf und sie zeigte ihre Zähne, die schwarz waren. Es war wirklich »wonderful, how wonderful, there is truly nothing you can do!«

Die Leute haben schon so viel revolutionäre Kunst oder Revolutionen der Kunst durchgespielt, dass dir kein neues Spiel einfiel. Die Welt glich einer aufgefalteten alten Flagge. Als du eines Morgens von der Provence in die Alpen fuhrst, kam dir eine leichte Nebelwand direkt entgegen, du löstest dich auf, wurdest schwerelos und flogst krittelnd mit dir und der Welt im Wind davon …

Du warst eine Strophe aus einem Jazzlied in der Handfläche einer Frau, in der feuchten, dunklen Höhle, du warst begierig und nicht zu befriedigen, worüber solltest du dich noch grämen, du armer kleiner Vogel?

Du warst ein Saxophon, das deinen Stimmungen folgend seufzte und schrie, ach, keine Revolutionen mehr! Du hattest selbst am Weinen deine Freude und weintest laut und heftig, du hattest keine Angst, etwas zu verlieren, wenn du nichts mehr zu verlieren hattest, warst du frei, wie eine leichte Rauchwolke, in der sich der klare Duft von Hanf mit dem Geruch einer Houttuniya vermischte, was gab es noch zu überlegen? Was noch zu fürchten? Wenn die Zeit zum Verschwinden kam, würdest du verschwinden zwischen den fülligen, feuchten Oberschenkeln einer Frau. Das war das Wunderbare! Da erst verstand man das Leben wirklich, konnte Reue und Zurückhaltung über Bord werfen. Das war wunderbar, und man konnte nichts dagegen tun!

Gras, das sich im Wind bog, ein Sturm fegte über die Nordküste Dänemarks. Etwas bewegte sich im Grasfeld auf den Sanddünen, und du meintest, es seien Wildgänse. Als du näher kamst, erkanntest du ein nacktes Paar. Du drehtest dich um und gingst fort, in deinem Rücken erklang Gelächter der beiden. Weiße Wogen rollten über dem schwarzblauen Meer hinter dem verlassenen Strand und klatschten gegen algenüberwachsene Zementbefestigungen, welche die Nazis aus der Besatzungszeit zurückgelassen hatten.

Du wolltest weinen und dich an ihren vollen Brüsten festklammern, die von Schweiß und deinem Sperma nass waren.

Du brauchtest keine Hemmungen zu haben, du warst wie ein Kind, das die Wärme seiner Mutter brauchte. Du wolltest nicht nur eine Frau, du sehntest dich nach der weiblichen Zärtlichkeit, Großzügigkeit und Empfänglichkeit.

Die erste Frau, die du nackt gesehen hast, war deine Mutter. Durch die halb geöffnete Tür konntest du sehen, dass in ihrem Zimmer noch Licht brannte. Du lagst im Dunkeln auf einem Bambusbett. Du hörtest das Wasser einlaufen und stütztest dich auf die Ellbogen, um besser sehen zu können. Das Bett aus Bambus krächzte. Als du deine Mutter am ganzen Körper eingeseift erblicktest, vergrubst du deinen Kopf und stelltest dich schlafend. Als sie wieder in das Bad stieg, stand die Tür noch offen und heimlich erspähtest du die Brüste, aus denen du getrunken hattest, und die buschigen schwarzen Haare an dem Ort, wo du geboren worden warst. Zuerst hieltest du den Atem an, dann ging dein Atem heftiger, bis du einschliefst, gefangen in Verwirrung und Verlangen.

Sie sagte, du seist eben ein Kind, in diesem Augenblick verlangte dich nur nach Ruhe, du warst zufrieden und erschöpft und ihr kleines braves Kind. Sie streichelte dich sanft und während ihre weichen Hände über dich strichen, ließest du sie dich betrachten, deinen Körper, und das kleine Ding zwischen deinen Schenkeln, das sie ihr kleines Vögelchen nannte. Ihr Blick war so weich, als sie über dein Haar strich, und du warst ihr zutiefst dankbar und wolltest dich anlehnen, dich an die Frau anlehnen, die dir Leben, Freude und Trost schenkte. Das nanntest du Liebe, nanntest du Sex, nanntest du Kummer, nanntest du unruhiges Verlangen, nanntest du Sprache, eine Art Erzählen, ein Bedürfnis, sich auszudrücken, einen Orgasmus, ohne jegliche Moral, ohne irgendeine Falschheit. Völlig durchnässt und reingewaschen warst du so durchsichtig, als wärest du das Bewusstsein deines eigenen Lebens, wie ein Lichtstrahl hinter einer Tür, hinter der sich nichts befand, verschwommen wie der Mondschein hinter Wolken. In der Nacht hörtest du Möwen kreischen und ihre Flügel schlagen. Die Flut wälzte sich aus der dunklen Ferne heran und brach sich in einer weißschäumenden Brandung. Der Strand von Viareggio war von Scheinwerfern beleuchtet. Du standst lange vor einem rotweiß gestreiften Sonnenschirm auf dem menschenleeren Strand.

Aber hier, nachts in New York, waren die Gehsteige von dreckigem Schneematsch bedeckt. In diesem vulgären, verslumten New York, in diesem New York, wo sich das Geld bis in die Wolken türmte, dem New York, das einen im Kopf schwindlig machte, in dem New York, wo du auf dem Boulevard stehen musstest, die Kälte einatmen und eine Zigarette rauchen, warst du mit ihr, der japanischen Tänzerin, die auf der Bühne ohne eine einzige Textzeile die Rollen einer jungen Frau, deren Verlangen erwachte, einer lüsternen Ehefrau, der Leiche einer Mutter, einer Nonne und einer Dämonin gespielt hatte, und suchtest mit ihr nach der Vorstellung eine Bar, in der man rauchen konnte.

Von der Eighth oder Ninth Street in Manhattan lieft ihr weiter bis zu irgendeiner dreißigsten Street. Vielleicht in der Dritten, oder Vierten, oder Fünften, oder auch Sechsten Avenue – Zahlen konntest du dir nicht merken – fandet ihr eine brasilianische oder mexikanische Bar. Die Atmosphäre war im Grunde sehr schön, auf dem Tisch standen Kerzen, doch lief so laute Rockmusik, dass du nicht mit ihr flirten konntest, weil ihr euch nur verstehen konntet, wenn ihr euch lauthals anschriet. Ihr spracht auch nur über Kunst, über sehr ernste Kunst. Sie sagte, sie sei sehr froh darüber, in einem Stück so viele verschiedene Rollen spielen zu können, sie sei völlig süchtig danach und habe das Gefühl, das Stück sei für sie geschrieben. Du schimpftest auf die New York Times. Der Theateragent hatte versichert, dass er mehrere Male dort angerufen habe und sie ihm einen Journalisten zugesichert hätten, aber bis zum Ende der Vorstellung war keiner von ihnen zu sehen gewesen. Sie sagte, das sei bei den off-Theatern, die nicht am Broadway lagen, immer so, man würde nur schwer Zeitungen finden, die solche Stücke besprächen. Aber nachdem sie mit dir hatte zusammenarbeiten können, würde sie nichts bedauern.

»Ich werde dich vermissen«, sagte sie und blickte auf ihre dunkelblau lackierten Fingernägel.

Nun spracht ihr vom Leben. Du sagtest, vor zwei Tagen seien ihre Fingernägel teefarben lackiert gewesen. Sie sagte, sie würde oft die Farben wechseln und manchmal auch verschiedene Farben gleichzeitig tragen. Dann fragte sie, welche Farbe dir gefallen würde. Du sagtest, grau. Das würde auf der Bühne noch kühler erscheinen, vor allem wenn man auf den Tanz und die Bewegung der Arme und Beine achten würde. Jetzt wart ihr wieder bei der Kunst.

»Und für die Lippen?«, fragte sie.

»Gibt es rabenschwarzen Lippenstift?«, fragte er.

»Es gibt alle Farben, die du willst. Warum hast du das nicht früher gesagt?«

»Das ist Sache des Visagisten, damit habe ich nichts zu tun«, sagtest du.

»Jetzt ist das Stück schon vorbei!«, seufzte sie.

»Was ist dein nächstes Stück?«, fragte er sie.

»Mal sehen, was sich ergibt. Nächste Woche habe ich zwei Vorsprechtermine für ein Musical, für das sie Tänzer suchen. Mein Vater will schon lange, dass ich nach Japan zurückkehre, um entweder in ein Ensemble einzutreten oder zu heiraten. Er meint, dass man vom Tanzen nicht leben kann und ich das nun schon lange genug zum Vergnügen betrieben hätte.«

Sie fügte hinzu, dass ihr Vater bald in Pension gehen werde und sie nicht ihr Leben lang werde ernähren können. Ihre Mutter sei dagegen der Meinung, dass sie selbst entscheiden solle, was sie tun wolle, sie war eine Chinesin, die in Taiwan geboren war, und daher sehr aufgeschlossen. Sie sagte, sie möge Japan nicht, Frauen seien dort nicht frei genug. Du sagtest, du würdest die japanische Literatur sehr schätzen, besonders die Darstellungen von Frauen in der Literatur.

»Warum?«

»Sie sind sehr sexy und gleichzeitig sehr grausam.«

»In den Büchern, ja, die Wirklichkeit sieht jedoch anders aus. Hast du nie eine japanische Frau gehabt?«, fragte sie.

»Ich wollte immer«, sagtest du.

»Das wird sich sicher ergeben.« Nachdem sie das gesagt hatte, sah sie sich nach der Theke um. Du zahltest, und sie bedankte sich.

Als ihr euch an der U-Bahn-Station an der 42th Street – an diese 42th Straße erinnertest du dich genau, weil du auf dem Weg zu den Proben und Aufführungen dort immer umsteigen musstest – verabschiedetet, sagte sie, sie werde dich in Paris besuchen, wenn sie einmal dort sei und sie werde dir schreiben. Aber du hast nie einen Brief von ihr erhalten, und erst einige Monate später, als du dein Material über die New-York-Reise sortiertest, fandst du eine Serviette darunter, auf die sie ihre Adresse geschrieben hatte. Du schicktest ihr eine Postkarte, aber hörtest nichts mehr von ihr, du wusstest nicht einmal, ob sie nach Japan zurückgegangen war oder nicht.

58

Er stieß auf eine Gruppe von Menschen, die unter lebhaften, lauten Rufen Trommeln schlugen und Gongs erklingen ließen.

»Weiter, weiter, weiter!«, riefen die Leute immer wieder.

Er sagte, er habe etwas zu erledigen, eine private Sache, die er noch regeln müsse.

»Eine Privatsache? Was kann wichtiger sein als dies hier? Weiter, komm mit uns, wir gehen alle zusammen!«

»Was macht ihr denn?«, fragte er.

»Bruder, wir gehen uns die guten Zeiten ansehen, die guten Zeiten sollen kommen. Wir gehen den guten Zeiten entgegen! Kann deine verdammte Privatsache wichtiger sein als das?«

Die Leute in der Menge drängelten, stießen sich voll Freude und Begeisterung an und formierten sich zu einer langen Reihe, während sie laut Parolen riefen.

»Wo sind denn die guten Zeiten?« Während er das fragte, folgte er ihnen unwillkürlich.

»Die guten Zeiten sind da vorne! Sage ich da vorne, meine ich da vorne! Sage ich da vorne, dann sind sie auch da vorn!«

Alle fingen an zu reden, je mehr sie sprachen, umso begeisterter wurden sie, umso mehr Vertrauen fassten sie.

»Wer hat denn gesagt, dass da vorn die guten Zeiten sind?« Er wurde von den Menschen weiter gestoßen und musste mit ihnen laufen.

»Wenn alle sagen, dass sie dort sind, sind sie auch dort, wenn es alle sagen, muss es auch stimmen, kommt mit uns allen mit, die guten Zeiten liegen ganz sicher dort vorn!«

Die Leute stimmten lauthals das Lied von den guten Zeiten an, je länger sie sangen, umso enthusiastischer wurden sie, je länger sie sangen, desto stärker geriet ihr Blut in Wallung. Und er, gedrängt zwischen die Leute, musste mitsingen, wenn er nicht sang, würden ihn die misstrauischen Blicke der Menschen um ihn herum treffen.

»Ach, Bruder, was ist los? Fehlt dir etwas? Bist du stumm?«

Um zu zeigen, dass er nicht stumm war, musste er mit den Menschen zusammen singen, und wenn er sang, musste er im Takt bleiben und musste Schritt halten mit den Schritten der Leute. Als er einen Moment zu langsam war, verlor er einen Schuh. Wenn er sich nun bückte, um den Schuh zwischen den Füßen der Menge aufzuheben, würden sie ihn dann nicht niedertrampeln? Es war besser, den verlorenen Schuh liegen und von den Massen niedertrampeln zu lassen. Er musste nun auf einem Bein weiterhüpfen, stolperte hinterher, er musste mit ihnen Schritt halten und mit den Massen lauthals einstimmen in das Lied von den guten Zeiten.

»Die guten Zeiten liegen vorn! Die guten Zeiten werden kommen! Die guten Zeiten sind einfach gut, die guten Zeiten liegen für immer dort vorn!«

Je enthusiastischer sie sangen, desto besser wurden die guten Zeiten. Die guten Zeiten erhoben sich wie rollende Wellen, je hitziger sie sangen, umso näher lagen die guten Zeiten vor ihnen.

»Die guten Zeiten werden kommen! Wir gehen den guten Zeiten entgegen! Wir kämpfen für die guten Zeiten! Ohne Bedauern geben wir unser Leben für die guten Zeiten!«

Fieber ergriff die Massen, und sie wurden alle verrückt. Er musste auch verrückt werden, und wenn nicht, musste er wenigstens so tun.

»Das ist schlecht! Sie haben geschossen!«

»Wer hat geschossen?«

»Vorne wurde geschossen!«

»Unsinn! Vorne liegen die guten Zeiten, wird da etwa geschossen?«

»Plastikgeschosse?«

»Vielleicht ein Feuerwerk?«

»Eine Leuchtspurgranate!«

»Ach ...«

»Hast du das Blut gesehen? Ein Toter!«

»Zum Angriff für die guten Zeiten, auf in den Kampf für die guten Zeiten! Es ist eine Ehre, sich für die guten Zeiten opfern zu dürfen! Ein Märtyrer der guten Zeiten! Hurra ...«

Die Massen hatten niemals daran gedacht, dass Maschinenpistolen und Maschinengewehre sie mit ihrem automatischen Feuer mit einem leichten Knattern hinwegfegen würden, wie wenn man Bohnen in der Pfanne briet, es klang, als würden Feuerwerkskörper abgebrannt. Die Menge rannte wie herrenlose Hunde in alle Himmelsrichtungen, sie starben, wurden verletzt, und die, die weder starben noch verletzt wurden, stoben davon, wie wilde Tiere ...

Er rettete sich in einen Winkel, in den keine Kugeln gelangen konnten. Er war etwas aufgeregt und ein wenig traurig. Allmählich hörte er aus der Ferne erneut menschliche Stimmen. Er war sich nicht sicher, ob es schon wieder eine Menge war, die Trommeln und Gongs schlug, und es klang, als würden sie wieder Parolen rufen. Als er genau hinhörte, glaubte er zu verstehen, dass sie wieder von guten Zeiten sprachen. Dann meinte er, sie würden diskutieren, ob die guten Zeiten kommen würden oder nicht, nein, in der nächsten Zeit würden sie es nicht schaffen, aber irgendwann würden sie auf jeden Fall kommen, die guten Zeiten müssen doch kommen, früher oder später würden sie kommen ... Er lief schnell davon, die guten Zeiten machten ihm Angst, bevor die guten Zeiten kamen, wollte er sich lieber aus dem Staub machen.

59

Du warst eingeladen worden nach Toulon, der Flottenbasis im Mittelmeer, die dir noch aus dem Erdkundeunterricht der Mittelschule ein Begriff war, und saßest in einem großen Zelt am Strand, das eigens für die Buchmesse errichtet worden war. Wie die über hundert anderen Schriftsteller hinter den Reihen von Buchständen hieltest du einen Stift in der Hand und wartetest auf Kunden, die ein Buch signiert haben wollten. Doch alle Vorübergehenden richteten ihre Blicke nur auf die Bücher und achteten überhaupt nicht auf die Poster, auf denen die Namen der Autoren in großen Lettern standen. Du konntest auch nicht erwarten, dass hysterische Fans dich umringen würden wie den Popstar Johnny Halliday, für den Leute schon am Flughafen Schlange standen und auf ein Autogramm warteten und der von Leibgarden und Polizei umringt war, die für die Aufrechterhaltung der Ordnung sorgen mussten. Die Blicke der Leute galten offenkundig nicht dir, denn sie gingen durch dich hindurch. Sie gingen an dir vorüber, einige blieben stehen und blätterten in einem Buch, auf dem vorn dein Name aufgedruckt war. Aber was sollte ihnen dein Name schon sagen? Die Menschen suchten in den Büchern nach etwas, worin sie sich selbst wieder erkannten, und der Blick, den sie in das Buch warfen, reflektierte direkt ihr eigenes Inneres.

Du hattest nichts zu tun und hattest alle Zeit der Welt, um die teils flammenden, teils ausdruckslosen Blicke einzufangen, woran du deine Freude hattest. Eine schicke junge Frau tauchte in der Menge auf, ihr kastanienbraunes Haar war lässig am Hinterkopf zusammengebunden, sie runzelte die Augenbrauen und sah so kummervoll aus, dass es einen rührte. Ihre halb geschlossenen Augen ließen sie ein bisschen müde aussehen, offenbar hatte sie eine schlaflose Nacht hinter sich, vielleicht hatte sie ihren Freund nicht im Bett halten können, aber bei einem so schönen Mädchen war eher zu erwarten, dass ihr Freund sie nicht hatte im Bett halten können. Sonst würde sie doch nicht allein an einem Sonntagmorgen auf einer Buchmesse herumlaufen. Schließlich kam sie auch an deinen Bücherstand und nahm aber ein Buch eines anderen Autors in die Hand. Sie las den Rückentext, legte es hin und wählte ein anderes Buch. Sie hatte keine Absicht, ein Buch zu kaufen, vielleicht wusste sie einfach nicht, was sie tun sollte. Sie legte auch dieses Buch nieder und nahm nun eines von deinen Büchern. Doch ihr Blick war auf etwas anderes gerichtet, wanderte umher und landete schließlich wieder auf deinem Buch in ihrer Hand. Sie drehte es um und noch bevor sie zwei, drei Sätze des Rückentextes gelesen hatte, legte sie es wieder hin, ohne bemerkt zu haben, dass der Autor einige Zentimeter von ihr entfernt stand. Sie stand einfach vor dir und hatte noch immer die Augenbrauen hochgezogen. Ihr sorgenvolles Gesicht strahlte eine Schönheit aus, die dich mehr bewegte, als jedes Buch es tun könnte.

Wer waren deine Leser? Beim Schreiben stelltest du dir überhaupt niemanden vor. Du hattest dir auch nicht vorstellen können, dass du eines Tages auf dieser Buchmesse am Mittelmeer deinen möglichen Lesern von Angesicht zu Angesicht begegnen würdest. Es gab wirklich keinen Grund, warum sie sich um deine Sorgen kümmern oder deine Bücher sogar kaufen sollten. Verkaufen musste das Buch glücklicherweise dein Verleger, du warst nur ein lebendes Ausstellungsstück. Zudem hast du deine Sucht nach Ruhm und Anerkennung schon lange begraben, du warst nicht mehr als ein Beobachter, ein Flaneur unter vielen.

Außerdem wurden so unüberschaubar viele Bücher auf der Welt produziert, dass es wirklich nicht darauf ankam, ob eines mehr oder weniger erschien, zumal du dich nicht von der Schriftstellerei ernährtest. Nur weil es dich nicht ernährte, konntest du überhaupt schreiben, und nur deshalb war dieses Buch für dich so unersetzlich.

Du stecktest den Stift in deine Jacke, fragtest den Verleger nach einigen Blättern weißen Papiers, stecktest es in deine Jacke und gingst am Strand spazieren. Die Sonne strahlte so hell über Toulon, dass sie die Augen blendete, in den Gassen reihten sich Cafés, Bars und Restaurants aneinander, vor den Türen standen Stände mit frischen Meeresfrüchten, aber kein Mensch war zu sehen. Nur auf dem Markt in der Hauptstraße ging es am Sonntagmorgen sehr lebhaft zu und verkauft wurde alles, was man an alltäglichen Dingen brauchte, von Obst und Gemüse bis hin zu Kleidern. Es gab viele arabische Spezialitäten und auch einen kleinen chinesischen Imbiss, dessen Geschäfte nicht schlecht zu gehen schienen. Vielleicht war das der rechtsextremen Partei Nationale Front, welche hier die Stadtregierung stellte, ein Ärgernis. Im Zentrum der Stadt hatten auch sie eine Buchmesse organisiert, um der von der lokalen linken Regierung organisierten Buchmesse, zu der du geladen warst, Konkurrenz zu machen. Du entkamst der Politik doch nicht, man konnte ihr nirgends entkommen, und plötzlich befielen dich die gleichen Sorgen, die Margarete geplagt hatten, und waren mit den Händen fast genauso spürbar wie das gleißend blendende Sonnenlicht.

Du hattest nicht die Absicht auf die Buchmesse zu gehen und nach Neuerscheinungen zu sehen, Nationalismus tönte an jedem Ort gleich, stattdessen gingst du an den Strand zurück und setztest dich vor ein Café, um ein bisschen zu schreiben.

Der Mensch war schwach, doch was war schlimm an seinen Schwächen? Dein Leben war eben schwach und fragil. Lieber warst du ein gewöhnlicher, schwacher Mensch als ein arroganter und ignoranter Übermensch, der auf den Kaiserthron wollte. Ein allmächtiger Gott hatte diese Welt geschaffen, doch hatte er ihre Zukunft nicht gut vorausgeplant. Du plantest nichts und zerbrachst dir über nichts den Kopf. Du lebtest nur im Augenblick, jeder neue Moment konnte etwas Neues bringen, war diese ständige Veränderung nicht auch etwas Wunderbares? Niemand entkam dem Tod, der Tod zeigte dir eine Grenze, damit kein komischer alter Kauz aus dir werden würde, für den niemand mehr Mitleid empfand, in dem kein bisschen Ehrgefühl mehr steckte und der keine Gnade mehr verdiente. Der Tod war eine Grenze, die nicht zu überwinden war, das Schöne lag vor dieser Grenze, also winde dich weiter und verändere dich!

Er war auch kein Buddha oder Bodhisattva mit drei Körpern, sechs Gesichtern und zweiundsiebzig verschiedenen Gestalten. Musik, Mathematik und Buddhismus waren völlig frei aus der Luft gegriffene Kategorien, die aus der Abstraktion der unbenennbaren, zehntausend Dinge der Natur entstanden, die Abstraktion brachte das Zusammenspiel und die Veränderung von Tonhöhen, Tonalität und Rhythmus hervor, aus der Abstraktion entstand Buddha oder der Kaiser, aus der Abstraktion kam die Schönheit, die sich in den natürlichen zehntausend Dingen nicht greifen ließ. Auch du selbst kamst aus dem Nichts, es gab dich nur, wenn man dich benannte, wenn nicht, verschwandest du in der formlosen Masse. War dieses Selbst, das du ständig zu erschaffen bemüht warst, wirklich unabhängig? Anders gesagt, hattest du ein Selbst? Du warst in unzählige Ursachen und Wirkungen verstrickt, aber existierten die Ursachen und Wirkungen überhaupt? Ursachen und Wirkungen waren genauso von dir selbst erschaffen wie dein Kummer, deshalb musstest du dieses Selbst nicht erschaffen und erst recht nicht nach einer Anerkennung deiner selbst suchen. Es war besser, sich den grundlegenden Dingen des Lebens zuzuwenden, die im einzelnen Augenblick auflebten. Es gab für immer nur diesen einzelnen Augenblick und erst wenn du ihn genießen konntest, lebtest du, sonst verschwandst du in einer ahnungslosen Masse.

Lebe einfach im Augenblick und genieße das sanfte spätherbstliche Sonnenlicht.

Die Blätter im Park waren schon gelb. Aus deinem Fenster sahst du, dass der ganze Boden mit Blättern bedeckt war, die vereinzelt herabgefallen waren, aber noch nicht faulten. Du wurdest langsam alt, aber du sehntest dich nicht nach deiner Kindheit. Du sahst den Kindern auf dem Parkplatz unten bei ihrem lebhaften Spiel zu, sie wussten nicht, was sie eigentlich tun sollten. Die Jugend war wirklich kostbar. Sobald man endlich wusste, was man tun sollte, war man alt geworden. Du wolltest dich nicht wieder verstricken, nicht mehr gefangen sein in falschem Ruhm, deinen Sorgen, deinem Zaudern und deinen inneren Wirren. Du beneidetest sie wirklich nicht, das Einzige was du ihnen neidetest, war ihr frisches junges Leben. Aber diesem trüben, unschuldigen Leben fehlte die Klarheit eines Bewusstseins von einem selbst. Du warst zufrieden und erfüllt von diesem einzelnen Augenblick, warst erfüllt von dieser selbst erfundenen Einsamkeit, so klar und durchscheinend wie die Herbstfluten, die im Sonnenlicht glitzern, das kühle Gedanken in dir weckte. Du trafst keine Entscheidungen mehr und legtest keine Standpunkte fest. Die Wellen kräuselten sich auf dem Wasser, das Laub fiel sachte von den Bäumen, der Tod war dir eine ganz natürliche Sache geworden. Du gingst ihm geradewegs entgegen, doch bevor er ankam, wolltest du noch ein Spiel mit ihm spielen, dich einmal mit dem Tod im Kreise drehen. Du hattest noch reichlich Zeit, um dein restliches Leben zu genießen, dein Körper war noch in der Lage, vollen Genuss zu empfinden, du hattest noch Verlangen. Du sehntest dich nach einer Frau, einer Frau, die genauso durchsichtig war wie du, einer Frau, die sich aus allen Verstrickungen dieser Welt gelöst hatte, einer Frau, die nicht an Haus und Kinder gebunden war, einer Frau, die nicht Ruhm und Moden hinterherlief, einer natürlichen und lustvollen Frau, einer Frau, die sich nicht irgendetwas von dir versprach, einer Frau, die mit dir zusammen in genau diesem Augenblick die gleiche Freude erleben konnte, wie die sorglosen Fische im Wasser. Aber wo solltest du eine solche Frau finden? Eine Frau, die so einsam war wie du, aber ebenso erfüllt von dieser Einsamkeit, so dass ihr eure Einsamkeiten zusammenführen könntet in der gemeinsamen sexuellen Befriedigung, in euren Liebkosungen und eurem gegenseitigen Anblick, in eurem gegenseitigen Betrachten und eurer Suche nacheinander. Aber wo solltest du eine solche Frau finden?

60

»Es reicht«, sagte er.

»Was reicht?«, fragtest du.

Er sagte, es reichte, du solltest Schluss machen.

»Von wem sprichst du? Wer soll Schluss machen?«

»Na die Person, die aus deiner Feder geflossen ist, mach Schluss mit ihm.«

Du sagtest, du seist kein Schriftsteller.

»Wer ist denn dann der Autor?«

Das war noch unklar, vielleicht er selbst? Du warst nicht mehr als sein Bewusstsein.

»Und was geschieht mit dir? Wenn er verschwindet, wirst du doch auch verschwinden?«

Du sagtest, du könntest ein Leser werden und ihn betrachten, wie sich ein Zuschauer ein Theaterstück ansieht, du hättest mit ihm nichts zu tun.

Er sagte, du könntest dich wirklich gut entziehen.

Aber so war es nicht. Du hattest ihm gegenüber keine Verantwortung, du hattest keinerlei Pflichten, auch keine moralischen, ihm gegenüber, du warst einfach ein Flaneur, dem noch eine Menge Zeit verblieben war und der zufällig die Gelegenheit gehabt hatte, einen Menschen wie ihn zu beobachten. Aber nun reichte es, du warst müde, und es war besser, mit ihm Schluss zu machen. Aber gleichzeitig war er ja auch eine Figur einer Geschichte, die einen Schluss haben musste, du konntest ihn doch nicht einfach wegwerfen wie ein Stück Müll.

Der Mensch ist aber ein Stück Müll, den man früher oder später entsorgen musste, damit es keine Katastrophe gebe und die ganze Welt im Gestank versinke.

»Deswegen wurde gekämpft, konkurriert, wurden Kriege geführt. Und darauf waren alle Theorien gegründet?«

»Keine Schlussfolgerungen, davon kriegt man nur Kopfschmerzen!«

»Du bist sehr pessimistisch.«

Die Welt war wie sie war, ob man pessimistisch war oder nicht, das wurde nicht von dir entschieden. Du warst nicht Gott und konntest über niemanden herrschen: Vielleicht ging es mit der Person in diesem Roman durch eine plötzliche Krankheit zu Ende? Vielleicht erlitt sie einen Herzschlag oder ertrank? Vielleicht wurde sie mit einem Messer erstochen oder von hinten erschossen oder starb bei einem Verkehrsunfall? Das musste der Autor bestimmen, nicht du. Jedenfalls sah es nicht so aus, als würde sie Selbstmord begehen. Aber dir reichte es nun wirklich, du warst nichts als ein Teil in seinem Sprachspiel. Du warst erst wieder frei, wenn endlich mit ihm Schluss war.

Doch er sagte, dass auch er die Welt nur als Spiel aufgefasst habe, weil er sonst seine Einsamkeit nicht ertragen hätte. Ihr beide wart Weggefährten geworden, du warst weder sein Genosse noch sein Richter und erst recht nicht sein letztendliches Gewissen, du wusstest gar nicht, was das Gewissen überhaupt sein sollte. Du hast ihn einfach nur etwas genauer beobachtet, du hast einen Abstand geschaffen zwischen dir und seiner Zeit und seiner Umgebung. Du hattest Raum und Zeit auf deiner Seite gehabt, und das hatte den Abstand ermöglicht und auch die Freiheit, ihn ruhig und gelassen zu beobachten. Er dagegen war ein freigelassenes Ding, sein Kummer war nur ein Ausdruck seiner Suche nach sich selbst.

Also gut, verabschiede dich von ihm, oder soll er von dir Abschied nehmen? Gab es noch irgendetwas zu sagen?

Die Buddhisten sprechen vom Nirwana, die Daoisten nennen es Unsterblichkeit, und er sagte einfach, lass mich gehen!

Kein Mensch konnte einen anderen retten, also konnte man ihn genauso gut gehen lassen.

In diesem Augenblick blieb er stehen, blickte auf dich zurück und warf dir an dieser Wegscheide noch etwas zum Abschied zu. Sein Problem sei gewesen, dass er zu früh geboren worden sei, nur deswegen habe er dir so viel Kummer bereitet. Wäre er hundert Jahre später geboren, zum Beispiel im nächsten Jahrhundert, das bald kommen würde, hätte er die Probleme vielleicht nicht gehabt. Aber was im nächsten Jahrhundert geschehen werde, könne niemand voraussagen. Würde es wirklich ein neues Jahrhundert sein? Woher sollte man das wissen?

61

Perpignan, eine französische Stadt an der Grenze zu Spanien. Ein Freund aus dem »Literaturzentrum Mittelmeer«, den du gerade kennen gelernt hattest, fragte dich, ob du Heimweh habest. Ohne zu zögern verneintest du, du habest schon lange alle Bande zur Heimat durchschnitten! Der kleine Laden gegenüber dem Hotel hatte geöffnet und verkaufte Backwerk und Eis. Girlanden aus bunten Glühlampen zogen Kunden an, eine kleine Bläsertruppe spielte engagiert eine lebhafte, fröhliche Musik, eine kleine, alte Frau tanzte einen katalanischen Tanz. Du fühltest dich sehr wohl unter den Menschen hier im Süden mit ihrer Herzlichkeit und ihrem schwerfälligen Akzent.

Diese Festtagsstimmung an einem späten Sommerabend, die Fröhlichkeit der Blechbläsermusik, dienten sie dazu, dein neues Leben zu feiern? Endlich hattest du die Freude am Leben wiedergewonnen. Der Hotelbesitzer kam mit einem Buch von dir heraus und bat dich um ein Autogramm. Als er sagte, seine Frau lese gerne Romane und sie wollten nach China reisen, lachtest du.

Du würdest nie wieder zurückkehren. Vielleicht doch eines Tages?, fragte jemand. Nein, das war nicht mehr dein Land, es existierte nur noch in deiner Erinnerung und war dort eine dunkle Quelle, aus der diffuse Gefühle entsprangen, das war dein persönliches China, das mit dem Land dort nichts mehr zu tun hatte.

Du lebtest in Frieden und ausgeglichen und würdest kein Rebell mehr sein. Heute warst du nur noch ein Beobachter, du betrachtetest niemanden als deinen Feind, und falls jemand in dir seinen Feind sehen wollte, kümmerte es dich nicht. Wenn du dich erinnertest, dann nur um deine Gedanken in der Stille zu versenken und dann irgendwohin nach vorn weiterzugehen.

Du wusstest nicht, wie das Photo von damals in ein Buch und nun hierher geraten konnte. Er war dürr und kahl geschoren. Du untersuchtest das Photo, das du noch immer bei dir trugst und das schon ein wenig vergilbt war. Es war vor dreißig Jahren im Umerziehungslager, der so genannten »Siebter-Mai-Kaderschule«, aufgenommen worden. Du meintest etwas aus seinem Blick erahnen zu können. Er hob gerade seinen kahl geschorenen Kopf, der aussah wie eine Kalebasse, er inszenierte sich geradezu als Gefangener und zeigte dabei eine leichte Arroganz. Vielleicht hatte gerade die ihn davor gerettet, vollkommen unterzugehen. Doch heute brauchte er diese Arroganz nicht mehr. Heute warst du ein freier Vogel, der dorthin flog, wo es ihn hinzog. Dir war, als läge ein Stück jungfräuliches Land vor dir, zumindest war es frisch und neu für dich. Glücklicherweise hattest du noch immer deine Neugier und nicht die Absicht, in deinen Erinnerungen zu versinken. Er war nur noch eine Fußspur von dir.

Dieser einzelne Moment war dein Ausgangspunkt, dein Schreiben eine Reise deiner Seele, ob du deine innersten Gedanken niederschriebst oder Monologe, es brachte dir Freude und Zufriedenheit. Du hattest keine Furcht mehr, Freiheit begann, wo die Furcht verschwunden war. Sollten deine unfruchtbaren Texte doch von der Zeit zerrieben werden, Ewigkeit hatte für dich keine Bedeutung. Du hast dieses Buch auch nicht mit dem Ziel geschrieben zu leben, du hast es geschrieben, um diesen Augenblick besser genießen zu können.

In diesem Augenblick in Perpignan saßest du nach dem Frühstück am Fenster. Unten rasten die Autos vorbei, über die milchig weißen Lampenschirme der Straßenlaternen glitten die Schattenkugeln der Scheinwerfer, zu schnell, um auszumachen, was für Autos fuhren. Auf dieser Welt gab es so viel Lichter und Schatten, die alle immer wieder verschwanden. Du sannst nach über die Lichtschatten, sollte auch er ein Lichtschatten sein, über den du nachsannst, der dich zuweilen staunen machte, ein aufblitzender und wieder verschwindender Lichtschatten!

Was für eine wunderbare Musik: Schnittke, du hörtest sein Konzert No.6. In seiner schwebenden Musik hat sich das angesammelte Leid eines gesamten Lebens in einer hohen Tonleiter verdichtet, die Striche über die Saiten der Geigen erklangen wie die Lichtschatten und glitten vorbei. Du musstest das Leben deines Zeitgenossen Schnittke nicht verstehen, du standst im Gespräch mit ihm, jeder Ton einer Saite auf der hohen Tonskala weckte eine harmonische Resonanz in dir.

Die frühe Sommersonne strahlte vor deinem Fenster. Dieses Perpignan in den östlichen Pyrenäen hatte vor achthundert Jahren eine Verfassung gehabt, die Toleranz, Frieden und Freiheit sicherte, es war eine Stadt gewesen, die Flüchtlinge aufnahm. Die katalanischen Einwohner zitierten mit Stolz einen Leitartikel zur achthundertjährigen Jubiläumsfeier, worin stand, dass »die achthundertjährige Tradition von Demokratie und Freiheit gerade gefährdet sei«.

Du hättest nie geglaubt, dass du dich eines Tages hier befinden würdest, und erst recht nicht, dass dich Leser deiner Bücher um ein Autogramm fragen würden. Ein junger Mann bat dich, etwas für seine Freundin in sein Buch zu schreiben, die leider verhindert gewesen sei. Du schriebst einen Satz: Sprache ist ein Wunder, das den Menschen ermöglicht, sich zu verständigen, und doch können sich die Menschen oft einander nicht verständlich machen. Den zweiten Teil hast du dann doch weggelassen, denn du durftest nicht gedankenlos irgendeinen Unsinn schreiben und womöglich die Gefühle anderer dabei mit Füßen treten. Du konntest mit dir spielen, so viel du wolltest, aber du durftest kein gedankenloses Spiel mit der Sprache treiben.

Ähnlich war es mit der Musik: Alle unnötigen Verzierungen mussten ausgewischt werden. Was Schnittke zu erfüllen suchte, war genau dieses. Er suchte keine Klangfülle, um zu brillieren, sondern verwandte sie so sparsam, dass nur noch die Zwischenräume der Töne blieben, jeder Satz vermittelte einen wirklichen Genuss, er war weder affektiert, noch bemühte er sich um die Gunst seines Publikums. Du durftest wirklich nur sagen, was man sagen konnte, und worüber man nicht sprechen konnte, darüber musstest du besser schweigen.

Ein Lichtschatten nach dem anderen strich über die Straßenlaternen, auf der anderen Seite der Straße wuchsen Palmen und Platanen in einem kleinen Park. Hier war die Heimat der französischen Platanen, die man so leicht durch Einsetzen der Äste pflanzen konnte, dass sie sich über die ganze Welt verbreitet hatten, auch über deine Erinnerungen, denn in deiner Kinderzeit befanden sich Platanen an allen Straßen und Parks der Stadt, und als du das erste Mal ein Mädchen küsstest, lehnte sie mit dem Rücken an einer kahlen Platane, von der die Rinde abgefallen war. Auch das war im Sommer gewesen, aber viel heißer als hier.

Du lebtest so gut und du wolltest ein Loblied auf das Leben anstimmen, und dies, weil das Leben dich auch nicht immer schlecht behandelt hatte, es hat dir zuweilen das Herz klopfen gemacht wie ein Paukenschlag in der Musik, der klar und rein erschallte.

Martina, Sylvies Freundin, die sich vor ihrem Selbstmord einen vorbeilaufenden jungen Mann für die Nacht mit nach Hause genommen und sich kurz danach umgebracht hatte, hatte auf ihrem hinterlassenen Tonband gesagt, dass sie die Nervenklinik nicht mehr ertragen würde, dass ihr Tod mit keinem anderen Menschen zu tun habe, sie des Lebens müde sei und sich deshalb umbringen werde. Auch das war ein Ende. Du wusstest nicht, zu welchem Ende du kommen würdest, aber du musstest ja auch kein Ende für dich entwerfen. Vielleicht würdest du dich hier in Perpignan verstecken können, wenn der Faschismus eines Tages wieder auf die Bühne träte? Für den Fall, dass diese Stadt noch immer tolerant wäre und Flüchtlinge aufnehmen würde. Du phantasiertest nicht mehr über Katastrophen.

Leute, die meinten, der Mensch sei zum Leiden bestimmt oder die ganze Welt eine heillose Ödnis, übertrieben. Es war ja auch nicht so, dass jede Katastrophe dich treffen musste. Du danktest dem Leben und konntest in gleicher Weise Dank an unseren Herrn aussprechen. Das Problem war, wer war dein Herr? Das Schicksal, der Zufall? Wahrscheinlich, fürchtetest du, musstest du den Dank an dein eigenes Bewusstsein von dir selbst richten, an dein Erwachen aus der Verblendung, die Erkenntnis, dass du dein eigenes Leben lebtest, die es dir erst ermöglichte, dich aus den Verstrickungen und von deinem Kummer zu lösen.

Die großen Blätter der Palmen und Platanen wiegten sich leise im Wind. Man konnte einen Menschen nicht niederschlagen, wenn er nicht selbst bereit war, niedergeschlagen zu werden. Man konnte einen Menschen unterdrücken, ihn erniedrigen, aber solange er noch atmen konnte, hatte er vielleicht noch eine Gelegenheit, seinen Kopf zu heben. Das Problem bestand darin, den Atem anzuhalten und in sich zu wahren und nicht vor Verzweiflung auf dem Dunghaufen zu sterben. Man konnte einen Menschen vergewaltigen, Frauen oder Männer, mit körperlicher oder politischer Gewalt, aber man konnte einen Menschen nicht vollständig in Besitz nehmen, der Geist gehörte dir, und du bewahrtest ihn in deinem Herzen. Was Schnittkes Musik betraf, so zweifelte er, tastete sich im Dunkeln voran und suchte einen Ausweg, als suchte er nach einer Ahnung von einem Lichtstrahl. Solange er den Schimmer in seinem Herzen bewahrte, würde dieses Gefühl einer Ahnung nicht erlöschen. Er hielt schützend seine Hände um den Schimmer in seinem Herzen, folgte ihm langsam im äußersten Dunkel Schritt für Schritt durch den Morast, ohne zu wissen, wo sich der Ausgang befand, und bewahrte diesen flackernden Schimmer mit aller Vorsicht. Man konnte ihn dickköpfig nennen, vielleicht besser ausdauernd, vor allem aber flexibel und anpassungsfähig. Er konnte sich ein Netz weben und sich tot stellen wie eine Puppe, die Augen schließen, um den schweren Druck aushalten zu können. Doch ein kleiner heller Klang, ein bisschen Bewusstsein vom Leben, ein bisschen Schönheit des Lebens, jener leise Schimmer konnte bewirken, dass sein Herz wieder zu schlagen begann …

Das Zittern der reifüberzogenen dunkelroten Blätter im Wind auf den kahlen Ästen des Talgbaums vor seinem Fenster, der Glanz der Jugend jener hilflosen und verlorenen Mädchen, das Plätschern des Wassers im kleinen Bach, das Huhn, das nach dem Picken auf der Stange den Kopf hob und mit starrem Blick umhersah, all das weckte sein Mitleid und schien ihm wie eine Widerspiegelung seiner selbst. Das Gefühl von Verlangen, das die begierigen Frauen auf dem Land in ihm geweckt hatten, wenn sie ihn zu verführen versucht oder aufgezogen hatten, hatte eine Verbindung zum Leben in ihm aufrechterhalten und hatte ihn mit angehaltenem Atem warten lassen. Auch wenn er nicht wusste, wo sich ein Ausweg befand, hatte er zumindest versucht, mit aller Kraft jedes schöne Gefühl zu packen. Dadurch hatte er verhindern können, dass er verrückt wurde. Und das Masturbieren hatte die gleiche tröstende Wirkung für ihn wie das heimliche Schreiben.

Der Duft der Halme, die sein Bett bedeckten, der Geruch seines Bettlakens, das im Teich gewaschen und in der Sonne getrocknet worden war, der säuerliche Schweißgeruch des Mädchens und das zarte Gefühl der Freude, als er ihre Lippen rot bemalte, aber auch der Sprung, den sein Herz gemacht hatte, als er sie fest an den Schultern gepackt hatte, um sie aus der Tür zu schieben, und dabei ihre hervorstehende Brust berührt hatte, all das würde ihn für immer wärmen. In seiner Phantasie schlief er mit ihr und vertraute sich der Sprache an, schrieb es in sein Buch, um auf diese Weise sein seelisches Gleichgewicht zu wahren.

Du hattest ein starkes Dankbarkeitsgefühl gegenüber Frauen, nicht nur wegen deines Verlangens. Was du von ihnen wolltest, waren sie nicht immer bereit zu geben. Du warst unersättlich und konntest nicht genug kriegen. Was Gott dir nicht gegeben hatte, dafür musstest du ihm auch nicht danken. Aber du trugst das Gefühl einer allumfassenden Dankbarkeit in dir, du danktest dem Wind, den Bäumen, die sich im Wind bogen, danktest der Natur, danktest deinen Eltern, die dir das Leben geschenkt hatten. Du trugst keinen Hass und keinen Groll mehr in dir, du warst mit dir in Frieden. Vielleicht warst du alt geworden. Wenn du einen Berg hinaufklettertest, kamst du ins Keuchen und begannst sparsam mit deinen Kräften umzugehen, die einst so unermesslich schienen. Das waren Anzeichen dafür, dass man alt geworden war. Du hattest schon den Abstieg angetreten. Wenn ein plötzlich böser Wind aufzog, musstest du deinen Schritt nicht beschleunigen, die fernen Berge im Nebel lagen scheinbar mit dir auf gleicher Höhe, du gingst einfach weiter, du kümmertest dich nicht darum, ob unten am Hang ein tiefer Abgrund wartete, fielst du hinein, musstest du nur daran denken, dass hinter den Spitzen der hohen Berge die Sonne schien.

Auf den Felsen um die kleine Hafenstadt stach eine kleine Kirche hervor, neben der ein weißes Kreuz errichtet war. Daran war ein schwarzer eherner Christus genagelt, mit dem Gesicht zum Mittelmeer gewandt. Der Strand der kleinen Hafenstadt lag ruhig in einer windstillen Bucht. Männer, Frauen und Kinder liefen umher, eine Frau in Badekleidung lag mit geschlossenen Augen am Rande einer Klippe.

Es hieß, Matisse habe hier gewohnt und gemalt, und dass es diese augenblendend strahlende Sonne hier gewesen sei, die er in Licht und Farben auf seine Bilder gebannt habe. Aber du gingst in das Dunkel hinein.

Sie fuhren dich mit dem Auto nach Barcelona. Oben auf dem dunkelroten Dalí-Museum befand sich ein riesiges Ei. Die Spanier, die solche alten Kindsköpfe hervorbrachten, waren ein fröhliches Volk. Es war voll auf den Straßen, überall flanierte man herum, die spanischen Frauen hatten dichte schwarze Augenbrauen und scharfkantige Nasen. Später besuchtet ihr ein Gasthaus auf dem Land, eine ehemalige Mühle. Am Tisch schräg gegenüber von euch saß eine Familie, Mann, Frau und ihre Tochter, ein auffällig hübsches Mädchen mit bleicher Haut und roten Wangen. Das Mädchen mit ihren langen schwarzen Augenbrauen war noch nicht voll entwickelt, aber eines Tages würde sie zu einer der großen, kraftvollen und anziehenden Frauen werden, wie Picasso sie gemalt hatte. Sie saß ihren Eltern gegenüber und war so unruhig, dass sie nicht still sitzen konnte. Vielleicht dachte sie an irgendwelche persönlichen Dinge, vielleicht war ihr gar nicht bewusst, dass sie an etwas dachte. So war das Leben, sie wusste nichts von ihrer Zukunft, aber war das etwa wichtig? Sie wusste nicht, dass auch sie Leid erfahren würde. Oder hatte sie vielleicht eine Vorahnung von den Sorgen, die sie befallen könnten? Ihr pechschwarzes langes Haar umrahmte und betonte ihr bleiches Gesicht mit den geröteten Wangenknochen. Wahrscheinlich war sie gerade dreizehn oder vierzehn Jahre alt. Gerade mal dreizehn- oder vierzehnjährige junge Mädchen fingen schon an, unruhig zu werden, aber genau darin lag die Schönheit des Lebens, wie auch in Margaretes Schmerz, würde sie eine Margarete werden?

Du hörtest gerade eine Messe von Kodály, Frauenchor und Orgel. Auch du trugst ein religiöses Gefühl in dir, die Menschen brauchten das Gebet, wie sie essen und Sex haben mussten. Letzte Nacht schrie eine Frau im Bett über deinem Zimmer, und das hat dich die ganze Nacht nicht schlafen lassen. Von Mitternacht bis drei Uhr morgens hörtest du spitze Schreie, Keuchen und dazwischen lautes Lachen. Dir war nicht klar, ob sie in der Wohnung über dir vergewaltigt wurde oder aus reiner Lust schrie. Zuerst dachtest du, die Geräusche kämen vom Zimmer, das nebenan an dein Bett grenzte, aber dann hörtest du die Decke knarren, als würden sie irgendwelche Spielchen auf dem Boden veranstalten. Oder war es eine solche Art Vergewaltigung, von der Margarete gesprochen hatte – selbst wenn sie echt gewesen war, würde in einem Hotel niemand an das Zimmer klopfen und nachfragen. Das Lachen zum Schluss, ihr freies lautes Lachen, weckte ein starkes Verlangen in dir. Aber nun warst du ruhig, hörtest den Klängen der Musik zu, dem wunderbaren Zusammenspiel von Orgel, Alt und Tenor.

Beim Frühstück im Speisesaal hörtest du immer wieder ein deutsches »Guten Morgen«, mit dem sich die Mitglieder einer deutschen Reisegruppe von großen starken Herren und ihren Frauen, alle im mittleren Alter, höflich begrüßten. Sie luden sich die Teller am Buffet mit Wurst und Schinken voll und aßen alle sehr viel, ohne auf ihre Linie zu achten. Diese Damen werden wohl nicht so im Bett geschrien haben, dachtest du. Sie aßen ohne Unterlass und sprachen sehr wenig, nur die Gabeln klapperten leise. Am Tisch beim Fenster saß ein Mädchen einem älteren Herrn gegenüber. Nach dem Frühstück tranken sie weiter Kaffee, sie sprachen nicht miteinander und blickten auf die Straße hinaus. Das Wetter hatte sich seit heute verschlechtert, die Straßen waren nass. Der Regen hatte aufgehört. Sie wirkten nicht wie ein Liebespaar, eher wie Vater und Tochter, die eine gemeinsame Ferienreise unternahmen, weil die Tochter noch nicht finanziell unabhängig war. Vielleicht schlief sie ja noch, die so spitz geschrien und laut gelacht hatte.

Orgel und Chormusik. Das Hotelzimmer war mit soliden altmodischen Möbeln ausgestattet: Ein schwerer Eichentisch, ein dunkelbrauner, geschnitzter Kleiderschrank, ein Holzbett mit runden geschnitzten Eckpfosten. Keine Lichtkugeln reflektierten auf den Straßenlaternen vor dem Fenster, kein Auto kam vorbei, es war Sonntag und gleich Mittag, du wartetest, dass dich deine Freunde mit dem Auto abholten und zum Flughafen brachten, kurz nach zwölf ging dein Flugzeug nach Paris.